中国科普作家协会资助项目

王晋康文集
第10卷

拉格朗日墓场

王晋康 著

科学普及出版社
·北 京·

图书在版编目（CIP）数据

拉格朗日墓场 / 王晋康著. -- 北京：科学普及出版社，2023.2
（王晋康文集；10）
ISBN 978-7-110-10466-8

Ⅰ.①拉… Ⅱ.①王… Ⅲ.①幻想小说 – 小说集 – 中国 – 当代 Ⅳ.① I247.5

中国版本图书馆 CIP 数据核字（2022）第 122144 号

策划编辑	王卫英
责任编辑	王卫英
封面题字	张克锋
装帧设计	中文天地
责任校对	焦　宁　张晓莉　邓雪梅　吕传新
责任印制	徐　飞

出　　版	科学普及出版社
发　　行	中国科学技术出版社有限公司发行部
地　　址	北京市海淀区中关村南大街 16 号
邮　　编	100081
发行电话	010-62173865
传　　真	010-62173081
网　　址	http://www.cspbooks.com.cn

开　　本	710mm×1000mm　1/16
字　　数	7460 千字
印　　张	470.25
插　　页	1
版　　次	2023 年 2 月第 1 版
印　　次	2023 年 2 月第 1 次印刷
印　　刷	北京中科印刷有限公司
书　　号	ISBN 978-7-110-10466-8 / I · 641
定　　价	2888.00 元

（凡购买本社图书，如有缺页、倒页、脱页者，本社发行部负责调换）

目　录

拉格朗日墓场

楔子	/ 003
第一章　尤卡山的秘密	/ 009
第二章　销魂之窟	/ 018
第三章　神秘的生意	/ 043
第四章　爱情的阴谋	/ 057
第五章　鲁斯式飞船	/ 073
第六章　升空之前	/ 097
第七章　太空跳远	/ 115
第八章　延迟爆炸	/ 130
第九章　意外的敌人	/ 161
第十章　投向太阳	/ 172
第十一章　最后的日子	/ 183

追杀K星人

第一章　李剑的忧虑	/ 191
第二章　水星上的K星人	/ 198
第三章　1分48秒	/ 200
第四章　于平宁的梦	/ 206
第五章　老莫尔	/ 216
第六章　"思维迷宫"	/ 227
第七章　心灵的告白	/ 236

第八章　兽性	/ 242
第九章　我是谁	/ 247
第十章　光洞	/ 257
第十一章　自戕	/ 258
第十二章　三剑客	/ 269
第十三章　万年老妖	/ 274

生死之约

第一章　梦中的孩子	/ 285
第二章　少女与彩虹	/ 295
第三章　狮身人面像	/ 305
第四章　垂钓 27 年	/ 309
第五章　树祖	/ 316
第六章　另一个狮身人面像	/ 329
第七章　时间之链	/ 337
第八章　真相	/ 359
第九章　死亡与永生	/ 384
尾声	/ 393

拉格朗日墓场

楔　子

"又是一场暴雨啊。"老格兰特喃喃地说。这是2040年初夏的一个下午，黑云像魔鬼一样翻卷着，迅速遮蔽了天空。雨前的腥风狂暴地拍打着窗户，翻搅着屋里的杂物。格兰特步履蹒跚地走过去关好窗户，拉上窗帘。这时狞厉的闪电已经撕破了黑云，青白色的光蛇从天上垂到地面，伴随着喀喳喳的雷声。然后大滴的雨点砰砰地敲击着窗玻璃。

透过卷飞的窗帘，老格兰特忧郁地望着自己小小的汽车旅馆。它与这间屋子呈丁字形，十个房间的房门这会儿都是紧闭的。这是那种全封闭式的旅馆，客人把车子开到入口，在自动收银机上付款，拿到钥匙后再开车行进几十米进入自己的房间。整个过程中，房客与主人始终不见面。这种封闭式旅馆主要是为那些特殊人群服务的。他们不希望自己的照片出现在某家小报的头版，所以对小费倒是不大吝啬的。

但这都是十年前的辉煌了。老格兰特在高速公路旁度过了半生，他曾经觉得那一条条搏动强劲的汽车之河永远不会停息。但近十年来，随着温室效应造成的经济大衰退，这条汽车洪流日渐干涸，他的旅馆业务也难以为继。地球的石油资源日渐枯竭，油价飞涨，普通人已经用不起了。美国人的腰包就从来没有这样干瘪，他们在转动汽车的点火钥匙前，都要心疼地捏一捏荷包，然后沮丧地咒骂一声。

晚饭时仍没有一个顾客上门。格兰特枯坐屋中，听着窗外狂暴的雨声，闪电不时照亮了他的白发，把窗棂的阴影印在他的棕色灯芯绒夹克上。暴雨仍在不停地下，不停地倾倒，很可能它会引发今年的第二次洪水，很可能它会把这儿——密西西比州的哈蒂斯堡也淹没在几十米的水下，就像佛罗里达和路易斯安那州的许多城市，就像荷兰、孟加拉国的大部分国土一样。

这些天，格兰特常常想着圣经中那场创世纪的洪水。当诺亚一家带着七对洁净的畜类、一对不洁净的畜类和七对飞鸟登上他的方舟时，他看到的是否就是今天这种景象？莫非世界末日真的要到了吗？

狂暴的雨声几乎淹没了电话铃声，是妻子玛丽打来的，说孙子罗姆从学校回来了。"真幸运，他是在暴雨前两分钟到的，刚把自行车放在凉台外边，大雨就浇下来了。该吃晚饭了，我让罗姆开上福特去接你。"

旅馆离他家有 800 米，这些天为了省钱，他一直是步行上班。罗姆在电话中大声喊道："爷爷，我马上去接你！"

"好吧，我等你。"

他刚放下电话，电话铃又急骤地响起来。抓起电话，里边没有人说话，只听见一阵隐秘的轻笑和耳语般的背景声。老格兰特大声问了两遍，电话里才传来一个冷静的声音：

"格兰特先生，还记得天国之路组织吗？"

格兰特的心脏忽然狂跳起来。他张张嘴，没有说出话。对方并没有等他的回答，从容地说下去："使徒欧尼特送来了主的昭示：上帝已经抛弃了这个罪恶的污秽的世界，但他将派飞碟来拯救主的信徒。现在，我们马上就要在荷兰的哈灵根升入天国了，我们的内心充满了祥和与欢欣。你如果愿意追随我们，就请来吧。"

他留下一个电话号码，随即挂断了电话。

老格兰特脸色苍白。13 年前在纽约基塞纳公园的一次露天讲演会上，他加入了这个遍布美国、遍布世界的邪教组织。回家后他与天国之路保持了一段联系。他寄去了 300 美元，收到一些传道的小册子和磁盘。但随着时间的推移他慢慢变卦了，他觉得世俗生活尽管充满烦恼，仍然比虚幻的天国实在。妻子是一个虔诚的美以美会的信徒，她对上帝的虔诚完全表现为另一种形式：为了救助流浪者，她可以毫不吝惜地掏出最后一个美元，但她决不会用自杀来证明自己的虔诚——可是如果没有玛丽在身边，再美好的天堂也是不完整的。此后他中断了同天国之路的联系。

这个电话让他心烦意乱。他呆呆地拿着听筒，心情阴郁。窗外仍是滂沱的雨柱，像是编织成了声音的铁笼，紧紧地箍着他，使他十分沮丧。也许他真该听从天国的召唤？这个贫穷破败的世界没有什么可留恋的。窗外闪过汽车的大灯灯光，福特车在门口停下，喇叭声和罗姆的喊声透过雨幕传过来：

"爷爷，快来吧！"

玛丽已经摆好了饭菜，白兰地也斟入杯中。暴雨总算停了，但窗外仍然黑得像地狱。吃饭时罗姆在叽叽呱呱地说着这一周学校的趣事，但格兰特一直怔忡不宁，眼睛看着远处，灵魂像在别处游荡。玛丽发现了老伴的异常，隔饭桌俯过身低声问：

"你怎么啦？"

"没什么。"

"不，你有很重的心事。你瞒不过我的眼睛。"

格兰特犹豫了很久，才低声回答："我接到了天国之路的一个电话，就在罗姆去接我之前。他们……正在荷兰的哈灵根。"

玛丽知道天国之路的教义，知道这句话意味着什么，不由打了一个寒战。16岁的罗姆也听见了，立即兴致勃勃地插话："爷爷，我知道天国之路，我在电视中听过他们的布道！"

格兰特和妻子互相望望："是吗？"

"对。他们的首领叫欧尼特，是麻省理工学院的一个哲学教授。这个组织已经创立40年，在全世界有300多万信徒。那是一群有虔诚信仰的人，他们愿意亲手斩断生命的羁绊去投奔永生。爷爷，我虽然不一定按他们的教义去做，但我十分钦佩他们的勇气！"

格兰特苦笑着，微微摇头。罗姆就是这样的青年，即使在谈论死亡时，仍然只把它作为一种时髦。不过……怎么说呢，也许他为了赶时髦，真的敢付出生命的代价。这倒促使格兰特下了决心。经过一个不眠之夜，第二天早上他拨通了警察局的电话。

格兰特的报案揭示了本世纪最大的邪教集体自杀案，案发地点是在荷兰的哈灵根。这个四分之一国土低于海平面的国家曾与海水奋斗了几百年，建立了一个"低地之国"。他们用严密有效的防洪排涝系统把海神波塞冬锁在门外，把这片贫瘠的土地建成了郁金香的国度。上个世纪末，荷兰还花费10亿马克建成世界上最先进的移动式防洪大坝。两条防洪铁臂长250米，重1.4万吨，用世界上最大的Φ10米万向球头固定在地面。水位超过3.2米时，可在五分钟内自动生成一座抗3.5万吨水压的大坝。他们的奋斗卓有成效，曾被世人作为楷模。但是，世人在"狼来了"的喊声中变得麻木之后，狼真的来了。温室效应来势迅猛，南极38亿立方千米的冰冠在十年内融化，海平面上升60米。顽强的荷兰人终于向上帝递了降表。如今，大部分荷兰国土已沉沦于海面之下，美轮美奂的建筑都成了龙宫。

　　超级海豚式直升机越过已大大后撤的新海岸线，飞了近20分钟，才抵达原哈灵根市的建筑。它们已变成了星星点点露出水面的半截楼群。这种水面上的半截楼群在世界很多地方成了温室效应后的标准风景。美丽的艾瑟尔湖消失了，已经被北海吞并。在弧形的西弗里西亚群岛怀抱中的土地，是荷兰人400年来用围海造田的办法从海水中一点一点夺过来的，如今几乎在一夜之间又还给了海神。直升机绕着一座尖顶的大楼盘旋了几圈，找到了降落场地，艰难地落下来。欧盟和荷兰的调查官员，美联社、新华社、路透社和法新社的记者等陆续走下飞机。

　　这座大楼属于一个富有的珠宝商比埃特先生。他从大楼被水淹没后一直拒不搬走。他并不是没有财力，据此后的调查，在这儿自杀的2434名天国之路成员都是他从世界各地用飞机接来的，还都是包租豪华的头等舱。在集体自杀付诸实施前的日子里，他为所有人安排了一段富比王侯的生活，甚至从巴黎和罗马运来上百名应召女郎。记者们一进门就闻到扑鼻的花香，但花香中也掺杂着刺鼻的尸臭。大厅里摆满了荷兰的国花郁金香，2434个尸袋整整齐齐地摆在花丛中。每人的胸前放上一块紫色的绢巾，不清楚它含有哪种宗教意义，也许是他们进入天国后互相辨识的标志吧。

　　大厅正中是一块尺寸极大的液晶屏幕，三脚架上架着两台数字式摄像机。桌上一个豪华典雅的珠宝盒里放着两张磁盘，应该是天国之路专为记者们准备的。这座大楼早就断电，随行的警察在隔壁房间找到了一台雅马哈汽油发电机组。美联社记者怀特请求他们：

"请为大厅送上电吧，我们想看看磁盘中记录了什么东西。"

磁盘里记录下了他们死前的诀别，2434名信徒整整齐齐地向着东南方向祈祷。也许这是他们心目中飞碟要来的方向？然后他们原地坐下，欧尼特和比埃特为每个人送去了药片。这些信徒有老有少，年纪最大的82岁，年纪最小的只有15岁——如果不算一个婴儿的话。他们的表情都十分平静。当欧尼特慈爱地摩挲着他们的头顶为每人祝福时，不少人都热泪盈眶。他们的自杀都是从容不迫的，在服了足量的安眠药后，为了保险，每人又戴上一只不透气的塑料布面罩。后死者依次把先死者收殓在尸袋里，然后静静地吞下自己的药片。只有那个母亲为婴儿服药时费了一番周折，婴儿被呛住了，尖声哭叫着，四肢使劲舞动。响亮的啼声撕开大厅的沉重阴郁，溢出室外。看到这一段时，新华社女记者向真捂着嘴跑到卫生间呕吐一阵，然后脸色苍白地走回来，继续观看。最后死亡的是东道主比埃特和天国之路的首领欧尼特。因此只有两人的尸体未被装入尸袋。在液晶屏幕上，满脸络腮胡子的欧尼特合掌向世人告别。矮胖的比埃特先生脸上洋溢着满足的微笑：

"我很高兴，能尽自己的力量帮助2434名兄弟摆脱苦恼，踏入天国之路。我把我的所有遗产留给这个组织以继续同样的事业。"

记者们知道这是一条极为轰动的新闻，他们忙碌地拍摄、记录、写稿。不过所有的忙碌始终笼罩在一种死亡的压抑之中。美联社记者怀特写道：

"类似天国之路、奥姆真理教等邪教组织从上个世纪中叶起就在西方国家大行其道，在温室灾难后更是如此。常常有人问，为什么科技高度发达的西方国家恰恰是邪教组织的温床？也许一个中国记者的回答比较接近于真实，他说，历史悠久的东方民族经历了太多的苦难，他们的文明都曾几度盛衰。所以，他们很容易把这次文明的衰退看作历史盛衰中的'又一次'，他们可以耐心地等待衰退之后的振兴。我想，年轻的美国民族缺乏的正是这种韧性。"

等直升机又轰鸣着飞上天空，俯瞰万里泽国中的文明遗迹时，路透社记者路易斯阴郁地说：

"我真希望自己也躺在那间大厅里,从此就可以摆脱这个发疯的世界啦!"

第一章　尤卡山的秘密

灾难的降临并没有什么预兆。对于美国内华达州尤卡山核废料堆放场的主管查米·汤姆逊来说，8月27日这一天仍是照常开始的。他像往常一样，驾着那辆破旧的凯迪拉克来到堆放场的办公大楼，停在A级停车区。这座大楼呈L形，坐落在一个马蹄形的谷地，周围是高耸的山峰。透过群山的缺口可以俯瞰到远处的科罗拉多河。秘书雷切尔小姐已经到了，坐在她的座位上抹口红。看见主管进来，她笑着问了好。汤姆逊走进主管室，雷切尔小姐按老规矩端来一杯咖啡，轻轻带上门。

现在他又像往常一样，面对着一排排巨大的屏幕和令人眼花缭乱的仪表。从上个世纪末开始，美国政府面对着日益严重的核废料问题，主要是核电厂的，也有过期核武器的。在很长时间里，在政府的默许下，这些核废料都是向第三世界或美国印第安人保留区倾倒。后来这种做法成了众矢之的。上个世纪末，政府下决心建造了这个永久性的堆放场。在尤卡山300米的地下，在地质稳定的凝灰岩地层里修建了坚固的钢筋水泥仓库。将核废料与玻璃体熔融后，再套上坚固的不锈钢外壳，然后堆放在各个库房里。这种处理方法在可预见的将来是十分保险的。

整个工程投资500亿美元，但巨大的投资并未得到充分的回报。堆放场仅使用了20年就陷于停顿。首先是因为鲁斯式空天飞机的成功，它的运输费用极为低廉，所以把核废料倾倒在外太空更为可取。第二次冲击却是由于社会的衰退，在温室效应造成的大洪水中，美国的财力日渐窘迫，已经没有余力来考虑环境保护了。现在汤姆逊面前的很多屏幕和仪表实际已是废物。堆放场的财力捉襟见肘，甚至无法维持所有监视系统，他只能保留几项主要的，像放射性测定、库区图像系统、声音监控系统等，其他如地层应变监控、地温监控等已经取消。

他按着选择钮，依次巡视了 30 多个库区。15 万件核废料静静地矗立在各个库区，它们将在那儿待到世界末日。虽然是例检时刻，但各库区的工作人员仍然懒懒散散，心不在焉，汤姆逊甚至敢肯定，有些人的目光仍斜睨着抽屉里的《花花公子》封面裸照。那些正进行 15 分钟实地巡检的管理员穿着红色的抗辐射服，在洞区里走马观花地看一遍便完事大吉。他对这种情况无能为力。工作人员的工资已经多次减少，这些人之所以未抬腿走人，只是因为在经济大衰退的年代里，他们没把握找到一份比这儿强的工作。

有时汤姆逊先生倒能自慰，多亏他负责看管的是这么一大堆文明的粪便，是人人憎厌的核废料。如果是沙丁鱼罐头、配给汽油甚至卫生纸的话，他这个主管就更难当啦。这班大爷一定会对监视系统做下手脚，然后把库房地板挖出一个大洞。

他把屏幕调到 AD 区。这儿明显与别处不同。AD 区管理员，那个满头白发、沉默寡言的怪老头子迈克·斯特金仍像往常一样，正一丝不苟地进行着例检程序。在巨大的洞穴中，2250 件不锈钢圆柱的巨大、整齐和洁净，使它们有一种无言的威势。

迈克是公认的怪老头，他对这些核废料筒有着常人不能理解的热诚，就连身为主管的汤姆逊先生也认为这种热诚有点过头。它们不过是一堆铀 235 和钚 239 的废料，是文明社会的粪便。汤姆逊对大学普通物理记得最牢的，便是那条无所不在的熵增定律。整个宇宙缓慢地但无可挽回地走向无序，只有文明发展是逆流而上的有序化过程。就像一群数量庞大的家蚕，吃着桑叶，织出美丽的茧壳，也留下大量的粪便——而且从总体上讲，留下的粪便肯定多于蚕茧。总有一天，这些粪便将会淹没所有文明的成果。

现在的温室效应就是报应啊。

汤姆逊对老迈克很尊敬，但基本是敬而远之。老迈克是一个很有来头的人。20 年前，当核弹头遍布在 B-2 战略轰炸机、民兵导弹发射井和三叉戟潜艇时，迈克是这个行当中最权威的人物。战神——别人曾给他起过这样的外号。在核武器这个领域，他是一个彻头彻尾的行家里手。人们都说，虽然核按钮处在万无一失的安全保障系统里，除了握有核钥匙的人，别人不必妄想破译，但这个"别人"不包括战神。正是他参与设计了这些保障系统，只要愿意，他可以用一台便携式计算机打开导弹发射井，把一件多弹头导弹随意射到华盛顿或北京。

当然他不会这样做。这是基于一条保障社会安全的潜规律：越是掌握了巨大权力的人，在使用权力时越是谨慎，因为他们非常清楚肩上担子的分量。迈克掌握着巨大的权力——使用核弹的技术秘密，所以他十分谨慎持重。他的人格已与核弹密不可分。

正因为如此，2022 年全世界销毁核武器的联合国决议使迈克崩溃了。他当然知道对人类而言，这是件天大的好事，但是——你想想吧！他为这项技术秘密耗尽了大半个人生，连妻子和女儿也离他而去；他尽管没有显赫的职权，但至少能时刻体味着握有无形权力的快感，他在走马灯似的历届总统、参谋长联席会议主席面前是一株不动的巨树——忽然他成了可有可无的小人物！他能忍受这么大的精神落差吗？

在那以后，迈克·斯特金被安排在尤卡山废料堆放场，战神变成了一个沉默寡言的老头子。他一直在堆放区的 AD 区工作，似乎与 AD 区结下了生死缘。汤姆逊的历届前任都接到过高层的传话，告诫他们对老迈克客气一点，让他随时能自由行事。不过，汤姆逊上任后，那也是温室效应造成严重经济衰退之后，他一直没有听到过这样的告诫。

恐怕政府已经乱套了，他们有太多太多的难题需要去解决，早已把荒凉闭塞的尤卡山堆放场置诸脑后了。

他叹口气，草草结束了这次的例检程序。然后呷着咖啡，从网络中调出当日的纽约时报开始浏览。总的印象是好消息不多坏消息不少，似乎温室效应打开了一个潘多拉魔盒：

——荷兰哈灵根邪教集体自杀案后，又有 39 名天国之路信徒通过律师领走了比埃特先生的遗产。律师赫曼先生无奈地说："我们知道他们将用这些款项制造另一起集体自杀事件，但在法院颁布禁令之前，我只能执行当事人留下的遗嘱。"

——地球在十年内温升达 2.2℃，北纬 30°以北有大片针叶林死亡。高气温造成中亚高气压带扩大，哈萨克斯坦、中国新疆和甘肃发生近百年最严重的尘暴。

——海平面上升使沿海平原的良田大面积盐碱化，速度惊人，今年预计粮食缺口要继续增大，估计至少有 7000 万人在饥饿线上挣扎。

——南太平洋海底的第四界生物——依靠硫化氢为能量的巨型管状蠕虫爆炸性增殖。报道该消息的记者在文末来了一段黑色幽默。他问：如果人类文明自此不能复兴，也许这些蠕虫会成为地球的新主人？

——西藏雪水成灾。

他移动鼠标快速翻阅，想找出几条令人畅快一点的消息，但他的目光又定在一个不祥的黑色标题上："地球的地震带重新分布"。文中列举了在印度北部、巴西中部等地的地震，说南极冰冠融化后，相当于 34 亿亿吨的重量在地壳上重新分布，曾在冰冠重压下深深凹陷的南极岩层逐渐抬升。这些变化改变了原有地震带的活动状况，对于环太平洋地震带来说趋向于加剧，对于地中海—喜马拉雅—印尼地震带来说趋向于减缓。还在全球形成了一些新的地震带。不过对于新地震带的分布及变化趋势，科学界还缺乏足够的资料。

汤姆逊满腹懊丧地结束了这次晨读。值得庆幸的是，离尤卡山较近的西雅图—洛杉矶地震带倒没有什么变化。不过呢，也许来一次地震、掀翻这具活棺材倒是好事，至少他不用再在这里耗费生命了。那时他绝没有想到，一个魔鬼正在他脚下咬牙切齿地攒劲。

下午 4 时 20 分，他无意中向窗外看去，正好看到了天际一闪即逝的蓝光。蓝光非常强烈，带着几分狞厉。他不解地想，这道蓝光是哪里来的？天朗气清，不会是闪电，不会是北极光，也不会是弧焊光芒。方圆百里之内都是深山，绝不会有一个繁忙的工地。

随之他又看见一团巨大的火球，颜色蓝中带白，它沿着地平线翻滚着，飘忽不定，忽然又腾空而起。也许是飞碟送来了心怀叵测的外星人？接着他听见了一阵哼哼声，声音不大，但清晰可闻，那是一种发自地下的不堪重负的呻吟声。等到"地震"二字蹦出在他的脑际时，天地已经完全翻转了。

在那几分钟里他徒劳地企图逃命，但剧烈颠簸的地板使他根本无法迈步，活像一颗在炒锅里来回颠簸的豆子。几分钟后，地震停止了，他仍大致留在原处。朝窗外望去，他震惊地发现眼前不再是往日看到的绿色树冠，而是褐色的树干。原来窗户已与地面平齐，而他的办公室却是在三楼！他恍然悟到，强烈的地震造成了土壤的瞬时液化，大楼因此下沉了。

办公室通向外间的橡木门已经崩开，门框扭斜着。娇小的雷切尔小姐像只皮球一样蹦进来，惊恐地尖叫着："汤姆逊先生！汤姆逊先生！"她的面色惨白，目光像是被猎豹按到爪下的羚羊。汤姆逊忙从倾斜的遍布裂缝的地板上小心地走过去，把雷切尔小姐揽在怀里。

屋里已经停电，监视系统自然也失灵了。汤姆逊知道一次大震后很可能还有余震，几十名困在地下库区的工作人员必须尽快撤离——如果他们还活着的话。他把雷切尔拉到窗边，命令她快往下跳。窗户外边是歪倒的树木和坑坑洼洼的土地，地面离窗户只有两米，但雷切尔却尖叫着不敢往下跳，她不知道大楼已经下沉了。"这是幻景！这一定是幻景！"汤姆逊没有时间与她纠缠，硬把尖叫的雷切尔从窗户推下去，自己也随即翻过窗户。

雷切尔还在喊叫，不过这次是高兴的喊叫，因为她感觉到了脚下坚实的土地。远处的山体有大面积的滑落，高压线塔折断了脖子。非常幸运的是，办公楼虽然下陷却没有坍塌，工作人员一个个从窗户里爬出来，灰头灰脸，神情痴呆。堆放场副主管杰克逊也出来了，用左手托着右臂，脸庞痛苦地扭歪着，刚才一堵倒下的墙壁把他的右臂砸断了。汤姆逊命他清点人数，迅速向外界通报灾情。他唤上杰米、赫尔曼和卡特，来到备用车车库。

停车库的门已经变形，电源同样被切断了。汤姆逊把控制手柄调到"人力开关"档，四人用尽全力摇开了沉重的铁门。库房里停着两辆备用的猎人牌吉普，马力强劲，车内备有强力手电、饮用水和压缩食物，燃油箱和电瓶总是满的。汤姆逊让赫尔曼和卡特乘一辆车向南，他自己和杰米乘一辆车向北，去检查各个库区的人员伤亡情况。

汤姆逊命杰米向 50 千米外的 AD 区开去，他想先去救出那个沉默寡言的70 岁的老人。不少路段的路面已经损坏，杰米小心地躲避着石头和裂缝，40

分钟后才开到 AD 区。AD 区的损坏看来不算严重，只是断了电，升降梯不能使用了。汤姆逊让杰米停好车，两人顺着安全梯下去。在强力手电的青白色光柱下，他看到安全梯的建筑没有太大的变形，心里多少放心一点。

这 300 米似乎走了一个世纪。等他们来到空旷的地下库区时，下边一片死寂。什么地方的水管破裂了，或者是地下水从外墙裂缝中漫进来，形成不断线的滴答声。青白色的光芒推不开黑暗，一旦熄了手电，大厅立即沉入绝对的幽闭。汤姆逊大声喊：

"斯特金先生！斯特金先生，你还活着吗？"

没有回答。汤姆逊快要绝望时，忽然瞥见不远处射出一条光柱，是迈克用手电在向他们打招呼。两人立即欣喜地跑过去。迈克趴在地下，面色痛苦。洞穴中整齐堆放的核废料筒此刻散落一地，老迈克的左腿就卡在两根圆筒中间。其中几只的外壳已经崩裂，连里边的核废料圆柱也已破损……汤姆逊揉揉眼睛。不，那并不是破损。一般来说，核废料是与玻璃体熔融在一块儿的，是一个整体。但在这儿，玻璃体只是一层外壳，上面有掩饰巧妙的暗门。这会儿暗门已被崩开，露出其中的银白色的圆柱体。它反射着手电筒的光柱，像热水瓶胆一样闪闪发亮。纵然汤姆逊在武器方面并不是行家里手，还是一眼就认出这是什么东西。

氢弹。

汤姆逊十分震惊，瞪视着这个古怪的老人，一时间竟然忘了先去救援他。老人也一言不发，目光灼灼，看着他们再看看那些氢弹。他的目光中有初恋情人般的深情，也有垂暮老人的沧桑。

汤姆逊感到十分屈辱，他在这个堆放场已当了五年主管，竟然不知道有一批核弹藏在眼皮下。而他曾天真地以为，全世界的核武器，包括美国的 1134 件核武器，8527 件核弹，都已在 2022 年的联合国销毁核武器公约生效后全部销毁了呢。

他和杰米用力推开压在迈克身上的圆柱，把他扶起来。迈克的左腿显然已经骨折，左脚只要稍稍挨地他就痛得倒吸一口凉气。汤姆逊架着他，以极冷淡的礼貌问：

"斯特金先生，能告诉我这些东西，"他指指那几件银白色的圆柱体，"究竟是怎么一回事吗？"

老人看他一眼，不客气地说："汤姆逊先生，你真不该把鼻子伸到这里。你让我处于为难的境地了。按说我该杀了你灭口的，但我总不能杀死两个来救我的人。不过，"他的目光中闪出阴冷的光，"为了你们二位及家人的幸福，我劝你们彻底忘掉在这儿看到的秘密。"

他不再说话，向二人示意往外走。汤姆逊和年轻的杰米对望一眼，用力架起他，顺着安全梯艰难地往上爬。等爬上300米的台阶，来到地面后，三个人都累瘫了。迈克稍作休息，挣扎着起身，钻进猎人牌越野车。他指指坐上司机位的杰米，对汤姆逊说：

"请这位先生先下去，我要单独使用车上的电话。"

吉米对这个颐指气使的怪老头十分不满，看看汤姆逊，后者示意他服从老迈克的命令。等两人远远避开。迈克拉出车内电话，熟练地拨了一个号码。少顷，电话内一个女声说：

"对不起，这是一个空号，请查号重拨。"

迈克厉声对话筒说："我叫迈克。我的热线电话在地震中损坏了，你们按这个号码立即给我接通！"

在七八分钟的沉默后，一个苍老的声音问："喂，你是斯特金先生吗？"

"对，我是老迈克。这儿发生了强烈地震，地下库区严重损坏，小男孩已经暴露。该怎么办？请速作决定。"

电话中略作沉思，答道："好的。请留下你的新号码。"

小男孩。他用的是第一颗原子弹投掷时所用的隐语。迈克跳下车对汤姆逊说：

"我想再重复一次，如果你和杰克不想碰到什么意外，比如车祸、飞机失事、致命传染病等，就请闭紧你们的嘴巴。另外，"他浮出微笑，"我要向二位表示真诚的感谢。谢谢你们在危难时刻没忘了我这个老家伙。"

迈克的声音变成电波，几乎横跨了整个美国，来到华盛顿西100多千米的一幢小楼里。这处楼群坐落在一个平缓的山坡,掩在雪松和黄叶松的绿荫中。向南不远就是有名的阿灵顿国家公墓,长明灯伴着一行行一列列的墓碑。这几幢小楼从外表看很不起眼,满目沧桑,没准还是华盛顿时代留下的旧建筑。爬墙虎爬满了楼墙,长长的林荫道把楼房与外界的喧嚣隔开,只有楼顶两口大锅似的卫星天线表明这儿不是一家普通农场。楼群周围有一圈低矮的黑色的铁栅栏,几乎被深草淹没。这儿十分幽静,来往的车辆很少,偶尔有一辆路过的汽车闯进这里的林荫路,马上就会有两名保卫人员从地下冒出来,很有礼貌地指出他误入了私人领地,然后客气地把他送到大路上。久而久之,附近的居民都知道了这个地方,他们在开车经过这儿的时候尽量保持肃静,绝不会在这儿揿响喇叭。这座幽静晦暗的建筑以它不事声张的权势令人们敬畏。

这是 C 委员会的一个秘密办公地。每年这儿都要举行几次静悄悄的聚会。客人一般都在 65 岁以上。每次会议人数七名或九名,必须是单数,在这个政治寡头组织中倒是实行着极严格的民主,所有决议都须投票通过。他们衣着简单,座车的外表也不尚浮华,但他们的座车实际多是手工特制的麦克拉伦 F-1 碳纤维高级轿车,时速可达 300 千米,配备 500 马力的引擎,防弹玻璃,装甲外壳。

现在一个身体健壮的老人正在马道上跑马,骑手帽下是雪白的头发。他骑的是一匹三岁的纯种母马,毛色黑亮,只有额头和四蹄是白色的。骑手轻轻夹夹马腹,黑马加快速度,轻捷地跃过栏杆,然后小步跑回小楼。二楼的阳台上传来喝彩声:

"布朗先生,你的骑术真好!"布朗笑着向秘书恰莉小姐挥挥手。秘书说,"布朗先生,有你的电话。"

布朗从马上跃下,把马交给马夫。他是前任司法部长,是 C 委员会本季度的当值主席。他走向二楼的保密电话室,问恰莉:

"有什么突发事件吗?"

"20 分钟前内华达山区发生了一次 7.5 级地震,幸亏震区是偏僻的山区,震源也较深,初步确定有 120 千米深。估计不会造成太大的损失。"

"是谁的电话?"

"尤卡山核废料堆放场。他自称迈克，我不知道他是什么人。但他有你的绝密电话号码。"

布朗点点头，拿起话筒。恰莉小姐是位 37 岁的老处女，已经在这儿工作了十年，但是连她也不知道迈克，这个当年在军界政界大名鼎鼎的人物。确实，他已经属于旧时代的人物了。2022 年，在全世界销毁核武器条约实施之前，迈克是一个激烈的反对派。坦白地说，尽管他是最出色的核武专家，但说到底他只是一个执行者，无权对这样重大的问题说三道四。可是迈克不管这些，他以令人不解的狂热到处游说："美国不能把核武器全部销毁，要防备那些铁幕国家和疯子国家，我们能把美国的安全寄托在这些国家的守信和仁慈上吗？"

最后，C 委员会做出了符合迈克意愿的秘密决定：在尤卡山核废料堆放场秘密保存了一个经过仔细筛选的核武库。当然这主要不是迈克的功劳，而是因为 C 委员会的成员们本来也有同样的担忧。那时他们尚未认识到，来势迅猛的温室效应最终使这个决定成了废文。地球已经太脆弱了，这个人类唯一的方舟已经千疮百孔了，来一次核战争会彻底毁了它。所以，他们费尽心机秘密保存下来的这个核武库，如今却成了烫手而毫无用处的山芋。

但迈克看不到这些变化。他老了，思维已经僵化了。再说他毕竟只是一个技术专家而不是政治家。他仍以父母对待儿子般的亲情，默默地、尽职尽责地守护着那堆核弹，决心守到他跨进坟墓。这种生死之恋近于病态，既令人好笑，也让人怜悯。

他对着话筒说："是斯特金先生吗？请讲。"听迈克说"小男孩"已经暴露，他不由叹息一声。在这一瞬间，他对如何处理这批核弹已经有了腹稿。无论如何，不能让世界知道这个秘密，否则将是很尴尬的事。他亲切地对迈克说：

"谢谢你，我会很快处理的。"他回过头对恰莉小姐说，"通知各个委员，看来需要开一次全体会议，时间就定在下周周二之后吧。"

"好的。但柯尔先生在国外有公务，肯定赶不上这次会议。"

"那就按惯例用抽签办法剔去一个委员，保持与会人数为单数。"

"好的，我这就去办。"

第二章　销魂之窟

快艇从中国台湾最南端的鹅銮鼻离岸，一直向南开，很快把岸上的辉煌留在身后。海面黑黝黝的，波纹起处闪着一波波的粼光。快艇之后留下一道白浪，白浪向后延伸着，隐入黑暗。

老虎鲁刚亲自把舵。他是诺亚方舟号私人空天飞机的老板兼船长，今年35岁，中等身材，长得十分魁伟，眉毛和胡须又粗又硬，方下巴。他没有带帽子，圆领的海魂衫被胸肌紧紧鼓起。嘴里斜叼着一支烟卷，眯着眼望着远方，带着咸味的南风抽打着他的面颊。

"瞧，已经能看见灯光了。"他说。

船上其他人立即兴奋起来，极目向前眺望。诺亚方舟号刚去月球运了一船镍矿，昨天返回地球。这种鲁斯式空天飞机性能十分优异，曾是世界航天运输业的翘楚。但它服役二十年之后已经衰老病弱了，如今的每次太空飞行都是一次赌博，是和死神亲吻。所以，太空归来的一夜放纵也就成了惯例。不用说，这一晚的所有花销都是由鲁刚老板掏支票。

靠鲁刚站着的干瘦老头是老猢狲拉里，孟加拉国巴里萨尔人。脸上皱纹深陷，像一只风干的核桃。小眼睛陷在眼窝里，似乎已老眼昏花，但偶尔亮光一闪，仍有当年的犀利。他今年65岁，按说早该退休了。他是鲁刚父执辈的公司老人，是看着鲁刚长大的，鲁刚很尊敬他。他的家乡在富饶的恒河三角洲上，那儿曾是著名的粮仓，是盛产稻麦和黄麻的地方，但现在早就成了泽国。他的亲人都在那次全球性洪水中丧生了，所以他把诺亚方舟号当成了自己的家。"我一定会死在飞船上。哪天我闭眼了，你把我的尸首裹好，从舷窗往外一推就行。这种太空葬可是难得的风光，亿万富翁们不惜花费巨资来预约呢。"他曾半开玩笑半认真地说，鲁刚笑着答应了。

在鲁刚右边的是鬣狗班克斯，西班牙加西里亚人。他的身形并不像西班牙斗牛士，倒像是美国重量级拳王。身材魁伟，肌肉十分发达，两排白牙森然有光。班克斯有用不完的精力，只要不飞行，他就在赌场和姑娘怀抱里打发日子。最后一名是小兔子布莱克，一个身形瘦小的肯尼亚吉库尤人，经常哼着节奏跳荡、吟唱抑郁苍凉的黑人民歌。这就是诺亚方舟号空天飞机乘员组的全体成员，是鲁刚的玩命伙伴。

作为声名显赫的诺亚方舟号船长兼老板，鲁刚有相当丰厚的资产，无疑他应划在"那一类"人中间：那些人戴着白手套，皮肤细腻红润，指甲修剪得整整齐齐。他们在社交中从容自如，应对得体，也常向穷人慷慨地泼洒一些仁慈。但是，也许是少年的坎坷经历，鲁刚至今仍保持着"穷人"的狭隘偏激。当他不得不在那个富人圈中应付时，他常觉得浑身不自在。连他挑的船员也大多是第三世界国家的。他的私人律师、巴西人平托先生曾敏锐地指出：

"你有一种顽固的'穷人情结'。"平托先生说。他出身贵族，皮肤细腻红润，指甲修剪得整整齐齐，银发一丝不乱。"所以你对下等人有一种天然的亲近。这并不是件坏事，但我不希望因此造成你对上层社会的敌意。那会毁了你父亲的事业。"

平托先生也是鲁刚的父执辈，是他父亲手下的老人。鲁刚心悦诚服地记住了平托大叔的教诲，但仍无法改变自己的爱憎。

前边的灯光越来越亮，很快出现了灯火辉煌的魔幻之地，这里原是七星岩珊瑚礁岛，如今大部已沉入海底。白天，透过清澈的海水还能看到当年岛上的棕榈树和苏铁，如今珊瑚鱼在树丛中嬉戏。这个以观光业闻名的堡礁上曾有不少现代化建筑，如今只余下孤零零的几座半截楼群。人类的疯狂导致了地球母亲的疯狂。后悔无及的人类只有尽力挣扎，才能勉强刹住文明之车，但也只能做到使其逐渐下滑而不致立即颠覆。好在人类的本性是随遇而安的，这些半截楼群很快就成了销魂之窟。夜空中有不少真人大小的霓虹女郎，她们挑逗地脱着衣服，直至丰腴的乳房甚至女人的隐秘处都暴露无遗，这才慢慢穿上半透明的纱衣，这样反复进行。楼房门口是几个妖冶的女子，穿着极暴露的游泳衣，硕大的乳房露出大半，目光呆滞，放纵过度的脸庞显得萎靡不振。但听到汽船声，她们立即像注射了兴奋剂一样亢奋起来，迅速堆出笑容向客人迎过来。

鲁刚笑着对船员们说："冲锋吧，老规矩，今晚的开销我全包了。"

班克斯和布莱克已经怪声吆喝着，在人群中呼唤他们的旧相好。拉里把船泊好后问鲁刚："冰儿要在这儿同你见面？"

鲁刚不太情愿地回答："嗯。现在是十点钟，她说10点半赶来。"

拉里怀疑地问："她怎么知道这个地方？"

班克斯从舷窗上回过头笑道："她一定雇了一个侦探，每天跟在哥哥后边。"

鲁刚苦笑一声，他可不把这当作一句笑话。没准那个生性怪僻的妹妹真的这样做了。昨天，飞船返回地球的第二天，他接到了妹妹的电话，声音仍然十分甜美，但语调中透出冷漠和烦躁，在那一瞬间他立刻觉察到妹妹又有了犯病的前兆。他小心地问："冰儿，你身体还好吗？有什么事？"

鲁冰疲倦地说："我的身体很好，也没有什么事。我想见见你。"

"好啊，你什么时候来？"

"明天，明天晚上10点半。"

鲁刚当时略微犹豫了一下，因为这个时间正好与他的安排冲突。鲁冰冷冷地问："怎么，明晚你有安排吗？"

"没有，你来吧，我在公司等你……"

"不必，我知道你们明晚要干什么，我就到那儿去找你。我也想到那里放松一下，乐一乐。"说完就挂断电话。

昨天接冰儿这个电话后鲁刚犹豫了很久，才决定不变动原来的安排。他不想让鲁冰知道船员的例行狂欢，但如果鲁冰明天真的找到了这儿，那说明她早就知道，再瞒她也没有意义了。老拉里不知道这里面的曲曲弯弯，一个劲摇头，说："你真不该让她到这种地方来，你怎么能同意她到这种地方来呢？"鲁刚不愿多解释，苦笑道：

"是她一再坚持的。我不想过分拂逆她，你知道，不管怎么说她还是一个病人。"

拉里看看他，不好再说什么。他和平托律师常常为鲁刚担心，他对自己乖戾骄纵的妹妹向来是百依百顺，这不像他平素嫉恶如仇的为人。但拉里和平托都是公司的老人，知道这个被噩运纠缠的航天世家里，有不少悖于常理的、不足为外人道的隐情。他叹口气，缄默下来。

班克斯从汽艇前扭过头，嬉皮笑脸地说："你的妹妹太漂亮啦！她要是嫁给我，我保证今生不再碰任何一个女人！"

拉里知道事情不妙，赶紧想打岔。但没等他说话，鲁刚的脸色已刷地阴沉下来，从牙缝里挤出一句："滚你妈的。"

班克斯满脸通红，两眼冒出怒火。这七八年来，他已成了鲁刚的玩命伙伴，从心底泯灭了老板和雇员的界限。他没想到这么一句玩笑话惹得鲁刚翻了脸。老拉里急忙拍拍他的肩膀笑道：

"班克斯，那不是你的小露丝吗？"

他扭回头，看见一个女子正向他打着飞吻。这个"小"露丝可一点也不小，她是一个黑白混血女人，身材高大，臀部宽厚，看起来像一头巴西河马。班克斯马上忘了刚才的不快，从舷窗探出头，高兴地吆喝起来。布莱克也找到了旧相识，是一个身体娇小的泰国女人。汽艇靠上岸，侍者系好缆绳，班克斯和布莱克跳上岸，同自己的相好拥抱着进去了。老拉里早已没了这种兴致，他踱到一家小酒吧，坐在角落里要了一杯朗姆酒，安静地啜着。他看见鲁刚最后一个离开汽艇，换了一身衣服，独自到豪华的顶楼餐厅去了。

今天是周末，夜总会里顾客很多。底楼大厅里，在紫色的旋转灯光下，人们都在疯狂地扭动着。左边是赌场，身穿燕尾服的侍役正在熟练地分牌。班克斯和布莱克已经无影无踪了，他们多半已被自己的相好拖进了爱巢。爱巢在下面几层房间里，也就是在水下，用被海水淹没的楼层改建而成。这些房间改建得很巧妙，用大块玻璃密封了原来的门窗，顾客们做爱时还能同时观看鱼儿在水中嬉戏。鲁刚没有在这些地方停留，顺着旋转楼梯径自上了顶楼。

顶楼餐厅是透明式建筑。头顶是半透明的淡绿色天棚,四周是锃亮的落地长窗,厅里摆着雕饰精美的红木桌椅。这里的顾客大多是达官贵人、名媛命妇,她们的珠宝在灯光中闪烁着,几只雪白的巴儿狗蹲在椅子上,从容地看着众人。乐池里正在演奏月光奏鸣曲,乐手们动作舒缓,乐音带着梦一般的朦胧。

餐厅里有几十名漂亮的正当妙龄的女侍,都穿着无肩上衣、超短裙,在各个桌子中来回穿行着。看见鲁刚进来,一名衣冠楚楚的男侍忙迎过来,领他来到预订的餐桌旁。这张餐桌邻着窗户,窗户中嵌着辉煌的倒影。鲁刚点了菜,很快一名女侍送来开胃酒。

"你好,老虎。"

她含情脉脉地盯着鲁刚。鲁刚大笑着把她拥入怀中,吻着她白皙的后背,吻着她的嘴唇和眼睛,阿慧起初抗拒着,但很快也陷入情热,向鲁刚报以热烈的回吻。

阿慧是一个典型的中国南方女子,身材小巧,嘴唇丰满湿润,一双眸子像羚羊般明亮。三年前,她离开已沦为泽国的华南某地,来到这个销魂之窟。她很幸运,很快就遇见了鲁刚,从此把一腔痴情泼洒在这个粗野不驯的中国同胞身上。

四周的绅士们投过来冷漠的目光。在餐厅中同女侍调情是件违规的事。真正的绅士另有寻欢的地方,他们在那里能随心所欲地干很不"绅士"的事,但在某些场合又必须穿上绅士的燕尾服。邻桌一个头发花白的白人低声对他的情妇说:

"看见了吗?这是一艘空天飞机的船长,中国人鲁刚。"他叉起一块小牛肉,轻蔑地说:"一个粗鲁的野蛮人。想想吧,上个世纪 70 年代,当人类的航天梦刚刚实现时,那时宇航员是何等的俊杰!他们都是人类的精英,受过高等教育,一言一行都是人类的楷模。现在呢?……"

他摇摇头,没有说下去。情妇是个乳房很大的金发美女,好奇地打量着鲁刚,低声笑道:

"我倒希望你像他那样激情地吻我,就在这儿。你敢吗?"

拉格朗日墓场

绅士压低声音说："不，我要在楼下的房间里干更勇敢的事。"

两人低声窃笑着。鲁刚听到了他们的低语，懒得理他们，更加放肆地同阿慧拥抱亲吻。他是这里的大主顾，没有人来干涉他们。餐厅老板是个越南人，他知道在全球性的经济衰退中，相对来说中国人的腰包稍为鼓一些，而那些衣冠楚楚的西方人都是外强中干。所以他一直默许和怂恿阿慧用柔情拴住鲁刚。阿慧用双臂挽住鲁刚，轻声说：

"老虎，你又有几个月没来了。"

"我刚跑了一趟太空运输，前天才到家。"

"老虎，我真的想你。你再不来，我真要发疯了。"

鲁刚笑着说："我也想你呀。"

阿慧伤感地说："你在外边顾不上想我的，我知道。老虎，你还记得咱们第一次见面吗？"

"当然，是六年前吧。"

那时阿慧刚来到这个夜总会，鲁刚是她碰到的第一个客人。夜总会的越南老板说，鲁刚是这里的大主顾，要好好侍候他，所以，随着这个外貌粗野的有钱的汉子去爱巢时她满怀恐惧。但那晚鲁刚只是把她搂到怀里，平静地同她聊天，问她家乡在哪里，父母都好吧，为什么来到这个地方。阿慧被他的亲切融化了，把久藏腹中的苦水都倒了出来。她说她的老家在太湖畔，是有名的鱼米之乡。但海平面一天天升高，海水通过长江倒灌进来。好长时间，她的乡人一直在同老天爷搏斗，修堤筑坝，他们至死不相信自己祖祖辈辈的故土会被海水夺走，但终归是天意难违。首先是地下水位逐渐抬高，把良田变成盐碱地，接着已经盐化的地下水像自流井一样向田里倒灌，眼睁睁看着良田成了沼泽，村民像蚂蚁一样被一步一步赶走。只有爷爷和几个老人坚决不走，他们说这可不比往日的逃荒，这么多失去土地的人，哪儿能盛得下？不，死也要死在自己的家乡。

"他们用剩下的积蓄买了机帆船，由农民变成了渔民。我的爹妈和乡亲们移民到甘肃去垦荒，日子过得十分艰难。如今我和爷爷已经失去了联系。"

她偎在鲁刚宽阔的怀中，说着，哭着，不觉睡着了。第二天早上是鲁刚把她唤醒的，醒来后她首先感到惊慌，因为客人们花了钱是干那件事的，不是为了听一夜哭诉。他一定会生气的。鲁刚已经穿戴整齐，递给她一张支票，轻声说：

"这点钱你拿去，把爹妈和爷爷安顿好。"说完他就走了。阿慧震惊地发现，支票上的金额竟然是10万元！……从那以后，她一直焦灼地等着鲁刚重新出现。10个月后她才再次见到鲁刚，那时她立即扑上去，和着泪水吻他。

此后的六年中，她一直把鲁刚当作自己的丈夫。这会儿她痴痴地看着鲁刚的眉眼，微嗔地说：

"老虎，你什么时候才能娶我？你还要让我盼多久啊？"

鲁刚有些窘迫。没错，他喜欢温柔可人的阿慧，自认识她以后就没有要过别的女人。这个外表娴静的女人在心里有一团火，一团极为炽热的情火，他被烧得情思迷乱时也答应过娶她——他也确实打算娶她，如果他能办到的话。可是，他知道心里有一个深藏着的情结，一个从不示人连自己都不愿承认的情结，所以，他绝不会让阿慧坐上鲁家主妇的位置……也许，现在就该设法从阿慧的爱情之网里脱身？

他没办法回答，便以一阵热吻堵住阿慧的嘴。忽然他感到大厅里反常的安静，不，大厅本来就很安静，只有似有若无的梦幻般的乐音飘落于地，但这会儿的安静中又有一层只可意会的停顿。鲁刚抬起头，一个衣裙飘飘的仙子出现在入口。她披着银狐皮披肩，一件中国真丝白裙，裸背低胸，身体左侧是流畅致密的皱褶，波澜澎湃，右侧则显出诱人的人体曲线。酥胸上挂着一根很细的项链，做工极为精致，一粒黑钻在坠上折射着光芒。她的身体颀长，胸围和臀围处很丰满，皮肤白中透红，这正是近十年最时髦的自然色。她知道自己拥有性别的骄傲、姿色的骄傲甚至财富的骄傲，立在入口，似乎有意做一个刹那的亮相，目光傲然从容。然后，她从众多顾客中找到了哥哥，看见了仍腻在哥哥怀里的阿慧，目光顿时阴沉下来。

鲁刚很尴尬。他没想到今晚妹妹会来得这么早，便近乎粗暴地把阿慧从怀中推开。阿慧用受伤的目光看看鲁刚，垂下眉眼，端上托盘飞快走了。她不知道这是鲁刚的妹妹。"鲁刚有一个正上大学的妹妹，但不会是这个珠光宝气的性感女人，而且两人也不相像。那么，这应该是鲁刚的正式情妇吧。"阿慧心想。阿慧在洗脸间擦干了泪水，走出来为客人上菜。

侍者接过鲁冰的披肩，把她领到鲁刚的餐桌旁。鲁刚起身为她拉开椅子，安顿她坐好，问：

"你要喝点什么？还是冰茶吗？"

"不，我今天也要喝威士忌，和你一样。"

鲁刚略带诧异地看看她，笑着为她要了一杯，然后含笑打量着妹妹。妹妹目光清澈幽邃，但两潭秋水中常飘过一丝浮云，使她的目光显得迷茫。鲁刚知道这是她得病后常有的神态。虽然常为她的乖戾骄纵生气，但想到横死的父母，想起妹妹在神智上受到的挫伤，他也就把气愤自己化解了。他愿意永远记着妹妹小时的模样：胖乎乎的小囡囡，一见他回来，就扎着双手，口齿不清地咕哝着"可可，可可"，向他扑过来。

但今天他不免在心里责怪。妹妹的打扮太出格，不像一个大学生。这身衣服无形中使妹妹和他疏远了。他喜欢妹妹穿一件清纯飘逸的白色休闲装，或者穿一件淡绿色的学生裙，那才符合他对妹妹的印象，或者说符合他一直保留在心中的记忆。他也暗自责怪妹妹不该坚持到这种肮脏地方来，但他知道任性的妹妹不会听他的责备。便叹口气，亲切地问：

"你从厦门怎么来的？乘飞机吗？"

"不是飞机，是那种飞机轮渡。"

"噢，你说的是地效飞机，每天一个班次，下午2点从厦门出发，半个小时就能到达高雄，对吧。"

"对，我又从高雄租了一辆快艇开到这儿。"

"冰儿，你约我见面，有什么事吗？"

"没有。"

"真的？"

鲁冰稍带不耐烦地说："真的没有，很长时间没见你了，我只是想见见你。"

"学校里功课紧不紧？"

"还是那个样子，反正我不打算当钢琴演奏家。"

"上月六日是爸爸的忌日，你回家乡扫墓了吗？"

"去了。"

"代我献花了吗？"

"嗯。"

上月六日鲁刚还在小行星轨道上。那天鲁斯式飞船上出了点小小的故障，氢氧电池的一根输氧管破裂，引起一场小火灾，幸而很快被扑灭了。当然，这个小小的事故也完全能让诺亚方舟号永远葬身在寒冷的外太空。他从不把这些危险告诉妹妹，不愿让她为自己担心。

近几年，他常盼着同妹妹见面，见面之后的谈话却有些困难。实际两人的生活都互相向对方封闭。除了对过去的回忆，似乎没有太多的共同话题——而回忆过去又是很危险的，极可能牵涉到父母的横死。鲁刚仓促中又找了一个话题：

"姚云其好吗？我看这个年轻人对你很痴情。"

鲁冰烦倦地说："不要提那个可怜虫。"

鲁刚又在心中暗叹一声。姚云其是一个性格软弱的青年，对鲁冰百依百顺。以鲁刚的性格，当然不会喜欢这种没有男人味的男人。妹妹与姚云其同居两年多了，一直把他当成可以呼来唤去的奴隶。这使鲁刚对他的鄙夷中夹着同情。不过姚云其对鲁冰的爱倒是十分真诚十分狂热的。只要鲁冰一句话，他可以毫不犹豫地跳入火山口，或把自己的心剜出来。爱情可以使一个最软弱的男人有几分阳刚之气，鲁刚对他的看法也多少有些改观。他问：

"钱够花吗？这几个月资金周转不开，上个月的生意赚得不多，飞船上又出了点事故，花了一大笔维修费用。"

鲁冰仍烦倦地说："勉强够吧。"

鲁刚暗自摇头。太空运输业已是强弩之末，运转情况只会越来越糟。以他的财力，每月拿出十万元供妹妹花销已是力不从心了，但妹妹从没有满足的时候。这些年来，鲁刚一直咬牙紧缩自己的开支，而不愿减少妹妹的花销。他不能辜负父母临死的嘱托，也想以此弥补自己的愧悔。

鲁冰斜靠在座位上，神情慵倦地打量着大厅里各色人物。她的鼻梁挺秀，睫毛很长，裸露的肩背润泽如玉。鲁刚看着她，目光无意中滑到了她白腴的胸前，滑到那道深深的乳沟，不禁浑身一震，急忙把目光挪走。这个动作没有逃脱鲁冰锋利的眼睛。她早就发现，在哥哥对自己的亲情中，偶尔会冒出一丝超出兄妹之情的东西，她因此十分厌恶和鄙夷这个粗野的汉子。自从父母横死后，她患了严重的失忆症，那个凶日之前的事她一点也想不起来了，一切都坠入一个幽深恐怖的地狱。她对过去已经没有任何具体的记忆，但她仍能感受到浮在记忆之上的父母的亲情，感受到鲁刚哥哥的亲昵——可是为什么在这些虚浮的记忆中，鲁刚又常常与一种模糊的恐怖相连？

夜深人静，她常常强迫自己回忆。可是，每当回忆到父母死亡时，她的意识便尖叫着四散逃走，坠入一片黑暗。医生说这是大脑的自卫性反应，也就是说，在这道记忆的断层之前，一定有什么十分恐怖的灾祸。回忆的结果使她内心充满绝望的愤怒。

她的回忆之河是从母亲去世那天接续上的，她清楚记得瞎了一只眼的母亲喘息着，拉着她的手放到鲁刚手里："孩子，冰儿托付给你了，你要好好照顾妹妹，好好活下去，让你爸和我瞑目。"

26岁的鲁刚红着眼答应了。平心而论，他在此后的九年中确实履行了他的承诺，但鲁冰不知道为什么，始终把那次托付与一段模糊的恐怖回忆联在一起。妈妈为什么瞎了眼？爸爸为什么恰在那时去世？哥哥和所有人为什么对此讳莫如深？谁能告诉她回忆的断层后到底有什么可怕的往事？

这会儿，她被浮上来的片断回忆压得喘不过气，心中的戾气渐渐加浓。那个衣着暴露的女侍还在痴痴地盯着哥哥，这使她更为厌烦。她故意向哥哥俯下身，使那道乳沟更为清晰，撒娇地问："哥哥，我今天特意穿了最漂亮的晚礼服，等着你的夸奖呢。哥哥，我漂亮吗？"

鲁刚惶惑地看着她，目光十分痛苦。他移开视线，十分勉强地说："我去洗手间。"

鲁冰看着他僵硬的背影，残忍地笑了。她认定那个男人在努力压制自己的肉欲。老实说，鲁冰坚持这个会面地点，故意穿这一身既雍容又性感的衣服，在潜意识中就是希望有这样一个结局。这使她有一种猫儿戏弄老鼠的快感。

"当然漂亮，你太漂亮了！"

身后一个男人接过话头。鲁冰恶狠狠地扭过头，刻毒的话已涌到唇边。她尽可以折磨自己的哥哥，挑起他心中卑鄙的欲念再让他陷入理智的自戕。但她决不会喜欢外人插进来。但她横那人一眼，把唇边的话刹住了。这是个华人青年，似乎有一些白人血统，头发微黄。他大致与鲁刚同岁，穿着随意，T恤、牛仔裤、拷花皮鞋，显然都是名家制作。手上戴着一个沉甸甸的方形戒指，是美国常青藤大学的毕业留念。他嘴角挂着漫不经心的微笑，正用锐利的目光一遍一遍剥下鲁冰的衣服。这种目光与鲁冰很相似，是那种傲然的、意识到自己优越的、睥睨众生的目光。

总的说，这是一个英俊的、很有男人味的年轻人。鲁冰在最后一刻把怒容换成小猫一样温顺的微笑，轻声说："谢谢你的夸奖。"

男人再次用肆无忌惮的目光刷过她的全身，惊叹道：

"你确实漂亮！深潭秋水般的双瞳，湿润的嘴唇，秀挺的鼻子，丰满的乳胸和性感的臀部……你的美是很独特的，在你身上，把东方美女的典雅和西方美女的性感奔放不可思议地糅合在一起，太难得了！告诉你，对于女人美貌而言，我是一个世界级的鉴赏家，我马上向《花花公子》杂志的巴特利先生推荐，希望下一期的封面裸照中就有你的倩影。这个封面一定会使《花花公子》多卖十万份的！"

他放声大笑，餐厅中有不少客人扭过头冷漠地看着他。鲁冰微嘲地说："我似乎还没有委托你当我的经纪人吧。"

"这样美的胴体不向世人展示，不是太吝啬了吗？"他笑着伸出手，"唐世龙，英文名字汉克·唐。很荣幸能认识你。"

鲁冰略为犹豫，还是伸出手去，让他碰了一下指尖。但她没有报自己的名字，只是展颜一笑，回到自己的座位。

唐世龙抬头看见鲁刚已从洗手间返回，便回到自己的餐桌。鲁刚坐下后，看到刚从这张桌旁走开的那个青年正漫不经心地玩着酒杯，嘴角挂着浅笑，一双眼睛火辣辣地、毫无顾忌地盯着冰儿。

鲁刚目光阴沉地投过去一瞥。他从本能上讨厌这个家伙。可能是他太漂亮，带着三分色相的漂亮，这种花花公子是最靠不住的。也可能他太有钱，他身上有无影无形却分明存在的富贵之气。鲁刚算不上穷人，但他的财富是用生命和辛劳换来的，所以他对一切养尊处优者，对一切"戴白手套"的绅士都有一种发自本能的敌意。

不过，也许纯粹是一种阴暗的嫉妒心理？这是鲁刚从不愿承认的，他难以摆脱心底的负罪感……鲁冰侧过脸瞄他一眼，目光如刀。她的肩背白皙如凝脂，逆光中可以看到密密细细的纤毛。鲁刚苦笑一声，向侍者要了一杯威士忌，一饮而尽。

此后两人没有多交谈，默默地吃着盘中的西餐。阿慧在各个餐桌上服务时一直在留意着这边。这会儿她从两人的交谈中已经猜到这是鲁刚的妹妹，自然十分高兴。但她不久又皱起眉头，因为在那对兄妹之间，明显地笼罩着一种冷淡的气氛，他们今晚的谈话一定很不愉快。她真想走过去劝慰他们，但最终自卑地摇摇头，放弃了这个念头。

快到12点时，鲁冰站起身说："哥哥，我要走了，你把我送回岸上吧。"

鲁刚几乎是松了口气。他也站起身问道："你今晚宿在哪儿？"

"我已经在岸上预订了房间，明天上午返回厦门。"

"走吧，我送你上岸。"

柜台前的阿慧正踌躇着，不知自己该不该走上去同老虎告别。鲁刚抬起头在餐厅里寻找着，找到了阿慧，特意走过来，笑着同她吻别。阿慧在他怀里抬起头，看见那个漂亮姑娘站在楼梯口，正冷冷地盯着他们，目光中是毫不掩饰的鄙夷。阿慧苦笑着吻吻鲁刚，然后把他从怀里轻轻推开。

夜风已经很凉了，下弦月在天边闪着冷光。鲁刚看看抱着膀子立在他身后的妹妹，顺手从旁边扯过自己的毛衣扔给她。鲁冰没有拒绝，她把银狐皮披肩扔在一旁，套上哥哥的毛衣。毛衣又宽又大，几乎盖住了膝盖。鲁刚斜眼瞅瞅她，嘴角明显地漾出笑意。鲁冰歪着头问：

"你笑什么？"

鲁刚又回头看她一眼。宽大的毛衣使她的身躯显得十分娇小，她又变成了十年前那个身体单薄的毛丫头。他说："没什么，我觉得你穿这件毛衣很漂亮，比今晚那件衣服漂亮多了。"

鲁冰嫣然一笑，靠近哥哥，挽住他的胳臂。他们都感觉到，晚饭中在两人之间滋生的冷淡忽然烟消云散，醇郁的兄妹亲情开始流淌。这种亲情是从记忆断层之前延续下来的。像往常一样，鲁冰多少有些后悔，每隔一段时间，她常常想来见见哥哥，见面中又禁不住想刺伤他。当这位虎背熊腰的大汉受了伤，躲在暗处悄悄舔伤时，她又感到莫名的烦郁。她轻轻叫道：

"哥哥……"

鲁刚扭头看看妹妹，她仰着头，两眼亮晶晶的，欲言又止。鲁刚笑着问："怎么了？你想说什么？"

"我在世上只有你一个亲人了。你……讨厌我吗？"

鲁刚大笑着，左手扶着舵轮，右臂把妹妹用力揽在怀中。鲁冰安静地倚在他身上，不再说话。港口的灯光越来越近，鲁冰忽然说：

"哥哥，为什么不告诉我九年前的事情？我不能老是生活在残缺中。"

鲁刚苦笑道："冰儿，不要胡思乱想了，医生一再嘱咐让你忘了那段历史，否则你又会犯病的。"

鲁冰的心绪在刹那间又变坏了，怒声说："我已经是大人了，我一定要知道！"

鲁刚又回头看看她，目光十分复杂，他看着远方低声说："其实我早就说过。八年前，我和老拉里拗不过你的要求，曾对你说过一些。"

鲁冰浑身一抖："你说过？"

"对，但是……听完后你真的犯病了，病得很凶。清醒后又把我们说的一切忘得干干净净。妹妹，不要再想它了，等到合适的机会再说吧。"

鲁冰不说话了，像只跌进陷阱里的小鹿，目光中是绝望和迷茫。快艇靠了岸，鲁刚把缆绳系好，陪鲁冰爬上水汪汪的台阶，又把她送到绿云饭店。他在饭店门口站住说：

"我不进去了,还要返回去接同伴们,明天你自己回厦门吧。忘掉所有的不愉快,快快活活地活着,听见了吗?"

鲁冰眸子中的阴云已经消散,笑道:"好的,谨遵哥哥的教诲。"

"给,你的披肩。"

"我不要了,送给你的情人吧。她叫什么?阿慧?虽然是一个下等人,但看来她对你倒是一片真心。我拿它换你这件毛衣,行吗?"

她攀住哥哥的脖子,在他额头上吻了一下,笑着跑走了。鲁刚看着她走进旋转门,转身回去。

赶回夜总会已经是凌晨3点了,在艳丽怪异的灯光背景中,他看到一个女子在门口踽踽地来回走动。是阿慧。她已经脱下了女侍的衣服,换上一套色泽暗淡的长衣长裤。鲁刚把她拉上船,问:"你已经下班了?"

阿慧低声说:"不,我不在这儿干了,刚刚正式辞工。妈妈已经回到太湖,用你给的钱买了一条机动渔船。我早就要回去的,在这儿等到今天,就是为再见你一面。"

她痴痴地看着鲁刚,泪水在眼眶里涌动。在四目对视的刹那,鲁刚真想说:"你不要走,跟我回家吧……"但他知道这是不可能的,即使她娶了阿慧,他心里还是装着另一个女人。阿慧苦涩地说:

"老虎,我要走了,我知道我配不上你。"她想起了鲁刚妹妹那双寒冷锋利的目光,那目光在她心中割下的伤口恐怕一辈子都不会愈合。鲁刚生气地说:

"不要说这样的话!我只是……"

阿慧强颜笑道:"不说了。我不说了,你也不用说了。老虎,走前我只有一个要求,我想再陪你一夜,好吗?你看,现在已经3点了,今晚没剩多少时间了。咱们别上岸,就到你的船上吧。"

鲁刚怜惜地把她揽入怀中。"好的。"他启动快艇驶入沉沉夜色中。

清晨,筋疲力尽的船员们陆续回到船上。露丝把班克斯送到泊船处,和着泪水吻遍了他的脸庞，然后按着口袋里的钞票，喜滋滋地回去了。班克斯见拉里大叔正用揶揄的目光看着他，便解嘲地笑道：

"妈的，这只母河马，昨晚几乎把我吞到肚子里。"

布莱克也在泊船处与自己的泰国情人告别。老拉里坐在船头，手里还拎着酒瓶，他几乎喝了一夜的酒，不过目光仍然像猎犬一样清醒。班克斯和布莱克惊奇地看见，从快艇的活动式船舱里走出来一个女人，是阿慧。她头发蓬乱，脸色疲惫，但眸子中流溢着奇异的光彩。班克斯跨过去挡住她的路，粗声说：

"你是谁？是不是来船上偷东西？——你肯定把鲁刚船长的心偷走了，快掏出来！"

阿慧没有回嘴，抿嘴笑笑，绕过他溜走了。她的表情很平静，只有老拉里饱经风霜的眼睛，才能在她的喜气中看出惨然和决绝。老虎鲁刚也出来了，坐在后甲板上，懒散地靠着一只锚桩，身边随便地扔着那条昂贵的银狐皮披肩，嘴里叼着一支早已熄灭的烟卷，盯着天边的残星冷月。

昨晚鲁刚带着阿慧回船，老拉里一直没机会问。这会儿他问："鲁刚，冰儿呢？"

"昨晚就把她送走了，我告诉她以后不要在这些地方见面。咱们也走吧，去见见平托大叔。他刚刚来电话，说有一笔大生意。"

在这幢大楼的底层有一个室内游泳池。唐世龙趴在池旁的榻榻米上，两个一丝不挂的绝色女子正为他按摩。两双小手柔若无骨，在他的大腿上、脊背上轻柔地滑动。按摩到肩部时，一个女子俯下身在他嘴上着着实实吻了一下，咯咯地笑着。唐世龙没有任何反应，侧脸盯着窗户。那儿安着巨大的厚玻璃，在灯光的照射下，外面的海水显得绿幽幽的，各种海洋生物自得地游来游去。

一个随从走进来，唐世龙立刻从地上跃起来，急迫地问："打听清楚了吗？"

"打听清楚了，那个姑娘叫鲁冰，在厦门大学音乐系上学，今年大概是三年级。同桌的男人是她哥哥鲁刚，鲁氏太空运输公司的老板兼诺亚方舟号空天飞机的船长。他们的父亲鲁君健在九年前因车祸去世，几天后妻子也死了，听说是悲伤过度。还听说鲁冰在那之后患了失忆症，直到今天也没有痊愈，不过从她今天的言谈举止上根本看不出来。鲁氏公司是一个中等规模的公司，目前经营状况还算可以。"

唐世龙不耐烦地说："说她本人的情况！我暂时还不打算认鲁刚作大舅，也不想打听她的嫁妆。"

"她本人……是个野性十足的姑娘，鲁家上下都让她三分。不少豪门公子向她求婚，都被她骂走了，目前和一个姓姚的书呆子同居，不过看来她没打算让他做丈夫。"

"她眼下住在哪儿？"

"鹅銮鼻的绿云饭店。要不要这会儿就把她弄来？这事交给我，保证不出差错。"

唐世龙笑骂道："放屁，实在是放屁。那么一位天仙般的可人儿，能容得你们去动粗？妈的，你们这帮家伙，都是些上不得台盘的东西。记住，从明天起，派一个人紧紧盯着她，每天为她送一束鲜花，玫瑰、牡丹、茉莉、水仙，她喜欢什么就送什么。哪怕她把送的花都摔到送花人的脸上或扔到阴沟里，也要照送不误。噢对了，你们不能出面！找那些长得机灵可爱的小男孩送给她，别让你们的尊容污了她的眼。"

随从讪讪地笑着说："行，我们一定躲得远远的，还要躲到下风头，不能让她闻见我们的臭味。"

迈克走进这座半埋地下的办公楼时，看见杰克正从楼上下来。自从那天之后，杰克对他似乎一直是敬而远之，表情中常有几分畏惧。但今天一见迈克他就高兴地打招呼：

"哈喽，你好，老迈克。"

"你好。"

他朝迈克扬扬手中的支票："我要走了，咱们都要离开这具活棺材了。

5000美元的遣散费。多大方！"

他哈哈一笑，急急忙忙地走了。秘书雷切尔小姐仍然安静地坐在原位，看见迈克过来，笑盈盈地问候："你好，斯特金先生，汤姆逊先生在等你。"

迈克知道雷切尔小姐也是同样的命运，在遣散所有的工作人员后，她也要收拾自己的牙具。但雷切尔小姐对这一切安之若素，她的发型和十指上的蔻丹照样做得一丝不苟。迈克很欣赏她的镇静，笑着说：

"雷切尔小姐，祝你很快找到更好的工作。对，还要找到一个好丈夫。"

雷切尔莞尔一笑："谢谢。"她拿起内部电话，"主管先生，斯特金先生已经来了。"

门打开时，汤姆逊才从窗外收回目光，说："请进。"

老迈克迈着军人的步子走过来，只是左腿稍瘸。他不等邀请便自己坐下来，仍然是军人般的坐姿。汤姆逊关心地问："老迈克，腿伤怎么样了？"

"基本上痊愈了，谢谢你的关心。还要感谢你那天冒着生命危险下到库区救我。"

"不必客气，是我应该做的。可惜G区和P区的管理员都殉职了，愿他们的灵魂能够安息。"

"上帝保佑他们。"

汤姆逊在斟酌着下面的词句，迈克微笑道："开始正题吧，汤姆逊先生，我想你刚才不会是和杰克寒暄天气。"

汤姆逊笑了。他咳一声，开始同样的谈话："斯特金先生，我非常遗憾地通知你，接上边的命令，尤卡山核废料堆放场全部关闭，人员在三日内遣散完。美国地震学会已确认，西雅图—洛杉矶地震带进入了活跃期，并向西部延伸，估计这一带年内还有里氏七级以上的浅源地震……"

他看看老迈克的白发，觉得于心不忍。他已同其他人谈过话，他们多是耸耸肩膀，装上5000美元遣散费后便拜拜了，因为他们早就腻歪了这份工作。但老迈克已经垂暮，孤身一人，这5000美元够他去天堂的路费吗？不过，汤姆逊只是一个执行者，马上也要从这里卷铺盖滚蛋，他无能为力。

老迈克显然很吃惊，他没想到是这样的结局，或者说，他虽然已经知道所有人都要被遣散，但没想到自己也是同样的命运。他坐在椅子上一言不发，陷于沉思。良久之后汤姆逊不得不咳嗽了一声。老迈克抬起头，问：

"我可以用一用电话吗？"

"当然，请用。电话前天已恢复。"

老迈克很熟练地拨了一个号码："喂，是我，老迈克。"

两秒钟后，电话中响起了一个男人的声音："迈克，你好，我知道你会来电话的。"

迈克简短地问："尤卡山全部关闭？我也被遣散？"

"对。"

"AD区的核废料呢？"

"会有人去处理的。迈克，我知道遣散费太微薄了，我已经为你申请了一笔12000美元的特别津贴，近期内就能办好，随后会寄到你的账号上去。老迈克，请原谅，我只能办到这一点了。我常常留恋30年前，那时美国政府的财富似乎是无穷无尽的。现在呢？"他苦笑一声，没有说下去。

迈克不耐烦地说："我不是说这个。我手边还有一些积蓄，俭省一点，够我去见上帝的旅费。我只是放不下AD区的东西，想留下来把它们处理完。"

"谢谢你，斯特金先生，但……"

迈克不快地说："请放心，在这段工作期间，我不会向你们要工资。你知道，AD区的那些玩意儿实际是我的孩子……"

那边打断了他的话："谢谢你，老迈克，你不必费心了，我们会处理的。"

迈克脸色阴沉，直到这时他才过于迟钝地知道，自己确实被抛弃了。他这位曾经显赫一时的核弹专家真的没用了，被历史无情地淘汰了。其实他早该想到的。温室效应使世界变得更加脆弱，核弹成了过于危险的武器。即使没有温室效应，在今天的世界上，恐怕也不会有人敢公开使用核弹或用核弹威胁。他一直视为生命的2250件核弹，实际上早成了一钱不值的垃圾。但他一直顽固地欺骗自己，就像一个守财奴死守着一堆早已作废的纸币。

他真的没用了，不仅是在一般人的心目中，而且是在权力机构的最上层——他曾固执地相信，只有这些人才懂得他的价值。但今天呢？他们甚至不想费心对他来番虚假的安抚。其实，把他留下来处理完核弹再走，对他们有什么损失？没有，一点也没有。但那些人却急于要他离开，他们不愿再看到这位旧时代的象征者了。

迈克沉默了很久才说："那好，我们就此告别吧。"他突兀地问："是处理到拉格朗日墓场？"

对方显然没有料到这一问，停了一会儿，才不快地说："我不知道，也许吧。"

汤姆逊看见老迈克放下话筒后仍在发愣，然后脸上逐渐浮出平静和决绝。他咳了一声，准备说几句安慰的话，但老迈克已从冥思中回来，客气地说：

"再见，汤姆逊先生。再次感谢你那天冒着危险去寻找我。我马上要离开此地。我的戏已经结束了。"他转过身，用微跛的军人步伐走出去。透过半开的房门，汤姆逊听见他在雷切尔小姐那儿领遣散费。他同雷切尔告别，说他要到圣弗朗西斯科去找自己的女儿，他已经近 40 年没同她在一起了。

迈克回到 AD 区收拾行李。两个小时后，汤姆逊看见老迈克的白色福特车开过来。他连忙跑出去同他告别。但老迈克没有停车，只是从车窗里远远地招招手，顺着被地震破坏的道路小心地开走了。

离开核废料堆放场，迈克是一种很奇怪的心境：有淡淡的悲哀和苍凉，也有莫名其妙的轻松。70 年来，他一直在自己的人生之路上埋头往前，没有停下来喘息过，甚至没有回头看看身后的风景。现在，他的目的地忽然消失了，再也不用紧紧张张地往前赶了——那他又该干点什么？他该怎样度过余生？

他没有直接向圣弗朗西斯科开去，而是首先向南，游览了科罗拉多大峡谷国家公园。站在科罗拉多陡峭的悬崖上，看着巨雕在脚下悠然自得地展翅滑翔。下意识中，他是在推迟与女儿见面的时间，推迟"新生活"的来临时刻，想在心理上先做一点准备。之后他驱车去亚利桑那州的彩色沙漠，欣赏着蓝色、紫色、白色、黄色和粉红色的砂砾在阳光下闪亮。几天后，他又到了太平洋的海滨，忧郁地盯着巨大的加利福尼亚红杉，它们在气温升高后正逐渐枯萎。

一个月后，他的福特车停在吊索式金门大桥的停车场上。身旁是直径一米的大桥吊索的样品，那是当年建桥者特意留下的。钢绳的外层已经锈迹斑斑，但断面处被观光客抚摸得亮光闪闪。金门海峡的水面已经显著升高了，轮船从桥下缓缓开过去，隐约可见海豹在水里翻花。观景台上一个黑人妇女和她五岁的女儿在用面包喂海鸟，他不由联想起自己的女儿。但他随即哑然失笑——那个"五岁的女儿"已经是40年前的事了。

明天就要见到女儿了。在夕阳和海风中，他终于承认了自己的惶惑，这是他一直不愿意承认的——他不敢确定女儿是否愿意接纳他。

在横跨1000千米的旅程中，他把自己的一生仔细梳理了一遍。想起他和妻子的离婚，他觉得内疚。他太沉迷于自己的"技术"了。好像谁说过，充分发展的技术无疑是上帝的魔术，而掌握这种魔术的人就会觉得自己有了上帝的权力。在人类的蒙昧时代，巫师用符咒和复杂的舞蹈语言代上帝施权，但那是虚幻的，而他手中的核武器却是实实在在的权力！

而且，全世界50亿人中，有谁能比得上他与"核上帝"的亲近？核武器是由世界上最聪明的人研制的，核弹的安全措施则是更聪明的人制定的，这儿实行"双重核按钮"制，每一级执行者必须有两套密码指令，只有两套密码核对无误才能向下一级传达。在最后一级执行者中，两个核导弹发射钥匙孔至少间隔3米，以确保一个人无法启动。但这些被常人看得神乎其神的核按钮锁对他来说不值一哂。只要乐意，他可以越过参谋长联席会议和总统，轻而易举地让一支弹道导弹呼啸升空，让死神降临莫斯科、北京或平壤。

当然，作为人类社会的精英，他不会这样做。但这足以使他保持上帝般的优越感。这种心境是普通人无法领会的……不过他仍然为妻子歉疚，她正是那种无法与其沟通的普通人。尤其是2022年全世界销毁核武器之后，他执意从华盛顿调往荒僻的尤卡山核废料堆放场，尽其余生守护那些文明的粪便，妻子卡箩终于忍无可忍了。她尖刻地说：

"你是不是患了对核武器的单恋症？这些年来，你一直没有把妻子女儿放在心上，我们在你眼里远远比不上一枚B61-11核弹。迈克，我们一直尽量理解你，毕竟，这些武器是在守护着民主社会的安全——至少在你的心目中是如此。但是，核武器现在已经销毁了，你可以脱身了，在这种情形下你还要让我继续当寡妇吗？"她冷淡地说，"请你决定吧，或者是我们，或者是那堆核废料。"

可惜他无法向妻子泄露有关2250件核弹的绝顶秘密。绝望的妻子最终离他而去。这些年，他一直对妻子怀着歉疚，愿她的灵魂安息。

他在附近休息了一晚，第二天赶到圣弗朗西斯科，女儿住在那里。他在郊外一个小镇上放慢了车速。右边是乡村小教堂，正响着晚祷的钟声。左边是一个乡村网球场，显然已废弃多年，疯长的野草透出满目荒凉。他瞥见路边有一个公墓，汽车已经开过去了，不知为什么，他又把车倒回来。路边的标牌上写着"仁慈公墓"，一条卵石小径向前延伸，黑色的大理石墓碑整齐地排列着，草坪修剪得非常精细。一个穿牛仔服的中年人正在拍纸簿上记着什么，这时向他招招手，高兴地说：

"你好，从远处来的吗？"

迈克走下汽车："从内华达来的，我女儿就住在前边。你是这儿的守墓人吗？"

"对，我叫帕加诺·布鲁诺。"

"漂亮的墓地，草地修剪得像女明星的发型。"

帕加诺自豪地笑了："谢谢你的夸奖，我手下有两个小伙子，负责照看三个公墓，我从来没有让他们有机会偷懒。你看，我正在检查这儿应该整修的地方。"

迈克四周看看，再次夸奖道："漂亮的公墓，真是人生停泊的好地方。我决定了，就把这儿当作我的归宿。"

帕加诺笑道："先生，死神离你还远着哪。不过，真到那一天的话，欢迎你来这里，我一定会让你满意。"

他同帕加诺先生告别，继续往前开。前边就是女儿的家了。这是一幢普通的平房，木房顶，汽车库的大门久未油漆，门前的小枞树也疏于修剪，落日把余晖洒在树梢。

麦菲亚听见敲门声，打开门，是一个风尘仆仆的白发老人，手里举着一束鲜花。她愣了足足两秒钟，才认出这是父亲。毕竟，40年来，她基本上只是在照片上与他见面。

"爸爸！"她高兴地喊，埋怨道，"你该事先告诉我们一声。是开车从尤卡山过来的？"

老迈克俯下身吻吻她，随她走进屋里。麦菲亚大声喊："米斯，杰克，外公来了！"

两个孩子从里间出来。米斯今年16岁，很漂亮，但身体很单薄，脸色苍白得近乎透明。她用手挽着外公的脖颈，亲热地吻了他的额头。杰克则脸色冷漠，过来简单地问候一句，帮他把汽车后衣箱里的旅行箱提到屋里，随即回到自己屋里，继续沉迷于猫王和甲壳虫的音乐。他妈妈似乎对儿子的表现已习以为常。

麦菲亚领父亲到卫生间洗漱完，为他端来一杯咖啡。迈克问："哈丁斯呢？还没回来？"

"他下班后还要到酒吧揽一份工，11点后才能回来。爸爸，你先休息一会儿，我们马上吃晚饭。"

晚饭桌上小米斯一直好奇地看着外公，问了很多核武器的问题："爷爷，你真的是最好的核弹专家吗？人们干吗要制造核弹去杀别人？现在世界上还有核弹吗？"杰克仍是满腹牢骚的德性，偶尔抬头看看陌生的外公，埋下头自顾吃饭。迈克告诉女儿，尤卡山已经关闭了，他终于在70岁上退休了。这一生他对家庭亏负太多，很想补回过去的遗憾，同孩子们在一起生活。麦菲亚说她为此高兴，但迈克发现她的笑容很勉强。

米斯只草草吃了两口便离席，萎靡无力地说她累了，想去休息。迈克低声问："米斯有病？"

麦菲亚的眼眶里立刻涌满了眼泪："白血病。"她苦涩地说："手术费20万。可是她没买医疗保险。"

"为什么？"

"不是我们的过错。保险公司早已查过咱家的基因，不愿接受她的投保，因为她体内发现了可导致白血病的'费城基因'。当然，这些我们是事后才知道的。"

迈克点点头，没有置评。他知道这是保险业的惯例。在过去，投保十万美元的30岁健康女性，每月需交费20美元；但带有乳腺癌基因的则提高为39美元；若带有该基因又有三位血亲死于此病，交费就要上升到56美元。后来随着基因检测技术的日益完善，保险公司对投保人的各种遗传性疾病了解得更加清楚。若带有某些危险疾病的基因，如可引起脑细胞死亡的亨廷顿症基因，保险公司干脆不予受理。

当然不必去指责保险业的冷酷，正如不必相信保险业的仁慈。归根结底，金钱是至高无上的上帝。

杰克冷冷地插嘴："这就是科学啊。依我看，科学可以下这样的定义：它是一种邪恶的魔法，可以预支子孙的幸福让今人享用，而使后人享受先辈甩给后人的痛苦。"停一会儿他又说，"外公可以划到预支幸福的那代人吧，我们则活该倒霉。"

母亲瞪了他一眼，于是他不再说话。迈克问："家里的状况……比较紧张吧。"

麦菲亚勉强笑笑："我们正给杰克找工作，我也想去揽一份零工。以后会好的，别担心。"

晚上，迈克在床上久久不能入睡。他一时还不知道如何开始新的生活之路。深夜他听到哈丁斯回来，他想应该同女婿见个面，便悄悄披衣下床。女儿女婿的门半掩着，泻出一条黄色的灯光。他听见女儿低声说：

"……其实，我和这位父亲并没多少感情。近40年来，他对于我来说只是几张照片，几次电话，他从没有向外孙们倾注一丝感情。现在老了，无处可待了，才想到这个家。但我仍然可怜他，如果他提出留下的话，我想是没办法拒绝的。"

哈丁斯不情愿地说："我也很想留下他，让他能安度余生。说来说去还是那个可恶的钱，米斯的医疗费……"

妻子说："等问清他的打算再说吧。你该休息了。"

拉格朗日墓场

迈克悄悄回到自己的房间，那晚他一夜没睡。

帕加诺从工具车上卸下割草机，告诉园工哈尔先把破损的栅栏钉好。走进墓地，他发现一个穿深色夹克的老人已经早早来到这儿，正低着头浏览众多墓碑上的铭文。他认出这个老人昨天来过，还说要在这儿找一片安息之地，便高兴地同他打招呼：

"早上好，内华达来的先生。"

"早上好，帕加诺先生。"

"你在看碑文吗？"

"对，你看这条碑文写得多好：虽然死神战胜了我，但我从此不用畏惧它了。"

"对，写得很好。"帕加诺应答了一句，认真看看他，轻声问，"先生，我能给你什么帮助吗？"

迈克转向他，平静地说："我昨天已经说过，我想在这儿找一块安息之地。我现在就把费用付讫，请你为我选一块墓地，把墓修好，用黑色大理石碑刻下这两句铭文。喏，给你。"他递过来一张纸片，上面写着：

迈克·斯特金，1970—2040
战神已经死了，因为世界不再需要他

帕加诺不知道他为什么自称战神，但在这段铭文中看到了不祥。他惶然看着客人："先生……"

迈克笑着打断了他的疑问："不必为我担心，我没有准备自杀。但我马上要到国外去，这个世界一天天破落，一天天混乱，谁知道能不能在有生之年重回美国？所以我想先把自己'安葬'在这里，这样我就心无旁骛了。帕加诺先生，需要交多少费用？"

帕加诺从他手里接过现金，愉快地说："请放心，我一定会把你的坟墓修得漂漂亮亮。也祝你长寿，10 年或 20 年后回来为'自己的坟墓'献花。再见，斯特金先生。"

晚饭时哈丁斯也在家。麦菲亚做了一桌丰盛的饭菜为父亲接风。米斯刚做过化疗，没有一点食欲，但她仍强自支撑着坐在外公旁边。迈克把她揽在怀里，不时用手抚摸着她因放疗变得稀疏的柔发。哈丁斯为他斟上白兰地，同他闲谈着40年的变迁，等着他提及今后的打算。但是一直到晚饭结束，迈克一直无意谈这件事。哈丁斯疑惑地看看妻子，试探地问：

"斯特金先生，你已经退休了，准备在哪儿度晚年？"

迈克淡然说："我还没有考虑好，以后再谈这件事吧。"

晚饭后老迈克的兴致很好，一直同两个孩子玩耍。哈丁斯又去干夜工了，麦菲亚回到卧室，很晚还能听到客厅里米斯的笑声。第二天凌晨，哈丁斯还未回家，麦菲亚忽然听到了汽车马达声。她向窗外望去，见那辆白色福特刚刚消失在网球场背后。她赶紧回到父亲的住室，那儿已经人去室空，桌上放着一封短笺，两张已签字的支票：

菲亚：

  我走了。这两张支票，两万元的这一张可以即时兑付，一万二的这一张，最多在一个月内可以兑付。拿它作小米斯的医疗费，算是我多年寡情的小小补偿。

  我去追讨一份债务，如果成功，米斯的医疗费就全部解决了。不必担心，我会活得很好。

爱你的父亲

麦菲亚追到镇子外面，久久怅望着福特车消失的方向，眼眶中充满了泪水。

第三章　神秘的生意

鲁氏太空运输公司设在台北市的成都路,是一幢 H 形的楼房,外表不算豪华。鲁氏公司的实力雄厚早已是不争的事实,不必用门面来装点。所以四年前鲁刚把公司总部从寸土如金的中国香港皇后大道迁到了这条绿树掩映的大街,以便减轻一点财政上的压力。

办公室倒是十分豪华。500 平方米的办公室,靠桌是一张巨大的黑色楠木办公桌。天鹅绒帷幕拉开了,显示着墙上挂的太空航线图。平托律师开门进来,他今年 70 岁,又高又瘦,举止中带着他独有的气质:干练、冷静,随时准备用最合情合理的态度同客户谈判。他是鲁刚的父执辈,对鲁刚有着无法替代的影响力。他说:

"客人已到了。"

办公桌后的鲁刚点点头:"请他们进来吧。"

秘书田小姐引着两位客人进门,鲁刚在门口迎候握手,请他们入座。来人中一位 60 多岁,和平托一样又高又瘦,也是满头银发,皮肤保养得很好,身上是伦敦菲里浦公司的名牌西装。另一位身材较低,胡须浓密。平托介绍道:

"这是弗罗斯特先生,这一位是他的助手罗杰斯先生。"

鲁刚笑道:"欢迎尊贵的客人。用西方的说法,顾客是我的上帝。用中国的说法,你是我的衣食父母。怎么样,切入正题吧。听平托先生介绍,你们准备向拉格朗日投放 1000 吨核废料?"

弗罗斯特点点头:"对。"

"没问题,这是我们 10 年前的例行运输。近年来这种业务萎缩了,但我们的能力并没有萎缩。"

"我们知道贵公司的实力，但这次运输有一个特别的条件。"

"请讲，我们会尽全力满足。"

"保密，我们要求严格的保密。货物将由我们派人装上飞船，并为舱门打上铅封。飞船升空前不准对新闻界透露任何消息。"

鲁刚摇摇头："一艘空天飞机上天是瞒不住的，至少瞒不过美国、俄罗斯、中国等国宇航部门的监测仪器。"

弗罗斯特微微一笑："我们知道，我们只是想尽量淡化它，不想在飞船上天前被一帮记者包围。鲁刚先生，你不会吃亏的，我们准备为此多支付30%的款项作为保密的报酬，你看我们的条件够优厚吧。"

鲁刚微嘲道："一堆核废料值得这么费事吗？不不，你不必担心，"他截断对方的话头，"我只是随便说说，鲁氏公司历来会尽力满足用户的任何保密要求。那么卸货呢？也由你们派人吗？"

"不，卸货由你们负责。"

鲁刚笑道："好，为了保密，我会用你们付的钞票把船员的眼睛贴上，让他们闭着眼睛卸货并组装到废料大网格上。"

"谢谢鲁先生的通情达理。现在，你们是否可以提出一个报价单？"

鲁刚看到平托先生正用目光制止他，便笑道："我和助手商量一下，今晚把报价单送到你的下榻处。现在请各位品尝品尝杯中的咖啡，这是著名的云南小豆咖啡，比雀巢的味道更浓郁。"

四个人寒暄了几句，客人们起身告辞。平托先生慢慢地呷着剩下的咖啡，沉思着。鲁刚耐心地等着，直到他抬起目光。鲁刚问：

"平托大叔，你有怀疑？"

"当然，他的货物绝不是普通的核废料。我担心咱们一旦涉身其中，会带来一些额外的风险，比如说对立组织的疯狂报复。"

鲁刚笑了："我已经考虑到这一点，不过我想不用担心。你难道没看出这两位先生的来历？虽然他们言语平和，但举手投足都带着一种强烈的优越感。那是当惯了世界主人才养成的习惯，是娘胎里带来的，别人想学都学不来。一句话，这两人肯定是山姆大叔的代理人。尽管这几年山姆大叔已经破落了，但心理上的惯性还未消失。他们的货箱里肯定有见不得人的东西，但那属于政治场中必不可少的肮脏，不足为奇，也不会带来什么组织的报复。"

平托暗暗佩服鲁刚的粗中有细。他提出了第二个疑问："他们可以动用本国的航天力量，尽管美国已没有鲁斯式飞船，但较小型的飞船也足以完成这项任务。"

鲁刚摇摇头："不知道。可能是因为咱们极具竞争力的运费，也可能是雇用外国的私人公司更利于保密。平托大叔，我看不要犹豫了。这帮家伙其实很清楚，咱们没有多少讨价还价的余地。世界经济形势这样黯淡，至少二三十年内不会改变，咱们的运输业务已难以维持了。我想接下这笔大单，用赚的钱把飞船彻底检修一次。我不能再让船员们去玩命，也不能让父亲的事业在我手里断送。"

他的语气中透出一抹苍凉，平托也不禁黯然。自从老船长鲁君健去世后，10年来在经济衰退的狂潮中，鲁刚能把鲁氏公司维持下来实在不易。他已经心力交瘁了。这些苦处他只向平托偶尔也向老拉里透露一点儿。在外人看来，鲁刚一直是粗野强悍、爽朗乐天，随时敢用他的诺亚方舟号把上帝的宝座顶翻。平托走过去，轻轻揽住他的肩膀。

鲁刚抹去自己的伤感，笑道："尽管如此，我还要尽力敲敲他们，敲敲山姆大叔的肥脑袋。没准他们比咱们更急呢，他们的货箱里装的恐怕是不敢见人的核武器。我得多敲他们几个做飞船的维修费，也得为鲁冰准备嫁妆啊。"

他无意中提到了鲁冰的婚事，目光随之黯淡下来。平托佯作不知，笑道："这一点倒不急，我们的大小姐似乎还根本不打算嫁人。嗐，她什么时候才能懂事呢。"

"那就这样决定？你把报价单打好，晚上送过去。"

"好的。"

伊尔飞机从圣菲波哥大起飞向西南飞去，目标是哥伦比亚第二大城市卡利，到达那儿需一个多小时。这种小型飞机只有十几名乘客，其中有七八个浓妆艳抹的混血女人，粗俗恶丽，嚼着古柯叶，肆无忌惮地高声说着粗话，一看就知道是去卡利淘金的低级妓女。迈克的同座是一名老神父，年纪和他差不多，穿着黑色的神父服，花白眉毛下有一双睿智的眼睛，面容慈祥，有一种天然的威严和高贵气质。

机下是绵延的云层，在视觉上凝固不动，就像铁灰色的山岭。再往上的云层较淡，缓缓地向后飘动着。飞机所在高度上是第三层轻淡的长云，它们飞速地向机后掠去。当然，这些云层的速度差只是由于它们对飞机的高度差所造成的错觉。飞机行驶了个把小时，云眼慢慢绽开，露出下面绵亘起伏的安第斯山脉。青翠浓郁，一片绿的世界，考卡河在深谷中蜿蜒。迈克正从舷窗向下眺看，听邻座说：

"美丽的安第斯山脉，上帝的恩赐。"

迈克出于礼节回了一句："是的，上帝的恩赐。"

神父平静地说："可惜还有另一种上帝的恩赐。3000年前，安第斯山脉就开始种植一种叫古柯的植物，印第安人咀嚼古柯叶来充饥、御寒、提神、治疗骨痛及风湿痛等。纯朴的印第安人把它视为圣草，视为上帝的恩赐。那时谁能想到，这种圣草会演变为世界性的毒品癌症，甚至于完全毁掉哥伦比亚这个国家？"

邻座的旅客们扭过头，惊恐地看看神父。飞机是飞向世界上最大的毒枭所在地，很可能飞机上已属于毒贩子的势力范围。这些年他们早成了国中之国，成了实际的哥伦比亚政府，对任何反抗他们的人士格杀毋论。这位神父的言论未免太招人忌了。

神父对周围的惊慌视若无睹，仍平静地说下去："哥伦比亚曾经是麦德林集团和卡利集团的天下。麦德林集团在1993年覆灭了，卡利集团在2010年也几乎覆灭。但是自从温室效应毁坏了世界秩序，卡利集团又死灰复燃，变得比以往更凶恶。他们控制着这个国家，每年生产的毒品毒害了7000万人。总有一天，万能的主会惩罚这些罪人。"

迈克突然想起一个人，便小心地问："贵国有一位著名的反毒品斗士安大可神父，请问你认得吗？"

神父点点头："对，那就是我。"

迈克噢了一声。安大可神父三十年来致力于反毒品宣传，在哥伦比亚是妇孺皆知的人物，当然也为毒贩们忌恨。但奇怪的是他倒一直安全无恙，甚至比黑社会的圈内人更安全一些。究其原因，可能是他一直坚持非暴力主张，在暗杀火并横行的毒贩国家里不失为一剂清醒剂；还听说贩毒卡特尔的首领小卡拜勒鲁对这位神父有私人感情上的敬重。这些因素凑在一块儿，才让这位直言不讳的反毒品斗士幸存下来。

迈克告别女儿、乘机离开美国时，已经做出了困难的人生抉择。他决心向毒贩求助来干那件事。对于这一惊人的转变，连他自己都不敢相信。也许心理学家们事后会做出分析：是几十年类似独居的生活造就了一个偏执狂？是他对核武器、对这种魔幻般技术的狂热挚爱导致他失去了理智？是对政府抛弃他的愤怒？

但尽管已经走上了这条不归路——想想看，一直是主流社会精英中之精英，竟然与肮脏的毒贩合流——但迈克的思维还停在精英阶层的旧航向上。他伸手握握神父的手，由衷地说：

"我早就知道你，非常钦佩。"

神父注视着他的坦诚目光，也由衷地说："谢谢。"他关心地问："你到这儿有何公干？陌生人到卡利是非常危险的。"

迈克稍作犹豫，直言不讳地低声说："我找卡拜勒鲁本人。我和他有一些账目要算。"

神父吃了一惊，再次端详自己的邻座。这个满头银发的老人目光清澈，表情中有只可意会的正气，无论如何，他不像是和毒贩沆瀣一气的人。他的眉峰隐锁，似有深深的痛苦，也许是和毒贩有什么深仇而他此来是为复仇？神父迟疑地劝道：

"恕我冒昧，我想有些事情只能求助于上帝……"

老迈克挥挥手，打断了他："不，我一定要去，但你不必为我担心。请问在哪儿可找到卡拜勒鲁本人？"

神父犹豫很久才阴郁地说："如果你一定要去的话，在卡利市中心有一个华莱士夜总会，谁都知道那是卡拜勒鲁半公开的联络站。"他叹口气，"老人家,请你慎重行事,不要让我后悔告诉你这些情况。"

飞机降落在卡利机场上。这儿完全不是美国机场那种灯火通明的景象,黯淡的灯光有气无力地照着简陋的跑道,两个工作人员拉过来一架舷梯靠在伊尔飞机的舱门口。士兵们戴着钢盔,穿着迷彩服,虎视眈眈地盯着下机的旅客。迈克向四周扫视一遍,提起小提箱大步向出口走去。神父唤住他,亲切地说:

"先生,如果有用得着我的地方,请到教堂里找我。我在这儿说话还有一定分量。"

迈克衷心地说:"谢谢。"

神父迟疑片刻,问道:"先生,你准备在哪儿下榻,能告诉我吗?"

迈克摇摇头:"我不知道。谢谢你,我能照顾好自己。"他提上皮箱,很快消失在人群中。安大可神父惋惜地看着他的背影,他对这位美国人印象很好,不忍看着他死在贩毒集团的手里,可惜他似乎在躲避自己的帮助。

一个月后他在电视中看到了老迈克的头像,是世界刑警组织签发的通缉令。那时他不是感到后悔,而是极度的震惊。他通过美国的朋友了解了迈克的历史,不相信一个标准的正人君子会在一月之间堕落成一个标准的恶棍。这一变化的内在原因是什么?如果是毫无逻辑的突然变化,那他对人性的信念不是要彻底粉碎吗?

几个月的思考之后,安大可神父才得出一个能自圆其说的结论。他想,从本质上讲,那些研究核弹的人,那种能把亿万人送入烈火地狱的工作,本来就是邪恶的,只不过被国家、社会用种种逻辑悖论、道德悖论涂脂抹粉,套上虚假的光环。所以,虽然迈克这样的社会精英和卡拜勒鲁这样的巨盗枭雄似乎是分处两个世界,但实际相距很近,一个小小的虫洞就能把两个封闭曲面合为一体。

华莱士夜总会生意兴隆,在血红色的霓虹灯光下,穿着红色制服的侍者不时躬身,迎接一拨拨珠光宝气的客人。室内爵士乐队演奏着狂放的摇滚乐,萨克斯管的高音在厅堂中缭绕。舞池中一束束灯光光束旋转摇曳,营造出梦幻般的氛围。

这两天老迈克一直腻在这里。要一盘哥伦比亚特有的炒蚂蚁蛋，两杯马提尼酒，一份烤牛排，然后在这儿泡上半天。他一直冷静地打量着餐厅的往来人等，也清楚知道有几双眼睛一直冷酷地盯着他。当然他不在乎。

有不少时间，尤其是饮酒微醉时，他徜徉在自己的精神世界里。他常想起年轻时的妻子，孩提时代的女儿——很奇怪，在回忆中他老把年轻的妻子和成年的女儿混在一块儿；常想起苍白得透明的外孙女。米斯的眉眼和他妻子颇为相似，所以虽然只见了一面，他仍有强烈的亲切感。

但大多数时间，他在回忆自己的工作，毕竟这在他的一生中占了极大的分量。从20岁起，那时他还是一个才华横溢的大学生，他就在这个精巧的、神奇的、魔幻般的核弹技术之海里深潜，终于得以到达自由王国，这种与"战争之神"融为一体的快感是普通人无法领略的。他决不能让这些战争之神被人悄无声息地抛弃，连水花也没有一个。他宁可把它们交给魔鬼。

两天来他已发现餐厅有一些特殊的顾客。他们进门后，几乎不易觉察地和保镖们对一下目光，就向后厅去了。后厅是赌博间，但迈克知道他们不是一般的赌徒。这会儿他看见其中一名又来了，正径直向后走去。他也推开碗盘，留下300比索的现钞，尾随而去。

舞池里奏起了极其挑逗的丹松舞曲，在沙槌、手鼓、圆柱古琴和萨克斯管的伴奏下，舞娘们剧烈地扭动着臀部和腰肢，飞快地旋转着。赌博厅里烟雾腾腾，人声嘈杂。赌徒们冷静地斜睨着手里的牌点，看光景即使这会儿天塌下来，他们也会在黑暗中把牌出完。刚才进来的那人在赌博厅门口扫视一遍，并未进去，退出门口向右拐了。迈克尾随而去，看见那人进了一间密室。门口的保镖立即伸手拦住迈克，说话时态度谦恭，但目光十分严厉：

"先生要赌博吗？你走错路了。"

迈克一把推过保镖，闯进房中。房中正在密谈的两人惊奇地看着他。几名保镖立时掏出手枪围过来，被他推开的保镖也怒冲冲地追进来，低声咒骂着用枪顶住他的脑袋。

在五个枪口的包围下，迈克神色不变，平静地看着屋子的主人。那是一个英俊的年轻人,穿着简单,有一头黑发,似乎是黄种人。他的手指略动了动,示意保镖们不要急躁,保镖们随即停下来,等着他的吩咐。

迈克已经阅读了不少关于卡利卡特尔集团的介绍,知道该集团历来讲究低姿态,成员穿朴素服装,有合法职业,不许有酗酒赌博恶习,尤其不能吸毒;他们的作风十分冷酷,成员执行任务讲究三个"不":不许失败,不许找借口,不许有第二次机会。犯下过错立即处死,甚至夷灭亲族。他估计,眼前这位穿着朴素、神清气爽的年轻人很有可能是该集团一个重要人物。

年轻人走过来盯着老迈克看了一会儿,神态平和地用英语说:"先生有什么见教吗?"

迈克微微一笑:"我要见卡拜勒鲁。"

"卡拜勒鲁?"年轻人笑道,"我不知道你要找哪个卡拜勒鲁。如果是那个富可敌国的卡拜勒鲁,那你一定走错地方了。"

迈克对他的话浑似未闻:"我要找卡拜勒鲁,洛吉托·卡拜勒鲁,想给他介绍一桩100亿美元的生意。这是我的下榻处地址,请为我安排这次会面。但请务必记着,我一定要见他本人。"

说完他便转身打算离开。几个保镖立即用枪口杵住他,等候主人发落。迈克神色不变,扭回头看着那个年轻人。年轻人思索片刻,摇摇手,让保镖放他走。等他出门,一个保镖说:

"这就是我说的那个人,已经在夜总会里泡了两天。我看他不是黑道上的人。"

年轻人笑道:"你能确定吗?"

"没错,他身上有一股……圣水味儿。"

年轻人大笑起来:"圣水味儿!我们那位朋友安大可神父若是听见,一定会气坏的。这人的来历查清了吗?把坎贝叫来。"

少顷坎贝匆匆赶来。他是个身材瘦小的混血儿,皮肤黝黑,眼睛中闪着剃刀一样幽冷的蓝光。坎贝说:

"已经查清了。很奇怪,他无论在旅馆还是机票上留的都是真实姓名。他叫迈克·斯特金,是美国最负盛名的核弹技术专家,曾是美国政府的宝贝。

当然，2022年全世界销毁核弹后，这个行当已经过时了，没有用途了。但我无论如何想不通他来这儿干什么。要是想改行做毒品生意怕是晚了一点，70岁的老家伙，一条腿已经伸进棺材了。"

"会不会是美国政府下的鱼饵？"

坎贝摇摇头："不知道。我看不像。"

年轻人认真考虑一会儿，果断地说："我相信这是一条大鱼，而不是世界缉毒组织的鱼饵。也许他真的有一桩100亿美元的生意呢。立即和我教父联系，安排这次会见。当然，他的影子必须割净。"

第二天，在圣尼亚旅馆的三楼房间里，迈克从窗帘缝中看见来了一辆黑色的加长凯迪拉克轿车，从车上下来三个人，进了旅馆门。迈克知道自己等候的客人就要到了，他离开窗户，坐在沙发上看电视。几分钟后，响起轻轻的敲门声。是那个曾用枪顶着迈克脑袋的保镖，但今天他西服笔挺，礼貌谦恭：

"斯特金先生，我们老板请你去。"

"好的，请把我的手提箱提下去。"

保镖提起手提箱，在屋门口等着他。迈克目光恋恋地最后扫视了房间。从今天起，他将正式告别人类社会，或者说告别正常的人类社会。谁知道前边有什么在等着他？尽管这是他自己做出的决定，但此刻也难免有些怅惘。上了车，那个保镖说了声对不起，用黑布牢牢蒙住他的双眼。汽车开了很长时间，按迈克的感觉，他们是在绕圈圈。一个小时后他们来到市内一幢不起眼的楼房。楼房内部戒备森严，围墙边一只纯种德国狼犬在低声吠叫着，门内站着几个保镖，手里都拎着沃尔特手枪和以色列加利尔冲锋枪。他们对迈克很有礼貌，但这并不妨碍对他进行最彻底的搜身，他们把迈克的衣服扒光，仔细检查他的指甲、肛门和生殖器，把假牙拔下来检查，用金属探测器扫遍全身。迈克不动声色地听他们摆布，那个叫坎贝的则一直微笑着请他谅解：

"务请斯特金先生原谅。我们知道美国中央情报局的本领，不能让一个微型信号发生器或微型毒针溜到卡拜勒鲁先生身边——当然，我们很愿意相信斯特金先生。"

迈克微微笑着，听凭他们摆布。半小时后，他们为迈克套上一件散发着香奈儿香水味的新衣服，蒙上眼睛，簇拥着他坐上电梯，来到楼顶。然后把他塞进一架直升机。

这趟旅程持续了四个小时，也可能飞机在绕圈子飞。等到直升机落地，迈克被取下眼罩后，倾泻而来的是太平洋明亮的阳光。他眨眨眼睛适应了光亮，看见直升机正在离开，他认出那是一架隼式直升机。直升机拉起机头，掠过浓绿的丛林，在蔚蓝色的天际消失了。迈克回过身，见一位年约50岁的白人正含笑看着他。他穿一身白色休闲服，精致的摩洛哥皮鞋，皮肤黝黑，中等身材，褐色头发，这会儿正向他伸过手来：

"卡拜勒鲁。欢迎斯特金先生光临。"

这就是卡拜勒鲁？洛吉托·卡拜勒鲁，卡利卡特尔著名毒枭加贝托·卡拜勒鲁的儿子，哥伦比亚的真正国王。迈克暗暗感慨世事无常，在一个月前，他怎么能想象自己会同此人走到一块儿？

卡拜勒鲁亲切地说："斯特金先生远道而来，我先领你参观一下我的家庭公园吧。"

他把随从抛在后边，领迈克悠闲地踱步。海边的树林中，红杉树根裸露着，盘根错节，树丛中有一条不太明显但维护良好的小路。很快他们进入落叶雨林，各种热带树木郁郁葱葱，枝丫纠结，有粗壮的橡皮树和恩卡奴树，也有结着美味果实的菠萝蜜树。往上看，安第斯秃鹫展翅滑过天空，林中不时有一只鼯鼠在树杈间滑翔。一只吼猴穿过小路，用它们那种奇怪的步伐蹦跳着，消失在茂密的枝叶中。有时，卡拜勒鲁为他指出一只三趾树懒，它正抱着枝干酣睡。

卡拜勒鲁介绍说，这是距哥伦比亚海岸500千米处的马尔佩洛岛，是他的私人花园。"我愿在自己家里接待尊贵的斯特金先生。"他意味深长地说。

漫步了近半个小时后，看见前边有了公路，一辆米黄色的罗尔斯－罗伊斯 Coriche X 型轿车正在守候。卡拜勒鲁邀他上车，汽车很快到达海边。从方位看，这应是小岛的另一侧。沙滩上竖着一把凉伞，摆着白色的茶几和两把木躺椅。几名身材剽悍的保镖脸朝外远远地撒成一个圆形，两名一丝不挂的

绝色女子媚笑着迎过来,一边一个挽住迈克的胳臂。两人入座后卡拜勒鲁说:

"我想可以进入正题了吧。"

两名女子腻在迈克身上,迈克微笑着向主人示意:"先请两位小姐自便吧,她们缠得我透不过气。"

卡拜勒鲁笑道:"看来我们的客人不喜欢这个情调。你们走吧。"

两个女子佯嗔地撅着嘴唇,扭动着腰肢离开了。卡拜勒鲁回头说:"斯特金先生,听说你有一笔大生意?"

迈克迟疑地说:"先生,我已经不怀疑你是卡拜勒鲁本人了。但鉴于这笔生意的重要,我还是想请你给出一个可信的证明,我们曾生活在两个完全不同的世界,"他强调道,有意无意地在两人之间划出一道界限,"我不知道两者之间如何沟通。有什么双方都信服的办法?"

卡拜勒鲁有些不耐烦:"当然可以。你想要什么样的证据?是为你在哥伦比亚布置一场为期三天的全国性狂欢,还是在美国东部电网中造成一场停电事故?我都可以办到。不过我想有更直接的办法。"他略带揶揄地说,"斯特金先生主动提出这笔交易,我不排除有信仰方面的原因,比如精神上的巨大失落感,不过我们暂且假定金钱也是原因之一。你想在这100亿美元中分到多少羹?1000万?2000万?我们可以事先敲定。然后我会立即兑付,你想要珠宝,或是不连号的、没有任何暗记的现金,都可以。你也可以把钱事先送给旧金山的女儿女婿和两个外孙,我们不担心斯特金先生不守信用。"

迈克从他的笑容中读到了残忍,也知道神通广大的贩毒集团已完全把女儿一家握在手中了。他点点头:

"好吧。我不要珠宝或现金。你们要用最合法的借口把钱交给我女儿,像慈善机构捐赠啦,彩票中的头奖啦,在我的名字被披露后不能影响我女儿对这笔钱的支配权。另外,我知道卡利集团对成员的三不政策,我不奢求自己得到豁免。不过,如果因不可抗因素造成生意失败,只能把报复局限在我一人身上,不得'夷灭亲族'。"

卡拜勒鲁盯着他说:"谢谢你的坦率。请相信,我是通情达理的。我答应,如果生意失败仅仅是不可抗因素而不是其他原因,我们不会对你的亲属报复。"

"至于金额，我只要求100万，多了对我无用。"他的话中微现伤感。

卡拜勒鲁对这样低的要求有些吃惊，笑道："这样吧，100万算作预付。我再为你保留1000万的索取权，无论你本人还是你指定的继承人都可以。你看，我们一见如故，相信这次的合作一定会非常愉快。"

迈克并未在情绪上有同样的回应，他冷漠地说："好，我们进入正题吧。"他在凉椅上把自己安顿好，呷了一口咖啡说，"2022年，由于国际社会逐渐理智化，或者不如说出于两败俱伤的恐惧，美国、中国、俄罗斯等均按联合国决议销毁了全部核武器。但这个全部仅仅是字面上的。据我所知，至少美国还保留了2000多件核弹，大部分是小型的，像核地雷、用步枪发射的核枪榴弹、核动力的电磁脉冲枪和核动力次声武器，等等。也有少数大块头的，像干净的中子弹、多弹头弹道导弹的核弹头，甚至还有两枚一亿吨当量级的大家伙。"他解释道，"就是赫鲁晓夫吹牛说一次试验能把全世界的玻璃窗震碎的那种。这种吨位的氢弹宣传效应多于实用，不过美国政府也不事声张地制造了几枚。"

他停了一会儿，继续说："秘密保留这些核弹是为了对付铁幕或前铁幕国家的狡诈，对付一些疯子国家的威胁。当然这在国际舆论上是很犯忌的，所以保密非常严格。只有当时的总统、参谋长联席会议主席和一个叫C委员会的七人小组才知道。实际上，这个C委员会才是真正的决策机构。他们可以决定是否把这个秘密通知后任总统。据我所知，至少现任总统，那个36岁的年轻人惠特姆肯定尚未了解这一秘密。"

卡拜勒鲁插话："对美国的C委员会我们略知一二。他们都是政界的元老级人物，如卸任的大法官、参谋长会议主席、银行家、报业托拉斯总裁等。每三年改选一次，更换两人，新入选者要经过极为复杂的甄选程序。实际上，C委员会才是美利坚合众国这条大船的真正舵手。"他笑道，"具有讽刺意味的是，在这个极度崇尚新闻自由的国家里，很多人并不了解或不想了解这个秘密。上个世纪70年代尼克松因水门事件下台，世界都认为这是民主制度的胜利。其实呢，真正原因是固执的尼克松让这几个老人生气了。于是一次C

委员会密会之后，水门窃听的详情被不露声色地捅出来，各种民主机器立即狂热地运转。狡黠的基辛格国务卿比总统早一步看到了内幕，立即同总统拉大距离，在一次接见外国使节时竟不顾礼仪抢占镜头，令尼克松大为恼怒和不解。事后，一些目光犀利的记者曾撰文披露，我印象最深的一篇专栏文章记得是华人资深记者梁厚甫写的。"

他声调平淡地说着，并不是夸耀自己的知识。迈克点头说：

"对。但洪水引发的新地震暴露了这个核武库的秘密，"他简要介绍了此后的发展，"从这时起，我已被排除在知情人范围之外了。从他们的行事推断，这次他们是下了决心，想彻底扔掉这个烫手而毫无用处的山芋。我不知道他们如何处理，但据我的经验，他们必定将核弹投放在半废弃的拉格朗日墓场，那个酷寒遥远的外太空地狱，使这件令人脸红的秘密在人世间永远消失。"他停顿一会儿说："至于运输力量，现在美国航天力量已急剧衰落，而且让本国运输，一旦泄密容易陷于尴尬境地。我估计他们极有可能去找鲁氏太空运输公司，他们有世界仅存的一艘鲁斯式飞船。这件事情不会拖太久，估计在一两个月内就要实施。"

他把咖啡杯放到茶几上说："我的介绍完了，此后怎么做，由你决定吧。如果能揪住美国政府的尾巴，把达摩克利斯之剑高悬在他们头顶，我想他们会忍痛掏出100亿美元的。如果仍需要我的配合，我会做一个被动的参与者。"

两人非常冷静地互相打量着，卡拜勒鲁站起身笑道："非常感谢斯特金先生的情报。"他打一个响榧，一个助手立即从远处趋步过来。他吩咐道，"把斯特金先生安顿在最好的旅馆里，并安排好他的起居饮食，尽可能让他感到舒适。让玛尔塔她们两个仍跟着，如果这次仍然不能讨得老迈克的欢心，我就把她们的耳朵割下来。另外，100万酬金的事情立即去办。"

他同迈克紧紧握手："再见。"

他送迈克上了直升机，沉思有顷，回头走进丛林。丛林中有一间守林人的简陋小屋，随行保镖按了一个暗钮，地板无声地分开，下面是一个宽敞整洁的地下室。几个人正在屋里看着墙上的大屏幕，在镜头中，那架隼式直升机正迅速在蓝天中消失。他们是卡利卡特尔集团的主要成员,有格拉瓦蒂、桑佩斯、卡迈里、米切尔和何塞。那个华人青年的资格够不上与会,他能来这儿是因为他第一个接待了迈克。卡拜勒鲁笑着说:

"怎么样?我认为他的话是可信的,这是个一言千金的至诚君子,也是我所见过的天字第一号恶棍。你看他,把足以毁灭几亿生灵的核弹交给我们时,是何等镇静和坦然。"

他的律师穆佩尔平静地说:"不奇怪。搞核弹的人早就知道这些玩意儿并不是节日喜庆爆仗,而是用来杀人的。他们肯定在心中预演过千百遍核爆的血腥场面,这是他们的职业特点。"

"怎么样,他的话可靠吗?这桩生意我们是否接过来?"

桑佩斯是他们中资格最老的,须发已经发白,但身体仍壮得像一只大猩猩。他说:"据我看这个情报是可靠的,迈克是在向他过去的老板复仇。"

几个人都发表了自己的意见。这是卡拜勒鲁的惯例。在每次重大的行动之前,都要在权力集团内进行最民主的讨论,但一旦形成一致意见,他就把权力全部收回了。在讨论中,那个华人青年一直没有发言。这不奇怪,他本来就不是决策圈内的人。但卡拜勒鲁不久发现,自己的教子一直在笑嘻嘻地盯着他,笑容中有很奇怪的东西,他微笑着问:

"孩子,你有什么见解吗?既然你今天来了,就尽管讲吧。"

唐世龙笑了:"教父,我没有什么可讲的,演好我自己的角色就行了。但我发现这个世界真小,太小了!你知道吗?我刚在中国台湾南部一个小礁岛上意外发现了世界上最漂亮的女神,决心把她追到手。在你急电召我回来之后,我还命手下继续为她送鲜花,不许间断。"他含意深长地说,"这个女神有一个粗野强悍却对妹妹言听计从的哥哥,你们知道他是谁?他就是鲁氏太空运输公司的老板,兼诺亚方舟号空天飞机的船长,那位未来的送货人。哈哈。"

第四章　爱情的阴谋

鲁冰从石宝寨下来，回到自己包租的豪华游轮上。回头望去，石宝寨孤峰拔地，四壁如削，九层亭阁叠连而上，直到山巅。山上云烟缭绕，绝壁中嵌着翠绿的松树。鲁冰意犹未尽，站在船头，江风翻卷着她的长发。她意态飞扬，兴奋地说：

"太美了！这儿的景色太美了！下一个景点是哪儿？"

站在船首的屈原号船长说："我们可以去逛陆游洞，晚上10点可以抵达。"

他们乘坐的屈原号是最新式的磁流体动力快艇，机身光滑，呈漂亮的流线型，行驶起来半浮半飞，异常平稳安静。船上只有他们三个人：船长、鲁冰和姚云其。本来还有一位漂亮的导游小姐，让鲁冰不客气地赶下去了：

"小姐请便吧，我不需要你。我来是观赏江山美景的，最讨厌有人在耳边絮絮叨叨，说这块钟乳石像乌龟，那个山峰像香案，真真烦死人！只要'耳得之而为声，目遇之而成色'，赏心悦目，心旷神怡，便是不虚此行了，我管它像啥不像啥？"

导游小姐讪讪地笑着，询问地看着船长。船长忙说："贵宾已经吩咐了，你还不下去？去吧，你的工资我照开。"

导游对这样的安排没有一点意见，喜滋滋地走了。身后的姚云其暗暗点头。虽然鲁冰是个喜怒无常的任性姑娘，言语尖刻，但她的尖刻有时确实能刺中要害。比如，对大陆上这些烦琐考证式的导游，他也是相当厌烦的，不过只有鲁冰敢把导游赶走。鲁冰穿着一件蛋青色的风衣，黑亮的长发随风飘舞，眉飞色扬，笑容十分生动。看着她，真的能让人无酒自醉。她正是从爱琴海米洛斯岛上走下来的维纳斯——在她心情没有变坏的时候。

姚云其身材颀长，比较瘦弱，穿一身藏青色的中山装，相貌平常。他是厦门大学中文系的,比鲁冰高一届。两年前他在学校的一个晚会上认识了鲁冰,从此就成了鲁冰的忠实臣仆。只要能让鲁冰脸上有笑意,他情愿把心剜出来。可惜,这个被失忆症折磨的姑娘至今仍生活在梦魇中,常常无缘无故地发脾气,阴天远比晴天多。几天前,她到鹅銮鼻见了哥哥,回来后心情很好,每天拉着姚云其陪她野游、做头发、跳舞。姚云其自然乐颠颠地跑前跑后。厦门大学在市区思明路,鲁冰却住在鼓浪屿的康泰路。几天来姚云其一直在她的寓所里陪她。前天晚上鲁冰忽然心血来潮,要逛逛长江三峡。她立刻给哥哥拨通了电话,鲁刚问需要多少钱,她轻松地笑道:

"国内旅游不会有多大花费,十万元大概够了吧。"从屏幕上看鲁刚略有难色,鲁冰立即沉下脸,尖刻地说,"当然还要看你是否同意。谁让爸妈把我那份遗产放在你的监护之下呢。"

姚云其很为这位哥哥难过,几乎不敢正视屏幕上的鲁刚。他知道鲁刚十分疼爱妹妹,但这位公主未免太难伺候。屏幕上的鲁刚没有生气,犹豫片刻后说:"好吧,祝你玩得痛快。小姚也去吗?最好让他陪着你,路上注意安全。"

挂上电话,鲁冰咯咯地笑个不停:"守财奴!你看我这个守财奴哥哥!"姚云其想劝劝她,但嘴巴张几张,没敢说出来。

夜幕已落下,江面上灯火点点,两侧的航标灯闪着黄光,群山溶于苍茫暮色。少顷,一轮圆月从山凹处升起,月色清幽,流波泻地,令人回忆起苏东坡笔下的意境。江面上船流如梭,有大小货轮,更多的是游轮。那些豪华游轮灯火辉煌,远远看去,似乎船体是通身透明的。姚云其轻轻把鲁冰揽在怀里,任她的发丝在自己脸上摩挲着。他真想就这样揽着自己的女神,直到地老天荒。

夜里10点,游艇停泊在陆游洞下。浑身银光闪闪的屈原号停在一堆廉价的普通游轮之外,就像灰鸭群中一只天鹅。岸边峭壁千尺,只在临江处有一条很窄的平台。这块小小的平地上挤满了做生意的小贩,七嘴八舌地叫卖着烤包谷、糍粑、健力宝、可口可乐,也有人兜售山石、竹编、显然是伪造的青铜器等。在音节铿锵的湖北话四川话中,时时夹杂着吴侬软语。自从沿海

拉格朗日墓场

平原被海水淹没,不少江浙难民顺流而上,在本来已经人烟稠密的长江上游沿岸艰难地挤占着立足之地。屈原号的船长小心地驾着船,从游船缝隙穿过去,停靠在岸边。立即有人在岸上高喊道:

"是屈原号吗?鲁冰小姐是在这条船上吗?"

那是一个七八岁的小男孩,声音清脆,说的是略带吴语韵味的普通话,听来十分悦耳。他打着赤脚,但皮肤白嫩,衣服整洁,显然是从沿海流落至此的学生。船长惊奇地回头看看鲁冰,粗声粗气地问:"什么事?"

小孩笑得像一朵鲜花:"鲁冰阿姨,一位先生让我向你献花。他说务必请你收下,如果你收下,他会重重地赏我。"

他举着那束鲜花,等不及踏板搭好便涉水过来。鲁冰多少觉得败兴。自从在七星岩见过姓唐的一面,十几天来,他一直死皮赖脸派人送花,早晚各一次,即使她跑到三峡也躲不掉。而且那人极聪明地从不露面,不然鲁冰肯定会把花束掼到他脸上。

当然,这种不屈不挠的劲头儿也叫人感动,而且让姚云其看着也是一件趣事。姚云其当然不敢说什么,但他心中自然气愤,已经形之于色了。再说,送花的小孩十分惹人喜爱。那束花很大,满满的一捧,看来那个姓唐的是把前两天未送的花一起补送来了。花束中有红色的玫瑰、紫色的山茶、洁白的玉兰、鲜黄色的月季,花香浓郁,鲜嫩腴腻,使人心情为之一畅。鲁冰咯咯笑着,吩咐船员把小孩拉上船。小孩的赤脚在滑润的地板上淌下一块水渍,他不安地笑着,两只小脚搓来搓去。鲁冰低下头逗他:

"让你送花的那人是个坏蛋,我才不要那个坏蛋的花。"小孩怔住了,泪水立即在眼眶中打转。鲁冰接着说,"不过你要亲我一下,我就留下。"

男孩止住泪水,难为情地笑着,忽然踮起脚在她脸上亲了一口。鲁冰笑嘻嘻地问:"还有一个要求,我要收你做干儿子,你愿意吗?"

孩子愣住了,他显然不想回答"是",但是一口拒绝也不礼貌。他忽然福至心灵,说:"小姐这么年轻,只能做我的姐姐!"

这下轮到鲁冰发愣了,片刻后放声大笑:"你也知道女人爱听别人说她年轻?真是个机灵的小马屁精。好了,你走吧。"她吩咐船长接过花,找一个花瓶插上。又让姚云其掏出100元塞到小孩衣兜里。小孩脸庞放光,跳下水一溜烟跑了。

在陆游洞前船长为他们找了一个导游,便回船上去了。两人在导游的带领下踏进陆游洞,立即由衷地赞叹大自然的鬼斧神工。这是一座极其巨大的穹窿似的山洞,整个山腹全被千万年来的涓涓滴水淘空。一串细细的彩灯从上面垂下,几乎望不见顶端,活像来自虚空,更衬出山洞的高峨。细细的铁梯沿着山壁盘旋而上,安全灯也随之嵌成螺旋形。游人缓缓地缘梯爬上去,仰面看时,洞顶的游人已小如蚁米。鲁冰喜笑颜开,举起相机四处乱拍,即使身在危梯中也是如此。姚云其其实已经胆战心惊,往下望时两腿打战,还得装出一副骑士风度,一再敦促鲁冰靠里走,抓紧铁链。鲁冰微嘲道:

"行啦,骑士,照顾好你自己吧。"

两个小时之后,他们爬到洞顶,从一个位于山顶的洞口出去。凉风拂面,波光流银,从高处俯瞰,夜色中的江面十分宽阔寂寥。导游领他们顺着峭壁上凿出的石阶回到游船,鲁冰兴致勃勃地说:

"立即动身往小三峡。"

制服雪白的船长走过来,小心地说:"鲁小姐,是否等到天亮?我发现有一只快艇似乎一直在盯着我们。"

"这里不安全吗?"

"一般是安全的,从未发现过船匪。但今天我总觉得不大对头,咱们小心为上。"

鲁冰蛮横地说:"不管它,马上开船。"

船长为难地看看姚云其,姚云其凑过来劝道:"冰儿,船长是好意……"

鲁冰立即沉下脸,怒声道:"不要坏了我的兴致!"

船长望望姚云其,耸耸肩,开船去了。

屈原号顺着江面飞驰,很快进了大宁河。三峡大坝建成后,这里的水面宽阔多了,河水也格外清澈。两岸峭壁仍保持着自然风貌,竹林深处透出几片黯淡的灯光。过了龙门峡,船长紧张地把着舵轮,在曲折的水道中穿行,一边还为鲁冰指点着峭壁上古栈道的遗迹。探照灯扫过峭壁时,隐约能看见古栈道安横梁的方形石孔。它们贴着水面向后延续，时而隐入水中。前边是更为曲折的巴雾峡，船长告诉她，马上就到僰人悬棺处了，只是夜里怕看不清楚。

鲁冰立在船头高兴地观赏着，意态飞扬。她忽然注意到姚云其不在身边，原来他在船的后舱，正从舷窗中探出身向后凝神观望着。她喊："姚云其，你在看什么？"

姚云其扶着舱壁走过来，满脸忧色，低声说："冰儿，我觉得不对劲，后边真的有一艘船，一直紧紧地跟着咱们。从陆游洞过来就跟上了，我一直在注意着。"

船长听到了他的话，向后张了一眼，虽然面有忧色，仍然安慰他们："既然来了就莫担心。不要紧，就算真的是黑船也不怕。长江上没有能追上屈原号的船。"

鲁冰没有参加谈论，眼睛里闪着古怪的光芒。姚云其担心地想，这个玩世不恭的公主仍把这事看成一件虚拟游戏，一旦遇上什么绕不过去的死局，那就退出游戏重来。没准儿她还巴不得发生什么事，好为这次旅程增加点刺激呢。船长不时向后张望着，加快了船速，两岸的峭壁和村舍飞速后掠。忽然游艇陡然右斜，像一匹急驰中人立而停的奔马。船内未固定的器具呼啦啦滚翻一地，姚云其重重地摔在甲板上。他看见鲁冰摔到茶几上，立刻挣扎着爬起来，把鲁冰揽在怀里。

"血！"他惊叫道。

鲁冰的额角有一道伤口，细小的血滴慢慢渗出来。她推开姚云其，向前舱望去。刚才，水道转弯处埋伏着一艘没有灯光的航船，屈原号驶来时，它忽然一声不吭地凶恶地对撞过来。船长急忙猛打方向，搁浅在河岸的沙洲上。向后看，那只盯梢的汽艇也快速逼上来，撞在屈原号上。

屈原号又是一阵猛烈的晃动，三个人都扶着舱壁，前俯后仰，总算没有再次跌倒。这时，一个五短身材的人带着两个打手跳上屈原号，三只枪口对准他们的胸膛。他狞恶地笑道：

"哈哈，漂亮的鲁小姐，让你受惊了。我们从重庆就跟在后边啦，千辛万苦,总算逮住这张肥票。痛快说吧,你是要钱还是要命?怕不怕在你的漂亮脸蛋上划几道口子?"

船员和姚云其惊恐地看着他们,鲁冰倒是十分镇静,冷嘲地说:"当然是要命啦。你们既然知道我的名字,当然知道我哥哥手里有几个臭钱,说吧,要多少?"

劫匪似乎也没料到这张"票"如此痛快。他犹豫一下,伸出一只手:"50万,一个子也不能少。"

鲁冰笑吟吟地说:"不多不多,鲁冰小姐其实还不止这个价码呢。知不知道我哥哥的电话号码?我想你们既然巴巴地跟踪过来,应该知道吧。为我接通,我向哥哥要钱。"

这会儿那个绑匪倒傻了,不知道这个镇静得反常的漂亮妞儿在打什么主意。迟疑片刻,他拿出手机拨出一串号码,电话中一个小姐的声音说:

"鲁氏公司,请问是哪一位?"

绑匪厉声道:"立即转给鲁刚董事长,他的妹妹有急事!"

少项,电话中鲁刚急急问道:"是冰儿吗?你这会儿在哪儿?有什么事?"

鲁冰微笑着从绑匪手里接过电话,稍稍酝酿情绪,忽然换成凄厉的哭号:"哥哥,我被绑票了!他们要你在明晚之前送来50万现金,否则就要割下我的耳朵和舌头。你快点送来啊!"

最后一句被抽噎打断了。鲁刚在电话中焦急地问:"你现在在哪儿?"

"在大宁河小三峡,乘的船是长江上最漂亮的屈原号。"她突然福至心灵地加了一句,"千万不能报警!他们说如果报警就撕票!"

手机里传来鲁刚焦灼的喊声:"冰儿,叫绑票的接电话!喂,我明天一定把钱送去,你们千万不要伤害我妹妹!"

鲁冰对着手机凄惨地惊叫一声,随之摁断了电话。她笑着把手机递给绑匪:"怎么样?演技一流,效果肯定棒极了。不到明晚,我哥哥就会捧着50万现金亲自送来。下面该怎样进行?要用黑布蒙住眼睛吗?"

她这一番哭哭笑笑,完全成了舞台上的主角。姚云其和船长傻了,连绑匪也愣住了。愣了许久,他似乎才想起下边的台词儿,狞笑道:"鲁小姐真是个痛快人。不过等钱拿来还有一整天时间,这样漂亮的美人儿,不能让你寂寞呀。"他朝手下努努嘴,"喂,把小姐带到我的船上。"

两个手下立刻凶神恶煞地扑过来。姚云其脸色苍白,腿肚子打战,仍勇敢地冲上去:"你们不能这样!你们不能不讲黑道规矩!"一个身体粗壮的打手立刻把他掼倒在地,一脚踩到他的胸脯上,嘴里骂着:"讲你妈的规矩哟。"姚云其苦着脸,嘴角淌出一缕血迹,仍挣扎着扭头看鲁冰。鲁冰看看他,摔脱打手的挟持,喝道:

"不就是想干那档子事么?不用拉,我自己去。"

她拉拉衣襟,平静地走到匪首面前,微微笑着向他伸出手。匪首真的发傻了,迟迟疑疑地伸出左手挽上她。鲁冰忽然凌厉地飞起一脚,踢在那人的胯下。匪首惨叫一声,用双手捂住阴部。鲁冰非常利落地劈手夺过他的手枪,回手扔给姚云其,喊道:

"快,叫他们举起手!"

这一连串动作干净利索,出乎所有人的意料,可惜最后这一步实在是个昏招。仍趴在地上的姚云其机械地接过手枪,还没愣过神,已被侧边的打手夺过去,用枪指着他的脑袋。另一个打手摆动着枪口,逼住鲁冰和船长,厉声喝道:"不许动!谁他妈动一下我就打碎他脑袋!"

鲁冰在枪口下只好站住了,她鄙夷地骂姚云其:"真是笨蛋!"匪首从剧痛中清醒过来,一张脸由白转青,由青转紫,暴怒地骂道:"可恶的东西,老子今天非叫你开膛不可!"

他拔出匕首冲过来,但在下手前显然犹豫了,可能是想到了未到手的赎金?他犹豫片刻,唰啦一声撕下鲁冰的外衣,露出淡红色半透明的文胸,淫邪地笑道:

"一刀宰了你太便宜了,老子要把你剥光,玩够了,再一刀刀片了你!"

鲁冰真正开始惊慌了。她盯着寒光闪闪的刀尖,强自镇静道:"你敢动我一指头,我哥哥一定饶不了你,还有你的50万也要泡汤了!"她在惊惧中敏锐地发现,她的威胁似乎真的有效。那位绑匪分明在犹豫着。

听到妹妹一声惨叫,电话里咔嚓一声,对方把线挂断了。鲁刚仍呆呆地举着话筒,耳边回响着那声凄厉的尖叫。这是在台北成都路的公司办公楼的大厅里,平托先生和几个工作人员正在大办公桌上忙碌地准备着有关这次业务的文件。鲁刚打电话时,平托一直竖着耳朵听着,这时走过来低声问:

"是冰儿的电话?她被绑架了?"

他不想让工作人员听见,所以声音压得很低。鲁刚点点头,拉着他走到隔壁的密室,关上房门,脸色阴得能拧下水:

"是的,绑匪要明天送去50万人民币。你赶快凑齐这笔现金,并通知咱们的'云雀'直升机带足油料,随时待命。我想亲自把钱送去。"他安慰老平托,"不要担心,冰儿不会出事的,你看绑匪的胃口并不大,可以肯定他们不想把事情闹僵。不要担心,冰儿一定会平安回来的。"

平托怜悯地看看他。鲁刚是在对他说宽心话,其实他本人更需要安慰,他的乐观估计实际只是他的内心祈祷。平托迅速打了几个电话,把该办的事交代清楚,回过头说:

"最多三个小时就能办妥,鲁刚,我和你一块儿去。"

鲁刚摇摇头:"不,你不要去,我还要做好动武的准备,万一……我带着班克斯去吧,你去不方便。"

平托温和地说:"鲁刚,你不要劝了,冰儿也差不多是我的女儿。让一个老家伙跟着你,事情可能办得更稳妥一些。不到万不得已,不要起动武的念头——真要动刀动枪的话,老平托也不会含糊。"

鲁刚看看他,没有再劝。在其后等着现金和直升机的两个小时中,两人在这间密室里默然相对。鲁刚保持着表面的平静,但从灼亮的目光和偶尔牵动的嘴角可以看出他内心的焦灼。时间一分一分地过去,屋里的空气点根火柴就会爆炸。鲁刚忽然说:

"老鲁船长已经去世整10年了。对吧。"

平托看看他:"嗯,再过一个月。"

"万一……我咋有脸去见爸爸妈妈?都怪我,我不该让她去三峡。"

平托过来拍拍他的肩膀:"鲁刚,不要过于自责,这是一桩偶发事件,不是人力能控制的。不要胡思乱想了，上帝保佑，冰儿一定会逢凶化吉。"

两个小时后，"云雀"直升机降落在大楼停机坪。鲁刚跨上去时，坐在驾驶员位置上的班克斯探过身，在他的肩膀上用力地捏了一下。鲁刚领受了这种无言的安慰，点点头，坐到乘员位上。后边放着一个长条形皮箱，鲁刚拎过来检查一遍，里面装有两支阿斯特兰手枪，两支改进型的以色列乌齐冲锋枪，座椅下还有一枚单人火箭筒。平托也急急赶来了，手里拎着一个密码箱。看见老平托的身影，班克斯立即启动引擎，直升机的扇叶平稳地旋转起来，鲁刚伸手把平托拉进机舱，平托喘息着说：

"现金已经备齐了，走吧！"云雀一拉机头，轻捷地冲上夜空。

匪首狞笑着，但显然在犹豫。他扭回头看看窗外，似有所待。忽然一声巨响，船体猛烈地倾斜，人们都摔倒在甲板上。来的是一只小型的快艇，艇上一个身影矫捷地跃上屈原号，威风凛凛地用手枪指着众匪。一个打手想抬起枪口，立时一颗子弹擦着他耳边飞过去。来人喝道：

"乖乖扔下枪，趴在地上！"

众匪乖乖地从命。鲁冰惊喜地看到，来人正是那位痴情的唐世龙。他穿一身白色西装，手里平端着一支式样小巧的鲁格手枪，身影矫健。衬着朦胧群山，真像银幕上侠气干云的佐罗。唐世龙转向鲁冰，亲切地展颜一笑，过去拾起绑匪的手枪，把他们几个人踢到舱角，又顺手把趴地上的姚云其拉起来。回头对鲁冰笑道：

"受惊了吧。这一路我一直紧追着你。我是从重庆就跟上的，不久就发现跟踪的不止我一条船。看他们鬼鬼祟祟的模样，我猜测一定没安好心。幸亏如此，叫我扮了一回救美的英雄。鲁小姐，这几条死狗如何处理？"

船长很高兴有这样的转机，笑得合不拢嘴，忙过来说："先生，应该把他们交给水上公安。我这就通知他们。"

鲁冰见唐世龙似乎迟疑一下，便乖巧地笑道："仇人宜解不宜结，叫他们滚吧，反正他们也没占上便宜。"

唐世龙朝她的乳沟扫上一眼，笑着踢起那三个人："鲁小姐大慈大悲，饶了你们几个狗东西，还不快向鲁小姐磕个头，给我滚蛋。"

三个人千恩万谢，忙围过来向鲁冰叩头。匪首在抬起头时，还不忘朝她的乳胸色眯眯地剜上一眼。鲁冰又好气又好笑，在他脸上踹一脚，他狼狈地捂住脸跑了。

姚云其既庆幸能意外获救，又对唐世龙的独占光彩酸溜溜的。他垂头丧气地立在鲁冰旁边，不太友好地瞪着情敌。唐世龙把手枪插回腰间，拢起绑匪的三把手枪扔到水里，脱下外衣披在鲁冰身上，又大度地同姚云其握握手，俨然是游艇的主人。被救的美女一直含笑看着他，这会儿走过来倚在英雄身边，满怀深爱地仰望着他，轻声问：

"这些天你一直在跟着我？"

唐世龙笑道："对，那些花束都是我从广州带来的，然后雇一个小孩送给你。"

"你怎么知道我要来长江游玩？"

唐世龙不好意思地说："从七星岩见你一面后我就被你拴住了。我一直派随从跟踪着你，为你送花。你和姚云其一买上去重庆的机票我就知道了。"

鲁冰粲然一笑："噢，我正纳闷呢，荒村野岭的，送花人从哪儿弄来这样漂亮的鲜花。"她仍甜甜地微笑着，但突兀地问，"那几个绑匪也是你雇的？"

船上所有人都大吃一惊，齐齐拿眼盯着唐世龙。唐世龙显然也很吃惊，但他仍镇静自若地微笑着，看着鲁冰。鲁冰冷笑道：

"不必狡辩啦！这桩劫案虽说布置得天衣无缝，但总的说太巧合了。另外，你不让把绑匪送官，勾起了我的怀疑。还有一点哪，"她抖掉唐世龙的外衣，指着自己的乳胸说："那匪首下手很有分寸的，可以撕破外衣，但绝不会扯掉胸罩，这正是电影中常见的分寸感。我想你对他一定有严格的命令，你不愿让一个臭男人看到不该看的地方。我这段推理没有破绽吧。"她冷冷地说，"姓唐的你最好说实话，别支支吾吾地让我小看你。"

两天前，唐世龙紧跟着鲁冰二人来到重庆，住在朝天门大酒家。窗外是川流不息的江轮，头上缠着白色头巾的苦力在陡峭的石阶上兜揽着生意。当天晚上，个子短小、满脸横肉的郭三敲开他的房门。这人是生意上的老朋友顾老板为他挑选的，唐世龙当时提的条件是：这个人既要长相粗野，像个黑道上刀头舔血的人；又不能是真正的黑帮，不是那种心狠手辣、杀人不皱眉头的人。这个家伙看起来还令人满意。郭三点头哈腰地行过礼，媚笑道：

"老板，怎样称呼你？"

唐世龙冷冷地说："你就喊我黄先生吧。顾老板跟你说清了吗？"

"说清了，说清了。他说让我一切听黄先生吩咐，说黄先生豪爽，讲义气，而且手眼通天。只要伺候得黄先生满意，咱弟兄们绝不会吃亏的。"

"好，现在你听着。我要你去绑架一个叫鲁冰的姑娘，有一个叫姚云其的男人正陪着她，已经雇了一条名叫屈原号的游艇，明天就要去三峡游览。你们弄两条船跟上去，一定要把她弄到手，但不许伤害她，随后我会去把她救出来。"

"演双簧？我懂，我懂。"

唐世龙冷冷地斜他一眼："你很聪明啊，可惜我这次用不上聪明人。"

郭三尴尬地伴笑："是，是，我这人就傻透了。"

"弄到手后你就索要赎金，不要太多，50万吧。然后……你就假装要奸污她，要把她吓得浑身发抖，适当时候我会闯进去救她的。"

"黄先生尽管放心，我一定把这场戏做足。"

唐世龙竖起一根手指："但你一定要记住，下手时要有分寸。这个漂亮女人是我的，我不想让你们的脏手碰到她，也不想让你们的猪眼看到不该看的地方。要是你们没按我说的办，酬金就甭想了，我的手下还会让你们好好长点记性。"

"你放心吧，黄先生。"他小心地说，"按黄先生说的，至少得三个人，两条船，还得两三个真家伙。这样下来花费就不小了，黄先生说的酬金……"

唐世龙喊过随从，扔给他一个微型送话器和一沓钞票："把送话器带到身上，我得随时听着事情的进展。这是10万人民币，事成后再给10万。"

郭三立时眉开眼笑："黄先生真慷慨，没说的，我一定让黄先生满意。"他哈腰弓背地退下去。临走时唐世龙又交代道：

"你的真家伙里不能装子弹。万一你的手下笨手笨脚地误伤了她，我会把你剁碎喂狗。听清了吗？"

在那之后，唐世龙也租了一条快艇，一直悄悄尾追着前面的三条船。教父严令他在诺亚方舟号上天前把鲁冰抓到手里，利用她的掩护去对付他哥哥，对教父的命令他当然不敢有丝毫轻忽。一切按计划顺利进展，三个绑匪登上了屈原号。他从话筒中听到鲁冰与绑匪的一番唇枪舌剑，嘴角不由绽出笑意。这个姑娘的所作所为常常出人意料，他发觉自己真的喜欢上她了。然后他飞身上船，扮演着虎口救美的侠士——谁能想到鲁冰竟然轻易地戳穿了他导演的这场戏？尴尬地静场片刻后，唐世龙哈哈笑道：

"你真是个聪明的女孩儿，我认输。我承认我是这幕英雄救美剧的导演。我自以为安排得天衣无缝，但看来我低估了你。"他坦然笑道，"但我想你不会生气的，至少，这个男人费心费力，大把花钱排这场戏，是为了赢得你的芳心，也算为你的旅途增加点佐料。"

除了姚云其外，所有人都笑起来。今天的场面太有戏剧性了！船长卖弄聪明地说："我说呢，这条水道很安全的，几个小毛贼是有的，还从未有人敢明火执仗。"

唐世龙歪着头问鲁冰："你是从什么时候开始怀疑的？绑匪撕你衣服时？"

鲁冰微微一笑："不，我没有那样聪明。实际上，这一串珠子我刚刚串成线。"

"那么，你刚才面对绑匪毫无惧色，是真正的勇敢了。你的勇敢超过了你面前的所有男人，我向你致敬。"

他半开玩笑半认真地向姑娘行一个西点军校式的军礼，也拿这句话损了船上的男人，当然主要是姚云其。姚云其十分恼怒，却有口难言。刚才他的表现恐怕算不上英雄——虽然说不上怯弱，但说到底只能算一个插科打诨的丑角。鲁冰嘲弄地看看姚云其，回头对唐说：

"谢谢你这几句高级马屁。喂，船长把那束花拿来。"

船长取过那束鲜花。朵朵郁金香、水仙和玫瑰在放置一夜后仍然鲜艳润泽。鲁冰把脸庞埋在花丛中，深情地说：

"你已经为我送了十几天花,我一直想盼着见你,用这样的方法感谢你。"

唐世龙大度地说:"不必客……"他的话没说完,因为鲁冰突然把花束摔到唐世龙的笑脸上。所有人都愣了,唐世龙的笑容凝固在脸上,就像突然凝固的岩浆。鲁冰笑嘻嘻地说:

"亲爱的,请你滚蛋吧。我不喜欢有人死皮赖脸地整天追着我,还把我当傻瓜,设下圈套让我钻。请穿上你的名牌西服,带着你的一片痴情,快点滚蛋吧。"

一刹那间,唐世龙似乎无地自容。船长怜悯地盯着他,十分同情这个运气不佳的痴情男人。姚云其当然十分得意,但他想幸灾乐祸不是骑士风范,便收起喜悦默默地看着唐世龙。他想,如果撇开个人得失的话,这个痴情的男人确也值得同情。

唐世龙很快恢复镇静。他坦然笑着,从地上拾起外衣。离去时,还同姚云其和船长拉拉手。他跳过船舷后扭过头,威胁地把手指放到唇边:

"小心,我不会放过你的!"

天色已经微明,保镖一声不响地驾着快艇。他刚才留在快艇上,对船上发生的事不甚了了。从主人突然离开屈原号来看,似乎计划的执行有了变化。但他遵从组织的规矩,不会去打听。唐世龙挺立在船头,心情十分沮丧。他没有料到精心计划的方案竟然全盘失败。说到底,是他低估了鲁冰,这个喜怒无常的、性格乖戾的漂亮女人并不仅仅是一只花瓶——当然她绝不是一个心机深沉的女人,但有时却能做出一些惊人之举。

不过这次的失败也许算不了什么。凭他对女人的敏锐目光,他看出鲁冰虽然对他尖辣刻薄,但在内心里至少说不讨厌他。他必须也很愿意把这个游戏继续下去。

快艇回到龙门峡口,另一只快艇急急追上来,郭三在船头喊着:"黄先生!黄先生!"唐世龙示意保镖放慢速度。两船并行后,郭三谄媚地笑着说:"黄先生,事情这么快就办妥啦?"

唐世龙沉着脸没有回答。郭三小心地说:"黄先生还有什么吩咐吗?要是没有，我们就回去了。黄先生手头要是方便的话，那 10 万……"

唐世龙没有好气地骂道："你还有脸要？都怪你们这些笨蛋把戏演砸了！那个鬼婆娘什么都知道了。"

郭三吃了一惊。这次行动的成败他不关心，只关心自己的赏金会不会吹灰，便苦着脸哀告："事情办砸了？黄先生，我们可是全按你的吩咐干的啊，一星一点也没有变样啊，你……"

唐世龙不耐烦地挥挥手，打断了他的求告。平心而论，这次把戏弄穿帮不能怪他们，至少主要不怪他们，鲁冰说的"分寸感"也是他事先要求的。他从皮箱里捏了两叠钞票，隔船扔过去：

"拿上你们的 10 万滚吧，不许对任何人透露风声。"

郭三喜出望外，连连打躬作揖："黄先生，你真是大仁大义，以后有用得着我的地方尽管吩咐。黄先生，你走好。"

既然钱已到手，郭三一分钟也不愿多停，那条船迅速调头，向上游方向开去。唐世龙的保镖这才知道行动没有成功，探询地看看老板。唐世龙平静地说："回重庆，然后飞回台北。"

快艇飞快地向上游开去，一会儿就超过了郭三的那只破快艇，远远看见船上的三个人手舞足蹈，乐得不知高低。唐世龙一直默然立在窗前，保镖偷眼瞧瞧他，发现他的脸色并不算阴沉，有时还会绽出一丝笑纹。他想，也许情况并不像他说的那样糟。

飞行途中，鲁刚一直把一张军用地图摊在膝盖上看着，从地图上看，从台北到大宁河直线距离正好 1000 千米，两个多小时就能到达。直升机很快横越台湾海峡，横越了险峻的武夷山。他们在长沙停了一会儿，略作休息，把油箱加满。

现在他们到了湖北的地界。在温室效应引发的洪水之后，这个昔日的千湖之省又恢复了原状，一个接一个的湖泊就像女神的异形神镜，在晨曦中闪着璀璨的光芒。前边，在两列山峰的夹峙中，他们看到了那条从唐古拉山万里飞泻的玉龙。它以三峡大坝为明显的分界，大坝东边是正常的河身，大坝西边则陡然加宽，形成串珠似的银白色的人工湖。直升机溯流而上，很快到了大宁河的入口，班克斯回身向鲁刚点点头，压下机头，下落至两岸的峭壁之中，顺着河面低飞着。

很快就要见到冰儿了，很快就要见分晓了。鲁刚紧紧盯着机翼下一条又一条的游船，眼睛中闪动着焦灼的光芒。忽然，前面有一艘流线型的豪华游艇劈水而来，穿着救生衣的一男一女立在船头，双手捂作话筒大声叫喊：

"鲁刚先生！哥哥！我们在这儿！"

是鲁冰和姚云其，他们都安全！班克斯急忙在空旷处转过机头，追上游艇，悬停在游艇上方。鲁刚从软梯上爬下去，把妹妹揽在怀里，在强劲的旋翼声中大声地急急问道：

"你们怎么获救的？绑匪呢？"

姚云其笑着，看着鲁冰的眼睛，不知道是否该说出真情。鲁冰笑了一会儿，附在哥哥耳边大声说：

"一场虚惊！是一个姓唐的家伙导演的，就是咱们在七星岩见过的那个家伙。他雇人装作绑匪，自己再来扮演侠客。让我识破了，臭骂一顿，把他赶走了！"

鲁刚这才把心中的千斤巨石放下来，突如其来的喜悦之潮把他淹没了。直升机的旋翼气流在河面上吹出一个圆形的白浪区，鲁冰的头发和衣裙都猛烈地翻卷着，她的发丝摩挲着鲁刚的脸，浑身洋溢着喜悦。鲁刚静静地揽着她，任妹妹的亲情一滴滴渗入心田。

平托也从直升机上爬下来，一手还拎着那只钱箱。鲁冰快乐地说："哟，把平托大叔也惊动了！你们把钱带来了？飞机上是谁，是班克斯吗？"她大声喊："你好，班克斯，谢谢你来救我！"

平托笑着嗯了一声，问清了情况，把钱箱递给鲁刚，过来拥抱鲁冰："你这只不安生的小山雀，你知道吗？昨晚把你哥哥愁坏了。是哪个姓唐的家伙？他是什么人？"

鲁冰笑着摇摇头："我也不知道他的底细，上次在七星岩与他见过一面，我甚至没同他说过话。我没想到他会不远千里追到这儿。"

姚云其也过来同两人握手，鲁冰嬉笑着说："哥哥，这次亏得这位姚先生陪着我，他在绑匪面前表现得非常勇敢——可惜他不会武功，让绑匪一脚踹倒了。"

姚云其的脸色变红了，低下头，显得手足不宁。鲁刚不知道其中的实情，便装着没有听见这句话。鲁冰忽然把目光转向了钱箱，似笑非笑地说：

"哥哥，前几天我问你要钱时，你不是说现金不足嘛。"

她感到平托大叔的拥抱突然停顿了。平托同鲁刚交换一下目光，脸色阴沉下来。他藏起自己的不快，亲切地问了一些情况，又问鲁冰现在是否返回。鲁冰用力摇头："不，不，这次的旅行太刺激了，我还没有尽兴呢，你们先回吧，我和姚云其再玩两天。"

鲁刚和平托都没有劝她，鲁刚问："钱够花吗？"

"够了。"

鲁刚和平托走到船尾向船长致谢，又同鲁冰和姚云其告别，然后顺着软梯爬上飞机。班克斯朝船头的鲁冰挥挥手，推下操纵杆，迅速爬升，把群山抛到机翼下，顺着来路返回。机舱后面的两人一直一言不发。鲁刚从皮箱中取出枪支，无意识地瞄着舱外，推上膛，又退下来。玩了一会儿，他百无聊赖地把枪支扔回皮箱。平托沉声说：

"鲁刚，我再次警告你，你的溺爱会毁了冰儿。"

鲁刚苦笑着，勉强为妹妹辩解："平托大叔，不管怎么说，她还是一个病人嘛。她还没有从那个梦魇中醒过来呢。我常常想，如果我也处在她的位置，像那样生活在残缺的人生中，恐怕我的性格也会逐渐扭曲的。以后慢慢劝说她吧。"

平托叹息一声，不再斥责他了。他对班克斯说："快点赶回台北。原定今天带我们的客户去哈马黑拉岛，包租的波音737飞机已经预订，但愿明天能把合同顺利地签下来。"

第五章　鲁斯式飞船

哈马黑拉岛空天发射场是最接近赤道的发射场，30多年前投入使用，是一些实力雄厚的私人财团合资兴建的，以便同美、俄、日、乌克兰等国兴建的马绍尔群岛空天发射场抗衡。那时世界宇航业正是巅峰时期，空天飞机在月亮和地球间来往穿梭，数目众多的太空巴士载着如蚁的观光客。没有人想到仅仅10年后它的景况就会一落千丈。后来，马绍尔空天发射场被洪水淹没了，哈马黑拉发射场惨淡经营，勉强维持下来，但也几乎停转了。现在发射场中只停着一架空天飞机，就是鲁氏公司的诺亚方舟号。偌大的发射场人影寥寥，水泥地面的缝隙里长出了青草，几只白色的海鸟在蓝天下掠过。

这头庞大的怪兽静静地趴在那里。后掠机翼，垂直尾翼，外形与美国早期的航天飞机差不多。但它使用可变矢量喷管，在水平位置下垂直起升，水平落地。这与垂直起升、水平回落的航天飞机以及水平起升、水平回落的老式空天飞机都不同。

鲁刚和平托领着两位客人参观，巨大的机身映着蓝天，衬得他们小如蝼蚁。鲁刚怜爱地仰望着机腹，又一次感到人类的伟大和人类的渺小。想起20年来航天业无可挽回的衰落，也不免滋生出苍凉之感。衣冠整洁的弗罗斯特登上舷梯，笑容慈祥地说：

"鲁斯式飞船，好样的。"他亲昵地评论道，"一般来说，技术的发展没有奇迹，新技术是对各种固有矛盾的又一次排列，当你侧重于某一方面时，总要牺牲其他一些特性。所以任何一点微小的技术进步都必须经过一步步艰苦的努力，是渐变而不是突变。但这种新式空天飞机简直是科幻般的成就，它是上个世纪90年代乌克兰宇宙科研推广设计总局尼古拉·拉祖姆内的杰作。近地载重量1000吨，使用混合金属燃料，几乎能以任何速度飞行，甚至能悬停在空中,这就使极为困难的飞船再入大气层过程变成了小孩的游戏。2012年西安航天公司制成第一艘样机,你们这艘是世界上第八艘,也是目前服役的唯一一艘,如果……人类文明自此不能复苏,那么你的飞船就会成为航天技术的顶峰。千百年后,人类愚昧化了的后代将把它作为圣物顶礼膜拜。"他笑着回头说,"20世纪科幻作家拉里·尼文的小说中有这样的描述,说文明衰亡后,残留的'工程师'将成为那个愚昧时代的神圣,他们手中残留的技术也成了那个时代的神迹。上帝保佑,不要让这个预言变成现实。"

鲁刚笑道:"弗罗斯特先生,你对航天技术十分内行,尤其对技术的评价有局外人达不到的深度。我想你一定是个航天专家,在此之前,看到你们的神秘举止,我还以为你是个恐怖分子呢。"

他的话中隐含讥刺,但弗罗斯特一笑置之。他们参观了巨大的指挥舱、服务舱、生活舱以及更为巨大的货舱。鲁刚敲敲十英寸厚的货舱防护板,骄傲地说:

"只有鲁斯式飞船有能力装这样的防护板。它一开始就是为运送核废料设计的,对于浓度较低的核废料,这些防护板足以防御它们的辐射。你知道吗?相当多的防护板并不是铅板,而是作燃料的那种混合金属,这样,在核废料已卸下的情况下,可以逐步抽掉这些防护板做回程燃料。"

弗罗斯特点点头:"我知道,十分巧妙的设计。"

他们浏览一遍,返回生活舱,这里也相当宽敞。他们在椅子中把自己安顿好,饶有兴趣地用固定带把自己拴住。弗罗斯特笑着说:"我好像已经到太空了。你看,我马上就要飘浮起来了。"

平托也凑趣道:"建议两位,这次干脆随货物到太空观光,我们不会额外收费的。"

"谢谢平托先生的慷慨。"弗罗斯特笑着,自得地说,"太空我已经去过多次了,还与家人一块去太空度过假,是我亲自驾驶的'太空巴士'。我真留恋那个富裕的梦幻时代,数量众多的太空巴士几乎是一夜之间从地下冒出来的。可惜这场梦为时太短了。好,我们开始正题吧。"他与罗杰斯交换一下眼神,笑道:

拉格朗日墓场

"报价单我们看过，你们的运费很合理，但要求我们支付60%的款项作为保密费，未免太苛刻了吧。"

鲁刚接口道："不多，弗罗斯特先生，你说的30%远远不够。我们心照不宣，我知道你代表哪个国家。这次，你要求绝对保密，要求自己装货，加铅封，等等，我当然不相信那会是普通核废料，我想也不会是曼哈顿岛上的自由女神像或拉什莫尔山上的四总统巨型石像吧。但我是一个唯利是图的商人。我不管装运的是玛雅人的财宝，还是印第安人的尸骨。我只要求一个合理的价钱，能补偿给我带来的额外风险。谁知道呢，可能我会为此陷入一场马拉松官司，或被某个恐怖组织追杀。"

罗杰斯先生显然很恼怒，用目光催促弗罗斯特与对方争论，但后者用目光制止了他。平托已经准备对付一场艰苦的讨价还价，鲁刚则冷着脸，摆出一副决不退让的派头。停了一会儿，弗罗斯特笑道：

"鲁刚先生是一个过于强硬的对手，你让我很为难。这样吧，我提一个反建议：运费不变，保密费加至50%。坦率地讲，我十分愿意谈成这笔生意，也愿意尽快把那批货物处理妥当，但这是我能做出的最大让步了。"

平托示意鲁刚接受，鲁刚沉吟片刻，勉强点点头。弗罗斯特接口道："但有一点困难，离飞船启航只有两个星期了，在这样短的时间内我无法通过秘密走账筹到那笔额外的款子。这一点务必请你理解。你知道，即使在我们政府内，我们也不能过于公开地行事。"

鲁刚不快地说："你的意见……"

"我想先把一亿美元的运费付讫，其余五千万我会在两个月内转入你的户头。"

鲁刚看看平托，勉强答应："好吧，我相信一个有教养的绅士，不会在付讫全部费用这方面让我为难。"

弗罗斯特轻松地笑道："那当然，我们都是有诺必信的绅士。另外，你我都有让对方守信的杀手锏。如果我们在付款上捣鬼，你尽可让平托先生公布这次秘密交易的内情；反之，如果在我们付款后，你未遵守保密的条款，我们会派上一打杀手去寻你的晦气。当然啦，我相信不会出现这些不愉快。现在，我们可以捺下指印了吧。"

鲁刚笑着点头："好，现在请回台北，到我的办公室里正式签约。"

两个小时后，他们包租的波音737在中国台湾桃园机场降落。又两个小时后，弗罗斯特两人夹着装有合约的皮包坐上自己的罗尔斯—罗伊斯轿车，罗杰斯升起司机后面的隔音板，不快地说：

"弗罗斯特先生，我想你答应鲁刚的价码太快了一点，我们很可以再砍上一刀的。"

弗罗斯特把头枕在澳大利亚小牛皮精制的座椅上，神色平和地说："夜长梦多，最重要的是尽快促成这件事，这是布朗先生一再交代的。"他冷笑一声："再说，那五千万他们拿不到的，我们将把这笔钱交给上帝。罗杰斯，从现在起要派人昼夜监视鲁氏公司，验证他们的保密承诺，同时掌握老平托一天24小时的行踪规律。"

罗杰斯猜到了他的话意，点点头，没有多说话。弗罗斯特神态落寞地看着窗外的岛国风光，很久才低声自语道：

"这些暴发户。他们连怎样在餐桌上使用刀叉还没学会呢。和我们斗心眼，他们还嫩了一点。"

汤姆逊把自己的行装打点好，装在他的菲亚特轿车中。堆放场的职员已经全部遣散，秘书小姐是昨天离开的。上午10点，接替他的吉维特先生按时赶到，他是一个外貌精干的中年人，穿一身灰色的西装，只有一名助手随他同来。两人在办公室的门口握手：

"欢迎你，吉维特先生。"

"你好，汤姆逊先生。"

"吉维特先生，我已经完成了上边要求我做的所有工作，人员全部遣散，资料已经封存。而且，我又在仅有的两个知情人——杰克和我——的嘴上贴了封条，请放心，我们会彻底忘却AD区的秘密。现在我可以走了吗？"

"可以了，谢谢你的工作。"

来人把汤姆逊送到路边，再次同他握手："汤姆逊先生，顺便问一声，斯特金先生早就离开了吗?"

"对,15天前他就走了。"

"他到什么地方去?"

"不知道,他走得十分决绝,甚至没容我同他告别。你找他有事吗?"

"没有,只是随便问问。我同他素不相识,但我十分尊重这位遐迩闻名的战神。再见,一路顺风。"

汤姆逊走后的第二天,一列车队隆隆地开进了尤卡山堆放场。重型卡车上装着一种造型比较特殊的集装箱。美国陆军派来的工兵日夜抢修着因地震破坏的道路。五天后,这些集装箱已经在旧金山港口开始装船了。

哈丁斯和杰克匆匆吃完早饭,骑上自行车上班去了。那个餐馆比较远,骑自行车至少要50分钟,但他们已经无力支付汽车的燃油费用了。麦菲亚也急急忙忙吃完饭,同小米斯吻别,她在附近一家饭店找了一份打扫卫生的钟点工,现在也该上班了。米斯怯声说:

"妈妈你也要走吗?"

"对,孩子,妈妈要尽量多挣点钱,给你治病啊。"

米斯无力地说:"妈妈,明天还做化疗吗?"

麦菲亚亲切地说:"是的,孩子,再做几次你就痊愈了。多亏外公临走时留下这笔钱,我们才能为你治病。"

米斯仰起头问:"外公呢?他现在在哪儿?"

麦菲亚强抑心中的刺痛,吻吻女儿的额角,离开病床走了。她不知道衰老的父亲现在在哪儿,过得怎么样。爸爸临走留下两万元,足以维持近期的医疗费用。但若用骨髓移植的办法去根治,那么再加上一个月后可兑付的一万两千元支票,仍然远远不够。

问题是,她们根本没有其他途径来凑足这笔钱。

米斯的白细胞已达100万,肤色近乎透明,脾脏和淋巴结肿大,已经没有一丝力气了。麦菲亚知道,目前的化疗和放疗都只是权宜之计。当女儿体内的癌细胞增多时,就用这种办法化放疗杀死它们,但同时也杀死了健康的红细胞。然后停止化疗，等造血器官把红细胞补足。不过这时癌细胞又泛滥成灾了，必须开始下一轮的治疗。这是和死神的一场赛跑，双方交替领先——而且最后的结局肯定是死神取胜。可是他们没有一点办法。全家都在尽力为女儿的生命工作，连她哥哥杰克也找到了一份力工，每天不言不语地苦干。这个看似冷漠玩世的哥哥实际深爱着妹妹，这使麦菲亚的心里多少保留一丝亮色。

不过，所有人的工资加起来也是杯水车薪啊。

20年前，麦菲亚曾有一次去非洲的志愿服务经历。在那里，她亲眼见到了很多肚腹膨出、骨瘦如柴的黑人病孩，不少人已病入膏肓，而他们的父母都只能目光麻木地看着，根本不打算为孩子们治疗。那时她无法理解这些父母，他们冷酷的麻木使她不寒而栗。她绝没想到，使人麻木的贫穷有一天会落到自己身上。

她穿上外衣正要上班时，门铃响了。客人是一位40岁左右的白人男子，衣着合体，举止干练，挟着一只精致的鳄鱼皮包。

"是哈丁斯太太吗？我是'世界反基因歧视联盟'委派的律师，对受害者提供义务服务。"

麦菲亚茫然接过那张烫金名片，歉然说："里奥先生，我该上班了，我的老板不喜欢有人迟到。"

里奥先生微微笑道："请你打电话请个假吧，我要说的事很重要，牵涉到你女儿的治疗。一会儿你就会知道，耽误一会儿是值得的。"

麦菲亚叹口气，请里奥律师坐下，端上咖啡，又用电话向同事告了一会儿假。里奥先生看见了在厨房里吃饭的小米斯，远远地向她招招手，回过头开门见山地说：

"我们是一个慈善机构，不遗余力地为每一个受害者服务。据说你的女儿出生后，曾去太平洋保险公司办过医疗保险，被拒绝了。这件事属实吗？"

他的英语中带着隐约的南美口音。麦菲亚说："对。我们只是事后才知道原因，据说这家公司最先掌握了多种遗传疾病的基因识别技术，顾客中凡携带绝症基因者一律不予办理。"

"他们是否对米斯小姐进行过体检?"

"嗯。他们说是对顾客的额外健康服务。"

"体检经过你或哈丁斯的同意了吗?"

麦菲亚迟疑地说:"大概吧,我好像填过一张表格。"

里奥摇摇头:"狡猾的家伙,这使事情多少难办一点,但没关系,我仍能设法揪住他们的鼻头。你们当时的申请表格是否保存?如果没有,请尽量回忆当时的具体情况和日期。"

"请先生稍等,我记得保存着。"

麦菲亚匆匆回到里屋,在家庭档案柜中翻检一番,居然找到了那张计算机表格。里奥先生高兴地说:

"好,这就更好办了。"米斯已经吃完饭,经过客厅径自回到卧室,没有同客人和妈妈打招呼,她的步履已经很虚弱了。里奥盯着她的背影,压低声音说:"小米斯的病已经很重了吧,耽误不得。你立即去医院联系手术,费用我可以先垫付20万,这笔钱等你们的保险费索赔过来后再扣除。"

他打开皮包,取出一叠现金堆放在桌面上:"请哈丁斯太太点收,这是20万。"

一堆崭新的钞票堆在桌子上,令人眼花缭乱。即使在温室效应前的富裕年代里,她也从未持有过这么多的钱。她几乎不相信自己的眼睛。这种绝处逢生的感觉太突然了,太强烈了,她心中十分不安。这个神秘的来客是什么人?今天不是圣诞节,他也不会是乐善好施的圣诞老人。但为了女儿,她知道自己不会拒绝。半响,她才嗫嚅地说:

"我可以冒昧地问一个问题吗?"

"请讲。"

"我们如果收下这笔钱……请问我们要承担什么义务吗?"

里奥微笑着摇头:"不,不须承担任何义务。"

"那么,这件事是否和我的父亲迈克有关?"

里奥深深地看她一眼,把通往小米斯房间的屋门关上,干脆地说:"没错,我的主人曾受过斯特金先生的恩惠。但由于种种原因,希望你彻底忘掉这一点，连我的来访也要从脑海里剔除。你的记忆只需从那一天开始———一个太平洋保险公司的职员突然登门，满怀歉疚地承认工作疏忽，通知你们有一笔100万的医疗保险归你使用。其他情况要严格保密，我建议你连丈夫也不要告诉。这样做是为了你的利益。记着我的话了吗？"

麦菲亚犹豫着，最终点点头。她问："我父亲过得好吗？"

"请放心，他会有一个国王般的晚年，但我想他很可能不会再回美国了。如果他不同你联系，就请你把他从记忆中剔除吧，不要对任何人谈及。再见。"

尽管知道这里面肯定有一些肮脏的东西，麦菲亚仍对这位神秘的里奥先生满怀感激。送走里奥回来，小米斯正在堆放钞票的桌子前发愣："妈妈，这些钱是从哪里来的？我听那位先生说这些钱是为我治病的，这是真的吗？"

麦菲来搂着女儿，泪水滚滚而下："是的，是为你治病的，你的病马上就会好了。"

她真想告诉女儿，"这些钱是外公送来的，你要永远记住你的好外公！"但她最终管住了自己的嘴巴。她把20万现金收拾起来，坐在沙发上愣了许久，思索着今天的奇特遭遇。最后她总算找到了说得通的解释：一定是父亲在处于权力圈内时对某人有过特殊的恩惠，这种恩惠肯定不太光明，不太正当，因此他们都对此讳莫如深。现在，父亲被政府辞退后便去投靠此人，而这人幸亏是一个知恩必报的君子。

她松口气，心想无论如何，女儿和父亲的难题都解决了。她回到卧室，看着熟睡的羸弱的女儿，热泪不能抑制地滚下来。随之她揩干泪，乘车到医院联系女儿的手术。

从麦菲亚家出来，两个小时后，里奥先生坐在圣弗朗西斯科太平洋保险公司的经理办公室内。经理马里克以冷淡的礼貌打量着这位不速之客。刚才这位客人彬彬有礼地告诉楼下的职员，他一定要见一位熟悉15年前赔保业务的、手中握有决定权的人物。且看他的黑皮包里装有什么秘密炸弹吧。

里奥先生把一张计算机表格推到马里克面前，非常平静地、有条不紊地叙述了那桩事实。马里克不耐烦地皱着眉头。的确，医疗保险中的基因歧视历来是遭人唾骂的，但在15年前并没有什么明确的法律——15年后也没有。在社会的抗议声浪中，一项反对基因歧视的法律几乎要通过了。但此后突然的经济衰退使保险业一落千丈。如果一项法律会造成多数保险公司的破产或大出血，它的命运也就注定了。

那么，这位里奥先生究竟想达到什么目的？他想以道德罪讹诈自己吗？显然他不像是一个头脑简单的家伙。

里奥微笑道："我想你肯定清楚，如果把此事捅出去，再加上对米斯小姐病状的报道——她的美丽无助一定会激起千万人的同情——对贵公司的声誉多少有点影响吧。你们本来是乐善好施的圣诞老人，忽然成了心肠铁硬的磁公鸡。"他有意停顿一会儿，接着说，"当然我很清楚，仅仅这种前景不足以让你们呕出几十万美元。正好我有个两全其美的建议。这位当事人与我们有特殊的关系，我们愿意拿出100万元交给贵公司，作为他们应得的保赔金。我只有一个要求，你们要按100万保费立即补办15年前的投保手续，所有电脑记录都要更改干净，不允许有任何疏忽。以后，不管发生什么事，有什么人来查询，你们都要忘记这位里奥先生，而把那笔赔偿金看作是一笔极其正常的业务。"

马里克考虑着，未置可否。里奥递过去一个塑料袋，和蔼地说："这是80万美元的支票，请过目。我已经给了哈丁斯太太20万，以便她能及早安排手术。你们以后只须付她80万就行了。请打开看看吧，里面还有对你和贵公司的酬劳。"

马里克迟疑着打开塑料袋，在支票上方是一颗0.45英寸口径的圆头子弹。里奥冷淡地说：

"这件事如果有任何差错，这栋大楼就有可能失火或挨上一颗自杀性炸弹，而先生你位于本市斯洛特大道32号的住宅窗玻璃上也会有一个圆形的枪眼。我想我说得够清楚了吧。"

在对方蛇眼般的催眠下，马里克觉得自己的后脊梁正渗出冷汗。他立即满口答应："清楚了，我已经完全清楚了。我们一定不让里奥先生失望。"

五天之后，一位相貌和善的小伙子敲开了麦菲亚的家门，真诚地道着歉，说太平洋保险公司发现了15年前一桩错误并决定纠正。也就是说，哈丁斯先生突然拥有了100万美元的保险金，可以随时支取。这位年轻职员并不知道内情，在动身来这儿时，他为自己公司的慷慨和公正而真心地感到骄傲。他奇怪哈丁斯太太听到这件惊人的喜讯后竟然相对平静，没有哭泣、大喊大叫或心肌梗塞。

以后一切都很顺利。做骨髓移植要求血型相同，而血型相同的几率只有30万分之一。米斯与志愿者作了HLA配型检查，在骨髓库的电脑中，查到世界上有10名志愿者的AB位点与米斯相同。这10人又做了DR配型检查，找出一人的位点相同，其后的血清学、细胞生物学和分子生物学检查顺利过关。

五天后米斯上了病床。医院的救护车守在旧金山机场的停车场里。一架中国航空公司的波音777降落了，红十字会一名信使提着绿色保温箱匆匆走下舷梯，那里面便是宝贵的移植骨髓。

手术很成功。当白色的病床推出手术室时，哈丁斯夫妇啜泣着，感谢上帝的仁慈。此后，他们费尽心机，想打听出骨髓捐献者的身份，他们一定要重重酬谢他才觉得心安。但红十字会的李那女士只透露那是位中国女性，捐献者执意要求不透露姓名。那人说，上个世纪末和本世纪初，偌大一个中国，同意捐献器官的只有极少数。不少中国病人不得不求助于外国的器官捐献者。那个捐献者说，现在她只是代他们偿还旧债。她还说，中国有句古话，百年修得同船渡，她能与米斯小姐的骨髓配型相同，这是多少年才能修来的缘分？只要米斯小姐能够康复，就是对她最大的酬劳。在米斯小姐做手术的那天，她将在地球对面的中国为她持斋祷祝。

哈丁斯及太太无法得知恩人的姓名，只好从心里感激这位"吃斋念佛"的中国老妇。他们不知道这位"老妇"只有24岁，是太湖地区的一位年轻渔妇，名字叫容慧玉，但在七星岩夜总会当侍女时别人都喊她阿慧。这些都是后话了。

鲁冰在鼓浪屿有一套虽说不上豪华但相当考究的住宅，四居室一套。音乐室里摆着一副雅马哈牌高级钢琴，墙上是一把史坦纳小提琴——可能是件赝品，不过它制作精美，音质很好，即使是赝品也相当宝贵。客厅中有两架高大的博古架，摆满了一个怪诞女孩所喜欢的种种收藏：从兽牙项链、非洲木雕、印第安人羽饰，到一只泰国鳄鱼头骨。

窗边的花瓶中仍然是唐世龙送来的鲜花，一天两次，绝不间断。花束里总是夹着一张纸条，诸如：

"期待你的再一次感谢——就如上次的感谢方法也行啊。"

或者："何时冰雪消融，春暖花开？"

看着这些纸条，能想象出唐世龙那厚颜的微笑。有时，他还驾着一辆极漂亮的米黄色雪鸥牌氢氧电池汽车，远远停在路口，再打发一个可爱的小男孩把花送来。每当这时，鲁冰就亲自更换花束，把花瓶摆在窗台上，但同时却摆出凛然的神色，在窗口做刹那亮相。她知道唐世龙一定在用望远镜观察着屋内。

那就比比谁更有耐心，鲁冰想。其实这个唐世龙并不令人厌烦，比姚云其那只呆鹅更有趣些。但至少到目前为止，鲁冰仍打算把爱情壁垒关闭下去。

姚云其走近房门时，听到鲁冰正在弹奏戴流士的佛罗里达组曲，暗暗纳闷她今天会这样勤奋。厦门大学已沾染了西方大学的自由疏懒习气，只要交学费和公寓租金，你就可以自由自在地住下去，直到头发花白。鲁冰只是把这儿作为一个栖身之地，以躲避家庭中潜藏的阴暗回忆，躲避哥哥的管束。不过，凭她的小聪明，每年拿几个学分也不是太困难。

姚云其打开房门时，鲁冰已经停止弹奏，怔怔地想心事，姚云其走近时她的姿势也没有改变。姚云其不敢打扰她，悄悄立在她身后。停了一会儿，她突然扭头问：

"喂，什么是拉格朗日墓场？"

姚云其茫然道："拉格朗日？什么拉格朗日？"

鲁冰不耐烦地说："知道了还问你？反正是在外太空，哥哥要往那里运货。"

姚云其恍然大悟："噢，我知道了。那个地方应该叫作拉格朗日点。大概是 200 年前吧，一个法国数学家兼天文学家约瑟夫·路易斯·拉格朗日发现，在距地球和月亮各 38 万千米、与地月成等边三角形的两处空间里，由于受到地球和月亮引力的双重约束，此处的小天体处于稳态平衡，它们只会绕着这个点震荡而不会飞离。观察证实，这两个拉格朗日点经常聚集一些太空微粒，在阳光下显得比别处明亮。太阳系中有更典型的例子，例如木星的阿基里斯卫星和普特洛克勒斯卫星，它们正好处于太阳木星系统的两个拉格朗日点，因此永远处于稳态平衡。这里有一个限制条件，系统中主星的质量要比从星大 20 多倍，才可以基本保持从星不动。具体数字我记不清了。其实拉格朗日点共有五处，我也不细说了。"

"飞船往那儿运什么？"

姚云其奇怪地说："核废料呗，难道你一点儿都不知道？噢，你对……"他赶紧把"童年失忆"几个字咽下去，不想勾起鲁冰的痛苦。他改口说，"你父亲就是靠这种运输业发家的。从 30 年前开始，人类就把地球上的核废料送到这儿作为永久保存地。你知道，核废料的半衰期达 6000 年以上，某些核元素更高达几千万年，放在地球或月亮上都不保险。当然，放在地月系统的拉格朗日点对过往飞船也有一定危险，因此也有人称它为拉格朗日墓场。能把核废料直接投入太阳熔炉是最保险的，但那样航程遥远，费用高昂，也太危险。不过，温室效应造成文明衰退后，这个行业几乎衰亡了。人们只顾口腹，已经顾不上环境保护了。"

姚云其的话勾起了鲁冰遥远的回忆。有时，她偶然能从记忆的断层后捞得一些片断，她记得爸爸穿着白色宇航服，妈妈举着她为父亲送行，爸爸在戴上头盔前还要再亲亲她。但父母横死后，一道寒冰之门把往事封死在另一个世界。她不愿陷入恐怖的又肯定是没有结果的回忆，便扯开话题：

"我记不住小时候的事情。核废料不是埋藏在海底吗？"

姚云其怜悯地看看她，知道鲁氏家族的厄运始终是她未偿的债务。他说："不，海葬方法太不安全，早已废弃了。"

"那为什么不扔到月亮上？"

"月球公约禁止这样做。那时的太空移民计划似乎马上就要实现，月球将是太空移民的第一站,因此严禁污染。谁能想到地球文明会这样迅速地衰落?还有,美国曾在尤卡山地下建立了永久保存地,不久前也正式关闭。听说极冰融化后造成了许多新地震带,其中一条正好穿过尤卡山核废料场。山姆大叔一定在为此发愁呢。"

鲁冰对这些知识已经没有兴趣听了,她盯着钢琴盖上自己的影子,顺手弹出一串阶音,问:"危险吗?"

"什么危险?"姚云其稍愣之后才悟到她的话意。"噢,不会有危险吧。十几年前这是一种例行运输,只是这些年才停顿了。冰儿,"他迟疑着,委婉地说,"我知道你心里很爱哥哥的,你不要那么……"他没敢说出"故意折磨他",改口为,"故意凶巴巴的,好吗?他对你那么好,确实是一个难得的好兄长。"

鲁冰立时毫无来由地翻了脸。她啪地合上钢琴盖,恶狠狠地说:"你想教训我吗?姚先生,请你不要忘记,你是我拿钱养着的鼻涕虫!对,我是很关心他,他若把性命送到拉格朗日坟墓,谁给我挣钱花呢?不说了,你走吧,我要睡觉了!"她冷冰冰地下了逐客令。

姚云其很尴尬。他早就预料到自己的劝告会惹翻这个乖戾的公主。实际上,他也很想拂袖而去,永远不听"鼻涕虫"这类刻薄话。但他有自知之明,知道自己做不出这样的决断。这时离开鼓浪屿返回厦门,恐怕已经赶不上最后一班轮渡了,但姚云其不敢违拗鲁冰的话。他栖栖惶惶地站起来,穿上风衣:

"我走了,你好好休息。"

看到姚云其张皇失措的样子,鲁冰忽然又转怒为笑:"不要走了,今晚陪我出去跳一个通宵,好吗?"

姚云其立即容光焕发。他高兴地脱掉风衣,开始张罗着为情人穿晚礼服。在穿衣镜中,鲁冰目如秋水,满脸洋溢着天真无邪的笑容。姚云其禁不住俯下身吻吻她的肩头,心中为自己的卑颜奴膝开脱:鲁冰太美了,世界上没有一个男人能够不被她征服。正在这时门铃响了,是怯怯的不连贯的声音。鲁冰抬头看看座钟,整十点,一定是送花使者又到了。姚云其打开门,门外是一个没来过的小男孩,六七岁的样子,模样很伶俐。天知道唐世龙从哪儿找出这么多机灵可爱的小男孩?至少有一点是肯定的,这个花花公子的审美情趣挺不错。小孩仰着头，把一束鲜花高高举在头顶："是鲁冰小姐吗？一位先生让我向你献上一束鲜花。"

鲁冰故意问："那位先生告诉你他的名字了吗？"

小孩奶声奶气地说："不，没有。"

"那我不能收，我不收陌生人送的东西。"

小孩央求道："小姐，请你一定收下吧，我答应过那位先生的。"

"那人是不是高个子，肩膀很宽，长得很漂亮？"

小孩不一定意识到那人是否漂亮，但他机灵地说："对，小姐。"

鲁冰瞄瞄暗自生气的姚云其，笑得更甜蜜了："小鬼头，他给你多少钱？"

"十元，是世界共同货币。"

鲁冰啧啧有声："呀，他怎么能给你这种货币呢？早成废纸一张了！啧啧，他不该欺骗小孩子的。"小孩很惶惑，掏出纸币反复打量着。鲁冰说，"别担心，我给你二十元，是市面上最好用的人民币，但你得为我传几句话。小东西，你的记性好不好？能不能记住我的话？"

"放心吧，小姐，我的记性棒极了！"

"好，那你就告诉他：不要以为他的小白脸能迷住鲁小姐。再告诉他，鲁小姐不爱花，爱钱，很多很多的钱，把他的臭钱尽管往这儿送吧。然后你把十元假钞扔到他脸上就跑，记住了吗？"

"记住了！"

"复述一遍！"

小孩口齿伶俐地复述一遍，小心地揣好"真钞"一溜烟跑了。鲁冰咯咯大笑着，扔掉花束，挽着姚云其，坐上那辆紫罗兰色的雪佛兰。

那辆雪鸥车上，唐世龙一直用袖珍望远镜观察着她的动静，就像一只耐心的眼镜王蛇。他现在不是在戏花弄蝶，而是执行教父亲自下的命令，他当然知道组织内"三不"戒律的严酷性。但他的嘴角仍不时绽出一丝微笑。毕竟这与往常的任务不同，因为他是在鲁冰成为计划目标之前就结识她的，也算是特殊的缘分。这个古怪的女子身体内有一团火，似乎随时会爆炸，炸毁她自己，连带毁了周围的世界。这一点格外使他感兴趣。而且——想想几天前那场喜剧吧！他原以为自己导演的戏会轻易降伏一个头脑简单的女人，谁想到是那样的惨败呢——不过即使是惨败也很值得回味。

他看见送花的小鬼头一溜烟跑回来，就早早降下车窗，伸出手去："喂，小家伙，那位小姐托你捎信了吗？"

小家伙怒目圆睁，节奏很快地嚷道："小姐说她不爱花，爱钱，叫你把臭钱尽管往那儿送。说你的小白脸迷不住她。还给了我二十元钱，叫我把你的假钱扔到你脸上！"他把十元"假钞"扔过来："你是个骗子！"

他说完转身就跑。唐世龙合上车门，踩下油门，缓缓地追上他，嘴角上有抑制不住的笑意。小孩惊慌地靠在路旁，不知道这个"骗子"要怎么对付他。唐世龙笑嘻嘻地说：

"真对不起，我刚才给成了假币。这枚金币是真的，送给你吧。"

他扔出一枚金路易，然后哈哈笑着开车走了。那是教父的女儿送给他的，是他经常带在身边的吉祥物。小孩拾起金币，擦擦灰尘。它沉甸甸的，金光闪烁，正面是一个外国男人的头像，有不认得的文字，看来这不像是假的。尽管他对那个"骗子"全无好感，他还是把金币小心地装进口袋。

唐世龙立即驱车回到寓所，登上楼顶的直升机，向中国香港飞去。他知道那个漂亮妞儿快屈服了，她让小孩捎来的咒骂实际上是一封邀请信。训练有素的驾驶员默然驾驶着飞机，擦着海岸线向西南飞。左边的舷窗里可以隐约看到中国台湾岛巨大的轮廓。25年前，他父亲唐天极是中国台湾三合会的头目。中国台湾和大陆统一后，父亲举家迁到旧金山，不久就成为华人社团中的黑道枭雄，在毒品生意中独执牛耳。那时父亲不想让儿子继承衣钵。虽然身在黑道，但他深谙"邪不压正"的古训，知道"可从黑道得天下，不能以黑道保天下"，在根基打牢后，他准备让下一代改弦易辙做正经生意。所以他送儿子去麻省理工学院读书，工学博士唐世龙也准备沿着正路走下去。但10年前，就是他戴上博士方帽不久，那天是美国独立纪念日，父亲和母亲一块儿出去游玩了，他和碧眼金发的恋人林吉特准备参加一次舞会。他挽着林吉特从公寓出来，已经坐进自己的黑色林肯车，忽然仆人喊他接电话。那是家里的一部保密电话，按规矩仆人是不能接的。在电话中，一个人气喘吁吁地告诉他，有人要在今天暗杀他的父亲，要他务必快点通知。就在放下电话的瞬间，他听到一声巨响，门口那辆林肯牌轿车和他的恋人变成一团大火。火势十分凶猛，甚至没有必要再去抢救林吉特了。他发疯般返回公寓，发疯般到处打电话寻找父亲。父亲汽车里的移动电话打不通；向父亲可能去的地方逐个问询，到处是忙音，到处是"你父亲不在这里"的回答。在那 10 分钟里，他才真正知晓什么是焦灼和无能为力。这种折磨在此后多少年内一直盘踞在他的脑海中，没有褪色。

父亲一直没能联系上，也不用再联系了。电视已经播放了现场报道：旧金山华人黑势力大火并。唐氏家族全军覆没，唐天极被枪杀，儿子唐世龙死于汽车炸弹。画面中有他父母满是鲜血的尸体，也有林肯车着火的场面。

就在这个刹那间，他身上潜伏的兽性基因复活了。他立即从美国消失，几天后，他潜逃至哥伦比亚的卡利市。父亲生前一直和卡利卡特尔做生意，在 15 年前的一次会面中，卡特尔首领卡拜勒鲁喜欢上了机灵的小世龙，为他施了洗礼，认他作教子。唐世龙相信教父会为他报仇。卡拜勒鲁用行动证实了他的友情和权力。此后的三年之内，在他的全力支持下，唐世龙手刃了旧金山的所有仇人，从此死心塌地投在教父麾下，成了一名地位特殊的干将。

这次他的任务是通过鲁冰接近鲁刚，并相机控制事情的发展。他的第一步已快要成功了。

早上 7 点 30 分，瑞士联合银行的铁门打开了。英籍雇员罗伯特站在出纳柜台后，看见第一个顾客是一位高个青年，黄种人，穿银灰色毛衣，牛仔裤，相貌英俊，有一种天然的贵胄之气。在银行工作了十几年，罗伯特练就了一双敏锐的眼睛。如果说那个青年本身的风度还说明不了他的身份，身后的保镖就足以说明了。这位保镖训练有素，沉默寡言，走路像猫一样轻灵，与主人时刻保持着适当的距离，锐利的眼睛似不经意地把整个大厅都收在视野中。

罗伯特堆出最诚挚的微笑，对走近的青年说："早上好，先生，我能为你做什么？"

唐世龙微笑着说："我想取一笔现金，不过我有一些很特殊的要求，如果你能原谅我的冒昧，我想见见你的上司。"

罗伯特小心地问："那么，你想见……"

"比如你们的信贷部经理，他是叫普罗弗勒吧。"

在年轻人从容的目光下，罗伯特没有办法拒绝，他挂通了内部电话，小声说了几句，然后殷勤地说："先生，普罗弗勒先生在12楼等你，1202房间，电梯口在那边，请。"

"谢谢。"

普罗弗勒已经在门口迎候，彬彬有礼地说："请坐，先生，你要喝点什么？"

来人平淡地说："要一杯苏格兰威士忌。"

普罗弗勒看看他，在通话器中对外间的秘书说："请送来两杯苏格兰威士忌，我知道这儿没有，你到我的私人酒库中去拿。"他回过头说："马上就会送来，请问我能为你做些什么？"

来人笑着重复了他的要求："我想提取一些现金。本来我应在楼下职员那里办理，但我有一些特殊要求，他们肯定要来请示你，所以我就直接找你来了。请原谅我的冒昧。"

"没关系。你有什么要求？你的支票？"

来人摊开双手："走得太匆忙，我没带支票簿，你可以给我一张当柜提取支票吗？"

"当然。"普罗弗勒摁下通话器，吩咐一声。一分钟后，秘书小姐用托盘端着两杯金黄色的威士忌进来，托盘中放着当柜提取支票。那人接过支票，龙飞凤舞地签上名字，推给普罗弗勒，后者微笑着说：

"你还没填金额呢。"

来人笑了："正是这一点让我为难。我要提取……请你听好，能装25只花篮的花束，花用纸币叠成。纸币可以是人民币、美元、英镑、马克、法郎、日元等，票种不得少于25种，全部用该票种的最大面额钞票。唉，就是这样大小的花篮。"他从茶几上取下一支藤编的花篮，随手倒掉篮内的鲜花，把藤篮放到办公桌上。

尽管普罗弗勒已是银行界的老树精了,这次他仍然相当震惊。他估量着藤篮的大小,迟疑地说:"也许需要100万?我是说折合成美元。"

"那就100万。"

"也许得200万,我实在估计不出来。"

"那你就在支票上替我填上200万。但我要求明早3点钟前把25只花篮装上我的飞机,我要赶回去向一位25岁的小姐送上生日礼物,你能办到吗?"

他的声音很平和,但透出极大的威势。普罗弗勒小心地说:"我还要和上层通报一声。但我们一定会满足你的要求。"

"好。非常感谢。这是我的户头和提款密码,请核对。"

普罗弗勒请客人稍等,拿上密码走进一个密室,打开保险柜,取出一本黑封面的记事本。其实,即使不核对,他也能断定这个男人并不是来胡闹的。和罗伯特一样,他也是一眼就看到了笼罩在这人头顶上的、普通人看不到的辉光,那是金钱的辉光,是世界上最厉害的东西。他很快查到这个密码,它属于一个势力很大的隐蔽的集团,银行的上层人士都知道这个集团的真实名称,但没有一个人会说出来,即使在耳语中,这个集团的存款肯定有可卡因的残粒。但是,只要这些毒品美元在存入联合银行前已经洗过,联合银行才不会费心去查它的来历呢。普罗弗勒已经为联合银行工作30年了,早已成了抛却七情六欲的冷静的机器人。只要金钱的来往符合银行的规则,或者不如说符合银行的利益,他绝对不会费心去问这些钱是来自犹太人嘴中拔下来的金牙,还是哥伦比亚的可卡因工厂。想想上个世纪90年代那个愚蠢的银行看门人吧,他向新闻界泄露了瑞士银行50年前与纳粹德国的合作,结果在瑞士成了公敌,不仅失去了工作,还差点失去了生命,不得不逃到美国避难。普罗弗勒一点也不同情他,谁让他违反了瑞士国民的道德准则?他完全是罪有应得。

他用密室的电话向银行上层通报过,很快就笑容满面地回到唐世龙面前:"请放心,我们将动员一切人力,一定在3点前完成。"

"谢谢。"

"冒昧问一声,你对现金的票种有没有什么限制?如果限定票种,难度就太大了，当然，如果你坚持，我们仍将用一切办法满足你的要求。"

客人笑道："我是一个通情达理的人，不会让你们为难的。这样吧，除了必须有美元、欧元、瑞士法郎、日元、人民币、德国马克、卢布之外，其余的听便，泰铢、印尼盾、印度卢比，都可以。明早5点，我的直升机将到楼顶的停机坪来取货。"

"谢谢，我们一定不让你失望。"

普罗弗勒把客人送到大门，发现在楼梯口和大门口各有一个训练有素的保镖。他们不动声色地尾随着唐世龙，钻进一架云雀直升机。等直升机消失在天际，普罗弗勒返回银行，唤罗伯特迅速上来见他。刚才，罗伯特已经看到自己的上司亲自为那位客人送行，知道自己的眼光没有错，上司一定会更赏识他。他按捺住心里的欣喜，站在普罗弗勒的对面，等着他的命令。他想，他将要面临的任务一定与那个神秘的客人有关。普罗弗勒首先问了一个奇怪的问题：

"罗伯特，你知道能在哪儿找到25个折纸女工吗？会折纸花的女工。"

罗伯特的反应非常敏锐："用钞票折？"

"对，"上司赞许地说，"用钞票。因此，这不像平常的纸花，它们只能折，不能动剪刀。"

罗伯特立即说："我知道，我在广州大街上见过全部用纸币折成的工艺品，有帆船，也有花篮和纸花，非常精致，我还买了一艘帆船呢。"

普罗弗勒十分高兴，没想到他认为最困难的环节竟然在一分钟内就解决了。他绕过办公桌，难得地拍拍下属的肩膀，夸奖道："好样的，你为公司解决了一个大问题。现在你马上去广州，包租一架小型飞机，尽快找到25名左右的折纸女工，务必在晚上10点前返回这儿。所需费用不必再向我请示，最重要的是时间！还有问题吗？"

罗伯特立即站起来："没有问题，我一定把这件事办好。"

那天，联合银行的运钞车疯狂地跑遍了中国香港和澳门的所有银行，提得的大面额现金立即运回银行的大厅。晚上9点，一架直升机在楼顶降落，25位中国女工鱼贯走下飞机，立即被引到底楼的大厅，开始十指如飞地折着纸花。早上 3 点，唐世龙的飞机降落在楼顶，25 个银行职员已列队等候在那里，每人怀里抱着一个装满了鲜花的藤篮，在直升机的旋翼气流下，他们竭力保护着怀里的花束。

唐世龙跳下来，同普罗弗勒握手，看着人们小心地把花篮送上飞机。普罗弗勒把支票递还他，微笑着说："并没有我估计的那么多，一共 128 万美元，其中已包括了所有的辅助开支。请唐先生填上这个金额。"

唐世龙在空白栏中草草填上 1280000，撕下支票递过去："再次向普罗弗勒先生致谢，再见。"

鲁冰姚云其两人一直疯到第二天早上 6 点才回到寓所。鲁冰已经精疲力竭，斜靠在姚云其身上。姚云其把她扶定，掏出钥匙打开门，揿亮电灯，立时变得目瞪口呆。鲁冰感到了他的呆愣，睡眼惺忪地抬起头，口齿不清地问："怎么啦？"

她的眼睛也立刻睁大了。25 个花篮摆满客厅，花篮里是全部用大面额钞票折成的纸花，在灯光下熠熠发光。那是金钱之光，是世界上最邪恶也最具魔力的东西。它是人类从自己血液中提炼出的一种信仰，一种物化的咒语，并且人类心甘情愿成为它的奴隶。

鲁冰一言不发，沿着花篮细细端详着，两眼放出奇光异彩。这个神通广大、讨人喜欢的唐世龙！他从哪儿寻来这么多品种的钞票，有瑞士法郎、人民币、美元、日元、英镑、卢布、马克、埃镑、澳元、新加坡元……还要一张张叠成纸花？

姚云其悲哀地看着情人的痴迷，知道自己该退场了。这个结局早在意料之中。他从没有奢望能成为鲁冰的丈夫。尽管如此，看着自己的爱情梦在金钱之壁上碰碎，仍使他心头滴血。他走过去，轻轻吻一下鲁冰的额头，苦涩地说：

"冰儿，我想我该走了。"

鲁冰报以热烈的回吻，但没有一句挽留之辞，目光中也看不到一点儿留恋和愧疚。看着姚云其披上风衣，她想了想，抽出几束花朵递过去：

"拿着吧，我的一点心意。"

姚云其凄然一笑。同居三年，他默默忍受了鲁冰的不少伤害，但恐怕没有比这样的告别更伤人的了。他没有接花束，默默走出房门。但不久，橐橐的皮鞋声又在门边响起，他匆匆返回，没有抬眼看鲁冰，只是默默捡起那几束花，想了想，又从花篮抽出两束，转身出门。

鲁冰半是怜悯半是鄙夷地目送他出门，很快把他置诸脑后。她在金钱花丛中心醉神迷地徜徉，心头空空的没有任何思维。她并不是为金钱本身所感动，而是从金钱之光的折射中看见一个强大的男人。那人身上透着和她一样的邪性。有一种发自本能的呼唤使她把那人引为同道。

电话铃响了，是唐世龙带着男性磁力的声音："我的小鸟，礼物怎么样？你看它既是鲜花，又是金钱，完全满足你的要求。这一下你无可挑剔了吧。"

鲁冰笑着，很久才回答："你没有因此变成穷光蛋吧。"

唐世龙大笑道："谢谢你的关心。我告诉你两点，第一，我有钱，很有几个臭钱。第二，为了我心爱的女人，我乐意变成穷光蛋。"

"这会儿你在哪儿？"

"向楼下看，还是那辆米黄色的雪鸥。一位罗密欧正望眼欲穿，等着朱丽叶的信号呢。喏，我看见姚先生刚离开寓所，怀里还抱着几束花。"

鲁冰微笑道："你赢了，你可以进来了。"

天光甫亮，姚云其目光直直地在街上疾走。偶遇的行人惊奇地看着他，他们发现他手里的纸花是钞票折成的，尽是大面额的纸币，那一定是假钞吧。姚云其没有注意行人的目光，他心里沉重如铁。有耻辱、痛苦，也有模模糊糊的担忧。刚才他走出鲁冰的房门时，这种担忧忽然明朗化。他想起唐世龙导演的假绑票、在船上显露的枪法、标准绅士的外表下压抑不住的邪性。这一定不是个普通人物，他会用种种手段把鲁冰缠到一个可怕的蛛网中去。

所以他在一生中第一次果断地作出决定。他回身取了几束花，想用这笔金钱查出唐世龙的来历。至于这个要钱的举动会使鲁冰怎样鄙视自己，还有自己是否会身涉危险，他根本没去想它。他终于意识到了行人的怪异目光，便脱下风衣，把几束花包起来。在三丘田码头他坐上轮渡渡过海峡，又唤了一辆出租车，让司机往狮头山方向开。前几天，他在小报上偶然见到狄明侦探事务所的广告，知道这家私人侦探所刚从上海迁来，有一点名气，好像地址就在文园路附近。他向警察打听了几次，在一道小巷内找到了它。事务所还没开门，铜制的新铭牌闪闪发光，门上的油漆尚未干透。他坚决地敲响房门，一个穿睡衣的小个子中年人打开门，疑惑地看着来人，随即发现了风衣中包着的花束，笑道：

"来送花？时间太早了吧。噢，原来不是普通的花，而是金钱之花。请进，性急的送花人。"他领着客人绕过地上的装饰材料，走到卧室，随手拉过一把藤椅，"办公室正在装修，请委屈一下。喝点什么？"

姚云其摇摇头："随便，你不必张罗，说正事吧。"

狄明端来一杯红葡萄酒，放在他面前。姚云其一饮而尽，让自己镇静一点儿，然后简略地叙述了事情的经过。他沉重地说：

"我并不是嫉妒一个情敌。我觉得这个神通广大的神秘人物实在令人不放心。而且，凭我的直觉，我担心鲁冰一旦陷身进去就不能自拔，因为她身上也有一种奇怪的、随时想炸毁自己的天性。我委托你调查一下，这是我提供的经费，我只有这些了，不知道够不够。"

狄明老练地估量一下："有七八万美元，我想只要四分之一就够了，当然还要看调查工作的难易程度。你可以预付一些，其他的事成后结算。"

姚云其不耐烦地摆摆手："都是你的了，请你立即开始吧。"

送走客人，狄明立即叫醒了所有助手。昨晚他们一直在装修房间，干到凌晨两点，这会儿个个困得摇头晃脑的。狄明宣布停止房屋装修，立即开始侦察。"这笔业务是一个好兆头，"狄明笑着说，"你们想，事务所还没有正式开张，生意就送上门了，而且利润相当丰厚，这预示着咱们迁到厦门后会大展宏图。从今天起，所有力量全部集中到这桩业务上，一定要干好。"

从心底里他对姚云其很有好感，那种"受伤的痴情"在他身上表现得淋漓尽致。所以，即使撇开生意上的利益不谈，狄明也很想对他有所帮助。他向助手警告："不过你们一定要小心，从姚先生提供的迹象看，那个唐世龙有很大的势力，可能是黑道人物。务必小心行事，我可不想谁的耳朵被装在信封里给寄回来。"

第二天,一个衣着时髦的女人敲开鲁冰的房门,满脸堆笑地硬挤进来,她是来做仙尼雷德药品的传销。她口舌如簧地宣传着这种花粉保健品的神奇功用,说它们不仅能使女人的皮肤更加娇嫩,而且几乎是包治百病:"小姐,你有上天垂赐的美貌,你比别人更该珍惜它,仙尼雷德会使你更漂亮的!小姐,请买10盒试试吧,我按最优惠的价格给你。"

鲁冰打着哈欠,不客气地下了逐客令:"好啦,不用再费口舌了。以后要想做成生意,拣我睡足觉心情好的时候再来。"

那个女人尴尬地走了,在门口回过头,难为情地说:"小姐,能让我用一下电话吗?我女儿病了,我不知道丈夫是否记着为她打针。"

鲁冰不耐烦地说:"你干吗不让她服用你的仙丹妙药呢?去打吧,打完快点离开。"

女人打过电话,再三道谢后走了。鲁冰没有发现,电话机下已粘了一个小小的窃听器。

狄明的监视站设在一幢小楼的第三层,离鲁冰的寓所不远。小玉风风火火地推门进来,问:"我已经安好了,效果怎么样?"狄明开玩笑地说:"嗯,不错。听了你刚才的宣传,我也想买几盒仙尼雷德试试。"

戴着耳机的小田嘘了一声:"唐世龙的电话。"

耳机中唐世龙的声音十分清晰:"我的女神,今天到哪儿去玩?我的直升机已经停在楼顶了。"

听见鲁冰笑着说:"我还没有考虑好呢。"

唐世龙的声音:"要不,咱们到公海的赌船上去玩几把,怎么样?我知道有一艘威廉王子号一直泊在12海里的海岸线之外,中国政府的法律管不着它,凡是上船的都是豪赌之客。去不去?有你在身边,我的手气一定会特别好。"

"不,我不去,我哥哥特别恨赌博。"

"那你说吧,今天到哪儿?到中国香港看跑马?到泰国看人妖?到唐古拉雪山去打雪鸡?"

耳机里沉默了一会儿,鲁冰半真半假地说:"唐先生,你是否打算只同我玩几天就要分手?我看你这么急切。"

唐世龙大笑起来:"你真是个尖口利舌的姑娘。对,我当然急切,我巴不得你明天就能睡在我的婚床上。好吧,我听你的意见。"

"今天哪儿也不去了,就在狮头山公园待一天,你陪我说说话。"

"好!在下遵命就是。"

此后几天,唐世龙一直和鲁冰泡在一起。他的表现完全是一个热恋中的情人,还相当循规蹈矩呢。早上,他捧着一束鲜花匆匆赶到,带着鲁冰天南海北地到处玩耍。晚上送回鲁冰,在门口吻别。半个小时后还要打来电话问一声晚安。不过他从不在鲁冰房中过夜。

狄明查到,唐世龙在厦门万寿路包租了一间不大的二层小楼,院内停着一辆雪鸥,一辆丰田小面包和一架隼式直升机。狄明通过派出所的朋友调阅了房屋合约,签约人是一个叫李十逊的中国人,是巴西 BKW 公司的中方经理。这是一家中等规模的公司,经营被淹没地区的企业搬迁和重建,业务上比较成功,信誉良好。但唐世龙与这家 BKW 分公司的关系不大清楚。李经理只对手下说唐世龙是一位贵人,必须满足他的所有要求,而唐世龙和他的两个手下也一直独来独往。

第四天晚上,狄明在电话中窃听到唐世龙的声音:"冰儿,明天咱们去澳大利亚汤斯维尔吧。这次我们一定玩个痛快。那儿的大堡礁是世界上最迷人的地方!"

这次鲁冰没有犹豫,高兴地答应了:"汤斯维尔?我早就想到那儿玩玩。我们怎么去?"

"乘我的直升机去台北,我义父的公司在那儿有一架波音 737 专机,我们乘专机去。"

"好的,我等你,晚安。"

狄明也迅速预定了第二天去悉尼的机票。

第六章　升空之前

美国远洋货轮印第安酋长号于9月23日抵达哈马黑拉深水码头，码头上戒备森严，设了两道防线。外面的防线是由印尼陆军设立的，弗罗斯特曾任美国驻印尼大使馆的武官，他用自己的老交情和一枚10克拉的星光蓝宝石说服了一位陆军上校，派出300人归弗罗斯特使用。弗罗斯特严肃地说：

"要求警戒没有别的原因，只是因为这次核废料的浓度较高，我们不想让哈马黑拉岛上的印尼公民受到意外伤害。"

那位上校一本正经地说："谢谢你们对印尼民众的责任心，我会敦促我的部下干好这件事。"

第二道防线是随船而来的美国人，他们都穿便衣，没有带重武器，但从他们训练有素的举止看肯定是军人。

货轮一到港口，立即开始紧张的卸货。一台岸吊、一台船吊交替伸出长臂，从敞口货舱吊出一只只集装箱。集装箱在蓝天背景下悠悠滑过，平稳地落在集装箱拖车上。

这些集装箱与普通集装箱一样大小，只是形状比较独特。长方形的六个面包括有门的一侧都有一个粗壮的X形骨架，X形中心是一个圆圆的凸起或凹洞，形状类似于火车的自动挂钩。码头上的内行都知道，这些箱子是送往拉格朗日墓场的，十几年前这是最常见的货物。运到拉格朗日墓场后，这些挂钩将互相勾连，形成那个蔚为壮观的"幽灵网格"。

卸货工作井然有序，岛上所有的集装箱运输车都被动员过来，吊下的箱子不用落地，立即运走。每辆车上都有一位便衣押车，这些便衣也是随船过来的美国人，个个沉默寡言，但显然训练有素。

航天场则只有一台100吨的汽车吊，装运速度要慢一些。鲁刚及他的手下都不在场,他们的工作仅仅是"打开货舱门",并向来人交代装货应注意的事项,便按照合约的要求回避了。晚上,112个集装箱都已运到航天场,场里灯火通明,汽车吊的发动机轰鸣不断。四个便衣警卫守护着等待装入飞船的集装箱,每侧一个哨位。他们各自盘腿坐地上,从背包里拿出听装可乐、汉堡包和香肠开始吃晚饭。一天下来,他们早已饥肠辘辘了。位于外侧的警卫叫卡罗,是退役的海军陆战队上士,这次被临时招雇。他关心的只是2000美元报酬,对于任务本身没有什么兴趣。据说这是一堆核废料,但干吗如此戒备森严?不过他不愿为此费心。明天事情就干完了,拿上2000美元同这儿拜拜,他要赶紧去寻找下一份工作。正吃饭时他似乎闻见了一股淡淡的香味从前面飘来,也许是那边的警卫在吃什么美味,他没有在意。很快,他的脑子开始迟钝。他揉揉眼睛,摆摆头,最终还是歪在地上。

穿着夜行衣、戴着面罩的迈克和坎贝悄悄潜过来。

迈克和坎贝是两天前乘轮船来到印尼的,在哈马黑拉岛上一个小旅馆安顿下来。自那次在华莱士夜总会的会面后,卡拜勒鲁组织了名叫"最后晚餐"的行动。他先派人到美国旧金山港口,查实了确有一艘远洋货轮印第安酋长号在五天前启程到印尼。在港口的记载上,这艘货轮装运的是铁矿石。那人又溯流而上,查到这些矿石是从内华达州的尤卡山核废料堆放场运出来的。至此可以确定,迈克所提供的情报以及他的推测都是正确的,山姆大叔的确想把这批财产扔到拉格朗日墓场。但卡拜勒鲁仍决定派迈克和坎贝潜入现场,对这批货物进一步验明正身。

晚上,两人穿上夜行衣,带上各种工具,潜到航天场外的第一道防线。一名少尉早在这里等着他们,悄悄带他们穿过封锁线。邻近的两名岗哨朝他们点点头,转过身警惕地注视着外围。收买这三名军人只用了1000美元,远远赶不上弗罗斯特那枚星光蓝宝石的价值。

前面就是美国人设的第二道防线了。那个便衣警卫卡罗背朝这边,正在吃他的晚饭。坎贝朝卡罗轻轻扔去一枚麻醉弹,看着卡罗同睡神搏斗,终于无声地溜到地上。两人爬过去,又用麻醉巾在卡罗脸上捂了一会儿。他们手

拉格朗日墓场

脚麻利地在箱门枢纽处注入特制的润滑油，剪断铅封，悄无声息地拉开箱门。

集装箱内果然是迈克十分熟悉的不锈钢外壳的圆柱，他取出盖革计数器，打开开关，立即听到轻快的吱吱声。迈克让坎贝蹲下搭个人梯，他爬到顶层的金属圆柱上，打开外壳，又用手电在里层的玻璃体废料柱上仔细寻找着，找到了那个暗锁，用随身带的钥匙捅开。里边果然是光滑冰冷的核弹，盖革计数器反而停止鸣叫。这是因为射线过于强烈，超过了计数器的反应频率。

凭着他对核弹的熟谙，他断定这一枚是B61-11型原子弹，12英尺长，能深深钻入地下爆炸，摧毁数百米下的地下设施，这是上个世纪90年代的新产品，即所谓的"灵巧核弹"，2022年后秘密保存了14枚。

他又打开一个玻璃体，这里面是三叉戟潜艇导弹的核弹头，单个弹头10万吨当量。三叉戟导弹内可装17个弹头，射程1.1万千米，误差仅数米，是美国核武库中的当家品种。后来秘密保存了170枚弹头。

至此可以确定无疑，这就是那批总数为2250件的核弹。112个集装箱，每箱20～25件，与他掌握的数字很吻合。

他看看自己的手掌。尽管戴了厚厚的含铅手套，他所接触的辐射已是超剂量了，也许多少天后这双手臂就会发黑腐烂。对此他一无所惧，他在这个世界上心愿已毕，甚至想反锁在集装箱里，与他的"小男孩"同归于尽。倒是下边这位目光冷酷的杀手，今天所接触的剂量不会让他寿终天年的。不过也不必为他惋惜。即使没有辐射，这种人也不会善终。

他爬下来，又把坎贝举上去。虽然这名杀手不一定知道核弹到底是什么样子，但为了尽量使卡拜勒鲁确信，还是应该让坎贝亲眼看看。坎贝没有看出什么名堂，他从迈克肩上溜下来，点点头，示意可以撤退了。出来后他们小心地听听四周，没有动静，便把集装箱门合上，把剪断的铅封用强力胶伪装复原。在紧张的装运中，不会有人想到去检查铅封的。

临走他们照卡罗的鼻孔喷了一些清醒剂。几分钟后卡罗悠悠醒来，见自己斜倚在集装箱上，手里还拿着半个汉堡包，他想自己肯定是太累了，打了一个盹。幸亏上司没看见，否则他就拿不到那笔酬金了。他低声咒骂一声，开始狼吞虎咽。

第二天上午 10 点，鲁刚和平托接到弗罗斯特的通知，匆匆赶到航天发射场。货物已全部装载停当，汽车吊已经撤走，场内已恢复了平静，工作人员寥寥无几。诺亚方舟号静静地趴伏在那里，一如往昔。由印尼陆军设立的外围封锁线已经撤离，航天场内仅留下四个便衣人员，他们在诺亚方舟号周围悠闲地踱着步，敏锐地扫视着四周。

弗罗斯特领两人来到货舱。舱门已锁闭，打了铅封，第五名便衣在这里守卫着。弗罗斯特说：

"货物全部装运完毕。我只留下这五名警卫，直到飞船升空后再撤走。我想那一亿美元已经绕道巴林银行转入你的账户了吧。"

"不错，我们的这次合作一定会很愉快。我立即开始点火准备，加装金属燃料及电力系统中的液氧液氢，进行控制系统试运转。四天后，即 9 月 30 日凌晨六点准时升空。"他笑道，"至于安全方面请尽管放心，到拉格朗日投放核废料，我已是轻车熟路了。"

弗罗斯特笑着依次同两人拥抱："那么让我们说再见吧，我想马上回国，那边在等着我的汇报。"

"好的，一路顺风，罗杰斯先生呢？他和你一块儿回去吗？"

"他已经在雅加达等我，我们将同机返回。"

平托遗憾地说："按说你们应该留下的。按照惯例，飞船升空时货主都要在场。"

"真的很遗憾，但我不想在记者的摄影机前招摇。再见。"

半个小时后，弗罗斯特已经坐上印尼陆军的阿帕奇直升机，飞往雅加达。他的心情十分轻松。到目前为止一切顺利，这项任务最艰难的部分已经通过了，没有出纰漏，没有泄密。他要回美国面见布朗先生，详细汇报这次行动的情况。四天后他还会秘密返回这里，观看诺亚方舟号的升空。如果能顺利升空，顺利卸货，然后飞船"顺利"地爆炸，那么，这桩秘密就会永远埋葬在拉格朗日墓场了。此后老平托也会在一场车祸中丧生，鲁氏太空运输公司将不复存在，剩余的 5000 万美元很可能就不用再付了。

拉格朗日墓场

可怜的送货人，愿他们在太空中安息。

罗杰斯已经在雅加达的马腰兰国际机场等候着，去美国纽约的班机在一个小时后起飞，他们从纽约再转机赶回华盛顿。C委员会预定在9月30日要召开全体会议。三月前约翰·斯塔克总统因心肌梗塞猝死后，年轻的惠特姆已接任总统。在这次会议上，C委员会要决定是否把这些情况向新总统通报。布朗先生说，他必须在这次会议前听取有关此次行动的详细报告。

第二天，鲁刚在飞船上忙了整整一天。负责点火调试的是地面总监汉斯先生，一个刻板严厉的德国人，他也是鲁氏公司的老人。汉斯的技术造诣是令人信赖的，不过鲁刚仍留在他身边，以船长的身份提出一些中肯的建议。直到晚上，他才拉着老拉里离开航天场。他乘着航天场自备的电动车来到出口，换乘自己的奥迪。尽管没公布，但岛上居民都知道最近要有一次发射，很多小贩在出口闹闹嚷嚷地兜售货物。鲁刚在乘车前偶然看见小贩群之后有一位茕茕独立的白人老者。那人神态落寞，花白眉毛下深陷的一双眼睛紧盯着他。鲁刚敏感地觉察到了他的注视，不过在他转过目光时，老人已若无其事地转过身去。

但鲁刚久经锻炼的目光已把他一刹那的表情抓拍在视野里。那老人的表情十分奇怪，专注、怜惜，似乎还有点悲凉。鲁刚已经停住脚步，想向这个奇怪的老人走过去，但老人已踽踽地消失在人群中。

这是鲁刚与战神迈克的第一次会面，虽然他并不知道战神的身份。迈克准备乘晚上的轮渡离开本岛，走前他说想再到发射场看看，坎贝略为犹豫后同意了。迈克知道，在卡拜勒鲁交给坎贝的任务中肯定有一项是监视自己，监视这个从美国精英社会中走出来的不可信赖的老家伙。但几天的相处中，尤其是落实了核弹确已运来之后，坎贝对他十分尊重。迈克常自嘲地想，这大概是用手枪和匕首杀人的小恶棍对用核弹杀人的大恶棍出自本能的敬意吧。

在卡利市逗留的时候，他们早已从资料上熟悉了鲁刚和他的鲁氏太空运输公司。所以，当鲁刚从发射场的出口一出来，迈克就认出他了，不由得顿生怜悯之情。按他的估计，鲁刚既然被牵连进这件事，肯定是凶多吉少。无论是美国特工还是卡利集团，都不会让此人在事情完结之后还活着。他当然知道自己的怜悯只是鳄鱼的眼泪，一个鲁刚与2250颗核弹能杀死的数亿人相比，实在微不足道，但是迈克仍不能抛掉心中的怜悯和歉疚。他看见鲁刚向他走过来，似乎想与他攀谈，便急忙转身，和坎贝一块儿离开。

哈马黑拉岛的西北有一幢三层的小楼，是鲁氏太空公司的产业，小楼藏在一片椰林中，俯瞰着碧蓝的海湾。没有发射业务时，这儿一般交给两个菲律宾女佣去管理。每次发射前，鲁氏公司的有关人员就开拨到这里。

女佣接过鲁刚和拉里的外衣，问他们是否吃过晚饭，并说公司的人都不在家，班克斯和布莱克早早就出去了，女佣抿嘴笑着说，他们一定是找姑娘去啦，平托先生到本地银行去办一件业务，汉斯先生不用说不会回来。鲁刚笑着对拉里说：

"正好，就我们两人，清清静静地喝几杯酒。今晚喝中国酒，怎么样？我亲自去炒几个中国菜下酒。"

在鲁氏公司工作了近40年，老拉里早已成了中国酒的鉴赏家，对中国的各种名酒可以如数家珍。他笑嘻嘻地说："好嘛，今天看我们两个谁先被撂倒。"

女佣笑嘻嘻地立在厨房门口，看董事长围上围裙，手脚麻利地炒了几盘菜，有麻辣鸡丝、糖醋里脊、鱼香肉丝、爆炒羊肉等，热气腾腾地端到餐厅。老拉里贪馋地长吸一口气："香，真香！"鲁刚解下围裙，从酒柜往外拎酒瓶，茅台、五粮液、郎酒、竹叶青，满满堆在茶几上，随后又拎出两只白色磨砂玻璃瓶。拉里不懂中国文字，他问：

"这是什么酒？好像没有见过。"

"卧龙玉液，是我的家乡酒。它在国内不算有名，但味道醇和平正，后味绵长，我从小爱喝。"

"好，今天我也喝它。"

清亮的白酒从瓶颈处的防伪单向阀汩汩流出来。老拉里先用鼻子吸了两口："嗯，不错！"从桌上抓起一双筷子，笑着说，"既然是中国酒菜，今天就彻底中国化吧。"二人一杯杯对饮起来。

老拉里很快醉意陶然,天南海北地侃着,但他深陷的一双小眼睛一直锐利地盯着鲁刚。鲁刚显然有心事,眼神偶现怔忡,定定地望着窗外。停一会儿鲁刚说:

"冰儿去澳大利亚大堡礁了,你知道吗?不是和姚云其一块儿,是和一个姓唐的,就是上次在长江三峡导演英雄救美的那个家伙。"

老拉里噢了一声。他看到了鲁刚眸子深处的痛苦,小心地问道:"那人怎么样?"

"不知道,这一段太忙,没顾上去查访他。模样不错,对冰儿也很痴心,应该很有钱,但我觉得这人带着几分邪性。"

拉里小心地劝道:"鲁刚,冰儿该出嫁了,恐怕你也该下决心了。如果真喜欢一个姑娘,就不要顾忌外人怎么说。你已经35岁了。"

鲁刚烦闷地摆摆手,不让他说下去。喝了一会闷酒,拉里忍不住问他:"你今天有心事?我能看出来你有心事。不要闷在心里,对大叔说说吧。"

鲁刚苦笑道:"其实没什么。你知道我从来不相信什么预兆,什么黑猫跑过就预兆噩运等,但今天在发射场出口看见了那个白人老头,我心里一直不踏实。你知道那人看我时是什么眼神?真真切切的,就像一个人专程跑来,为了与一个患了绝症还不自知的朋友诀别!"他又抿了一大口,摇摇头,"现在他的眼神还在我眼前晃动。"

拉里松了口气:"你真是多疑了,我怎么没有看见?不会有事的,放心吧。"

鲁刚勉强笑笑:"但愿如此。噢,我正想劝你呢,这桩生意干完后就能给你一笔钱。以后你就不要上天了,回家养老吧。听说你的家人已经联系上了?"

"嗯,女儿一家从洪水中逃出来了,现在住在朗布尔。不过我不想回去,我这把骨头已经交给鲁氏公司了。"

鲁刚笑道:"我知道你一定是舍不得离开中国酒,好吧,你就留在台北,但是不要上天了,毕竟风险太大。"

等平托赶来时，进门就闻到浓郁的酒香，两个人坐在地板上，地上扔着两只磨砂玻璃酒瓶。他皱着眉头打个招呼："老猢狲，你好。"

老拉里醉醺醺地说："你好，我的巴西老河马。"

鲁刚醉意迷离地起身同平托拥抱，平托温和地责备老拉里："老家伙，你不该放纵他喝这么多，飞船很快要升空了。这两天有多少事等着做！"

拉里的眼神倒是十分清醒。他说："没办法，是鲁刚逼我来的，他的心情不好。"

平托目光锐利地看着鲁刚："孩子，你有心事？"

鲁刚避过他的目光，喑哑地说："一亿美元汇到了吗？手续会不会有差错？"

"我已经查验过了，鲁刚，这笔生意不错，利润很可观。"

鲁刚声音低沉地说："这正是我担心的。今天晚上我不知怎么有点怔忡不宁。倒不全是因为这次严格的保密条款，你知道，要求对货物保密的货主过去也有不少，但唯独这次有不祥的感觉。是不是他们的条件太优越了？太容易让步了？弗罗斯特和罗杰斯可绝对不是容易对付的人，尤其是弗罗斯特，他看人时眼神深处总闪出一丝阴光，就像有200年道行的老雕精！"

这个比喻让老拉里和平托都笑起来。鲁刚问："平托大叔，你相信预感吗？"

平托有意开玩笑："只相信一半。预兆好运时我就相信它，预兆噩运时我就坚决摒弃它。鲁刚，不要胡思乱想，哪怕货舱里装的是撒旦，等把它运到寒冷遥远的拉格朗日坟场，也不怕它兴风作浪。"

鲁刚咧嘴笑道："谢谢大叔的吉言。我唤你来，是想安排一下，留一个遗嘱。万一诺亚方舟号有什么意外，我想把爸爸留下来的遗产分割一下。老猢狲大叔，不要摆出这么一副苦脸，我只是想吓一吓死神。那是我形影不离的好朋友，我俩已角斗了十几年，他可从没占着我的便宜。"

平托从他玩世不恭的嬉笑中听出几丝怆然。他说："好吧，今天晚上咱们把遗嘱草拟一下。但我劝你暂时不要对鲁冰的那一份放弃监护权。她还没有从失忆症中恢复，精神状态不正常。如果留给她，她会在一夜之间把它全买成鲜花或者钻戒，甚至从阳台上撒出去。"

鲁刚点点头："我把你列为第二监护人。万一我有什么不测，请你费心照料她。也请你告诉她，我会在拉格朗日墓场盯着她，叫她不要让我失望。"他忽然呵呵地笑起来，"呸呸，干吗说这些丧气话。今天是怎么啦？全怪那个不吉利的白人老头。"

平托不知道是什么白人老头，和老拉里交换一下眼神，老拉里微微摇摇头。平托也不再追问，说："今天太晚，明天我来安排遗嘱的拟定和公证吧，你们该休息了。老猢狲，下次我再见你由着他的性子酗酒，我就拎着脚把你浸到酒缸中去。"

"你也该休息了，已经过12点了吧。"

"我还有点小事，马上就回来。"

平托告别二人，独自出了屋门。他在楼下启动了自己的奔驰，缓缓滑出停车区。在加速之前，他不动声色地从倒车镜观望，看见一辆式样普通的丰田车也从黑影中缓缓爬出来，紧跟在他的车尾。

从昨天起他就发现似乎有人跟踪他，现在可以确定无疑了。这样看来，弗罗斯特在那留守的五人之外，至少还留了两个监视者，对自己保持着24小时的监控。目前这倒说明不了什么，很可能，他们对货主是否能保密不大放心，只是一种预防性的措施，但是……谁知道呢，也许弗罗斯特另有诡计？他不由笑起来，想到鲁刚那句中肯的评语：一只修炼200年的老雕精。

他开到日夜售货点，随便买了一包刮胡刀片和一盒香烟，便返回下榻处，停下汽车。鲁刚和拉里的房门都关着，看来他们已经入睡了。他回到屋里，在没有开灯前，从窗帘缝往外张望一下。有一辆紫红色的桑塔纳无声地驶过来，停在50米外的树影下，这一定是那个监视者的接力者。

为了不影响鲁刚的情绪，他不准备把这些情况告诉鲁刚，但他绝不会漠然置之。明天他将去雇用一名私人侦探对屋内进行反窃听检查，还要随时防备有人把一枚定时塑料炸弹粘在他的汽车底盘上。

唐世龙的私人客机预定9月26日去澳大利亚，狄明提前一天乘澳航班机到了悉尼，又转乘小型客机到汤斯维尔。出了机场，他立即租了一辆小山羊牌轿车到海滨浴场去寻找唐世龙。

汽车沿着新修的相对简陋的海滨路疾驰。海平面上升了60米后，漂亮的大堡礁大半已掩于水下。透过极其清澈的海水，还能看到一些白色或红色的楼房静静地躺在水底。海滩上特有的植物像红树、露兜树都被迅速上涨的海水淹没了，有些已经死亡了，只有极少数随着水位上涨，占据了新的制高点。海生动物似乎更为活跃。几只虎鲸在远处海面上喷水。时时能看见海豚群的鳍尖。海浪哗哗地扑过来，把洁白的珊瑚碎屑抛到新公路的路基上。

狄明的运气很好，只查了三四家旅馆后，就在一个叫"乌贼"的旅馆里找到了唐世龙和鲁冰的名字。他原来担心两人用假名登记，找起来会比较麻烦一些，没料到这么容易——这又是一个好兆头。不久，他就在邻近的海滩了找到了唐世龙那顶漂亮的遮阳篷。

在臭氧层减薄之后，上流社会不时兴那种褐色的皮肤了，所以海滨裸体浴场中遮阳篷成了必备之物，篷顶涂有能吸收紫外线的金属涂层。裸泳者不敢像过去那样随意地进行日光浴了，总是等阳光稍弱后，涂上防晒油后再走出帐篷。

狄明在唐世龙的附近租了一架小小的帐篷。趁唐世龙和鲁冰在水下潜水时，在他们的帐篷里安了窃听器，然后便仰在凉椅上观察着四周。脚下是昂贵的人造沙滩，旅客全是达官贵人，是这个日益破败的世界中的幸运者。他们身材健美，皮肤细腻，坦然展示着自己丰腴的乳房、紫色的乳晕、凸起的臀部以及黑色的阴部。狄明以哲人的目光看着这些人。他在本质上是个守旧派，但绝不迂腐。他知道人类在长达300万年的蒙昧期，一直是赤身裸体地生活，那时绝不会有人认为裸体便是堕落。随之文明启蒙，也就是圣经上所说偷吃智慧果之后，人类才知道羞耻，用服装把男女相异的地方遮蔽起来。然后文明又转了一圈，人类的观念又回到了蒙昧时期。尤其是在这次文明大衰退之后，裸体成了一种狂热的时尚，成了一种世纪末情感的滥觞。这是否真的是文明衰亡的一个预兆？

同样赤身裸体的唐世龙和鲁冰手牵着手从海水里跑过来，急不可耐地钻进帐篷，在这儿，两人完全抛弃了在中国时的矜持。他们就像一对发情的鹿，即使不使用窃听器，从帐篷外也能听到他们咻咻的做爱声。很久之后两人才平静下来。鲁冰像只小鸟般呢喃着，说的尽是一些无意义的絮语。唐世龙话语不多，只是偶尔回应一句。照狄明的想象，他一定是在搂着鲁冰，仰视着篷外的蓝天，嘴角挂着一丝神秘的微笑。

终于听到唐世龙开口了："冰儿，我想现在求婚不算草率了吧。"鲁冰笑着，没有说话。唐世龙说："咱俩同病相怜，都失去了父母。你有一个哥哥，我只有一个有钱的义父。我把你的情况告诉了义父，他盼着能见你一面。"

鲁冰："再等一个月吧，也许这段时间内我们会互相讨厌呢。"

窃听器里随之是一阵热吻声，唐世龙笑道："我绝不会讨厌你，至于你，即使厌烦了我，我也决不松手。噢，你的哥哥倒是真的讨厌我，记得在七星岩的第一次见面吗？那次你哥哥一直冷冷地盯着我，就像盯着一只癞蛤蟆。"

鲁冰冷冷地说："不用管他。"

唐世龙开玩笑地说："告诉我如何讨好他。金钱之花？美女？我的义父膝下有两个女儿，胆大奔放。我每次回去，她们恨不得把我生吞了，一点也不在乎我是义兄。我可以让你哥哥挑一个。"

鲁冰不耐烦地说："我说过不要管他，他干涉不了我的婚事。"

"那么你答应嫁给我了？义父能为我们安排一个最为别致的婚礼，在外太空举行，怎么样？你随诺亚方舟号做过太空飞行吗？"

"没有。一般来说，我哥哥从不违逆我的愿望，独独这点不答应。他说太空旅行太危险。"

"那就这么定了，我们在太空举行一次最隆重的婚礼，然后披着婚纱来一番太空行走，怎么样？"

鲁冰犹豫着。她显然还未确定唐世龙是在开玩笑呢，还是认真的。最后她相信了，笑道："我还没答应同你结婚呢。"

但她的话音中已经有掩饰不住的兴奋。唐世龙大笑道："好，我这就同义父联络，几天后我们出现在拉格朗日点，让你哥哥大吃一惊！"

下面又是喷喷的热吻声，看来鲁冰默许了这个决定。狄明看看表，8点差 10 分。在此之前的几天监视中,他发现唐世龙每天晚上 8 点必有一次通话,而且从不用室内电话,不用手机。他每次总要找一个新的电话亭,打完后还要小心地从电话的记忆中把号码清除。这种过分的小心,表明他不会是同外祖母寒暄天气。

已经快 8 点了,狄明穿戴整齐,回到车里等着。

唐世龙说:"来,我的小鸟,我为你扣上乳罩。咱们去找一个电话亭给义父打电话。"

鲁冰已经穿好了泳裤,背过身让恋人为她扣上乳罩的搭扣。她不解地说:"干吗非要到电话亭?我的外衣口袋里就有无线电话,用你的汽车电话也行。"

唐世龙低下头吻吻她的乳沟,严重地低声说:"我是世界刑警组织通缉的色魔,已经奸杀了 100 名妙龄女子。你想,我能轻易暴露自己的行踪吗?"

鲁冰甩开他的拥抱,冷冷地说:"这个玩笑很有趣吗?"

唐世龙歉然道:"当然很无趣。请你原谅,我以后不开这样的玩笑了。"他叹口气说,"冰儿,务必请你谅解,眼下无论是对你还是对外,我都不能暴露自己的身份。等到适当时候我一定会告诉你的,我决不瞒你。"他又换成玩笑口吻,"但我必须在暴露身份前赢得你的爱情,否则,等你发现我是一个无趣的守墓人或者清道夫,你一定会把我赶走的。"

鲁冰已经不生气了,饶有兴趣地说:"你是特工 007?或者是黑道第一杀手?意大利黑手党?"

唐世龙笑道:"都有可能。你尽可发挥自己的想象力。"

"那么,你什么时候才告诉我?结婚之后?"

"当然,这个宝盖必须到那时才揭开。我也要考验你啊,我要看你有没有胆量'冒险'选择一个身份不明的丈夫。"

鲁冰觉得这很有趣,咯咯地笑起来。他们出了帐篷,走向自己的汽车。在 8 点差 3 分时,他们开到了海滨浴场的一个电话亭。唐世龙正准备停车,一辆小型轿车刷地超过去,擦着电话亭停下。一个中国人模样的小个子进去,急急忙忙地拨打电话。唐世龙略为迟疑,鲁冰说:

"咱们另找一个电话亭吧。"

唐世龙还没说话,那个莽撞的小个子已气急败坏地挂上电话,看来没有打通。他离开电话亭,匆匆开车走了。唐世龙立即跨进去摘下耳机,拨通电话:

"喂,我是汉克,请唤加莱亚诺先生。"他捂着话筒对鲁冰说,"那是我义父的管家。喂,是加莱亚诺先生吗?请告诉我爸爸,我的爱情攻势十分成功,现在那只漂亮的小鸟正偎在我怀里呢。请把那艘太空巴士准备好,我想如期在天上举行婚礼。"

加莱亚诺先生在电话里笑道:"你父亲已经提前做准备了,他相信你的本领,知道你一定能把天下最漂亮的姑娘追到手。那艘小巴士已经启运,估计现在已经到达法属圭亚那的库鲁航天场。汉克,你知道吗?你的两个妹妹知道你另有所爱,恨得咬牙切齿的,一定要杀了你呢。哈哈。"

"是吗?请你告诉她们,我已为她们找到了一个非常有男人味的男人,就是鲁冰的哥哥鲁刚。让她们两个来争夺吧。再见,加莱亚诺先生。"

"再见,请代我向你怀里的姑娘问好。"

唐世龙挂了电话,扭头对鲁冰说:"听见了吗?义父已经把那艘绰号'小飞蛾'的太空巴士运到了库鲁发射场,就是欧洲航天局曾经发射阿里亚纳火箭的地方。这次我将亲自驾驶这艘飞船。"

鲁冰惊奇地问:"你?你自己能驾驶?"

唐世龙笑道:"当然,你不要把它想象得太难。这是一种傻瓜型飞船,多少受过几天训练就能驾驶。20年前,到太空游览曾经兴盛一时,不少情侣都是自己驾驶的。"

鲁冰高兴地喊道:"真的?你也教教我!"

他们不知道,在电话亭碰到的那个"莽撞"的小个子此时正在100米外监听着他们的通话,刚才他已把窃听器摁到电话机壳上。他反复地听其中的一句:

"我想如期在天上举行婚礼。"

狄明咀嚼着。通话本身似乎没有什么蹊跷,如果说有可疑的话,那就是

"如期"这两个字。莫非,父亲还为儿子追女人定下了严格的日程?他撳下一个按钮,窃听器内的转换装置把拨号声变成一个个数字,显示在液晶屏幕上。00582384886255,这是一个委内瑞拉的电话号码。唐世龙和鲁冰打完电话,又返回海滩了,很可能他们会在那儿玩个通宵。狄明想了想,开车回旅馆去,他要首先查清这个号码的来历。

一走进帐篷,鲁冰就笑着把唐世龙扑倒在充气胶垫上。这个唐世龙,他的脑袋里有永不枯竭的奇思怪想,这很合鲁冰的胃口。到天上举行婚礼!太空行走!能想出这个主意的人真值得她爱。他们脱掉了身上的遮羞布,同时也彻底扔掉了道德的束缚,只剩下情欲在激荡。唐世龙十分健壮,胸脯宽厚,两臂肌腱突起,看来一定进行过专门的健美训练。这种体型在国内是不多见的,比如姚云其的精胳臂瘦腿就根本无法与他相比。也许只有鲁刚哥哥比他更强健。想到鲁刚,她突然觉得心中被刺了一下,如果哥哥看见了自己的放荡?为了摆脱这种负罪感,她迫使自己更深地沉沦到欲海中去,她伏在唐世龙的身上,用丰满的乳房紧紧顶住他的胸脯,笑着问:

"喂,我们再来一次吗?"

唐世龙却没有响应她。他双眉微蹙,若有所思,片刻之后他噢了一声:"我的通话簿!我忘在电话亭了。"

他把鲁冰轻轻地推下去,穿上泳裤。鲁冰的自尊心被极大地伤害了,她甩脱恋人的手,冷冷地盯着他。但唐世龙这会儿没有闲心去抚慰她,只说了一句"你别动,我马上回来"便迅速走出帐篷。

他跳上汽车开到刚才那个电话亭,亭旁杳无人影。他走进去,以职业性的目光机警地搜索着。刚才,打电话后他总有一种不祥的直觉,似乎哪儿出了一点断裂。是那个小个子中国人?那人是中国人基本可以肯定。大陆来的中国人常有一种特殊的"中国"味,令人一望便知。但他的举止并无可疑之处。那时他急着打一个电话,没打通,又很快走了。这些年中国富佬在澳大利亚举目可见,在旅游旺季更多,单是这个浴场就很有几个中国人。这些中国人有一个很奇怪的特点,他们之间基本互不来往,似乎他们在国内的交往已经太多了,出国旅游就要躲个清静。

拉格朗日墓场

但不管怎样,唐世龙的直觉还是唧唧地响着警报,而他的直觉从来没有骗过他。也许是因为这个单身的中国人不像是一个旅游者?那些富有的旅游者身上常常有一种懒散闲适的气质,而他却没有。正是这一点异常,在下意识中向他敲响了警钟。暮色已重,亭内的电灯太昏暗,他调过车头,把汽车大灯指向电话亭,细心地搜索着。他的搜索终于有了结果,在电话机座的内侧发现有一处微带黏性,变换视角,可以看出那儿有一个微微发暗的小的圆形区域。那儿很可能有一个圆形的窃听器,刚刚被取走了。

也可能仅仅是自己的多疑?但多年的黑道生涯教会他不要放过任何蛛丝马迹。他回忆一下,那人的汽车似乎是乳白色的,车型较小,车牌号中有两个连在一起的0。那人的面容在暮色中没有看清,但个子短小是比较明显的特征。这几点合起来,已经足以把一个跟梢者辨认出来,只要他继续待在附近。

他沉思着回到帐篷。鲁冰怒火正炽,在暮色中目光灼灼地盯着他,像一只愤怒的母猫。唐世龙去搂抱她时,她用力地甩开了。不过唐世龙毫不在意,他确信自己对鲁冰的吸引力,自信能玩住这个痴情的女人。他把鲁冰的右手硬拉过来,在她手心一笔一画地写着:有人窃听!鲁冰浑身一震,询问地望望恋人,后者肯定地点点头。

鲁冰相信了,不过她的神情中并没有疑虑或者胆怯,相反倒现出亢奋,好像是一个终于被应允参加危险游戏的孩子。她目光炯炯地愣一会儿神,忽然大笑着把唐世龙扑倒在沙滩上。

晚上,狄明在自己下榻的灰王子旅馆里拨了一个北京的电话。对方是中国国家安全部的一名高级官员,是两年前偶然结识的。那次狄明接了一桩业务。一个哭哭啼啼的中年女人要他调查她丈夫有多少外遇,尤其是有多少正式的外室,因为他最近行踪鬼祟,经常夜不归宿。在调查过程中,狄明意外发现,那个行踪诡秘的男人并不是在眠花宿柳,他接触的竟然全部是毒贩子线上的人。老实说,对于是否向警方报告他还犹豫过。他深知贩毒集团的残忍,对于他这种没有官方背景的私人侦探,他们的报复更是没有丝毫顾忌。

但最终他的责任心还是占了上风。国安部缉毒署对他的情报非常重视,派了精明强干的陈炳来上海,最终挖出了毒贩子新开辟的金三角—重庆—上海的一条新交通线。那次两人合作得很愉快,临走陈炳给他留了一个号码,以便在必要时联系。

电话接通了,接电话的是一个年轻的女声,他向这个女人报了姓名,陈炳马上过来了:"狄先生你好。听说你已经迁到厦门了,是吗?"

"对,刚迁去一个月。"

"希望在新地方大展宏图。嫂夫人是否也迁去了?"

"她稍后就来。"

"老狄,有什么需要我帮忙的吗?"

"我想请你查一个国外的电话号码。"

对方记下号码,说:"行。15分钟后你再打来。"

15分钟后,陈炳告诉他已查询清楚,这个号码属于委内瑞拉一家石油公司,但缉毒署官员都清楚,它实际是哥伦比亚大毒枭卡拜勒鲁所设的一个据点,而且级别很高。"你怎么插手到这里来了?很危险的。"陈炳关心地说。

狄明笑着说:"其实我只是接了一笔普通的业务,一场三角恋爱。"他简单介绍了姚云其的委托。陈炳在电话那边沉吟一会儿,说:

"那家鲁氏公司我知道,是一家中型的跨国公司,基地设在台北市和印尼的哈马黑拉岛上。在太空运输业中曾经很有影响,最近也在走下坡路。不过比起太空运输业其他集团的衰败,他们还是相当幸运的。你是否调查过,他们最近有没有什么重要的商业活动,或重要的人事变动,或其他异常情况?"

狄明突然攥紧了拳头。两秒钟后他才说:"我真该死,我早该想到这上面去的。你说的没错,听说鲁氏公司最近有一桩生意,是去拉格朗日墓场的例行运输。"

陈炳停顿了片刻才问:"拉格朗日的例行运输?近10年这个业务已基本停顿了,温室效应突变后,各国都是度日维艰,不再往那儿运送核废料了。你知道这次是哪个国家的业务?"

"不清楚。"

陈炳又沉默片刻："好，谢谢你告诉我这个消息。我去查证一下，有什么消息我会通知你。"

"我该谢谢你才对，谢谢你为我一语道破迷津，我本不该这么迟钝的。"

陈炳笑道："不必懊丧，人都有三昏三迷。上次你帮了我的大忙，今天正好让我还了这个人情。"

挂上电话，狄明去冲了个澡，然后枕着双手出神。他心头很沉重。在此之前，他还一直相信唐世龙对鲁冰的追逐只是限于爱情的范围。虽然唐世龙背景复杂，但这场爱情攻势的本身不一定有什么特定目的。现在陈炳的话令他茅塞顿开，恰恰在鲁刚要做太空运输时，唐世龙也匆匆把婚礼定在太空，哪有这么巧的事情？

那么，唐世龙的所作所为恐怕是一个计划周密的美男计，一张大网正逐渐向鲁氏公司合拢。他完全知道哥伦比亚贩毒集团的能量，知道他们的残忍，不禁为痴情的姚云其、漂亮古怪的鲁冰、爽直的鲁刚捏一把冷汗——该担心的还有自己呢。看来他和贩毒集团很有缘分，转来转去，他的业务又和毒贩子扯到一块儿了！

他不知道，就在这时，那个叫坎贝的哥伦比亚人已在灰王子旅馆的停车场找到了号码为BW02300的小山羊牌轿车。小型轿车，白色，车牌中有两个挨在一起的0，这些都与老板说的情况吻合。坎贝素来办事谨慎，还想再一步落实。他来到旅馆柜台，举着一个钱夹，焦急地说：

"小姐，我在半个钟头前送来一个中国客人，他把皮夹掉在我的车上了。请你查一查好吗？他一定急坏了！"

他比划着介绍了中国人的样子，大约40岁，小个子，穿的好像是一件浅灰色西装。小姐说：

"你敢肯定他是中国人吗？如果能肯定，我们这儿只有一位狄明先生。在六楼609室。另外还有两位日本人，但年纪显然要大得多。喏，那位中国先生下来了！"

一个身材瘦小、举止干练的中国人正走下楼梯。坎贝扭头盯着他看了一眼，确认这个人以后再也不会认错。然后回头对柜台小姐遗憾地说：

"不，肯定不是这位先生。那我只好把皮夹交到警察局了。小姐，如果有人找皮夹，请通知他到警察局去，好吗？谢谢你。"

柜台小姐笑着说："应该谢谢你，诚实的年轻人。"

这位诚实的年轻人急急走出旅馆。回到自己的汽车，立即挂通了电话："唐先生，我查到了，车牌号码BW02300，住在灰王子旅馆609室，登记的名字是狄明。从这个旅馆的609房间正好能看到你的窗户和乌贼旅馆的大门。我想就是他了。"

那边简单地回答："等我的命令。"

第七章　太空跳远

诺亚方舟号空天飞机静静地趴在那里,就像一头威力无穷又温顺忠实的太空巨兽,银亮的巨翅背负着青天。朝霞如染,海风微微。

哈马黑拉航天场里人员寥寥。这种鲁斯式飞船不需要高耸入云的起飞塔,只有十几个工作人员在解防风缆绳。除此之外,航天场里平静如昔。

送行的平托感慨地说:"今年是 2040 年 9 月 30 日。明年 4 月 21 日是第一个宇航员加加林上天 80 周年,是第一艘航天飞机哥伦比亚号上天 60 周年。那时,每一次飞船升空都是牵动全世界目光的大事,全世界电视台实况转播,航天场单是地面控制人员就数以百计。喏,你看现在,"他指指空荡荡的控制室,那里除了汉斯外,只有七八个印尼籍的工作人员,"我不知道这是技术的进步,还是社会的倒退。"

鲁刚笑道:"要是那样,我能付得起几百人的工资吗?再说,即使在天上有了什么麻烦,归根结底还得靠飞船上的人。你放心吧,这匹马的脾性我们都摸熟了,你可以说它已经通人性了。"

平托深深地看他一眼:"孩子,航天业的衰败已是不能挽回了,在衰败过程中孤军奋战是格外危险的。听大叔的话,这次回来就急流勇退吧。"

"好,我听大叔的话,冰儿呢?她去澳大利亚后还是没有消息?"

"不知道。冰儿太不懂事,在你上天之前,她该回来一趟嘛。"

鲁刚勉强为她辩护:"大叔你别苛求她。她失去了童年的记忆,所以实际上是生活在一个残缺的世界里,难免性情古怪。如果……替我好好照顾她。"

他同平托握手后,大踏步地走出控制室的边门,走向空天飞机。老拉里、班克斯和布莱克正在舷梯上登攀。十几分钟后,控制室屏幕上出现了他们的头像,宇航服穿戴齐整,头盔也戴上了。飞船的主电脑开始了最后的自检程序：

燃料系统自检完毕。

电气系统自检完毕。

……

鲁刚忽然命令："小兔子，你用肉眼检查一下后货舱的盖革计数器。"停一会儿，小兔子向指挥舱报告："盖革计数器正常。"鲁刚对着屏幕打了一个响榧："好，可以起飞了。"

大厅里顿时寂静下来，均匀的倒计数声在大厅里回荡：

"10, 9, 8, 7, 6, 5, 4, 3, 2, 1, 点火！"

大地沉重地颤抖一下，诺亚方舟号几百个可变矢量喷管向下喷出蓝白色的火焰，热气流淌时把飞船掩在摇曳的幻景之后。它极平稳缓慢地逐渐升高，逐渐加快，悬停在高空。然后，可变矢量喷管逐渐改变角度，诺亚方舟号仰起头向斜上方飞去，很快消失了踪影。

平托和汉斯他们高兴地互击手掌，表示庆祝。汉斯高兴地说："50次！这是诺亚方舟号第50次安全升空！"

平托接了一句："还要第50次安全归来。对吗，老伙计？"

"当然！"

汉斯和他手下的工程师要守候在这里，直到飞船安全归来，一旦飞船发生故障好商量应急措施。平托高兴地同他们告别：

"再见，老规矩，等鲁刚他们回来，我请你们喝路易十八。"

他没有走大门，而是脚步急促地从一个角门出去，早已安排好的一辆出租车在那里等他。他瞟瞟四周，迅速钻进出租车，来到公司新设置的一个秘密据点。这些天的被跟踪，使他嗅到了潜在的危险。如果弗罗斯特有所动作，很可能就是在鲁刚安全返回之前。那么，这几天他要把这条老命照料好，绝不能出岔子。

诺亚方舟号升空的10个小时前，在已经半废弃的法属圭亚那库鲁航天发射场中，一个小型航天飞机已经准备完毕，固定在起飞塔上。这类绰号叫小飞蛾的超小型航天飞机仍采用第一艘航天飞机哥伦比亚号的垂直起升方式，使用液体燃料。在私人航天业兴旺时，小飞蛾成了外太空的廉价巴士，不少富翁尤其是富有的情侣们乘坐它到太空观光，不过只能是短程旅游，目的地限制在距地面2000千米之内的近地太空。鲁斯式空天飞机研制成功后，敏锐的私人航天业主把这种巴士也改造成使用混合金属燃料，使它们的航程扩展到月球。

时过境迁，这种小飞蛾已大都退役不用了。这一架天知道是从哪儿寻出来的。三天前，一架"同温层堡垒"巨型货机把它运来，紧张地做好了起飞准备。当航天场管理员被告知这仅是一对情侣的蜜月旅行时，他们都惊呆了——既为这对情侣的勇敢，也为他们的豪富。

现在，唐世龙和鲁冰都在指挥舱里，已经穿戴好了洁白的抗荷太空服，这是专为未经超重训练的旅行者设计的。唐世龙示意鲁冰打开太空服内的通话器，说：

"马上就要起飞了。义父有急事不能来，他说这次只算观光旅行，回来后再举办最隆重的婚礼。你害怕吗？"

面罩中的鲁冰处于一种极度亢奋的状态。直到现在，她也不相信这次太空之旅真能成行！她生来酷爱刺激，常用种种新鲜招数让别人佩服，但现在是唐世龙让她佩服了。她心中忐忑，仍然口气坚决地说：

"我不怕！可是，你真的会开飞船吗？"

"说什么傻话，不会开飞船我能带你来这儿？放心吧，这种太空巴士驾驶起来容易极了。你不要忘记，我的出身是麻省理工学院工学博士呢。你待着别动，我要开始飞船的自检程序。"

唐世龙开始主电脑的操作，鲁冰对此一窍不通，目醉神迷地打量着四周。这种航天飞机个头很小，内部只有一个舱室，能容纳四个人坐下，四周是密密麻麻的管路、电线，看得她头晕目眩。她看见底部有一个小门，过去拉了拉，没有拉开，便高声问：

"世龙，这门里装的什么？"

唐世龙回头看一眼："你别动它。那是一道密封门，里面是飞船的设备。

喂，你过来，飞船马上要点火了！"

鲁冰忙走过去，坐在唐世龙旁边的坐椅上，系好安全带。唐世龙同地面控制室联系之后，摁下了点火按钮。小飞蛾喷出蓝色火焰，等反冲力达到某一数值时，起飞塔的铁臂张开，飞船缓缓起飞，逐渐加速。

起飞时的4g加速度使鲁冰产生了严重的黑视现象，在半昏迷状态中，听见唐世龙一声声唤她。等她清醒过来时，飞船已转入水平飞行。弧形的蓝色地面转动着向后退去。天幕已消尽蓝色，变成绝对的黑暗，上面嵌满了不再闪烁的亮星。太阳和月亮交替在舷窗里出现，然后随着飞行方向的改变，月亮也向后滑去，变得越来越小。

唐世龙独自操纵着这艘傻瓜型飞船，虽不免紧张，但总的说还算游刃有余。他得意地朝鲁冰眨眨眼睛。这会儿鲁冰对他近乎崇拜，在她同男人的所有交往中，这可是从来没有过的事！

她想扑过去吻吻这位太空英雄。松开安全带，稍一用力，她的身体就在舱中飘浮起来。四肢轻飘飘的，完全失去了在地面上的感觉和节奏，她在空中毫无目标地蠕动，活像一只被麻醉的蠕虫。鲁冰着急地咕哝道：

"喂，我的手脚都不听话，我该怎么办？"

唐世龙笑起来："你自己摸索吧，慢慢找出太空飘浮的办法再来教我。老实说我也没经过这种训练！"

十分钟后鲁冰能掌握方向了，她抓住舱壁的突起，用脚小心地蹬着舱壁，慢慢偎到唐世龙身旁。他已经取下了抗荷太空服的头盔，也伸出手为鲁冰取下。两人微笑着互相端详，忽然鲁冰大笑一声，抱住唐世龙的脑袋狂吻。唐世龙躲避着，笑着喊：

"别动，别动，我们要翻车啦！"

鲁冰仍不依不饶地抱紧他的脖子："翻吧，就是永远留在那个拉格朗日棺材里，我也不遗憾啦。"

十分钟后她安静下来，像只小猫一样温顺地偎在唐世龙的身边。小飞蛾按照预定程序，沿着椭圆轨道向拉格朗日点飞去。

拉格朗日墓场

两天前，狄明仍像往常一样跟踪着唐世龙和鲁冰。为了不引起唐世龙的怀疑，他把自己的遮阳篷设在百米之外。他躲在帐篷里，听着窃听器传来的昵语声、做爱声；有时他也把一具袖珍望远镜从帐篷缝隙里伸出去，观察两人的行踪。

从那次电话之后，唐世龙就没有再和委内瑞拉联系。他似乎已把那个心血来潮的怪念头彻底忘掉了。狄明在等着陈炳先生的电话，他想，等接到这个电话之后，大概就可以向姚云其交差了，然后他就从这桩业务中脱身。不管给多少调查费，他也不愿意同贩毒集团作对，稍有疏忽就会送命的。

窃听器中听见两人要下海玩，他把望远镜伸出去，看见那对裸男裸女拥抱着，嘻嘻哈哈地跑过沙滩，双双跃入海中。他们的游泳技术都不错，两具异常健美的男女身躯在白浪中隐现，时而扬臂奋进，风浪声中分明能听见鲁冰的尖叫。

在这一瞬间，狄明几乎忘了自己的目的，忘了唐世龙是什么人。他想这一对璧人若能永远如此幸福，也算得上天作之合。他枕着双臂休息一会儿，又把望远镜伸出去，没找到那两个人。他揉揉眼睛，继续寻找，海里的游客不算多，他很快就搜索一遍，仍然没有唐世龙和鲁冰。

他们已经上岸了？窃听器中杳无动静，他们肯定没回帐篷，海滩上也没有他们的踪迹，两人租的皇冠汽车仍安静地待在路边。开始狄明还不相信两人会自此失踪。他揶揄地想，尽管是裸体之风盛行的澳大利亚，那一对儿总不至于光着屁股上大街罢。

就在此时，那对裸体的情侣已经上了一艘白色的游船。今天两人一跳入海水中，唐世龙就拉着鲁冰向外海游去。眼见海岸越来越远，鲁冰喘着气，担心地说：

"已经够远了，再往外游，我会没气力返回的。"

唐世龙笑而不答，托着她仍往外海游去。不久鲁冰看到了一艘白色的快艇，船头上站着一个肤色黝黑的男人。他伸手把两人拉上船，递过毛巾、一套西服和一套裙装。两人穿衣服时，他把快艇调过头，向东南方向开去。直到这时鲁冰才恍然大悟：

"我知道了，你是想甩开昨天的跟踪者！"

唐世龙笑着点点头："你知道吗？他就埋伏在离咱们不远的一个小帐篷中。现在就让他耐心地等下去吧。"

鲁冰兴奋地问："他是什么人？"

"不知道。"唐世龙笑着说，"可能是我的仇人，没准是你哥哥或者姚云其雇来的也说不定。"

"绝不可能！我哥哥决不会干这种偷鸡摸狗的勾当，姚云其没有这样的心机。"她忽然灵机一动，"你为什么不让我留下来？那才是对你最好的掩护。"

唐世龙大笑："你留下来，我和谁去太空结婚？你真是个聪明的傻瓜。"他告诉鲁冰，他们现在正赶往悉尼，在那儿乘机去法属圭亚那，小飞蛾已经做好了点火准备。"等你哥哥在太空中发现我们，一定会把眼珠子都惊掉的！"

在汤斯维尔的沙滩上，狄明又耐心地等了半个小时，海面上仍然不见两人的身影。这时他才确信自己被耍了。唐世龙一定用了个金蝉脱壳之计，被人从海里接应走了。

他在心里狠狠咒骂自己的愚蠢。这些天他一直很谨慎地躲在唐世龙的目光之外，也未到唐世龙下榻的饭店里打听情况，以免引起唐世龙的警觉。但现在野兽突然改变行踪，说明他一定嗅到了某些异常。

那么，危险恐怕已经向自己逼近。他待在帐篷里，机警地观察着四周。两个小时后，他确信唐鲁二人不会再出现了，天色也渐渐暗下来。他戴上遮目镜，意态悠闲地漫步过去，打开小山羊轿车的车门。

但他没有启动点火开关。谁知道呢，也许一颗 RX 特种塑料炸弹正在那儿蜷伏着，等着点火的信号。他从另一侧车门溜进了夜色，在路边拦了一辆出租，飞快赶回他下榻的旅馆。

大厅里没什么异常，他从柜台小姐那里要过钥匙，乘电梯上到六楼。走廊里没有人影，他掏出 9 毫米 P38 沃尔特手枪，斜倚在墙上，缓缓打开房门，然后闪身进去，揿亮顶灯。

拉格朗日墓场

确信屋里没有异常,他才松口气。但多年侦探养成的直觉告诉他,此地不宜久留。只是在走前需要向姚云其和陈炳打个招呼。

姚云其的电话没人接,拨号音一声又一声单调地响着。他皱皱眉头改拨陈炳的电话。电话很快接通了,话筒中仍是那个年轻女人冷静的声音:

"是狄先生吗?陈先生让我转告你,他外出调查你说的那件事,一两天就会回来,你有什么话可以留给我。"

他留下话,不再耽误,迅速收拾了行李。门铃响了,送话器中用英语说:"狄先生,你洗的衣服。"

他确有两件送洗的衣服,行色匆匆,几乎把它忘了。但他仍警惕地掏出手枪,斜倚在门口的墙壁上,伸出左手拧开门把手。门把手刚一旋转,房门就被猛地踢开,一个蒙面男人端着一支带消音器的 M16YA2 微型冲锋枪,对着屋内一阵扫射。但杀手随即发现前方并没有人,目标躲在门的右侧,他的枪口也随即向右疾转。

狄明已把枪口对准他的脑门,用英语厉声喝道:"举起手!"不到万不得已他不想开枪,不想在异国卷入人命官司。但他随即从凶手的眼神中知道自己错了。那是亚洲黑豹一样的目光,冷酷凌厉,没有一点理性,也没有一丝恐惧。他立即扣响扳机,凶手的脑袋立时炸开,脑浆迸到墙壁上。

但这个叫坎贝的凶悍杀手在死亡来临前已经转过枪口,把最后三颗子弹射入狄明的小腹。狄明顺着墙壁慢慢滑下去。他粗重地喘息着,眼前的景物变得虚浮,变得五颜六色。他听见门外有人惊慌地尖叫着跑开。十几分钟后,一群警察冲入室内。他们翻开他的眼皮看看,立即把他放到一具担架上。然后,世界慢慢从狄明的视野中消失了。

诺亚方舟号空天飞机已经置身于寒冷寂寥的外太空,离地球 37 万千米。乍从生机勃勃的地球世界出来,几乎不能习惯这里的冷漠死寂。太阳仍像往日一般大小,光热强暴,不过一旦进入地球的阴影,飞船就立即跌入酷寒。星辰满天,蓝色的地球和黄色的月亮在天幕上迅速滑动着退行,很快地球变得和太阳一般大小。

飞船已经关闭动力，用惯性沿着椭圆形轨道滑向顶点，那儿就是离地球和月亮各 38 万千米的拉格朗日点。屏幕上已能看到巨大的核废料山，是一个不大规则的巨大的立方体，在黑暗中微微波动着。鲁刚喊道：

"伙计们，飞行很顺利，我要开始进行手动姿态调整了。请大家做好准备。"

布莱克留在指挥舱做鲁刚的助手。老拉里飘飞到货舱控制室，他将在这里打开货舱下面的密封门，再启动投料机构把货物投下去。班克斯则已穿好太空服，他将用双手把 60 吨的集装箱一只只扣合在自动挂钩上，使它们连成一体。

指挥舱中听到各处的报告：

"投料手准备完毕。"

"太空行走准备完毕。"

鲁刚兴高采烈地说："好，伙计们，我要去'下锚'了！"

他正要启动姿态调整发动机，忽然无线电中传来地面控制室的声音：

"诺亚方舟号空天飞机，鲁刚船长，我们刚收到一艘来历不明的小型航天飞机的呼救信号。经查，这艘小飞蛾型空中巴士于 20 小时前在圭亚那发射场发射，是一次观光性质的短期太空旅行，发射前未向各太空发射场通报，属违规发射。目前该船位于拉格朗日废料场侧后方，离你们的直线距离 5000 千米。你愿意同他们联系吗？"

鲁刚启动搜索雷达，迅速在屏幕上找到了那艘小飞船，它正在废料山侧后游荡。鲁刚非常恼怒，低声咒骂着：

"妈的，我还得先扮演一个太空救生员的角色。我会为这次重新点火白白损失十万元，没人给我付一个子儿。妈的！"

其他船员都默不作声。他们知道咒骂归咒骂，鲁刚绝不会置之不理。在太空中"遇难必救"的道德准则比海洋上更为严格，而鲁刚从来不是临事逃避的人。鲁刚不情愿地说：

"喂，告诉我他们的通信频率！"

布莱克按地面上的指令调整了通信频率，立刻听到一个姑娘清脆的声音。

拉格朗日墓场

她急切地喊：

"鲁刚哥哥，是我！我和唐世龙！"

鲁刚吃惊得几乎把眼珠子掉下来。几天前，妹妹和唐世龙在澳大利亚汤斯维尔浴场玩时突然失去联系。鲁刚知道她正在热恋之中，一定是窜到哪儿玩去了，倒也没有担心。他对唐世龙的印象不好，但有一点是肯定的，这个男人绝对不像姚云其那样懦弱，肯定有能力保护自己的恋人。也许，这个有几分邪性和野性的男人正是冰儿的最后归宿？这种想法不免使他心中隐隐作疼。可是，谁能料到她竟然会在太空中出现！他问：

"是冰儿！你怎么会到这儿？"

大概是觉得理屈，鲁冰的声音没有了往日的骄纵，软声道："哥哥，怪你从不带我上天嘛。唐世龙为我弄了一艘太空巴士，他说很容易驾驶的，说陪我上天玩玩，谁知道它会出故障呢。哥哥，快来救我们！"

唐世龙也在话筒中喊道："鲁刚船长，怪我太莽撞。冰儿一定要过太空瘾，我就把义父十年前的一艘飞船弄来，检修确认它状态良好，就带着冰儿上天了。现在动力系统已经完全失效，请你救救我们！"

鲁刚既恼怒，也有点哭笑不得。这个唐世龙真是一个难得的宝货，刚在长江上导演一出英雄救美，接着又跑太空中演这么一出情侣双飞。真难得他有这样的财力和闲心，费尽心机来讨好妹妹。他冷淡地问：

"飞船上电力系统怎么样？"

"电力系统完好，生命维持系统正常。几十个小时内不会有生命危险。我们盼着你。"

"好的，我立即赶去。"他向地面要来小飞蛾的精确方位参数，计算后说，"大约一个小时后赶到。"

鲁冰在话筒里大声欢呼起来："谢谢你，鲁刚哥哥！"

鲁刚摇摇头，点燃左侧的姿态调整发动机。诺亚方舟号艰难地绕了一个弧形，全速向小飞蛾的方位飞去。

在澳大利亚汤斯维尔的圣保罗教会医院里，奎亚特警官站在急救室的观察窗外,看着三名医生和护士尽力抢救那个伤者。从他的证件中看,他叫狄明,中国人,职业是私人侦探。他受的伤不算致命,主要是失血过多导致休克。现在,病人在氧气面罩中急促地呼吸着,鲜血一滴滴地滴入静脉,心电示波仪上的曲线慢慢稳定下来。凶杀现场的另一个人脑袋迸裂,早已死了。从他身上带的证件看是一个巴西游客,但证件显然是假的,电脑上查不出此人进入澳大利亚的记录。奎亚特把此人的面容和指纹发给国际刑警组织,几分钟前已得到回电:死者原名桑切斯·托斯,常用坎贝的化名,是哥伦比亚卡利贩毒集团一名冷血杀手,臭名昭著,恶贯满盈,早已上了刑警组织的红色通缉令。现在,他总算罪有应得,死在这位小个子中国人的手中。局里要奎亚特设法弄清坎贝潜入澳大利亚的目的,一般来说,这名著名杀手是不轻易露面的,他的出现常常伴随一场腥风血雨。

示波仪上已经恢复了正常的节律,狄明的神智逐渐聚拢。他看见姚云其的金钱之花异光闪烁,令他难以睁眼。这些异光忽然又变成唐世龙的冷厉目光,那是在公用电话亭旁的一次照面,机警狡诈的唐世龙一定从那时起就有了疑心。然后又变成杀手枪口的火光,小腹一阵刺痛……他终于睁开眼睛,看见一个医生的笑脸:

"很好,狄先生,你总算醒了。"

他一下子全回忆起来了,想挣扎着坐起来。医生忙把他按下,命令道:"不能动,你还很虚弱。奎亚特警官在这儿,你可以把情况告诉他。"

奎亚特分开护士,向他俯下身:"狄先生,请尽量简要地告诉我,你为什么来到澳大利亚,又为什么被这名杀手盯上?他有没有同伙?"

狄明示意拿开氧气面罩,喘息着问:"我昏迷了多长时间?"

"已经一天多了,准确地说,是30个小时。"

狄明显得十分焦灼,喘息着,断断续续地说:"他是哥伦比亚卡利贩毒集团的打手,他的上司叫唐世龙,可能已经和一名叫鲁冰的中国女人离开澳大利亚。他们这次的行动很可能与一次太空运输有关,承办运输的是鲁冰的哥哥鲁刚。具体情况请与中国国家安全部的陈炳先生联系,请记下他的电话号码……"

拉格朗日墓场

奎亚特警官记下了他说的情况，狄明补充道："还请通知我的委托人姚云其，把这些情况向他通报。请记下他的电话号码……"

奎亚特俯下身安慰他："请狄先生安心静养，我马上向有关方面通报。"他立即返回警察局，向上司请示后，拨通了北京那边的电话。那时他并没有意识到，一场令世界震惊的灾难至此已拉开序幕。北京的陈炳先生详细地记下了他的话，又追问了几点细节，然后简捷地说：

"谢谢，姚云其先生那儿就不用偏劳你了，我马上派人通报。如果狄明先生又回忆起什么情况，请立即通知我。我现在要去开会，不多谈了，再次向你表示感谢，这些情报非常重要也非常及时。"

陈炳挂上电话就匆匆出门，赶往会堂向上级汇报，那儿正为此开着一个小型会议。两个小时后，一项应急行动计划已经在中国紧锣密鼓地铺开。

几乎同一时刻，远在地球另一侧，美国华盛顿西部的 C 委员会所在地，弗罗斯特和罗杰斯正向一位老人介绍此次行动的执行情况。他们在四楼一个会议室里，仆人拉上厚重的窗帘，调好放映机，把影像打在对面墙上挂着的活动屏幕上。弗罗斯特拿着一支激光笔，指点着介绍了画面上的情况，说：

"迄今为止一切顺利。全部核武器在严密控制下于五天前装入诺亚方舟号。飞船已经于 15 小时前点火升空。刚刚接到宇航局的通报说，飞船已经抵达拉格朗日墓场。在上述各个阶段中，我们一直对鲁氏公司进行着严密的监视，没有发现任何泄密情况。等飞船卸完货物，在返回途中再执行第二步方案。"

听他汇报的老人满头银发，脸色红润，穿一件带格子的中国真丝衬衣，脸上手背上已经长有老人斑，但身体健硕有力。这位前司法部部长戴维斯·布朗先生慈祥地笑着，说：

"辛苦了，谢谢你们二位。我会向惠特姆总统推重你们的业绩。"

屏幕上仍一帧一帧地放送着经过剪辑的画面，从集装箱离开尤卡山，在圣弗朗西斯科港口装船，海运，在哈马黑拉港卸下，一直到吊装进鲁斯式空天飞机。很显然，所有行动都在严密的控制中，进行得有条不紊。布朗仔细地看着摄像，低声说："很好，我很满意。"

但他忽然顿住了，举起手指示意："退回去，看刚才的画面。"画面一帧一帧地退回去，布朗说："停！"这是哈马黑拉航天场装货时的现场记录，秘密摄像机详尽地拍摄了吊运核弹的情形、警卫的情形，也偶尔抓拍到一些场外的路人。布朗指着一个老人说：

"把他放大！"

头像放大后显得模糊不清。布朗按响电玲，秘书恰莉小姐很快进来，布朗让她到技术室把屏幕上的虚浮头像尽快处理一下。在秘书返回之前，布朗先生阴郁地沉默着，弗罗斯特和罗杰斯不知道发生了什么意外，心中忐忑不安，偷眼打量着老人的脸色。

不久，经电脑特殊处理的头像送来了。头像是由一些特征点拼出来的，不甚清晰，但大致能看出这是一位白人老者，白发，脸庞瘦削，深眼窝，目光冷漠。布朗目光阴森地盯着他看了很久，对恰莉小姐说：

"查一查我们的侦察卫星在这段时间是否经过哈马黑拉，如果经过，让电脑在拍摄的资料中查寻这人的面貌。"

半个小时后结果送来了。电脑查寻到一个画面，是用红外相机拍摄到的夜景，那个相同面貌的老人正在仰着头剪掉集装箱的铅封。几十帧相关画面显示了两个人进出集装箱的情形，还能看见他们为睡熟的警卫喷药。弗罗斯特和罗杰斯早就面色惨白了。布朗苦笑道：

"其实一看见他走路的动作，我就认出来了，30多年前我便同他很熟。知道这是谁吗？"弗罗斯特困惑地摇摇头。布朗说，"是战神，美国最负盛名的核武器专家，不久前被尤卡山核堆放场遣散。我还为他争取了12000美元的特殊津贴呢。两位先生，看来你们在职务的升迁上已经到头了。"他刻薄地说道，他的盛怒在平静的外表下显得更可怕，"难道你们看不出这里的含义？这个老家伙一定是跳槽了，一定把核武器的秘密卖了一个大价钱，甚至亲自去参加行动。你们看吧，麻烦马上就要来敲门了！"

他唤来秘书，有条不紊地下达命令："通知联邦调查局，迅速查清战神迈克近日的行踪。对，你只用说战神迈克，调查局就知道是谁。我要在四个小时内听到结果。立即通知 C 委员会所有成员，于五小时后召开紧急会议。召集人戴维斯·布朗。"

秘书用拍纸簿迅速做了记录。他指着两人厌倦地说："带他们去休息，五小时后列席会议。"

等恰莉小姐来送联邦调查局的报告时，看见布朗先生仍然以四个小时前的姿势埋在沙发里，屋里没有开灯，在窗外灯光的斜射下，他显得十分苍老和疲惫。报告上说：战神迈克离开尤卡山核废料堆放场时没有留下他的目的地。但在从那儿到旧金山沿途加油站的电脑记录上查到了他的信用卡，后来他在旧金山停了若干天，然后用真实姓名买了去哥伦比亚圣菲波哥大的机票，从那儿又乘机去卡利市，在一家圣尼亚旅馆住了三天，以上行程仍是使用真实姓名。但从那儿之后，他就突然失踪了，从人间蒸发了。布朗喃喃地说：

"用的真实姓名。对，他是用这个方法公开向我们诀别。"

恰莉担心地问："布朗先生，你是否不舒服？我送你去休息吧。"

布朗沙哑地说："不，谢谢你，我很好，不必担心。"

诺亚方舟号开始反喷制动，缓缓地靠向小飞蛾。鲁刚又仔细地做了姿态调整，现在大小飞船已经并肩在太空中飘荡，就像一只巨雕带着幼雏飞行。当两船相距 100 米时，鲁刚停止了调整。他把指挥座位留给布莱克，自己来到减压舱前，穿好太空服，把一根保险绳系在身后。班克斯说：

"还是穿我的太空服吧，有喷气推进装置。"

"不，投料时你还要使用，不能浪费燃料。我来一个太空跳远就行了。"

班克斯嬉笑着："要不让我去？我非常想扮演太空救美的英雄。"

老拉里担心地看看鲁刚，他怕班克斯的嬉闹再次惹鲁刚生气。但鲁刚只简单地说："不，我去。让对方做好准备。"

他走进减压舱，关好舱门。随着气压降低，白色的宇航服慢慢鼓胀起来。随之外舱门打开，太空的寒冷寂寥猛然冲进来把他淹没。巨大的诺亚方舟号在广袤的背景下小如米粟，而他仅仅是黏附在米粟上的一粒微尘。然而正是这些微尘为宇宙带来了生气，使一堆钢铁变成有灵性的巨兽。

100米外,小飞蛾的减压舱门也打开了,穿戴整齐的唐世龙抱着鲁冰立在舱门口。刚才鲁刚问清了对方飞船上没有动力飞行装置,那么只有来一个太空对面跳远了。他向对方打个手势,唐世龙猛地把鲁冰向这边推过来。她背后抽出一条保险索,就像在风中飘荡的一只吊丝的蜘蛛。鲁刚猛地双脚一蹬,向她飘飞过去,很快就把妹妹揽在怀里。妹妹翻开了镀金的遮光罩,在头盔里急切说着什么。看得出她十分亢奋紧张,但并不是胆怯。洁白的碳纤维太空服严严地包着她,背景又是浩瀚的太空,这使她显得娇小纯真。鲁刚似乎从头盔里看到了15年前的小妹妹,心头泛起一阵苦涩的甜蜜。

　　鲁刚解开她的保险带,朝唐世龙挥挥手,唐世龙也扬扬手,把带子抽回去。他揽着妹妹,拉着保险绳返回减压舱,一边还尽量使妹妹旋转着,让阳光对她的太空服均匀加热。很快,他把妹妹带进了减压舱。他示意妹妹等着,又飞过去把唐世龙接过来。没了主人的小飞蛾拖着那根未被回收的保险索,安静地待在太空中。

　　在过渡舱里,尽管穿着臃肿的太空服,鲁冰还是兴高采烈地投入唐世龙的怀里。这会儿她已经冻得瑟瑟发抖了。鲁刚不满地哼了一声,布莱克迅速关上外门,舱内慢慢开始充气,温度也慢慢升高,然后内门缓缓打开,露出老拉里和班克斯的笑脸。鲁冰跳进舱门,急不可耐地取下头盔:

　　"哥哥,谢谢你!这次太空旅行太精彩太刺激了!"

　　她兴高采烈地吻过哥哥,又旁若无人地和唐世龙拥抱热吻。唐世龙微笑着,面色平静,看不出刚从死亡中逃生的余悸。鲁刚不由得对他滋生了好感。尽管他是一个可恶的纨绔子弟,但敢为爱情来太空冒险,算得上是个真正的男人。

　　鲁冰欢笑着和每个人打招呼:"你好,老拉里大叔!你好,班克斯先生!还有小兔子布莱克呢?"

　　她在每人的脸上都印上一吻。老拉里笑着,搂搂她的肩膀。班克斯受宠若惊,目不转睛地盯着她,大声赞叹着:

　　"我的上帝,你太漂亮了,真正的维纳斯女神!"

　　鲁冰嫣然一笑,接受了这个赞扬。她在空中旋转着,打量着巨大的内舱,惊叹道:"哟,我从来不知道诺亚方舟号这么大!世龙,比比我哥的飞船,你的船真成一只小飞蛾了!"

她的声音中包含着那么多的自豪感,船员们都真诚地笑起来。鲁刚说:"你们先到生活舱休息吧,我们要返回拉格朗日点去卸货,拉里大叔,你送他们过去。"

唐世龙点点头,揽着鲁冰准备过去,他问了一句:"我的小飞蛾怎么办?"

鲁刚微嘲道:"就让它待在那儿吧。这儿也属于拉格朗日点,有地球和月亮双重引力的锁定,它会安安生生地待在这儿,直到世界末日。那将是你留给子孙后代最可靠的遗产。"

班克斯和老拉里都笑起来,唐世龙耸耸肩,与鲁冰钻进生活舱。老拉里看见他肩上挎着一个小皮箱,他想可能是唐世龙从废弃的飞船上抢出来的贵重财物,没有在意。

第八章 延迟爆炸

在狭窄的走道里飘飞时，鲁冰一直牵着拉里大叔的手，叽叽呱呱地说着。飞船里的一切她都感到新鲜。它现在离地球多远？能看见长城吗？飞船容易操纵吗？听说这只飞船"烧"的混合金属，那是什么金属？不过，常常未等老拉里回答，她已经跳到下一个问题。

老拉里不由得扭头看看。鲁冰的脸蛋上洋溢着灿烂的光辉，令人想起15年前那个漂亮刁钻、快活爽朗的小女孩，他的心里浮出一股热流。这个"可爱的鲁冰"近来已经很少见了。自从那场灾祸之后，有一种无形的重压时时压着她，压得她扭曲和畸形，她的行事常常让人痛心。这会儿，从前那个女孩短暂地复活了。

到生活舱后，她仍然像只不安分的海豚，在舱内到处飘荡着。她缠着拉里大叔，要他介绍洗澡的负压装置、密封的厕所和那种能燃成圆球火焰的蜡烛。老拉里没听懂最后一句：

"你说什么燃成圆球的蜡烛？"

鲁冰浑身猛然一震。她现在才意识到，自己随口问出的这个问题是从记忆深处直接蹦出来的，没有经过她的显意识。她在空中转过身，呆呆地望着老拉里，面色苍白，嘴唇翕动着：

"拉里大叔，我不是第一次到太空！我已经来过一次！"

拉里大叔猛然张大嘴，欣喜若狂："你已经回忆……"但他突然住口，看看鲁冰，迅速把目光移走，不敢与她对视。他的眼睛里盛着那么多的悲伤和怜悯，声音喑哑地说，"冰儿，我该去工作了，你先在这儿休息。"

然后他匆匆转身，逃也似的离开了。

唐世龙不知到哪儿去了，但鲁冰这会儿无暇考虑他。她狂热地盯着四周似曾相识的设施，急切地回想着。慢慢地，一个场景浮现在眼前。一个16岁的女孩被围在中间——就在这里，就在这个生活舱中。几个船员慢悠悠地向她飞过来，就像一群无翅的天使。鲁刚哥哥喜笑颜开，手里端着一个小小的蛋糕。电灯熄灭了，16只蜡烛燃成小小的圆球，溜圆溜圆，完全不是平常那种下圆上尖的形状。所以那时她一直惊奇地盯着这种奇特的烛光。

这些年来，她有时在梦中见过这个场景，她一直把它当成一场怪诞的梦。现在她回忆起来了，这是真的。而且她知道烛光为什么是圆的，那是因为在无重力环境下，蜡烛燃烧不会造成空气的上升气流。是鲁刚哥哥告诉她的，没错。

她想起，这场太空生日宴会还有一点小小的缺憾，等她许完愿，抬头准备吹蜡烛时，16团小火苗跳动着一个个自动熄灭了。后来也是鲁刚哥哥告诉她，在失重环境下，蜡烛燃烧时因为没有上升气流来补充新鲜空气，烛火把周围小区域的氧气燃尽便会自行熄灭。

"没关系，只要你已经许过愿，它一定能实现！"鲁刚哥哥笑道。

这些场景是那样鲜明，咀嚼着这突然复苏的回忆，使她感到发自内心的甜蜜。她很想沿着这条回忆之径走下去，继续寻找昔日的风景。但意识深处却突然响起凄厉的警报，命令她赶快回头。前边有邪恶的灾难之涧！

她迟疑着。她喜欢鲁刚哥哥，从小就喜欢。她喜欢趴在哥哥背上吹他的耳朵，喜欢看他凸起的肌肉，喜欢把自己开始丰满的乳房顶在他的背上。然后她眼前突然出现那个场景：鲁刚正从她的乳沟处胆怯地收回目光，那分明不是一个哥哥应有的目光。

戾气渐渐填满胸臆。她看见爸爸也从身后突然冒出来，抓住她，用络腮胡子亲她，她生气地叫起来。然后爸爸的脸形开始幻化……像往常一样，回忆一走到这里，她的意识就尖叫着四散逃走，等她平静下来时，发木的脑袋里只余下一些零星的碎片。

"不要回忆了，"她厌倦地想，"鲁刚还是我的哥哥，是我的亲哥哥，他今生今世不可能是我的丈夫。我的人生之舟已经准备在另一处港湾停泊了。"这时她才想起了唐世龙。好久没有见他了,刚才他似乎说了句"我去各个舱室转一转"就离开了。他怎么去了这么长时间,把她一个人扔在这里?

她生气地喊:"唐世龙!世龙!你去哪儿了?"没有回音。

老拉里走后,唐世龙一分钟都没有耽误。他躲开鲁冰的视线,溜出生活舱,在小皮箱里掏出一支威力强大的爆破枪塞到怀里,又拿出一个工具包挎在身后。本来他担心要对鲁冰花一番口舌,但现在鲁冰正陷于神魂颠倒的境地,似乎正在回忆她的第一次太空之行,他正好趁机溜走。鲁冰来过太空?果真如此,这事应该给她留下十分鲜明的印象,怎么可能忘记呢?看来她的失忆症确实很严重,她一定经受过什么重大的打击。

不过眼下没有时间来想这件事。他要赶紧按原计划行动。来前他已经详尽了解了这种鲁斯式飞船的结构。所以很顺利地溜到货舱,找到投料机构操纵台,开始检查。教父卡拜勒鲁曾一针见血地指出:

"据我估计,山姆大叔绝不会让几位送货人平安回家,一定会杀人灭口的。当然他们不会在核弹投放前动作。所以,很可能有一个爆炸装置与投料机构连动,投料后会自动启动。上飞船后你要首先找到它。"

他从工具包中摸出高容量袖珍手电,仔细寻找。不久就在一堆管线中找到了新装的炸弹。那个小圆筒上引出几条彩色线路,与投料机构的电路相连。在炸弹的启动装置中,有一个微弱的小红点在闪亮着。下手前他琢磨了一会儿,总的说,这个装置相当简单,可能美国人认为不会有人来这儿查寻,在飞船上也不会有拆弹专家,所以没太费心。他对几根电线的来龙去脉弄清了,便取出微型气枪,打着。枪口冒出一条细细的蓝色火焰。火焰从电线的空隙间插进去,很快把那条红线的绝缘表层烧融。他又取出一条两端带夹的导线,慢慢地从电线丛送进去。他做得极其小心,因为一次偶然的接触就有可能引爆它。虽然他接受过排弹专业训练,但在失重状态下干活完全是另一回事,浑身轻飘飘的,两手总好像没有依托。终于小夹子紧紧钳住了红线两处,连好了安全旁路。

他揩揩汗,摸出那只特制的线钳。这是一支铅笔粗细的细圆棒,周围套着绝缘胶皮，他小心地把圆棒送到红色导线旁边，揿一下后部，从端部伸出一对小小的钳夹。他用钳夹小心夹断了那根导线。小红点熄灭了。

现在万事大吉了。他揩揩汗，立起身来。但没等他喘口气，忽然另一个红点开始急促闪亮，炸弹定时装置内发出哔哔的连续声音。炸弹已被启动！他刚才拆掉的，只是一个假装置！

一刹那间他几乎听见自己的心跳。他似乎看到一团耀眼的白光，飞船和他都被炸成碎片，在寒冷的外太空地狱里飘荡。但他强自镇定下来。说到底，在这儿是无法当逃兵的。这是一艘孤悬天外的飞船，爆炸后不会有一个幸存者。另外，他坚信山姆大叔不会让炸弹如此轻易地起爆，要知道船上有2250颗核弹！起爆时间一定足够飞船远离这儿。

也就是说，从现在到炸弹起爆，应该还有一个相当长的缓冲时间。他长吁一口气，使激烈跳动的心脏平静下来，又开始仔细寻找。不久他在假弹下部找到了真弹和它的延迟器，又开始了刚才的程序。

诺亚方舟号前方的反冲喷管喷出一股火焰后，庞大的飞船便彻底失去速度，静止在废料山200米外的太空。这是一次漂亮的空中停车。

庞大的废料山出现在前方，占据了整个视野。无数黑色的集装箱彼此勾连，组成了一个巨大的立方网格。集装箱彼此之间留有空隙，以便外太空可以有效地冷却箱体，使放射性废热不致积聚到危险的程度。地球和月亮的双重引力把它们锁定在这里，但并不是绝对的静止不动，它们在这个中心做着轻微的振荡，用铰链连接的立方网格也有微微的波动，就像从地狱深处浮上来的一波波战栗，一声声叹息。这个幽灵般的黑色网格以它的丑陋和庞大造就出骇人的气势。

这正是人类之蚕在吞吃绿叶、构筑美丽的茧壳时所留下的一大堆粪便。

诺亚方舟号把腹部对准废料山，班克斯已穿好带推进装置的太空服，待在减压舱里待命。鲁刚命令道："拉里大叔，打开货舱。"

拉里大叔按下电钮，飞船腹部两扇大门缓缓开启，就像张开的甲虫硬翅。

"投料！"

班克斯已经提前从减压舱进入太空,太空服的喷气推进口冒出小小的桔黄色火光,在漆黑的天幕上显得十分绚丽。拉里按下投料按钮后,飞船会依次吐出一只只集装箱,并把它们送到正确的位置,然后它们靠本身轻微的惯性使自动挂钩碰合,班克斯只需在旁做一些适当的校正。

但这次飞船毫无动静。拉里立即向报告:"鲁刚船长,投料机构发生故障!"

船长很快命令:"货舱门暂时复原!班克斯返回飞船。拉里大叔立即排除机构故障!"

班克斯轻盈地滑进减压舱,减压舱门关闭。飞船腹部巨大的货舱门也缓缓合拢。鲁刚在屏幕上阴郁地看着这一切。这次飞行一直很顺利,使他几乎忘了起飞前的不祥预感。但现在,这种预感又复活了。

几个人在维修舱聚齐,带上工具,老拉里愧疚地低声说:"怎么会出问题呢?起飞前彻底检查过的。"

鲁刚安慰他:"拉里大叔,不必着急。投料机构很简单,我想不会有太麻烦的故障。"

班克斯也脱下太空服匆匆赶来,一行三人便准备到货舱去。这时,留在指挥舱的布莱克忽然打来电话:

"鲁刚船长,地面控制室转来一位姚云其先生的电话,他说有十万火急的情况。你接电话吗?"

鲁刚不耐烦地说:"等我检查完吧。"他向前滑了一步,忽然顿住!他的警觉猛然苏醒了。姚云其尽管性格懦弱,带三分女人味,但并不是一个糊涂蛋,他不会在这当口来诉说自己的失恋。而且,以姚云其的地位,他很难通过种种关卡接通飞船的电话。那么,他要说的会不会和唐世龙有关?唐世龙的英雄救美、太空相遇,未免太巧合。现在,这条大虫已经进了飞船,他会不会是有心而来?鲁刚打了一个寒战,改变了主意,说:"把电话立即转过来!"

两秒钟的延迟后,姚云其的声音从38万千米外传来:

"鲁刚船长,你能听到吗?我雇请的一个私人侦探已经查明,唐世龙是哥伦比亚贩毒集团卡利卡特尔的重要人物。他这次接近鲁冰是为了接近诺亚方舟号，准备采取某种行动，详情尚不清楚。侦探狄明先生被暗杀，生命垂危。鲁刚船长，你们千万要当心！"

接着换成另一个人冷静的声音："鲁刚先生，我是中国国家安全部的陈炳。据狄明先生的情报和我们的调查，唐世龙此行目的是飞船货舱里的所谓核废料，那里面肯定藏着不可告人的秘密。请你们小心，并把船上情况及时向我们通报！"

鲁刚阴郁地说："好，我知道了。谢谢！"

怒火在他心底升腾。他想立即找到唐世龙，掐断他的脖子。但他努力捺住自己的冲动。他知道，唐世龙肯定是一个强悍的对手，也必然带有武器，他想起唐世龙刚才背的小皮箱。可惜飞船上没有武器，连一把匕首都没有。他在工具包中寻找着合手的武器，这时鲁冰在通道口出现了：

"喂，拉里大叔，看见唐世龙了吗？"

鲁刚浑身一震，问："唐世龙没有在生活舱？没有和你在一起？"

鲁冰狠狠地瞪了他一眼，有了刚才被激起的残缺回忆，那种根深蒂固的敌意又复活了。她冷冷地回答哥哥："他不在，拉里大叔一离开，他就不见了。"

鲁刚看看她，觉得心头刺痛。刚才，那个快乐的鲁冰短时间复活过，但这么快她就蜕变了，她的眸子中又有了往日的冷漠、鄙夷以及猫捉老鼠般的戏弄。但鲁刚没有闲心考虑这些，简短地说：

"刚刚接到中国政府的通报，唐世龙是个毒贩！我们分头去找。注意，他一定带着武器。"

鲁冰非常震惊，瞠目环视着众人。她不愿相信哥哥的话，也不敢相信，但众人的阴郁已说明了一切。那个行藏诡秘的恋人原来不是007，而是十恶不赦的毒贩！船员们都在寻找着合手的武器，他们知道将面临一场力量悬殊的血战。鲁冰感觉到了周围滋生的敌意，说到底，是她把这个祸害带上飞船的，他们没把她看成唐世龙的同谋，已经够对得起她了。她从胸腔发出一声怒喝：

"我去找他！我去和这个王八蛋算账！"

鲁刚急忙说："冰儿不要任性！你不是他的对手，你留在这里吧。"

鲁冰看都不看哥哥，自顾向通道口游飞过去。鲁刚急忙追过来，想拉住她，恰在这时唐世龙在通道口出现了：

"不必找了，我在这里哪。"他笑嘻嘻地说，右手握着一只形状奇怪的手枪，枪口有酒盅粗细。"喂，你们几位老老实实待在那儿。你，船长先生，拉里大叔，班克斯先生，还有鲁冰小姐，千万不要轻举妄动。认得我手里的武器吗？这是一种威力很大的爆破枪，只有十颗子弹，准确度也不高。但它足以炸掉一个人的脑袋，顺便把飞船的外壳钻一个洞。所以只要我按下扳机，咱们就要同时完蛋。你们千万不要逼我这样做。听清了吗？现在我命令，所有人都集中到一块儿。"

几个人在爆破枪的逼迫下聚集在一块儿。鲁刚把刚才拿到手的多用锤隐在身旁。舱中人只有鲁冰没动，她皱着眉头，茫然看着十几分钟前还对她俯首帖耳的情人，老拉里忙把她拉过来。

"好，这就很好，请大家不要害怕。等我把话说完，你们甚至会感谢我。看见这件盖革计数器了吗？"他扬扬左手的计数器，"它不是一直很正常吗？告诉你，那些人在装载货物时对它做了手脚，我把它恢复了，你们听。"

他把计数器打开，计数器立即发出清晰的吱吱声。唐世龙笑道："听到了吗？在生活舱里它就叫得这样欢，更不用说在货舱了，在那儿它就像一只发情的百灵。你们知道货舱里装的是什么？你们兢兢业业送到拉格朗日的是什么玩意儿？是2250颗核弹，其中最大的氢弹爆炸当量在一亿吨以上。这些核弹足以把全地球毁灭一次了。鲁刚船长，你的主顾，那两位和蔼的美国绅士弗罗斯特和罗杰斯先生，没告诉你这些情况吧。"

第七辆麦克拉伦F-1汽车驶进华盛顿西部的这个特区内，在楼房前的停车场停下，75岁的柯尔先生匆匆走进二楼的秘密会议室。窗户上拉着厚重的紫色天鹅绒窗帘，过道上散布着四名警卫。已经入席的六个人向他点头示意。今天出席会议的除了布朗，还有罗伯特，前任国务卿；詹姆斯·泽拉尼，前参议院外交委员会主席；威廉姆·沃尔夫，前首席大法官；马瑟，一家军火康采恩的董事长；赫伯特，前中央情报局局长。他在赫伯特旁边的空位坐下，秘书恰莉小姐为他斟上咖啡后轻轻退出去，关好厚重的橡木门。布朗先生说：

"好，现在开会。今天诸位要面临一个很不轻松的议题。因为柯尔先生和赫伯特先生上次没有与会，我先简单介绍一下，对众所周知的历史情况也做一个回顾。因为我想今天的会议记录恐怕要送给那位年轻人了。"他指的是36岁的惠特姆总统。

"诸位知道，2022年全世界销毁核武器公约生效后，我国还秘密保存下来一个不小的核武库。在座的柯尔先生和詹姆斯先生就参与了当时的决策。我想我们完全不必为此苛责前辈。因为那时无法对铁幕国家实施绝对可靠的监督，一旦他们在销毁核弹时打埋伏，就会严重威胁到我们的民主制度。但事情发展到现在已有了变化。第一，18年来的种种迹象表明，其他国家，包括原来的铁幕国家，都确实销毁了核武器。第二，这个地球在温室效应后已经太脆弱了，再使用核弹会把它彻底毁灭，不会有胜利者。所以，这些核弹成了烫手却毫无价值的山芋。它们全部秘密存放在尤卡山核废料场，现在一条新地震带正好穿过那里，两个月前的一场地震使它们面临着被暴露的危险。为了避免在世界上造成一场风波，上次会议决定，租用私人飞船诺亚方舟号把它们运到外太空去，然后让这个秘密在货运飞船的一声轰响中永远消失。尤卡山核废料场也要关闭。"

他苦笑一声，接着说："我们派了最精干的人员去处理这件事。但不幸的是，军界的战神老迈克——在座很多人知道他——在被解雇之后突然走上了另一条人生之路，竟然主动向贩毒分子出卖了这个秘密。因为他被解雇，我还特意申请了一笔12000美元的补贴呢。世界真是乱套了，作为军界的精英，他的道德感不该这么脆弱。据刚收到的消息，在哥伦比亚毒枭卡拜勒鲁的亲自策划下，恐怖分子唐世龙已登上了诺亚方舟号。他们肯定会用这船武器对我国进行讹诈，我们必须尽快给出对策。"

这条消息太沉重了，所有的人都面色阴沉。75岁的柯尔是前参谋长联席会议主席，在C委员会现任成员中资格最老，素以精明严厉使人敬畏，他刻薄地说：

"我真为这个愚蠢的决定脸红。你们兴师动众把核弹送到外太空，又想让它保守秘密，这不是白日做梦吗？美利坚合众国在长达两个世纪中一直是世界的中心，多少美国政治家在世界舞台上叱咤风云。近年来美国的国力是削弱了，难道政治家的智商也随之下降了吗？"

这番话贬损了上次参加会议的所有人，不过这些绅士们至少从外表上看都没有什么反应。布朗平静地说："柯尔先生，恐怕没有时间恭听你的责备了，言归正传吧。"

"恐怕我们没有多少选择余地。我想只能做到三点。第一，在我国捉襟见肘的财政中尽量收拢一批款子，准备应付恐怖分子的讹诈。第二，命令太空防御系统全面启动，一旦他们的条件太苛刻——这是很可能的——就拦截这艘飞船，不让它飞入能准确投弹的近地空间。那时，受到同样威胁的各国政府就不会隔岸观火了，他们会和我们同心协力对付恐怖分子。第三，如果不能达成妥协，就在恐怖分子引爆核弹前击毁它，最好在外太空击毁。据我所知，按照核弹的安全设计，飞船的爆炸不会激发核反应，这样我们将仅仅面临核污染而不是核毁灭。"

赫伯特皱着眉头说："这首先会使我国成为众矢之的。"

柯尔阴沉地说："无法避免的事就不必考虑它，而且这不一定是坏事。这项秘密肯定包不住了——你们是否还奢望保密？卡拜勒鲁会为我们保密吗？既然如此，我倒是很乐意衰老的山姆大叔再去世界舞台当一次主角，哪怕这次是反派角色。"

与会的几个人都皱起眉头，他们对这种"反派主角"的提法很反感，但对柯尔的三点建议没什么意见。詹姆斯说："我没有可补充的，我想必须尽快作出决定。我们面临的是历史上最危急的时刻，也许十分钟的犹豫就会导致核劫难，使我们几个在历史书上扮演反派主角。"他用这句话轻轻刺了柯尔一下，"我们应该放手给惠特姆总统，让他能临机作出果断的决定。"

布朗说："那么，我们就此事进行表决吧。"

七个人依次敲响面前的小锤。布朗说："全体通过，我立即把这些情况通报给惠特姆。在他接任总统以后，我们还没有来得及建立联系呢。"

白宫西廊的内阁会议室里正在举行别开生面的内阁会议。12个孩子围着漆黑发亮的长会议桌，正襟危坐，面容严肃，他们大多在12~15岁，有七个男孩，五个女孩。会议室东墙上雕有国玺，两边挂有美国国旗和总统旗，壁炉上方，衣着古板的华盛顿总统正严肃地看着孩子们。

惠特姆总统满面笑容地坐在一侧。这12个"美国本年度最杰出少年"前些时联名致函总统，想举行一次"假如我当总统"的活动。惠特姆很高兴地答应了。同意他们使用半天内阁会议室，还允诺亲自参加讨论。现在是凯恩斯在发言，这个14岁的小男孩穿戴得整整齐齐，领口打着黑色蝴蝶结，头发抿向脑后，他严肃地说：

"假如我当总统，我会把环境保护作为这一任最重要的目标。记得我们常抱怨巴西人不懂环保，不珍惜唯一的那片'地球之肺'——亚马孙热带雨林。看着雨林一片一片被烧毁，我们都义愤填膺。可是，穷国抱怨我们耗用能量太贪婪时——一个洛杉矶城的耗能比得上非洲一个国家！——我们却老是耸耸肩膀，若无其事地干下去。为什么？就因为我们开始比他们富，就该永远比穷国高一头吗？现在我们尝到了环境恶化的滋味，也尝到贫穷的滋味了，也许这能帮助我们反省一下。"

惠特姆惊奇地看看这个孩子，在他的名字下重重打了一个惊叹号。下面发言的是一个女孩妮娅，背景介绍上说她是随父母在十年前从白俄罗斯移民到美国的。她是一个典型的斯拉夫美女，穿着漂亮的连衣裙，两眼很亮，笑容甜美。她说：

"我如果当总统，一定和全世界的人都交上朋友，真心的朋友，不是那种用政治外衣包装过的假朋友。惠特姆总统，请你不要取笑我的幼稚。"她言辞锋利地说，"实际上，我倒是常常不理解大人的幼稚，比如：为什么一定要制造武器？为什么国家之间一定要打仗？核武器如今已经销毁了，这是一件明明白白的好事，可是，我想总统一定记得，在核武器销毁前有那么多政治家、将领、报纸专栏作家喋喋不休地反对，列举一条又一条理由。总统先生，我想上帝在看着这些任性的强词夺理的大孩子时，一定又好笑又好气！"

惠特姆苦笑一声，摇摇头，在拍纸簿上记下"上帝的目光""大人的幼稚"。主持会议的"临时总统"、12岁的奥古斯特用严肃的目光扫视会场，问：

"下面谁发言？"

"我可以说两句吗？"黑发的帕特西亚·张温婉地笑着说，她是华裔，今年14岁，"温室效应的突变后，在美国社会到处可以触摸到阴暗的心理和氛围。我在美国受到的熏陶，是说人类正在走向世界末日，虽然它很缓慢，可能延续几百年、一千年，但总的说是不可阻挡的。不久前我回过中国，见到我的曾祖父，我觉得这个东方老人的思维方式可能对我们有益。在他的眼里，人类的发展历来都是波浪式的，有盛有衰，大乱之后必有大治，大治之后还必然有大乱。因此，近20年来的文明颓势总是可以逆转的。这些话对我影响很大，从那以后再来看世界，我又能看到灿烂的阳光了！"

惠特曼饶有兴趣地听着。这时白宫办公室主任马丁急急地走过来，附耳说道："戴维斯·布朗先生求见，他希望尽快见到你。"

惠特姆当然知道这位布朗先生，知道美国的政治现实——C委员会的七个老人一直是美国政界的教父。但他内心深处对这些傲慢的老人颇为厌烦。他也敏锐地看到，在政界力量的演化中，尤其是近20年的社会大变革中，这几位教父的权威已经开始走下坡路了。至少，他不会像前任总统一样，事事对他们言听计从。他点点头：

"请布朗先生在办公室等我，我稍后就到。"

马丁急切地说："总统先生，请即刻就去，布朗先生说情况十分紧急！"

他没有敢说出布朗先生的原话，布朗听说总统正与12个小孩子举行"假如我当总统"的活动，十分不以为然，讥诮地说："我有十分紧急的事情，这种哗众取宠的'童子军表演'可推迟几天再举行。"

惠特姆看出了马丁的为难，不满地哼一声，向孩子们做一个抱歉的手势，悄悄退出会议厅。

总统带着怒气逼视着对面的布朗先生，空旷的会议室中只有他们两人，椭圆形办公桌上插着国旗、总统旗及陆、海、空、海军陆战队四个军种的军旗，天花板上印着总统印记，灰绿色的地毯上则嵌有美国鹰徽。

"这就是你们考虑的善后办法？"听完布朗的情况通报，他看着高背转椅中的布朗先生，没办法抑制自己的鄙夷。他忽然想起刚才孩子的一番话：大人的幼稚。更恰当地说，应该是政治家的褊狭。当政治家耽迷于某一信念而走火入魔时，他们常常做出最不近情理的事情——偏偏他们还自我感觉良好，认为天下人都该感激他们的智慧。看看他们在这件事上的愚蠢表现吧，这会儿真该把他带到内阁会议室，让那群孩子考考他的智商。

布朗先生读出了总统的不满和敌意，但他隐忍了。事态发展到这一地步，他确实有难辞之咎。他尽量平和地说：

"当然，这些意见仅供阁下在决策时参考。我很抱歉，未能早点把情况通知你。"

一个随从走过来，轻声说："中国元首的热线电话。"惠特姆对布朗做一个抱歉的手势，匆匆来到保密间，关紧房门，拿起那只白色电话机。对方说道：

"你好，总统阁下。"

"你好，主席阁下。"

对方单刀直入地说："总统阁下，听说你的前任为你留下一个不小的核武库？"

惠特姆咽口唾沫，困难地说："我刚刚得知此事……"

"不容易呀，在崇尚新闻自由的国家里，能把2250件核弹保密达十年之久，真不容易呀！随后我会派中国保密部门向贵国学习。"这些话使惠特姆面孔发烧。好在对方不打算多得口舌之利，冷冷地往下说，"据中国国安部的情报，这一批核弹已装进诺亚方舟号空天飞机，并已升空。但我们获悉，哥伦比亚卡利卡特尔已派一名骨干分子登上该飞船，你们知道这些情况吗？"

"我们刚刚获悉，谢谢你的通报，主席阁下。"

对方在可视电话上忧郁地盯着他，声音沉重地说："这名贩毒分子到装满核弹的飞船上去干什么？我想你一定清楚。坦率地讲，我巴不得这块石头砸在搬石头者的脚面上。但我们毕竟是文明社会中有理智的伙伴，在此危难时刻必须精诚合作。总统阁下，一场浩劫就在眼前，我特向你郑重允诺，中国政府将以一切手段支持你去克服危机。一切手段，包括情报力量、常规武装和太空防御力量。"

惠特姆由衷地说："谢谢。"

"巧合的是，诺亚方舟号的船长和潜入船上的恐怖分子都是中国人或华人，这使我们肩上的担子更重一些。有关两人的资料会立即传送过去，也许对你们有所帮助。恐怖分子唐世龙在国内的亲人也已集中，若进行心理攻势时需要他们，请与我们联系。"

"谢谢，再见。"

他面色阴沉地回到白宫办公室，布朗询问地望着他，他简短地说："中国元首通报了同样的消息，采取行动的时间必须以分秒计了。布朗先生，恕我不能送你，请自便吧。马丁先生，通知内阁成员尽快赶来开会，同时发布总统令，让太空防御部队处于一级戒备。另外，向孩子们道歉，我不能参加他们的讨论了。"

在几个人仇恨的目光中，唐世龙点动着那只爆破枪，笑嘻嘻地继续说下去："还有一项更重要的秘密呢。你们的飞船上已被安装了一枚威力强大的爆炸装置，与投料机构连动。一旦投料机构动作，四小时后，也就是在你们的返回途中，飞船会在一声爆炸中化为绚丽的火花。是我把投料机构的电源断开了，又辛辛苦苦排除了两颗炸弹。所以，在场诸位该对我感恩戴德才对。鲁刚船长，信不信我的话？你应该知道一条政治学定理：万恶的恐怖分子比可敬的政治家要可靠一些。"他咯咯地笑起来，"你要不信，我可以领你去看看现场。"

鲁刚看看拉里大叔，想起那只200年雕精的阴戾目光，又蓦然想起弗罗斯特的一段话：

"我们都有让对方守信的杀手锏。如果我们在付款上捣鬼，你尽可让平托先生公布这项秘密交易的内情……"

拉格朗日墓场

为什么是"让平托先生公布"而不是"你尽可去公布"？当时弗罗斯特是在与自己谈话，如果他说"你"应该更顺口一些。所以，在他的下意识中本来就没有打算让飞船回来，这是弗罗斯特的一次失言。鲁刚咬着牙说：

"不必，我信。我在娘胎里就知道那些婊子养的绅士们是什么东西！"

唐世龙笑道："好。到现在为止，我们已经有了合作的坚实基础。鲁刚船长，我有一个建议——不要在拉格朗日点卸下这些宝贵的货物。我们返回地球并悬停在美国上空，然后向那些美国佬敲一大笔钱，敲它100亿！他们不会舍不得的。要知道，仅一颗500万吨的核弹在美国中心上空4500米爆炸，所形成的电磁脉冲就足以毁掉全美国的通信和电脑系统，造成数百亿的损失。或者，把那两颗亿吨当量的氢弹扔在美国东海岸，造成的800米海啸能把沿海几十个城市抹去。在这种极具威慑力的前景下，美国佬必然会乖乖屈服。等到从山姆大叔那儿把钱弄到手，我的组织除了照付飞船运费，每人另付1000万美元，船长加倍。怎么样？"

鲁刚看看他的船员。他们都已从最初的震惊中清醒过来，在对美国佬的敌忾中很顺当地接受了唐世龙的解决办法。尤其是班克斯和布莱克，1000万美元的诱惑使他们眼睛放光，有一股跃跃欲试的劲头。只有鲁冰似乎没听见这些话，自始至终，她一直死死地瞪着唐世龙，神情活像一只凶恶的护崽母猫。

鲁刚没有直接回答："听说核武器都有双重核按钮，必须两套密码相合才能起爆。"

唐世龙笑起来，多少带点卖弄地说："你尽可放心，我们已聘请了美国最好的核弹专家，战神斯特金先生。坦白说吧，正是这位战神向我们透露了有关核弹的情报。"

鲁刚阴阴地说："我相信唐先生刚才的说的情况，也相信恐怖分子的人品比政治家要高一些。不过我仍有点担心，会不会在赎金到手后，唐先生或者你的组织也对我们啪啪一通呢？"

唐世龙看看其他船员，鲁刚的话勾起了大家的疑惧。他笑道："鲁刚船长，我可以拿我同冰儿的爱情发誓。有一点非常巧合，我是先在七星岩的酒吧里撞见并迷上了令妹之后才接到组织的指令。这点缘分十分难得，我一定珍惜它。我一定为你们包括令妹争到这笔钱。等拿到钱，我就带上令妹，离开我的组织，浪迹天涯，我会让冰儿过上公主般的生活。"

大家都向鲁冰望去。她惨然一笑，用手扶着舱壁慢慢向唐世龙移过去。她的目光迷离，好像在梦游。唐世龙皱着眉头看着她，想命令她停下来。鲁冰低声问：

"世龙，你真的爱我？"

"当然。但这会儿你不要过来。"

"你真的爱我，不是利用我，把我当成工具？"

"是的，我可以发誓。但你快停住，不然我就要开枪了！"

但鲁冰忽然双脚一蹬舱壁，不顾一切地向唐世龙扑过去，她的凶恶表情使唐世龙十分吃惊。他已经开始扣下手枪的扳机，但想起一声巨响后这颗漂亮多情的头颅将被炸得血肉横飞，不由停顿了一下。就在这个刹那的停顿中，鲁冰已经扑过去，抱着他的胳臂猛咬。唐世龙疼得大叫一声，用力扯住她的头发，用枪托在头顶狠狠敲了一记。鲁冰惨叫一声，脑袋无力地歪到肩上。

鲁刚暴怒地冲上去。他要从恶棍手里夺回妹妹，把她保护在自己宽厚的背后。但在无重力环境中不可能像地面上那样敏捷，没等他动手，唐世龙已及时地转过枪口："不要乱来，不要乱来，我的好船长。"他用手枪顶着鲁冰的脑袋说，"船长，你千万不要逼我干出会让我懊悔终生的事。冰儿！冰儿！"他低头呼唤两声，鲁冰没有回音，他苦笑道，"我真的很抱歉，我不愿让冰儿一根毫毛受伤，但你们也看到了，责任不在我。还有，如果你们逼我动手的话，我会毫不犹豫地把所有的人，包括鲁冰小姐，包括我自己，全部送到地狱里去。鲁刚船长，你该比你妹妹多一点理智吧。"

他又低头看看鲁冰，在他的目光中流露出几分真情。船员们刚才都冲了过来，这会儿不得不停住，征询地望着鲁刚。鲁刚沉默了很久，终于说道："按他的吩咐做，返航。"

唐世龙喜出望外地喊："这就对了，我的好船长！咱们联起手敲美国佬的肥脑袋！"

鲁刚厉声喝道："快把冰儿给我，为她包扎！"

唐世龙稍为犹豫后爽快地把鲁冰推过来。老拉里抱着她，轻声唤着，让班克斯拿过急救包为她包扎伤口。鲁刚也焦灼地呼唤着。少顷，鲁冰悠悠醒来，眼前的一切还都躲在雾中。她神思恍惚，不知道发生了什么事情。但她知道不是好事，她竭力想躲避它。过去，她一直在鲁刚哥哥的庇护下做任性的妹妹，能令周围的世界按她的意愿转动。现在这场童年的幻梦醒了，她永远失却了那种魔力……她终于恢复了神志，两颗豆大的泪珠从眼角溢出，悬荡在空中。唐世龙低声说：

"冰儿，对不起，是你逼我干的，那不是我的本意。"

但他的枪口仍警惕地指着众人。鲁冰仇恨地瞪着他，然后决绝地转过脸去。

唐世龙没工夫在她身上多费心思，笑嘻嘻地说："船长，到指挥舱去吧，咱俩操纵飞船返航。至于你们诸位，"他的笑容里含着阴冷的光，"请听从船长指挥，不要打其他的主意。诺亚方舟号是我们唯一的生存之地，不要逼我毁了它。"

鲁刚按唐世龙的要求打开通话器，对地面控制室说："这里是诺亚方舟号。投料机构发生故障，正在排除，估计需要五个小时，待排除后再恢复通话。"

地面上传来汉斯先生的声音，他一直守候在控制室里："老虎，需要我帮你判断故障吗？"

"不用。已经找到故障点了，一点小毛病。"

"好，祝你们顺利。"

鲁刚关上送话器，面色阴沉，不拿正眼看旁边的唐世龙。唐世龙定定地看着他，把手伸过来：

"老虎船长，我真心希望成为你的朋友。我们都厌恶这个虚伪的社会，憎恨那些戴白手套的白人绅士，希望咱们联手把这事办好。你不要把我对鲁冰的感情看成纯粹的阴谋，我确实爱她，发誓决不会亏待她。好不好？"

他的目光中确实有真诚，但鲁刚没有伸手。他冷冷地说："我不敢高攀。我知道你们得到的100亿美元最终会变成海洛因、可卡因去坑害百姓。"

唐世龙并不生气，缩回手说："好的，至少咱俩在对付山姆大叔这一点上是一致的。点火吧。"

通话器的红灯亮了，是地面控制室想要通话。鲁刚打开送话器，听见地面控制室急切地说：

"诺亚方舟号，鲁刚船长。美国总统要与你们通话！"

鲁刚看看唐世龙，平静地对通话器说："美国总统？我有这个荣幸吗？"

"对，是美国总统惠特姆阁下。我现在就把他的电话转过去。"

唐世龙迅速按断通话键，严厉地说："暂不要说破真相，能拖一刻就拖一刻，等飞船定位在美国上空时再挑明！"

鲁刚冷冷地翻他一眼，打开通话键。两秒钟之后，送话器里传来了清晰的声音："鲁刚船长吗？我是美国总统惠特姆。我们知道恐怖分子唐世龙已进入你们的飞船，请他与我说话。"

鲁刚看看唐世龙，笑着说："他已经不能说话了。中国国家安全部及时揭露了他的真实身份，在搏斗中我们把他击毙了。这是五分钟前的事。"

短时间的停顿。这不仅是38万千米所造成的信号延迟，鲁刚能从话筒中感到总统的惊喜：

"仁慈的上帝！这真是个意外的好消息。谢谢你，美国谢谢你。真可惜，你们没有开启图像传送系统，我不能亲眼看见你们的胜利。"

"不必客气，受人钱财与人消灾，我们拿了弗罗斯特先生的运费。"

"你们有伤亡吗？"

"还好，只有我妹妹头部受了轻伤。"

"飞船设施有损坏吗？"

"没有，一切安然无恙。总统先生，还有什么问题吗？如果没有，我就要启动投料装置了。"

尽管语气平静，鲁刚的眼睛里却射出狞恶的光芒。唐世龙兴高采烈地拍拍鲁刚的肩膀，他很佩服鲁刚能这么平静地向美国总统射出恶意之箭。

惠特姆通话时，一个五人小组在他后边紧张地分析着，他们都是最著名的心理学家，借助电脑和仪器的帮助，详尽分析着鲁刚的音调、语气、频率、是否有短暂的迟疑等。然后迅速打出了综合判断：

"鲁刚的谈话为自主型，受他人控制的可能性低于10%，未发现向我们传送他此刻受到威胁的暗示。"

惠特姆迅速扫视这个结论。那么，也许一场弥天大祸真的会弭于无形？这样的幸运过去也有过。但他的直觉不相信事态会如此顺利。一个顾问递过一条建议：

"建议你同意他投料。"

这是个恶毒的建议。惠特姆略微迟疑一下，决定还是按自己的想法去干。他喊道："鲁刚先生，暂不要投料，留在拉格朗日点待命。美国政府将尽早派专家去做安全检查。既然恐怖分子已经插手，我们一定要做到万无一失。"

"总统阁下，你不是开玩笑吧，要我们在这儿待几天？在这个荒凉的拉格朗日墓场上？"

"不，不是开玩笑。你们的所有损失我们都会给予补偿。"

通话器里沉默片刻，传来鲁刚恶毒的大笑声："总统先生，到底是因为什么原因不让我投料，你们不敢说吗？还是让我来说出真相吧。那位弗罗斯特先生让诺亚方舟号运送的核废料实际是2250颗核弹，足以把地球一半人送进地狱。你们还在投料机构里设置了延迟爆炸的炸弹，准备让几个辛辛苦苦的送货人在回程中送命。我没冤枉你们吧，你们这些狼心狗肺的畜生！"

他在向38万千米之外的美国总统泼洒仇恨之雨时，仿佛看到自己受苦受难的先辈们正在天国默默地看着他。几代人的仇恨经过积淀、浓缩，在一个中国人的血液中被永久保存下来，成为他最基本的记忆。"你们这些道貌岸然的强盗，你们用火枪屠杀印第安人，夺去他们的家园；你们把赤身裸体的男女黑奴展示在看台上，像牲口一样拍卖；你们屠杀澳洲土人、南美玛雅人、印度人、埃及人，用肮脏的鸦片榨干中国人的血汗。你们干尽了天下最卑鄙的勾当。等你们有了钱，可以洗净血迹戴上白手套时，你们就人模狗样地大讲什么民主、人权、自由和博爱。现在你们还有什么可说的？在全世界销毁了核武器之后，你们还暗藏着这么多的核弹，是不是准备在自由女神像前来一场喜庆焰火？"

他嘎嘎地笑起来，刻毒地说："这点小事就由我和唐世龙代劳吧——这个恐怖分子还长命百岁地站在我身边呢。我们正在返航。我们会把鲁斯式飞船悬停在美利坚的上空，到华盛顿，啪，放一颗；到纽约、西雅图或旧金山，啪，放一颗。那一定是世界上最绚丽的礼花，哈哈！"

唐世龙恼怒地瞪着鲁刚。他刚才命令鲁刚先不要说明真相，但鲁刚根本没把他的禁令放在眼里。现在阻止已经来不及了。另外，他心里一直不愿承认一点事实：尽管鲁刚是在他的枪口下，但不知为什么，他对这个强悍的中国汉子一直心存畏惧，不愿把两人的关系搞僵。不过鲁刚对美国佬的仇恨感染了他，他庆幸地想，在这种心境下，鲁刚会死心塌地地和他一同干的。于是他也高高兴兴地接过话筒：

"谢谢总统阁下的关心，我没有死。如果你们不愿接受这些礼花，就请准备钞票吧，具体数额和付款办法，我的组织会同你们联系。顺便说一句，核武器的启爆方法我们已完全掌握，不必对此抱什么幻想。也不要把希望寄托在太空防御上，不要逼我们在近太空引爆核弹，那对地球同样是浩劫。"

美国白宫通信室里，人们面面相觑。事态发展急转直下，甚至超过了最悲观的估计——他们没想到鲁刚成了恐怖分子死心塌地的同道！这些美国人都患有轻微的健忘症，忘了正是美国人在飞船上安了定时炸弹。也忽略了一点正常的人情世故：一旦飞船上的人知道实情，他们不会对阴谋者感恩戴德的。

一个内部电话机响了，助手拿起话筒，交换台说："恐怖组织的电话，要求总统本人接听。"

助手看看总统，总统点点头，说："接过来吧。"

话筒里传出一个平静冷酷的声音："总统阁下，我是卡拜勒鲁。我有两个条件。第一，按我提供的名单，立即释放目前关在美国监狱里的24个人。第二，我要100亿美元的赎金。这两个条件没有任何讨价还价的余地。不要抱什么幻想，总统阁下。人员名单和赎金交付的具体方法即刻用传真送去。"

未等这边回答，对方已挂上电话。

网络打印机开始吐出一长串人名，有哥伦比亚的洛比欧·阿佩尔森、阿方索·查理维、犹尔弟诺……也有亚洲金三角的坤坎，这些全是美国从世界各国引渡的著名毒枭，他们的刑期多在100年以上，很多人已是白发苍苍、老态龙钟的老家伙了。下面又打出：

"赎金的要求及交付方法：100亿赎金中，要求以现金支付20亿美元，以国库黄金支付20亿，剩余的以珠宝和名画支付……"

下面列出了美国各大博物馆中可用来充作赎金的名画及文物。"上述钱物必须于三日内备妥，集中在华盛顿，交付方法另行通知。"

助手把这张长长的打印纸送给惠特姆，总统苦笑着看了一眼便转过头去。他无须再看，因为他根本没打算向讹诈屈服。也许，他的强硬对抗会造成比100亿更大的损失，但至少能保住一个国家最后的尊严，如果失去了这点尊严，这个国家就不会存在了。

几乎在卡拜勒鲁来电的同时，交换台又转来一个中国的紧急电话："总统阁下，我是中国国安部的陈炳，受我国主席之托提一点建议。事态危急，请千万慎重从事。依我们对鲁刚的了解，考虑鲁刚一向的思想脉络，他不大可能真的与恐怖分子联手；以他的性格，也决不会受恐怖分子摆布。事态尚有转机，请注意寻找他和唐世龙之间的裂隙。"

通信室一片死寂，所有人都看着惠特姆总统。他的额角津出细密的汗珠，紧锁眉头，紧张地思索着，然后他咬咬牙，再次摁下同飞船联络的通话口，开始呼叫鲁刚。

格林尼治时间凌晨3时40分。

柯尔·瑞德先生被急骤的电话铃声惊醒，窗外一钩残月，常青藤的枝叶在窗户上游动。今天是他和妻子的银婚纪念，在爱丁堡的乡居中举行了舞会，孩子们也都赶回来了。晚上威士忌喝得多了一点，现在头还疼着呢。

他勉强睁开睡眼，伸出手按断了电话。一定是报社的值班编辑打来的，

但他这会儿不想放弃睡觉。电话铃又响了,响得不屈不挠,妻子贝蒂也抬起头来。瑞德轻声咒骂着,无可奈何地摸起话筒:

"柯尔·瑞德,请问是哪一位?你在哪一个时区?这儿可是凌晨3点。"

电话中是一个年轻人亢奋的声音:"非常抱歉,非常抱歉。瑞德先生,你是《镜报》的主编吗?我好不容易才查到你在爱丁堡的电话号码,我有急事找你。"

瑞德的职业本能马上被惊醒,酒也醒了一半,预感到年轻人要提供什么重要消息。他答道:"对,我是《镜报》主编。你有什么事请讲。"

"我是一个业余无线电爱好者,叫詹姆士·卡恩。半个钟头前我收到一段奇怪的对话,信号是加密的,但只是最普通的加密方式,解密太容易了。你猜是谁的对话?是美国总统惠特姆和一个叫鲁刚的恐怖分子的对话!鲁刚的飞船上装着几千颗氢弹,正在对惠特姆进行讹诈!"

瑞德皱着眉头说:"慢一点,请慢一点。那位鲁刚是谁?什么飞船?什么几千颗氢弹?"全世界的核弹早在十年前就全部销毁了!"请你冷静一点,从头讲起。"

这个年轻人笑了:"我太激动了,我想谁听到这样的消息也不会不激动。好,现在我从头讲起。"他绘声绘色地叙述了刚才的通话情况,然后说,"从他们的对话中推测,那位鲁刚船长正驾着一艘鲁斯式飞船返回地球,船上是美国妄图偷偷卸到拉格朗日墓场的几千颗核弹。现在,大毒枭卡拜勒鲁已经控制了飞船,准备把它悬停在美国上空进行讹诈。对这个消息你有什么感想?我已经给《每日电讯报》的主编打过电话,他说我还没有睡醒。他说即使有这样的对话,也会使用最严格的保密方式,不会让一个毛孩子破译。你相信我提供的情报吗?也许诺亚方舟号作为一艘民用飞船根本就没有什么秘密通信手段?"

瑞德对这个天方夜谭似的消息也很怀疑,但他的直觉告诉他,正因为如此荒诞,反倒可能是真实的。历史上一次著名的失败他记忆犹新。1971年,那时中美两国似乎是势不两立的仇敌。一位记者在巴基斯坦拉瓦尔品第的机场上无意中看见,美国国务卿基辛格刚刚坐上一架飞机。一位爱炫耀的机场

拉格朗日墓场

工作人员说：''知道他是到什么地方去吗？他是秘密前往北京。''这位记者急电发回这条消息。但他的主编生气地回电说：

''先生，你昨晚的酒醒了吗？''

此后，当中美两国同时宣布尼克松将访华的消息后，这位主编懊悔无及。瑞德不想重蹈这样的错误，他摁下录音键说：''卡恩先生，请再重述一遍，要尽量准确和详细。''

随后他打电话给编辑部，让值班编辑立即核查，是否有一艘诺亚方舟号民用飞船在近日升空。那边两分钟后给出肯定的回答：

''已经确认，诺亚方舟号空天飞机于9月30日在哈马黑拉发射场上天，前往拉格朗日墓场运送核废料，这次升空没有向新闻界宣布但在航天界做过通报，货主的身份也是保密的。''

''好，我现在发过去一段录音，请按录音的内容立即在电讯网络中发一条快讯，并要上明天报纸的头版。''

他在网络中把卡恩的电话录音发过去。两分钟后，电话急骤地响起来，话筒中值班编辑的声音都变了：''可靠吗？瑞德先生，这条消息实在……过于爆炸性了！''

柯尔知道他的话意：这条消息太重要了，如果失实，《镜报》将成为世界的笑柄。他简捷地说：''发吧，一切后果由我承担。''

妻子早已悄悄站在他身后，看着他做完这一切，才担心地问：''会是真的吗？''

他叹口气，没有说话，仅握住老妻的手。在这当儿他想起那个欢欣雀跃的年轻人卡恩。他无意中窃得这个消息，却根本没有理解这桩灾难的含意。几亿人死于核火焰的前景啊，他竟然还把它看成一件趣事。

这些既敏锐又浅薄的年轻人！

几分钟后，《镜报》向电讯网络中的250万订户送去了最新报道：

500 亿吨当量的核弹正在我们头上游弋

……

科学技术的发展使人类的生存之线越来越细弱，这个论点今天又有了一个新的例证。人类已经进入一个道德上无序的时代：政治家的无耻和欺骗、恐怖分子的贪婪、飞船船长的冲动……这一切综合起来，使地球的存亡竟然系于一两个中国人的一念之中。让我们祈祷上帝唤醒他们的良知，如果上帝的法力对这些东方人无效，那就祈祷孔夫子快点醒来吧。

这份快讯发出后 15 分钟内，世界上一半以上的国家元首收到了有关此事的紧急通报，包括俄罗斯首相瓦西里耶夫、德国总理鲁道多夫、日本女首相佐佐木更子、英国首相罗杰斯特……有不少人是在床上被拖起来的。随之，美国白宫内的热线电话吵成一团，各国元首亲自打电话询问这件事的真伪和如何善后，惠特姆只好命令白宫办公厅主任去对付他们。

只有中国国内相对平静一些。得益于姚云其的执着和陈炳的敏锐，中国国家主席最早知道了有关的细节。中国的太空防御系统，包括轨道拦截卫星、电磁轨道炮都做好了一级战斗准备。

华盛顿西 100 千米，在那幢绿树掩映的小楼里，C 委员会的七名成员，还有弗罗斯特都在听着电波中鲁刚和惠特姆的对话，他们已经监听了将近五个小时。不久前，布朗从白宫回来，向大家讲了同总统谈话的情形，包括惠特姆的不满。听完后所有人都默不作声。

对事态发展他们已完全失去了控制能力，只能听天由命了。

电波中传来鲁刚刻毒的咒骂时，柯尔在牙缝里咝咝地骂了一声："这个该死的中国人。"

他身后的赫伯特苦笑道："不必骂他。如果是我遭遇这样的对待，我也会这样干的。"

之后他们又沉默下来。秘书恰莉小姐惊惶地进来，报告说互联网络中已经有了此事的最新报道，这个消息使他们的脸色更加沉重了。弗罗斯特摇摇晃晃地站起来，脸色灰败，惨然道：

"布朗先生，我要走了。我在这个世界上已经无事可做了。"

布朗连眼珠都没有转过去。弗罗斯特慢慢走出去，关上沉重的橡木门。两分钟后，传来一声闷哑的枪声，屋里的人都把目光转向门口，警卫匆匆冲进来说："弗罗斯特先生自杀了！就在盥洗室里！"

静场片刻，布朗才叹息道："无论如何，他死得像一位绅士。恰莉小姐，请找一位牧师为他的灵魂祈祷，然后把他安葬在阿灵顿国家公墓。"

诺亚方舟号的指挥舱里。长达五分钟的停顿后，才传来惠特姆总统的呼喊：

"鲁刚先生，不要冲动，千万不要冲动！"他诚恳地说，"鲁刚先生，可惜我们不能对面谈心，但我面前有你的全部资料，是中国政府送来的。这里有你的成长史，有你的趣闻逸事和音容笑貌。我对你已经有很深的了解。我知道你一生耿直仁爱，嫉恶如仇，你曾资助过不少孤儿和鳏寡老人，每次遇见地铁道口的行乞者，都要留下钱财。我知道你刚才的话只是一时的愤激之言，你决不会把亿万生灵推入地狱之门。你会吗，鲁刚先生？"

鲁刚恶狠狠地说："我会的！"但他在心底承认，这个狡猾的美国佬准确地击中了他的弱点。

"鲁刚先生，我的顾问为我拟定了十条谈话策略，但我觉得，对付你的最佳策略只有一条，那就是开诚布公。也许下面所说的你不会相信，"他苦笑道，"身为美国总统，这一切我是不久前才知道的。请不要认为我是推卸责任，不是的。既然我坐上了这个位子，那么这个国家的一切荣耀和罪恶都和我密不可分。向世界坦露这一点，也就同时袒露了一个总统的无能。我只想以此证明我的诚意。我想还有一件小事能证明这一点：当你说恐怖分子被击毙时，我并没有让你启动投料机构——其实那是最好的解决办法，所有令人脸红的秘密会在一刹那间化为灰烬，世界舆论会顺理成章地把爆炸归罪于恐怖组织。但我阻止了你们,我不想让几个无辜者送死。我没说错吧。"

鲁刚讥讽地说:"对,你似乎对另一种选择也有犹豫。"

他似乎从电波中感到总统的脸红。实际上总统朝那位顾问瞟了一眼,顾问的脸唰地变红了。总统说:

"对,这正是我的一个顾问所提的建议,很庆幸我没有采纳。鲁刚先生,你今年35岁,2005年7月28日生。我们的年龄相差无几,我是美国历史上最年轻的总统。因此,我不想继承先辈的罪恶,希望你也不要继承先辈的仇恨。这两者都不是好的遗产,尤其是在这个日渐衰亡的地球上。鲁刚,我的朋友,你能听进去我的肺腑之言吗?"

鲁刚在送话器外恶狠狠地骂了一句:"这只狡猾的狐狸。"他不得不承认这个美国佬占了上风,不是为别的,只是基于他的真诚。自己的满腔怒火就这么轻易地被平息,他觉得自己扮演了一个轻信的傻瓜。

唐世龙冷冷地盯着他,摆弄着手里的武器,这是提醒鲁刚这会儿谁是飞船的主人。但他的心里不免有些慌乱。看来,这位老虎鲁刚不是一个屈服于枪口的人,那么他不听话时怎么办?一枪崩了他?船员们决不会同自己合作的。他能独自驾小飞蛾上天,却不能单枪匹马把诺亚方舟号开回去。

惠特姆说:"鲁刚先生,让我们冷静下来,心平气和地处理这件事,怎么样?我不想为某些美国人的卑鄙行为向你道歉,在这种时刻,无论什么样的道歉都太轻太淡。我只有恳求鲁刚先生听从良心的召唤,以亿万苍生为念,作出自己的选择。当然,你有什么要求也请提出来,我们尽量满足。"

鲁刚默默把监视屏幕打到生活舱,船员们一直在听着他同惠特姆的谈话。班克斯目光阴沉,小兔子也是满脸的不情愿。他们不愿放弃唐世龙许诺的1000万美元,这样的机会一生不会有第二次了。他们可以拿这笔钱为父母买套房子,供养孩子读书,给妻子治病……在这个日渐穷困的世界里挤占一个位置,那是他们祖祖辈辈的梦!而且,说到底,是那些不要脸的杂种先对他们干下卑鄙的事,拿这笔钱不会良心不安的。鲁冰孤独地缩在角落,当她抬头扫向镜头时,她目光的怨毒几乎使鲁刚打了一个寒战。老拉里很平静,但鲁刚相信他绝不会对1000万美元无动于衷,孟加拉国被淹没后,他的很多亲人实际已沦为乞丐了。不过，他知道拉里大叔会支持他的任何决定。唐世龙的枪口在他眼前晃动，但实际上，这会儿他最不放在心上的就是这支枪了。一支枪对付不了诺亚方舟号，而且，他感觉到这个家伙并不是十恶不赦的冷血杀手。刚才鲁冰向他扑去时，他分明犹豫着，没有开枪。鲁冰受伤后，他的眼神里的焦急也是真诚的。

他向舷窗外看去。虽然相距38万千米，地球仍十分醒目。一个蓝色的星球，隐约可见白色的云层，褐色的陆地。背向太阳处是黑色的半圆，轮廓清晰可见。迎向太阳处镶了一道明亮的彩带，有鲜艳的橙色、奔放的鲜红色、凝重的紫色……他至今还清楚地记得，第一次从飞船上俯瞰地球时的新鲜和欣悦。这些年来，地球的水域明显扩大了，这颗蔚蓝色的宝石更加璀璨。但他也深知，这种外观的美丽之下掩盖着多么沉重的代价。美丽的地球，人类的诺亚方舟，真的要在人类的手中再添一道丑恶的伤口？

虽然相距38万千米，虽然见不到鲁刚的音容笑貌，但惠特姆似乎感受着鲁刚缓缓跳动的脉搏，感受到他的戾气在化解。他轻声说："鲁刚先生……"

唐世龙当然看到了鲁刚的变化，他推开鲁刚，冷笑着对送话器说："喂，总统阁下，你似乎忘了谁是飞船的主人。鲁刚仍在我的枪口下，船员们也已决定接受我提供的1000万酬金。不要耍嘴皮了！我命令你立即执行我们的通牒！"

惠特姆没有回答，通讯突然切换，一个人用汉语说："唐先生，你家乡的长辈要同你说话！"

接下来是一个很苍老的声音，口音很艮，是那种一镢头一块的陕北土话："龙儿，我是你五爷！千万不要干那种缺德事，千人唾万人骂，死了不能入祖坟！龙儿，祖先在地下看着你哩！"

唐世龙微微冷笑，中国情报部门的效率不低呀。不错，他十岁时回过故乡陕西黑龙关，见过这位五爷。一个白须漫过胸前的糟老头子，皱纹中嵌了70年的尘垢。那些天五爷给他讲过不少古老的故事，古老得像是石化了的恐龙骨骼，什么神农尝百草了、炎黄二帝与蚩尤大战了、苏武牧羊了、比干剖心了、颜杲卿骂贼了，所以他对这位五爷还有些许印象。算起来现在他已经

95 岁以上了，他纯粹是一件历史的陈迹。莫非中国人以为这个糟老头子对自己还有什么影响？太可笑了。

话筒里随之切换成一个平稳的声音："唐先生，我是中国国家主席。所谓一失足成千古恨，希望唐先生作出明智的抉择。中国政府欢迎你偕妻子回国定居。我们愿为你提供一份每年十万元的年金，并郑重允诺，使你和家人终生不受恐怖组织的威胁。"

下面立即转成惠特姆的声音："唐先生，美国政府也愿为你提供一份同样数额的安家费，同样的安全承诺。另外我想向你通报一点历史事实：令尊唐天极被害前，旧金山华人黑社会头目已向卡拜勒鲁透露过他们的意图，以期得到卡拜勒鲁的认可，在贩毒上同新头目合作。卡拜勒鲁默许了这次暗杀，但事后又助你杀了那些凶手，从而把旧金山黑社会紧紧控制在自己手里。你需要看详尽资料吗？"

唐世龙开始茫然失措。教父同他感情甚笃，据自己所知，他同父亲交情也很好。但这并不排除惠特姆说的可能。贩毒组织是一群眼睛血红的狼，当信义、交情与利益冲突时，所有人都会选择后者的！

当然，也很可能是美国情报机关的反间计。但这一手够毒辣了，它在唐世龙和教父之间已成功地打了一个楔子，自此之后，即使他不相信这些话——但他怎么能使教父相信"自己的不相信"？怎么能使教父相信自己绝不会向他寻仇？那么，他就要时刻提防教父的毒手了！

他冷笑着说："总统阁下，你认为我会相信吗？"但他从自己的坚决中分明听出了空洞，他不由佩服这场心理战役的设计者，一环扣一环，一波接一波，轰炸得你透不过气来！

鲁刚看看他，凑到话筒前说："惠特姆先生，我想同所有船员，包括唐世龙先生，"他有意强调这一点，"商量一下，再给你答复。"

"好，我期盼你的回答。"

在哥伦比亚卡利市的华莱士夜总会里，卡拜勒鲁和几名亲密助手躲在三楼的一间密室里，监听着飞船与地上的对话。听到美国总统通报的"事实"

时，卡拜勒鲁不由微微一笑。

这些狡猾的美国佬。

如果20年前旧金山华人黑社会的头目事先通报了他们暗杀唐天极的计划，从生意利益出发，他并非没有可能表示同意。问题是他们并没有通报！那帮家伙是一帮没有开窍的野驴，不懂得黑道上的禁忌，他们竟敢在未征得他同意前就暗杀了他的朋友，所以其下场也就注定了，卡拜勒鲁要以他们的血来树立自己的权威。

而且他把这个惩罚提升为颇为感人的血亲复仇。正好唐世龙没有被炸死，四天后他风尘仆仆赶到卡利，眼睛里闪着冷酷仇恨的光芒。他说他要复仇，要手刃旧金山黑道中所有的仇人。卡拜勒鲁紧紧地拥抱了他，以金钱、武器和杀手助他完成了复仇。这件事的处理一直是他的得意之作，既培养了唐世龙的忠诚，也赢得了黑道上的尊重。

他很佩服美国总统能坦然自若地说出一个弥天谎言，因为越是当众"大声"说出来的谎言越是不会被怀疑。现在唐世龙已分明半信半疑了，即使身边几位助手恐怕也相信了惠特姆的话，老桑佩斯这个20年前已是权力圈里的人一定在想，这件事上，卡拜勒鲁从没有向他们通气呀！

这个假情报造得漂亮，因为它正好顺应了贩毒组织内的思维定势。这里是原始的丛林，成员都是最凶残的野兽，为了自己的利益，他们随时都会咬住朋友的喉咙。卡拜勒鲁深知这一点，这些年来倒是一直用黑道信义来维持丛林秩序。不过谁都知道：当血淋淋的金钱之肉摆在面前时，信义是要退避三舍的。

他不准备对助手们做什么解释——即使解释也不会有人相信。他只是微笑道："聪明的假情报，漂亮的心理战。估计一下，唐世龙和鲁刚会给出什么样的回答？"

没有人回答。卡拜勒鲁拿着一个中国鼻烟壶玩弄着。鼻烟壶透明的内壁上绘着裸体的圣母和圣婴，极其生动细腻。这是中国绘画大师王习三的真品，是教子送给他的礼物。停一会儿他自己回答：

"估计不会对我们有利。我们低估了敌人：惠特姆的狡猾……和真诚、中国人的插手、鲁刚的强悍性格。我还有一个预感，唐世龙身上的'中国人习性'恐怕要复活，他要给我们演一出浪子回归，回到他的老鸡窝里过安稳日子。"

因为牵涉到首领，别人都没有插嘴。桑佩斯说："我们有能力击落这艘飞船。"

他说话的口气不像是建议，只是陈述一个事实，卡拜勒鲁摇摇头："只能在近地太空击毁它，那肯定是卸去核弹之后了，击落它没有意义。现在，只有看我们在飞船上安插的另一颗棋子了。"

他把鼻烟壶在地板上用力摔碎，眸子深处浮出杀气。

"商议之前，先请你把手枪收起来。那个破玩意儿唬不了船上的任何一个人，连冰儿也唬不了。"鲁刚讥诮地说。

现在他们都聚在生活舱里，几个人都瞅着唐世龙。唐世龙十分尴尬。到底是哪个环节出了差错？弄得这次恐怖行动被蒙上浓厚的闹剧色彩。他倒没有那么听话地收起武器，不过他清楚地知道，现在杀气已泄，尽管他仍握着致命的武器，但显然已经不能控制局势了。

"现在大家说说，我们该怎么办？鬣狗，小兔子，我知道你们舍不了那1000万。按说，从这些该死的美国人手里抠出几千万也不算过分。但这些钱装在口袋里是会做噩梦的，从此你就与恐怖分子解脱不开了。而且，说到底，咱们能把氢弹扔到美国人或任何人身上吗？他们都是你我这样的普通人，有老人有小孩，有漂亮的姑娘、痴情的小伙子，咱们忍心把他们扔进核地狱中？当几千万甚至几亿人的冤魂在核火焰上烧烤时，咱们能心安理得地享用那1000万吗？我想，咱们还是接受惠特姆的建议吧。唐世龙的五爷说得好，不能干缺德事，祖先在地下看着哩。当然，我会从惠特姆手里为每人抠出100万的赔偿金。"

布莱克已想通了，笑嘻嘻地说："行，我听你的。鬣狗班克斯，听船长的话没错，100万已经不少啦，原先做梦也想不到的。只要你不把它花在赌场和妓院中——要是那样，1000万照样不够。"

班克斯的表情终于转为霁和，笑着点点头。老拉里也点头同意。鲁刚扭头说：

"至于你，唐先生，我劝你也接受中美两国元首的建议，能有一个舒适的、安全的生活，与贩毒组织一刀两断。"他略为停顿，勉强说，"冰儿如果愿意，鲁家也会接纳你。"

唐世龙苦笑着。半个小时的事态发展有如洪水溃堤，他甚至不知道自己为什么就失去了对局势的控制！还有，他曾嗤之以鼻的白胡子五爷这会儿也尽在眼前晃荡，扰乱着他的思绪：不能做缺德事啊，祖先在地下看着哩，这些似乎是从前生飘来的古老训诫让他心烦意乱。

看来，他已经不可能有别的选择了。他知道，从今而后，卡拜勒鲁的死亡之剑将永远悬在他面前，连中美两国元首的允诺都不是万无一失的。鲁冰正紧紧地盯着他，看不出她在想什么。那么，今后和这个刁钻古怪的美人儿一块儿亡命天涯？他横下心，干脆地说：

"我听鲁刚船长的。"

"好，我们给惠特姆回话吧。"

《镜报》在电脑网络里发出那则快讯后，该报的因特网址的访客数目急剧增多。其后的事态发展也证实了这件新闻的真实性。他们这次在新闻界放了一枚超级响炮，编辑部里喜气洋洋——尤其是灾难看来已有转机的时候。柯尔·瑞德忽然有了新的想法，急急地拨通了卡恩的电话：

"卡恩先生吗？我是《镜报》主编柯尔·瑞德，你现在在什么地方？请立即赶到舰队街的《镜报》编辑部，越快越好！"

20分钟后，在主编办公室里，瑞德先生紧紧握着卡恩的手说："非常感谢你的情报，非常感谢。我想《每日电讯报》的福塞尔先生这会儿肯定悔恨欲绝！"他得意地笑着说，"《镜报》将付给你五万英镑的酬金。请你把你的信用卡号留下来，我们把钱转过去。"

卡恩是一个18岁的青年，头发蓬乱，下巴很尖，他笑嘻嘻地说："谢谢。"

"但你还要干一件事。我们在电脑网络中有一个'哈哈镜'有声服务节目，我想把它变成实况转播，明白我的意思吗？这事干完后，还有三万英镑的酬金在等着你。"

"明白，这事容易极了！"

尖下巴的卡恩吹着口哨，兴致勃勃地干起来。十分钟后，他已把飞船与地面的对话解密并输入电脑网络，这些消息以每秒 30 万千米的速度迅速覆盖了周长只有四万千米的地球。由于局势过于紧张，美国情报部门竟然没人发现这一点。所以，当鲁刚和惠特姆再次拿起话筒时，他们并不知道实际是在向全世界进行声音直播。

鲁刚说："总统先生，我们，包括唐世龙先生，决定接受你的意见。"

总统低声说："感谢上帝！"

"下面是我们的条件。第一，我要求把这桩阴谋的制定者和执行者送上法庭，让全世界都看看他们的嘴脸。"

总统沉默了一会儿，苦笑道："鲁刚先生，很抱歉我做不到这一点，我也不愿这样做。美利坚这条大船已经千疮百孔了，我不想在世人面前毁掉它最后的自尊。但我允诺，我将尽自己的全部力量使那几位老人退出历史舞台。这一点务必请你谅解，可以吗？"

鲁刚没有再坚持。他对这个从未晤面的美国佬已经有了好感，那人的真诚流露也使人信服，他不愿让这位新朋友为难。便说：

"好吧，就按你说的。第二点，所有涉身危险的人，包括船上六人及平托先生、汉斯先生、姚云其先生和狄明先生，每人付给 100 万美元作为补偿，共计 1000 万。"

惠特姆没有料到他的要求会这么低，立即答应："行，我接受。其实我该主动提供这项保证的，是我的疏忽。"

"那么，现在我们就要返回拉格朗日墓场，按原定计划投料了。炸弹与投料机构的连通早就被唐先生拆除。"

惠特姆沉重地说："2250 颗核弹放在离地球这么近的地方，不是一件好事。一旦某个小行星或失事飞船引爆了它，对地球仍是一场灾难。但目前先放那儿吧，希望很快会找出更妥善的办法，我们会和国际社会的伙伴们从容商议的。鲁刚先生，谢谢你，真诚地感谢你，也谢谢飞船上所有人。"

第九章　意外的敌人

鲁刚关闭通话器，笑道："伙计们，该干活啦！"

大家都轻松地笑起来，事情已回到正常轨道上了。他们仍按自己的分工，准备开始投料。唐世龙主动说：

"我去恢复刚才剪断的电路。谁跟我一块儿？"

他的意思是让鲁刚放心，毕竟他在几分钟前还是一个恐怖分子。鲁刚爽快地说："这会儿人手忙，你自己去吧。"

唐世龙临走前向鲁冰滑过去。这一段时间她一直没说话，用古怪的目光看看这个，又看看那个，她好像一直包在一层黑色的壳里。如果说过去唐世龙对她的爱情是半真半假，那么现在，在即将到来的新生活中，他已经真正把鲁冰放在家庭主妇的位置了。他不担心鲁冰是否愿意成为他的妻子，担心的倒是另一个问题：以鲁冰还有他自己的天性，能否过惯安分守己、波澜不惊的日子？他向鲁冰伸过手：

"冰儿，请原谅，我骗了你，刚才又伤了你，你不会怪我吧。"

鲁冰很顺当地投入他的怀抱，紧紧搂着他的腰。她的行动验证了唐世龙的估计，他吻着姑娘的樱唇，得意之余，心里却多少犯嘀咕：鲁冰的多情顺从与口唇的冰冷僵硬似乎并不匹配！果然，鲁冰猛地把他推开，手里已拎着那只威力强大的爆破枪，并且熟练地扳下机头。

所有人都愣了。唐世龙稳住身体，急忙喊："冰儿，不能开枪，千万不能开枪！"

鲁刚也急忙过来，轻声轻语地说："冰儿，不要开枪，千万不能开枪啊。"

鲁冰像个巫婆似的嘎嘎笑了，声音枯涩地说："鲁刚先生，你独独忘了征求我的意见。"

鲁刚悔得咬紧牙关，刚才他征求了全船人的意见，独独疏忽了妹妹。为什么？可能下意识中把鲁冰看成一个骄纵任性的、毫不懂事的小女孩——当然事实正是如此，但他的疏忽刺激了鲁冰，她这会儿一定又犯病了。他轻声说："冰儿，是哥哥不对。但你千万不能开枪，它会毁了整个飞船，听话，啊？"

"听话？"鲁冰怨毒地重复道。不，她已不是小孩子了。16个圆球形的烛光在她眼前闪烁着，那是永远藏在少女心中的圣迹。她喜欢看鲁刚哥哥的喉结，看他的唇边的小胡子，喜欢把已经凸起的乳胸挤在他宽厚的后背上。回想着这些，她能感到一种生理的快感和乱伦的羞耻——但罪恶的根子正是鲁刚！谁让他做自己的哥哥？他在看着自己的乳沟和自己的裸体时，完全不是哥哥的眼神，那里分明也有被压抑的欲望！

"鲁刚先生，你要把我送给唐世龙做礼品吗？"

这些年来，尽管时时伴着乱伦的羞耻感，尽管知道鲁刚与父母的横死一定有某种联系，但她的内心深处始终割舍不开他。她戏弄他，折磨他，正是因为爱他，恨他硬撑着正人君子的外表。后来，唐世龙出现了，他的狂放佻脱赢得了自己的爱，她也真打算在这个港湾上抛锚——可是，她仍然不能容忍鲁刚的话！也许直到现在她才知道，自己对唐世龙的爱情实际只是一种逃避，是对自己的欺骗。

在妹妹的狂怒面前，鲁刚有些摸不着头脑。他知道鲁冰心里一定有个可怕的结，但他不知道那是什么，更无法去打开。他只好按自己的思路继续劝解："冰儿，我不会干涉你的婚姻，一切依你，好吗？"

"一切依我？那我要杀了他。"她重新把枪口对准唐世龙。鲁刚惊叫道："冰儿！……"但鲁冰已闭上眼睛，咬着牙扣下扳机。

轰然一声巨响，唐世龙猛然一闪，及时逃脱了。爆破弹洞穿了舱壁，舱内立时响起凄厉的啸叫声，舱内的加压空气顺着那个脸盆大的破口向外逸出，舱内所有未固定的东西都被气流携走，几个人东倒西歪，在滑跌过程中都顺手抓住管线或固定的桌脚，身子则随着狂风飘扬。

在灾难来临时鲁刚已敏捷地扑过去。他没来得及阻止鲁冰开枪，但及时抓住了鲁冰，把她掩在身下。尖啸声继续响着，其他舱室的空气从生活舱门狂涌而来。鲁刚当机立断，趴在鲁冰耳边，在啸叫声中大声喊：

"冰儿，抓紧这个铁管！千万不要松手！唐世龙，你来照护她！"

他自己则艰难地挪过去，抓住一个小储物柜，储物柜的固定支座在他的神力下吱吱嘎嘎地被扭断。他捧着储物柜，顺着气流的冲势向缺口扑过去。拉里和班克斯惊叫着：

"老虎！船长！"

他借着激流冲向缺口处，手疾眼快地用储物柜压在缺口上。巨大的压力使缺口处密封贴合，尖啸声立即减弱，变成较弱的嘶叫声。众人这才放下一半心。鲁刚喊：

"人员撤出生活舱，用密封剂密封缺口！"

唐世龙扯着鲁冰先出去了，这个闯下弥天大祸的古怪女人神色木然，像是在梦游中。拉里和班克斯带着两个氨基甲酸酯的喷筒过来，对缺口周围喷洒一通，白色的雪花在缝隙处迅速固化。密封的效果很好，舱室已安全了。为了减低缺口处的压力，他们撤出来后关闭了生活舱的密封门。他们顺着通道来到指挥舱，唐世龙还在紧紧抓着鲁冰，这个几乎毁了飞船的乖戾女人。大家碍着鲁刚的面子，不好说什么话，各人的目光都躲着她。只有老拉里用目光怜悯地抚摸着她。可怜的冰儿，尽管她的乖张让人愤恨，可她有一个郁结多年的心结啊。说起来，正是鲁刚害了她。

鲁刚直起身，苦涩地说："好，咱们去干活吧。"

他的眼神忽然定住了！透过舷窗，他看到飞船正非常缓慢地向那个幽灵网格飘去。移动非常轻微，但鲁刚久经锻炼的敏锐目光抓住了这点些微变化。他知道是舱壁漏气造成的，在无重力环境下，这种反冲力足以破坏飞船的静止状态。他的全身神经立即绷紧，喊一声：

"飞船正撞向废料山，立即进行姿态调整！"

他迅速坐到驾驶椅里，在屏幕上目测着飞船与废料山的距离和相互方位。尽管主电脑中有各种尽善尽美的程序，但在这样的突发事件中还是人脑最为可靠。他启动了左侧的点火喷管，飞船有一个轻微的停顿，仍然按原来的方向滑去。他加大了喷火的力量,为了抑制飞船可能出现的旋转,他又在对侧启动了几个喷口。

在舷窗中看到,飞船仍无声无息地撞向幽灵网格,巨大的翅膀已经与之接触了。听到一阵轻微的刮擦声。鲁刚心中猛抖了一下,拉里和班克斯也都闭上了眼睛。他们知道,由于飞船的巨大质量,这样轻微的碰撞速度也足以把飞船的翅膀折断,那么,他们只有把生命交给死神了。

但他们随即惊喜地发现刮擦声消失了。几个人都扑到舷窗上向外看,看到飞船已经开始缓缓地退离幽灵网格。原来,正好在刮擦声响起时,它的碰撞速度也到了强弩之末,所以未造成损坏。鲁刚立即回到原位,继续着刚才的调整。又用了20分钟时间,飞船重新定位在易于投料的安全位置。鲁刚这才擦了一把冷汗。

在地面的天文望远镜里看不到这些细微变化。他们只看到飞船在点火,以为这是投料前的例行程序。这段时间里,诺亚方舟号的通话器一直在关着,没人知道飞船内的异变。白宫通信室里的人们轻松地交谈着,不知道飞船又经历了两度生死。

惠特姆的心境轻松多了,不过一个接一个的热线电话也颇难应付,包括英国、以色列、加拿大这些与美国有着特殊友谊的国家。他们的元首都冷淡地表示了自己的不快,希望美国政府对此事给出一个正式的、说得通的解释。电视节目中也播发了一些敌对国家的示威,群众怒吼着"绞死无耻的美国佬"。白宫办公室主任马丁走近总统,低声说:

"绿色和平组织在因特网上发出抗议,不许把核武器放置在近地空间。看,十几人已聚集在白宫草坪上,要求把氢弹运回地球拆毁。"

惠特姆扫一眼屏幕。几个人正对着摄像头可劲儿地吐口水,标语牌上写着:"总统,我们为你脸红!"惠特姆平静地说:"知道了。"

通信官走过来说:"中国国家主席的热线电话。"

惠特姆走进热线电话室,对方轻松地笑着说:"危机基本过去了吧。谢谢你作为政治家的机敏,尤其是你的真诚。"

拉格朗日墓场

"也谢谢你的支持。"他笑道,"白宫草坪上正有人抗议,要求把氢弹运回地球拆毁。"

"不可以!"中国国家主席立即做出反应。可能是意识到自己的口气太硬,他和缓地笑道:"按我个人的意见,恐怕不能这样做。中国有句老话叫祸不单行。局势还未完全控制,在这种临界状态下再来一个大动作,很可能出现意外,比如飞船故障啦,恐怖分子的破坏啦,操作人员因情绪激动导致的误操作啦。所以,这个时刻绝不能让满载核弹的飞船再返回地球。先放到拉格朗日点吧,我们会有充裕的时间去处理这件事。"

"谢谢你的忠告。这是充满东方智慧的忠告,也正是我自己的意见。"

鲁冰蜷缩在角落里,看着别人都在忙碌。鲁刚把飞船交给自动控制系统,也赶到机械舱。拉里已打开货舱外门,飞船的下腹部张开了,就像甲虫张开硬翅。唐世龙刚恢复了投料机构的电路,班克斯正重新穿戴那件带推进装置的太空服。

没有人理她。

没人顾得上理她,或者没有人愿意理她。

唐世龙从身边经过时别转眼光,好像他不是那个曾与她疯狂做爱的、曾拜伏在她裙下的男人。鲁刚一直在忙碌,"忙"得眼光从不往这个角落上溜。她知道那只是一种掩饰。鲁刚不愿看见她。

她咬着嘴唇,几乎要崩溃了。她用怨毒把自己支撑住。

实际上,鲁刚哥哥的友情才是她最看重的。即使她逃避在唐世龙的怀抱里也是如此。她永远忘不了16颗圆圆的烛光,烛光中是鲁刚的脸,粗犷憨厚,发自内心的笑容使他的脸庞发光。那时他是自己亲亲爱爱的鲁刚哥哥,可以装痴装傻,把自己的乳胸贴在他后背上揉搓——那时他的窘迫是多么可爱!

后来……父母的横死斩断了她的记忆,但她模糊感到鲁刚与父母的死亡一定有关!她对鲁刚的爱也变味了,掺杂着乱伦的羞耻,肉欲的羞耻,对父母的内疚……

鲁刚帮班克斯穿好太空服,在戴上头盔前,班克斯朝鲁冰扫过去一眼,鄙夷地说:"那个女人过去是我心中最圣洁的仙子,只要让我吻吻她的脚趾,我可以立即去死。现在……哼!一个恶毒的巫婆,用癞蛤蟆、毒蜘蛛和蝎子制造出来的东西。中国话怎么说?扫帚星!"

他的声音不大,但足以让鲁冰听见——也许这正是他的本意。鲁刚惊惶地回头看看妹妹,向班克斯严厉地摇头,为他戴上头盔。送班克斯走进减压舱后,鲁刚犹豫片刻,向鲁冰飘过来。鲁冰立即竖起全身的尖刺,讥笑地等着他,这个好哥哥又要向可怜的妹妹表示关心来啦!

鲁刚怜惜地望着妹妹,他知道妹妹这些年来一直生活在幻梦中,折磨着自己也折磨着别人。他真心爱她,原谅她的乖张。但这次,她做得太过分了。他低声说:

"妹妹,你已经长大成人,不要率性胡为了。你几乎毁了父亲的飞船,父母的在天之灵也会伤心的!"

这句话立即燃起了鲁冰的心火,绿火荧荧地在心头蹿跳。她歹毒地冷笑着,眼睛像黑暗里的狸猫一样发出绿光:"鲁刚,你有什么资格管教我!你为什么偏偏是我的哥哥呢,要不我倒想嫁给你。我发觉你总是像恋人那样深情望着我。"

鲁刚立即满脸涨红,苦涩地转过身。鲁冰看着这个被彻底打败的雄性,快意地咯咯笑着。正好赶来的老拉里听见这段对话,立即喊道:

"冰儿,不许胡说八道!"他又是气怒又是伤心。

鲁冰皱着眉头嘲弄道:"拉里大叔有什么教诲吗?我知道几位大叔一向喜欢侄儿,讨厌胡作非为的侄女。"

拉里伤心欲绝地看着她,又扭回头看看鲁刚正在忙碌的背影。即使仅是背影,也能看出他背负着沉重的痛苦。拉里思忖良久,决然说:

"冰儿,我想有些话也该向你说了。你不是一直想知道父母横死的情形吗,跟我到医务舱去,我全都告诉你。"

鲁冰浑身一震。拉里冷淡地转身走了,他的瘦小身体在狭窄的通道里飘行着。鲁冰没有犹豫,顺从地跟在后边。她的血液猛往上冲,超负荷的心房咚咚地跳动。

医疗舱只是一个很小的隔间，药品柜中放着各种应急用药，各有独立的盖板，以防药品飞走。老拉里关上房门，紧紧蜷起身体，任它在空中飘荡。他低垂眉眼，声音沉闷枯涩，像是从遥远的过去飘过来的：

"我把所有真相都告诉你。实际上，八年前我和鲁刚已经向你透露过一次，只是没敢把话说透。即便如此，你也很厉害地犯了一次病，醒来又把所有事情全都忘掉……但今天我必须把话说透了。20年前，你父亲是航天运输业的一个私人经营者，事业很成功，是私人航运业的头把交椅。夫妻两人只有一个女儿，自然他们对独生女十分宠爱。"他有意强调独生女儿这四个字，看到鲁冰眼神一抖。他苦笑道，"正是这种宠爱害了女儿，也害了他们自己。这个女儿从小骄纵任性，性格乖张。她漂亮、聪明、有钱，周围的人都宠着她，捧着她，为她编织玫瑰色的幻梦。所以，灾难来临时人们都毫无思想准备。"

"你16岁生日时，父亲还特意带你上天，举行了一场太空生日聚会。关于这次太空之行，刚才你已经回想起来了。灾难就是从回来后第三天开始的……"

老拉里的叙述残忍地踹开了一道记忆之门，她关在门外的记忆瞬间复活了。那天她来例假，小腹疼痛，弄得她心情烦躁。妈妈请来一位名中医为她诊脉，开药。但她只喝一口，就抵死不想喝这碗苦涩的药汤。保姆刘妈端着药碗跑前跑后地跟着她，她的小姐脾气被惹起来了，不喝！越劝越不喝！

刘妈只好请来女主人。妈妈让保姆重新温过药汤，亲手端过来，左手拿一支精致的镀金匙子，弯弯的带有花纹的长把……正是这把匙子！鲁冰全身血浪上涌，眼前阵阵发黑。

她强使自己回忆下去。当时妈妈试过温热，笑容满面地说："冰儿，听妈的话，快喝，痛经这毛病很磨人呢。王医生是有名的中医，吃了药保管能好。乖女儿，快喝吧，啊？"

妈妈的慈爱面容是她永存的记忆。如果那时能把这碗药汤喝下……但那

时她一定是疯了,越劝越恼火,气急败坏地喊:

"不喝!痛死也不喝!"

狂怒中,她劈手夺过妈妈手里的匙子挥舞着。忽然一声惨叫,妈妈左眼鲜血淋漓,她手中的匙把上沾着血迹。她惊呆了,不知道这是如何发生的。

记忆之门到这儿陡然关闭,她凶猛地喘息着,两眼发直。老拉里怜惜地看她一眼,仍狠着心肠说下去:

"你妈妈被送进医院抢救,但左眼肯定是瞎了。你爸爸正在外地进行商务活动,闻讯后惊怒交加,立即乘机赶回。驾车从机场回来时,他的情绪导致了一场车祸。高速公路上十几辆轿车撞在一起,起火爆炸。等我赶到时,只看到你爸爸烧焦了的尸体。

"病床上的妻子没能承受住这个打击,几天后就去世了。这个女孩儿虽然骄纵乖张,十分冷血,但接二连三的惨祸终于使她崩溃了。从此她完全失忆,她的自卫本能使她把这些关闭在记忆闸门之外。"

鲁冰忽然抱起头,一声声尖叫着。过去,每当回忆到这儿,意识便尖叫着回散逃走。现在,老拉里冷酷地围住她急欲逃跑的意识,给她展示了一个血淋淋的场景。老拉里等了一会儿,毫不留情地继续说道:

"老鲁船长手下有一个中国小伙子,原是内地的一个孤儿,因领养人去世,流落在中国香港街头。你父亲收留了他,那时你还没有出生呢。长大后他就留在鲁氏公司里工作。他忠心耿耿,为人坦诚爽直,船长夫妇很喜欢他。再加上两人正好同姓,所以人们常戏称他是船长的干儿子。

"冰儿,你出生后就一直生活在鲁刚哥哥的呵护中。你很喜欢他的,我们都看得出。不过从表面上看你更喜欢作弄他,他总是像大哥哥那样憨厚地笑着,从不在意。这些你记得吗?"

她记得。她记得自己早在七八岁时就会忽然闯进他的卧室,故作正经地说:"我长大后要嫁给你,你同意不同意?"再大几岁后,她会从背后捂住他的眼睛,用自己刚刚绽出的两个小蓓蕾在他背上揉搓,看着他的窘迫哈哈大笑……

"我想他同样喜欢你。那时他是你的好哥哥,恐怕也未尝不在暗暗等你长大，做你的好丈夫。你父母性格豁达，没什么门户成见，估计他们对这桩婚姻不一定设障碍。但是，自从那次灾祸发生后，一切事都走歪了啊。"

老拉里伤感地摇头。在夫人濒危时，16岁的鲁冰孤独地缩在角落里，目光茫然，像一只胆怯的小兔。那时她的神智已经休克，不能进行正常的思维。26岁的鲁刚走过去，心疼地揽住她的双肩。她突然问：

"鲁刚哥哥，你一直是我的哥哥，对吗？"

"对。"

"是我的亲哥哥，对吗？"

鲁刚能理解她那扭曲的逻辑。此前她当然知道鲁刚是被收养的孤儿，这在鲁家从来都是公开的。正因为如此，她在对鲁刚的亲情中，随着年岁渐长也逐渐加进去爱恋。但这种恋情是朦胧的、青涩的，她的年龄还不能真正解得男女之事。现在她失去了父亲，又即将失去母亲。她多想有一个亲人可以依靠啊！于是他忍住悲伤说：

"我当然是你的亲哥哥。这一点还用怀疑吗？"

于是他把一支十字架背到了背上。夫人去世时，正式收鲁刚为义子，把家产留给他和鲁冰，其中鲁冰的财产在他监护之下。葬礼那天，鲁冰偷偷拉着鲁刚泪水涟涟地问："爹妈为什么突然死了？你们为什么瞒着我？"听了这话，素来刚硬坚强的鲁刚也忍不住泪流满面！葬礼后他郑重告诫众人，万万不可向鲁冰泄露她父母横死的真相，也不可泄露鲁刚只是她的义兄。大家认真执行了——毕竟这个罪魁祸首只是一个16岁的少女。但此后老拉里一直弄不懂，为什么鲁冰逐渐积聚了对哥哥的敌意，甚至是怨毒！他痛心地说下去：

"冰儿，你知道你刚才的话怎样刺伤他吗？命运使他成了你的亲哥哥。他只好努力用兄长之情压制着恋情，在两种感情中苦苦挣扎。我们冷眼看着，觉得他真可怜啊。后来我和平托先生劝他干脆向你说明真情，然后向你求婚。他怕勾起你对惨祸的回忆，坚决不许。可是他直到35岁还不结婚，实际上他还是盼着你能痊愈。冰儿，这些话你相信吗？"

鲁冰心中战栗不已。这些话她当然相信。实际上，她的失忆是靠家人的隐瞒尤其是她的自我欺骗才勉强维持的，只要有人划破一点窗纸，那可怕的过去就豁然显现了。这些真相甚至使她有一种轻松感，至少，她不必为梦中与鲁刚的缠绵而羞愧了。但她随即回忆起一个梦魇，一个折磨她多年的梦魇。她常常回忆起自己赤身裸体，被鲁刚紧紧抱在怀里，他的目光中当然有关切慈爱，但分明也有羞愧和欲火。这些回忆飘渺不定，却顽固地一再出现，使她坚信这不是空穴来风。她甚至怀疑那个男人已偷偷占有了她的身体，就在他扮演哥哥的同时！所以，这些年来，一看到那位"兄长"问寒问暖，她就从心中作呕。今天她下决心把这件事搞清楚：

"好吧，拉里大叔，你既然向我讲述了过去，我也想知道，我的一个梦魇是否真实。我希望你不要替鲁刚隐瞒。"

听完她的叙述，拉里痛心地说："冰儿，你呀！……你的梦魇确实是真的。这些年来，也许是良心上负担过重，你常常犯病。你哭喊心里像烈火在烤，你会扯掉全身衣服，赤身裸体往冰天雪地里跑。而且很奇怪，只有鲁刚在家里时你才会犯病，也许你是以病态的方式表达你的欲望？……鲁刚把你拦住，拉你回家，打上镇静剂。醒来后你会把这一切忘得干干净净，你会若无其事地继续胡闹。鲁刚则咬着牙躲到一边，好些天郁郁不乐。"

他看看失神的鲁冰，又是怜惜，又是嫌恶。他说："这些情况你哥哥严禁别人向你透露，我想，他对你的疼爱恐怕是害了你。今天我把一切都说给你，你好好想想吧。"

他长叹一声离开医疗舱。

鲁冰撕扯着胸襟，那种被地狱之火煎烤的幻境又出现了。她早就知道自己的行为使所有人厌恶，包括拉里、平托、汉斯，甚至某种程度上包括鲁刚。但是，她一直有强劲的心理支撑。是的，她是一直肆意折磨着鲁刚，但那仅仅因为鲁刚是一个伪君子，他甚至对自己的妹妹有非分之想，他和父母的横死有隐隐约约的关系。而她，尽管一直折磨他，其实还在替他隐瞒着这些丑恶哩。

可是现在一切都倒过来了！只有她，鲁冰，才确确实实是一个灾星，是一个祸害全家的罪人！她眼前血光浮动，母亲左眼血迹斑斑，父亲浑身焦黑，他们都在无声地谴责她，嫌恶她！

她闭上眼睛，眶中枯干无泪。这些年，她一直以扭曲的逻辑来逃避真相，甚至在下意识中诿罪于鲁刚，这个她最亲近的、她唯一能伤害的人。她这会儿真想跪在鲁刚脚下求取宽恕，也想躺在他怀里亲吻他宽厚的胸膛，而且再也不会有乱伦的罪恶感……但是，痛苦之火腾然升起时却突然转向，向着完全不同的方向烧过去了！

诺亚方舟号正要投下第一个集装箱，通道里突然响起连绵不断的尖叫。鲁冰从里面冲出来，衣襟散乱，胸前满是血痕。鲁刚吃了一惊，急忙迎过去："冰儿，这是怎么啦？你这是怎么啦？"

鲁冰咯咯笑道："拉里大叔已告诉我全部真相，他说你不是我的亲哥哥，他说是我害死了自己的父母。鲁刚先生，祝贺你，这些年你已经修炼成人人景仰的圣人，你的宽厚慈爱正好反衬出我的卑劣恶毒。我该怎样忏悔呢？现在，这个心如蛇蝎的女人，只有她的躯体还值得一看。尊敬的鲁刚先生，你是否赏光收下它呢？我知道你也暗地喜欢过。"她偎在鲁刚怀里，从容地解着衣服，"收下它吧，这是我唯一能做的忏悔啊。"

鲁刚脸色阴沉地把她从怀里推走，瞪着手足无措的老拉里说："她又犯病了，把她拉到医疗室打一针！"

鲁冰嘶声喊着，在唐世龙和小兔子的拉拽下挣扎着，三个人在空中激烈地翻滚。当两人终于制服她的反抗，把她拽走时，鲁冰扭头咬牙切齿地说："鲁刚你记住，我恨你，一生一世都恨你！"

第十章　投向太阳

舱里静下来，众人都怜悯地看着船长。鲁刚皱着双眉，不语不动。他回忆起自己从七岁起就生活在鲁家，既是鲁家的小厮，又是鲁家的儿子。所以他对鲁冰的情意也打上了这种印记。他从小就喜欢冰儿，那时是兄长的友情。后来，友情逐渐转化，变成爱情和友情的奇特混合。灾祸发生前他26岁，冰儿只有16岁，但早熟的鲁冰同样在友情中萌生了爱情。她虽然在鲁刚面前骄纵任性，但内心深处实际是一汪柔情。那时鲁刚已从鲁家搬出去，妹妹常来光顾，她会半真半假地宣布："我不想喊你哥哥了，我要嫁给你！"

那时他一直躲避着这种爱情。这是基于一种深深的自卑。以他的身份，爱上恩人天真幼稚的女儿，他总觉得对不起老鲁船长夫妇。那场灾难之后，命运更限定了他的"哥哥"角色。当他把裸体的妹妹抱在怀里时，在同情怜悯中也时时有肉欲冒上来，他用了很大的力量才能压制住。这常使他有深重的负罪感。他觉得，无论他为妹妹做了多少事情，都不能补偿这种卑鄙于万一。现在妹妹咬牙切齿的声音在他耳边回响，他想，这正是他应得的报应啊。

拉里他们从医疗室出来后，都不敢惊动鲁刚。船长眼里有彻底的幻灭感。只有唐世龙上前，同情地拍拍船长的肩膀。鲁刚也向他点头示意。他觉得这个恐怖分子并不完全是个坏人，甚至在某些方面与自己有相通之处。

在经历了生死幻灭之后，鲁刚最终涅槃了，走出了感情的地狱，也做出了人生的决定。他平静地问唐世龙："如实告诉我，你的小飞蛾真的发生故障了吗？"

唐世龙笑着摇摇头。他看看屏幕，那艘小飞船还在废料山侧后方游荡："不，当然没有。它尽管破旧，但足以完成这次航行，它装填的金属燃料可以开到水星上去。"

鲁刚点点头："好。"

"什么？"

鲁刚拍拍他的肩膀："唐先生，你不该参加恐怖组织的。你不是那类人，心还没有黑透。回中国去吧，去做一个普通人。既然来到世上走一遭，总要留下几个蚕茧，不能光留下粪便。但我希望你不要再找鲁冰，你们的性格不适合，生活在一起只能互相毁灭。你能答应吗？"

唐世龙疑惑地点头答应，心里有不祥之兆。鲁刚向船员下达命令："停止投料，关闭舱门。调整航向，向飞蛾号靠拢。"

班克斯和老拉里都奇怪地问："靠近飞蛾号干什么？"

鲁刚平淡地说："执行命令吧。"

地面上发现了这次航向调整，鲁刚在回答时简单地说："我们需要飞蛾号。"便关闭了送话器。两个小时后，诺亚方舟号停泊在飞蛾号200米远的地方。鲁刚下令把货箱投下去，船员们疑惑地执行了这个命令。

鲁刚不声不响地穿好那套带推进装置的太空服，背上一盘缆绳。等班克斯发觉，他已通过减压舱飞到太空。太空上小小的推进装置射出绚烂的光芒，金色的遮光罩一闪一闪地反射着阳光，雪白的太空服在暗色天幕上十分耀眼。鲁刚熟练地推动着货箱，把它们组装成一个独立的立方网格。拉里觉得已经猜到了船长的心思，他是想利用多余的飞蛾号把这些核弹拖运到更远的太空中去。他非常默契地配合着船长，每一个货箱都投在合适的部位。

一个小时后，112个货箱组成一个庞大的网格。拉里喊："船长，回来吧，太空服的燃料快耗尽了。"

鲁刚没有吭声，默默飞向200米外的飞蛾号，打开舱门钻进去。他在指挥舱试了试几个操作手把和仪表，掌握了这种傻瓜飞船的操作方法，便点了火。姿态调整喷口喷着火焰，小飞蛾缓缓地开过来，又略略后退，停在立方网格前。鲁刚从小飞船里钻出来，开始用那根保险索把大网格系在小飞蛾的后面。现在，小飞蛾从腹部伸出两条雪白的尾须，成八字形，拖着那个巨大的黑色网格。

鲁刚一言不发，钻进飞蛾号，开始锁闭密封门。拉里有了不祥的预感，他在通话器中焦灼地喊："鲁刚！鲁刚！你要干什么？"

没有回音。他一遍又一遍重复问话，终于话筒中有了沙沙音，鲁刚回话了，他的声音中有一种超越生死的平静："拉里大叔，那个年轻的美国总统说得对，2250颗核弹放在这儿太危险，它会成为悬在人类头顶的达摩克利斯之剑。正好这儿有一艘多余的小飞蛾，我用它把核弹投到太阳中去吧。"

"什么？"拉里的预感得到证实，他气急败坏地喊起来，"你要驾驶小飞蛾投向太阳？孩子，千万不要胡来！"

班克斯也急急挤近话筒，喊道："船长快回来！我知道你是为那个臭女人伤透了心，不值得！"

布莱克带着哭声喊："回来吧，船长，回来吧！"

鲁刚爽朗地笑道："不要拉我的后腿，老猢狲大叔，还有你们几个。我没有发疯，也不是意气用事，我从来没有这么清醒。我想多少为人类干一点事，也算今生没有白活。再说，世界上有谁能像我死得这样壮丽呢，单单回味这个，也够我在天国安心啦，哈哈。"他开玩笑地说。"我马上要启动飞船了，拉里大叔、班克斯、布莱克、唐世龙，你们把诺亚方舟号开回去。代我照顾好鲁冰和鲁氏公司。向平托大叔、汉斯和姚云其问好，祝那个侦探早日康复。还有，"他犹豫了片刻，"烦平托大叔找到阿慧，代我向她致歉，把美国政府给我的100万美元交给她。"

船员们面面相觑，束手无策。唐世龙忽然想到一件该做的事，便转身冲进生活舱。舱里一片狼藉，舱壁的破口处补着粗糙的补丁。打过镇静针的鲁冰还在床上睡着，身上系着固定带，眼角附近有几颗圆圆的泪珠在轻轻飘动，脸庞红润，似一枝带露海棠。但这会儿唐世龙没有一点怜香惜玉的心情，他带着怒火和鄙视，用力批着鲁冰的双颊：

"醒醒，醒醒！你这个恶毒的巫婆，你这条沙漠蟒蛇，你这只澳大利亚毒水母，你哥哥要投入太阳自焚啦！"

鲁冰昏昏沉沉地睁开眼睛，头来回摇晃着，两颊被批得又红又肿。

"醒醒，醒醒，你这只亚马孙箭毒蛙，撒哈拉毒蜘蛛，你伤透了哥哥的心,他已经驾着飞船投向太阳啦!"

飞蛾号启动了。鲁刚担心保险索的拉力超载,所以启动十分缓慢。小飞蛾的尾喷管喷出蓝青色的光芒,绷紧了缆绳,拖着巨大的黑色网格,在天幕上缓缓移动,逐渐加速。等到清醒过来的鲁冰冲进指挥舱,飞蛾号已经开走了。面颊红肿的鲁冰扑到送话器前嘶声喊:

"哥哥,我是冰儿,请你原谅我,你快回来!"

送话器传来鲁刚爽朗的笑声,十分清晰,就像在眼前:"冰儿,我没有责怪你,我是去做一件该做的事。你好好活下去吧,平托、老拉里他们都会照顾你的。永别了。"

鲁冰双泪长流。只有这时,她才知道鲁刚在她心目中是多么宝贵。她悲声说:"鲁刚,回来吧。你知道我心里实际是多么爱你吗?我要像一个听话的妹妹那样去爱哥哥,也愿意做一个忠诚的妻子去爱丈夫。鲁刚,饶恕我,回来吧。"

小飞船上没有回答,只有轻微的无线电背景噪音。他们看不到小飞蛾了,它被那个巨大的黑色网格遮住了,只能透过网格的缝隙看到小飞蛾尾喷管的火光。网格也逐渐缩小,融化在黑色天幕上。很长时间的静默后,传来鲁刚激情的声音:

"多么壮丽的太阳啊。"

地球上,现在做实况转播的已不仅是因特网中一个有声服务栏目了。全世界的电视台、电台都加入了这个行列。除了收听天上的对话,有一些电视台还把天文望远镜中的图像变成电波,向全世界做实况转播。

在诺亚方舟号向飞蛾号靠拢时,白宫通信室一直处在极度不安的气氛中。他们不知道这个强悍的中国人要作出什么举动,局势会不会出现逆转。在反复喊话后,诺亚方舟号上才接通了通信系统,拉里悲伤地说:"鲁刚船长驾着小飞蛾,带着这批核弹朝太阳飞去了!"

世界上至少有20亿人同时收到了这条消息,他们都惊呆了。美国首先调

出飞蛾号的通信频率,惠特姆总统诚挚地说:

"鲁刚先生,请听从我的劝告立即返回,你的生命比什么都贵重。至于核弹,我们会有妥善的处理办法。"

中国国家主席也随之喊话:"鲁刚,我的同胞兄弟。人类感激你的牺牲精神,但我请你返回来,我们的科学家会用无人飞船来完成这次航行。"

教皇和瑞典首相、挪威首相、英国女王等也发了同样的呼吁。鲁刚笑道:"谢谢各位的真情。我意已决,不必再劝了。希望美国宇航局或中国西昌航天基地为我计算一条最佳路线,看能否利用金星、水星的重力场加速。计算后请通知我并为我导航,谢谢。"

人们从他平静的语气中听出他的决心,不再劝告了。20亿地球人坐在电视机前,看着小小的飞蛾号拖着巨大的核弹网格,就像一只蚂蚁拖着多足蜈蚣,从容不迫地向太阳飞去。孩子们的脸上都挂着泪珠。BBC抢先发了一个快讯:

  一场噩梦已经过去。中国古代神话中有一位逐日而死的英雄夸父。现在,又一位夸父曳着2250颗核弹向太阳奔去。人类的理想主义将在一场最为壮观的天火之葬中升华,60亿地球人目不转睛地为人类英雄送行,祈祷他的灵魂在天国中得到永生。

在哥伦比亚卡利市那间密室里,卡拜勒鲁仍和助手们监听着两艘飞船。监听已持续了20个小时,助手们面露倦意,强自支撑着。老资格的桑佩斯斜倚在沙发上假寐,只有卡拜勒鲁仍精神奕奕,身体坐得笔挺。他说:

"好样的鲁刚。如果他能活着回来,我会放弃对他的惩罚,并和他做朋友。你说是吗,桑佩斯?"

桑佩斯已经微有鼾声了,不过他立即接上答话:"对,是个好样的中国人。"

他知道首领是在为自己找台阶,他是想躲开"谁为这次行动失利负责"的敏感话题。但话说回来,那个叫鲁刚的中国佬也确实值得佩服。即使远在

38万千米之外，也能感受到那人身上的凛凛正气。

卡拜勒鲁站起来说："现在世界上恐怕唯有我可以让鲁刚返回了。让电台向战神发出行动指令，命令他逼迫鲁刚返回，但不得伤害他。"

电波向38万千米外飞去，1.26秒后到达飞蛾号。

平托泪眼模糊地出了发射场的大门，向自己的汽车走去。诺亚方舟号从这儿升空至今不过24个小时，这24个小时就像是24个世纪。事实证明鲁刚的预感很准确，那些戴白手套的绅士们果然对飞船搞了卑鄙勾当。在这场基调丑恶的闹剧中，鲁刚带着凛凛正气走到舞台中央，救了地球，也赢得了世人的尊重。他为鲁刚悲伤，也为他骄傲。

他正要打开那辆奔驰的车门，忽然一个人从他车下钻了出来。平托立即掏出几天来一直带着的汤普森手枪："什么人？不许动！"

来人小心地托着一件东西，尴尬地看着他："不要开枪！——请不要误会，我把你车中的遥控炸弹拆除了，是我刚刚安上的。"

平托倒抽一口凉气。虽然这几天他一直高度提防处处小心，但这半天来为鲁刚的命运挂心，一时疏忽，几乎让对方得逞。他眼里冒着怒火，用手枪指着那人的脑袋。那人苦笑着解释道：

"坦白地说，我接受的命令是把你送到天堂上去，但我不会干了。我从电视中知道了许多，现在我十分敬重鲁刚先生。谁他妈的再让我干这事，我会把这颗炸弹塞到他的屁眼里去。"

平托收起手枪，友好地去拍他的肩膀，那人急忙喊："不要动！——我去把这颗炸弹处理掉。"

"好吧，谢谢你，再见。"

"再见。但你千万不要说谢字，那会使我无地自容的，我是个只配让人咒骂的混蛋。"

平托回到办公楼时，听到海边传来巨大的爆炸声。

太湖浩森无垠，但阿慧的捕鱼生涯相当艰难。海水倒灌使许多淡水鱼死亡，渔源近乎枯竭。好在这艘新渔船性能不错，每天多跑几个地方，维持全家生计还没问题。从七星岩回到家乡，阿慧心如死灰。那个男人救了她，也赢得了她的心，却不愿娶她。阿慧一直不知道，自己是该想他还是恨他！回来后，她一直以吃斋念佛和繁重的劳动打发时间。但这几天，她感到一条小生命已经在腹内诞生——在最后的一夜欢愉中，她悄悄去除了避孕措施，怀上了他的种子。不管是爱是恨，她决心把这个孩子生下来，抚育成人。

晚上回到家，爷爷和母亲都用异样的眼光看着她。她不解地问："妈，你干吗老看我？你这是怎么啦？"

妈妈低声说："那个男人是叫鲁刚吗？"

阿慧浑身一震，急急地问："妈，怎么啦？有他的信？"

妈妈叹口气，说："电视上正播着呢，你自己看吧。"

她看到一艘小飞船正拖着巨大的核弹网格，从容不迫地向太阳飞去；听到播音员正用崇敬的口吻介绍着这位新夸父的事迹。爷爷老泪纵横地连声说："好人哪，真是好人哪。"她跌坐在椅子中，泪水从她的指缝里汹汹淌下。

鲁刚已经抛开了尘间诸事，心境恬然地驾驶着小飞蛾。回头望去，巨大的幽灵山已经缩为一个黑点。飞船在距月亮20万千米处掠过，看见了月亮背面寒冷死寂的世界。忽然他听到舱内有一点响动。扭头看看，舱壁上一个密封口已经打开，老迈克露出半个身体，正端着一把手枪对着他。

鲁刚笑嘻嘻地看着这个老人。在哈马黑拉航天场与他有过一次邂逅，老人的奇特表情曾勾起他的不祥预感，这预感也在此后诸事中得到验证。现在他怎么跑到这儿来了？他的一把破手枪能吓住一个赴死的人吗？

老迈克盖上盖子，用手拉着舱壁的扶手游飞过来。手枪仍在手中，不过他并不认真持有它。他在鲁刚身后停下来。

"你好，老人家。我在航天发射场见过你，但我至今不知道你的身份。"

"我叫迈克·斯特金，曾经是美国的核弹专家。"

"噢，你就是那个'战神'吧，是你向卡利卡特尔出售了核弹的秘密？"

"对。"

"卖了一个大价钱吧，你怎么不留在地球上好好享用它？现在你准备把我怎么办，逼我回去？开枪打死我？"

老人淡然地说："打死你，我照样能把飞船开回去。"

鲁刚讥笑地说："对，我相信，傻瓜式飞船嘛。可是你准备把核弹怎么办？卸在拉格朗日墓场？还是带着它一头撞向华盛顿？也许你不在乎几亿人在濒死前的呼号，核弹专家的职业特点嘛。"

老人眼睑下的肌肉抖动着，枪口对准鲁刚的额头。

小飞蛾已经飞远，反复呼叫也没有回音。老拉里想到了自己的责任，黯然说："返航吧。"

诺亚方舟号开始点火，悲哀地离开幽灵网格，沿着弧形轨道返航。途中，在一片狼藉的生活舱里，唐世龙和布莱克都神情黯然。拉里交代他们一定要照看好鲁冰，他们也照做了。但有一条，那就是每个人都不与鲁冰目光对接。

在这一片目光的真空里，鲁冰蜷成一团，神情木然。而后她站起来，独自走出去，来到减压舱口。她想跳进寒冷的外太空陪伴鲁刚哥哥，他是唯一能理解自己的人。唐世龙和班克斯远远跟在身后，冷冷地看她徒劳地转动减压舱门，但显然她的气力不够。十几分钟后，班克斯才厌烦地对唐世龙说：

"算了，再给她打一针吧。"

两人拉住她，制服她的反抗，把她拉到医疗室又打了一针镇静剂。鲁冰的哭号慢慢变弱，最后安静地睡着了。唐世龙抱着她回到生活舱，就在这时他感到鲁冰的身体有了重量——自己的脚下也有了重量。球形大地迅速迎上来。今天地球上多为晴天，轻薄的白云半遮着碧蓝的海洋和褐色的陆地。飞船绕着地球逐渐降落，瞬时穿过血红的晚霞，迎来金黄色的阳光，在浩瀚的太平洋上找到了哈马黑拉岛航天发射场。飞船的可变矢量喷管缓缓转为垂直，像一只隼鸟那样收腿合翅，平稳地降落在航天场上。

今天航天场上十分热闹，与起飞时的寂寥大不相同了。几百个防暴警察组成一道防线，被阻在外面的新闻记者们使劲举着照相机，形成手臂的丛林，闪光灯不停闪烁着。舷梯打开了，拉里、班克斯、布莱克依次走下来，最后是唐世龙抱着尚未苏醒的鲁冰。

平托、汉斯和航天场主管都迎上来同船员紧紧拥抱，他们的眼中都闪着泪花。在他们之后是一个干练的中国人，他走上来依次同各人握手，自我介绍道：

"我叫陈炳，代表中国政府感谢你们。"

轮到唐世龙时，他说："请和鲁小姐立即乘我的专机回中国，我们要为贤伉俪的安全负责。"

虽然"贤伉俪"的称呼此时听来十分不妥，但唐世龙仍为中国政府的重诺守信感动。他嗓中发哽，由衷地说："谢谢。"

美国代表是那位罗杰斯先生，他当然不愿做这份令人尴尬的差事，但惠特姆总统执意要他来。拉里讥讽地说：

"多谢你们在飞船上那些周到的安排，弗罗斯特那家伙呢？"

罗杰斯面无表情地说："他不能来了，他已经自杀了。"

拉里噢了一声，同他握握手，没有再为难他。

在休息室坐定后，拉里急切地问："小飞蛾目前在哪里？"

陈炳回答："离地球已有 82 万千米。飞船上电台功率太小，已经收不到他们的信号了。但估计他们还能收到地球的信号。美国宇航局准备向他们传去最佳路径，包括如何利用金星的重力场加速。"

船员们都沉痛地低下头。从现在起，他们的船长实际已到了另一个世界，今生今世，他们再也不能见到他了。陈炳好像无意地问大家：

"你们有战神老迈克的消息吗？一个白人，70 多岁，瘦长身材。"

班克斯说："没有，我们怎么能知道他的消息？"

陈炳笑着摇摇手："随便问问，随便问问。"

一行五人离开机场后，中国防暴警察一名少校军官走过来，向陈炳行了一个军礼："报告，诺亚方舟号经过仔细搜查，没有发现迈克。"

陈炳看了看罗杰斯："那他肯定在小飞蛾号上了。可是为什么没有动静？"

罗杰斯也困惑地摇摇头。

六个小时前，美国中央情报局监听到了卡拜勒鲁发的指令。这些天来，他们一直对卡利卡特尔的几个巢穴实施24小时监听。收到的这份密码指令送到美国国家保密局，15分钟后就破译出来，随即送到惠特姆总统的办公桌上。

卡拜勒鲁：命令战神即刻行动，逼迫鲁刚返回。不要伤害他的性命。

回电：迈克知悉，逼迫鲁刚返回，不得伤害他的性命。

总统办公室里一片慌乱。他们没有料到在一路顺风的情况下，忽然又出了这样的波折！收到这份回电时两艘飞船非常靠近，无法判定迈克是在哪条船上。他们立即向鲁刚发了警告，没有回音，那么，鲁刚肯定已在迈克的控制之下了。

15分钟后，在白宫内阁会议室里召开了紧急会议。

惠特姆：小飞蛾拖着112个集装箱，能否返回地球？

巴恩斯（宇航局总监）：这正是我们最担心的。它不比诺亚方舟号，后者的性能极为优异，可以悬停空中，这样我们多一点讨价还价的时间——虽然这样说颇具讽刺意义。但小飞蛾带着这么巨大的后缀不可能安全降落。只要进了地球的重力范围，它会一头撞向地球，即使战神想停也停不住。

惠特姆：然后？

巴恩斯：然后飞船及核弹舱都会在失速坠落时烧毁。高速坠落时形成的高温高压有可能点燃核弹，但一般说不致如此。所以我们将主要面临核污染而不是核爆炸的危险。我觉得最危险的是战神在坠落前主动引爆它，这很可能对大气层尤其是臭氧层造成不可逆的损坏。当然，由于核弹与飞蛾号处于分离状态，在空中引爆是很困难的。但只要放弃飞船的操作，再有一件太空衣，他也有可能离开飞蛾号,到核弹舱内去引爆它。

惠特姆:我们目前能做些什么?

辛德尔(参谋长联席会议主席):我们已商定,最好的办法是到尽量远离大气层的地方去,在那儿截击和俘获它,至少击毁它。目前,我国、中国和俄罗斯都具备这种太空拦截能力。当然,这样做的话,鲁刚先生也将玉石俱焚。

惠特姆:从感情上说,我们很难做出这样的决定。但维护地球安全正是鲁刚先生的心愿。就按这个准备吧,通知中国和俄罗斯与我们配合。

卡特(中央情报局拉美司负责人):我有一点想法,虽然很可能是错误的,但我仍忍不住说出来。请诸位想想是否有另一种可能?那就是,卡拜勒鲁这个指令并非恶意,也许他和我们一样,仅仅是想挽救鲁刚的生命。请注意他说的:不得伤害鲁刚的性命。我们可以引申一下:如果他确实打算让鲁刚活着回到地球,则我们的上述种种推测都不可能是他们的预定计划。那么,卡氏的这条简单指令很可能是临时的决定,是一时的感情冲动——如果我们承认贩毒分子也有感情的话。

惠特姆:谢谢你的独特分析。我们先按太空拦截计划做好准备,然后静观待变。

自那之后,时间一小时一小时过去了。飞蛾号却依然故我,步履从容地继续走自己的路,没有返回地球的迹象。它丝毫不理会地球上的种种揣测,很快就远远离开了地球。惠特姆的智囊终于相信,命运之神这次确实对人类特别眷顾。飞蛾号不会再返回了,一次危机已在无形中消弭。

第十一章　最后的日子

鲁冰一直睡到第二天凌晨。在飞船上她被两次注射镇静剂，分量多了一点。

飞船降落那天，船员一走下飞船，平托就发现了他们对鲁冰的厌恶，甚至老拉里也是如此，只是程度不同而已。把昏睡的鲁冰安置在卧室后，平托把几个船员都喊来，痛心地说："你们不能这样对待鲁冰！"

班克斯怒冲冲地说："是她害了鲁刚船长！"

唐世龙苦笑道："我是个恶棍，但即使是我也对这个女人心存忌惮，她太可怕了。"

老拉里也点点头："她的所作所为太过分了。"

平托生气地说："对，她是叫人生气。可是你们想过没有：如果鲁刚这会儿站在我们头顶，看着我们这样对待鲁冰，他会不会难过？你们该怎样完成鲁刚临终前的嘱托？"

几个人悚然惊觉，班克斯不情愿地说："为了船长，我们以后会好好待她。你放心，老河马大叔。"

平托转向老拉里："老猢狲，你这个老糊涂。冰儿也很可怜啊。不要再给她增添痛苦了。"

凌晨，鲁冰悠悠醒来，看见平托、拉里和唐世龙都在身边守着，目光中是深深的关切，她搂着平托，放声大哭起来。平托眼眶发酸，连声说："哭吧，孩子，哭吧。大叔知道你的苦处。"

鲁冰哭了很久才止住，声息微弱地问："鲁刚哥哥呢？"

"他这会儿离地球大约200万千米，已经收不到他的信号了。他还没有死，我想他永不会死，他会站在天国之门盯着你。冰儿，好好活下去，让哥哥高兴。"

鲁冰的泪水又涌出来:"大叔,我不会让他失望的。"

在迈克用手枪指着鲁刚时,鲁刚笑道:"打死我之后,你准备怎么处理这批核弹?卸到拉格朗日墓场?或者带上它一头撞向华盛顿?"

迈克还没有回答,送话器响了:"鲁刚先生,通报一个紧急情况,一个叫战神的恐怖分子很可能藏在小飞蛾上,并即将对你采取行动。听到后请回答!"

鲁刚瞥瞥话筒,没有去拿,送话器中又重复了几次,然后便沉默了。飞船仍按原来的方向行进。鲁刚神色自若地驾驶着,不时瞥一眼神色平静的老迈克,不知道这个老家伙准备怎么办。忽然他惊奇地发现,老迈克微微一笑,随手向后扔掉手枪。手枪在无重力的船舱里翻着筋斗,悠悠飘荡着。然后迈克意态悠闲地过来,从鲁刚身后挤过去,把自己舒舒服服地安顿在副驾驶椅上。他微笑道:

"可以吗?我想和你结伴同行。"

迈克随飞蛾号进入太空是他主动要求的。几天前,当计划顺利进行、唐世龙已经携恋人飞往库鲁发射场时,迈克笑着对卡拜勒鲁说:

"我也去吧,我留在这个世界上已经毫无用处了。对于我这样的恶棍,能为2250颗核弹殉葬,恐怕是最合适的结局。"

卡拜勒鲁倒是真心真意劝了他几次,后来见劝不动,便遂了他的愿。正好飞蛾号上有一个秘密舱室,他让迈克藏在里面,算是安在唐世龙背后的一颗备用棋子。刚才,待在那个秘密舱里时,迈克一直监听着双方的谈话,随着剧情的坎坷跌宕,他忽然彻悟了。再回头看看自己当时的诸般心态,诸般心计——被无情遣散后的愤懑、寻找100万酬金的热切、与毒枭密谋时的一本正经等,真有恍如隔世之感。现在他甚至觉得,再去谈什么"最后晚餐"计划,是一件十分可笑的事。他庆幸自己上了这条飞船,能够伴着鲁刚,心平气和地走完人生的最后里程。现在他只有一个突然萌生的强烈愿望:得到鲁刚的友情。

对迈克这个突如其来的决定，鲁刚又惊讶又好奇地扬扬眉毛，没有再说什么。因为在刹那间他洞察到，这位老人已参透生死了。他目前也确实无法把老人送回地球，于是他豪爽地说：

"好，黄泉路上结伴同行！"

"很抱歉，我要占用一些你的食品。"

两人都笑起来。在目前的境况下，这句话显得十分好笑。在绝境中孜孜求生的人会对食品精打细算，但在绝境中一心求死的人用不着这样。

地球上仍不时送来呼叫，鲁刚回了两次，但对方显然已经收不到了。两天之后，地球的信号也逐渐变弱。但到第三天早上，他们忽然收到了极清晰的信号：

"鲁刚船长，我们是一群志愿者，已经把三台射电天文望远镜改制成强有力的电台。一台在波多黎各的阿雷西博天文台，一台在中国的紫金山天文台，一台在澳大利亚。这样，尽管地球旋转，始终有一台天线对着你们。据计算，在你们投入太阳之前还能收到清晰的信号。愿人类的声音永远伴英雄同行！"

两人互相看看，都很激动。迈克微笑道："不不，他们说错了，是一个英雄加一个恶棍。"

鲁刚笑了，正在措词安慰他，送话器中正好点了迈克的名字："请斯特金先生注意，我们不知道你的近况，不知道在此之前你扮演了什么角色，甚至不知道你是否还在人世。但我们仍然要通知你，你的外孙女小米斯已经做了骨髓移植手术，是一名匿名中国女子提供的骨髓。手术很成功。你的全家让我们转告你，请你放心，也请你在人生的最后时刻能求取主的宽恕！"

迈克的眼眶湿润了。送话器中又说："现在播放美国宇航局为你们选择的最佳路径。你们只需对方向稍作修正，就能利用金星的重力进行加速。这样，到太阳的行程会缩短到 75～80 天。这样做还有一个好处，当我们看到飞船改变方向后，就会确认你们还能收到地球的信号，愿上帝保佑你们！"

下面播送了具体的飞行参数。鲁刚立即按照这些参数修正了自己的方向，他做得很小心，因为飞蛾号的燃料已所剩无几了。

大部分时间里，送话器里播放的是音乐：《英雄交响曲》《命运交响曲》，还有中国古曲《春江花月夜》《二泉映月》等。鲁刚很高兴自己在奔向死亡途中意外得到一个谈锋很健的同伴。老迈克一直在神态冷静地谈天，不留情地剖析自己——如何从精英阶层的意识中突然跌落，与恐怖分子携手；又如何在生命最后一刻完成了思想的回归：

"作为第一流的武器专家，我一生都在研究怎样才能最有效地杀人。我实际代表着人类的邪恶本性；另一方面，作为社会的精英，我又有强烈的责任心，自认为代表着社会的正统；这本身就是一种悖论。或者，按人类的逻辑这是正常的，但按上帝的逻辑这是悖论。"他苦笑着补充，"也许生命本身就由悖论组成。非常感谢你，鲁刚先生，多半因为你，我才能心境平静地迎接死亡。"

鲁刚真诚地说："不要客气，我很庆幸在最后的人生旅途中有你这样一个同伴。"送话器又响起来："鲁刚先生，向你报告一个消息。你认识一个叫阿慧的女子吗？她坚决要求我们把下面的录音发给你。我们无法断定其内容的真伪，请你自己判断吧！"

下面是阿慧哽咽的声音："老虎，我在太湖。妈妈用你给的那笔钱买了一条机动渔船，现在全家生活已经安定。谢谢你。还有，自七星岩的那晚之后，我怀上了你的孩子，我会把他养大。永别了，我的男人！"

迈克笑着拍拍鲁刚的肩膀："是真的吧，我想肯定是真的。"

鲁刚很高兴，也多少有点难为情："我想是真的。真对不起阿慧，我没能娶她。"

迈克劝慰他："不必太自责，世上很多事是人力不能左右的，阿慧一定会原谅你。"

这些话在鲁刚心中搅起了波浪。此后整整一天，鲁刚一直闷闷不乐，寡言少语。迈克多少猜到了他的心思，不过没有打搅他，只是默默地陪着。一天后鲁刚才开口：

"是我害了鲁冰！这两天我终于找到了悲剧的根源。我和冰儿之间，很早就是友情掺杂着爱情，但后来我非常'崇高'地硬把它限在兄妹的框内。结果，它使鲁冰本来就残缺的意识又复杂化了，造成了被压抑的情欲，还有潜意识中乱伦的羞耻感。正是这些扭曲了鲁冰的性格。"他沉痛地说，"我想向冰儿道歉，分手时我对她太冷淡了。可是，我怎么才能做到这一点呢？"

没有办法。他们只和地球保持着一个单向通道，就连这个通道也随时可能断裂。据说人死后要经历这样一段旅程——濒死者能听到亲人的祝愿，却无法使自己的声音返回人间。在这段路上，濒死者一定会想起一些该留给家人的嘱托吧，可惜他无法送到生者耳边。现在他们真的体会到了这种无奈。

鲁刚一直对此耿耿于怀。老迈克热心地为他出主意，包括把书信装到太空漂流瓶中送出舱外——当然，即使地球上能收到，也是千万年之后了。

好在第二天他们收到了平托的声音："老虎，你好。我们知道了这个'伴英雄同行'的志愿者活动，知道了他们的电台，现在通过电台向你说几句话。我们都很好，冰儿已恢复了健康，她也很好。鲁刚，你们本该是夫妻而不是兄妹，这种错位造成了终生悲剧。原谅我在这个时候还要责怪你，但我想应该让你知道这一点，这样你心里会好受一点。请你放心，我们会好好照顾冰儿的！"

下面是唐世龙的声音："鲁刚，我的兄长，我们都会好好照顾冰儿的，谢谢你拉我走上一条新路！"然后是老拉里、班克斯、布莱克，最后是鲁冰。她的声音哽咽着，但是显得很平静，没有了飞船上的躁狂：

"鲁刚哥哥，我会好好活下去的，我会永远记住你！……"

鲁刚握住迈克的手，喜悦地说："老迈克，这一下我再没有憾事了。"

前面是金星。浓密的大气层反射着阳光，使它显得分外明亮。鲁刚按地面提供的参数再次调整了方向，飞船沿弧线擦过金星，用它的重力大大加快了速度，一直向太阳飞去。

休斯敦美国航天中心不间断地向总统报告飞蛾号的方位，但是很快看不见它了。这个不发光的微小天体在广袤的天幕中消失了。其后的行程是电脑估算的。一个月后，按照计算，飞蛾号的食品估计已经用尽。由于已进入水星的绕日轨道之内，温度必然过高，估计两名乘员已经死亡。此后在太阳重力的作用下，没有驾驶员的飞船依然向太阳飞去。

根据飞蛾号最后的飞行参数估算，它投入太阳的时间是在 80 天之后。正好在那段时间里，天文学家观察到一次日珥爆发。朱红色的日珥喷发到百万千米之外，翻卷着，振荡着，形状变化多端，色彩绚丽奔放。公众大多相信这是 2250 颗核弹的爆炸所引发的。没有一个天文学家发表否定意见，虽然他们知道一次日珥喷发就能抛出多于地球的质量，2250 颗核弹的力量未免太微不足道了。鲁冰就是把这一天作为鲁刚哥哥的忌日，她在哥哥的遗像前默默鞠躬，献上一束洁白的玉兰花。

以鲜花向鲁刚祭奠的还有一位太湖边的女子。

全世界的电台、电视台、因特网同时播放了哀乐。哀乐响起时，在中南海的中国国家主席，在白宫的美国总统同时起立默哀。总统办公室主任马丁告诉惠特姆，据盖洛普民意测验，他的声望猛增了 34 个百分点。

"现在，我们可以对那几个老家伙说'不'了。"惠特姆冷冷地说。

追杀K星人

第一章　李剑的忧虑

李剑乘波音797赶到北京，立即在机场租了一架小蜻蜓自动驾驶直升机飞到劲松小区。他已经近两年没回家了，01基地的工作是超强度的，两年下来，他身上那根弦几乎绷断了。伊凡诺夫将军特批了两天假期，让他趁出差之机与家人团聚一次。

他确实累了。虽然在01基地同事们看来，他是个永远不知疲倦的"机器人"，严厉精细，近乎不通人情，有着钢铁般的神经，但即使钢铁也会疲劳断裂的。也许是假期让他放松了心境，刚才在直升机的15分钟航程中，他还抽空打了个盹，甚至做了一个短梦。他梦见妻子在家里向他招手，小豹头也从窗户里探出脑袋笑嘻嘻地看他。忽然，远处的云层里突现一个七彩的光洞，一道光剑从光洞中射出，转化为巨大的磁吸力……然后是直升机电脑驾驶员的声音："先生，到你家了，再见。"

他伸出食指，打开了公寓门上的指纹锁。宽敞的屋内没有一个人，他想起现在正是暑假，妻子一定领小豹头出去游玩了。小豹头今年12岁，长成什么模样了？墙上一幅照片看来是近照，小豹头两眼圆溜溜地依在妈妈的身边，妻子的面容仍如刚结婚时一样娇艳。

他的情感深处升起一股暖流，甩掉衣服走进浴室。他想洗掉旅途的疲劳，好好和妻子聚一聚。只有两天假期，每一分钟都是宝贵的。

他刚进浴室，莫如慧就回来了，小豹头落在后边。她一眼就看见沙发上有丈夫的衣裤，听见浴室内有哗哗的水声，立时感到心跳加快了。"剑，你回来了？"她喜悦地问。在哗哗的水声中，丈夫没听见。她忙从衣橱里挑出干净衣服，把脏衣裤口袋里的杂物掏出来。水声停了，丈夫披着雪白的浴巾出来，她立时扑进丈夫的怀抱，尽情热吻着，忘记了一切……不知过了多久，大门开了，小豹头的脑袋探进来，嬉皮笑脸地说：

"爸，妈，我什么也没看见！"

李剑笑着把他拉过来，也拥入怀中。

新浴过后，丈夫更显得英气逼人。浑身洋溢着喜悦，两道剑眉，高鼻梁，眼睛炯炯有神。他身材颀长，在衣服的遮蔽下甚至给人以单薄的印象，实际上他的胸肌臂肌十分发达，是武警特种部队教官生活给他留下的好身板儿，他是一个公认的搏击高手。

吃晚饭时，莫如慧一直目醉神迷地看着夫君，幽怨地说："两年了，小豹头真想你呢。我看你把我们娘儿俩都忘了。"

李剑笑道："我特意在家里装了三维可视电话，还不和真人一样？"

"再逼真也只是激光全息图像，看得见摸不着啊！再说，你一年内能打回来几次电话？"

李剑哑然了。01基地实行着极严格的电波静默，不允许对外通信。他只有在出差时才能打回来一次电话，但外边并非每个地方都有三维电话的。这些年，妻子实际上是过着寡居的生活，真难为她了。

小豹头没有这样细腻的离怨别绪。他兴高采烈地和爸爸谈天，说他们如何不喜欢万能的机器人教师，如何拿一些怪问题作弄它们。比如：问万能的机器人教师能不能造出一道它自己也解不开的难题？或者请它把全班女同学按美貌程度排排次序。"这道题把那个方脑袋难住了，至今也答不出来。它的电子脑袋里没有关于女孩美貌的评分程序！哈哈！"小豹头得意地笑着，随即蹦到另一个问题上，"爸爸，你的基地是干什么的？是解剖外星人的吗？"

李剑笑着问："谁告诉你的古怪想法？"

"当然是我嘛。你的基地太诡秘。在信息共享的21世纪，你们的行为太不合群了，就像一群神秘的印度托钵僧人。"儿子很"哲理"地说。

李剑笑笑，没有回答。

晚饭后，李剑给远在山东的父母打了个长途，问问安好；又和北京的一群哥们儿通了话，那群哥们儿都大惊小怪地说他简直失踪了，明天要好好聚一聚。李剑笑着说："留待来日吧。这次是出差路过，总共不过两天时间，你们不让我和老婆亲热了？"

转过头，见妻子淋浴已毕，情意绵绵地等着他。她的眼波流转，嘴唇湿润而性感。李剑把她揽入怀中，能感觉她的脉搏在勃勃跳动。但这时儿子又闯进来说：

"爸爸，妈妈，马上有实况转播的电视辩论，关于K星人的！"

两人对望一眼，无可奈何地叹口气，随儿子来到客厅。儿子已打开100英寸的液晶电视，一名男主持人宣布，关于K星人的专题谈话即将开始，参加谈话的是世界政府新闻发言人科林·卡普先生和《环球电讯报》记者蒂娜·钱女士。

摄影机已经准备好了，演播厅里百名观众鸦雀无声。蒂娜·钱最后一次检查了化妆，收起镜子。她是一个漂亮的混血女人，眼窝较深，鼻梁挺直，皮肤白皙，这几点像她的英国母亲；其他地方则为亚裔特征，黑发黑眼珠，小巧的嘴唇，皮肤细腻润泽。工作人员小声宣布：

"请注意，直播现在开始。"

科林·卡普在椅子上挺直身子，摆出从容的微笑。实际上他心中十分忐忑。他知道自己要对付的是一个十分棘手的问题，还有一个素以口舌锋利、思维敏捷著称的女记者！为了这次电视辩论，世界政府（当然是指少数知情人）已做了几天的准备。

摄影机开始咝咝地运转。蒂娜·钱微微一笑，毫不留情地举起"砍伐之剑"。因为科林·卡普不会汉语，采访使用英语，再由同步翻译译成汉语。

蒂娜·钱（讥讽地）：谢谢科林·卡普先生的光临。新闻界和公众盼了两年多，总算有一个负责的政府发言人来澄清我们的疑问了。首先向听众说明一点，我们之所以把谈话地点选在西安，是因为在这个中国十三朝古都的附近，正是所谓K星飞船出没较频繁的地带。现在请卡普先生做一个开场白。

科林·卡普：诚如钱女士所言，这次答问的日期一再后延。因为对所谓 K 星飞船的调查工作需要时日，世界政府需要做出明确的结论才能面对公众。我向公众致歉，相信通情达理的公众会谅解的。

蒂娜·钱：希望在听了卡普先生的解释后，我也能被划归"通情达理"的那一部分（听众哄笑）。好，开始正题吧。众所周知，三年前，即 2042 年 7 月 30 日，世界政府发言人，即今天的卡普先生，曾激动地宣布，已经发现一艘外星飞船飞抵水星，帕洛马天文台拍摄到了清晰的照片，人类与外星文明建立联系的伟大历史时刻即将来临。这艘飞船可能来自十亿光年之外的某个星球，暂称为 K 星。回头检查近期的天文记录，发现了该飞船在距地球 4000 天文单位时带尾焰的图像。从其尾焰的紫移程度判断，它在途中的速度曾接近光速，所以它肯定来自一个远为先进的文明。卡普先生对我的这些复述没有异议吧。

科林·卡普：不，没有。

蒂娜·钱：我曾像一个易于激动的豆蔻少女那样，急切地盼着 K 星人在水星稍作休整后来地球做客，他们是什么模样？是威尔斯笔下的章鱼型？还是大脑袋，趾间有蹼，肚子下垂，心光可以发亮的 E.T. 人？盼哪盼哪，K 星人始终不曾露面，政府发言人的口气也越来越含混不清。在信息透明的 21 世纪，这实在是一个十分奇怪、十分丑恶的现象！现在请卡普先生明确回答，究竟 K 星人飞临水星这件事是真是假？

科林·卡普（困难地）：十分抱歉，据两年多的调查结果，没有明确的证据表明这艘 K 星飞船的存在。需要说明的是，政府当年的宣布并不是草率之举，我们有飞船抵达水星的照片。虽说由于距离遥远——当时水星与地球相距 1.2 亿千米——又有太阳强光的干扰，照片不太清晰，但分析它在途中的速度变化，及它接近水星的方式，几乎可以肯定它不是自然天体，而是一架由智能生物控制的运载飞船。但此后没有任何它的信息。政府曾派遣了两艘考察飞船在水星降落，也没有发现任何蛛丝马迹。

蒂娜·钱：那么，你的结论？

科林·卡普：我可以肯定的是，两年以来，世界政府没有收到所谓 K 星飞船的任何消息，也没有 K 星飞船存在的任何证据。至于多次见诸报道的飞船飞临地球的消息，只是人的心理作用，是上次错误宣布引发的从众反应。迄今为止，政府对所谓目击者的多次调查都得到了否定的结论。另有一些谣传，竟然说地球政府对水星采取过军事行动，这就更荒唐了。

蒂娜·钱：那么，你能否痛快承认，上一次政府的宣布是一次错误，是本世纪最大的科学丑闻？就像上个世纪炒得沸沸扬扬的火星运河那样？

科林·卡普：恐怕还不能这样说。不，不，这并不是为保存哪些人的脸面，包括我本人的脸面——毕竟那则消息是我公布的——因为那些照片的真实性至今还不能驳倒。也许，K 星飞船的确曾到过水星，又悄悄离开了。

蒂娜·钱：我的天，他们千里迢迢赶到太阳系，竟然对近在咫尺的地球毫不理睬，这可能吗？要知道，这里生活着银河系唯一的智慧生物！如果换了我，我绝对按捺不住自己的好奇心。

科林·卡普（冷冷地）：我可不敢说我能猜透 K 星人的心理。相对于年轻的地球文明，他们很可能是十万岁的老人了，也许已失去了好奇心；或许他们遵循着某种太空戒律，不去打扰低级文明的进程；或者飞船在水星上失事了，而残骸我们没有看到。

蒂娜·钱（讥讽地）：也许他们是一群阴险的恐怖分子，目前偃旗息鼓，准备一朝猛扑过来？

科林·卡普（冷淡地）：这种可能也不能完全排除。但我们期望随着文明的进步，智慧生物的侵略性和残暴性会随之减弱。

蒂娜·钱：我不知道今天的电视观众是否会满意，因为你给出的仍是一个不确切的答案，是几种可能。但至少有一点，那就是世界政府并未有意隐瞒任何事实真相，是吗，卡普先生？

科林·卡普：是的。

蒂娜·钱：世界政府此后也不会向公众隐瞒任何消息，所有信息将及时向公众公布，是吗，卡普先生？

科林·卡普：是的。

蒂娜·钱：我会记住你的保证。卡普先生，现在已不是20世纪了，那时，为了冷战的目的，各国政府常常故意隐瞒或伪造外星人的消息，使人们至今只能面对扑朔迷离的历史疑案而喟叹。在21世纪，民众有权了解真相。卡普先生，我说得对吗？

科林·卡普：完全正确。我还想说几句题外话。希望不要因为这次错误使公众走向另一个极端，从而否认外星文明的存在。近代科学已经形成一种共识：外星文明是肯定存在的，它们之所以迄今仍未走访地球，仅是因为空间的遥远或时间的漫长。但总有一天，我们会把"与外星文明接触"摆到议事日程上。当然，有些科学家认为，这种接触不一定有利于地球文明的自然进程，这是以后的事了。谢谢大家。

摄影机停止转动，蒂娜·钱和科林·卡普先生握握手，各自退出摄影室。科林·卡普眉头紧皱，似乎满腹不快。而蒂娜·钱也快快地想：今天自己没有战胜他。从他那儿得到的唯一肯定的回答，是政府不会隐瞒任何消息，而这恰恰是她最不相信的。

夜里，莫如慧睡得十分香甜。夫妻久别重逢，他们刚才好好亲热了一番。但半夜里她模模糊糊觉得身边空着。她从深睡的困乏中勉强睁开眼睛，见丈夫半坐在床上，正仔细端详她的身体。夫君的情意让她很感动，但她随即觉察到丈夫的目光并非款款深情，而是沉重的忧思。她眯着眼，偷偷观察着丈夫。

停了一会儿，李剑悄悄披衣下床，到儿子屋里去。莫如慧也悄悄披上睡衣跟在后边。她看见丈夫像刚才看她一样仔细观察着儿子，良久，丈夫悄悄抽身退回。她闪到一边，见丈夫去了凉台，独自仰望着星空，他整个人似乎沉浸在沉重的忧思之中。

她不免暗暗担心。三年前丈夫从武警部队调到01基地后，他似乎变了一个人，闭口不谈自己的工作。回家后他仍是那个很爽朗很阳光的李剑，但他的"阳光"不像过去那样是从内心生发出来的，因为一旦避开家人的视线，他的忧虑沉重就会浮出水面。她知道，丈夫的意志向来像弹簧钢板一样坚韧，那么，到底是什么事情能让丈夫如此沉闷呢？

她笑着从后面扑过去，蒙住丈夫的眼睛。丈夫微微吃惊，随后笑着揽住她，轻描淡写地说：

"睡不着，看看夜景。"

他已经换上了爽朗亲切的笑容。莫如慧拉他回到床上，一口咬定听见他在叹气。"你为什么发愁？是不是外边有了相好？要不，工作上有什么困难？你一定得告诉我。"

在妻子的死缠硬磨中，李剑一直笑着，取笑这些"女人的怪想法"。妻子总算被他哄安心了，枕着他的胳膊安然入睡。李剑则一直睁着眼，不敢惊动妻子，连胳膊发麻也不敢稍动。

在01基地的两年中，他觉得自己已经成了个极度的偏执狂。有时，他甚至担心妻儿是不是真的，甚至担心自己是不是真的。可是，这种担心能告诉妻子吗？

第二章　水星上的 K 星人

水星常年躲在太阳的光辉里，高傲地拒绝人类的窥探。这个星球和月球十分相似，表面到处是环形山和扇形的舌状悬崖，其中那座柯伊伯环形山直径达 40 千米，辐射纹延伸到 100 千米之外，还有一些长达 100 千米的大峡谷。水星的自转周期 59 天，公转周期 88 天，温度最高可达 427℃，最低可到 -173℃。没有大气。对于任何生命，这种条件都未免太残酷了。

几十亿年以来，水星始终保持着它的原始风貌，只有"雨海"从 2042 年 7 月 30 日之后变了。这儿又称卡路里盆地，是水星上最热的地方。盆地直径 1300 千米，有很多按同心圆分布的山脉和裂缝。就在同心圆的圆心处，赫然停着一艘式样奇特的庞大飞船，其大小相当于地球上的一艘航空母舰，外形很古怪，是由几个圆柱形和圆锥形横竖对接而成。这正是卡普先生矢口否认的那艘 K 星飞船。

飞船处于一个巨大的力场之内。这层无形的半球形墙壁圈闭了一腔大气，成分同地球大气类似。在周围的真空背景下，这个透明的半球宛如一个低倍数透镜，使周围的景象略有畸变，并随着空气透镜的微微波动而波动。

半球之内保持着水星原来的地貌，半球之外却变得满目疮痍。环形山被削平了，核火焰熔融了岩石，形成一层光滑的地壳，较浅的裂缝已被填平。地球政府曾对这儿进行过一次秘密的偷袭，动用了地球上最强大的武器。结果，十艘 KF 型太空巡洋舰全部葬身水星，它们的残骸散落在半球形力场之外的"雨海"周围。

K 星飞船却安然无恙。由于核爆是在水星位于太阳背后时进行的，地球民众对此一无所知。

拉格朗日墓场

核袭击是两年前的事了，现在这里恢复了往日的死寂，只有一圈眼睛冷漠地注视着死寂的旷野。一圈眼睛，共八只，它们属于同一个个体：一个十万岁的K星人。卵圆形的大脑袋下是四只灵活的腕足。这一切又包容在一个柔软的圆形卵泡内。

卵泡蠕动着，慢慢飘浮起来，移到飞船外面，K星人的八只眼睛仰望着空中。在力场之外的真空中，忽然出现了一个奇异的小洞，七彩光环从洞中吐出来，一波接一波，又有强劲的辐射光柱从环中穿过。然后，突然之间，有一具地球人的躯体从时空虫洞中坠落下来，平稳地落在半球形力场上，在他四周弥漫着惨绿的光雾。

K星人用思维波打开力场。那具躯体穿过无形的墙壁，平稳地落在一个高台上。随之，从飞船内伸出一个庞大的吸管，停在躯体的上方。随着均匀的嗡嗡声，躯体周围的光雾越来越浓，那是由这具身体气化形成的。然后，光雾被吸管吸入，形成漏斗状的光流。光雾消失后，躯体也消失了，不留一丝痕迹。

片刻之后，光雾又从吸管处吐出来，堆积在高台上，越来越浓，最终还原出一具完全相同的躯体。那团轻淡的绿雾仍裹着他，让他慢慢浮起来，通过力场之壁飞到天上，又返回那个奇异的时空虫洞。

这人仍将回到他被摄来的地方。在水星上经历的时间对于他是不存在的，只有被摄入光洞——被光洞吐出这段时间会在地球时空系统中反映出来。如果他带有手表或手机，其上的时间就会慢两分钟。K星人很清楚这一点，如果他不想让地球人察觉，就会把被复制者的手表拨快两分钟。

K星人目送这具躯体消失，操纵着柔软的卵泡回到飞船里。

第三章　1分48秒

01基地位于秦岭山脉的深处,离首阳山不远。这儿山势险峻,人烟稀少,山坡上长着各种杂木,挂着红果的柿树点缀其间。溪水蜿蜒处偶见几幢农舍。

基地藏在一座山腹中。警卫向首长李剑行了军礼,但仍然一丝不苟地对他进行了全套检查:指纹、声纹、唇纹、瞳纹、脑纹、DNA分析及密码核对。

李剑认真地配合着警卫的检查,只能把感慨藏在心底。基地里只有极少数人才知道,这些检查多半是一种心理安慰。迄今为止,他们仅捕获到两名K星复制人间谍的尸体——他们只有死后才会暴露身份。对这两具尸体,除了脑纹、声纹和密码不能核查外,其余四项都做过核查,检查结果与其储存在电脑档案中的资料一模一样!

那么,按照合乎情理的推测,其余三项的检测应是同样的结果。有时连李剑这样钢铁神经的人也难免悲观,K星人的科技水平远远超过地球。与K星人的抗争就像是徒劳地往山上推那块注定要落下的西西弗斯巨石。

七项检查完毕,警卫露出微笑:"请进,上校同志。"他压低声音,"嫂子给捎的什么礼物?"

李剑笑着敲敲他的脑袋:"下岗后到我住室拿。"

他没放下手提包就到办公室去了。他知道"思维迷宫"研究已接近成功,试验马上就要开始,在这个时刻更要百倍警觉。在"思维迷宫"小组的办公室内,他没有看见那几名主要成员。他问助手张昌中尉:

"莫尔他们呢?"

小张高兴地说:"上校你回来了?试验就等着你哪。莫尔他们六个人今天乘飞碟去01基地做最后一次检查。"

李剑皱起眉头："乘飞碟？"

"当然。坐汽车太困难。"

"六个人一艘飞碟？"

小张觉察出了李剑的不安，惴惴地说："对，是那架天使长号。你知道它是最安全的，永不会坠毁。"

"他们走了多久？"

"10分钟吧，已经快到01了。"

李剑立即赶往雷达室。他的副手日本人三木正冶正严密注视着雷达。屏幕上那个小绿点平稳地掠过一座座山脊。三木正冶看见他，点点头，仍不转眼地盯着屏幕。

李剑想自己是过虑了。三木是一个严谨细致的助手，他安排六人同乘天使长号也有道理。因为这种新式飞碟有一个最优异的特点：由于它特殊的空气动力学形状，即使在空中完全丧失动力，也能"飘飘摇摇"地安全降落。但不知为什么，今天李剑心中有种强烈的不祥感，那就像一个刀口在心中霍霍跳疼。

小绿点掠过一道山脊，忽然缓缓下落，在雷达上消失了。李剑和三木担心地对视一眼。飞碟消失并不奇怪，它下落到山脊后就进入雷达盲区，问题是它不该随意下降的。李剑没有犹豫，立即拨通了反K局的热线电话：

"伊凡诺夫将军，请立即命令卫星监视03-11号区域！"

不过在卫星图像传来时，天使长号飞碟已浮出山脊，重新出现在屏幕上。然后它一直安静地滑行着，直到降落在01的停机坪上，01也随即送来了"安全抵达"的信号。

飞碟在屏幕上消失的时间总共不超过两分钟，李剑让雷达员把图像重播一次，他看着手表计时。精确地说，飞碟消失了1分48秒，而一般K星人从时空隧道劫持人类总有两分钟以上的时间缺损。再者，这次飞碟是缓缓下降而不是突然消失，也不像是落入时空隧道的景象。

电话中传来伊凡诺夫的声音："李剑，有什么问题？"

李剑平静地说："没什么。飞碟有1分48秒进入了雷达盲区。我会认真查证的，请放心。"

"好的，尽快查证。家里都好吗？我让你给小莫和小豹头捎的问候，你捎到了吗？"

"当然，我哪敢贪污呢！再见。"

他放下电话，叹口气，对三木说："你留在这里，我去查证一下。你不必担心，这只是预防万一。"

他随即驾驶一架小巧的蜂鸟型单座直升机，沿着飞碟的飞行路线向01基地飞去。

天使长号飞碟是2039年的最新产品，外形像个下圆上尖的斗笠，有一圈明亮的舷窗。它的内部很宽敞，飞起来平稳无声。当它轻灵地掠过一个又一个山顶时，六名科学家凭窗眺望着下面的秋景，心中十分兴奋。两年来，他们几乎与大自然隔绝了。作为对K星技术的知情人，他们时时陷于深深的恐惧，这恐惧又鞭策他们夜以继日地工作。现在，他们的工作快要结出果实了。

机身下是一片浓绿。山峦起伏，溪水蜿蜒向南，汇成一条小河，小河又结出一个宁静的湖泊。飞碟飞近湖泊时，驾驶员略作停留，扭头说：

"看，这儿多漂亮！"

小湖漂亮极了，就像一块异形镜子镶嵌在绿色天鹅绒上。湖边只见一家农舍，炊烟袅细，直直向上，随后轻轻抖动着，弥散于晴空。在21世纪的现代文明中，这幅古朴的风景画格外令人流连。几个科学家央求说：

"喂，把飞碟下降一点，让我们仔细看看。"

在一片老陈、先生、陈哥的呼叫声中，满脸胡子的驾驶员陈汉杰略微犹豫，笑着推下驾驶杆，让飞碟熄了火，自由下落，一直到离湖面只有百十米处才停下。湖水清澈无波，偶尔有鱼的翻花。岸边是茂林修竹，柿树在绿丛中点缀出几点红色。农舍主人显然发现了天上的不速之客，走出院门，手搭凉棚笑嘻嘻地仰视着。他看见飞碟随之喷出蓝色的环形火焰，倏然向上，很快消失在一个七彩光环里。

天使长号刚刚降落在 01 基地，李剑的直升机跟脚就到了。在实验室里，他兴高采烈地同六位科学家见了面，首先同年纪最大的莫尔教授握手，用英语说：

"你好，莫尔教授。"

"你好，李。你到北京办理公务吗？"

"对，顺便见了见妻子。"

"真羡慕你啊，我们可是被禁闭两年了。"

"快了，快了。只要把思维迷宫搞成，你就可以回家拥抱夫人了。"

他随即用日语问候 45 岁的犬养次郎。这个日本人身材短小，终日面色冷漠，不大合群。一般人认为这是因为他的克隆人背景，因而对自然人有天然的排斥感。

"你好，犬养君。实验工作很顺利吧？"

"很顺利，我想很可能你要买几瓶人头马了。两年前你答应过的。"

李剑笑着说："我非常乐意，即使花光我半年薪水。"他走过去同韩国人金载奎和亚美尼亚人阿巴赫握手，用英语说：

"你们在屏幕上消失了两分钟，把我吓得够呛，所以跟脚就赶来了。是怎么回事？"

金载奎略略回想，立即释然道："一定是那两分钟的下降，飞碟进入了雷达盲区。我们都想看一看那个无名的山间小湖，太漂亮了。"

李剑同安小雨和夏之垂握手时威胁地说："谁的主意？把我吓出一身冷汗。这个始作俑者，我一定要查出来，罚他……怎么罚呢？罚他替我买人头马吧！"

大伙都笑了，说这个案不好破，当时几乎是异口同声。最后认定犬养先生和莫尔先生可以排除嫌疑，因为他们不会说中国话；安小雨的嫌疑最大，她是唯一的女性，而女性素来是好奇心最重的。安小雨笑着默认了。李剑笑着同大家告别，又返回头说："喂，对一下手表，我的表停摆了。"

六个人的手表都异常准确，下午 4 时 32 分 18 秒，误差在 1 秒之内。

只有驾驶员的手表比大家的慢了 1 分 48 秒。这个陈大胡子嘟哝着："这只破表！它是老式的机械表，不过一向走得挺准的。"

"我下次出差回来送你一块新表，你那个老古董就扔了吧！"

"谢谢啦！"

六名科学家开始工作。他和驾驶员走回飞碟时问："是谁第一个提出让飞碟下降的？"

陈大胡子听出了不祥之音，小心地说："我记不清了，好像是金载奎？他用汉语喊的'先生'比较'别扭'，我印象比较深。"

"不是安小雨？"

陈大胡子凝神想想，说："不是吧，这个调皮姑娘喊的是'胡子大哥'，但肯定在金载奎之后。"

"有没有什么异常情况？"

"没有，飞行完全正常。"

陈大胡子惴惴不安，又十分不解上校为什么对1分48秒的雷达盲区如此敏感。李剑在心中叹息一声，终止了对驾驶员的询问。除了极少数知情者，01基地的多数人员并不完全了解局势的严酷性，不了解K星人会随时从时空隧道劫走一个人，又随之送回一个完全相同的复制品，而仅有的蛛丝马迹是偶尔会出现两分钟的时间缺失！

可是，为什么其他六人的钟表完全正确？难道K星人把六人的手表拨快以弥补时空隧道的时间缺失，独独忘了对驾驶员如法炮制？

最大的可能是，陈大胡子的手表本来就慢了1分48秒。但是，1分48秒，正好是出现雷达盲区的时间，这个巧合未免太巧合了啊！

李剑随即赶到那个无名的山间小湖，他顾不上欣赏风景，立即开始对农舍主人的询问。原来，农舍主人并不是一个普通农夫，他复姓司马，是一个反现代主义者，躲进深山来避开文明的喧嚣。他有着浓厚的文人情趣，穿着对襟短褂，布底鞋，气态闲适，思路清晰，这使李剑对他的证词格外看重。司马用标准的北京话说：

"对，我看到那个飞碟曾在湖面上空短暂下降，大约两分钟吧，随后就升高并离开了,消失在一个奇异的光洞里。"

李剑浑身一震,急急问道:"什么样的光洞?"

"很难描述,它突然出现在蓝天上,从里面射出强光,有七彩光环一圈一圈吐出来。持续时间很短,十几秒吧,非常漂亮,真是大自然的天造地设!你们那架飞碟就是在光环的背景下消失的,看起来就像是钻进光洞了。"

李剑紧紧追问:"光洞是什么时间出现的?"

"下午四五点钟。我对时间从来不敏感。你知道,我过的是日出而作、日落而息的生活,我家中摒弃了任何一种钟表。"

李剑没有闲心去领会司马先生的雅趣,告别了司马先生,他驾着小蜂鸟掠过湖面,看着炊烟在柳荫之后袅袅升起,心中沉甸甸地想,某种可怕的事情一定是发生了。其实,他心中早就有了预感,而一天的奔波只是对那个预感的求证。

第四章　于平宁的梦

小饭店里人声鼎沸。于平宁独自倚在窗前，把白酒一杯一杯往肚里灌。工作期间他是从不喝酒的，因为"工作就是有效的麻醉剂"。但在休假期间，他需要用酒精来麻醉自己，冲淡对妻女的刻骨思恋。

已经三年了。

酒店依水而建，一带白水在这里迂回宛转，汇成一块水面宽阔的小湖，这就是李白歌曰"白水弄素月""江天涵清虚"的白河，水波潋滟，柳丝依依，时有空明的笛声滚过水面。

于平宁今年35岁，身材颀长，肩膀宽阔，面部棱角分明，鬓边有一绺十分耀眼的白发，五官端庄威严，但额角直到鼻梁有一条很显眼的伤痕。今天他穿着一件半旧的灰色夹克衫，敞着领口。三年前，他参加了世界刑警组织西安"反K星间谍局"（圈内人常简称"反K局"），由于工作出色，已从一名无军衔的民航驾驶员晋升为上校。每逢短暂的休假，他都要回到家乡古宛城。这儿已经没有亲人了，他常常独自到那些烟雾腾腾、酒气汗臭混杂的小酒馆里打发时光，寻找一些儿时的记忆，把"自我"再描涂一遍。

反K局严酷的工作已使他逐渐失掉了自我。

快把一瓶白酒灌完时，腰间的可视电话响了，是局秘书新田鹤子的头像。这个漂亮的日本女子三年来一直痴狂地爱着他，如果不是妻女在心中留下的阴影，他也许早就接受鹤子的爱了。鹤子恭恭敬敬行着鞠躬礼，说：

"于平宁君，你好！"

于平宁仍沉浸在对妻女的思念中，不愿鹤子在这时插进来。他低声喝道："休假期间不要打扰我！"

鹤子在屏幕上连连鞠躬，就像阿拉伯魔瓶里关着的小精灵，她焦急地说：

"请不要关机,是伊老板找你!"

伊老板是指反K局局长伊凡诺夫将军。这个俄国佬古板严厉,严厉得近乎残忍,但他为人刚正,处事公平。于平宁自参加反K局以来一直在他的手下,两人私交很好。这次伊老板亲自来通话,看来确实有急事,他的休假要提前结束了。

屏幕上出现了着便装的伊凡诺夫将军。他难得地微笑着,用流利的中国话说:"很抱歉打扰了你的休假,请尽早返回。"

于平宁点点头,关了手机。

又一群顾客进入酒馆。这是一群嬉皮士,火红的头发,刺青的皮肤,边走边旁若无人地吼着歌。酒店的人见多不怪,仍自顾猜拳行令。女侍们穿着超短裙,脊背裸露,在人群中穿行着。有时一个酒鬼在她们身上捞摸一把,激起一声笑骂。窗外,月亮岛上的激光广告异彩纷呈,漂亮的霓虹女郎向行人抛着媚眼。于平宁忧郁地看着这一群芸芸众生,多少有些羡慕。这些人无忧无虑,不知道人类与K星人的战争已迫在眉睫。从三年前K星人就对地球展开了间谍战,并且越演越烈,这预示着战争之神已经日益逼近了。但世界政府对此一直严格保密,他们怕造成全球性的恐慌。

这种担心并不是多虑。试想,如果有一天你得知你的上级、同事,甚至父母、妻子、儿女都有可能是K星人制造的复制人,他们与原型一模一样,与你融洽相处,卿卿我我,但却伺机想咬断你的喉咙。那时,你对这个世界的信念还能保持么?

全世界只有近百人了解真相。他们都是神经最坚强的人,守口如瓶,默默扛着这副极为沉重的枷锁,这副本该70亿人共同扛负的枷锁。于平宁就是其中之一。

不是胜利,就是死亡,或者……疯狂。

于平宁结了账,给女侍留了100元小费,步履踉跄地出了酒馆。门外的凉风使他清醒了,他在停车坪中找到了自己的风神700,用遥控打开车门,在拥挤的车辆中艰难地倒出去,然后直奔宁西高速公路。

风神700是十堰汽车有限公司2035年的新产品，高能电池的电力驱动，时速400千米，续行里程1500千米，有自动导航和防撞功能。不过，他没有使用自动导航。他从中学起直到当了民航驾驶员一直酷爱运动，拳击、冲浪、攀岩、散打……样样精通，手动驾驶时速400千米的汽车更是一种乐趣。

沿着宁西高速公路一路西行，过了西峡、西坪、商南，路边是逶迤的秦岭山脉，很快出现了巨大的公路隧道。他的记忆深处又开始尖锐地刺疼起来。

已经三年了，但每当走到这里时，他仍感到啃啮心肺的剧痛。三年前，那时他是中国民航的驾驶员，假期中带着妻子何青云和女儿青青去西安游玩。他从家乡出发，行到此处时已近黄昏。血色残阳渐隐于群山，路灯已经闪亮。忽然前边山口处的天空上出现了一个光洞，洞中一道青色光柱套着一个个光环，七彩闪烁，十分迷人。一个斗笠状的飞碟从洞中钻出来。他们立时想到新闻界炒得沸沸扬扬的"不明飞船抵达水星"的消息。后座上的妻子和女儿兴奋得欢呼起来。常看科幻影片的女儿青青唱歌似的喊：

"这是飞碟，这是宇宙虫洞。E.T.来地球了！爸爸快开过去，我要看它！"

她拍着小手在座位上蹦跳，妻子笑着按住她，为她拴好安全带。于平宁在后视镜上看到了这一幕，它成了妻女的遗照，从此永留心中。之后路灯突然熄灭，汽车也突然失控。他立即猛踩刹车，但刹车失灵。那个刹那的感觉是汽车已经离地，被一股强劲的力量吸向空中。他随之觉得天旋地转，陷于昏迷。失去操纵的汽车从悬浮状态落下，冲过护栏，撞在隧道口。

在这场车祸中，只有于平宁捡了一条命，但身上脸上留下十几道伤痕。妻女火化前，浑身缠满绷带的于平宁不顾医生劝阻，来到停尸房，在那儿守了一夜。那两具焦黑的残缺不全的身体，就是笑语盈盈的妻子和妙语解人的女儿吗……第二天早上，同事们拉走了石像般的于平宁，发现他额边新添了一绺耀眼的白发。

世界政府非常重视这件事，派了一个精干的班子来处理，由一个俄国人伊凡诺夫带队。伊凡诺夫测试了于平宁的神经系统，发现他的意志十分坚强，观察力很敏锐，便详细记录了他的证言。他告诉于平宁，K星人是一星期前抵达水星的，看来他们并没有打算正正当当地拜访地球。不久前，曾在几处发现飞碟，行迹飘忽鬼祟。由于它们对雷达基本是隐形的，所以极难发现。这是首次发现他们通过时空虫洞来劫持地球人，虽然这次没有成功。

伊凡诺夫苦笑着说："地球政府已经在准备着隆重欢迎外星文明使者的光临呢，但显然他们不是来做客的。"

在那之后，新闻界关于K星飞船的报道迅速降温了。几天后，反K星间谍局匆匆成立，直属于世界政府，对外严格保密。伊凡诺夫打电话问他愿意不愿意参加，于平宁毫不犹豫地答应了。他舍弃了待遇优厚的驾驶员工作，只带着盥洗用具来反K局报到。

他的酒劲开始上涌。今天喝得太过量了，如果事先知道要赶长路，他不会放任自己酗酒的。他长舒懒腰，迅速抓握手指，让骨节啪啪脆响。这是他的习惯，是消除疲劳的一种办法。然后他把挡位切换到自动导航挡，目的地定在西安，汽车根据卫星信号自动行驶。

天已黑了，高速公路上车流如潮，大灯和尾灯组成一白一红、逆向行驶的两条河流。于平宁把驾驶椅放倒，扎牢睡眠安全带，很快进入了梦乡。他梦见了妻女，她们在欢快地叫喊，一道光柱穿着七彩光环向她们压来，漂亮的光环在梦中显得怪异可怕，就像一条窥伺猎物的金环蛇。他想冲出去拯救妻女，却被魇住了，手脚不能动，直到光柱把他吞没……

醒来时已到临潼了。路旁的广告牌闪烁着字幕："让华清池的温泉洗去你的千里风尘！"睡了这一大觉后他觉得精神焕发，有一种勃勃的新鲜感。但他随即回想起那个梦境，目光顿时阴沉下来。

那个梦境隐喻了他们的处境。在K星人的高科技间谍手段下，地球人几乎是无能为力的，就像手握石器的尼安德特人同坦克作战。反K局只有以十倍的果决、百倍的献身，才能勉强维持一种苟安局面。

有时于平宁不无悲伤地想，反K局简直就像第二次世界大战中的神风特攻队，是一群只问奋争不问成功的自杀勇士。所以，反K局的行事残忍，无法无天，也就可以原谅了。

他在晚上12点钟赶到位于西安西北阿房宫遗址的反K局办事处，休息了一夜。第二天一早换乘直升机直飞西南方的深山中。反K局总部和特别行动处设在一起，位于一座掏空了的山腹，离太白山不远。警卫对于平宁做了严格的安全检查，说：

"欢迎上校同志，局长在办公室等你。"

新田鹤子一看见于平宁，立刻惊喜地站起来。她身材娇小，眼睛很大，月牙眉，似乎永远带着笑容。她以情人的目光欣喜地看到，今天于平宁肤色光鲜、眼睛熠熠有神。她向于平宁鞠了一躬，低声说：

"局长在屋里，一直在盼着你呢。"

于平宁从一双殷殷目光中读出了她本人的期盼。他揽过鹤子，在她额上印了一吻，鹤子脸红了，心中甜丝丝的。

伊凡诺夫是个大块头，头发已经花白，但脸色红润，手掌坚硬有力。他在给小于回礼时颇感欣慰，这次于平宁气色很好，像"新摘的葡萄一样新鲜"。往常可不是这样，在酒缸里泡了一星期后，他总是显得烦躁颓唐，要两天后才能恢复。反K局超强度的、生死不容一发的工作，使所有人都处于精神崩溃的边缘，他们只有在短暂的假期里喘口气，在海滨、滑雪场得到松弛。只有这个于平宁，每逢假期就把自己禁锢在对妻女的怀念中，他的思念历经三年而不稍衰。伊凡诺夫也是一个老派人，注重家庭生活，所以他对于平宁的假期酗酒从不多指责。

于平宁的工作也的确无可指责，在假期中积聚的对妻女的思念和对K星人的仇恨，会转化成无尽的工作动力。

屋内还有一个人，便装，黑发，身材颀长，个头和他差不多，肩膀宽阔，衣着整洁合体，正含笑看着他。于平宁走上去，亲切地捶捶李剑的肩窝。反K局有三个大的下属单位，三足鼎立。一是特别行动处，由于平宁负责；二是01基地，安全工作由李剑负责；三是快速反应太空舰队，由祖马廖夫负责，那儿有十艘太空飞船，可以在十分钟内点火升空，飞向水星执行攻击行动。在发现了K星人的狼子野心后，地球政府曾组织了一次极为机密的偷袭，可惜全军覆没。此后，地球政府又倾全力装备了这种更先进的KG型飞船，做好一切准备，但始终按兵不动。

囿于严格的保密限制，三个单位之间互相的接触不多，但"三剑客"是神交已久的朋友。将军说："事态紧急，李剑上校开始介绍吧。"

李剑简明扼要地介绍了事情经过，讲了1分48秒的雷达盲区；讲了驾驶员手表正好1分48秒的迟慢；还有目击者描绘的光洞。伊凡诺夫插话说：

"另有三个山民和旅游者提供了证词。他们说没看见我们的飞碟，但看到了那个光洞，他们的描绘与那位山中隐士的描述一模一样。"

李剑沉闷地说："几点异常加在一块儿，促使我们不得不采取行动，所以将军把你召回来。我已暂停了01基地的试验，对那六人的遁词是接到了不利于实验的情报，要进行一次安全检查。"

于平宁怀疑地说："K星人会犯这样愚蠢的错误？他们难道独独忘记把驾驶员的手表拨快1分48秒，以补回时空隧道中的时间缺失？"

李剑苦笑道："我和你有同样的怀疑，但01基地的重要性不容我们有丝毫侥幸之心。从另一方面看，K星人偶尔的疏忽也并非不可能，尽管他们的文明高得不可思议。人类在管理猴群时不是也会忘记锁笼门吗？当然也可以假设只有驾驶员被吸进时空隧道，但我想不大可能。K星人不会放过六名杰出科学家而去劫持一名普通驾驶员的。那么，有可能是这样的情况：K星人劫持了全部的七个人，但实际上他们的预定目标只有六个，复制者也只有六人，于是他们恰恰忘了把第七个人的手表拨快。"

于平宁把他的话又梳了一遍。李剑的推理远远说不上圆满，有一些环节比较牵强，但1分48秒的巧合及多个证人证实的时空虫洞都是难以忽视的疑点。在他的第六感官上，一个警告灯开始急促闪亮，告诫他危险已经临近，而他的直觉向来是准确的。他说：

"好吧，我来确认几点。第一点，你们怀疑天使长号飞碟上的七人被劫持，七人中肯定有人被掉包？至少一个，也许是六个。"

伊凡诺夫和李剑互相看看，坚决地说："我们是这样认为。"

"第二点，你们认为这些被复制者是第二代的，即白皮白心复制人？"

"对，正如你所说。K星人过去劫持地球人后，送回来的是一个模样相同但意识不同的假冒者。咱们辨认这种白皮黑心的间谍已经不困难了，也果决地处死了一批。于是，K 星人改变了策略，现在他们送回来的是白皮白心的复制者，与原型一模一样。不仅外貌，连内心也一样，包括童年的隐秘记忆，对亲人的挚爱以及对 K 星人的仇恨。当然，如果真的相同，K 星人就不会费力去干这件事了。复制者在意识深处藏有一个 K 星人指令——比如说，窃取 01 基地的成果并摧毁这个基地。复制人会锲而不舍地朝这个方向前行。但是，"他阴郁地强调，"这个目的是潜意识的，复制人本人并不知道。就像大马哈鱼按照冥冥中的指令向生殖区域洄游，就像婴儿懵懵懂懂地吃奶。而且，当复制人执行这条指令时，他会找出种种理由，作为地球人认为正当的种种理由来为自己的行动辩解。因此，即使把他们送入最先进的测谎器下考验，也不会露出破绽。只有在造成既成事实后，这个间谍才会暴露，不过对我们来说为时已晚。01 基地正在开发新型测谎设备，但还不能投入使用。我们只知道某处有炸弹，却连定时器的嚓嚓声都听不到。"

他描绘的阴森图景令人不寒而栗，三个人都面色阴沉。于平宁苦笑着说："你的话几乎让我很同情这些第二代复制人。他们在为 K 星人毁灭地球，但至死还认为自己是在为地球尽忠。"

伊凡诺夫阴沉地说："没错。愈是这样才更危险。"

"第三点，让我干什么？"

李剑看看将军。伊凡诺夫简单地说："你去找到他们，尽量加以甄别，然后把复制人就地处决。"

那条环节怪异的光蛇，杀死他们！……于平宁冷笑道："让我一个人去区别真假猴王？我是地藏王脚下的灵兽'谛听'？你们把这颗热栗子推给我，叫我承担误杀好人的罪责。"

伊凡诺夫平静地说："罪责由我承担。我们既无法准确区别，又没有理由关押他们。但是，一旦某个复制人隐藏在 01 基地，就能轻而易举地破坏它。从种种迹象看，K 星人发动战争的日子已屈指可数了，而在 01 基地的研究成功之前我们只有狠下心肠。反 K 局里不适用无罪推定的法律准则，我们是采取有罪推定——对可能是 K 星间谍的人，只要找不到可靠的豁免证明，就一律秘密处决。"他对于平宁闷声说，"我给你下一个处决七人的手令。这样你就没有责任了,相反,只要你能区别出一个无辜者,就算是你的功德。"

于平宁不再说话,他知道老伊凡诺夫从本质上讲并不是残忍嗜杀者,是严酷的事态逼迫他违反本性。那些怪异的光环在眼前飞舞撞击,散发出一片惨绿的光雾。仇恨在心里逐渐膨胀。杀死他们!……于平宁闷声说:

"驾驶员我不管。杀死一个普通的驾驶员不在我的使命之内。"

伊凡诺夫望望李剑,颔首道:"好吧。他的身份不一样,可以长期关押。"

"六个人都在基地吗?"

李剑说:"不,在基地里处决他们震动太大。将军和我商定,给六个人一个短暂假期,借口是基地要做一次安全检查。我有个想法,当他们处于基地之外的环境中,也许更利于你的甄别工作。这是六个人的国籍、家庭电话、地址和照片。"

于平宁接过纸条,上面有五男一女,其中一个亚美尼亚人,一个日本人,一个韩国人,一个美国人,两个中国人。"我先从美国人开始,最后解决国内的。让自己的同胞多活两天吧。"他苦涩地说。

三个人又商议了一些具体事项。李剑告诉他,01基地的科学家都有一个护身符,是嵌在皮肤里的微型电子装置,可以用卫星定位系统寻踪,持有者也可摁压它,向卫星发出求援信号,所以追踪他们十分容易。"这件事实在讽刺,它本来是保护科学家安全的器具,现在反过来使用了。"李剑苦笑道。

伊凡诺夫说,这次行动代号为"核桃",除了世界政府的少数知情人外,对各国政府都保密,"因此,你不能指望各国情报部门的配合,相反还要时时提防他们,提防新闻记者。另外,进出国境时你不能携带武器,只能就地解决了。"

"没有问题,我去找武器黑市。"

伊凡诺夫给了他一万美元、一万元世界共同货币,还有一个信用卡:"这个信用卡可在任何银行兑换现金,金额没有限制。"

于平宁接过现金和信用卡,问道:"如果六个人都被处决——我是说假如——难道不会影响01基地的那项研究?"

李剑苦笑道:"哪能不影响?但总比混进一个K星间谍好。01基地早就为这几个科学家配了B角,正是防备不测事故。再说,那项研究已经接近成功了,所以影响不是太大。"

三个人临分手时,李剑紧紧握着于平宁的手:"将军对你评价极高。我真心希望你用非凡的直觉,从六个待决犯中甄别出几个无辜者来,多少减轻我的自责。当然,甄别结果要绝对可靠。"他随即补充道,"我知道这几乎是不可能的,所以不要把我的话看成要求。我只是在淌几滴鳄鱼的眼泪。"

他的声音沉闷,忧伤和自责十分真诚。于平宁没有说什么,同他再次握手。将军亲自送他到门口。老人微带伤感地说:

"小于,我快要退休了,是我自己要求的。我的思维已经迟钝,不能胜任这项工作了。小于,好好干。"

他没有说他已经建议上司破格提升于平宁,接任他的位置,但于平宁听懂了他的暗示。他把感动藏在心底,默然同老人握手,拉开房门。

一走出将军的房门,他就把沉闷的情绪收藏起来。他只想让下属看到一个冷静自信的于平宁。将军的机要秘书刘若红正在与新田鹤子闲聊,两人在咯咯地笑,看见于平宁出来,刘若红眼睛一亮,问:"上校阁下,你度假回来了?这里有人想疯啦!"她看看鹤子,大笑起来,随后又关心地问,"又要出去?"

于平宁含混地说:"一个短差,很快就回来。"

刘若红抿嘴一笑:"好,不打扰了,我要给将军送文件呢。"

鹤子定定地看着他。她知道于平宁每次外勤都是去赴死神的约会。他笑容轻松地从这里走出去,很可能就不会再回来,所以她的爱情中多了一份母爱。于平宁把她揽过来,准备像往常那样同她吻别,但鹤子推开他,突兀地说:"你还从来没有请我去家里做客呢。"

于平宁略有些吃惊,随即笑起来,知道自己这回不能再逃避了。他从钥匙串上取下公寓的房门钥匙,递给鹤子:

"哎,给你。你先去吧,我处理一些公务后才能回去。"

等于平宁回家时,小小的公寓已经变了。一个男人的房间未免刻板沉闷,鹤子给屋里加了一些小小的点缀，一串风铃、一盆吊兰、一盆疏密相宜的文竹，屋里的气氛顿添几许温馨。鹤子正在厨房里忙碌，探头说了一句："你不用进来了，饭菜马上就好！"于平宁在厅内踱步，欣赏着鹤子的匠心。他忽然看见君子兰下多了一幅镜框，是妻子和女儿早年的照片，女儿刚过周岁，憨态可掬。妻子斜着身子望她，目光中尽是爱意。这些年他把妻女的照片都收藏起来了，免得睹物思人勾起悲伤。这会儿鹤子把照片摆出来，是想让他同过去做个告别。他捧起镜框，为鹤子的用心缜密而感动。

鹤子在餐厅摆好饭菜，唤他吃饭。于平宁笑着问："你从哪儿找到的照片？"

鹤子笑道："女人只要有心，没有办不到的事。吃饭吧，我做了两个日本菜、两个中国菜，不知合不合你的口味。"

饭桌上，于平宁对生鱼片、虾子冬笋、麻辣豆腐及寿司米饭赞不绝口。鹤子不怎么动箸，只是含笑看着他。她新浴过后，云鬓蓬松，酡颜晕红，于平宁有些不能自持了，他忽然发现：

"怎么没拿酒呢？"

"不，我不想让你喝酒，我希望你从此戒了它。平宁君，"她一字一顿地说，"希望你能从丧妻失女的哀痛中解脱出来，找到新的爱情，也从此远离酒精的麻醉。这是对尊夫人的最大安慰，相信她的在天之灵肯定会赞成我的话。"

于平宁感动地把鹤子揽入怀中。

第五章　老莫尔

记者蒂娜·钱自那次电视辩论之后，一直滞留在西安。这个十三朝古都有她看不完的人文景观。她游览了大小雁塔、碑林、兵马俑博物馆、汉唐皇陵、秦始皇陵、半坡博物馆。又把陕西的土特产像水晶柿子、陕北红枣、手绣的兜肚等，大包小包拎回宾馆。

这天，她在西安特有的城墙公园上转了一圈，回到下榻的阿房宫饭店。下午 5 点钟她接到一个男人的电话：

"是蒂娜·钱女士吗？我姓黄，很冒昧地想同钱女士见见面，不知能否赏光？我想肯定有你感兴趣的话题。"

蒂娜爽快地说："好的。在什么地方？"

那人笑道："敝人囊中羞涩，只能选一个鸡毛小店。我知道离你的下榻处不远有一家羊肉泡馍馆，门面不大，但味道不错，不比同盛祥差。怎么样？"

"当然可以，我很喜欢陕西的风味小吃。"

"好，我就在那儿恭候。"他详细说明了地址，挂了电话。

蒂娜沉吟着，不知今晚会有什么遭遇。她在西安滞留这么久并不是为游山逛景。《环球电讯报》早就听说有一个叫"反K局"的秘密组织，总部设在西安。它神通广大，行事残忍，但隐藏很深。主编想挖出这颗重磅炸弹，就派了父亲是中国人、会说流利华语的蒂娜·钱，借着对卡普先生采访之机来这儿挖掘。这些天她接触了一些人，但没有得到有价值的线索。

这位主动找上门来的黄先生会是什么人？她做了行前的准备，取下钻石戒指和金项链，连同证件和大部分现金存入旅馆。又在女式提包中装了一把 0.22 英寸口径鲁格手枪，这才去赴宴。

在东门外一个小巷里她找到了那家小店，黑色招牌上写着"清真马家羊肉泡馍馆"，饭店不大，这会儿有七八个顾客。进门后，有一位中年人迎上来：

"是钱小姐吗？请这边来。"

来人把她引到角落里的一张桌子上。他衣着简朴，相貌也很"大众化"，45岁左右，额上皱纹很深。一双小眼睛非常聚光，时而光芒一闪，异常犀利。他请钱小姐先净手，然后要过几个烙饼，教她掰成小块，放入一个大碗。跑堂的在碗边夹一个号码，拿进灶间。黄先生笑着说：

"这是升斗小民的饭店，饭菜味道不错，价钱还算公道。不过钱小姐是吃惯山珍海味的，不一定习惯吧。"

蒂娜笑道："黄先生不要客气。我父亲就是西安人，我很喜欢西安的地方小吃。"

"是吗？其实西安很多小吃像羊肉串啦，涮羊肉啦，羊肉泡馍啦，都是从胡人那里学来的，是真正的异国风味。不过在中国这口大锅里泡了一千多年，反倒成了中国特色。"

闲侃几句后他进入正题："我们看了钱小姐与卡普先生的辩论，很佩服钱小姐的口才和执着，可惜你这次是隔靴搔痒。"他不客气地说，"你知道吗？你问的那些问题，其根子都在反K局，一个无法无天的半官方秘密组织。我们能肯定，近年来许多离奇失踪或神秘死亡都与它有关。据我们推测，所谓K星飞船并不是错误报道，并不是工作疏忽，而是有意为之，目的是为这个秘密组织打掩护。"

蒂娜小心地问："如果我的问题不犯忌的话，能否告诉我，你说的'我们'是指谁？"

黄先生抬头看看她："没问题，我可以如实相告。'我们'是警察系统的一个小小组织。很多有正义感的警官都对反K局忧心忡忡，他们也曾试图破获它，但是，"他苦笑道，"反K局显然受到非常有力的庇护，它的根子很深，深深地扎在世界政府内。我们只能眼睁睁看着这个秘密机构为所欲为。"

蒂娜怀疑地说："那位卡普先生，世界政府发言人，倒是矢口否认K星人的存在。"

黄先生鄙夷地说:"那是什么样的否认?他故意造成一种扑朔迷离,既不完全肯定又不完全否定的态势,这正是对反K局最适宜的气氛。行了,我们不必互相试探了,我知道钱小姐一直滞留西安,不光是为了游山玩景和吃羊肉泡馍吧?"

跑堂的把羊肉泡馍送来了,黄先生暂停了谈话,两大碗泡馍散着浓郁的香味,黄先生说:"请吧,边吃边谈。"

蒂娜吃了一口,称赞道:"味道真好!"她看看黄先生,承认道,"对,我们报社也知道了这个组织,它很可能牵涉到一个世界性的阴谋。"

"那就让我们携手来干吧。据可靠情报,反K局一名骨干分子近日要去美国、日本等地,执行一项残忍的暗杀计划。我们会派人盯着杀手,钱小姐如果愿意的话,可以跟他一块儿。"

蒂娜爽快地说:"我当然愿意。黄先生,你是否希望我公开报道事件进程?"

黄先生略为沉吟,说:"当然,这正是我找你的目的。但钱小姐不要过于天真,反K局根子很深,你的报道能否见报都是问题,也许会有足够分量的人去找报社总编打招呼的。不过,我们走着说吧。至于我们,将排除一切干扰独自干下去。我们组织的名称是'血牙小组',以血还血,以牙还牙。"

他的小眼睛射出冷酷的光芒。蒂娜开始感到担心,她从"血牙小组"的名称里嗅到恐怖组织的味道。很可能黄先生他们是一群热血汉子,被反K局的倒行逆施激怒,但以暴制暴不是好办法。不过,她知道三言两语不可能说服黄先生,决定以后再伺机处理。她说:

"那么就按黄先生说的,我先跟你们的人一块儿去,到适当时机报道这件事。什么时候出发?和谁一块儿?"

"明天早上的班机。你的机票已买好。这位温宝警官和你一块儿去。"

顺着他的目光,蒂娜看到窗口一张桌子上有个年轻人,圆头圆脸,看起来像个孩子。他一边稀里呼噜地吃饭,一边漫不经心地扫视着窗外。黄先生微笑道:

"别看他的娃娃脸,他已在警察系统干够十年了。给,你的机票。"蒂娜接过那个小纸袋，推开空碗。黄先生惊奇地说："哟，这么大碗泡馍你给吃光了！看来你是真的喜欢家乡的地方小吃，不是假客气。"

蒂娜用餐巾揩揩嘴，站起来笑道："衷心感谢黄先生的羊肉泡馍，非常美味。下一次我在这里回请你。再见。"

于平宁从西安乘飞机到北京，当天又转乘中国民航到旧金山的波音797客机。北京机场的安全检查比西安严格多了，行李全部经过X光透射仪，旅客走另外一条通道，X光会在大屏幕上打出你的投影，任何夹带都看得清清楚楚。过甬道后还有一道关口，面带微笑的安全人员要抽查一些项目。

于平宁倒没什么可担心的，他的身上行李中没有任何违禁品，署名盖克的护照也货真价实。检查员小姐对他的手表形可视电话略有怀疑，它的厚度较大，暗藏的天线形状也比较奇特。于平宁微笑着解释：

"这是最新型的，长寿命电池，可工作一个月以上。"

小姐没再说什么，把东西递还他，告诫一句："机上请不要使用。"

她不知道这种手表还是一个灵敏的无线电定位仪。过了一会，她在一个圆脸的年轻旅客那儿看到了同样的手表，这次她痛快地放行了。

于平宁的座位是14A，临着窗户。他把小小的手提箱放在头顶的衣物箱里，调好头顶的通风口，静待飞机起飞。一个圆头圆脑的小伙子在这一排停下，笑着向他点头示意，拉开衣物箱门，把自己的小旅行包放进去。他忽然停住，看看座位上的编号，又掏出登机牌看看，嘴里咕哝一句："错了。"便取出旅行包，到后排去了。

于平宁的两位邻座都不健谈，他们向于平宁拘谨地点头招呼，然后坐下来，默默地看画报。这倒使于平宁免去了不必要的应酬，可以集中精力想自己的事。

途中他去了两次厕所，一次去前边，一次去后边。在来去之中，他把旅客的面貌都记在心里。这是他惯常采用的预防措施，如果以后在身后发现了某张熟面孔，他就会引起警觉了。他看见了刚才那个圆脸小伙子，正在同邻座神侃。他也看到一个黑发姑娘，皮肤和眼窝像是白种人，戴着耳机安静地听音乐。这些不经意的一瞥都保存在他非凡的记忆中。

出了旧金山机场已是夜里 7 点钟。他的联运机票已签过字，是第二天早上 7 点飞往休斯敦的航班。他要了一辆出租直奔华人区，在一家"四川"旅店里订下房间。40 岁的老板娘是一个川妹子，用带着麻辣椒盐味的普通话喋喋地介绍旅店的种种优惠。于平宁没有多停，匆匆安顿好就出门了。他知道附近有一家老牌的枪支商店，经营着合法的枪支买卖，但也兼做黑市生意。这儿街道很窄，人来人往，颇有一些中国内地的味道。只是商店门前大多摆有赵公元帅或关二爷的彩塑，这是国内不多见的。他在华人区的边缘找到那家商店，门面很小，这会儿没有一个顾客。店老板面色黝黑，像是拉美国家的人。看见于平宁，店老板微笑着迎上来：

"请问先生想要什么？本店货物齐全，从最先进的激光枪到老式的左轮枪都有。"

于平宁简捷地说："我要一把最安全的，没有登记枪号的普通手枪，带消音器。这是我购枪的证件。"

他把一个信封推过去，信封里是 1500 美元现金。店老板很快数了数，把钞票扫到抽屉里，压低声音说：

"我们有，请先生稍等。"他到里间取了一枝史密斯·韦森左轮，包括两匣子弹。"这种型号先生满意吗？"

"很好，就是它了。"

十分钟后于平宁从商店里出来，向四周扫视一眼，朝来路返回。他在人群中消失之后，温宝和蒂娜从另一家日杂商店走出来。他们也到了那家商店，使用蒂娜的合法证件，用 95 美元买了一把普通的马格南左轮，还用 230 美元买了一具夜视望远镜。

休斯敦是一个现代化的航天城，城市十分干净，郊外保留着林区的原貌，一幢幢别墅从浓荫中探出来。于平宁用盖克的护照领了临时驾照，在"贝斯"租车行租了一辆福特轿车。从上午到下午 5 点钟，他一直悠闲地在市内参观。

拉格朗日墓场

他乘坐游览车观看了约翰逊航天发射场,观看了挑战者号失事的影片和太空船的实物,又回到汽车里略微打了个盹,7点钟他驾车向城外开去。

温宝和蒂娜驾着一辆丰田远远地尾随其后。在北京上飞机时,温宝在于平宁的行李上贴了个信号发生器,现在,在温宝的手表形追踪器屏幕上,一个闪亮的小红点指示着于平宁的行踪。于平宁先沿10号公路一直向西,到塞金转由46号公路向西北,夜里10点钟到达昆尼湖畔。他在一个僻静处停下车,静静地守候着。温宝和蒂娜怕惊动他,把车停在500米之外的一个高坡上,用夜视镜监视着他的动静。凌晨1点钟,他们看见于平宁的身影从汽车出来,向不远处一家庭院摸去。两人也屏住气息,远远跟着他。

于平宁轻捷地跃过栅栏。院子很大,几丛树影下是整齐的草坪,一台割草机停在中间。有条小径通向那幢半地下式的建筑,屋内灯光已熄灭,只有卧室里发着微光。房屋右边是一个由帆布围成的游泳池,水面映着星月,池旁是一架钢丝蹦床。从这些设施看来,老莫尔属于美国的中产阶级。

对于那件任务本身于平宁倒没放在心上。一个毫无戒备的孤立的别墅,一个65岁的宇宙生物学家,对于于平宁来说太容易对付了。他唯一的敌人是盘踞在内心深处的强烈的负罪感。他要杀的人仅仅可能是K星间谍,又根本没有办法甄别!

伊恩·莫尔,他咀嚼着这个名字。记得在杂志上看到过,欧洲的移民中姓莫尔的,大多是地中海黑皮肤摩尔人的后裔。几百年的同化已使他们忘了自己的祖先,仅在遗传密码里保持着摩尔人的特征。一位法国科学家在研究一种罕见的地中海血友病时无意追踪到了这个谱系。这是一个在现代文明中消亡的民族。

地球人会不会在某一天消亡在K星文明中?为了地球人的生存,暂时的残忍应该被原谅。如果我们的努力能使地球人类存在下去,后代会逐渐理解我们。如果不能……那就无所谓理解不理解了。

他摇摇头,摆脱这些烦人的思绪。忽然眼角的余光瞥见了一只蛇头,它探出在草丛之上,轻灵地点动着,微风送来蛇尾角质环轻微的撞击声,无疑这是美洲常见的响尾蛇。他没想到在庭院草坪中竟然还有响尾蛇,多亏及时发现,他的随身装备中可没有蛇药。

本来他可以绕行的,但他略微犹豫后悄悄侧身,在身边的树上折下一根树枝。试了试,树条足够坚韧。他把手枪换到左手,轻步向响尾蛇逼近。响尾蛇用颊窝中的热感应器测到了一个大动物36℃的体温,它凶恶地昂起头,准备向前扑击。就在这时,于平宁猛力一抽,干净利索地把蛇头抽飞。蛇身在地上疯狂地弹动。

于平宁掏出手绢,擦去树枝上的指纹后扔掉。他欣慰地想,看来他没忘记当割草娃时练就的绝技。

他接近别墅的廊舍,听听没有动静,便取下戒指,用钻石戒面在玻璃上划一个圆,然后粘上几条胶带,用力一击,取下这块玻璃,伸手进去打开房门。他取出手枪,经廊房摸到主卧。莫尔夫妇睡在一张宽大的水床上,睡态很安详,两颗白发苍苍的头颅偎在一起。于平宁默默看着他们,头脑中不由幻化出妻子的睡姿。他轻轻绕过去,用高效麻醉剂喷入莫尔夫人的鼻孔。

随后他来到里间,在墙壁上找到保险柜的暗门。保险柜的暗锁是老式的,打开它只花了三分钟时间。他把里面的东西呼啦啦扒下来,任由它们散落一地。里面有一些文件,一些现金,还有两三个珠宝匣子。

老莫尔被里间的响动惊醒了。他是昨天上午回到美国的,老妻开车迎到休斯敦接上他。在久别重逢的亲热中,他一直不能克服内疚之情。因为,三年来的工作已使他养成了一种可憎的癖习:他会不由自主地审视着妻子,看她的言谈举止有没有可疑之处,以验证她是不是K星复制人!

她当然不会是,K星人不会在一个偏僻乡镇的老年妇女身上下功夫,但那种顽固的多疑却无法根除。同事夏之垂曾说过一个中国典故,说中国古代干刽子手的人,即使与好友见面,也会先留意他喉结处的骨缝。那么,自己也是在寻找妻子喉咙间的骨缝?

在这种内疚的折磨下,他对妻子格外体贴和温存。他不顾行途疲劳,修好了家里的割草机,又忙着修剪草坪。睡觉时他很疲乏了,但睡得并不实在。他梦见一个K星复制人悄悄走过来,手中举着手枪。但他担心的倒不是那个枪口,而是复制人的容貌——他怕那个复制人就是自己!……内间哗啦一声把他惊醒,他悄悄起身,看看妻子仍在熟睡,便没有惊动她。他从枕下摸出手枪,轻轻推开虚掩的房门。

内间没有人。保险柜门大开,钱物散落一地。未等他做出反应,一把手枪已贴在他的太阳穴上,耳边低声喝道:"不要动!"然后从他手里夺过手枪。

"请坐下谈,莫尔先生。"来人冷静地说。

莫尔看到一个35岁左右的男人,举止干练,一道伤痕劈过眉间。他在莫尔的对面坐下,神态从容,绝不像一个普通盗贼。莫尔迟疑地说:

"你不是……"

"对,我不是盗贼。这个现场是留给警察的。"来人平静地说,他的目光中透着怜悯,"莫尔先生,你是在中国的01基地工作吗?"

老莫尔已从最初的恐惧中清醒过来。自从三年前参加01基地,他已为今天做好了心理准备。他愤恨地咒骂道:"我什么也不会回答你。开枪吧,你这个K星畜生!"

于平宁嘴角闪过一丝苦笑:"我是K星畜生?"

莫尔恶意地嘲讽:"你不知道自己的身份?那么你是一个没有自我的畜生。"

于平宁摆摆手枪:"听着,莫尔先生,我不愿在这儿浪费时间。万一你妻子醒来,我不得不多杀一个人。好好回答我的问题。"

提到妻子,莫尔沉默了。停一会儿他问:"你是谁派来的?我想你对一个快死的人不妨说实话。"

于平宁略为沉吟后爽快地说:"是李剑。"

老人愤恨地骂道:"这条毒蛇!这个K星畜生!"这次李剑突然中止即将成功的实验,让六名主要参与者回国度假,已经值得怀疑了,可惜当时他没有意识到。

于平宁疲倦地想,又多了一个K星间谍。K星间谍下令让K星间谍去杀K星间谍,一个怪圈,蛇头咬住了蛇尾。他冷淡地说:

"抱歉,我要告诉你一件事实,你可能不愿意听到。那天,你们七人乘坐的飞碟曾在时空隧道中消失了1分48秒。七人中至少有一人或许全部被掉包。如果不能在一堆核桃里挑出黑仁的,我只好全砸开。莫尔先生,我知道你在01基地研究什么,所以,也许你能提供一种自我豁免的证明。那么我会很高兴地同你喝上一杯,否则我只好得罪了。"

老人的目光闪出一丝犹豫。他已经怀疑了,于平宁想,他已经对自己究竟是谁发生了怀疑。他无法证明自己是不是自己。一个人无法揪住自己的头发把自己揪离地面。

老莫尔的嘴张了张,最终没有说话。他当然有办法证明,那就是六名科学家殚精竭智研究出的"思维迷宫",它已经基本上成功,可以投入使用,但它此刻远在中国的01基地。他对死亡并不惧怕,但却十分厌恶这种黏黏糊糊的死亡。这名杀手,还有李剑,甚至包括他自己,究竟谁是K星复制人?在潜意识指令未浮现之前,他们都无法自我认证。那么,他死亡时究竟是什么身份,是人类的烈士,还是K星人的可怜的牺牲品?

但无论如何,他绝不会对这名可疑的杀手说出"思维迷宫"的秘密,那是人类对付K星复制人的唯一武器,他一定保守这个秘密直到进入坟墓。想到这里他不无欣慰,这个决定本身就是一个有效的豁免证明,他可以作为一名地球人安心赴死了。

他站起来,傲然扬起雪白的头颅:"开枪吧,你这个可怜虫!"

珍妮·莫尔一直睡到早上8点才醒,伸手摸摸,床上没有丈夫。她很奇怪自己竟然睡得这么死,往常她睡觉是很灵醒的。

老莫尔没有在卫生间,厨房、客厅和书房都没有。她走到门外,高声唤了几声,没有回应。莫尔夫人有点着急了,这么早他能上哪儿去?家中两辆汽车也都在车库里。直到最后她才找到卧室的里间。老莫尔斜倚在墙上,胸口一片血迹,地上扔着家里的手枪。保险柜被打开,钱物散落一地。她手指抖颤着拨通了警察局的电话。

警车很快呼啸着开到院里,霍夫曼警官领着手下勘察了现场。这似乎是一桩典型的盗窃杀人案,凶手打开了保险柜,慌乱中把钱物掉落地上,惊醒了莫尔。莫尔没有惊动妻子,自己拎着手枪过来查看,被逼入困境的凶手便开枪打死了他。珍妮哽咽地说，老莫尔昨天刚刚从中国回来，谁知道死神接踵而至。

他们在院中发现了凶手的脚印。从脚印判断，凶手身高约六英尺，体重约165磅，步伐富有弹性，年龄在33~36岁，穿胶底旅游鞋。他是用钻石割破廊房门玻璃后钻进来的。

令人不解的是死者胸前插着一朵小白花，肯定是莫尔死后凶手在院里采摘的。他们找到了这串走向花圃的新脚印。这朵白花算什么？是凶手的忏悔？

莫尔夫人悲恸欲绝，失神地坐在死者旁边。霍夫曼低声说："莫尔夫人，很抱歉打扰你，但请你清点一下钱物，好吗？"

莫尔夫人点点头，女警官贝蒂扶着她过去清点财物。"没有丢失。"

"一样也没有丢？"

"对。"

霍夫曼觉得很奇怪。如果窃贼慌乱中闹出人命，仓皇逃走，那时不拿钱财是正常的。但这名凶手还到草坪中采摘一株野花，再返回屋内，穿过卧室，插在死者胸前。这证明他绝没有慌乱失措。那么，他为什么对财物分文未取？也算是一种忏悔？

他问："莫尔夫人，你平时睡觉很沉吗？"

"不，只要莫尔一起床，我就知道。"

"昨天晚上你是否听到什么动静？"

"没有。"

"你昨晚服安眠药了吗？"

"没有。我从不用安眠药。"

霍夫曼点点头。那么，凶手确曾对莫尔夫人施过麻醉。霍夫曼在走进屋子时曾闻到极淡的香味儿。不过他不明白，盗贼为什么不对老莫尔也如法炮制呢？

在院里勘察的菲克斯有了新发现，拎回一条无头的蛇身："霍夫曼警官，看，凶手干的。他肯定不是普通人，他在用树枝抽飞蛇头时，出手敏捷而冷静。"

汤姆又在院里喊起来："霍夫曼警官，又发现两串脚印！"

在栅栏的另一侧也有两串新脚印通往房屋。从脚印判断，来人中有一个男人，身高五英尺八英寸，体重约140磅，年纪在30岁左右；一个年轻女人，身高比他稍矮，体重也略轻。两人只到窗户边停留了一会儿，又原路返回了。

霍夫曼让警犬顺着脚印追踪。顺第一串脚印，追踪到了500米外一棵树下，这儿明显有汽车停留的痕迹，胎印清晰。顺第二串脚印追踪到一个高坡，也有汽车停留的痕迹，距第一处大约有500米，两个停车点和莫尔家大致构成一个等边三角形。

这么说，两拨人并不是一路。如果是盗贼，那么他们同时对一个地处偏僻的普通家庭发生了兴趣，倒是很奇怪的事。

霍夫曼留下贝蒂陪伴莫尔夫人，领着其他人回到警察局。技术室对鞋模的分析结果也出来了。通过对鞋底花纹的电脑核查，这三人穿的都是中国产的旅游鞋，不过牌子不一样。中国的鞋类在美国市场上随处可见，三个人都穿中国鞋并不稀奇。但这个情况给他一个启发：莫尔刚从中国回来，凶手会不会是从中国追踪而来？如果是这样，那就是有预谋的暗杀。后来发现的另外两个人，则可能是追踪凶手而来。

他从电脑中调出了近日从中国入境的旅客名单。在一串嫌疑者名字下画了横线，有盖克、温宝和蒂娜·钱。不久他在三人的名字下又重重划了一道，因为他已经得到消息，这三人全部于当日离开美国去了日本。三人没有同机，但两个航班仅相差30分钟。

他通过世界刑警组织把情况通报给日本警方，请他们协助调查。

第六章 "思维迷宫"

　　于平宁到日本后放弃了盖克的护照，换上署名唐天青的新护照。这倒不是他发现了什么危险，而是一种例行的安全预防程序。他没有在东京多停，租了一辆马自达直接开往横须贺。因为按卫星定位系统的信息，那个日本克隆人并没回家乡北海道的千岁，而是一直滞留在横须贺的海滩。李剑曾介绍，犬养次郎是个极富天分的脑生理学家，但作为一个克隆人，他似乎没有家庭观念。他与自己的"父亲"及父亲的家人们从无联系，也没有娶妻生子。于平宁揶揄地想，这家伙在 01 基地当了两三年苦行僧，那么这次回日本一定要好好放松一下啦。

　　那只韦森左轮已扔在昆尼湖里了。到日本后于平宁没有买枪支，仅到厨具商店买了一把锋利的尖刀。他的日语很好，可以在日本社会中不暴露自己的外国人身份。那晚同鹤子相聚时，鹤子笑着说，将来到日本拜见岳父母，他们一定会以为女婿是东京人。

　　薄暮中公路上车辆很多。来往的轿车上都装有特制的货架，或挂一个小小的拖车，装着帐篷等物品。横须贺是著名的裸泳海滩，余风所及，返回的车辆中，不少男女仍穿着极暴露的游泳衣。

　　手表屏幕上的红点表明，犬养的汽车已在近处了。他找一个地方停好车，顺着海滩漫步过去。他意态悠闲地走了几十步，忽然急转身，沿来路返回。

　　这是标准的反跟踪手段。他看见一群年轻人正从一辆大客车上下来，兴高采烈地互相召唤着。一对又矮又胖的老年夫妇穿着泳衣，模样很可笑，边走边醉醺醺地哼着日本民歌。一对年轻人站在路边，正热切地拥抱长吻。

　　他向这对年轻人扫了一眼，立即忆起男子的圆脸他过去见过。他继续前行，返回车中，在这两分钟已回忆起，男子曾与他同机离开北京，还把行李错放在他放提箱的衣物箱中。这当然不是巧合了。

他从后排座椅上提过来小衣箱，一眼就发现异常。衣箱原来的铜制铭牌上被贴上了一块薄薄的金属箔，虽然大小颜色差不多，但上面的花纹和字母不一样。显然是那男子在"错放衣物"时贴上的。

那么，这两个追踪者是什么人？谁是他们的内线？毫无疑问他们是有内线的，否则他们不可能从北京起就盯上了自己。这些问题一时没有答案，他决定暂不扔掉这个示踪器，就让他们在后边再跟踪几天吧。

放下衣箱，他仍照原路意态悠闲地返回。那对男女在一家小商店前浏览，他紧赶几步越过去，融入人群。

温宝发现目标消失了。他和蒂娜搜索了一会儿，仍然没有踪影。温宝懊丧地低声说："丢了。妈的，这条狐狸可能发现了危险。"

蒂娜怀疑地问："我们没露任何破绽啊。"

温宝阴郁地摇摇头。他知道，这些冷血杀手们对危险常有野兽般的直觉。蒂娜问："我们该怎么办？"

"只有守着他的汽车了，但愿他还返回。"

蒂娜很焦急："那么，这一次凶杀又来不及制止了？温先生，还是听我的意见，与各国警方联手吧。"

温宝叹息道："不行啊，你不了解反K局与各国上层的关系，我们已吃过亏了。走吧，还是先守着他的汽车，他不返回的话再想办法。"

两人返回后，于平宁从暗处走出来，沿着海滩寻找犬养次郎。暮色渐重，沙滩上尽是赤身裸体的男女，各人的面貌似乎一模一样。于平宁不慌不忙地寻找着，他对自己的眼力很自信，何况还有定位器的帮助。

不久他找到了猎物。在一个帐篷中，一对裸体男女正拥作一团。他确认男人是犬养后有些踌躇，他不愿多杀一个无辜的女人，但那么一来，自己的行踪就完全暴露了。他摇摇头，最后做出了决定。暴露就暴露吧，这是没法子的事。

犬养次郎这次回日本，本来就没打算去北海道探家。他和那个犬养浩只有"纯技术"的关系，那人从身下取下一个细胞复制了他，仅此而已。好在那人给了他一个天才脑袋，让他可以在社会上出人头地；又给了他一个熊一样健壮的身体，可以尽情寻欢作乐。

前天他下榻在东京"春之都"饭店，从门缝下发现了一张彩色明信片，正面是一个衣着暴露的黑人女子，眼波流转，胸脯和臀部凸出，性感的厚嘴唇。背面有一行字：

"喜欢苏珊吗？请打电话。"

他立刻打了电话。两天来他完全被这个尤物迷住了，从东京一直玩到横须贺。这会儿他正在与苏珊亲昵，忽然发现帐篷门口站着一个人，此刻正冷淡地盯着他。这种行为太不"绅士"了！他正要发怒，来人用纯正的日本话说：

"是犬养君吗？"

他狐疑地点点头。他来东京是寻欢作乐的，因此在任何场合都没有使用真名字，包括躺在他身边的苏珊也不知道。这人怎么能知道自己的名字，并在熙攘的人群中准确地找到他？天哪，可别是无孔不入的K星人！

来人彬彬有礼地说："这位女士能否回避一下？我想同犬养先生单独谈几句。"

来人的谦和打消了犬养的恐惧。他如果是一个杀手，不会让目击者离开的，也许他是基地派来的信使。他拍了拍苏珊的光背："好，小苏珊先离开一会儿，10分钟后你再回来。"

苏珊爬起来，披上浴巾，对来人嫣然一笑，走出帐篷。周围的人都在寻欢作乐，没人注意他们。于平宁在犬养面前蹲下，后者笑道："来到这儿怎么还是衣冠楚楚，你不是男人吗？"

于平宁没有理睬他的玩笑，直截了当地问："告诉我，你在01基地是研究什么的？"

犬养吃了一惊，看来来人不是基地派来的信使。他胆怯地看着于平宁："是研究动物智能的。"

于平宁掏出尖刀，用拇指试试刀锋，冷酷地说："也许这玩意儿能帮助你恢复记忆？"他要把犬养置于生死之地来做鉴别，他想。

犬养的身体因恐惧而微微发抖。那人的目光和刀锋一样寒冷，在这种冷血杀手面前没有任何反抗的可能。01 基地是绝密的，保密戒律十分严厉，泄露机密的人会受到反 K 局的严厉处罚，甚至秘密处决。但毕竟眼前这把利刃的威胁更为迫切，他才不去做什么烈士呢。他声音颤抖地讲起来：

"……已经三年了，K 星人一直没有直接进攻地球。这说明，尽管他们有强大的科技手段，恐怕也有人类尚不了解的某种弱点。所以他们的最大优势，就是这种足以乱真的第二代复制人。试想，如果有几十个地球政府或军队的首脑被掉包，而复制人的潜意识是把战争引向失败，那地球还有什么指望？为此，在 01 基地集中了世界一流的科学家，研究了一种装置，称之为'思维迷宫'，可以有效地识别第二代复制人。"

"是否已经成功？"

"基本成功。不过你知道，地球政府擒获过几个第一代复制人，但至今未擒获一个第二代复制人，也就是说，这种装置还未进行过实战检验。不过，我们已对地球人做过多次试验，准确度极高，能够清晰地显影出被试者的潜意识。比如一个孩子的恋母情结、弑父情结；比如我——一个克隆复制人对自然人的叛逆心理。所以据可靠的估计，这个装置用于甄别 K 星间谍复制人也会非常有效的。"

于平宁沉思良久，又问："'思维迷宫'的原理？"

犬养讨好地笑着："你已经问到核心机密了。这项装置非常非常精巧复杂，但其原理不难明白。70 年前有一个姓翁的中国科学家建立了醉汉游走理论——醉汉的每一步是无规律的，但只要他的意识未完全丧失，那么大量无序的足迹经过数学整理，就会拼出某种有规律的图形。换句话说，这些无序中存在某种可公度性。相反，如果他的意识丧失，当他走的步数趋于无穷时，他会离原点越来越远，无序的足迹经过整理后仍然发散。01 基地的数学家安小姐据此发展成'混沌回归'理论，可用以剥露 K 星复制人的潜意识指令。被试人在回答提问时，会对潜意识中的秘密做出种种潜意识的粉饰、开脱、回避、自我证明……就每一个答案来说是无意识的，也毫无破绽。但只要提问次数足够多，再经过'思维迷宫'系统复杂的整理计算，就会从乱麻中理出一条隐蔽的主线——这就是潜意识指令所在之地。以上是粗线条的介绍，要想彻底弄清它的原理、构造和技术细节并找出对付办法，恐怕要数月时间。"

"你不能杀我，我还很有用哩。"他心说。

于平宁冷冷地问："你是否知道我的身份？"

犬养迟疑一会儿，媚笑道："我早猜到了，但不知道是否正确。你是K星复制人，而且是有K星人显意识的第一代复制人。"

"那么你泄露这些机密不觉得良心上该被谴责？"

犬养贱笑道："上帝教导我要爱惜生命，为了它我还能做得更多呢。"他露骨地暗示。

那片惨绿的光雾，怪异的蛇环。杀死他们！……于平宁疾速地搬过犬养的头颅，一刀拉断他的喉咙。犬养丑陋的裸体仰卧着，两眼恐惧地圆睁着。当他的身子倒下时，喉咙才开始冒血。

此时于平宁已走出帐篷。他看见那个黑妞正迟疑地往这边走，便不慌不忙向另一边走了。附近的旅客没有受到惊扰，照旧寻欢作乐。于平宁想，他几乎可以肯定又杀了一个地球人。但杀死这个贱种，他的良心不会有任何不安——实际上，他心中还是隐隐有些不安。这种冲动情绪下的杀人他是从未有过的，仅仅是因为犬养在人格上的卑贱吗？……

他一分钟也没有停，立即启动汽车返回东京。从后视镜中，他瞥见一辆皇冠也急急地倒出停车场，远远跟在后边。他冷冷地想，好吧，让他们再追踪到韩国吧。

苏珊看见来人已经离开，便袅袅娜娜地返回帐篷。她忽然惊呆了。犬养侧卧在地上，鲜血正从脖颈处汩汩地流出来，浸湿了身下的沙地，两腿还在一下下地弹动。太可怕了，幸亏那个好心的杀手无意杀她，因为在一般情况下，杀手不会放目击者逃生。现在该怎么办？她紧张地思索着。她不想报警，她是专在达官贵人中做皮肉生意的，可不想卷进一场凶杀案。

那个日本男人已经停止弹动，眼珠泛着死鱼的白色。她看看四周，没人注意，就急忙溜走了。在嫖客的汽车里，她急忙穿好衣服，检查了那男人的衣物，把钱包中的现金全揣在怀里，有美元、日元，还有一大沓人民币，看来这个嫖客去过中国。那么，那个英气逼人的杀手——一道长长的伤疤使他更具男人气概——恐怕也是中国人？

钱包中还有信用卡、驾驶证和护照。来人曾称呼嫖客为犬养先生，从证件看他的确姓犬养，叫犬养次郎。她想了想，把嫖客的证件、衣服、信用卡抱到他的帐篷外，堆成一堆儿。然后她开着犬养的汽车找到一间电话亭，拨通了警察局的电话：

"警官先生，我是一个外国人，发现一个男人被暗杀，就在横须贺海滩一个红黑相间的帐篷里。他的证件、衣服在帐篷附近。请快来人。"

没等对方问话，她就挂断了电话。

她已经为自己留了后路，等警察哪天找到她时就不会怀疑她是凶手了。再说，她在心里窃笑着，这样多少对得起那两叠钞票，数额还真不少哩。

她驾着嫖客的紫红色丰田一溜烟跑了，想尽早忘记那幕恐怖的场景。这个姓犬养的男人不讨人喜欢，但掏钞票时倒是蛮大方的，可怜他死得这么惨。

她把死者的车子扔在银座的停车场，又到附近的饭店寻找新主顾。

横须贺警察局的远藤康成警官立即率人赶到现场。死者证件表明他是北海道人，三年前到中国西安一个动物智能研究所任职，40岁，单身，两天前刚从中国回来度假。死者的喉咙完全被割断了，死状很惨。

在场的游客对警察的询问很不耐烦。"不！我们什么也没看见，天太黑，再说我们来这儿也不是给凶杀案当证人的。"只有一个人说凶手穿戴很整齐，在裸泳人群中显得扎眼，所以他还记得。那人身高大约1.8米，看背影是年轻人。

一个黑瘦的中年人腰间围着一块小浴巾，笑嘻嘻地挤过来。远藤问他，先生看到什么情况了吗？那人立刻滔滔不绝地说起来：

"我全看见啦！死者来时带着一名黑人女子，二十四五岁，胸脯很高，臀部溜圆，走起路来像猎豹一样舒展，漂亮极了！"这个叫查瓦立的泰国游客色眯眯地说。他是单身一人来游玩，没带女伴，所以一直把眼睛盯在这黑妞身上。"死者和黑妞一直在帐篷里嬉戏，后来有个男人来，把黑妞赶走了。那个男人走后，黑妞还回来过一次呢。"

远藤沉思着，他说的黑妞自然就是报案者。奇怪的是凶手为什么冒险放走目击者。不少冷血杀手不在万分必要时从不滥杀无辜，但"不滥杀"与"自身安全"相冲突时，他们也从不犹豫。所以，这次可能是一个"道德感"很强的杀手。

警察录取口供，拍摄现场，取过指纹，把死者装进尸袋中运回警察局。他们很快在警方资料中查到了死者的父亲犬养浩，他还是国内颇有声望的科学家呢。这位父亲在电话中断然回答：

"我不是他的父亲。他是日本历史上第一个克隆人，按他的说法，我和他只有'纯技术性'的关系，我提供一个细胞，复制了他，如此而已。我已经后悔这样做了。他和我之间从来没有来往，也没有什么亲情。希望不要把我牵涉进去，必要的话，我可以请科学厅长官重申这一点。"

远藤对他的盛气凌人不免反感，但他知道确实没必要把这人牵涉在内。于是他温言说："不必了，我会照你的吩咐去做，任何新闻报道绝不会出现你的名字。"

"那就多谢啦！"

放下电话，远藤想起今天收到的美国警方的通报。也是一个相同的案例，凶手在行凶前对死者妻子实施了麻醉，看来是为了少杀一个无辜者。三名疑凶已乘机到日本，但随之失踪，至今未查到下落。而且……那名死者也是在西安动物智能研究所工作，也是两天前才从中国返回，这就绝不可能是巧合！

远藤立即对手下做了部署："毫无疑问这是一起政治谋杀。首先要寻找报案者，这种高级黑人妓女在日本很少，肯定不难找到。寻找重点放在东京。通知美国把疑凶照片传过来，与此人在日本入境时的照片比较一下。找到报案者后让她指认一下。通知中国警方，请协助对西安动物智能研究所进行调查，并对有关人员实施监控。我有个预感，很可能这轮凶杀还远没有结束呢。"

日本警察的工作效率很高，第二天就找到了那名黑人娼妓。她正在东京，又傍上了一位名叫穆斯塔法·萨利迈的阿拉伯富豪。远藤立即和助手小野赶到东京，来到这家极豪华的菊川饭店。苏珊的主顾这会儿不在家，她刚在室内游泳池游完，躺在白色凉椅上休息，漫不经心地看着两名便装男子在光滑的大理石地板上小心地走过来。远藤出示了警察证件：

"是苏珊小姐吗？我们是横须贺警局的远藤和小野。"

苏珊不耐烦地说："什么事？"

远藤直截了当地问："昨天你是否在横须贺，和一个叫犬养次郎的人在一起？犬养被杀后是否是你报的案？"

苏珊嫣然一笑。昨晚与新主顾还有主顾的朋友彻夜狂欢，在迷幻药的天堂中徜徉，她几乎把这事给忘了："对，是我报的案。你们总不会怀疑我是凶手吧。你们知道，干我这一行，可不想上报刊头条，更不能带着血腥气去接待新主顾。"

远藤安慰她："对，我们只是来了解一些情况，如果苏珊小姐配合，在你那位穆斯塔法·萨利迈先生回来前我们就会离开的。请你看一看，凶手是不是这个叫盖克的中国人？"

苏珊接过盖克的照片。嘿，当然是他！她对这凶手印象很深，两道剑眉英气逼人，目光冷漠，眉毛上有道深深的疤痕，这道疤痕更增添了男人的魅力。他的身材颀长，肌肉壮健有力，衣服也遮盖不住。莫名其妙地，苏珊忽然泛起一股保护他的冲动。也许是感谢他昨天手下留情？还是为他日邂逅种下希望？她笑着摇头：

"不，不，不是这人。那人……怎么说呢？长得很粗俗，大嘴，不记得有什么伤疤，身高倒是差不多。不过那会儿他背着月光，我只是瞥了他一眼，也可能没有看清。"

远藤很失望。他十分怀疑这个名叫盖克的中国人，因为各种情况十分吻合。已查到昨天有个叫唐天青的人乘飞机离开东京去汉城，他的护照照片显然做过伪装，但电脑判定他与盖克应是同一个人。另外两人，温宝和蒂娜，也尾随他去了汉城。这些线索有力地指向盖克。但这名妓女不会是他的同谋，也没有为他掩护的动机啊！

他阴沉地说："我想苏珊小姐一定清楚，做伪证是犯法的。"

苏珊已经开始后悔自己的孟浪，但事已至此，只有把船硬撑下去。好在说谎是她的职业技巧，她朝远藤飞了一个媚眼：

"当然我懂。干我这一行，你想我会与警察过不去吗？凶手不是这个人，除非他做过伪装。"她肯定地说。

远藤和小野怏怏地离开饭店，返回东京警署。他问值班警官："发往中国警方的案情通报有回音吗？"

"很抱歉，没有收到。远藤警官，吉野警官一直在等着你呢。"

与远藤相熟的吉野警官走过来，执意要请他们小酌。他拉着两人来到一家小酒馆，点了酒菜，关心地问："有进展吗？"

远藤沮丧地说："那个妓女不肯指认，但我仍强烈怀疑是那个人！我要继续查下去。"

"不必查了。"吉野轻声说。两人吃惊地盯着他，吉野俯过身子低声说，"中国没有正式回音，但通过世界刑警组织的高层人士传了话。此案不用再查了，也不必通知韩国警方。我是受警视厅高层的委托向你们传话。远藤君、小野君，把它作为未结案锁在保险柜里，然后忘了它吧！"

两人目瞪口呆，他们绝对想不到这轮凶杀竟然有这样硬的背景！远藤愤怒地问：

"这是由国家组织的恐怖活动？……"

吉野苦笑着摇头："我只是一个传话者，并不深知内情。但据我所知，此中必然有隐情。至少，向我传话的人是一个德高望重的长者，完全可以信赖的。远藤君，听我的话，忘了这件事吧。"

两人互相看着，沉默了很久，才说道："好，吉野君，我们相信你。"

第七章　心灵的告白

金载奎一走进院子，狼狗"紫电"就低声吠叫着表示欢迎。他走过去，把狗食倒在食盘里，抚摸着紫电的脊背，说："吃吧，好好给我看家。"

紫电的低吠停止了，低下头去吃食。

夕阳渐沉，秋风送来群山的松涛，这幢陈旧的山居渐渐笼罩在夜色下。他走进屋内，依次检查了院内的红外线警报器、窗上的铁栅栏、各个居室里的枪支，还有房屋四周所埋炸药的起爆装置。

电话铃响了，妻子在电话中关切地说："载奎，那儿怎样啊？我和哲夫想去看你。"

"不，你们不要来！我把那项工作完成后就回去。"

妻子低声问："什么工作非得到山里去做呀？"她的语气中分明有强烈的怀疑。金载奎笑着安抚了两句，挂上电话。

两天前，他从01基地回到韩国后，便对家人借口要完成一项动物行为的调查，独自来到山中，布置好这个陷阱，以待不速之客——不管来者是草菅人命的特别行动处杀手，还是K星复制人。他还在房屋四周埋上大量炸药。在最后关头，他至少要拉上杀手同归于尽。妻子觉察出异常，可能是因为他进山时把狼狗也带来了。久别返家，却带着狼狗一头扎进深山，这种行为确实反常，但他不愿连累妻子和儿子。

金载奎和基地其他五名书呆子不同，他从李剑的询问和突然中止试验中看到了危险。早在这之前，他就听说过基地内几个人的秘密失踪与神秘的反K局特别行动处有关。临离开基地前他对其他同事说："这个假期给的是否太蹊跷？"

其他人都忙着打点行装，准备享受难得的假期。记得只有夏之垂看了他一眼，其余置若罔闻。好吧，那他只有孤军奋战了。

他摸摸肩部，那块01基地人人必备的"救命符"就嵌在那儿。那些背景神秘的杀手们是否会冲着它来？拭目以待吧。

夜色渐沉，四周虫声唧唧。白天他已休息好了，现在他坐在厅堂的椅子上，侧耳听着周围的动静，手边放着比利时P90冲锋枪和起爆器。

但在敌忾之中，他也不能完全压制潜意识深处的自我怀疑。从李剑的询问分析，他是怀疑六人乘坐的飞碟曾进入时空隧道。这当然是胡说八道，但……假如这是真的，而自己就是一个K星复制人？为什么六个人中只有他感觉到了危险？当然，这会儿他心中没有任何K星人的指令，只有对K星人的仇恨。但他也清楚地知道，那个指令是潜意识的，复制人会用种种方法来掩盖它。

如果事实确实如此，他宁可照自己脑袋开一枪，或干脆按下起爆器的按钮……万籁俱静，他此刻似乎身在虚空。这种折磨人的自我求证令人发疯。种种思维之线缠绕在一起，成了个理不清、解不开的大线团。

最终他用科学家的明断抓到一条鲜明的事实，从而跳出这个"思维迷宫"：01基地的"思维迷宫"装置已接近成功了，如果怀疑他们中有K星复制人，大可来一次实践演练。这正是一个求之不得的机会，为什么李剑就想不到这一点呢？

他终于有了自信，心情平静下来。现在，他可以理直气壮地向杀手开枪了……他突然听到虫声静下来，红外线报警器却没有反应。但两者比较起来，他更相信自然之声的警示。他侧起耳朵，猜想狼狗"紫电"也必然在侧耳聆听。他似乎听见了一声低沉的吠叫，随即不再有动静。

刚才于平宁已用一颗麻醉弹解决了狼狗。他像狸猫一样，借着树影和房舍，轻悄无声地往前走，同时还警惕地倾听着后边追踪者的动静。

看院中的布置，这位金载奎先生精心设计了一个陷阱。他是如何意识到危险的？是否出自K星复制人的本能？这倒是一个有趣的对手。

于平宁听到后边栅栏处有轻微的落地声，看来那两名跟踪者已开始动作了。显然他们已经不满足于远远地监视，这次可能要有所行动了。刚才于平宁揭下了这两人贴在自己衣箱上的那个示踪器，特意揣在身边，准备用它搞一个小游戏。

窗户上装有铁栅栏。他蹑行到门旁，轻轻推开一条门缝。也许，屋内的猎人已把手指扣到扳机上了。他掏出那块金属圆片，轻轻扔到屋里，然后迅速回身，借着夜色离开，潜到一棵大树后边。

金载奎听见了轻微的开启门锁声，随后听到轻微清脆的落地声。这是老一套的投石问路，他没有理睬，仍端平冲锋枪严密地等待着。门外的人很有耐心，直到二十多分钟后，门才呀呀地响了两声，一条人影悄悄挤进来。

温宝和蒂娜·钱尾随着示踪仪到了这片山坳，一条简易石子路通往山坡上的一处山居。为了怕于平宁听见，他们早早就停下三星牌客货车，步行几千米赶到这儿。蒂娜对同伴焦灼地说：

"我们不能再旁观了，不能让他再在我们眼皮下杀人了。温先生，这次一定要制止他！"

"好，我正准备这样做。但你要留在外边，今天的局势一定很危险。"

他好说歹说，总算说服蒂娜留在外面。临走他交给蒂娜一张纸条："喂，背诵后把它毁掉。这是黄先生的联络地址，万一我回不来，你就去中国找他。"

他的娃娃脸上洋溢着笑容，蒂娜很感动，吻吻他的额头，低声说："不，你一定要回来。"

已经快到那幢房屋了，手表上那个小红点仍在移动。今天于平宁作案时一定随身带着箱子，这使追踪容易了。现在红点已到了室内。他扳开手枪机头，跟踪到墙边，那个红点却静止不动了。莫非他这会儿放下了手提箱？他等了十几分钟，红点仍旧静止着。不能再等了，他听听动静，轻轻推开房门。

屋内没有动静。他继续往前挪步，忽然灯光大亮，一个人用英语喊："举起手来！"

他知道上当了，炫目的灯光刺得他看不清，他迅速抬起枪口对准发声处。但对方比他更快，一串子弹呼啸着射入他的胸膛，他的身体慢慢倾倒在地，手枪跌落到很远的地方。

金载奎平端冲锋枪，离开做掩护用的沙发，慢慢走过来。杀手是一个圆头圆脸的年轻人，胸前鲜血斑斑，目光已经迷离，喉咙中咻咻地喘息着。他弯下腰捡起对方的以色列乌齐式手枪。就在这时，来人忽然抬起左手，把另一支德造 M1896 式手枪的十颗子弹全灌进主人的胸腹。此时，温宝的目光已经模糊，没有认出这人并不是他追踪了三天的于平宁。这垂死反噬使金载奎措手不及，他踉跄着颓倒在地，但在死亡来临前他按下了起爆器的按钮。

一声巨响，这幢百年老房慢慢倾倒，火舌从窗户、门口和倾塌的房顶凶猛地窜出来。一个女人在栅栏处尖叫一声，不顾一切地扑过来，"温宝！温宝！"她喊着扑向门口，凶猛的火舌挡住了她的去路。院内大树后忽然冲过来一个人影，动作极快地一把扯回蒂娜。蒂娜在他怀里挣扎着，抬起头看看，呆了一秒钟，随之发疯般又骂又打：

"你这个禽兽，没有人性的东西，你又杀了两个人！"

她像只护崽的小母兽一样凶猛。于平宁不得不在她耳后给了一记拳头，把她打晕，然后抱着她逃离火场。

等蒂娜醒来时，已在几十千米外的一个小湖边。车停着，她躺在后排座椅上，于平宁从前排扭过身盯着她，眼神冷漠而忧郁。蒂娜眨眨眼，回忆起刚才发生的事，不禁缩起身子。她不知道这个喝人血的恶魔如何处置自己。

于平宁冷冷地说："钱小姐，我该拿你怎么办？掐死后掸到这个湖里？刚才我真不该救下你。"

他的语调里有一种发自内心的苦恼，不知怎的，这使蒂娜多少减轻了一点敌意，但她仍仇恨地问："你把温警官杀死了吗？屋子主人呢？"

"全都死了，连遗体也烧焦了。你那个温警官究竟是什么人？我看了你的证件，知道你是采访卡普先生的那名记者。你为什么要把鼻子伸到这里来？"

蒂娜恨恨地说："我知道你是反 K 局特别行动处的，我们要制止你们滥杀无辜的暴行。21 世纪不允许有法西斯！"

于平宁讥讽地淡淡一笑："是吗？"

车窗大开着，晨光和微风落入车内。蒂娜衣襟散乱，酥胸半露。此刻怒火烧去了恐惧的苍白，她的脸庞因而散发着光辉。这个混血女人有一种特殊的美，不同于妻子的活泼，不同于新田鹤子的镇静。她这种率情率性的愤怒令于平宁很有好感。

他大致相信这个女人的话。那位温警官应该是警察系统中那个秘密组织血牙小组的成员。反K局知道这个秘密组织，也知道其成员都是些正直的热血汉子。只是，眼下他不知道该如何处理这个女人。当然不能放她走，也无法把她塞在汽车行李箱中带出国境。他是自己捡的一个麻烦，一个扔不掉的包袱。但他忽然觉得很孤单，想向这位有缘邂逅的女人倾诉一下内心世界，这扇大门已经关闭得太久啦。他从不想杀人，连杀死一只鸡、一只麻雀也不愿意，不想看到别人仇恨的目光。但是那种沉重的"使命感"逼迫他不得不干……不过，也许这个看来水晶般透明的女人也有那么一条潜意识指令？也许她的这些表演只是骗取自己的信任？

当时，伊凡诺夫为反K局挑选成员时，第一条标准便是钢铁般的神经，能够在残酷的斗争中始终不颓丧、不消沉、不迷失自我。客观地说，即使在反K局中，于平宁的神经也是出类拔萃的。但现在，在真假莫辨的第二代复制人出现之后，一切真假是非全扭在一块儿，连他也无法避免内心深处的彷徨。

他拉开车门跳下去，舒展舒展筋骨，吐出胸中的秽气。等他再上车时已经做出了决定。他对蒂娜说：

"想不想听听冷血杀手的秘密？不过，我警告你，听完后，你的生死就要和我连在一起了。你不得离开我50米，否则格杀毋论，一直到我通知你可以离开时为止。"

蒂娜迷惑地看着他，不知道他这样做的目的何在。最后她一咬牙："好，我听。"

于平宁拉上车门："边走边说吧。还要去汉城赶今天的航班，到……去杀另一个人。你坐到我右边。"

蒂娜爬到右边，三星车启动了，顺着山间道路飞驰。蒂娜不时偷眼看看于平宁，他眉头微蹙，面容平静，两眼直视前方，一只手搭在方向盘上，开得又快又稳。蒂娜苦笑着想：至少她目前是安全了，因为她已进了狼穴，据说最凶残的野兽也不在窝里吃人。

天色已明，路上开始出现汽车，也偶然碰见头戴高帽、步态悠闲的韩国老人。于平宁这时才开口说话：

"你知道 K 星人的水星基地吗？知道白皮白心的第二代 K 星复制人间谍吗？我告诉你……"

当天上午，金载奎的妻子发现山居的电话断了，她立即报了警。警察在残垣断壁中发现两具烧焦的尸体，废墟前放着两朵新鲜的白色野花，十分显眼。在附近询问，乡民们说发现过两辆可疑的汽车。有一辆在附近找到了，另一辆车和凶手一起消失了。

第八章 兽 性

阿巴赫在莫斯科转机去埃里温时才听说那儿又发生了战乱，纳卡飞地的交通已经断绝了。48年前，亚美尼亚打赢了这场战争，使位于阿塞拜疆国内的纳卡飞地以一条山中要道与亚美尼亚联在一起，还造就了100万阿塞拜疆难民。现在，这些人要复仇了。

阿巴赫不由苦笑：这块飞地太小了，小得难以引起世界的注意。尤其是在K星人的威胁面前，这种争斗显得太可笑了，但这是政治现实。阿巴赫为之心如火焚，因为他的父母、妻子和一对儿女都生活在纳卡飞地。他十分清楚民族仇杀时普通百姓的命运。

埃里温的战争气氛已经升温，报纸的大标题都是"保卫纳卡飞地"。到处是街头讲演，号召基督徒行动起来保护自己的弟兄。阿巴赫对这种战争狂热没有兴趣，他只有一个目的，赶紧把家人接出来，到埃里温、莫斯科或西安，远远避开这可憎的仇杀。他打听到纳卡的交通还未完全断绝，这段时间阿塞拜疆人大致是采取打了就跑的战术。于是，他迅速行动，购买了一辆切诺基吉普、一支卡拉什尼科夫冲锋枪和一枚兰德勒肩扛式火箭筒。一切准备就绪，他把自己的行李扔到车上，准备出发。忽然，一辆黑色伏尔加疾驰而来，在他的车旁停下。一个漂亮的混血女人和一个很像是中国人的男子走过来。女子用英语问：

"请问你是西安动物智能研究所的阿巴赫先生吗？"

阿巴赫看看他们。兵荒马乱，这两个外国人如此准确地找到自己，肯定是因为自己随身带的"救命符"，那么他们应该是基地来的信使吧。他苦笑道：

"是通知我返回吗？恐怕不行，我要先把家人接出来。"

女子说："不，不是通知你返回。我们是想同你一块去纳卡。这位于先生是军人出身，也许能帮上忙。"

他看看这位于先生，他的眉毛上一条刀疤，目光冷静坚定，步伐富有弹性，车上扔着一支带激光瞄准器的FN30步枪。他说：

"好吧。耶稣保佑我们不要使用武器。出发吧。"

于平宁和蒂娜从汉城乘坐波音797航班，横跨广阔的西伯利亚飞到莫斯科。在十个小时的航程中，他们一直待在无人的后排空位低声交谈。于平宁冷静地讲了很多事。他讲了K星人的水星基地，地球人那次偷袭的惨败，白皮黑心和白皮白心的第一、第二代K星复制人，地球政府对于全人类信念崩溃的畏惧，等等。只有绝密的"思维迷宫"和太空预备舰队他没有提。

在莫斯科下飞机时，蒂娜几乎完全相信他了。他对K星人的刻骨仇恨，对妻女的入骨思恋，还有他不得不杀人的苦闷无奈，都在这次长谈中宣泄得淋漓尽致。而且他干吗费这么大功夫来欺骗自己？一颗子弹就能解决她，甚至在她想闯进大火中救人时不去拉她就足够了。

蒂娜被深深震撼了。她这才知道世界上还有这么一小批人，他们肩负着沉重的枷锁，咬着牙关，忍辱负重，以近乎自杀的方式抵抗着K星人。她过去佩服正义的黄先生和温宝，现在同样佩服于平宁。悲哀的是，这两部分人类精英不能沟通，甚至互相仇杀。

但她仍有一些疑问。到了莫斯科，两人住在列宾饭店的同一个套间，她仍执拗地问：

"但我想不通为什么一定要杀死这六个人。即使他们全被掉包，先关起来不就行了？"

于平宁疲倦地说："是否杀死他们不是我能决定的，有罪推定的反K局戒律也不是你能改变的。你如果想为他们做点事，就赶紧开动你的脑筋，努力为他们寻找豁免证明吧。如果你能找到——我很高兴少一份罪孽；如果找不到就不要碍我的事，不要逼我对你干出我会后悔的事，听见了吗？"

蒂娜再次触摸到他内心的冷酷。她认真答应："听到了。"

"好，休息吧！你睡里间。但我再重复一遍，无论洗浴或上厕所，你都不能离开我的视线。"

在埃里温,他们很快追踪到了阿巴赫。他正忙着在黑市上买汽车和军火,想去纳卡飞地解救亲人。蒂娜一再劝于平宁先不要动手,随他一起去,帮他接回家人:"在这段时间内如果找不到豁免证明,你再杀死他,好吗?"于平宁答应了。

往纳卡飞地的一路倒是出乎意料地顺利。除了经常听到的枪炮声外,路上并没有设置封锁线,两方的都没有。蒂娜开车跟在阿巴赫的后边,于平宁则拎着那支狙击步枪,既提防路边的埋伏也时刻盯着阿巴赫的后背。

阿巴赫显然想不到后边有一个枪口,他的全部注意力都放在家人身上了。临近城市,忽然听到市内有激烈的枪声,阿巴赫脸色变白了,把汽车开得更快。到了市内,街道上没有人影,偶尔有人头在窗户里向外探望。除了前边街区激烈的枪炮声,这儿已成了一座死城。阿巴赫的家正好住在响枪的地方,他心焦火燎,在小巷中迂回前进,前边就是他的家了。他看见一队阿塞拜疆人正开着车逃离这儿,各个楼房上的火力点仍在向他们射击。等到阿塞拜疆人的车队在路口消失,他立即冲过去,停在街心广场,用亚美尼亚语大声喊:

"我是亚美尼亚人,我的家住在这儿!"

各楼房保持着沉默,但没有向他射击。有人从窗口向他挥挥手。他把车开到一栋陈旧的楼房前,跳下车说:"我上楼,你们在这儿守着。"

于平宁立即跨下车,说:"我陪你去,蒂娜守着。"

他把FN30步枪扔给蒂娜,随阿巴赫上楼。蒂娜知道他是不愿阿巴赫离开视线,便独自荷枪看着空旷的街道。硝烟还未飘散,墙壁上弹痕累累,有的窗户在燃烧着。前边楼房里开出一辆车,又扶下一个伤员,大概是往医院里送。蒂娜感慨万千。作为记者,她见过无数被内战蹂躏的国家。她最不能理解的,就是这种毫无理由毫无理性的民族仇杀。突然之间,邻居甚至亲戚变成了血仇,人性蜕化成兽性。是什么药物使千万人一夜之间发疯了呢?

两人上楼时间很长了。蒂娜有点不耐烦,她想上去看看,又不知道具体楼层。又等一会儿,她听见了脚步声从楼梯上下来,于平宁硬拽着阿巴赫,半搀半拖地走下楼。阿巴赫目光痴呆,脸上全无血色,嘴唇神经质地蠕动着。

于平宁把他硬塞进吉普车中，面对蒂娜的询问目光，他只简单地说了一句：

"家人全死了。"

蒂娜打了一个寒战，她从于平宁故意躲开的目光知道，楼上肯定发生了极其可怕的事情。于平宁又说："尸首已托邻人处置了，咱们把他带回埃里温，我开他那辆车。"

但阿巴赫的那辆吉普此时已经咆哮一声，发疯般地向前冲去。于平宁追了两步，没有追上，忙返身跳上伏尔加，指着前边说：

"快！"

吉普一直向东飞驰，蒂娜紧张地驾驶着，躲避着路上的障碍，但始终追不上。于平宁用手扶住方向盘，说：

"我来开车！"

两人艰难地交换了位置，于平宁把油门踩到底，逐渐缩小着与吉普车的距离。前边到了两族人的分界线，路上有一个坚固的街垒。阿巴赫停下车，扛起火箭炮，轰轰两声，街垒炸开一个大洞。于平宁已经追上，急急地喊：

"阿巴赫先生，不要冲动！"

但吉普车猛地一窜，顺着缺口开过去。街垒后有一些人在向后奔跑，吉普车追向他们，喷着火舌，有七八个人中弹倒地。阿巴赫狂怒地咒骂着，抬起枪口向楼房射击。但这时对方已清醒了，无数子弹从街边的掩体和楼窗上射下来。阿巴赫的身体猛烈扭动着，颓倒在方向盘上。吉普车陡然掉头，撞上右侧的墙壁。

跟在后边的于平宁及时刹住车，他轻灵地打一个飞转，把伏尔加掉过头来。在离开前他单手举枪，一个点射，击中了吉普的油箱，那辆车轰然爆炸了。

伏尔加矫捷地开出火力圈，顺着来路飞驰而去。蒂娜愤恨地瞪着于平宁，但找不到话责骂他，因为她尚未来得及替阿巴赫找到"豁免证明"，而且，在于平宁开枪之前，阿巴赫很可能已是死人了。但她仍然非常愤怒，因为在这样的惨剧之后，于平宁还忘不了向阿巴赫补上一枪，这种一丝不苟的"冷静"让她仇恨！

伏尔加越过纳卡，仍沿着来时那条山道返回。蒂娜恨恨地说："是你杀了阿巴赫。"

于平宁斜眼看看她，没有说话。她又补充道："是你第二次杀了阿巴赫。"

于平宁冷淡地说："对，我们没能找到豁免证明。"

蒂娜很想再说几句狠毒的话，但她想到了昨日的约定，想到于平宁"不得不杀人"的痛苦，她把下边的话咽到肚子里，转过头，泪水唰唰地淌下来。

第九章　我是谁

"安小雨，女，28 岁，未婚，中国人，卓有成就的数学家。"

照片上的安小雨十分清纯，像一个天真无邪的中学生，笑得很甜，眸子里甚至未消尽绯色的幻想。从照片上，你看不出她是 01 基地的核心人物。于平宁苦涩地想，不知道自己能否狠下心来向她开枪。已经杀了四个目标，他们大都不像复制人。"我是在干一件不得不干的事，但这并不能减轻良心的谴责。我就像身在地狱的席方平，两个鬼卒正操着大锯轰隆隆锯开我的心脏。等他们解开我身上的绳索时，我就会裂成两片，扑倒在地上。"

但是，他苦笑着想，"如果我以前杀的都错了，那安小雨是复制人间谍的可能性就更大了，至少 50%。"

途中，蒂娜一直满怀敌意地沉默着。一直到图 110 式飞机在北京机场降落，她才开始和于平宁说话。她心绪很乱，说话也颠三倒四。一会儿她说："于先生，这回我们一定细心甄别，好吗？"一会儿又坚决地说："这么清纯的女孩儿绝不会是 K 星间谍！"

于平宁没有理睬这些废话。他得盯紧她，没准她会瞅空往安小雨家里打个电话报警。他开始有些后悔，一时冲动下，把这个麻烦揽到怀里。

到了国内，活动方便多了。他不声不响弄来了一辆风神 700、一支激光枪。然后顺着京广高速公路、洛宜高速公路一路南行，晚上 9 点钟，他们到了荆门附近的一个小镇。

小镇在一片浅山怀抱中，安小雨所住的公寓紧靠着一片青郁的竹林，竹子枝干挺拔，秋风中竹叶飒飒作响。公寓的铁栅栏也是仿竹编结构，自有一番古风野趣。透过栅栏望去，公寓很整洁，但算不上豪华，属于档次稍高的工薪阶层住宅。看来安小雨口袋里没有多少钱。

进公寓需要磁卡，现在他们停在门口，等着一名持有磁卡的房客。蒂娜一声不响，但于平宁能感到她的紧张。她一定在担心，一旦找不到豁免证明——这种希望本来就十分渺茫——她不得不再次"旁观"杀人。

其实，于平宁也在犹豫着：也许先赶到丹江口新湖去解决夏之垂更好一些？如果夏之垂又是错杀，那安小雨就一定是K星间谍，再向她开枪就心安理得了。

他冷笑一声，在心里讥笑自己的矫情。这不过是用愚蠢的逻辑游戏试图减轻良心的自责，他想。他在一路上留下不少痕迹——本来可以不留的，但他不愿多杀人，那两个无辜的女人不在他的使命之内。他要在追捕之网合拢前迅速解决掉最后两个。一旦自己落在警察手里，会使反K局处于很为难的境地。

不要优柔寡断了，也许这个清纯秀丽的姑娘正是K星间谍，她会在甜笑中把70亿地球人送入死亡。他大可不必奉送这些廉价的怜悯。

门外来了一辆汽车，驾驶者摇下车窗，把磁卡塞进道旁的读卡器。大门随之无声地滑开。于平宁赶紧随那辆车开进院内。

他根据表上红点的位置来到103室。侧耳听听，屋内只有哗哗的淋浴声，肯定是安小雨在洗浴。他看看走廊无人，便掏出一根合金钢丝，轻易地捅开门锁。他悄悄推开门，看清客厅无人，便让蒂娜进去，自己也闪身进去，锁好门。

屋内像贝壳一样整洁。窗明几净，淡绿色的窗帘飘拂着。茶几上摆着水果、鲜花和几碟精致的茶点。于平宁闪进其他几间房间探查一遍，没有发现旁人。厨房里已备好了几盘凉菜，看来她今晚有客人。这会儿浴室里的喷头已经关掉，玻璃屏风上挂满了水珠。于平宁返回客厅，示意蒂娜到阳台上回避，自己则从容地坐到沙发上，从固定式烟盒里抽出一支香烟。

浴室中的安小雨隐约听见外边有动静，又有打火点烟的声音，她笑着高声说：

"是老狼吗？我马上出来。茶几上有你爱吃的茶点，你先吃吧！"

夏之垂原定今晚10点钟到。他今天没踩着钟点而是早到了20分钟，可是件怪事。这位绅士十分注重拜访女士的礼节，虽然他们之间早就用不着这么彬彬有礼了。安小雨用毛巾擦干头发，忽然扑哧一声笑了。老狼，她一直这样谑称自己的情人。她曾问，知道这个名字的来历吗？那家伙倒是博览群书的，应声答道："语出《笑林广记》。"《笑林广记》中说，一位侍郎和一位尚书上朝，见一条狗过来，尚书打趣道："是狼（侍郎）是狗？"侍郎才思敏捷，应声对道："下垂是狼，上竖（尚书）是狗"。两人在 01 基地的情人关系是秘密的，相互之间的联系常常使用类似的暗语。

玻璃屏风里的布幔哗的一声拉开，安小雨裹在雪白的浴巾内笑吟吟地走过来。新浴过后，她显得格外清新，肌肤白嫩，目光如水。阳台上的蒂娜心疼地看着，心想，她多像一株滚着露珠的新荷。

安小雨看清来人不是夏之垂，略有些吃惊，但仍保持着微笑：

"请问……"

于平宁掏出激光枪，缓缓地说："三天前，你们乘坐的那架直升机在时空隧道中消失了两分钟，可以肯定，你们六人中至少有一人被掉包。我希望你同我配合，把你的身份甄别清楚。如果不能从一堆核桃中挑出黑仁的，我只好全砸开。"

不要重复这些滥调了，于平宁厌倦地想，"反正要杀死她，这是无法改变的宿命。那片惨绿的光雾，怪异的光蛇……不要怪我的残忍，我是身不由己啊。"

安小雨脸上的惊惧凝固了："你杀了那五个人？"

于平宁摇摇头："夏之垂是最后一个。"

安小雨紧张地瞟一眼时钟。再过 20 分钟，夏之垂就会捧着鲜花准时赶到。她以数学家的明晰思维断定，来人绝不是地球人。如果反 K 局对他们的身份有怀疑，完全可启用"思维迷宫"，而不会坐在这里说什么"甄别你的身份"！凶手一定是第二代 K 星复制人，他们在为 K 星人效劳时还自以为是在为地球尽职。所谓尽力甄别，只不过是减轻犯罪感的自欺手法罢了。

不过，不要妄想唤醒他们，这种潜意识指令是非常有效的。在它的控制下，他们会像执拗的老牛，拿种种不合情理的思维为自己辩护。她知道自己今晚难以逃脱了。自从参加 01 基地，她早已做好了思想准备，在这种生死关头，她暗自庆幸刚才没有在杀手面前直接喊出情人的名字。

一定要保住老狼，保住她的爱人，也为"思维迷宫"小组保留一点火种。快点，不能再犹豫了！

于平宁敏锐地察觉出她在看时钟。"不必担心，"他平静地说，"我不是嗜血杀手，你的老狼即便在这会儿赶来，我也不会动他一根毫毛。"

"我愿为你做那么一点事情。"他苦涩地想。

安小雨在心底苦笑："我相信你是一个好心的杀手，但如果你知道我的客人就是你的下一个目标呢？不能再耽误了。永别了，我的爱人！"

蒂娜作为一个旁观者，紧张地注视着两人的表情，她看到两人的决绝慢慢明朗，感到那个结果正步步逼近。她忙从阳台上跑出来，跳入决斗圈中，急切地说：

"安小姐，你听我说！……我和他不是一路来的，是偶然碰在一块的。请你相信，他的确不想误杀好人。请你努力抓住最后的机会，不要轻易放弃。好吗？我们一起来想办法！"

安小雨微微苦笑。这个天真的女人是从哪里蹦出来的？是真的天真还是伪装天真？她低声说："谢谢这位姑娘。杀手先生，我可以抽支烟吗？"

于平宁点点头。她胆怯地走到茶几对面，在固定烟盒上取下一支烟，又打着了海豚形的固定打火机，俯身去点烟。她的浴巾散开了，酥胸白得耀眼，于平宁下意识地把目光躲开。忽然白光一闪，一把水果刀凶猛地劈过来。于平宁敏捷地举臂一挡，闪身，开枪，这一串动作是在一刹那间完成的。安小雨慢慢倒在地上，左胸处有一个深洞。她的表情慢慢冻结，最后凝结为安详的微笑。

于平宁垂下枪口，苦涩地看着安小雨的尸身，久久不动。他的左臂受了刀伤，鲜血一滴滴汇在地板上，但没有感觉到疼痛。

自己很可能又错杀了一个好人，但这是命中注定的。他抱起安小雨的尸身，平放在沙发上，为她理好衣襟。又从茶几上的鲜花中挑出一只白色的水仙，放到安小雨的胸膛上。

蒂娜痴痴呆呆地看着这场短暂的搏斗，心头翻腾着宿命般的绝望。她就像在看一场电影，知道自己无论怎样叫喊，也改变不了影片的结局。可是这究竟是为什么？于平宁掉头出门，她也木然跟在后面。等坐上汽车，她才发现于平宁的伤势：

"你受伤了！"

于平宁点点头，指指车后："那儿有急救箱。"

蒂娜急忙为他包扎。她在为一个凶手服务，他刚杀了一个可爱的姑娘——可是是那姑娘先动手！蒂娜含着泪恨恨地问：

"这到底是为了什么？她为什么不听我解释？她真的认为自己是间谍吗？"

有一辆车开过来了，驾驶者从窗内送出磁卡，打开门，开进院内。于平宁推开蒂娜，趁大门没关闭前开车出去，然后才回答蒂娜的问话：

"不，她只是逼我早点动手，以免连累了她的客人。你看，很可能就是那个人。"

进院的那辆黑色汽车上走下一个绅士，浅色西服，身体匀称，捧着一束鲜花，步履轻快地走向 103 室。于平宁说：

"我说过不会伤害她的老狼，但她不相信我的诺言。"

他的声音中有那么多的无奈和痛苦，蒂娜对他的怜悯又浮上来，她拉住方向盘说："你受伤了，我来开车吧。"她苦涩地想，自己在心甘情愿地帮助一个杀手，好让他精神饱满地杀另一个人，完成他的最后一个目标。于平宁没有拒绝，与蒂娜对调了座位，然后仰在座椅上休息，风神 700 以 400 千米的时速向丹江口开去。只剩最后一枚核桃了，它应该就是那枚黑仁的。把他干掉，刑期就结束了。

午夜他们赶到了丹江口。在高速公路上行驶时，汽车使用的自动导航档，所以两人都睡了一会儿。于平宁把车停在湖边，下车来到湖畔。一条大坝把这里变成烟波浩渺的人工湖，疏星淡月，四周是青灰色的远山。他长伸懒腰，活动一下筋骨，然后回到车内。

他多少有些奇怪，平时快速抓握手指时骨节会啪啪脆响，今天却没有。

不过没时间去想这些琐事，他告诫自己，目标还未完成，要赶在天亮前解决最后一名。

蒂娜默默地跟在他后边。一路上，她已经想了不知多少办法去"甄别"夏之垂，至少说服夏之垂平心静气地"接受甄别"，她不能在最后一个目标上再次留下自责。但有了安小雨的例子，她知道这都是不切实际的空想。她甚至想，到时故意弄出点响声，警告夏之垂，然后……然后会怎样？让已有防备的夏之垂打死于平宁？

她的神经抖颤一下，赶紧抛弃这个危险打算。可是该怎么办？怎么办？她最终知道了答案：没办法。她已陷在一个黏滞的时空之洞中，只能眼睁睁地看着可怕的现实一点点逼近。只有这时，她才真正理解，为什么于平宁的眸子深处总是飘浮着悲凉和无奈。

"走吧。"

他们上车，朝住宅区开过去。丹江口新湖畔是一幢连一幢的豪华别墅。这儿山清水秀，是中国的地理中心，又有库容为亚洲之最的水库。所以近二十年来，科技界和商界的新贵自发地迁居这里，形成了一个颇具声势的别墅群。这儿的城市布局很好，道路宽敞，市中心保留了大量的绿地，各种风格的建筑在这儿争奇斗艳。

于平宁打开手表式追踪系统，在一个园林式别墅找到了属于夏之垂的那个红点，他把汽车停在200米外的黑影里，领着蒂娜翻过栅栏。他戴上红外线夜视镜，在院内看见一条条纵横交错的红色光束，这是普通的防盗设备。他扭回头声音极低地交代：

"紧跟我的脚印，抬高步子！"

两人从红色光网中穿过去，溜到房侧。一辆风尘仆仆的汽车停在院内，没有开进车库。屋内响起哗哗的淋浴声，看来那人正在洗浴，然后屋里灯熄了。显然夏之垂上床睡觉了。于平宁把激光枪调到低档，在门玻璃上划一个圆，把圆玻璃片取下来，伸手进去打开房门。

他正要示意蒂娜随他进门，忽然感觉到某种不妥。这种感觉是看见那人的汽车时就产生了，但究竟是什么？他一时还抓不住它。他犹豫片刻，想到了金载奎家的爆炸，便示意蒂娜留在原处，不要进去。蒂娜焦灼地摇摇头，哀求地望着于平宁，她一定要进去，尽自己的努力甄别！但于平宁忽然变得十分狰恶，他伏到蒂娜耳边，恶狠狠地说：

"服从命令！有危险！"

蒂娜也想到了金载奎家惊天动地的爆炸，只好顺从地停下，含泪看着"凶手"踏入危险之地。

屋中并没什么异常。卧室门半掩着，夜色中，夏之垂盖着毛巾被正在熟睡。于平宁心中的警灯仍在闪烁，他加倍小心地推开卧室门，用激光枪挑开他身上的毛巾被。忽然灯刷地一下亮了，身后有人咬牙切齿地喝道："举起手来！"

他一愣，慢慢丢下枪，举起双手，从眼角瞥见一支双筒猎枪正在对着自己的后心，床上卧着一个衣服模特，假发被碰掉，裸着肉红色的脑壳。夏之垂的头发是干的，衣帽整齐，他根本没有洗澡。

"夏之垂，男，34岁，著名心理学家，兴趣广泛，爱好打猎登山。"

李剑还告诉他，夏之垂为人机警，他的枪法可以和专业射手相媲美。

他忽然悟到自己刚才那阵不安感觉的根源。刚才看到这辆黑色汽车时，有一种模模糊糊的熟悉感。他见过这辆车的尾部，是在安小雨的公寓里。夏之垂就是安小雨的情人，是那个穿浅色西服、手捧鲜花、步履轻快的绅士。可惜由于夜色浓重，他没及时识别出这辆汽车。

他这才知道安小雨为什么逼他开枪，因为她知道自己的客人恰恰是杀手的下一个目标。

夏之垂绝对料不到一个温馨之夜变成了凶日。与安小雨共事两年，他们早就深深相爱。但01基地太紧张，特别是气氛太严肃、太冷森，不是谈情说爱的地方。所以，一宣布这次放假，两人的目光就对到一块儿了。不过他们并未同行，夏之垂先赶回北京，向父母通报了这件事。父母当然乐得不知高低，34岁的儿子早该成家啦。今晚，他捧着一束鲜花来找安小雨，准备向她正式求婚。

他用小雨给的钥匙打开房门，见安小雨盖着浴巾在沙发上熟睡，胸脯上放着一朵白花。这只装睡的小猫咪，在"这样"的时刻，她能睡得着吗？他忍住笑悄悄走过去，吻吻她的双唇。双唇还是温热的，但他忽然觉出有些异常，也瞥见了地上的一摊鲜血，他惊惧地喊：

"小雨，小雨！"

没有回声。他颤抖地揭开浴巾，在她乳胸处发现一个光滑的黑洞，没有血迹。这是激光枪造成的伤口，激光的高热同时起到止血作用。小雨的心脏已停止跳动，体温正慢慢冷却，手中还握着带血的水果刀。但她的神态十分安详，身上看不到被强暴的痕迹。

夏之垂绝望地跪在沙发前，泪水洒在安小雨身上。

直觉告诉他，这不是简单的暴力凶杀案。凶手是有双重人格的人，他冷酷地开枪后，又整理好尸体，盖上浴巾，还放上一朵白花表示无言的忏悔。

他到底是什么人？安小雨在迎接死亡时为什么会这样安详？……他脑中忽然电光一闪，想到临走前金载奎那句不祥的预言，可惜当时他与安小雨被幸福感迟钝了警觉。

他忍住悲痛，迅速拨通了金载奎的电话。那边，金载奎的妻子哽咽着，用不流利的英语告诉了那个噩耗。他又拨通了莫尔家，听到同样的坏消息。拨犬养次郎和阿巴赫，无人接电话，他算算时差，这会儿两人都应该在家吧，不知道是否遭遇不幸。

这些情况和小雨的不幸已足以证实他的猜测。这个系列凶杀案肯定是K星人的杰作，凶手的双重人格正符合第二代复制人的特征，那是潜意识中K星指令和原身意识中道德观的冲突。

小雨死前显然已了解了真相。她用水果刀逼迫凶手开枪，是为了避免爱人与凶手遭遇，只有这样才能解释她死前的安详。

"我的爱人，我要为你报仇。"他低下身，深情地吻了死者的双唇。

他忍痛告别小雨，没有丝毫延误，立即开车返回。如果没有猜错，凶手就在刚才与他相遇的那辆风神700上，他一定在赶向丹江口去杀最后一个目标。

看来金载奎的怀疑是对的。从实验突然中止，让六人放假，到几个人相继被害，这是一个精心组织的阴谋，主谋肯定在反K局内部，他要捉住凶手，问出幕后人。

他没有向警察通报，如果官方得知，他就不能任意行事了。不，他一定要亲手宰了这个畜生。

身后冷酷地命令：

"走到墙边，把手支在墙上，脚向后移。"于平宁顺从地照办了。后脑勺遭到一记猛击，他眼前一黑，晕了过去。

等他被凉水激醒，他已被拇指粗的尼龙绳绑得结结实实。他对死亡并不害怕，甚至揶揄地想，这下好了，捆得这样紧，等自己被地狱的大锯锯开时，不会变成两半了。夏之垂居高临下地看着他，用激光枪指着他的胸膛，切齿道：

"你这个畜生，你这个丧失自我的僵尸。快告诉我，你的幕后主使是谁？"

于平宁冷笑着说："我的幕后主使？是我对K星人的仇恨，我的妻女都死在他们手里。"

夏之垂懊恼地摇摇头。他坚信面前是K星间谍，但这并不是说那人是在说谎。这个间谍很可能同时又是一个仇恨满腔的受害者，这使夏之垂的仇恨之矛没了着落。他驱走这种想法，换了一种问法：

"那么，是谁派你来的？"

于平宁挣扎坐起来，靠在墙上，他冷笑着说：

"我可以如实奉告，因为现在已经无须隐瞒了，只是这些事实恐怕要影响你对自己的信心。"他简要叙述了事情经过，对于飞碟上方出现的时空之洞格外强调，因为那是最为可靠的事实。"六个人我已杀了五个。盖棺论定，他们恐怕都不是K星间谍，不管是人品高尚的莫尔、阿巴赫、金载奎、安小雨，还是人品龌龊的犬养。这样一来，你就是疑犯之首了。当然，这些话你不会相信，因为你的思维是基于一种盲目的自信：相信自己就是自己。"

夏之垂的目光闪出一丝疑虑。没错，他从没怀疑"自己就是自己"。难

道?……但他随即抖掉这点疑虑,仇恨地说:

"这些鬼话你留着对死神说吧,如果我对自己有怀疑,我自然有办法甄别。为了我的小雨,我一定要宰了你。快祈祷吧,向你那个K星人的上帝。"

于平宁用肩膀顶着墙,慢慢站起来:"我想你是犯了一个错误。你不该扔下猎枪用我的激光枪。"

夏之垂冷笑道:"你不必为我担心,在01基地中这是常见的武器,我会用。"

于平宁微笑道:"但今晚我有一点疏忽,这点疏忽很可能救了我。我在割门玻璃时把手枪的功率调到低档,忘记调回来了。低档激光在这个距离杀不死我。"

夏之垂吃惊地低头看看。不,手枪在F档,那是射击档。他忽然悟出于平宁是在使诈,便立即按动扳机。但于平宁利用了他一刹那的迟疑,扬臂甩掉绳索,向右猛闪身。刚才他已用戒指面上的钻石划断了绳索。他觉得左臂猛然一烫,随之无力地下垂,知道左臂已经断了,但右手已从小腿上拔出一把匕首,扬手甩向夏之垂的咽喉。

夏之垂喉咙咯咯响着,慢慢倒下去,双眼一直仇恨地盯着于平宁。他手中的激光枪扫断了落地灯和书架,它们哗哗地倒下去。夏之垂死了。于平宁忽然觉得极度疲乏,浑身全散架了,他也慢慢地颓在地上。

他的使命已完成。他的意识咯噔一声散开,意识混沌中他看到鬼卒解开他的绳索,五天来一直紧紧捆缚他的绳索,于是他便分成两半,仆倒在地。

他还来得及听见一声女人的尖叫。蒂娜在屋外的安全地带等了十几分钟,屋内一直没什么动静。她实在按捺不住对两人的关切,冒着危险潜到卧室窗下,正好瞧见了最后一幕。她哭喊着跑进来,泪眼模糊地看着地上的两个男人,不知道自己该帮谁。夏之垂已经没救了。这个勇敢的男人为了给情人报仇,壮烈地死了。她真该恨那个天杀的凶手。于平宁昏过去了,他的断臂只剩下一点皮肉和筋腱,没有血迹——她最终把于平宁抱在怀里,唤他,摇他,和着泪水吻他,一边哭诉着:

"怎么会是这样呢,为什么会是这样的结局呢?"

第十章　光　洞

水星，"雨海"地带的 K 星人基地。

仍是荒凉的太空景色，它似乎已凝固在时间里。飞船吸收着太阳的炽热，转化为半圆形的力场，力场圈闭着里面的类地球空气。透明的半圆形空气包像一个低度透镜，使其后的悬崖和深洞显得略有抖动。这是这片死寂世界的唯一动感。

章鱼形的 K 星人仍待在卵形的保护壳内，一动也不动，八只眼睛仰望着天空，活像千万年的老僵尸。一直到太阳落山时，它才懒洋洋地发了一道思想波，立时天空中出现一个奇异的光洞。

不过今天光洞中并未送出一个地球人。

第十一章 自 戕

李剑得到伊凡诺夫将军的通报，知道六个目标已经全部解决了。这个结果已在预料之中。虽然他真诚希望于平宁能从目标中甄别出几个无辜者，但他知道这是不现实的。他对于平宁此行的表现不满意，有两个地方他没把影子割净，留下一些活见证，弄得国际警方追查到国内，不得不动用反K局的高层人士把这事捂住。当然，李剑本人也不愿祸及无辜，不过，万一反K局被牵扯进去，那些终日喊人权博爱的政治家们和记者们一定会把反K局撕碎。那将是整个人类的灾难。这些在奶油中长大的公子哥儿们怎能理解与K星人搏斗的残酷！

将军还告诉他，这几天有两个人一直在追踪于平宁，一个是位女记者，一个是男的。男的已经死在韩国，至死没弄清身份，只知道他是"血牙小组"的成员。问题是，谁把于平宁出门的消息泄了密？他一定是个能接触部分机密的人。将军说，反K局的机要秘书小刘值得怀疑，并且被暗中监视起来了。

01基地里还没人知道六人的死亡，所以很平静。李剑现在很发愁，将来怎么向大家宣布六人"调离"或"失踪"的消息。六个人哪，这必然在基地造成很大震动。还有一点，要迅速安排六个B角顶上来，继续"思维迷宫"的实验。

他突然感觉到强烈的异常，就像一道光流射入他的心脏，使它激烈地跳动着。几乎是同时，技术主任捷涅克像一发炮弹闯进来，急急喊道：

"上校，你看！光洞！"

窗外，天空上出现一个奇异的光洞，绿雾缠绕，一道强光斜射进01基地，光柱上向外吐着一圈圈七彩光环。他的心顿时缩紧了。

这是典型的时空虫洞，是K星人劫持地球人的老伎俩。在上次K星人劫持天使长号飞碟时就曾出现过，但当时飞碟位于基地之外。虫洞直接在基地上空出现，这还是第一次。看来，K星人已经知道六个复制人已被处决，现在要直接向01基地下手了，目标当然就是其中的核心机密——"思维迷宫"。

但他不知道K星人是如何下手的。敌方的高科技和高智商防不胜防，唯一可靠的办法是：干脆毁了它，在K星人下手之前。

这个念头一经产生就按捺不住，在他心中腾腾地跃动着。不能再犹豫了，没有时间了。他立刻找到捷涅克：

"跟我到地下室去，我要检查一下那个装置。"

那位生性严谨的捷克人有点犹豫，这样做不符合安全规定。李剑阴郁地说："不能按部就班地申请报批了。告诉你一个坏消息：莫尔他们六位科学家此刻都已经死了。"

捷涅克被这个消息惊呆了，没有再犹豫，跟他来到地下室，李剑对警卫还了礼，说："加强警戒，今天可能有情况。我和捷涅克主任在里面值班。"

两米厚的铁门有两道门锁，必须用两道钥匙同时操作才能开启。两个锁孔相距三米，以确保一个人不能兼顾两边。李剑和捷涅克分别对付一个门锁，经过长达十分钟的复杂操作，钢门才缓缓升起。两人进去后钢门又缓缓落下。

地下室与外界严格隔绝，它隔热，隔辐射，隔绝电波。这儿是一个绝对无声的世界，即使是轻微的赤足行走声、呼吸声、翻纸声都会被极其灵敏的拾音器收到，放大为霹雳般的声响。这样，外部警卫就会迅速进入戒备状态。

李剑进来后立即关掉了这套系统。他目光奇异地看着捷涅克，后者感到惶惑不解。李剑搂住他的肩：

"来不及解释了，以后你们会理解的。"

猛烈的一击把捷涅克打昏。他把捷涅克拖到里屋，捆好，用胶带粘住嘴巴，仔细检查胶带会不会造成窒息。看看手表，已经11点半了。时间紧迫，他一定要在中午12点钟前完成他的使命。

他急忙坐到主电脑键盘前。01基地为了应付突然事件，在"思维迷宫"装置上设有自毁系统。只要输入一套复杂的指令，装置就会在一声巨响中化为灰烬。

他实在不忍心毁了它。这套装置是科技界的精英们殚精竭虑，费时两年才搞成的，其中也有他自己的多少心血。一旦毁坏，地球人将怎样对付真假莫辨的 K 星间谍？

但不能再犹豫了。一旦 K 星人得到这个装置，掌握它的秘密，会对地球人造成更严重的损害。

手表的滴答声在密室里像一声声雷鸣，也像一记记鞭抽，他横下心，飞快地敲击键盘，把自毁指令输进去。不过意识深处仍在悄悄向外渗着怀疑。他的行动真的正确吗？毁了"思维迷宫"是否真正符合人类的最高利益？

在敲击最后一项指令即自毁时间时，他的怀疑也达到了顶峰。但这种怀疑迅即被一波反向的大浪压下去——他当然应该相信自己的判断，他必须把装置毁掉。

他在两种念头的搏斗中呻吟着。"好吧，我仅仅来一点小改动，我只把时间推迟一分钟，这微不足道的一分钟不会影响我的使命。"

输完指令，他立即离开地下室，没有恢复拾音系统。他锁闭了钢门（锁闭时不需两人操作），对警卫说：

"捷涅克主任在里面值班，我晚上来换他。"

他匆匆回到自己的办公室，关好门，失神地盯着时钟，他实在不忍心目睹装置的毁灭，不过他确信自毁指令一定会执行。

时钟敲响 12 点，在令人窒息的死寂中又过了一分钟。现在，他确信他的使命已经完成。他的精神一下子散架，仿佛听到体内的碎裂声。

断臂的疼痛使于平宁悠悠醒来，他听见一个女人喜悦的哭喊声：
"醒了，你终于醒了！"

蒂娜的脸逐渐从虚幻中浮出来，泪水浸着满脸的喜悦。自己已经断了的左臂以怪异的角度弯曲着。他旁边是夏之垂的尸体，喉间插着匕首，两眼圆睁着。突然，一种莫可名状的恐惧来叩击他的精神之门，他呆呆地望着什么，忘记了剧痛。

几天来他辛辛苦苦，万里追杀，前边始终有一只魔鬼的号角暗暗地引他前进。现在，号角声突然消失，他发现自己已跌入地狱。

"我究竟是谁？我干了什么？"

为什么一定要追杀六个人？即使他们之中混有K星复制人，也完全可以用"思维迷宫"甄别。他在"甄别"犬养次郎时，那个人品卑劣的家伙已经透露了这个秘密。为什么在追杀后四个人时，在长达三天的时间里，他一直"不愿"想到这一点？

"惨绿色的光雾，怪异的光蛇！"

蒂娜听到于平宁的自语，奇怪地问："你说什么？"

于平宁忽然打起寒战，连续的不可遏止的寒战。那片绿光并不是怀念妻女的幻觉，而是宁西公路上真实情景的潜记忆！莫尔和夏之垂没有说错，自己——严格说不是自己，而是自己的原型，曾在宁西公路上被K星人劫持、消灭、掉包成一模一样的复制人。时间发生在于平宁接到将军命令返回基地的途中。于平宁的所有记忆所有情感包括对K星人的切齿之恨都被保留，只是在潜意识中多了一道罪恶的指令。

他对K星人的仇恨被改头换面，变成为K星人卖命的狂热。

"第七个人……"

"什么第七个人？"

他坚决不杀直升机上七人中的驾驶员，为什么？因为在K星人指令中只设定了六个目标。

"小白花……"

"什么小白花，你在说什么？"

每人被杀后，他都要放上一朵小白花，尽管他清楚地知道这朵小白花肯定会引起警方的怀疑。为什么？这是于平宁的原身意识在默默地反抗，是为了借此引起警方的注意。

"席方平……"

"平宁你在说什么？你醒醒！"

几天来，他一直在心里保留着席方平受锯刑的场景，多次梦见自己被锯成两半。这些，其实都是他的潜意识对于体内两个人格的描述啊。

他粗暴地推开蒂娜,挣扎着站起来,用力抓握右手手指。不,没有那种清脆的响声,这大概是K星人在复制中唯一的失真。他曾发现了这个问题,但随之逃避了:"现在没时间想这些琐事。"一定是可恶的潜意识指令及时地干扰了他的正常思维。

他面色惨然,脸肌抽搐。下面这点事实01基地还不清楚——当复制人完成K星人的指令后,当他们意识中不再存在这个毒瘤时,他就突然清醒了,复原了,回归成一个真正的地球人。

"你在梦游中杀死了母亲,现在你得醒过来,欣赏自己的杰作。"

蒂娜心惊胆战地看着他。他目光中燃烧着疯狂,脸部被痛苦扭曲。他正在意识中碎割自己。蒂娜抱着他使劲摇撼,喊着:

"于平宁,你醒醒!你还在梦魇中,快醒醒!"

于平宁长吁一口气。"我已经醒了。"他弯腰拾起激光枪,递给蒂娜,"你会用激光枪吗?现在它在射击档,保险也已打开。呶,拿上它,退后两步,指着我。"

蒂娜莫名其妙地照办了,更加担心地看着于平宁。于平宁说:"现在可以告诉你,那个间谍复制人已经确定了,不是莫尔、犬养、金载奎、阿巴赫,也不是安小雨和夏之垂。复制人间谍就是残杀了这六个人的该死的凶手,就是我自己。"

宇宙在刹那间倒塌了。蒂娜手中的枪口颤抖着对准了于平宁的胸膛,听他冷静地剖析着全过程:

"……因此,只有我才是那个万恶的复制人。"

蒂娜逐渐信服了。这确实是最符合情理的结论。但事实明朗后是更大的惶惑,她该怎么办?一枪打死他?正是他主动坦承了这些事实,把激光枪亲手交给她。他的罪恶恰恰因为他的忠诚,这会儿他正处在最残酷的自戕之中。

她痛苦地低声喊:

"天哪,我该怎么办?"

"你可以一枪崩了我,为安小雨他们六个报仇。不过,还是把这一枪推迟两天吧。这个杀死六人的行动并非我制定的,所以反K局的高层肯定还有一个复制人间谍，我要把他揪出来，这样我可以死得安心些。好吗？"

蒂娜沉默良久后垂下枪口，苦笑道："我听你的。于……如果到那时我必须向你开枪，我会陪你一块儿死。"

于平宁看着她，把感激埋在心底。他把自己的断臂放在桌子上，命令道："来，用激光枪切掉它！"蒂娜走过去，打开激光枪，小心地切掉残臂。又到医疗箱里拿来药品和绷带，仔细包扎好。于平宁走到夏之垂身旁，轻轻拔下他喉咙上的匕首，合上他的双眼，声音喑哑地吩咐蒂娜：

"帮我一把，把他抬到床上。"

他们费力地把已经僵硬的尸体放在床上，用被单盖好。于平宁在室内花瓶里挑一朵茉莉，轻轻放在夏之垂胸前。

"蒂娜，现在咱们可以走了。"

他把汽车挡位换成自动导航挡，目的地定在 01 基地。风神车飞驰而去。

中午 12 点 40 分，他们到达 01 基地。于平宁通过了门卫的检查，要求会见李剑，并请李剑为蒂娜发放临时通行证。这种手续是异常烦琐的，还要上报反 K 局批准。门卫同情地看着他的断臂，立即向基地内打了电话。十分钟后，门卫笑着说："请进，今天是李剑主任特批的。"

基地内很平静，看来六人的死讯还没有传开。一名警卫把他领到李剑的办公室后随即离开。于平宁表情痛苦，右手托着断臂，用肩膀顶开门走进去。他的断臂窝里藏着一把手枪，可以很方便地抽出来。李剑绝不是等闲之辈，他必须小心。

当他从潜意识指令中解放出来，他对李剑的怀疑也同时萌生了。是谁夸大事情的紧迫性，草率地决定处死六人？是谁故意回避"思维迷宫"已基本成功的事实？是李剑和伊凡诺夫，前者最可疑。

他相信自己能甄别出这个万恶的间谍，因为，他苦笑着想，作为一个过来人，没有谁比他更了解复制人了：他们扭曲的心理、下意识的逃避、两种人格的潜在冲突……揪出另一个 K 星间谍，是他自己死前唯一能做的弥补。

但屋内的情形是他没料到的。李剑眼睛布满红丝，神情颓丧，正在拼命地灌酒，这与往日的李剑判若两人。他冷冷地盯着于平宁，目光中尽是鄙夷和刻毒的嘲讽，于平宁也冷冷地盯着他。

"六个人已经全部杀死了。"于平宁闷声说。

"我已经知道了，这正是我喝酒的原因。"

仇恨在胸中逐渐膨胀，堵塞了呼吸。于平宁嘎声说："你在庆贺胜利？"

李剑不回答，又灌了一口，恶毒地笑着，忽然问："你的指令已经完成了吧，看来你一定意识到了这一点。"

血液冲到于平宁头上。他愤恨地想，这杂种在戏弄他，就像一条蛇玩弄嘴边的老鼠。这个畜生！他从臂窝抽出手枪，声音枯涩地说：

"你这个畜生，K星人的狗。"

蒂娜站在远处，此时紧张地端平激光枪，瞄准李剑的胸口，李剑摔碎酒杯，昂然迎着枪口走过来："开枪吧，你这个混蛋复制人。告诉你，我的指令也完成了！"

于平宁缓缓地说："你的指令？"

"对，我的指令是毁掉'思维迷宫'装置，我刚刚把它炸毁了。六个主要研究者也被你杀光，地球人在几年内很难恢复元气。告诉你，我的指令完成后，我也复原了，变成了李剑，那个对K星人刻骨仇恨的李剑。哈哈！"

他笑得十分凄厉，像一头濒死的狼。他刚刚经历了和于平宁完全相同的心路历程。夏之垂两年前曾预言，K星劫持的目标一定是那些最自信、神经最坚强的人，因为这些人"从不怀疑自己"。他说对了，于平宁和自己正是这样的人。

看着李剑的癫狂，于平宁的枪口慢慢垂下去，他怎么没想到这一点？早该想到的，李剑和他是同病相怜。他的胸膛也要爆炸，他也想凄厉地长嚎……忽然一个念头浮出来，他努力想抓住它，就像溺水者想抓住一根树枝："思维迷宫"已被李剑炸毁？为什么基地内竟没有一点动静？他怀疑地问：

"你把'思维迷宫'炸毁了？"

李剑立即竖起浑身的尖刺："我当然炸毁了！自毁时间设在12：01。但'思维迷宫'设在十米深的地下，有两米厚的钢门，我又关闭了里面的拾音器，所以还没有人发现。"

"你应该相信我的判断。那个装置确实在 12：01 被炸毁了。"

于平宁神色不动地看着他，猜出这里面肯定有蹊跷。自认识李剑之后，他们一直有惺惺相惜之意。李剑行事果断，坚强自信，思维敏锐，绝不在他之下。还有祖马廖夫，这"三剑客"是伊凡诺夫当之无愧的三条鼎足。他今天为什么这么喋喋不休？这不像他的为人。

于平宁敏捷地思考着，思路逐渐明朗。答案可能是这样的：李剑以超出常人的顽强毅力，迫使自己相信这个装置已被炸毁，这样他才能从潜意识指令中清醒过来。

没有错，"思维迷宫"一定没有被毁。否则尽管它设在隔音地下室，至少钢门旁的守卫会有所察觉。他暗暗钦佩李剑——他比自己强得太多了！作为一个过来人，他知道 K 星人埋下的潜意识指令是何等强大。它无影无形，无处不在，和你原身的思维绞结纠缠，撕扯不清。李剑能从这张大网里艰难地脱身，实在太难了！

他不敢追问下去。面前的李剑正在尽力支撑那个假的事实，一旦他知道"使命"并未完成，也许那个指令又会死灰复燃，他又会变成难以对付的 K 星间谍。

自己要帮他完成他的心愿，于平宁想。蒂娜仍在墙角端着激光枪，目光惶然地轮流看着两个男人。她大概还没有明白这里的弯弯绕。于平宁忽然朗声大笑，把手枪哗地推向长桌对面的李剑，用仅存的右手夺过酒瓶豪饮起来。

"嗨，多好的酒。李剑，我告诉你，死前咱们能干一件很不错的事——你我都可以宰掉一个可恶的 K 星间谍。喂，把你的枪推过来。"

李剑也放声大笑。好，杀死这两个复制人，就不用担心某个危险会复活了。他掏出自己的手枪哗地推过去，捡起于平宁的手枪。两人坐在长桌对面痛饮一番，然后摔碎酒瓶，两个枪口慢慢抬起。于平宁微笑着问：

"有什么未了之事吗？"

李剑苦笑着说："有点放心不下'那个人'的妻儿——莫如慧、小豹头，他们在盼着丈夫和爸爸呢。不过，我反正是没脸见他们的。不想它了。"

于平宁也想起那个"于平宁"的妻女，想起她们死前的那一幕，想起新田鹤子的柔情，想起古道热肠的将军，还有蒂娜带泪的热吻……他一挥手，高兴地说：

"瞄准眉心，我数到三，两人同时开枪。瞄得准一点，咱俩都是神枪手，最后一枪可别丢丑啊。"

李剑笑道："放心吧，我们可以来个竞赛，明天请老将军来检查弹着点。"

他们互道永别，于平宁兴致勃勃地喊：

"准备，一、二……"

忽然屋内一亮，漂亮的枝形吊灯被激光扫断，正好落在长桌中间，摔得稀碎。蒂娜走过来，怒不可遏地挥舞着激光枪。她终于弄明白了其中的弯弯绕，这会儿破口大骂：

"两个目中无人的混蛋男人，你们忘记了屋内还有一个女人？你们送死前不能征求一下她的意见，和她道一声永别？"她怒气冲冲地走到两人中间，把激光枪啪地摔在桌子上。"于平宁，我听明白了你们的想法，你俩想帮对方送死，一死百了，只求无愧于心。这是最愚蠢的想法，表面上英雄，实际是懦弱逃避！"

这一番责骂确实使两个男人面有惭色，两只枪口也垂下去了。蒂娜又拾起激光枪，瞄准李剑的胸膛，恨恨地说：

"特别是你。我知道你曾受制于强大的K星人指令，但即使在那样深重黏滞的黑暗中，你还是努力浮了上来。现在，你已经清醒了，那个指令至少已暂时失效了，难道它还能再次控制你？你对自己如此没有信心？李剑，现在你仔细听着，"她一字一句地说，"你是个地球人，曾被K星人复制并被植入K星人指令。这个指令是让你炸毁'思维迷宫'，但你用顽强的毅力挫败了它的控制。'思维迷宫'肯定没有毁，现在你打个电话验证一下，不要逃避。如果那个魔鬼真的在你头脑中复活，我和于平宁再打死你不迟。请吧。"

李剑想，这个女人说得对，他是在逃避某个事实。现在他要克服恐惧，直接面对它。他横下心，按下一个电钮，屏幕上立刻显出地下室的景象，"思维迷宫"安然无恙,捷涅克仍在昏迷中。这个事实立刻使一道堤防轰然溃决,浊浪呼啸着漫过大脑,想淹没他的思维。但已经清醒的主体意识立即挺身迎上去。两者轰然相撞后,浊浪慢慢平息……他疲乏地擦擦冷汗,目光清醒地说:

"好了,我已经摆脱潜意识指令了。谢谢你,这位不知名的女人。"

于平宁扑过去和他紧紧拥抱,蒂娜也扑上去,三人拥抱着笑成一团,但笑容中和着泪水。

片刻的兴奋后,三个人都冷静下来。李剑说:

"谢谢你,蒂娜,你比两个男人更有勇气。不过既然还要活下去,我们得做点事情。现在有了两个已经苏醒的复制人,这种机会很难得的,不能辜负了它。"

于平宁沉思地说:"我常常梦见被复制时的情景,过去我以为它只是一场噩梦。现在知道,这些梦境很可能是K星人水星基地的面貌:荒凉的环形山和悬崖,一个硕大的透明的空气透镜,周围到处是地球飞船的残骸。我进入力场,被一支粗管吸起,离散化,又被还原……"

李剑接口说:"对,一个奇怪的K星人,像只章鱼,裹在卵圆形的卵泡内,身体是柔软的,可以在地上蠕动,八只死鱼样的小眼睛……"

这些场景慢慢浮现,逐渐清晰。忆起这些前生之梦,两人都不由打个寒战,蒂娜奇怪地问:

"K星人只有一个?"

"我只记得一个。"

"他们的科技手段那样高超,为什么不直接进攻地球,却一直采取这样迂回的方式?"

于平宁点头道:"李剑,蒂娜问得对。科技进步一定有它的代价。拿人类来说,就丧失了猿人的强悍,抗病能力减弱了,方位感和嗅觉退化了……K星人也可能在某些方面非常脆弱,只要我们能接近,就能找出机会消灭它。"

"你想去水星基地?"

"对。"

蒂娜忙问:"怎么去?"

"偷一艘飞船,我可以驾驶,我接受过飞船驾驶速成训练。我们可以以复制人的身份去欺骗 K 星人,就说我们已完成了指令,正被地球人追杀,所以来水星寻求庇护。"

李剑说:"不知道能否骗过那个老妖精,不过值得一试,反正这是最后的机会了。蒂娜你留在这里,不要跟我们去送死。"

"不,我一定要去。我就说我是于平宁的恋人,生死不渝,甚至不惜跟他去投奔敌人。希望这种身份能使 K 星人相信。"

于平宁看看蒂娜,知道劝也没用,也就没有废话。他走过去,把蒂娜揽在怀里,两人默默体味着这色调凄绝的爱情。

李剑说:

"事不宜迟,等捷涅克弄出响动来就麻烦了,我们出发吧。"他拿起电话吩咐基地机场,"立即准备好天使长号飞碟,我和两位客人要使用。不需要驾驶员。"

于平宁声音低沉地说:"将军那儿就不必打招呼了,我们没脸见他。再说,让地球人在背后追杀着逃往水星,可能更真实一些。"

也许他们一去不返,地球人将永远诅咒这三名叛徒。李剑想起了爱妻和娇儿,他们也将诅咒自己的丈夫和父亲。但他没有说话,默然同两人握手,然后领他们坐电梯到楼顶。飞碟已从空中轻捷地落下来。

第十二章　三剑客

30分钟后，飞碟向下钻出云层。前面是长江宽阔的水面，船只络绎不绝。飞碟稍稍向北盘旋，下面是一圈莲花状的山峰，这里山深林密，几乎没有人迹，仍保持着古朴的面貌。其实，莲花十峰已被建成巨大的发射井。指挥台也在山腹内，用地道和各发射井相连。只要听见紧急起飞令，伪装的井盖就会在一分钟内旋开，十艘飞船将在烟火飞腾中升空。

于平宁曾率特别行动处来这儿实战演习，对这儿很熟悉。他让李剑把飞碟停到入口处，三人走下来，向警卫还礼。李剑和于平宁先进行指纹和瞳纹等检查，这是反K局的通用程序，身份确认后，警卫问：

"李剑上校，于平宁上校，你们来这儿有公务吗？"

于平宁简短地说："请接通祖马廖夫，我和他讲。"

祖马廖夫出现在屏幕上："你们好，两位贵客，不，三位，还有一位女士呢。衷心欢迎你们！"

于平宁说："老祖你好。我和李剑有急事，还有这位蒂娜女士，请为她办理进基地手续。"

"好的。"他对警卫交代几句，警卫对蒂娜进行了全套检查，把她的指纹、瞳纹等记录在案，然后领他们进入电梯。

电梯下行大约200米后停止，祖马廖夫在门口微笑迎候，依次拥抱三人："你好，小李、小于，还有钱小姐。"这是一个黑熊一样强壮的俄国佬，40岁左右，身高将近两米。与他相比，李剑、于平宁都成了小孩子，依偎在于平宁身边的蒂娜更成了袖珍姑娘。"多漂亮的姑娘，小于，不能放过机会哨。"

他哈哈大笑。进入办公室，勤务送上热气腾腾的咖啡。于平宁说：

"有机密要务，不要有人打扰。"

祖马廖夫对着通话器吩咐："我有重要客人。除非反 K 局的紧急电话，其他电话暂不要接进来。"

他领三人走进密室，关上门，让三人坐下。他也坐到转椅上，严肃地说："开始吧。你们两位联袂而来，我知道一定有不同寻常的要务。"

李剑和于平宁同时跳起来，掏出手枪，一左一右逼住祖马廖夫。祖马廖夫瞪着眼说："这是干什么？"

于平宁苦笑道："这是为你着想。我们需要制造这么一幕武力胁迫的场景。现在，请你耐着性子听完我们的故事。"

蒂娜说："让我来讲吧。"于是，她口齿伶俐地叙述了这些天的所见所闻：她如何追踪于平宁，如何被于平宁从火中救出，如何目睹他一次又一次杀人。还有他完成 K 星指令后的清醒和痛苦，李剑战胜潜意识指令的顽强，两人在痛苦中的求死，直到自己的介入及他们的秘密计划。她声泪俱下地说：

"祖马廖夫先生，你和他们是好朋友，请你用自己的心判断一下，我说的是真情还是谎言。我们这次去水星，成功的几率很低，比起万年修行的 K 星人妖魔，地球人的智力恐怕不值他们一笑。但无论如何，请你帮我们试一试，为了地球和人类。好吗？"

祖马廖夫沉思了很长时间，平静地说："我决不会与你们合谋。但我正在两个枪口的监视下，两个持枪人又是反 K 局内第一流的好手，我无能为力。"

三人点点头，心照不宣。于平宁说："请你命令某艘飞船上的两名人员离开发射井。"

祖马廖夫点点头，摁下一号通话口："汪士为，黎德永，你们离开发射井，返回指挥中心，太空服留下。再准备一套 160 厘米尺寸的太空服，有人接替你们。"

这些飞船都是 24 小时戒备。通话器的屏幕上，两名太空人穿戴着太空服，手中拿着头盔，对着屏幕立正回答：

"是，1 号明白。"

等两人离开飞船，于平宁拿着绳索走过去，低声说："对不起，老祖，我要捆上你了。"他和李剑把祖马廖夫牢牢捆在转椅上，用胶带封住嘴巴，然后三位老友用目光告别。

于平宁向屋内送出最后一瞥，毅然按下紧急警报。在刺耳的警报声中，三人跑到楼下，迅速跨进1号通道。自动车高速向1号发射井开过去。凄厉的警报响彻宁静的群山，太空舰队的成员们立即进入飞船，关紧舱门。所有地勤人员都各就各位。十个发射井盖缓缓打开。

自动车停下了。三个人从车上跳下，迅速穿戴好太空服，于平宁过来帮蒂娜戴好头盔。头盔里蒂娜目光炽热，既紧张又亢奋。于平宁心头作疼，多可爱的姑娘，他真不想领她踏入不归路。但他什么也没说，领着两人迅速爬上舷梯，进入飞船。

除了中央控制台外，飞船内也有点火按钮。于平宁坐到驾驶的座位上，看看右侧的李剑，看看后边的蒂娜，说：

"我要点火了。"

那两人忘了打开内部通话器，没听见于平宁在说什么，但他们都庄重地点头。于平宁摁下点火按钮，立时一声轰鸣，大地微微颤抖着，烟雾从发射井腾空而起。飞船缓缓升出井口，射出强烈的黄色光芒。等越出井口，飞船急剧加速，很快升到天顶，然后改变方向，沿着地球切线的方向飞走。

这艘飞船一点火，发射场里立刻一片慌乱，其他九艘飞船的乘员急急喊话：

"指挥塔，为什么1号飞船突然点火？是不是指挥系统出了故障？"

指挥塔没有人能回答这个问题，急忙把电话打到祖马廖夫的办公室，没有回音。几分钟后，警卫人员闯进办公室，见将军正在椅子上挣扎。他们赶紧割断绳索，撕下封口的胶带。祖马廖夫扑到通话器上喊：

"2号、3号飞船立即升空，任务是击落1号飞船。请注意，为了安全，不要飞出地球100万千米之外，追击不上就立即返回。现在执行命令！"

两艘飞船随之呼啸腾空。祖马廖夫来到指挥塔，紧张地看着屏幕。实际他很清楚，2号和3号的起飞迟了十分钟，不可能追上1号了。他但愿自己对三人的判断是准确的，没有放走三个真正的K星间谍。至于自己此后的命运，此刻他不愿多想。

这三艘激光驱动的飞船已飞到十万千米之外,指挥塔忽然收到2号的呼叫:

"指挥塔,前方出现光洞!叛逆飞船突然消失!"

他的心忽然沉了下去。他愿意相信李剑和于平宁,但K星人的接应又是怎么回事?是事先的密谋,还是K星人的机敏反应?祖马廖夫摇摇头,对两艘飞船下了命令:

"立即避开光洞,返回地球!"

然后他来到指挥塔的密室里,要通了反K局的电话。现在,他该向伊凡诺夫将军自杀谢罪了,他苦笑着想。秘书告诉他,将军不在这儿,他到01基地处理一件紧急公务,请祖马廖夫将军与那里联系。

在那间坚固的地下室里,捷涅克奋力挣扎了几小时。他的心脏怦怦跳动,在这间静音室里就像一声声炸雷。几个小时前,他从昏晕中醒来,隔着屋门,依稀能听见李剑在敲击键盘。这个混蛋在干什么?输入自毁指令?他真不愿相信这一切。李剑在他心目中十分高大,他宁可怀疑自己是间谍也不会怀疑李剑。可是,偏偏这又是事实!

听着李剑停止了操作,走到大门口,钢门轰轰隆隆拉开又关闭。捷涅克挣扎着想弄松捆绑。刚才李剑说"以后你会理解我的",以后?在装置自爆的一声巨响里去理解他?

他在心里恨恨地咒骂着,尽力挣扎着,终于弄开了绳索,取下封口的胶带。他几乎已精疲力竭了,仍挣扎着走到门口,先恢复了内部的拾音系统。门外的警卫立即听到钢门后的巨响,警报发疯般响起来。然后他们听见屋内捷涅克雷鸣般的喊声:

"李剑叛变,迅速通知伊凡诺夫将军!"

01基地立即一片慌乱,就像被浇了沸水的蚁窝。他们进行过多次演习,考虑了一切危险,就是没考虑到负责安全的最高官员会叛变。三木正冶立即赶到办公室,下了一连串的命令:封锁大门,全体人员进入一级战备。立即通报将军。搜索天使长号飞碟的去向……

20分钟后，伊凡诺夫将军匆匆赶来，新田鹤子跟在后边，他们的面色都十分阴郁。他们赶到地下室，用备用钥匙打开钢门。捷涅克正坐在电脑前发愣，将军进去后他也没有行礼。将军走近他时他扭回头，困惑地说：

"将军，装置安然无恙！今天上午，那个可恶的间谍把我打晕，我苏醒后听见他正在输入自毁指令。可是我刚检查过，真奇怪。他准确无误地输入了整套复杂的指令，但在最后设定自爆时间时，却犯了一个可笑的错误，"捷涅克强调道，"真的是一个十分可笑绝不该犯的错误，他输的时间是11点61分，所以电脑拒绝执行。"

将军带他回到办公室，详细询问了今天的一切。听完后，将军神色阴郁，心中绞疼。他十分喜爱这两个部下，不愿把他们同万恶的间谍联系起来。新田鹤子坐在角落里忍泪听着这些叙述。原来于平宁断了一支胳臂，他一定受苦了……可是，不能这样想，他是一个可恶的间谍啊！

电话响了，是祖马廖夫的："将军，李剑和于平宁刚刚乘坐1号飞船逃离地球。我命令2号、3号飞船追击，但他们已被K星人在光洞中接应走。我请求处分。"

在屏幕上，他并不像十分沉痛或沮丧。伊凡诺夫神色不动，但心里暗暗怀疑。飞船发射场戒备森严，纵然于平宁和李剑神通广大，又熟悉内情，也不至于盗走一艘飞船。这里是否还有什么隐情？他命令道：

"把你的工作交给副手，速来01基地见我。"

"是。"

半个小时后，祖马廖夫在警卫押解下来到01基地，他要求面见将军。两人密谈了将近一个小时。

第二天，祖马廖夫被撤职关押，等候处理。伊凡诺夫向世界政府递交了辞职报告，表示自己应对反K局的失败负责。莫尔等六人被K星人杀死的消息也开始传开，反K局的三个主要基地：01基地、太空舰队和特别行动处，都弥漫着惊惶不安的情绪。

第十三章　万年老妖

飞碟被吸进光洞。在时空虫洞中飞行时，飞船的四周和后面是绝对的黑暗，所有星星全挤在前方，那儿变得异常明亮。于平宁和李剑互相看看对方，默然点头。他们同时忆起了不久前相同的场景。

很快，飞碟被光洞吐出来，伴着七彩光环平缓落下，停在力场的圆顶。眼下是似曾相识的景象：一个巨大的半球形力场在飞碟下微微颤动，形状奇特的K星飞船停在半球形之内。球体外面是像月球一样的洪荒之地，有大大小小的环形山，有悬崖深涧和雨海中呈放射形的山脉，表面都被核火焰烧融。还有遍地的飞船残骸，显示着这儿发生过激烈的战事。

于平宁对着飞碟通话器喊："我们是两个K星复制人，已经完成了潜意识指令，现在被地球人追杀，请求你们的庇护！"

喊话之后，三个人忐忑不安地等待着。他们看到了那个卵圆形的卵泡，感受到了"准许进入"的信息。力场之壁被打开，飞船慢慢下落，停在地面上，然后力场又很快恢复原状。

三人脱下太空服，打开舱门走下去。他们紧紧地盯着那个丑陋的K星人，一时不知道往下该怎么做。他们恨不得马上杀了他，但现在还不是时候。他们得先设法麻痹这个万年老妖……忽然，三个人不由自主飘浮起来，在空中转了180°，半躺在三个平台上，三根管子慢慢伸出来，悬在三人头顶。位于中间的于平宁大声说：

"他要把我们再次分解复制了！"

他在心里苦笑。他们曾对来到水星后的种种遭遇做了猜想，商量了应付办法，却没料到面临又一次解体复制。几分钟后，谁知道在这儿复制出的是什么人？经过第二次复制后他们会不会仍然保留记忆？他看到李剑和蒂娜的眼睛里是同样的悲凉，也有同样的坚定。尽人事听天命吧，无论如何，他们在解体过程中也要努力保持自我。

于平宁感到自己的身体逐渐虚浮，离散为无数粒子，沿着一个漏斗形的黑洞吸进去，又吐出来。粒子逐渐合拢，黏结，终于他感到了自己的实体。

他欣慰地感觉到，在整个过程中，那个自我始终存在，即使已经失去了本体，它仍在冥冥中不断地发出警示。现在，在短暂的晕眩之后，他清醒了，启动了第一束思维之波：

"我是谁？"

大脑中的记忆非常清晰："我是于平宁。我曾被K星人复制，做出了千古憾事。现在我来这儿，寻找机会消灭K星人。"

"好，我仍然存在。"他看看李剑，他的目光同样明朗。两人相视而笑，心照不宣。他再看看蒂娜。他担心蒂娜没有经历过被复制的经历，可能会失去记忆。但蒂娜的目光同样清醒，同样有心照不宣的默契，他们都笑了。

三人听见K星人在说话，那是叽里咕噜的古怪声调，但奇怪的是，这些话传到各人大脑时却转换成标准的中国话：

"三个人，你们进来。"

他们从平台上下来，梦游般踉跄几步，逐渐熟悉了自己的新身体。在水星的低重力环境下，三个人步态轻盈地走进K星飞船。

K星飞船简直像一个小宇宙，舱室极其宽阔。没有他们熟悉的管道、仪表、舱门等设施。柔软的大卵泡里，那个K星凶魔一动不动，八只小眼睛呆愣愣的。这个软体动物不像有什么自卫能力，三个人真想立刻冲过去把它掐死，但他们小心地隐藏着自己的仇恨。这时，K星人又说话了：

"欢迎三位复制人。现在你们想不想观看自己的思维？"

他们立刻在虚空中看到这样一幕幻景：他们三个立在原地不动，但三个虚像从各自的身体里飘出来，争先恐后扑向卵泡，用力掐，用力咬，愤恨在他们脸上表现得淋漓尽致。K星人咯咯地笑了：

"你们竟想欺骗我？一群傻瓜！"

三个人悲哀地互相看看,知道他们的使命已经失败了。在K星人超高的科技手段下,他们没有任何还手之力。既然如此,李剑痛痛快快地承认:

"对,我们是想找机会杀死你,可惜双方的科技太悬殊了。不过我们已尽了力,死而无悔!"

K星人问:"为什么要杀我?"

于平宁勃然大怒,痛快淋漓地骂道:"为什么?你这个没有人性的万年老妖,你为什么抢占我们的地球?你残杀了多少无辜的地球人?人类不会向你屈服,哪怕战到最后一个人!"

K星人不屑地说:"谁说我想占领地球?不,我不想,银河系尽在我的掌握之中,我可以居住在任何地方。地球我只是路过。但我是一个好奇的观察者,想通过复制地球人的手段深入到你们的意识中,去观察你们的本性。有时我甚至有意在复制时造成两分钟的时间缺失,那样地球人的反应会更有趣一些,更好玩一些。至于你们说的杀人,那只是一堆原子在某种集合后的解体,用不着大惊小怪。地球人在观察动物时,不是也经常造成这种解体吗?豚鼠、白鼠、恒河猴、青蛙……是不是?而且说到底,我从未动手杀人,是你们自己杀死自己的。凶手是潜藏在你们心中的残忍和嗜杀,是你们根深蒂固的兽性。知道吗,这恰恰是我要观察的内容。"

三个人震惊地面面相觑。他们想不到地球人曾以为的星际战争和灭顶浩劫,原来只是缘于一个外星老人的执拗的好奇心。一个老顽童毁坏了蚁穴,蚂蚁们则用它可怜的小脑袋去分析挖巢者的动机。他们悲哀地感到,这个K星人完全无法理解,连诅咒都落不到它身上。K星人又说:

"不过,我对你们两个人,不,三个人,蛮感兴趣。你们有一种叫'信念'的东西,在复制之后还能保存。要知道,在我的复制技术中,一向只能保存具象的记忆,不能保持抽象的信念。但你们的信念却能完整保留,尽管它们只是低层次的仇恨。"

K星人停顿片刻,突如其来地宣布:

"行了,为了你们三个好玩的家伙,我答应你们不再观察地球,不再造成结构解体。我要结束这次观察,现在就离开太阳系。"

三个人目瞪口呆，惊定后欣喜莫名。他们绝对想不到局势会这样急转直下。李剑和于平宁沉默着，心中在忖度能不能相信K星人这番表白。蒂娜第一个作出反应，欢呼道：

"谢谢你，我代表人类谢谢你！"

K星人不好意思地说："不用谢，说起来麻烦还是我挑起的。可是，在我离开之前，我有一个小小的要求。"

蒂娜不知不觉换了口气，就像是大姐姐哄劝小弟弟："你说吧，我们一定会满足。"

K星人说：

"我来自十亿光年之外。我们的太阳已经变成黑洞，吞没了K星文明。不过，K星文明已经足够发达，可以在火化时结出几百颗舍利子，撒播到宇宙各处。我就是其中之一。我的寿命几乎是无限的，不死不灭，不吃不喝，没有性别，没有喜怒哀乐，过着一种纯思维的生活，这种高层面的生活你们一定不会理解的。不过，观察了好玩的地球人之后，尤其是看见你们三个之后，我知道了寂寞。所以，我离开太阳系时，你们要陪我一块走。"

三个人又是欣慰，又是好笑，他们能感到一个万年老妖的偏执和童心。但随之而来的是悲怆——如果满足他的愿望，三个人就永远见不到地球了。于平宁看看蒂娜，再看看李剑，毅然说：

"我和蒂娜留下吧。李剑你回去，你在地球上有妻儿。"

没等李剑回答，K星人固执地说：

"不行，三个人都得留下，你们三个我都喜欢，一个也不能少。不过，如果你们愿意探家的话，可以让你们一万年回地球一次，你们同意吗？"

李剑苦笑："一万年，那时我们的亲人早就作古了。"

K星人歉意地说：

"可是我要去另一个星球，时间太短的话连我也做不到。要不，我送你们另外一件礼物作为补偿：我可以让已经解体的地球人复生。"

于平宁惊愕地叫道："什么，让死人复生？你能办到？"

K星人有点不耐烦：

"干吗大惊小怪,当然能啦。既然能复制第一次,就能再次复制。我这儿保留有他们的信息。这很简单,就像地球人打碎几个锡具,再融化后倒回到原来的模子中去。"

他看看于平宁,补充道:

"噢,你的妻子和女儿解体时没有留下信息。不过没关系,我能通过虫洞追索到。"

李剑热泪盈眶地说:"好,我们跟你走。你马上让这些人复生吧,包括于平宁的妻女、莫尔、安小雨、夏之垂、阿巴赫、金载奎,甚至犬养次郎。还有所有曾被你复制过的人。"

于平宁感激地看看李剑。他切盼着妻女复活,只是,他和她们要永远生活在不同世界里了。更苦的是李剑,他身边甚至没有一个蒂娜陪伴。细心的蒂娜领悟到他的悲凉,把两个男人都拥在怀里。

K星人说:"如果你们同意,我们马上就离开。放心,我答应的事会办到的。"

三人庄重地回答:"我们同意。那些事请你开始做吧。"

卵泡飘浮起来,进入飞船,三个人也跟着进去。K星人解除了力场,半球形的空气泡轰然爆开,很快消散于无形。片刻之后,巨大的K星飞船在绿光中升入太空。

地球政府接到监测者报告,K星飞船忽然在水星上升空。它急剧加速,很快化为一道光束,不再能观察到。但有十艘不明飞船正向地球飞来,此时已经接近地球。

九艘KG型飞船立即起飞迎击。但那十艘敌船突然在光洞中消失。等KG型飞船返回时,十眼发射井中已塞满了旧的KF型飞船——它们都是上次讨伐水星时被击毁的,那些"早已牺牲"的船员们正在通话器中吵嚷不休:

"指挥塔,我们奉命向水星发动进攻,并被K星人击毁。但为什么我们又回到了地球?"

在一片绿光下，丈夫驾驶的风神车突然失控，它越过护栏板向隧道口撞过去。何青云惊叫一声，本能地护紧女儿，随之感到死亡的黑暗落下来……这片黑云逐渐变淡，她看见自己仍搂着女儿坐在后排。可是，丈夫呢？于平宁呢？青青仰起头问：

"妈妈，刚才我们是不是已经死了一次？"

她失笑道："傻妮子，死了还能说话吗？我们当然活着。可是，你爸爸呢？"

她们徒劳地呼唤寻找，于平宁却杳无影踪。

老莫尔从里屋出来，见妻子惊叫一声，摇摇欲坠，他忙过去扶住妻子，唤道：

"珍妮！珍妮！别怕，我没有死！"

夏之垂悄悄俯下身，吻吻安小雨的双唇，他突然感觉到死亡的寒意。安小雨却忽然咯咯一笑，猛然挽住他的脖颈。她惊奇地问：

"老狼，你为什么不带鲜花却带了一支猎枪？你想用枪逼我答应你的求婚吗？"

伊凡诺夫带了两瓶好酒，一瓶伏特加、一瓶中国的茅台，还有几盘小菜，自己拎着到了监狱门口。他温和地说：

"我想看看祖马廖夫，可以吗？"

守卫知道将军已被免职，但他们很尊敬将军，再加上祖马廖夫只是因渎职罪被关押，罪行不重，可以卖一个人情。于是他们为将军拎上酒菜，打开牢门。

将军说："谢谢你们，谢谢！"牢门重新关闭。祖马廖夫接过酒菜，让老将军坐下。两人一言不发，默默对饮起来。很久，老将军才说：

"那些消息你都知道了吗？K星人的飞船突然消失，所有与K星人有关的死者都已经复活，已经坠毁的十艘飞船也奇怪地返回地球。"

"知道了。我相信是那三个人的功劳，但我一点也想象不出他们是如何取得成功的，这几乎是不可能的事。将军，我真为自己当时的决定而庆幸。"

老将军又喝了一杯，说："我已被免职了，我是罪有应得。那时同意李剑关于处决六人的提议，实在是不能饶恕的昏聩。你知道吗？"他苦笑道："我甚至怀疑自己也被植入了潜意识指令。那天我做了'思维迷宫'的第一个受试者。我严厉地命令警卫：如果测试结果说我是复制人，立即开枪，绝不能犹豫！当然，结果是否定的，这个结果并没使我解脱——也许在K星人离开后，复制人的潜意识指令已经被关闭了，所以测试不出结果。"

祖马廖夫安慰他："不想这些啦，反正K星人已经离开，归根结底，是你的部下获得了成功，这也是你的光荣。"

两人又喝了几杯，老将军沉重地说："我将尽力为你脱罪。但我已经被免职，不敢说一定能办到。"

祖马廖夫大笑道："将军，何必这样小家子气。比比牺牲的于平宁、李剑和蒂娜，几年牢狱算得了什么？你不用管我，只要你能照顾好我和李剑的妻儿，还有新近复活的于平宁的妻女就行了。"

"你放心。新田鹤子在陪着她们，帮她们补上这三年生活的空白。可怜的鹤子，于平宁消失了，她也很难过啊！"

两人喝完了伏特加，把茅台留给祖马廖夫，在门口握别。老将军说：

"告诉你，我总有一个疑问，为什么与K星人有关的所有死者都已在地球上复活，而于平宁等三人却消失了？我想他们肯定还活着，某一天会突然出现在我们面前。"

祖马廖夫点点头："很有可能，我们耐心等待吧。"

"小豹头哥哥，你好。"

"你好，你是谁？"

"你先猜猜，猜不着，我再把三维视频打开。"

"我听出来了，你是青青！你和妈妈都好吧？"

"都好，我只是不习惯，复活后我比别人少了三年时间，我的旧同学都早已毕业了，可我还在小学五年级。"

"没关系，新同学很快会熟悉的。星期天来我家玩，好吗？我妈可想你啦，也想何阿姨和鹤子阿姨。"

"小豹头哥哥……"

"怎么啦？有什么难题吗？小豹头哥哥帮你解决！"

"没什么，不过别人都说我变了。晚上，我常趴在窗户上看宇宙，一看就是半天。我总觉我爸爸、你爸爸还有蒂娜阿姨没有死，他们在远远的天上看着我们。"

"对，他们是好人——现在大多数人越来越相信他们是英雄，不是叛徒。好人当然在天堂上。"

"不对，不对，你听我说嘛，不是那个'好人死后才能去'的天堂，是在天上，他们还活着。我妈也常有这样的感觉。"

"对，他们活着，他们永远活在人们心里。"

"小豹头，你怎么听不懂我的话？所有人都听不懂我的话，我不和你说了，真气人！"

"青青别生气嘛。好的，再见。"

两个孩子在通电话时，何青云正在阳台上用天文望远镜观看麦哲伦星云。复活后她常常有一个强烈的感觉，似乎于平宁他们三人生活在这个星云里，他们的思维之波源源不断地射向地球。青青也有同样的感觉。何青云把自己的感觉告诉了莫如慧和新田鹤子，但两位没有这种感觉。那么，她和女儿的超能力一定是在复制中形成的。

不过，不管相信与否，这已成了三个女人的共同爱好。此刻，新田鹤子正在用另一具望远镜观察星空，而莫如慧也在自家阳台上摆弄着天文望远镜。

生死之约

第一章　梦中的孩子

　　这一切都是从那个下午开始的。在青岛海滨，当那个两岁的小男孩扑到邱风怀里并突如其来地噙住她的乳头时。事后，当一切都已平息，邱风带着毳毳独自生活在澳大利亚的基思岛时，这个镜头还常常在她面前闪现。她想，这一切几乎是命中注定的啊，从那一刻，她和丈夫的命运就注定了。

　　那时，邱风已同萧水寒结婚六年了，按照婚前的约定，他们将终生不要孩子，所以他们过得十分潇洒。休假期间，他们满世界去快乐。不过，时间长了，邱风体内的黄体酮开始作怪，女人与生俱来的母性开始哭泣。她常常把朋友的孩子借回家，把母爱痛快淋漓地倾泻那么一天，临送走时还恋恋不舍。丈夫手下的何一兵、谢玲夫妇是她家的知交，知道邱风的感情需求，常把他们的小圆圆送过来，陪邱风玩一天。圆圆对她很亲，从来不晓得"亲妈妈"和"邱妈妈"有什么区别，如果有的话，那就是邱妈妈更宠她，能满足她的任何要求。

　　但这一天总是十分短暂。晚上，圆圆坐上爸爸的车，扬起小手向她再见。这时，邱风会哀怨地看看丈夫，希望丈夫"不要孩子"的决定能松动一下。不过丈夫总是毫无觉察，微笑着把孩子和她的父母送走，关上院门。

　　偶尔她会在心里怨恨丈夫，怨恨他用什么"前生"的誓言来毁坏今生的乐趣。那可真是一个最奇怪的誓言，是从丈夫虚无缥缈的"前生"中延续下来的。丈夫十分笃信这些——笃信他的"前生"和"前生"所遗留下来的一切。邱风常常对此迷惑不解，要知道，丈夫可不是什么宗教痴迷者，他是高智商的科学家啊，甚至可以说是一个哲人，一个先知，他对一切世事沧桑、世态炎凉、机心权谋，都能洞察幽微，一笑置之。他绝对不该陷在什么"前生前世"的怪圈中啊。

不过，一般说来，邱风能克制自己做母亲的愿望，来信守对丈夫的承诺。在与萧水寒结婚前，她庄严地许下了这个承诺。

2149年夏天，他们乘飞机到青岛避暑。他们住在武汉，别墅就在长江边。武汉的酷暑是有名的，江边的热浪更迫人。所以夫妇两人总是到一些避暑胜地去度夏，青岛、大连、乌鲁木齐、澳大利亚……一般要等武汉的秋意落下后他们才回家。好在丈夫的天元公司基本上由何一兵管理，而丈夫从六年前起，也就是婚后，就逐渐从公司事务中脱身了。

出租车把他们送到崂山脚下，在狭窄的小巷中穿行。萧水寒向司机指点着：向右，向前，可能是向左吧，对，是向左，前边那个旅店就是了。出租车停下来，面前是一个相当简陋的旅店，不起眼的牌子上写着"悦宾旅店"。邱风奇怪地看看丈夫，她倒不是嫌这个旅店简陋，但婚后这么多年，丈夫带她外出时总是住当地最豪华的酒店。今天为什么住到这儿？而且，看丈夫的样子，他对这儿很熟。

从规模上看这是一个家庭式旅店。男主人迎上来，问二位是否要住宿。萧水寒说："是的，要在这儿住一晚上。但我首先想问，这个旅店原来的主人是不是纪作宾先生？"老板很兴奋，连声说："对呀，对呀，先生认得我父亲？"萧水寒没有直接回答，只是问：

"纪先生还健在吗？算来他该是75岁了。"

"还健在。除了腿脚残疾——那是自小得病落下的——身板儿还算硬朗。他就在后边住，要不要喊他过来？"

"不，我去看他，我和妻子一块儿去看他。"

邱风疑惑地看看丈夫。她不认得这位纪先生，也从没听丈夫说过这个名字，但丈夫没有向她作解释。老板领着他们穿过紫藤搭就的甬道，来到后边一幢小楼。一楼客厅中，一个老人坐在轮椅上，白发如雪，脸上皱纹密布，两条腿又细又弯，蜷曲在臀下，明显是先天残疾。老板俯过身去低声告诉父亲，他的两个熟人来访。老人盯着萧水寒，努力回想着。萧水寒走上前同老人握手，笑着说：

"纪先生你好啊。你不认得我,但我们有一个共同的熟人。你还记得琅琊台的孙思远先生吧。"

"记得!记得!"老人立即激动起来,他的听力还不错,思维也很清晰。"50年了,50年前孙先生雇人用滑竿把我抬上崂山,别看我住在崂山下,那是我第一次上山……好人哪,与我非亲非故……请问先生你是孙先生的……"

萧水寒笑着摇头:"不,其实我不认识孙先生,这件事是我在一次宴会上无意中听说的。"

从两人的对话中,邱风逐渐理清了是怎么回事。这位纪作宾老人是先天的残疾,年轻时很穷,开一个小旅店勉强度日。一次孙先生在这儿住宿,偶然听说他住在崂山脚下而从未上过崂山,就不声不响地雇了一个滑竿,抬着他在山上逛了一天。在那之后,孙先生又来这儿住过一次,不过那也是四十几年前的事了。但邱风不明白丈夫与这件事有什么因缘,他是在哪儿听说了这件事,今天赶来又是为了什么。不过丈夫很快回答了这个问题。他问老人:

"后来你又上过崂山吗?"

老头儿摇摇头。旅店老板的脸红了,代父亲回答:没有。倒不是因为钱,这些年,他家的经济状况早就改善了。但一向穷忙,这件事没怎么放在心上。也曾向父亲提过,但老人推托说不去,他也没有认真再劝。萧水寒笑着说:"我今天来这儿是代孙先生还愿的。纪先生,明天我雇一个滑竿,带你到崂山再玩一天,好不好?"

老人望着他,眼眶中突然盈满泪水。他儿子见状忙说:"不,咋能让你们破费呢,我去雇人吧。我们早该想到的。爹,你……"

老人挥挥手,断然说:"不,就让这位先生出钱。不是二百元钱的事,难得的是这份情意,我这一辈子尽遇上好人哪。"

儿子叹口气,不再说话了。他出去找滑竿时,老人拉着萧水寒,急着追问孙思远的情况,可惜萧水寒什么都不知道。他说他与孙先生只是在那次宴会上有一面之缘,后来从未听过他的消息。老人非常遗憾,叹息着:"好人哪,那是个好人哪。我曾托人到琅琊台打听过,说孙先生30年前失踪了,生死不知。这样的好人怎么会失踪呢?这些年我一直在心里为他祈福。我想他一定还活着。老天会护佑好人的。"

滑竿抬着纪老头，一行人沿崂山南线风景区游览。老板没跟来，他要照料旅店，再者老人也不让他来。老人说："我和这两位客人投缘，你别跟去扫了我的兴头。"老板听出老人多少有些赌气的成分，轻轻摇着头，不过还是笑着答应了。一路上老人很亢奋，很健谈。他充当了一行人的导游，向大家指认了海边的"石老人"。那是一块嶙峋巨石，崛立在海水里，远望去就像是一个驼背老人。石头上有一个透明的孔窍，形成了老人的胳臂和腋窝，确实既神似又形似。随着行程，他又介绍了上清宫的牡丹，下清宫的耐冬，说这就是"聊斋"上化为美女香玉和绛雪的那两株花。介绍了三官殿的唐榆，三皇殿前的汉柏，还颇为认真地向客人论证，秦朝徐福出海求长生不老药，并不是经琅琊下海而是走的崂山，你看咱们南边有一大一小两个岛，那就是徐福下海的地方，现在叫大小福岛，也叫徐福岛。邱风凑趣说："可惜徐福没求来长生不老药，如果求来，一定是崂山的人最先得利，一个个长生不老。是不是？"老人掀髯大笑：

"那可好，那可好——也不好，要是那样，这儿尽成了秦朝的老不死，咱们这代人往哪儿搁呀。"

这段话倒把邱风弄愣了，呆了片刻，她对丈夫说："大伯说得太对啦，从古到今人们只盼着长生不老，就没人想到这一节？"

萧水寒笑道："至少秦始皇肯定想不到这一节，那是个把天下看成囊中私物的人，只会关心自己的长生，顶多再加上他的子孙，哪会操心天下百姓和后世的人？"

到了崂山头的晒钱石，滑竿停下来休息。纪老头睹物生情，深深陷入回忆中："萧先生，你不知道孙先生那次带我游崂山，对我这一生有多大影响。在那之前，我是活一天算一天，身体有残疾，生活苦，娶不来媳妇，心想老天爷为啥让我这样的人来到世上受罪呢。我整天阴着脸，对顾客也没有好眉眼，那时活着真是折磨自己又折磨别人。后来孙先生来了，非亲非故，就因为听我说生在崂山下却没上过崂山，非要掏钱让我上山玩一趟。关键不在钱，即使我最穷时，凑个一二百块钱也不是凑不来呀。关键是那个心境，是他的爱心。我上山玩一天后真有大彻大悟的感觉。从那天起我活得有滋有味，娶了亲，旅店也红火多了。我一辈子忘不了孙先生啊。"

他很想问一问萧水寒与孙思远的关系。按常理推度，二人总是有关系的吧，不是"在宴会上听说过"那么简单吧，否则萧先生不会专意跑来为孙先生还愿。但既然萧先生不愿说，总有不想说的原因，他不会强着去问。有一点是肯定的：萧先生是和孙先生一样的好人，自己一生中碰到两个这样的好人，是他的福分。

从崂山头萧氏夫妇就与老人分手了。萧水寒提前付了滑竿钱，交代两个抬夫照顾好老人家，游览之后一定要把老人送上出租。老人很激动，不过没有多说话，只说晚上旅店再见吧。滑竿走远了，两人来到试金石湾的海滩上。海浪轻轻拍打着岸边多孔的礁石，白色的游船从地平线上探出头，随海风送来似有似无的音乐。仔细听听，是俄罗斯或者说是苏联的音乐《莫斯科郊外的晚上》。萧水寒在这儿听到200多年前的歌曲，油然勾起怀旧的思绪。但年轻的邱风与这些思绪无缘，她穿着一件红色比基尼泳衣，快乐地趴在沙窝里，两只腿踢腾着，浅黑色的裸背上沾满白色的沙子。萧水寒抱膝坐在沙滩上，眯着眼睛眺望海天连接处，微带伤感，久久沉思不语。今天老人的某些话在他心中激起了涟漪，涟漪在扩大，搅起百年的沉淀。但这些是不能告诉邱风的，她太年轻，不会理解这些。

这时，一个两岁多的孩子摇摇晃晃闯入他们的圈子，他的父母远远跟在后边，看来是在训练孩子走路。男孩子虎头虎脑，胳膊像藕节一样白嫩，一脸甜笑，十分可爱。邱风向来是喜欢一切孩子的，当然不会放掉这个机会，她抱起孩子，问他叫什么名字。男孩毫不认生，口齿不清地说：

"我叫蝈蝈，会吱吱叫的蝈蝈。"

"多好的名字。你见过蝈蝈吗？身上有翅，两条长腿，在地上一蹦一蹦的。没见过？来，和阿姨玩好吗？阿姨教你蝈蝈咋样走路。"

"我和阿姨玩。"他想想又补充道，"阿姨漂亮。"

邱风咯咯地笑起来："小马屁精，这么小就会甜活人啦。"

邱风一向对所有孩子都有亲和力，两人很快疯做一团，在沙窝里翻滚厮闹。男孩的父母追到几米外停住了，远远地笑看着。萧水寒踱过去，笑着说："内人最喜欢小孩，由他们去疯吧。你们的蝈蝈真漂亮，真可爱。"

孩子妈自豪地说："是个逗人爱的家伙，就是太淘。先生，你们的小孩多大了？"

萧水寒摇摇头："我们两个还没有孩子。"

孩子妈看看丈夫，没有说什么。邱风仰面躺在沙堆里，高高地举着孩子，孩子可能笑疯了，小便失禁，一股清泉从小鸡鸡那儿成弧线射出来，几乎浇到邱风嘴里。邱风吃了一惊，手一软，孩子撞在她怀里，无意之间把邱风的乳罩拉脱，露出洁白坚挺的乳房。这个变故让镜头停滞了几秒钟，孩子妈愣了片刻，赶紧跑过来为邱风整理衣服。孩子爸尴尬地站住，把目光转向一边。闯祸的小家伙可没有耽误时间，立时扑过去捧着乳房，喃喃地说：

"奶奶，吃奶奶。"

邱风的乳头被他咬住，一种极度的快感之波从乳头神经向体内迸射。邱风抬头看着丈夫，毫无先兆地，泪水唰唰地流下来，来势十分凶猛。她就这么泪眼模糊地看着丈夫，一言不发，倒把孩子吓哭了。

乳罩被拉脱虽然尴尬，终归是个喜剧式的情节，但邱风的眼泪让蝈蝈妈有点不知所措了。她赶忙把孩子从邱风怀里拉出来，责备着："看你，真淘！把阿姨咬疼了不是？"转回头向邱风夫妇解释，"蝈蝈摘奶晚，刚摘奶，正馋呢。你看你看……"

蝈蝈哭泣着，不时回过头偷偷看阿姨，小脑瓜里还在纳闷：他并没用力咬啊，阿姨怎么就哭了？阿姨哭得太没道理啊。萧水寒不动声色地抱起孩子，送给他的父母，低声说："没关系没关系，一时的感情冲动，她太喜欢孩子了，可惜我们……没关系，你们去吧，我慢慢劝她。"

蝈蝈爸妈抱着孩子走了。他们一直向后瞟着仍在啜泣的邱风，心想这对夫妇肯定有一方没有生育能力。对孩子的盼望造成了那位太太极度的感情饥渴，她的眼泪是一种宣泄。他们很同情，但是无能为力。萧水寒走过来细心地把妻子的乳罩系好，搂着妻子的肩膀，慢慢把话题扯开。邱风的性格很随和很乐天的，半个小时后就忘掉了感伤，开始有说有笑了。

那天晚上他们回旅馆很晚，没见到那位腿脚残疾的纪先生。第二天早上他们到柜台结账，老板父子都在厅里等着，见到他们，老板抢先说："莫要提宿费的事，莫要提。老爹昨天十分开心，这么多年没见他这么开心了。几个宿费算我的小意思。"

萧水寒笑笑："好，恭敬不如从命。谢谢纪先生。"

轮椅上的老人满意地笑了。老板又把话头抢过来："还有，这一包礼物请你们赏光收下。"萧氏夫妇这才看到，旁边有一个硕大的旅行袋，鼓鼓囊囊的。老板压低声音说："千万别推辞，都是老爹吩咐买的，是崂山特产，像海底绿玉、崂山水晶石、崂山茶、鲍鱼、仙胎鱼等。我说这么多东西带着多麻烦，老爷子差点跟我急眼。带上吧，是老头的一点心意啊。"

邱风为难地看看丈夫。这包礼物很值几个钱的，她不愿让这位老人破费。再说他们这次旅行没有带车，带上这么一大包东西，乘机转车都不方便。萧水寒给妻子使个眼色，爽快地说："那好，我们带上啦。老人家，谢谢你的礼物。下次再来崂山，咱们还结伴进山。"

纪老头见客人收下礼物，真正高兴了，像小孩子一样眉开眼笑："好，好，咱们还一块去。我跟二位特别投缘，见到你们就想起了孙先生。就怕你们下次来时我就去不成了，岁月不饶人哪，不定哪天无常鬼就上门啦。"他的喜悦中露出一丝苍凉。

邱风从来算不上有心事的女孩子，可能是年轻，可能是没有孩子的缘故，婚后六年，她还没有完成从女孩子到妇人的转变。对于她来说，每一天的太阳都是新的，每天都充满乐趣。她十分喜欢孩子，更渴盼着自己生孩子，但既然这一条无法实现，她也不愿无谓地伤心。对偶然绽出的忧伤她都能自我排解。

但萧水寒发现，从青岛回来后妻子的心情有些不一样，看来这次她受的刺激特别深。她加倍疼爱来做客的圆圆，把圆圆送走后她的眼眶常常会发红，会黯然神伤。这一切她都躲着萧水寒。只要萧水寒一进屋，她就连忙振作精神，或借故躲进卫生间里去。但正因如此，她的悲伤显出以往所没有的沉重。

在邱风眼里，丈夫似乎早忘了崂山沙滩的一幕。此后的数月中，他闭口不谈此事，言谈举止也没有什么异常。不过，少不更事的邱风看不到丈夫的内心激荡。萧水寒很想满足妻子做母亲的愿望，对于有生育能力的夫妻来说，这是最容易实现的愿望，但萧水寒却难以轻言许诺——这牵涉到一个血淋淋的毒誓，牵涉到他梦魂不忘的前生啊。

夏毕秋至，冬去春来，邱风渐渐抚平心头的伤口。八个月后的一个晚上，那已是初夏季节了，窗前的石榴树缀满火一样的繁花。邱风浴罢上床，笑嘻嘻地钻进丈夫的怀里，今天是周末，她要同丈夫好好疯一疯呢。丈夫像往常一样搂着她，轻轻抚摸着她光滑的后背，显得宽厚而平静。也许是两人年纪的悬殊，也许是性格的悬殊，在邱风眼里，萧水寒不光是一个平等的丈夫，还是长兄、慈父、保护人这类角色。她仰起头凝视着丈夫的面庞，那儿的皮肤很光滑，没有皱纹，没有眼袋，头上没有一根白发，没有任何衰老的迹象，根本不像是50岁的人。有时邱风甚至怀疑，丈夫在结婚时并没有44岁，他是和自己开了一个大大的玩笑。不过话又说回来，以丈夫性格的恬淡冲和、不带一点烟火气来看，他更像一个历经沧桑的老人。他是一个猜不透的人，是一个矛盾的集合体。她看得痴了，丈夫低头吻吻他，微笑问道：

"你在想什么？"

"我？没想什么，我只是在想，你的面容和身体这么年轻，根本不像是50岁的人。"

萧水寒笑着说："我从西王母那儿偷来了驻颜术嘛。"他忽然平静地说："风，我改变主意了，我们要个孩子吧。"

邱风被惊呆了，赤身坐起来，两眼直直地望着丈夫，不敢相信自己的耳朵。丈夫微笑点头。等邱风对此确认无疑时，大滴的泪珠从眼角溢出来。她钻进丈夫的怀里，攀住他的脖颈，哽声道：

"水寒，你不必为我毁誓，我那是一时的软弱，现在已经想开了。真的想开了，你看我最近没有情绪低落吧。再说我们可以抱养一个的。结婚时你说过，我们不能有亲生孩子，但可以抱养的。"

丈夫爽朗地笑了："不，是我自己改变了主意。我何必用什么前生誓言来囚禁自己呢。"

他告诉妻子，他为这个决定思考了八个月，今天的话绝不是心血来潮。邱风疑惑地问："但你的那个毒誓……"

"忘了它吧，我要彻底忘掉它。"

他的笑容十分明朗，邱风相信了他的话。毕竟，为了什么前生留下的毒誓而糟蹋今生的生活——这本来就太离奇，太不符合丈夫的为人。那一定是某种心理创伤所留下的永久的疤痕。现在丈夫总算拂去了这片心理阴影，这真是一个喜讯。她笑了，带着眼泪笑了。萧水寒疼爱地想：这会儿的妻子真像一枝带泪海棠啊。

他吻掉妻子脸颊上的泪珠，告诉她，为了开始新的生活，也为了忘掉那个梦魂不散的前生，他已决定放弃天元生物工程公司，同妻子，当然还有未来的孩子，一块儿去澳大利亚某个与世隔绝的岛屿定居。他问妻子是否同意。当他娓娓谈着后半生的安排时，邱风心中已经驱走的沉重又慢慢聚拢来。她这才知道，丈夫为这个看似轻易的决定下了如何的决断，做了多大的牺牲。那个梦魇仍然存在，并不是拂去一片云彩那样轻松啊。她满脸是笑，满脸是泪，说不出话，只是一个劲地点头。

那天晚上他们的做爱十分投入，十分激情。邱风正是受孕期，她从丈夫那儿庄重地接过生命的种子。她永远记得这个晚上。初夏的江边别墅，月明星稀，云淡风轻，落地长窗的薄纱窗帘轻轻卷拂着，天花板悬吊的风铃发出脆亮的撞击，遥远的江笛声从江面上滚过来。从远古到今天，一个个月白之夜中，容纳了多少恋人的呢喃，夫妻的激情？男女之爱是大自然中最可珍贵的东西，是天人合一的结晶，种族繁衍的律令演化为绚烂的生命之花。做爱的快感，异性之爱，女人的母性，都是这个律令的艺术化。事毕，她钻进丈夫宽阔的怀里，用手指轻轻数着他的肋骨和脊柱的骨节，低声呢喃着，时不时抬起头来一个长吻。慢慢她疲乏了，呢语中渐带睡意。后来她伏在丈夫的胸膛上睡着了，睡得十分安心。

萧水寒从妻子颈下悄悄抽出手臂,轻轻披衣下床,走到凉台上。他们的别墅建在半山腰,凉台极为宽阔,夜风无拘无束地在凉台上玩闹,鼓胀着他的睡衣。向下望去,弯弯曲曲的沿江公路上,汽车灯光像无声抖动的光绳,远处的霓虹灯光缩成模糊的光团。再往远处是黝黑的江面,灯火通明的江轮像精灵一样在虚无中滑过去。夏夜的天空深邃幽蓝,弦月如钩,繁星如豆。他想,这些星星有的距地球数十亿光年之遥,当它们离开自己的星球开始这趟远足时,地球生命可能尚未诞生。所以,星光实际是亿万岁老人的叹息。比起时空无限的宇宙,人生何等短暂。

他破例点着一支香烟。烟头在夜风中明灭不定,映着他阴郁的面孔。妻子还在酣睡,漆黑的长发披散在雪白的睡衣上,裸露着光滑的大腿和玲珑的双足。她梦见了什么,很可能是未来的孩子吧,嘴角抽动一下,一波笑纹从脸上漾过。萧水寒轻轻叹息一声,悄悄回到床上。那件事他还瞒着少不更事的妻子,可是,他还能瞒多久呢。

邱风是一个像冰花一样纯洁脆弱的姑娘。他不忍心告诉她,那个结局对她太残酷了。可是,终有一天她得面对现实,她不能永远生活在梦幻中啊。

等邱风从梦中笑醒时,丈夫已经沉沉入睡。她一点也不了解丈夫的心事,一门心思地为自己编织绯红色的梦境。刚才她梦见了自己的孩子,小胖手小胖脚,嘴巴里长出第一颗小狗牙,穿着自己亲手给他做的开裆裤,趴在自己怀里咕嘟嘟地咽乳汁,她举着孩子,一股清澈的尿流浇到她脸上……梦境很杂乱,有时不合逻辑,只有温馨之情流淌始终。丈夫睡在冷冷的月光中,眉尖暗锁着淡愁,邱风瞥见了,心中猛一刺疼——她早就知道,生性恬淡的丈夫只是在梦境中才偶尔流露出忧伤烦闷。看来,睡前宣布的那个决定,对丈夫来说仍是非常沉重啊。她没有惊动丈夫,定定地看着他,带着怜爱,带着仰慕,也带着一些说不清道不明的不安,直到天光破晓。此后,当悲剧如山崩一样砸到她身上时,她恍然想到这个晚上的预感。

第二章　少女与彩虹

邱风是一个娇小漂亮的姑娘，皮肤白皙细腻，翘鼻头，短发，一副洋娃娃面孔。六年前，19岁的邱风进入天元公司当打字员，不久就发疯地爱上44岁的老板萧水寒。这倒是不必害羞的，这位董事长兼总经理简直是一个理想的白马王子。未婚，容貌不太漂亮但十分"男人"，脸庞棱角分明，宽下巴，浓眉，身材颀长，肩膀宽阔。作为恋人来说他的年龄稍大一些，但他的面容和身形远比44岁年轻。头发乌黑，皮肤光滑润泽，走路富有弹性。他谦逊和蔼，一派长者之风。又很幽默风趣，闲暇时常随口抖几个机智的笑话，令人喷饭。至于他的才识就更不用说了，他白手创建的天元公司简直是传奇性的，产品使人眼花缭乱。公司生产生物工程材料，这些材料能根据改编过的某种基因指令自动"生长"，比如长成十米长的象牙圆柱，真正的象牙材质，自从这种生物材料开发成功后，再没有人偷猎非洲大象了；还生产模仿恒温动物的生物空调等，是真正"绿色"的产品。而且很多产品的主设计师正是这位董事长本人。

其实这些煌煌成就并不是邱风爱上他的原因，她是因为另一件很小的事。有一次上班时向楼上搬办公用品，萧水寒从旁边经过，很自然地加进来帮忙。他把大捆的办公用纸轻巧地甩在自己宽阔的肩上——从那一刻起邱风就无可救药地爱上他了！为什么爱他？不知道。邱风只知道，一个不该干体力活的老板，一个44岁的中年人，能这么随意这么潇洒地把重物甩到肩上，动作是这么美妙，他就值得自己爱恋！

她知道自己的爱情是无望的。萧水寒有不少追求者，其中不乏国色天香的美人，她们的美貌冷艳使自我感觉尚佳的邱风十分泄气；也有不少才女，邱风常在电视上和互联网上看到她们的名字。看着她们在电视镜头前从容自若地侃侃而谈,她总是丧气地想,自己一辈子也做不到这一点吧。她也知道,萧水寒偶尔会同这些美女才女中的某一位共度周末。但奇怪的是,他没有同其中任何一位建立稳固的关系。他似乎是奥林匹斯山上走下来的神祇,不会和凡间女子缔结此生之盟。

不过娇小的邱风照样勇敢地把爱情之箭射出去,虽然她的努力中含着只问奋斗不问结果的悲壮。萧水寒察觉到一个女孩子带着仰视的爱情——有一双美目总是带着灼热偷偷地凝视他。偶然目光对撞,女孩子会立刻满面红晕。她太单纯啦,像冰花般晶莹透明。萧水寒很喜欢这个女孩,不过那只是长辈对晚辈的钟爱。他对邱风很大度,很亲切,从来不让小姑娘在他面前自卑,但也从未使她对成功抱什么奢望。

如果不是那么一次机遇的话。

一个夏天的傍晚,阵雨刚过,邱风下班回家时发现汽车打不着火。她对机械上的事向来是糊里糊涂的,汽车又是一辆廉价的二手富康,常出毛病。于是她站在公司门口等出租车。阵雨赶走了武汉的热浪,空气很清新,又大又红的夕阳已经接近地平线,凉风顽皮地拍打着她的短裙。邱风住在近郊,和70岁的奶奶住在一起。爸爸去世后,妈妈改嫁了,留下奶孙相依为命。这会儿奶奶应该在门口手搭凉棚,惦记着孙女的安全吧。一辆红色的出租车开过来,邱风扬手让车停下。正在这时,一辆长车身的黑色H300氢动力豪华汽车无声无息地滑到她身后停下。车窗降下来,是老板萧水寒。他微笑着说:

"上车吧,我送你回家。"

他走出汽车,为邱风打开右边的车门。邱风真没想到自己有这样好的运气!她赶忙朝出租车司机歉然挥挥手,钻到H300车里。萧水寒问清她的地址,驾车驶上公路。

这是她头一次与萧水寒单独相处,邱风很为自己庆幸。她痴痴地、悄悄地观察着萧水寒的侧影,看着他坚毅的面部线条、高高的鼻梁、明亮的眸子。她平时的伶牙俐齿变成拙口笨舌,连一句感谢话都说不出口,她想,自己的样子一定是傻透了糟透了。倒是萧水寒随便闲聊着,问她的工作是否顺心,问她有什么家人，问候她奶奶的身体，把她从窘迫中解救出来。

雨后的景物十分清晰，风中夹着细蒙蒙的雨丝。邱风恢复了平静，和老板聊得很热络。汽车驶上长江大桥时，邱风忽然尖叫一声：

"停车，快停车！"

萧水寒不知发生了什么变故，迅速踩下刹车，高速行驶的汽车吱吱嘎嘎地刹住，斜刺里冲向桥边，在地上拖出一长串胎痕。邱风的脑袋撞在挡风玻璃上，她顾不上疼痛，拉开车门跳下车，兴奋地尖叫着：

"彩虹！你看天上有彩虹！"

原来如此！原来只是为了看彩虹！萧水寒暗自摇头，把车在桥边停好，来到邱风身边。邱风正入迷地仰望着东方，一道半圆形的彩虹悬在天际。那是阿波罗的神弓，赤橙黄绿青蓝紫依次排列，彩虹的边沿与同样晶莹的蔚蓝天空泅在一起，下端隐没在茫茫水色之中。身后，一轮红日正慢慢坠入水中，似乎带着火焰入水的嗞嗞声。邱风兴高采烈地拍着手，靠在栏杆上，痴迷地看着彩虹。萧水寒抚着她的肩膀，静静地微笑着。

来往车辆中的乘客也都因他们的目光而注意到彩虹，他们大都稍稍放慢车速，在车内指点着，然后疾驶而过。桥头站岗的武警走过来，萧水寒迎上去，低声解释两句。武警笑了，请他们赶紧离开，不要在桥面上逗留，便折回头走了。

背后的太阳渐渐沉落，彩虹慢慢消失，只余下一天绚烂的红霞。萧水寒一直耐心地等着，直到邱风意犹未尽地回到车内。汽车重新开动后，邱风才觉得不安，她不该让老板为她耽误这么久。而且，自己的举止太幼稚，太不成熟，他会笑话自己的。自打有了那个隐秘的愿望后，邱风一直在努力培养自己的成熟，要在萧先生面前表现得像一个成熟的女人——那才配得上她心目中的男人啊。今天的犯傻，可把她的努力全冲消啦。

"对不起，耽误你这么久。"她不安地说，但旋即就把不安忘掉了。"可是我真的太喜欢彩虹了。我这一生只见过三次，太美啦！"她眉开眼笑地说，"萧先生，你这一生见的彩虹多吗？是不是在我出生后天上的彩虹变少了？一定是的，我从进幼儿园起就喜欢它，曾和同伴坐在门口傻等彩虹出来，可惜老天爷对我太吝啬了。到今天我才见过三次！三次！"

萧水寒侧脸看看忘形的邱风，听着她孩子气的话语，笑着说："其实我也很喜欢的，尤其是小时候。有一次，放学时看见彩虹，我看得入迷，想弄明白彩虹究竟有没有下半个圆，想看看下半个圆有多大。于是我猛劲儿往山上爬，我想站高一点儿应该能看到被地平线遮住的部分吧。但爬到山顶也没看到下半个彩虹，倒把书包挂破了，回家还挨了一顿揍——那该是一百年前的事了。"他喟然叹道。

汽车平稳地行驶着，他双手搭在方向盘上，陷入沉思中。邱风看看他，咯咯地笑道："哟，听你口气像是活了一二百岁似的，其实你没比我大多少，我们肯定算是同龄人。真的，你最多像35岁的人。"她使劲地强调着老板的年轻，一方面是礼貌，也有少半是为了心中那个隐秘的目的。

萧水寒摇摇头，顺着自己的思路说下去：

"那时，我和你一样喜欢大自然，我喜欢绯红的晚霞、淡紫色的远山、鹅黄色的小草、火红的石榴花，还有洁白的雪、金色的麦浪、深蓝的大海；喜欢荷花上悬停的红色蜻蜓、盘旋升腾的白色鸟群、蓝天上排列的雁阵。我总想，这林林总总，千姿百态，让人心尖颤抖的美，是哪个神灵创造的呢，是单为人类而创造的吗？后来，我第一次读到苏东坡的名句：'惟江上之清风，与山间之明月，耳得之而为声，目遇之而成色，取之无禁，用之不竭，是造物者之无尽藏也，而吾与子之所共适。'那时我一下子领会了文章的意境，不禁手舞足蹈，就像你刚才一样忘形。"

邱风脸庞红红地笑了。

"可是不久我从物理课上学到，世上一切绚烂的色彩，其本质不过是光波的不同频率，神奇的彩虹则是因为雨后满天的水滴对阳光造成折射和反射，它们都毫无神奇可言。告诉你，我那时非常失望。我宁愿生活在苏东坡的时代，用自己的眼睛去感受七彩世界，去体味那些神奇朦胧的美，不愿用逻辑思维把它裂解成冰冷的物理定律。"

他轻轻地笑起来，接着说道："不过我最终还是牺牲了激情，走上科学研究之路。科学是另一种美，它给人以巨大的理性震撼力。记得二十世纪末的一位科幻作家阿瑟·克拉克提出过一条定律：任何充分发展的技术无疑是魔术。这条定理太精辟了，我非常喜欢，不过更喜欢它的逆定律：上帝的任何神奇魔法，说穿了，不过是一种充分发展的技术，人们终将掌握它。比如说彩虹吧，我们只要背对太阳向天空中喷水，马上就能复现造物的神奇。噢，我不该对你说这些乏味的话吧，"他开玩笑地说，"少女的绚烂激情是最宝贵的，我不该泼冷水。"

邱风生气地说："我不是什么少女，我已经是大人了！"

这种对"大人身份"的强求显然把萧水寒逗乐了，他开心地笑着。邱风绷着脸，但一会儿就绷不住了，也跟着大笑起来。前边就是邱风家了，一幢二层小楼独独地立在菜园和庄稼地里，暮色已经沉落，门中泻出的灯光映着邱风奶奶瘦小的身影。她正焦灼地向这边张望。萧水寒停下车，到右边打开车门，招呼邱风出来。邱风喊着"奶奶、奶奶"跑过去，萧水寒也走过去，对邱风奶奶说：

"老人家等急了吧，小风的车坏了，又在长江大桥上耽搁了一会儿。不过这点儿耽搁很值得啊，因为小风看到了她最喜欢的、这辈子才看过三次的彩虹。"他学着邱风的口气说着，忍俊不禁地笑了，"老人家，你的孙女儿真是个快乐女神。"

风奶奶笑成一朵花，用昏黄的老眼盯着客人，这双老眼也是十分锐利的，一下子就看出孙女对来人的情意。她诚心诚意地留客人用饭，萧水寒婉辞了。临走时他把邱风的小手长久地握在手里：

"今天我很高兴，谢谢你拉我回到那种透明的心境，又领略到大自然的美丽神奇。在我年岁渐长之后，这种心境是难得一见的。真的谢谢你。"他诚恳地说。

"不，应该是我感谢你才对。谢谢你把我送回家，也谢谢你让我看到了彩虹。"

萧水寒爽朗地笑了，与邱风奶奶告别，动作轻捷地钻进汽车。

这段经历拉近了邱风与老板的距离。以后只要两人见面，萧水寒就绽出笑容，用手指指天上，再画一个大大的半圆。女伴们注意到这一点，问邱风这是什么意思，邱风神秘地说："秘密，这可是个秘密！"

但她慢慢看到其中包含的危险性，如果萧先生一直以这种公开的、嬉笑的方式向她表示亲近，那她的相思就无望了。领会到这一点，与萧水寒的见面就成了一种痛苦。她无法对萧先生的笑脸表示冷淡，又不甘心让两人的关系沿着这条无望的方向发展下去。她该怎么办啊？不过邱风毕竟是幸运的，命运又给她提供了一次机会。

不久，大概是两个星期之后，快下班时，正在工作的邱风接到老板的电话，声调十分急迫："是邱风吗？我是萧水寒，快来，在中央电梯口等我！"邱风一头雾水，急匆匆地去了。萧水寒在电梯里微笑着等她进来，关上电梯门，摁下到顶楼的指示灯。在电梯上升的时间里，他没有对这次突然召见做任何解释。出了电梯，他领邱风上到顶楼，笑道：

"看吧，你最喜欢的东西。"

邱风惊喜地叫道："彩虹！"

又是一条彩虹。天上飘着蒙蒙雨丝，不知道是什么时候开始下的。那道彩虹从闹市区的高楼横跨到龟山蛇山，像是从人间连接天宫的天桥。而且今天的彩虹十分特别，在它的外圈还有一段隐约可见的副虹，与主虹平行，但赤橙黄绿青蓝紫的排列次序正与之相反。这种奇景邱风不仅从未见过，甚至没听说过。她忘形地拽住萧水寒的胳臂，欢声道："双虹！你真了不起！一定是你造出的双彩虹，对，一定是的！"

萧水寒哈哈大笑："我怕是没有这个本领吧。真的，连我也是第一次见到这样的双虹。"

"那也是你给我带来的好运气！萧先生，谢谢你，真的谢谢你。你让我在半月内两次看到它，还包括更神奇的双虹。"

萧水寒笑道："好吧，就算是我送你的礼物吧。这可是真正的'借花献佛'了。"

邱风傍着萧水寒，久久地观看彩虹，直到它慢慢消失。她的心中灌满了黄连蜜，在甜味中微微带一些苦涩。萧先生还记着她的兴趣，记着她的偏好，他心里盛着自己啊。她靠着这个壮健的男人，感受到他的强壮和温暖。她觉得，两次共赏彩虹的经历一下子把两人的距离拉近了，这多少也算是天意吧。两人返回时，萧水寒握着她的小手说：

"邱小姐，明天晚上我想请你吃顿便饭，你能赏光吗？"

邱凤十分惊喜！她不想假装矜持——那可是女伴们一再嘱咐过的恋爱第一守则——爽快地说："我当然愿意！我早就盼着这一天呢。"

萧水寒开心地笑起来。

第二天是周末。晚上萧水寒带她来到龙凤大厦的顶楼花园。夜色深沉，透明的凉棚上方繁星如豆，凉棚四周垂挂的人工雨帘密密细细，乐声轻柔似有似无。今晚的顶楼花园非常安静，只有五六个衣帽整洁的侍者垂手立在四周，没有其他顾客。邱凤不知道是萧水寒包下了整个楼层，她好奇地打量着四周豪华的装饰，轻声问：

"这么豪华的饭店，怎么没有顾客呢。"

萧水寒笑着，没有解释，为她拉开椅子。侍者轻步趋前，沏上热茶，然后仍远远避开，安静地垂手而立。萧水寒隔着桌子把邱凤的柔荑握在手中，含笑凝视着她，看得她脸庞发烧。然后，他轻声说出了一个令邱凤吃惊的决定：

"这么美好的夜晚，我不想浪费时间了。我想直截了当地向你求婚，你能答应吗？"

邱凤真是惊喜交加啊，这是她朝思暮想的事，但胜利来得太轻易，以致她不敢相信。惊魂稍定后，她忘形地喊道："你怎么选中我呢？"她不平地说，"在你身边的天鹅群中，我只是一只土黄色的小麻雀呀。"

萧水寒笑了："我恰恰最喜欢小麻雀。"

"可是我没多少知识，只是一个普通的打字员，你和我可能没有共同语言。"

萧水寒又笑了，但眼神中有几丝忧伤："我在科学迷宫里的探索太辛苦了，漫长的探索啊……我希望有一个不懂科学的女人陪伴我，那会使我轻松一些。"

"那……"邱风还在寻找不同意的理由。萧水寒笑道："如果邱小姐不愿屈就，就不要寻找理由了，我可以收回求婚。"

邱风干脆地说："那可不行！我好不容易才抓获的战利品，哪能再轻易放走？"

萧水寒快意地笑了。他收起笑容，郑重地说："那么，如果邱小姐不介意我的年迈——我的年龄完全可以做你的长辈了——希望你能认真考虑我的求婚。"

"我当然答应！我才不嫌你年迈呢。告诉你一个秘密，我的父亲去世很早，所以我的恋父情结一直找不到寄托。如果找个丈夫又捎带个老爸爸，那才叫便宜呢。"她眉开眼笑地说。

萧水寒又是一阵朗声大笑，笑声散入静谧的夜空。他的心中十分畅快。自从经过长江大桥那一幕，他就感受到这个女娃娃的吸引力。她是一道浅浅的山泉，是一块晶莹的水晶，甚至是一朵脆弱易折的冰花。但她能让你忘掉所有愁绪，回到孩提时代的透明心境，而这种心境在他的百年孤独中是久违了的。在向邱风求婚前他曾经颇为犹豫。以他的真实身份，与年方19岁的邱风缔结婚约，他无法逃脱内心的负罪感。但他从感情上已经离不开这个姑娘了。邱风不理解他的内心激荡，认真地慰劝：

"不过你根本不像44岁的人。你的身体只像35岁的青年，最多38岁吧。真的，我一点也不骗你。所以，咱俩的年龄根本不算悬殊，你干吗非要把自己想象成一个年迈之人呢。"

"谢谢你的夸奖。"萧水寒微笑着，渐渐转入沉思，他的目光稍显苍凉和忧伤。此后，在婚后的共同生活中，邱风发现，丈夫常常周期性地出现这种忧伤，他似乎有一个驱之不去的梦魇。萧水寒说：

"不过，在你决定进入我的生活之前，我必须认真地、明明白白地告诉你一件事：愿意做我妻子的人不得不做出一种牺牲。"

"没问题，我答应！"

萧水寒伤感地笑了："我还没把话说完呢。告诉你，我其实是一个不祥的人，也许是一个妄想狂患者。有时，我会不自主地回忆起我的前生，甚至前生的前生，对前生的回忆是我驱之不去的梦魇。梦境很逼真，而且……某些梦境太符合真实了，以至于我，一个生物科学家真的相信它。"

邱风听得瞪圆眼睛，觉得身上有了寒意："前生？你是说你相信前生？"

"对，甚至不仅只是'相信'，它几乎是真实的存在。所以我的行为常常透着古怪。平时我把它严严地伪装了，你们看到的萧董事长只是一个带着光环的虚像。不过，当合上家庭的帷幕后我就会取下假面了，那时这些古怪可能就要显露。若想成为我的妻子，应对此有所准备，应学会对它视而不见，不要刨根问底。"

他的话语透着一种深入骨髓的阴郁，目光也十分沉重。邱风心疼地看着他。她这才知道，原来她和所有女伴心目中的至神至圣竟然会有如此的心理创痛。不过这更坚定了她的爱情，她决心走进他的生活，走进他的内心，像小母亲一样爱抚他，温暖他的心。

"还有，与我结婚的人，终生不得生育……"

邱风急急地打断他："不能生育？为什么？"

他苦笑道："这正是我的前生遗留给此生的不祥遗产，是一个重誓：我的亲生子女一定会使我遭受天谴，我的生命将在亲子降生之日结束。至于究竟为什么，我不知道。但这绝不是虚幻的，可以一笑置之的，我无时无刻不感受到它的巫力，也决定要恪守它。因此，"他沉重地说，"如果你愿意做我妻子，就不得不牺牲做母亲的权利。我知道，这对你是残忍的，不公平的，你没有义务受我的连累。但我无法摆脱这个重誓的约束，这也是我迟迟不结婚的原因。我把这一切都告诉你，希望在你在做出决定前慎重考虑。"

邱风沉下目光，内心翻江倒海。她绝非心机深沉的女孩，平常什么事都是无可无不可的，但这件事恰恰戳到了她的痛处，伤及她的母性。这个决定不容易做出啊。沉思很久，她才抬起头，眼中泫然有光。她说：

"记得我读过一本中国台湾小说，说母爱没有什么神秘，那是黄体酮在作怪。人身上有了那玩意儿，就会做出种种慈眉善目的怪样子。看后我气极了，奇怪怎么有人能想出这种混账话。很可能我身上的黄体酮就特别多，月经初潮那年，我就萌生了做母亲的隐秘愿望。我老是想入非非，幻想有一个白胖小孩伏在我怀里吮吸。这些话我从来不敢对女伴讲,怕她们嘲笑我。你是我倾诉内心世界的第一人。"她目光楚楚地沉默良久,然后断然说道:

"不过,我愿意为你做出这种牺牲!"

萧水寒感动地把她搂入怀中。那晚他们没有再说话,任何语言都成为多余。他们相偎相依,听着雨帘叮咚,《春江花月夜》的古琴声如水波荡漾、月华泻地。他们在静默中缔结了此生之盟。

三个月后他们就结婚了。一个豪华的、中西合璧式的婚礼,同伴艳羡的目光,奶奶笑得合不拢的嘴巴。整个婚期中,邱风是在狂喜和恍惚的感觉中度过的,就似乍进王宫的灰姑娘。她走进了萧水寒的生活圈子,走进了一种全新的生活。但在结婚的狂喜中,她内心深处仍有些许不安。毕竟,那两条关于婚姻的约定太古怪了。而且她的直觉告诉她,这点古怪只是冰山的露头。在它下面究竟藏着什么——不知道。婚期的喜悦冲淡了这些阴影,但它们并没有消失,它们在幽暗处悄悄潜藏着。

婚后的生活十分美满。萧水寒真的既像慈祥的老爸爸,又是一个热烈的情人。婚前提及的前生之梦并没有影响他们的生活。邱风仅觉察到丈夫偶尔会陷入伤感,此时他会一动不动地背手而立,凝视客厅中的一张古槐图。那是一张水墨国画,干枯皴裂的树皮以大刀阔斧的皴法渲染出来,古槐的老态龙钟中透出睥睨万古的气势。画上没有作者署名。丈夫没有介绍过这张古槐图的来历,仅透露过一句,说这株古槐便是他前生的一个象征。

邱风遵守婚前的约定,对此装作视而不见。不过,每到这些天里,她就从一个淘气的女娃娃变成慈爱的小母亲,把丈夫放进爱的摇篮里,为他唱着遥远的催眠曲。

唯一的不如意之处是——孩子,那个经常卧在邱风的想象中又永远悬挂在九天之遥的孩子。邱风当然要遵守自己对丈夫的承诺,但这并不能阻止那个孩子常常从空中下来,走进邱风的梦中。醒来后,她会眼眶潮红,痴痴地想念他。丈夫对她的心事了如指掌,每逢这时,他就会把妻子搂到怀里,慢声细语地扯开话题。

第三章　狮身人面像

邱风的怀孕没有向外人透露。但这瞒不住过从甚密的谢玲。她很快发现邱风嗜酸、呕吐，惊喜地问："是不是怀上了？"邱风羞涩地点点头，掩不住内心的喜悦。"啊呀呀，真是天大的喜事，老板改变主意了？爱情的力量无坚不摧呀。"

在此之前，何一兵等密友都知道萧水寒不要孩子的信条。他们觉得这个信条有点古怪，可以说是不近情理，但没人敢尝试去说服他，因为萧水寒在所有人眼里都是仰之弥高的偶像。听说邱风怀孕的消息后，他们小心地回避着，不同萧水寒谈论此事。不过谢玲更成了萧氏别墅的常客，对邱风的衣食住行，事无巨细一管到底。

胎儿有五个月时，萧水寒召开了一次临时董事会。他向董事会宣布，他决定退隐林下，把自己的股权一半转给妻子，但妻子终生不在董事会中任职，另一半股权按照贡献大小，分给这些与他共同创业的生物学家。他和妻子将离开故土，定居在南太平洋深处某个与世隔绝的岛屿，这是彻底的隐居，从此"不会再同人世间有任何联系了"。这个决定显然是晴天霹雳——而且太不近情理，太不正常，董事会所有成员都十分震惊，在震惊中都联想起萧水寒"不要后代"的信条和其后邱风的怀孕。无疑这个古怪决定与此有关。董事们一片反对声浪，但萧水寒的态度没有任何松动转圜的余地。一天以后，他们被迫接受这个决定，并推选出新的董事长何一兵。

何一兵是15年前加入天元的青年生物学家，后来成了萧水寒不拘形迹的密友。会后，董事们脸色阴沉地陆续散去，何一兵留下来，闷坐着，以手扶额，心情沉重。萧水寒走过去拍拍他的肩膀，何一兵抬起头，闷声说：

"我真不理解你的古怪决定，你一定是疯了。"

萧水寒平静地说："你是否需要我帮你复习一些生理知识？人脑在 30 岁达到生理巅峰，以后每天要死掉十万个脑细胞；人体细胞在分裂约 50 代后，就会遵循造物主的密令自动停止分裂，走向衰亡。万物都遵循新陈代谢的规律，自然界和人类都没有不死的权威。"

何一兵气恼地骂道："见你的鬼！你是八九十岁的衰朽老翁？你才刚刚 50 岁呀，正处于智力的成熟巅峰。按照新的年龄分类法，你只能算是'青年中年人'呢。再看看你的身体，陌生人绝不会认为你超过 35 岁！"他恳求道："为了天元，为了你的伙伴，是否再考虑考虑你的决定？老实说，我们几个自认算不上弱者，天元的董事长我并不是拿不下来。但像你这样的全才，既有渊博的知识，又有灵动的才情，思维极为简明清晰，世上不容易找到的。有你在旁边，哪怕是一句话也不说呢，我们会胆大一些。再考虑考虑吧，行不行？"

萧水寒目中掠过一丝伤感："我老啦，已经没有灵动的才情啦。我常常佩服——比如 120 年前的李元龙。你当然知道他，他算得上生物学界的教父。直到 120 年后，我在学术成就上仍然不能超越他。"

何一兵烦躁地骂道："真不知道你是什么鬼迷了心！"他心情郁闷，总觉得萧水寒这种毫无理由的突然退隐有什么沉重的隐情，萧水寒过去曾坚持"不要后代"，甚至宣称什么"天谴"。现在邱风怀孕了，他决定退隐当然与此有关。但深层原因到底是什么？何一兵的心中隐隐有不祥之兆。最后，他苦笑道：

"看来你是劝不回来了。我的老板兼大哥呀，你真够狠心的，在一块儿摸爬滚打 15 年，一句'拜拜'你就走了，还要'终生不再有任何联系'……算了，不说了。有什么善后工作，你安排吧。"

萧水寒笑道："没什么可安排的了，实际上这几年——我结婚后的六年间，一直是你在全面主政嘛。只有一件事，你抓紧把那尊雕像生产出来，安装好。我出国前要在国内转一圈，走前我要看看它。"

他说的是一尊斯芬克斯像。三天前萧水寒已经把一尊百分之一比例的小雕像交给何一兵，它将成为一尊大雕像的生长内核。何一兵说："没问题，保证你走前安装好。祝你旅途顺风。万一有什么三长两短,你应该记住,我的友情是值得信赖的。"

他沉沉地说。萧水寒知道这句话的分量,很感动,但没有形之于色。他微笑着,同何一兵握别。

几天后的拂晓,何一兵夫妇等七八个密友在斯芬克斯雕像前为他送行,萧氏夫妇要开始他们的国内之游。

人头狮身的斯芬克斯雕像坐落在公司主楼下,通体四米有余,晶莹洁白,光滑柔润。它是象牙生长基因按人工编写的造型密码"天然"生成的,全身天衣无缝,精美无瑕。这座雕像是希腊传说的中国化,狮身是中国的传统造型,但未取明清以来那种凝重的风格,而是师法汉朝的辟邪、天禄石刻,腰身如非洲猎豹一样细长,体态矫健飘逸,双翼似张似合。女人头像部分写意简练,一头长发向后飘拂,散落在狮身上。她的身形凹凸有致,口角微挑,笑容带着蒙娜丽莎的神秘。从看她的第一眼,邱风就被迷住了。她绕着狮身,从头到尾轻轻抚摸着,啧啧惊叹着,眼神如天光一样流盼不定。

"太美啦!我没法形容它,实在是太美啦。"她由衷地说。

何一兵自豪地说:"我想它应该算是一件毫无瑕疵的绝品。"

萧水寒很高兴,笑问邱风:"还记得希腊神话中的斯芬克斯之谜吗?"

"当然记得啦。狮身人面怪斯芬克斯是巨人堤丰和蛇怪厄喀瑞娜的女儿,她向每一个行人问一个谜语,凡是猜不到的就被吃掉。没有人能战胜她,连国王克瑞翁的儿子也成了牺牲者。国王只好下了诏书:凡能除掉斯芬克斯的英雄可以占有他的王位,并娶他的姐姐为妻。这时,一个勇敢聪明的青年俄狄浦斯来到底比斯城。这位青年一直受到一条不祥神谕的蛊害,神谕说他这一生注定要杀父娶母,他只好四处流浪,以逃避自己的命运。因此他从不看重生命,决心为民除害。他去向斯芬克斯挑战,后者给他出了一个最难猜的谜语,谜语是:早晨走路四条腿,中午走路两条腿,晚上走路三条腿;用腿最多的时候,正是力量和速度最弱的时候。聪明的俄狄浦斯一下子猜到了:谜底是人啊,人的幼年、中年和老年正是人生的早晨、中午和迟暮。斯芬克斯羞愧自杀，俄狄浦斯便做了国王。水寒，我说的对吧。"

"对，说得很对。"萧水寒叹道，"我很佩服古希腊人的思辨，科学家们从希腊神话中常常能得到哲理的启迪。这个斯芬克斯之谜其实是一个永久的宇宙之谜，是人生的朝去暮来，是人类一代代的生死交替。"他对何一兵说，"请费心照料好这座雕像，也许我的人生之谜就在此中。"

何一兵等几人疑惑地看着他，沉重地点头。他们并不能理解萧水寒的话中深意，但他们认真地说："放心吧，我们会履行你的嘱托。"秋风萧瑟，梧桐叶在地上打旋，空中落下一声雁唳，十几只大雁奋力鼓动着双翅，按照迁徙兴奋期中造物主的指引向南飞去。人字形的雁阵慢慢消失在地平线下。萧水寒同朋友们一一拥别，然后小心搀扶着怀孕的妻子，坐进 H300 汽车。斯芬克斯昂首远眺，目送汽车在地平线处消失。

第四章　垂钓27年

邓飞从早上就坐在这棵柳树下钓鱼，直到中午还毫无收获。几十步外的回水湾是老李在钓鱼，那是他新近结识的渔友。可能是看他一直不提竿，老李忍不住过来对他进行"教诲"："老邓啊，我早说过你选的钓位不行，这条河里草鱼多，钓草鱼要钓顶风，面朝阳，大树下，水草旁。你这儿是顺风、背阳，咋能钓得住呢。还有，你用的饵料也不对，我这儿有新鲜苇芯，草鱼最爱咬钩，你试试，你试试。"

邓飞笑着听他数落，不过仍然我行我素。老李有点恨铁不成钢的样子，嘟囔着"糟蹋了这副好钓具"，摇着头回去了。邓飞瞑目靠在树干上，柳丝轻拂着他的睡意。他梦见年轻的爸爸领着五岁的自己去钓鱼，归途中他困了，伏在爸爸背上睡得又香又甜，梦中印象最深的是爸爸宽厚的脊背和坚硬的肌腱。父辈的强大使"那个"小孩睡得十分安心，这种感觉一直深藏在他的记忆中……梦中倏然换一个场景，衰老的父亲躺在白瓷浴盆里，忧伤深情地看着他，他正替父亲洗澡。那时父亲已是风前残烛，瘦骨嶙峋，皮肤枯黄松弛，眼白浑浊，一蓬黑草中的生命之根无力地仰在水面上，那是邓家生命之溪的源头啊。这次洗澡之后不久，父亲就去世了。这是他最后一次为父亲洗澡，当时父子二人对死亡都有预感了。他至今记得父亲松弛的皮肤在自己手下滑动的感觉，记得自己对"衰老"的无奈。

手机的铃声把他唤回现实，不过一时还走不出梦境的怅然。人生如梦，转眼间自己也是66岁的老人了。

去年他从公安局局长的位子上退休，感觉自己在一天之内就衰老了，健忘，爱回忆往事。妻子早为他的退休做了准备，买了昂贵的碳纤维鱼竿，配上凝胶纺钓丝，高级鱼钩，孔雀羽根浮漂，全套现代化钓具。现在他把大部分时间都花在垂钓上。不过说实话，他至今没有学会把目光盯在鱼浮子上，他只是想有一片清净去梳理自己的一生。

是现任局长龙波清的电话，他问老局长这会儿是不是正在钓鱼，垂钓技术如何。还嬉笑道："听老钓客们介绍，你的手最'臭'，河边坐一天常常钓不上一条鱼，然后到市场上买几斤鱼去充自己的战果。有没有这档子事？"邓飞不耐烦地说：

"少扯淡，有正经事快说，别惊了我的鱼。"

龙局长笑道："好吧，言归正传。为了充实老局长的退休生活，使你继续发挥余热，我为你揽了一件任务，我想你一定感兴趣的。"他的声音变得严肃起来，"告诉你，咱们设的那根'海竿'的浮子已经动啦。"

邓飞的神经立即绷紧了："是那根海竿？"

"对，是那根，27年前设置的那根。晚上我到你家里详谈吧，你在家等我。"

挂了电话，身后老李轻声喊："浮子动啦，快提！"水面上的浮子果然在轻轻抽动，他扔掉手机，慌手慌脚地拉紧钓丝，觉得手上分量不轻。老李说："快抖手腕，先把鱼挂上，再顺着鱼的游势引遛。"他照着老李的指导做了。水中鱼儿挣扎逃走，把线绷得倍儿紧。他的操作太不专业，老李忍不住，从他手中夺过钓竿，一边紧着放线一边惊叹："嘿，还是条大鱼呢，有三四斤！"经过半个小时的遛鱼，总算把一条三四斤重的草鱼拉上岸。看着鱼在草地上弹动，老李不平地说："老话说外行人撒扁担网偏能罩大鱼，看来真不假。就你这臭手也能钓到这么大的鱼？真把行家气死。"邓飞笑着说："运气来时赶都赶不走的，看来这是一个好兆头。"

那根"海竿"已经设置27年了，邓飞那时39岁，是刑侦处一名科长。有一天他接待一个远道而来的客人。刘诗云，山东大学生物系的权威，70多岁，银发银须，身体十分衰弱，走路颤颤巍巍。他是专程来武汉的。

"来不来这儿我犹豫很久，我不愿因自己的判断错误影响一个极富天分的年轻人。我的根据太不充分。"刘老沉重地说，递过来一本生物学报，让他看首篇文章。标题是《量子力学的不确定性原理与 DNA 信息的传递》，作者萧水寒。邓飞看过文章的第一印象是，世上竟有人能写出或能看懂如此佶屈的文章，实在令人赞叹。直到现在，尽管自那根海竿设置之后他也曾努力博取生物学知识，算得上半个专家了，但那篇文章对他仍相当艰深。当时刘老告诉了文章的大义，说是论述 DNA 微观构造的精确稳固的复制，向量子力学的不确定性原理提出了挑战。DNA 在精卵细胞中的信息传递已经属于量子效应的范围了，而量子的行为是不可控制的，但为什么生物性状的遗传是那样精确而稳定？文章对此做了非常精到的解释。

"这是一篇深刻的论文，视野广阔，基本功异常扎实。如果它确实出自 20 岁青年之手，那他无疑才华横溢，是生物学界的未来。但我有一点驱之不去的怀疑。"

刘老捧着茶杯沉默了一会儿，呷了一口热茶，继续往下说：

"我曾有一个学生孙思远，生前是山东琅琊台生命研究所所长。实际上，我们的师生关系是挂名的，我们只是在信函中讨论过一些问题，此后他一直以师长之礼待我。其实他的学术成就早就超过我啦，生物学界甚至认为他是李元龙——生物学界的教父——的隔世传人。不幸的是，五年前他去 G 国旅游时，竟然离奇地失踪，那年他刚刚 50 岁。这个杰出科学家的失踪曾惊动了国内和国际警方，但调查迄今毫无结果。"

邓飞也回忆起这桩案子。它曾登在全国的案情通报上，公安部也曾发过协查通知，后来没有结果。但他不知道这桩失踪案与手头这篇文章有什么关系。刘老说：

"孙思远生前曾和我有一次闲聊。可以说，这篇文章的轮廓，在那次闲聊中已经勾画出来了，两者完全吻合，连文章中一些细节都吻合。当然，单是这种吻合说明不了什么问题，科学史上有不少例子，不同科学家同时取得某一突破，像焦耳和楞次，达尔文和华莱士等。但有一件事使我很不放心。"

他看着邓飞，加重语气说道：

"我与孙思远相识多年，对他的行文风格已经十分谙熟。他的思维极其简捷明快，行文冷静简约，其内在力量是别人无法模仿的。奇怪的是，青年萧水寒的文风却与他十分相似，非常相似。"

那天晚上，邓飞向刘老要了几篇孙思远的文章，强迫自己看下去。第二天会面时，他小心地告诉刘老，他看不出刘老所描绘的绝对的一致性。刘老苦笑着说：

"我绝不是贬低你，你在自己的专业中一定是出类拔萃的专家，但在判断论文风格时，请你相信一个老教授的结论，这一点不必怀疑。"

邓飞问道："那么，按你的推断，萧文是剽窃孙思远的成果？——而且恐怕不仅仅是剽窃，很可能他与孙思远的离奇失踪有某些关联？"

刘老点点头，阴郁地说："我多少做了一些调查，萧水寒是三年前从G国回来的，"他在"G国"两个字上加重读音，并看了邓飞一眼。"他回国后就如爆炸般接连发表了几篇高水平的生物学论文，接着创办了天元生物工程公司。可是在此之前，他在生物学界籍籍无名，也没有任何学历。你看，简直是天上掉下来的生物学家，这不合常情。"

但除此之外，刘教授不能提供任何有价值的线索。临走时，老人再次谆谆告诫：

"我知道自己的怀疑太无根据，我是思想斗争很久才下决心来这儿的。希望此事能水落石出，使我的灵魂能安心去见孙思远先生。他的过早去世是生物学界多么沉重的损失啊。如果他是被害，我们绝不能让凶手逍遥法外。不过你们一定要慎重，不能因为我的判断错误影响一个青年天才的一生。"

他的话透露出他的矛盾心境。邓飞也被他的沉重感染，笑道："这点你尽可放心。"

走到门口，老人交代着："有什么需要了解的请尽快跟我联系，我这把年纪，不定哪天就爬烟囱了。"

那时邓飞笑着说："不会的，不会的，您老能活到100岁。"他把老人送出大门。

刘老对故友的责任感使邓飞很感动，但一开始，邓飞并没打算采取什么行动。单凭一篇文章的相似风格就去怀疑一个科学家，未免太草率了。那天邓飞没有听出老人话中的不祥之音。老人回济南后不久就去世了,原来他已经是肺癌晚期。他为了故人情意,临终前还抱病远行,这使邓飞觉得欠了一笔良心债。于是,他不顾别人的反对,在此后的27年中,对萧水寒做了不动声色的耐心的监控。不过调查结果基本上否定了刘老的怀疑。

在对监控材料做出推断时,邓飞常想起文学界的一桩疑案:有人怀疑肖洛霍夫的名著《静静的顿河》是剽窃他人,对这个观点有赞成有反对,一直是个糊涂案子。这种怀疑之所以有一定的市场,是因为肖洛霍夫自《静静的顿河》之后确实未写出任何一部有分量的作品。但萧水寒则不同,此后的27年中他确实没再写过有分量的论文,但在生物工程技术中有卓越的建树,他的学术功底是无可置疑的,在国际生物学界也属于佼佼者。在这种情况下,谁还会怀疑萧水寒的处女作是剽窃他人呢——尤其还与谋杀连在一起?

实际上,随着时间的推移,邓飞觉得自己几乎成了萧水寒的崇拜者。他常羡慕萧水寒活得如此潇洒。他多才多艺,能歌善文,既有显赫的名声,又有滚滚的财源。他品行高洁,待人宽厚,在研究所和生物学界有极高的声望。邓飞曾疑惑萧水寒为什么一直不结婚,不过几年前他终于有了一个美满的婚姻,妻子是一个水晶般纯洁的女人。

但是在一片灿烂中,邓飞总觉得还有几丝阴影:萧水寒的来历自始至终罩着一层迷雾。尽管在电脑资料中,他在国外的履历写得瓜清水白,但由于种种原因,邓飞一直没有找到一个"活"的见证人。他是从G国回来,而G国是国际社会公认的一个毒瘤,那儿的法律已经崩溃,一个世纪以来一直是洗钱和"洗身份"的天堂,江洋大盗和毒贩都能在这儿得到一个清白的档案。所以,萧水寒在G国的这段经历难免使人怀疑——孙思远正好是在G国失踪的啊。而且,萧水寒的为人太完美,太成熟。要知道,当他被置于观察镜下时,只是一个二十几岁的毛头小伙,在这个年龄阶段,因为幼稚冲动犯点错误,连上帝也会原谅的。但萧水寒却超凡入圣,似乎是与生俱来的圣人和楷模。

对萧水寒的调查从未正式立案。这是一个马蜂窝,鉴于他的名声,稍有不慎就会引起轩然大波。但为了刘老生前的嘱托,邓飞一直在谨慎地观察着。

他退休后由龙波清接下这项工作。

龙波清十年前就干上邓飞的副手。一个红脸大汉，身高体胖，说话时声震屋瓦。进门他就喊："嫂子，今天拿什么招待我？"邓飞妻子苗茵笑着说："老邓钓的一条鱼，有三四斤重，管你饱了。实打实说吧，老邓钓鱼以来，也就今天钓了一条大鱼，恰巧让你碰上了，你有口福哇。"晚饭时那条脆皮鱼使他大快朵颐，对女主人的烹调赞不绝口。夸了女主人，又夸邓飞的好运气，因为竟有这样的傻鱼咬邓飞的钩。两人是打惯嘴巴官司的，邓飞笑着，不理他的话茬。酒足饭饱后，他们来到书房，女主人泡了两杯君山银毫后退出去。龙波清这才开始正题。

"银行的马路消息，"他拿着一把水果刀轻轻敲打着桌面，看着君山银毫在杯中升降，富有深意地瞟着邓飞。邓飞知道这句话的含义。他们曾通过非正式的途径，对萧水寒夫妇的财政情况建立了监控。严格说来这是违法行为，所以他们做得十分谨慎。"萧水寒夫妇最近取出自己户头上的全部存款，又把别墅和一艘豪华游艇低价售出，总计不下一亿二千万元，全部转入一家瑞士银行。他在天元公司的股票拿出一半，无偿分给其他股东，另一半转到妻子名下。听说他已提出辞职，说他工作太累了，想到国内和世界各地游览一番。经查，他们购买了十万元的国内旅支，十万欧元的国外旅支。"

邓飞品着热茶，静静地听着他介绍。老龙说："按说现在不是他旅游的日子。他结婚六年，妻子第一次怀孕，如今已五个月了。"

邓飞点点头说："在对他监控时，我发现邱风对小孩子有极强烈的母爱。那时他们没孩子，几乎每个星期天都要把别人家的孩子接来玩。我想，对这个得之不易的孩子，她一定会加倍珍惜的。再说，萧水寒的事业正处鼎盛期，这时退隐很不正常。"

"还有一点十分可疑，他在董事会上宣布，他将到南太平洋某个岛屿隐居，从此，"龙波清在这俩字上加了重音，"不再和人世有任何联系。"

"噢？这么决绝？"

"是啊，这是他的原话。这不太正常吧。不过你知道证据太不充分，而且这些证据'来路不正',无法正式立案,最好有人以私人身份追查这件事。"他狡猾地笑着,"我知道一抛出这副诱饵,准有人迫不及待地吞下去,是不?"

邓飞笑笑,默认了。听到这个消息,他身上那根职业性的弓弦已经绷紧,想起了 27 年前刘老的沉重告诫。龙波清说:

"如果你决定去,局里会尽量给你提供方便,包括必要的侦察手段和经费。不过我再说一句,你是以私人身份进行调查,如果捅出什么娄子,龙局长概不负责。"他笑了,"这是几句公事公办的扯淡话,我知道你老邓的身手。还有,龙局长不管,龙波清会不管吗?哈哈。"

邓飞简单地问:"他什么时候离开武汉?"

"据说就在这两天了。说要等一座斯芬克斯雕像安好就出发。那是萧水寒留给公司的纪念。你不妨去看看,听说非常漂亮精致。"

"好的,我接下这件活。我把需要的侦察器械列个单子,明天交给你。"

"行,没问题。喂,老邓,你预测一下,这件事追下去会不会追出什么结果?凭你的直觉猜吧,你的直觉常常很管用的。我现在可是满脑门糨糊。"

邓飞摇摇头:"不行,这次我预测不出来,我总觉得这件事有点超出常规。"

龙波清没再说话,向卧室喊道:"嫂子,我走啦,下次老邓再钓到鱼别忘了喊我。"他到衣帽钩处取下风衣。

第五章　树　祖

　　豪华的 H300 氢动力汽车一路向西北奔去，第一站定在西北某山区的槐垣村。萧水寒说，这是他"前生的前生的前生"的灵魂留恋之处，家中的古槐图就是此处的写照。遵从过去的惯例，邱风把自己的好奇藏在心底，对此不闻不问。

　　一路上萧水寒对邱风照顾得无微不至。H300 的行驶十分平稳，车身很长，后排的座椅可以放成一张相当宽阔的床。座椅是手工缝制的小牛皮的皮面。车里还有桃花心木的家具，配备有北斗定位系统、商务电脑、微型冰箱、电热咖啡壶等，设施十分齐全。邱风有时在后排斜倚着休息，不厌其烦地用手指同胎儿对话。偶尔感到胎动她就欣喜地喊：

　　"水寒，他又动了，用小腿在踢呢。这小东西真不安分！"

　　萧水寒扭头斜瞟一眼，微笑道："是哪个他？男还是女？"

　　"你呢？想要个儿子还是女儿？"

　　"随你。"

　　"不，我要听听你的意见。"

　　"你猜呢？"

　　"我猜你准是要个男孩，好延续萧家的生命之树啊。"

　　"啊呀，这可是对我的诬蔑，我什么时候说过男孩才能延续萧家的生命之树？生男生女都一样好，女儿同样延续我们的家族之树，还更知道疼爹妈呢。"

　　邱风咯咯地笑起来，说："好吧，生男生女都不要紧，不过最好能有一个小伢一个小囡，各有各的好处。"后来她让丈夫停车，换到前边右侧座位。她发现丈夫很长时间没有说话，不知道从什么时候起，他又陷入那种周期性的

拉格朗日墓场

抑郁。邱风在心中叹道：

一定是前生的梦魇又来了。

她不再说话，怜悯地看着丈夫。别看她是一个头脑简单的女人，她可不相信什么前生前世的神话。她猜想，这里一定有什么潜意识的情结，可能是童年的某种经历造成的，心灵受了伤又没有长平，结了一个硬疤——可是据他说，他在 20 岁以前是在 G 国的一个华人区长大，怎么可能把梦中场景选在中国西北呢？

她叹口气，不愿再绞脑汁了，把烦恼留给明天是她的人生诀窍。等赶到槐垣村再说吧，也许这次经历会医治他的妄想症。

他们的旅行十分从容，没有一个时间表——有整个后半生供他们消费呢。出发前他们曾到邱风奶奶家住了两天。两人结婚后，奶奶坚决不随孙女婿住。邱风只好让她留在老房子里，为她找了一个能干的保姆。这次邱风对奶奶说，他们要出国了，等他们在澳大利亚安下家，就来接奶奶同去。奶奶笑着说：

"风儿去吧，这辈子跟着水寒你会很幸福。不过别打我的主意，我是决不会挪窝的。"

"那怎么行，我们住那么远，把你一个人撂家里，能放心吗？"

不管孙女怎么劝，奶奶只是一个劲摇头。后来被逼紧了，奶奶小声说："你甭劝了，再劝也没用，知道我为什么不去吗？"邱风说不知道。"想想吧，水寒和你结婚后喊没喊过一声奶奶？"

邱风哑口了，萧水寒确实从没喊过一声奶奶。她勉强解释道："奶奶，你知道水寒年岁较大，'奶奶'有点喊不出口。但他从来对你很尊敬。你不要争竞这一点，行不？"

"我不争，水寒对我很好，我不争他喊不喊奶奶。可是你知道不，我和他在一起总感到拘谨，倒像他是我的长辈似的……你别笑，真是这样。所以你别劝我啦，我决不会随你们住的，知道你们的孝心就行啦。"

一直到他们离开，对这件事奶奶也没有松口。邱风心里不好受，但只有随奶奶的意了。他们在信阳游览了鸡公山，在西安游览了大小雁塔，又到黄陵县的黄帝陵参拜一番。去黄帝陵时正赶上重阳大祭,陵前人头攒聚,海内外来的炎黄子孙都在肃穆地行礼。邱风印象最深的是桥山轩辕庙里的黄帝手植柏,据传已有5000岁。它枝干虬曲,树叶层层密密如一顶硕大的绿伞。旁边的石碑上写着:"此柏高五十八市尺,下围三十一市尺,中围十九市尺,上围六市尺,为群柏之冠。谚云'七楼八擤半,疙里疙瘩不上算'即指此柏。"邱风想,5000年哪,按25年为一代,已经有200代人在这株树下走过了,一代一代,生生死死,再叱咤风云的英雄也变成了尘土,但这株老树还是生机盎然。她不由对它肃然起敬。

第二天他们下了公路,在急陡的黄土便道上晃悠了一天。萧水寒担心妻子的身体,不时侧脸看看。他没有打算乘飞机来这儿,因为他想让妻子还有未出世的儿女,走一遍他走过的路。

这片过于偏远的黄土地没有沐浴到22世纪的春风。当汽车盘旋在坡顶时,眼底尽是绵亘起伏的干燥的黄土岭。土黄的底色中也时有绿意,但它们显得衰弱和枯涩,缺乏南方草木的亮丽。越往北走,道路越狭窄和陡峭,有时H300的长车身转弯相当艰难。汽车随山路下行,涉过铺着碎石的浅溪,又随着曲曲弯弯的山路上升。萧水寒告诉妻子:"这些绵亘起伏的群山实际是平坦的黄土高原被千万年的水流切割出来的,你看那些最高的山头都是平顶,这就是最有力的证据。而黄土高原却纯粹是风力搬运而成。所以,在这一带你很难找到一块石头,只有到几百米深的河谷里才能看到碎石,那就表明这是黄土层的底部了。"

傍晚,萧水寒叫醒在后排睡觉的妻子:"已经到了。"

睡眼惺忪的邱风被扶下车,慵懒地依在丈夫怀里。忽然她眼前一亮。夕阳斜照中是一株千年古槐,枯褐干裂的树皮上刻印着岁月沧桑。树干底部很粗,约有三抱,往上渐细,直插云天。相对这么粗的树干来说,树冠显得较小,但浓绿欲滴,在四周沉闷的土黄色中,愈显得生机盎然。极目所止,这是周围唯一的一棵大树。它和黄帝手植柏一样老迈苍劲,但比手植柏要高。再加上周围的空旷,更显得卓尔不凡。斜阳中一群归鸟聒噪着飞向古槐,树冠太高，又映着阳光，看不清是什么鸟，不过从后掠的长腿看像是水鸟，也许它们是从数百里外的河流飞来。

萧水寒背手而立，默默地仰视着。邱风目光痴迷，看看丈夫，再看看槐树。它与家里的古槐图太像了！她能感到丈夫情感的升华。这是邱风第一次和丈夫的"前生"有实际的接触，从这一刻起，邱风开始认真对待丈夫的前生之梦。

大树下有几个闲人正在听一位老头儿摆古，看见来了两位外地人，他们好奇地远远看着。一位白须飘飘的老人分开人群，走过来搭讪："年轻人，外地来的？"

邱风笑着回答："嗯，我先生领我专程赶来，看大槐树。"

老头高兴地夸耀："这树可有名！相传是老子西出函谷后种下的。地方政府做名树登记时请专家鉴定过年轮，说它至少有1200岁了。还有更奇的呢，这实际不是一株树，老树已经濒死了，树心都空了。正好一棵新槐从树心长出来，也有200年了。你看那树冠，实际大部分是新槐的。再看看树根，从老树的树洞里能看到新树的树干。我们这儿叫它子孙槐。"

邱风嫣然一笑："这些我看见了。其实我早就知道它。"

老人很惊奇："你来过这里？"

"没有。但我先生有一幅祖传的国画，画的名字叫'树祖'，画的就是它。画得真像！知道吗？我先生没事时常与画上的'它'对话呢，他说的一些话我都能背出来了——尽管我一直不大懂。"这些话她实际是对丈夫说的，这些疑问已放在心中多年，她希望今天能听到丈夫的解释。

老人笑哈哈地问："这位先生祖上是此地？"

一直默然凝视树顶的萧水寒这才回过头来，微笑答道："不，那幅画是我爷爷的太老师，一个姓李的生物学家传给他的。"

老人高兴地喊道："一定是李元龙他老人家，对吧？"

萧水寒笑着点头。老人很兴奋，面前的远客一下子变得十分亲近。他热心地介绍道："李先生是我们村出的一个大人物啊，就是这株树下长大的。从小调皮胆大，曾赤手空拳爬到槐树顶。老辈说大槐树上还有黄大仙哩，就是他爬树以后仙家才不敢露面了。他去世前回过家乡，捐资修建了一座中学。还到大树下来告别，把我们一群光屁股娃儿集合起来，每人发了一支钢笔一个计算器，还讲了好多有学问的话。"

萧水寒笑问："您老高寿？照年龄看，您好像见不到他。"

老人并不以为忤，笑哈哈地扳指头算道："我快交 90 岁了。今年是李先生 170 年诞辰，他是 50 岁去世的，离现在有 120 年。你说得对，算来我是见不到他。也许是老辈人经常讲摆这些事，弄得我像是身临其境。"

邱风惊奇地问道："您老已经 90 岁了？我还以为您不到 70 岁呢。"

老人得意地说："别小看这个小地方，这儿是有名的长寿之乡，《长寿》杂志经常来这儿采访。古时候还出过一位 120 岁的人瑞呢。村北有一个'升平人瑞'牌坊，就是宣统二年为这位人瑞立的。中柱对联上刻着：椿树百年耆艾荣旌绶福履；竹林千叶瓣香普祝寿期颐。村里人都会背。你们不妨去看看。"他又问："我刚才说过，李元龙先生去世前捐资在这儿建了元龙中学，你们想不想参观？去的话，我给你们带路。"

萧水寒同妻子商量一下，说："那就有劳您老人家了，请吧。"

邓飞把奥迪汽车远远停在一面山坡上，用望远镜观察着树下的动静。他带有远距离激光窃听器，能根据车门玻璃的轻微震动翻译出车内或附近的谈话声。他看见那一行人正准备去参观元龙中学，听见邱风在低声问丈夫李元龙是谁。邱风文化层次不高，没听说过这位 120 年前非常著名的生物学家。邓飞在涉猎生物学知识时早就熟悉了这个名字，知道他是用基因手术治愈癌症的鼻祖。窃听器中老人在喋喋不休地介绍，这儿是李先生小时上学常走的路，李先生上学时如何艰苦，要步行 30 里，18 个窝头凑咸菜就是一星期的伙食；他的成就如何伟大，是中国科学院的院士，大鼻子外国人见了他都是毕恭毕敬……看来这位李元龙在他的偏僻故乡已经被神化。

随着人群远离萧水寒的汽车，窃听器中的声音渐渐微弱。邓飞打开一罐天府可乐，一罐八宝粥，又掏出一块夹肉面包，一边吃着一边要通了龙波清的电话。他告诉龙波清，萧水寒夫妇已经到了一个非常偏远的陕北山村，是著名生物学家李元龙的故乡。看来他的探访是针对李元龙而来的，希望局里尽快把李元龙的详细资料找出来，核对一下。龙波清安排人在电脑中查询，然后问：

"怎么样，这一星期有收获吗？"

"没有，一点也没有，这两人似乎是世界上最不该受怀疑的，举止从容，心地坦荡，看来完全是一场正常的旅游。我担心咱们的跟踪要徒劳无功。"

"别灰心，不轻易咬钩的才是大鱼呢。或者，能证明他确无嫌疑，同样是大功一件嘛。喂，资料查到了，这些天有不少文章纪念李元龙先生170年诞辰，你要的资料应有尽有。"

他告诉邓飞，李元龙的籍贯确实是该村，1980年出生，2010年结婚，有一个儿子。李元龙是科学院院士，在癌症的基因疗法上取得世纪性的突破，由此获得世界声誉。他在生物学理论上的贡献也绝不逊色。他在宇宙生命学、生命物理学、生命场学、生物道德学中的开拓性研究，直到百年后还是生物学界的圣经。他50岁失踪，一般认为他死了，但死因不明。背景材料上说他的死亡比较离奇，因为一直未寻到尸首。但他写有遗书，失踪前又对手头工作和自己的财产做了清理，所以警方断定不是他杀。

"不过，萧水寒和他能有什么关系？"他在电话中笑道，"他总不能飞到120年前去谋杀李元龙吧。那时他还在他曾祖的大腿上转筋呢。"

邓飞迟疑着没有回答。萧水寒与李元龙当然是风马牛不相及，可是，他为什么千里迢迢赶来参拜？他为什么一直把这儿的古槐供到客厅里？听邱风的口气连她也不明就里。还有，李元龙和孙思远，两个杰出的生物科学家，同样在盛年离奇失踪，同样和萧水寒有这样那样的联系，这种巧合难免让人不安。

望远镜里看到那一行人已经返回，打开车门上车，然后那辆汽车缓缓向村里开，显然萧氏夫妇已决定在这儿住下。他打开窃听器，听见三人正热烈地讨论着今晚的饭菜，萧水寒坚持一定要吃本地最大众化最有陕北特色的饭菜。老人笑着答应了，问："枣沫糊？荞麦饸饹？烤苞谷？猫耳朵（一种面食）？"萧水寒笑道："好！这正是我多年在梦中求之不得的美味啊。"

邓飞听得嘴馋，丧气地把可乐罐扔到垃圾袋里。他启动汽车，远远地跟在后边。窃听器里听到前边的汽车停下了，几个人下车后关上车门，然后窸窸窣窣地进屋。暮色很快降临，那边熄了灯，安静下来。他也把后椅放平，揣着话筒迷迷糊糊入睡。梦中他看到萧水寒在狼吞虎咽，一边吃一边嚷着："好吃好吃，家乡的美味呀，我已经120年没吃上它了。"

醒来后他自己也好笑，怎么有这样一个荒唐的梦。窗外微现曦光，古槐厚重的黑色逐渐变淡，然后被悄悄镶上一道金边。村庄里传来嘹亮的鸡啼。萧水寒一行还未露面，邓飞取出早饭，一边吃一边打开电脑，把家里传来的李元龙的信息再捋一遍。27年前，他为了增加生物学知识以助破案，曾请刘诗云先生为他开列一些生物学的基本教科书，其中就有已故李元龙先生的几本著作。这些文章他不可能全看懂，但至少了解了它们的梗概。有时候他觉得科学家的思维与侦察人员其实很相似，他们对真理真相的探究都常常是"出人意料"，又在"情理之中"。比如李元龙在《生物道德学》中说过：生物中双亲与儿辈之间的温情面纱掩盖了"先生"与"后生"的生死之争。从某种意义上说，所有儿辈都是逼迫父辈走向死亡的凶手，而衰老父辈对生之眷眷，乃是对后辈无望的反抗。他提到俄狄浦斯——即那位杀死斯芬克斯的英雄——杀父娶母的希腊神话，说它实际是前辈后代之争在人类心理中的曲折反映。他又说，生物世代交替的频度是上帝决定的，有寿命长达5000年的刚棕球果松，也有寿命仅个把小时的昆虫。但不同的频度都是其种族延续的最佳值。所以，让衰朽老翁苟延残喘的人道主义，实际是剥夺后代的生的权利，是对后代的残忍。人类不该追求无意义的长寿，而应追求有效寿命的延长。

读着这些近乎残忍的见解，他常有茅塞顿开之叹。他觉得李先生说的是千古至理——不过，当他的老父在病床上苟延残喘时，他照旧求医问药百般呵护，尽力为老爹哪怕多争得一天的寿命。所以他常笑骂自己是一个口是心非的两面派。

太阳已经很高了，萧氏夫妇还没有出村。莫非他们在这个陌生之地要盘桓几天？邓飞等得有点着急，但他不敢把车再往前开。这儿地势开阔，很容易被村里人发现的。他离开汽车，爬到坡顶向村里张望。这儿真有桃花源的古风，可能正是农闲，没有人下地干活，几缕炊烟袅袅上升，隐约看见几个孩子在大槐树下玩耍，一只黄狗很悠闲地卧在当道。萧水寒那辆漂亮的 H300 氢动力汽车停在一幢小院的旁边，那是昨天那位白须老人的家。

邓飞突然发现侧部有一道亮光一闪而过。原来西边很远处也有一辆汽车，藏在崖坎下，东边的朝阳正好照在车窗玻璃上又反射过来。邓飞取出望远镜，调好焦距，看见两个穿黑衣服的人立在车侧，也在用望远镜向村里观察。其中一人手持望远镜在扫视，无意中转向这边，与邓飞在镜头中目光相撞。那两人迅速缩回车内，很快车子就开走了。

邓飞很吃惊，也很纳闷。毫无疑问这两人也是冲着萧水寒来的，凭邓飞几十年练就的眼光，这一点完全可以确定。但他们是从哪儿来的？是龙波清不放心，派两个人悄悄跟在他后边？依他对龙波清的了解，不大可能。那么，是什么人也凑巧对萧水寒产生了兴趣？

邓飞不禁有点后怕。从那两人与他目光相撞后迅即离开的情形看，他们肯定已经知道邓飞的存在。那么这些天来他们是在暗处，而邓飞却是在明处。也许自己毕竟老了，眼神不行了，没能及时发现身后的尾巴。邓飞思索一会儿，要通了龙波清的电话。

"什么？另有人跟踪萧水寒？"龙波清困惑地问。

"不会是你派的人吧。"邓飞开玩笑地说。

"扯淡。我派人干什么，我还能信不过你老邓？"他问清了两人的衣着、形貌特征和汽车的颜色型号，沉吟一会儿，"老邓，据你估计这两人是什么来路？"

"我刚刚发现，只和他们在望远镜上对了一次火，心里还没数。但据我看，恐怕黑道上的可能居多。"

"娘的这可热闹啦，"龙波清嘟囔着，"既然有第三者感兴趣，那么这位萧先生恐怕是真有什么秘密啦。而且他这么深藏不露，没准是条大鱼哩。老邓，这两人你不要管，我另外派人去查清他们的底细，你只盯着咱们的萧先生就行。再见。"

为两个客人准备的早饭仍是地道的陕北口味。邱风不大对口味,她对饭菜的夸奖只是礼貌性的。但丈夫是确实喜欢,吃得极投入,极热烈,一副饕餮之徒的模样。主人笑着问:"看萧先生的口味,只怕在陕北住过吧。"萧水寒开玩笑地说:"当然,上一辈子就住在槐垣村嘛。"一家人笑了。邱风迅速看了丈夫一眼,只有她知道,丈夫的玩笑中包含着别的内容。

昨晚他们去参观了元龙中学。这是座相当考究的学校,占地颇广,其中一座平房被辟作李元龙纪念馆。老人说,这儿是李先生的故宅,一直保留着,元龙中学就是以这座房子为中心建起来的。屋里有几件简朴的家具:桌子、床、条几。墙上挂着李氏夫妇的遗像。邱风看见丈夫在遗像下站了很久,离开时眼中闪着泪光。看着丈夫的感情激荡,此刻她对丈夫的"前生"有了更深的体会。

饭后老人全家为萧氏夫妇送行,熙熙攘攘地互相告别。老人的孙媳还把邱风拉到一边,低声叮咛孕妇应注意的事项,她们在昨晚已成好朋友了。老人又拎出几包土产往车上塞,有大红枣,核桃,饸饹面等。他们已坐上汽车,但萧水寒似乎在犹豫。他最终走下汽车,把老人拉到一边,轻声问:

"李元龙还有后人吗?昨天一直没有听你们提起。"

"有,他的曾孙李树甲还在。原来跟他孙子小胜在外地住的,后来回到县城了。听说他孙子不是东西。"

"怎么啦?"

老人叹口气:"老话说君子之泽,五世而斩,这个李小胜真辱没他家祖宗!他是经商的,手里很有几个钱,偏偏容不得一个孤老头子。李树甲如今78岁了,独身一人住在县城,听说日子过得很紧巴。这些情况李树甲从不向外说,他还顾孙子的脸面呢。我是听别人说的。"

萧水寒目光沉沉地听着,良久问道:"李小胜的地址在哪儿?"

"在西安小寨区,叫什么诚信公司,真辱没了这个名字。"

萧水寒对此没再说什么,同老人及全家做了最后一次告别,驾车离开了。汽车在盘山路上开了很久,邱风回头看看,那棵参天古槐还映在汽车的后窗

里。萧水寒久久没说话,默默地看着前方的道路。后来他打开手机,要通了何一兵。那边在电话里喊道:

"好哇好哇,你总算舍得打一个电话。你的手机换了号,我一直打不通。现在在哪儿?"

萧水寒简单地说:"一兵,找你帮个忙。"

"说!尽管说。"

萧水寒让他到西安小寨一带找一个诚信公司,老板叫李小胜,或李什么胜,是陕北槐垣村人。他爷爷叫李树甲。"找到后想办法教训教训他,让他学会赡养老人。这事抓紧点,在我回西安前办妥。"

"没问题,我亲自去揍扁他!"他笑道,然后收起笑谑,"放心吧,我会妥当处理的。以后常来电话啊。"

萧水寒挂断电话,没有对邱风做什么解释。在他处理李元龙的家事时,邱风一直好奇地旁观着。丈夫是在代他的"前生"料理家务啊,是阳世之人代阴世之人做事啊。他做得坦然自若,但邱风心中不免寒凛凛的。

汽车径直开往县城。县城是近几年才由一个镇子升格而建,所以城内建筑比较简陋,整个县城其实只是一条长街罢了。萧水寒的 H300 在这儿很惹眼,不少小孩跟在后边看。他缓缓开着,向路人打听李树甲的地址。他们找到了,这是一栋破旧的住宅楼,李树甲住在顶层。敲开门,里边是一个形貌枯槁的老人,背已经驼了,屋内陈设极为简陋,不像是生活在 22 世纪。萧水寒目光沉沉地打量着屋内的一切,邱风的目光则时时跟着丈夫——她很好奇的,她想揣摸丈夫看到他"前生"的曾孙时是什么心境。

李树甲迟疑地问:"二位是……"

萧水寒平和地微笑道:"老人家,我们刚从槐垣村来,乡亲们给你捎来一些土产。"他把村人送给自己的红枣、核桃全给了李树甲。

李树甲很感激:"谢谢,谢谢,大老远的……乡亲们还惦记着我……请坐,快请坐。"

他要为二人沏茶水。邱风见他行动不便,忙拉他坐下,代他沏了茶。老人又张罗着留二人吃午饭,萧水寒亲切地说:"老人家,不要张罗了,我们行期很紧，马上要走的。你年纪大了，没和儿子媳妇住在一起？"

"他们都走啦，黄泉路上无老少，黄叶没落青叶落呀……"

"孙辈呢？"

老人迟疑片刻，言不由衷地说："他们忙啊，我不想拖累他们。"

萧水寒定定地看着他，目光中微露怜悯。邱风想，这是长辈看晚辈的目光啊，丈夫看来真的进入"角色"了。她又悟到，萧水寒是用"老人家"这个词称呼李树甲，也称呼一切比他年纪大的人，包括自己的奶奶。回想起来，他从没用过"大爷""大伯""奶奶"这些具体称呼，奶奶心里为此还结了一个疙瘩呢。萧水寒皱着眉头说：

"不要为孙子遮掩了，其实我什么都清楚。大伙批评了他，他有些悔悟了，最近就要来接你去赡养。老人家，对儿孙辈要加强教育呀，莫要溺爱，溺爱是害他们。"

李树甲脸红了，嗫嚅着，真像是不争气的晚辈在聆听长辈的教诲。萧水寒在心中感叹，以李元龙的风骨，怎么会有这么懦弱无能的晚辈？他放软口气说："住到小胜家之后，切记要端起长辈的架子。他是你孙子，赡养你是他的义务，是为上辈人的抚育还债。他要是还不像话就到法院告他！记住了吗？"

李树甲红着脸点头。来人虽然比他年轻得多，而且态度很平和，但平和中自有一股无言的威势，让自己心悦诚服地接受教诲。萧水寒没有多留，再次扫视屋内，叹息着起身告辞。

萧水寒在附近又盘桓了两天。邱风知道他是在等何一兵的结果，这桩心愿未了之前他是不会离开的。看着丈夫这么尽心地处理"前生"的事，邱风又是感动，又是惶惑——这件事再怎么说也有点"阴气森森"的。两天后何一兵来了电话，说一切都解决了，萧水寒便立即动身去西安李小胜家。

李小胜的别墅在南郊，是一个独院，林木葱郁中露出一幢小红楼，一条小河绕墙流过，河边是古典式的凉亭。萧氏夫妇赶到时，李小胜夫妇和一个保姆正扶着爷爷散步，一派天伦之乐。看见客人，李树甲惊喜地说："是你们二位啊！"李小胜也满脸堆笑地迎上来，但萧水寒只是冷淡地对他点点头。他们在凉亭坐定，萧水寒问老人在这儿习惯吗？饭菜可口不？孙辈们怎么样？李树甲高兴地说：好，都很好，生活好，孙子和孙媳待他好。萧水寒说：

"这就好。"他把目光转向李小胜夫妇，"晚辈出点错没什么打紧，改了就好。不过记着以后不可再犯，如果是那样，你爷爷饶不了你们！"

邱风暗暗惊讶，萧水寒是从不说这样的狠话的，何况是对陌生人？李小胜当然十分恼火，一个素不相识的陌生人，来家里像老子数落儿子似的教训他，谁受得了？不过他不敢顶撞。两天前，一个叫何一兵的人突然找到他，给他带来一笔大生意，条件优惠得让他不敢相信。何先生只提出一个条件：让他把爷爷接过来，好好伺候，让他心情愉快地走完人生最后几年。那会儿李小胜恼火地说：

"生意归生意，不要扯我的家事！"

不料姓何的一下子变了脸，指着李小胜的鼻子，痛快淋漓地大骂一通。他说："这件事老子管定了，我是受人之托，要不才懒得管你家闲事呢。你面前只有两条路，一是按我的话办，咱们的生意也做下去；二是你固执己见，生意泡汤，但事情还不算完。我向你发誓，我要尽我的财力，让你的公司在半年内完蛋。还要把你的不孝宣传得家喻户晓。乌鸦还知道反哺呢，你个禽兽不如的东西！"

李小胜被骂得灰头土脸，但没敢再顶撞。他相信那家伙有实力兑现他的威胁，撇开对方的威胁不说，毕竟他也理亏呀，单让他落个不孝之名，他在社会上的信用也就毁了。而对生意人来说，信用就是金钱。于是，他当机立断，连夜从家里接来爷爷，这两天变着法子哄老人高兴。

今天这位不速之客是什么人？很可能就是何小兵后边的那个人吧。李小胜和妻子讪讪地笑着，一时不知道该说什么好，爷爷赶紧为他解围："不会的，不会的，萧先生你放心。小胜从根底说是个好孩子啊。"

萧水寒于是把这一页彻底翻过去，和颜悦色地和全家拉起家常。他问小胜的妻子："回过老家吗？你们得空儿应该去一趟。那儿的大槐树远近有名，也被称作子孙槐。你们的祖爷爷叫李元龙，是一位有名的生物科学家。你祖奶奶叫段玉清，是个非常贤惠能干的女人，可惜45岁那年因车祸走了。在元龙中学里还有他们夫妻的照片，你们可以去看看。你们做事不要辱没了先人，他们一定在天上看着你们哩。"

邱风一直插不上话，不过她觉得眼前这个场面蛮有趣的。萧水寒坐在上首，一家人包括78岁的李树甲毕恭毕敬地同他说话。甚至同邱风说话时也是毕恭毕敬，这让邱风很有一点"太奶奶"的味道。他们的谈话很欢洽，连小胜夫妇的情绪也扭转过来了，开始诚心诚意地挽留客人进餐。

午饭吃得很愉快，萧水寒破例喝了茅台，多少有点醉意。一家人诚心邀他多住几天，他坚决辞谢了："不，饭后我就要走，我们还要去很多地方，不能再耽误了。百年相聚终有一别，知道你们过得好我就放心了。"

一家人开车把他们送到灞桥，依依惜别。

第六章　另一个狮身人面像

H300 汽车开走十分钟后，邓飞才启动自己的汽车。几天前，他偷偷在萧水寒的汽车尾部粘上一个信号发生器，经卫星接收，可以在他车内的屏幕上随时显示萧水寒的行踪。这种追踪装置是很先进的，即使内行也难以发现。

与他的老式汽油车相比，萧水寒的氢动力汽车要优异得多，时速能飙到 150 千米以上，让邓飞追得焦头烂额。好在萧水寒体贴怀孕的妻子，大部分时间是用慢速开，每顿饭后还有一段休息。邓飞这才能勉强追上。

汽车沿着陇海高速公路一路东行。按邓飞的猜想，萧水寒可能是去北京，到中国科学院去继续对李元龙先生的探索。但过了洛阳前边的汽车便掉头向南，两个小时后到达豫西南的宝天曼国家森林公园。从信号上看，萧水寒的汽车没有在进山处停留，径直向林区中心开去。邓飞从没到过这里，他一手驾驶着汽车，一手在车内屏幕上调出宝天曼自然保护区的介绍。介绍上说，它处于我国第二级地貌分阶向第三级地貌分阶过渡的边缘，是伏牛山向东南延伸的最高山体，海拔 1830 米。既挡住了西北寒流的侵袭，又截留了亚热带温湿气流，属典型的北亚热带向暖温带过渡气候。生态环境独特，许多古代遗存的植物仍在这里繁衍生息。有桦栎、青杠、华山松，漆、桐、椴、桑等 160 余种林木；稀有树种有秦岭杉、香果、辛夷树、大果青杆等 20 余种；有豹、鹿、獐、羚羊、水獭、大鲵、红腹金鸡等 100 多种动物；有拔地而起的扫帚峭壁、牧虎顶、化石尖、中心垛等自然景观。汽车逐渐驶入宝天曼的中心地带，看到的景色确实十分秀丽清幽。河南地处中国的腹地，几千年来过度开发，且不说又是兵家必争之地，历史上战祸不断。所以，能留住这一块袖珍型的原始森林是很难得的。

从信号上看，萧水寒的汽车已停下了，在五六里之外，但眼前已是正规公路的尽头。邓飞下车仔细察看，发现路侧有一条杂草丛生的碎石便道，便道通向一条山溪，上面有车驶过的痕迹，萧水寒的汽车肯定是从这儿开上去的。但邓飞不敢再往前开了，前边人迹罕至，很容易被萧水寒发现。他不想与萧水寒弄个老将照面。

他向后倒了一段路，把车藏在树丛中。行李箱中有事先备好的行囊，里边有足够维持七天野外生存的物品，包括一个睡袋。他背上行囊，顺着山溪向前走。车内电子地图刚才显示出，这里离自然保护区的扫帚峭壁不远，萧水寒跑到这么荒僻的地方干什么呢。

他注意观察着萧水寒开车走过的痕迹。淡淡的车辙离开河滩，在一处无路的山坡上又向前开了200米，前边是一个依山而建的院落，那肯定是萧水寒的目的地了。

萧水寒把汽车停在院落前的一片空地上。周围林木葱郁，松树扎在石缝中，裸露着虬曲的树根。一道清泉穿院而过，几只喜鹊正在清泉旁饮水。萧水寒显然对这里的路径很熟，但邱风在造访过李元龙家乡后，已经学会不惊奇了——这都是丈夫在"前生"经历过的地方嘛。

门开了，一个中年人惊喜地打量着他们。是个知识分子，穿着随意，一身休闲服，秃脑袋，大胡子。中年人笑着说："哟，真是稀客，这儿很少来人的。难怪今早喜鹊一直喳喳叫呢。喜鹊叫，贵客到。二位请进，请进。"

院内有三间平房，青砖青瓦，花草修剪得很整齐。萧水寒说："我和妻子是慕宝天曼之名来游玩的，看见这座深山中的院落，就贸然闯进来了，希望主人不要怪罪啊。"中年人说："哪里哪里，盼都盼不来呢。我隐居在这儿搞研究已经十几年了，有时也觉得太寂寞，常盼着见到山外来的客人。"中年人问了客人的姓名，自我介绍说，他姓白，是一位数学家，"其实我算不上数学家，倒是数学的敌人。我终生研究的就是数学的不确定性，是数学大厦上肉眼看不到的逻辑裂缝。我要躲在荒僻的山里向数学巨人发动进攻，让它生而复死再死而复生。"白先生笑着，突兀地问："萧先生，你们是不是刘世雄先生的后人？"

萧水寒笑道："不，我们不是。你怎么这样问？"

白先生说，刘世雄是这座房的原主人，是一位成就卓著的生物学家。他和自己一样，从20多岁就遁世而居，在这儿发表了丰富的学术论文。但50岁时突然离开这里，从此音讯全无。这是90年前的事了。他走前预留了100年的修缮费，甚至预交了房屋遗产税，所以直到现在，这座房子在所有权上仍归刘先生所有。林区房管部门也十分重视这座房子的保护。"知道吗？我没有花一分钱就得到了居住权，但前提是要保持这座房子的原状，精心维护。你们可以看到，我履行了自己的责任。"

"对，你做得很好，保持了房屋的原状。"

白先生把这句话看作是礼貌性的夸奖，而邱风却深深地看了丈夫一眼：他真的了解这座房屋的原状？他真的在这儿度过他的又一个"前生"？白先生笑着说："我总觉得，某一天刘先生的后人会来这里处理房产的。"

萧水寒笑了："我们不是刘先生的后人，你尽管安心住下去吧。90年了，不会再有人来讨要这所房子了。"

"贵伉俪今晚就在寒舍留宿吧，明天我带你们到附近游览。这儿山水清幽，不带一点浊世气息，很值得一看。"

"谢谢。"萧水寒笑着说，"我们正要开口求宿呢。"

白先生把两人安排到书房，把沙发拉开，拼出一张宽床。墙上挂着刘世雄的遗照，眉目刚肃，目光沉冷。邱风痴痴地端详着照片，他和丈夫有什么关系？丈夫怎么会把他看成自己的前生呢？屋内摆着简朴的藤编书柜，几百本书在柜中或立或卧。邱风随手翻了几本，都是生物学书籍。白先生解释说：这些是刘先生留下的书。虽然专业不同，但刘先生可以说是他的同道。他终生远离尘世喧嚣，潜心思索生命之大道。他很尊敬这位从未谋面的科学家，所以连书房也保持原状，作为对刘先生的追念。

"谢谢，我替刘先生谢谢你。"萧水寒说。

白先生注意地看看他："你真的不是刘先生的后人？你当然不是，你已经说过啦，再说你们两位都不姓刘。但我怎么老有这个错觉。"他自嘲地挥挥手，把这个话题抛开。

邓飞在睡袋中睡得倒也香甜。睡觉的地点选在房屋高处的半山坡上，几棵华山松的树荫下。从这儿能越过院墙看到房内的灯光，也能用激光窃听器通过窗玻璃进行窃听。屋里的灯光不久就熄灭了，看来萧氏夫妇也累了，要养足精神明天爬山。不过，他们真是来这里爬山或观山景吗？萧水寒走访的地方显然是事先选定的，他更可能是为房子的住户而来。邓飞已经跟踪了这么多天，心中还是没有一点谱。

睡前他又跟龙波清打了电话，让他通过河南警方查一下这座房子的住户白先生的情况，特别是查查原住户刘世雄后来的下落。他发现萧水寒总是同失踪的科学家有关联，这不是好兆头。天明时电话打来了，龙波清说：

"喂，老邓，这会儿住在什么地方？"

"深山老林里，还能住在什么地方！汽车也开不上来，我就睡在睡袋里。"

"注意身体，你毕竟已经66岁啦。嫂子昨晚还给我打电话，让我嘱咐你一定小心。你若有什么闪失，她要跟我算账的。喂，情况查清了。房主人叫白吉原，是一位数学家，不大食人间烟火，履历很清楚，没任何疑点。你说得对，我也觉得你更该注意原房主刘世雄，他的档案上说，他在2060年离开这里后确实失踪了，从此杳无音信。"

他的重音放在"失踪"两个字上。邓飞暗暗点头。李元龙，刘世雄，再加上后来的孙思远，已经是三个失踪的生物学家了！萧水寒对这三个失踪者的探访，恐怕很难用"巧合"来解释吧。龙波清知道老邓已经理解了他的意思，说："继续追查吧，看来这次能钓一条大鱼了！"

邓飞忽然说："停！"然后是几分钟的沉默。停一会儿他说："我似乎听到了远远的汽车声。这边天已经放亮，是不是那两个跟踪者也进山了？"

"很可能，我接的报告说，他们一直在你们后面跟着，有二三十千米距离。那两个人的身份已查清了，一个是中国台湾人，叫蔡永文，有黑社会背景。另一个是G国人，叫马丹诺，背景不详，估计也是黑社会的。所以……"他把后半句话咽到肚里，"好好查吧。对了，明天我派人送你一把手枪，连同持枪证。不过你要绝对避免和这两个家伙发生冲突，他们交给我负责。"

挂断电话，邓飞又注意倾听一会儿，山林中没有听到什么响动，更没有汽车的响声，也许刚才是自己的错觉？

天渐渐亮了，那间院子里有了动静。邓飞也把行囊收拾好。大约8点钟，一行三人从院子里出来，无疑那是主人领着两个客人去逛山景，萧水寒还背着一个颇大的背囊。邓飞悄悄跟在后边，他跟得很谨慎，拉远距离，只是用望远镜时刻把三人罩在视野里。三个人没走多远，有三四千米光景吧，前边是一堵拔地而起的悬崖。三个人在悬崖前停下，热烈地商量着什么。邓飞原以为他们在寻找绕过悬崖的途径，直到从望远镜里看到萧水寒脱下外衣，把一盘绳背到背上，才恍然悟到他要干什么——他要徒手攀岩！刚才他看到的三个人的热烈讨论，肯定是邱风在竭力阻止丈夫。邓飞十分纳闷，在20年的监视中，他知道萧水寒体格健壮，爱好体育运动，但从未发现他搞过攀岩。而对于一个没有进行过攀岩训练的人，面前这堵悬崖实在是太险恶了，何况他已经50岁！他怎么会心血来潮，"老夫聊发少年狂"呢。邱风仍在劝止，但显然没有奏效。远远看到萧水寒拍拍妻子的肩膀，潇洒地向悬崖走去，开始向上攀登。这会儿别说邱风了，就连邓飞也为他捏一把汗。

不过，攀了几步之后，邓飞看出他显然不是生手。他不疾不徐，动作轻松舒展，对攀登的路径似乎心中有数，几乎不用停下观察。一会儿工夫，他已攀到30多米。这会儿头顶是一块突出的石头，没有可以着力的地方。听见邱风在喊，肯定是让他退下来。萧水寒向下边挥挥手，把膝盖卡在石棱上休息片刻，两手交替到臀部后的粉袋里抓一把镁粉，然后十只手指抓牢头顶的石棱，身子突然悬吊起来！邓飞心中扑通扑通地跳着，崖下的邱风干脆用双手掩住眼睛。萧水寒用两手在石棱上倒了两次，把身体慢慢拉起，然后身体一荡，脚尖在远处的一个凹坑里蹬牢了，再把身体慢慢移过去。

他终于翻到这块石头之上，以上的道路就比较容易了。20分钟后，他到了山顶，把登山绳固定好，拉着绳一纵一纵地坠下来。邱风扑上去，不顾第三者在场，紧紧地抱着他，捶着他的后背，这一会儿她一定是涕泪交加了。萧水寒轻轻捋着她的长发，大概在安慰她。

邓飞对萧水寒真是佩服得五体投地。自己即使在体力最棒的时候，也不敢奢想徒手攀上这个悬崖！而萧水寒已经是 50 岁的人啦。同时他也迷惑不解，萧水寒千里迢迢跑到这儿，就是为了一次攀岩活动？

那边萧水寒已经穿上衣服，三人漫步返回。邓飞藏到路边的林里，听着三人有说有笑地走过去。他们回到那座院子里，没有多停，没有吃午饭，不久就出来了。主人陪着他们上了车，挥手告别，然后 H300 在河滩路上晃晃悠悠地开走。

邓飞没有随他们离开。半个小时后，他敲开白先生的院门。龙局长说这位白先生可能不是萧水寒此行的目标，但邓飞要亲眼看一下才放心。白先生开了门，好奇地看着他。不等主人发问，邓飞忙问道：

"请问萧水寒夫妇来你这儿了吗？我们在进山时失散了，我发现他的汽车车辙通向这边。"

"噢，他们刚刚走，也就是半个小时吧。你没碰上他们？"白先生疑惑地问，"这儿到山外边只有一条路的。"

邓飞懊恼地说："没有碰上。刚才我走错了一段路，一定是那一会儿正好错过了。"他笑着说，"他们这么快就走了，老萧攀岩了吗？他告诉我说要来这里攀岩的。"

白先生笑道："攀了，他来这儿也就是攀了岩，而后就匆匆离开，甚至没有顾得上看看山景。我真佩服这位萧先生，听说他已经 50 岁了，50 岁还能攀岩的人不多吧。"

邓飞苦笑着说："说实话，我真不理解他为什么一定要到这儿来攀岩。小风——就是他妻子——一直在劝他，但一直没能劝动。这儿的攀岩活动很有名吗？"

"不，这儿从来没有人搞这项活动。"他想了想，更正道，"听林区管理员说，这座房子的原主人刘先生在世时喜爱攀岩，但那已经是 90 年前的事了，乡人都差不多淡忘了。"

邓飞"噢"了一声——也许，萧水寒这次攀岩是对已故刘先生的纪念？他与白先生又攀谈一会儿，对白先生印象很好，这是一个心地坦诚、热情随和的男人，从他的言谈举止看，他只是萧水寒此行的局外人。白先生诚恳地留他吃午饭，他婉辞了，说要赶紧出山追那两位，再远就追不上啦。白先生把他送出院门，临出门时，邓飞无意中向院内扫了一眼，正是这一眼让他有了此行最大的发现。院子东边是依山而建的，充作院墙的石壁被藤蔓严严地盖住。但这会儿藤蔓被拉开了，藤叶的向阳面都是深绿色，但这会儿露出很多暗红的叶背，显得比较凌乱。直到这时他还没有意识到那里会有什么情况，只是出于老公安的本能，不在意地指指那儿："那儿是什么？"

白先生笑了："噢，忘了忘了，应该让你参观一下的，萧氏伉俪看了很久呢。"

白先生领他走过去，拂开藤蔓："喏，就是它。"

邓飞忽然眼睛发亮！在山崖的整块巨石上雕着一只狮身人面像，刀法粗犷，造型飘逸灵动。雕像表面覆满青苔，看来已有相当年头。邓飞一眼看出，它的造型与天元公司门前的象牙雕像非常相似，不，可以说是完全相同，甚至大小都相近。所不同的只是这个雕像没有那么精致。邓飞问：

"真漂亮！是您的作品？"

"啊不，"白先生笑道，"我可没有这种艺术细胞，听说是这间房子的原主人留下的。其实我正奇怪呢，刚才来的那位萧先生竟然知道它，刚才攀岩之后他直接对我说，他想看看这座斯芬克斯雕像。我好奇地问，他怎么知道的？他说他不是刘世雄先生的后人，可他对这儿非常熟悉。"

邓飞的脑子迅速转动着。这座雕像就像调查之途中的一个界碑，从此之后，调查的性质就完全不同了。在此之前，他们对萧水寒只是怀疑，只是推理，但这座雕像出现后已经完全可以断定，萧水寒与这三位失踪的生物学家确实有某种联系。前后相差至少90年的两座雕像如此肖似，它们之间一定有某条线在连着。但究竟是什么联系？他心中仍然全无端倪。正如龙局长的那句话，90年前，120年前，萧水寒还在他曾祖的大腿上转筋呢。

白先生紧紧地盯着他，再次问道："萧先生怎么知道这座雕像？说实话，他的这次闪电式来访在我心中留了很大一个谜团。"

邓飞这才从沉思中清醒过来："噢，我不知道，他没告诉过这座雕像的事。"

白先生不甚满意——他想邓飞一定是不愿说罢了——但礼貌地保持沉默。邓飞心中觉得歉然。这位白先生是一个充满好奇心的大孩子,他一定认为"萧水寒的朋友"是在说谎吧。不过他没法子做解释。他向白先生道谢,然后匆匆追赶萧水寒的汽车。一路上,他一直皱着眉头苦苦思索。

三位壮年失踪的科学家。两个相似的斯芬克斯雕像。还有两个与他同道追踪的可疑人。这些细节已经构成了一个足够坚实的逻辑框架。在27年的监控中,邓飞第一次对萧水寒真正滋生了敌意,他已肯定,萧水寒的圣人外衣下必定藏着什么东西。

第七章　时间之链

这时，萧氏夫妇已来到南阳西部一座工厂门前。这会儿正是下午的上班时间，萧水寒把车停在人潮之外，耐心地等着。人潮散尽，他把车开到门口意欲登记，门卫懒洋洋地挥挥手放他们进去。萧水寒开车缓缓地在厂内游览，这个厂占地广阔，厂房高大，气势宏伟，但是死亡气息已经很明显了。厂房墙壁上积满了锈红色的灰尘，缺乏玻璃的窗户像一个个黑洞，不少厂房空闲着，路边长满一人深的杂草。他们来到工厂后部的专用铁路线，站台上空空荡荡，铁轨轨面上生了红锈，高大的龙门吊缺乏保养，犹如一个骨节僵化的巨人。

萧水寒告诉妻子，这已是国内硕果仅存的石油机械厂了。自1848年俄国工程师谢苗诺夫在里海钻探了世界第一口油井，石油工业已经走过300年的里程。目前国内油藏已基本枯竭，连中东的油藏也所剩无几。电动和氢动力汽车正全面取代燃油汽车。

"不久你就会看到一则消息，中国最后一台油田用车装钻机在这儿组装出厂，此后，这项曾叱咤风云的工业将宣告死亡，就像蒸汽机车制造业的死亡一样。"他微带怆然地补充，"衰老工业的死亡并没有什么可怕，它只是为更强大的新兴工业让开地盘。当然，观察着它的死亡过程，仍然令人悲凉。"

他们走过装配车间、铆焊车间、新产品车间等，里面的工人忙忙碌碌。这里即将转产，工人们在拆卸已经报废的旧设备。工人们看见一位风度翩翩的绅士和一位大腹便便的太太走进来，都用微笑和目光表示问候，不过没停下手里的活。萧水寒留恋地看着周围，在他作为工程师库平而生活的那个"前世"里，曾在这儿度过普通人的一生。他曾在电脑前绘图，再把图上的钻机转化为实体；曾在这里加夜班，挥汗如雨，吃着工会人员送来的冰棒，听工人讲粗俗的笑话;也曾为一个成功的设计而兴奋,为一个错误而悔疚。但那个时代早就过去了,他熟识的人都已经去世,在他面前的都是些陌生人。现在,他领着妻子和未出世的孩子重走一遍这些路程,让妻儿把他的所有前生都保留在心里。因为,那个血淋淋的毒誓该兑现了。

邱风默默听着丈夫讲这座工厂的历史,打量着丈夫苍凉感伤的目光。在这一个多月的旅途中,丈夫的"前生"已经在她心里立体化了。有不少细节在告诉她,这些前世是真实的,不是虚幻的臆想:丈夫在槐垣村对陕北风味的饭菜的喜爱;他对李小胜的爷爷式的训诫;他在宝天曼攀岩时的身手;他知道一座藏在藤蔓里的雕像,还有他此时的怆然……也许一个人真的能有"前世"?旧时代有这样的传说:人在投胎转世时如果没有喝孟婆的迷魂汤,就能清楚地记得他的前生。而丈夫投了几次胎?他竟然能记得前生的前生的前生的前生……邱风叹口气,不想再绞脑汁了。虽然她知识不多,她也知道这只是迷信,不可能有前生前世的。至于丈夫……她相信丈夫很快会给她一个明确的解释。

H300 汽车在厂内缓缓地转了两圈,向大门驶去,停在工厂行政大楼楼下。人事部的宇文小姐正在对镜涂抹口红,一对青年男女走进来。他们显然是夫妻,男的有三十五六岁,衣冠楚楚,举止潇洒稳健。女的更年轻一些,只有二十五六岁吧,虽然有五六个月身孕,仍然显得娇小美貌。宇文小姐热情地问:

"欢迎光临,我能为二位做些什么?"

萧水寒彬彬有礼地说:"我是受人之托而来。贵厂曾有一位员工,叫库平,是一名工程师。他是 60 年前离开贵厂的。"

宇文小姐迟疑地问:"你们问他……"

"贵厂去年曾发过公告,因为工厂要发生产权转移,要求所有股东来办理相应手续。你们还特地登了启事,寻找库平或其继承人,因为他持有少量的职工股股份。"

宇文小姐笑了:"对,启事就是我办的。你是否是库平先生的继承人?你们带证件了吗？"

"不，我不是他的继承人，但我受库平之托来转交一封信，以表示感谢。他宣布放弃他的股权。"

他从内衣口袋里掏出一份折叠的信交给宇文小姐。宇文惊讶地问："库平先生还在世吗？那么他已经有110岁了！"

"不，库平已经去世了，但这是他的亲笔信件，具有法律效力。"

邱风奇怪地看着丈夫：她从没听说过丈夫的熟人中有一位110岁的库平！而且，对于一个去世的人，怎么能得到他的亲笔信呢？这句话简直是不合逻辑。那边宇文小姐展开信笺，上面只有寥寥的几句话：

感谢你们对一个老人的关照。我会永远记着在那儿度过的一生。
我宣布放弃我的所有股权，你们可以随意把它用于任何公益事业。

库平

信上没有注明日期。宇文小姐为难地踌躇着，怎么证明这封信件是库平的亲笔？一个没有日期的遗嘱有没有法律效力？萧水寒知道她的疑虑，笑着说："确实是库平先生的亲笔信，不会错的。你们这里肯定有他的笔迹——他在图纸的设计和审查栏中只怕留有几万个签名吧，你们不妨把信件上的签名与之比对一下。其实那点股权不值一提，他让我来，只为了当面表示谢意，谢谢你们没有忘记60年前失踪的一个老人。"

宇文小姐把信笺郑重地夹在档案夹中："好吧，我会把它转给我们的律师。感谢二位远道而来，我这就向经理汇报，他肯定会来见你们的，并请二位吃晚饭。"

"不，谢谢，我们还要赶路，不能多停了。再见。"

他挽着妻子，与秘书小姐在门口道别。

宇文小姐送走客人。十分钟后，办公室的门又被推开。来人是一个六七十岁的老人，微笑着出示了警察证件：

"请问宇文小姐，是否有一男一女来过？"

女秘书吃惊地打量着来人。她对刚才的年轻夫妇很有好感，因而对新来者多少有一点敌意。她答道："是啊，莫非你认为他们是骗……"

邓飞爽朗地笑了："不不，你不要乱猜，我只是和他们恰好对同一个人感兴趣。"

"库平？一个60年前失踪或死亡的人？"

"对，请把他的资料让我看看。可以吗？"

他看过电脑中储存的资料：库平，男，2040年生，青年时期在国外度过，2062年进入本厂，一直在设计所负责新产品的设计，是一位优秀的工程师，曾多次获奖。终生未婚。2090年突然失踪。宇文小姐问道："档案中还有一些简短的语音资料，你想不想听？"

"当然，谢谢宇文小姐。"

语音资料只有寥寥几句，是在一次授奖会上的发言："我很高兴能得到总公司的科技进步一等奖，这是全室人员共同努力的结果……"可能是存放的时间太长，语音有些失真，但邓飞总觉得他的语音有某种熟悉感。他沉思着。电脑里的档案太简略，而且都是死的、平面的材料，而他想得到的是活生生的东西。他问：

"与库平共事过的工厂老人是否还有健在的？"

宇文小姐略为考虑，肯定地说："有，有一名退休工程师叫袁世明，今年89岁。他肯定见过库平，而且很巧，他正好在设计所工作过。"

"谢谢，你真是一个称职的秘书。"邓飞衷心地夸奖着，又打听了袁工的地址，向她致谢后走了。

家属大院就在工厂的对门，院内林立着几十幢宿舍楼。他一路打听着，找到袁工的家，见到一位风烛残年的老人。他坐在轮椅上，发须如银，一双长长的寿眉向下垂着，半遮着眼睛。他妻子大概已经去世了，有一位小保姆照看他。他向来访的客人淡淡地打了个招呼，仍半眯着眼，沉浸在老年人的半睡半醒中。但邓飞提到库平的名字后，他的眼立即睁大了："库平？他有下落了？"他急迫地问。

"没有。"邓飞小心地问，"已经是60年前的事了，你还记得他？"

"我当然记得,他是个奇怪的人,身上总是罩着一层迷雾,所以我对他印象很深。他失踪60年了,但我总觉得他没有死,某一天他会以一种很特别的方式重新出现。"

"噢,这可是个奇怪的看法。你怎么会有这个看法?"

袁工慢慢地回忆着。他的思维还清晰,记忆力也很不错。他说,他与库平共事的时间其实不长,但相处得很融洽。那时自己是实习技术员,库平是一位老工程师,业务素质不错,但也算不上天才,总的说是一个籍籍无名的普通人。不过,他身上常有一些神秘之处,同事闲聊中,常见他在哲学领域或生物学领域有智慧的天光偶一闪现。在他将近50岁时,也就是失踪前不久,他曾郑重其事地参加了一次中学生数学奥林匹克竞赛,很多人觉得他是在发神经。竞赛题目很难,而且偏重非常规思维。但他的成绩不错,以较大的优势获得第一名。他很高兴,对我说,这证明他的"本底智力"仍保持着巅峰状态。我觉得,他是在以此为自己的平庸一生辩解,所谓"天亡我,非战之罪也"。不久他就悄悄地失踪了。"但我对他的印象很深,很特别,我总觉得他是另一个世界的人,是天上的谪仙人吧,偶然落到这个普通的工厂了。他的风度一直是超然于这个环境的。你为什么来问他?我想不是无缘无故的吧。"

邓飞小心地解释:"有人带来了他的亲笔签名信件,声明放弃工厂的职工股股权。从迹象上看,可能他还活着?但来人又说他已经去世,这是完全不合逻辑的。"

袁工"噢"了一声:"他比我还大21岁呢。如果他在世,我真想见见他。"他再度陷入沉思,很久才回过神来,意识到房中有客人,"邓先生,你想了解的情况我讲清楚了吗?"

邓飞苦笑着摇头:"你讲得很清楚,我很佩服你的记忆力。但我恐怕是越听越糊涂了。"

又是一个盛年失踪者,虽然这一次不是科学家。萧水寒为什么对失踪者情有独钟?是良心上的内疚?当然,他绝不可能参与一百多年来的一系列谋杀或绑架。或者,是他的祖辈干了这些勾当,而他是为罪孽深重的祖辈来忏悔？这种推测同样不可能，有哪一个黑社会组织会把有计划的谋杀维持120年呢。或者，是李元龙先生留下什么至宝，依次传给刘世雄、库平、孙思远等人，萧水寒探知了这个秘密，在苦苦追寻这件至宝？但看他蜻蜓点水式的旅游安排，又不像是在追查这个宝藏。而且，这些推测中都没有涉及重要的一点：这几个人中至少有三个是从G国回来的。邓飞觉得脑袋都要胀破了。

"不管怎样，衷心感谢你介绍了这么多情况。袁老再见。"

袁工让小保姆把轮椅推到门口，同邓飞告别："邓先生，等你的调查有了结果，如果不涉及什么机密的话，请告诉我一声。我对库平的下落很关心。"

"好的，我一定记住。谢谢。"

当晚，萧水寒在豫皖交界的一个偏僻小镇停车，邓飞不久就尾随而来。下午出高速公路收费站时，站内值班人核对了他的车号和姓名，交给他一个密封的小包。开出收费站后他打开包，里面是一把麻醉枪，而不是龙波清原先说给的手枪。老龙很谨慎，他努力不让退休的邓飞扯进什么人命官司中。

他通过信号器找到萧水寒的停车地点，在邻近的旅馆里登记了住房。这是一间单人客房，冷冷的月色把爬墙虎的藤叶投射到屋内。邓飞洗完热水澡，用毛巾被裹住身子，斜依在床背上，瞑目假寐。按照老公安的习惯，他要把这几天的见闻再梳理一遍。笔记本和钢笔就放在手边，这也是他的习惯，常常在似睡非睡之际思维最活跃，一旦迸出一个火花，他就顺手记在纸上，免得清醒后遗忘。

当然，半睡半醒中的速记也会弄出一些诸如"香蕉大，香蕉皮更大"之类的妙语，令他清醒后哭笑不得。

这两天，他窃听到不少萧氏夫妇的谈话。他当然不相信什么"前世前生"的鬼话，那只能骗骗邱凤这样天真的女人。可以肯定的是，从萧水寒的行程看，他此行绝不是无目的的闲逛。邓飞的直觉告诉他，本案的素材已经差不多了，有一个秘密快要露出水面了——但究竟是什么，他这会儿还不知道。

李元龙、刘世雄、库平、今后还要探访的某某人以及已知的孙思远，和萧水寒之间必定有某种隐藏的关系，有一条延续近170年的红线。

这是毫无疑问的。首先刘世雄家与天元大楼下如此相像的雕像，就绝不会是巧合。它很可能是某种象征。还有一点是否也算得上异常？除了李元龙先生外，其他三个失踪者都是终生未婚，连萧水寒也曾独身二十多年。一次是偶然，两次算巧合，但四五个人的经历竟然如此相像，就值得怀疑了。更令人生疑的是，除了李元龙，其他四人的青年时期都在国外度过，而且，至少其中三人是从G国回国。

但究竟能有什么关系？邓飞苦恼地敲着额头。要知道，这五个人回国后天各一方，各自的生活轨迹几乎没有重叠。在空间上没有重叠，在时间上有少量重叠，但散布在长达170年的时间轴线上，他们之间基本上是风马牛不相及。170年啊，几乎是两个世纪，什么秘密能有这么长久的生命力呢。

重叠！他突然灵光一闪，在本子上写了这两个字。

他睁大眼睛，抓住这个突破点，继续思索。这五个人中，每前后两个之间，在生存时段上都有20多年的重叠，但如果除去他们各自的"影子"生活，即有记载而无实据的国外生活，好像几个人的生存时段根本没有重叠。他在心里默默计算后肯定，这个结论是对的。

也许，正是他们互不重叠的"时间"才恰恰是他们的联系！睡意一下子全跑了。他坐起身，在本子上画了几道横线：

李元龙　1980—2030

刘世雄　2033—2060

库　平　2062—2090

孙思远　2092—2120

萧水寒　2122至今

除了"影子"生活外，各人的实际生活时段确实没有重叠，而且每前后两人的时间段都有两三年的间隔。

他把钢笔重重地摔在本上，他已经全明白了。

他已经有了明确的答案，虽然这答案似乎比"前生前世"的神话更荒谬。可是，把所有证据综合在一起，再考虑到李元龙著作中透出的某些观点，他倾向于相信这个更离奇的神话。

这条时间之链已经没有缺口了，因此，他可以毫不犹豫地指出萧水寒的下一站：琅琊台生命研究所，孙思远。山东大学那位刘先生的感觉确实非常准确啊，萧水寒与孙思远的失踪确实有最密切的关系——虽然并不是刘先生设想的那种关系。

他看看手表，时间是深夜3点半。略为犹豫后，他还是拨通了龙波清家里的电话。那边立即抓起电话，而且电话中的声音很清醒，没有丝毫睡意，这是公安局长的基本功。龙波清高兴地问：

"老邓？有什么突然变化吗？你半夜三更吵醒我，我猜是大大的进展，对不对？"

"老龙，我想那件事已经真相大白了，我刚刚把那条线理出来。"他疲乏地说。

龙波清很高兴，笑哈哈地说："还是老姜辣哟。老邓，宝刀不老啊。"他问，"简单说吧，他是不是罪犯？是哪个领域的罪犯？"

"容我暂时保密吧，我想彻底验证后再说。我的结论太荒谬，太不可思议。如果现在就告诉你，你会怀疑我的神经是否正常。"

"哼，卖关子啊。行，我不逼你。说说你的下一步打算？"

"我不想当他俩的尾巴了，要赶到琅琊台去守株待客。如果能在那儿等到他，我的成功就有了九成把握，否则我就要丢人了。"邓飞苦笑着说。

琅琊台今年的初冬很冷，刚下过一场薄雪，树上戴着雪冠。萧水寒把车速放慢，时时从后视镜上看看在后座上瞑目假寐的妻子。妻子的身孕已经有七个月，不能再受颠簸了。不过，这也是他计划中的最后一站。

向后看，看不到他已经熟悉的那两辆汽车，但肯定还在后边跟着。其中一位跟梢者是退休的公安局局长邓飞，自从20多年前他对自己建立监控后，萧水寒就慢慢觉察到了。当然他没有什么可以着慌的。在以后的20年里，他不动声色，平静地反察着别人对他的观察，甚至在某种程度上，他和这位忠于职守的老邓成了神交之友。他很想弄明白这位邓局长为什么会对他产生怀疑，但一直不得其解。他绝对想不到是友人刘诗云挑起的由头。

拉格朗日墓场

另一拨跟梢者的身份不明，似乎是来自国外的黑道人物。他们当然是为了那个人人欲得的至宝。不过他对这拨跟踪者同样不太在意。一个看透世事沧桑的老人在迎接死亡时会目光清明地回顾一生，那时他会发现，在死亡面前所有人都是平等的。人世间的种种心机权谋、倾轧钻营、勾心斗角……都是那么可笑，那么不值一提。他早已修炼到了这个境界。他唯一感兴趣的是，在他的严密防护下，两拨人如何都嗅到了猎物的气息，知道了那份至宝的存在。不过这事也不必太奇怪，那件至宝来到人世上已经135年，这么长的时间，总有一些信息会透露出去的，即使再严密的防备也不行。

不过他们莫要妄想得到它。只有福缘深厚的人才配持有这件天下至宝，而且肯定是多少年后的事情了。

这次，他特意领妻子和未出世的后代走一遍他四个"前生"的生活之路。他从没打算逃避自己的责任，所以，在决定要后代的同时，他就准备去履行那个血淋淋的毒誓。他想起，他十岁时父亲去世，那时一个未脱懵懂的孩子突然悟到死亡是这么可怕：身体化为尘土，化为空气，再也见不到亲人，再也不能复活。尤其是，那时他所受的教育已经毁灭了最后一线希望：没有可以永生的灵魂。人一死，什么也没有了。人只是世间一个匆匆的过客，即使百岁老人，也只能见到36500多次日落日升。那时他真希望得到西王母的不死药，把父亲从另一个世界救出来……

他从后视镜上看看后排的妻子。邱风斜倚在沙发上，仍然在做着她近来最喜欢做的事——同胎儿对话。她用手指轻轻抚摸着肚皮，猜测哪儿是胎儿的四肢或脑袋。她做得很投入，有时咯咯地笑着。萧水寒在心中叹息一声："风儿风儿，你理解丈夫的苦心吗？"可能理解不到，毕竟她太年轻。那桩秘密十分惊人，如果突然给邱风端出来，她会难以承受的。所以，这趟旅行中，他把答案分拆成一条条事实，逐步摆在她面前。但到目前为止，她似乎还没有起码的领悟。也许她的心智完全被未出世的孩子占据了。萧水寒叹口气，轻轻摇头。没办法的，她本来就是一个永远长不大的水晶姑娘。

他把汽车开到"琅琊台生命研究所"的大门口，打开右车门，小心地扶邱风下车。七个月身孕的邱风已经是步履迟慢了。

研究所是一片散落的楼房群，低矮的花篱充做围墙。因为原所长孙思远不愿让高墙来束缚人的交流和思维的驰骋。萧水寒问传达室的姑娘，是否允许他们步行在全所游览一遍，他想探访一个前辈学者的生活踪迹。那位大眼睛姑娘笑了，热情地说：

"你是指我们的前任所长孙思远教授吧，他离开我们已经30年了，但大家都很怀念他。请进来吧。"

他们进门后走了不远，迎面过来一位挟着皮包的老人，步履稳健，鬓发苍苍。姑娘在后边大声喊："先生，夫人，请等一下！还有你，老部长，也等一下！"她追上来为萧水寒介绍，"这一位是研究所保安部的老部长邓先生，让他领你参观吧，他同孙先生很熟的。邓部长，这位先生和太太想在研究所浏览一下，缅怀已故的孙所长。"

萧水寒正想辞谢，邓飞已经热情地同二人握手，当然这出戏是他导演的，他一本正经地说：

"乐意为二位效劳。孙先生是我最尊敬的前辈，更是我的忘年好友。你们想了解什么？"

萧水寒微笑地看着这位从武汉追踪而来的邓飞局长。不，孙思远从不认识邓飞，邓飞也从没有在这儿当过保安部长。但他没有揭穿，淡然笑道："你和孙教授很熟吗？"

"那当然。他生前我们可以说是无话不谈，虽然他比我大上十几岁。我是搞保安的，是科学的门外汉，但在孙先生的熏陶下，已经修炼成半个生物学家了。我对孙先生在理论上的建树可以如数家珍。"

萧水寒微笑着听他吹牛。"能给我们介绍一下吗？"

"当然当然。来，请这边走。雪天路滑，太太小心一点。你看，那个窗口是孙先生生前的办公室，夜里常常最后一个熄灯。这条湖边小路是孙先生早上散步时常走的，谁知道有多少灵感在这儿迸发！我告诉你，孙先生曾师从山东大学的刘诗云教授，不过专家们评论，他更像是一位伟大生物学家的隔世传人。我是指生物学界的爱因斯坦——李元龙先生。来，这边走。"

他侧过身子，朝萧水寒扫过锐利的一瞥。萧水寒注意到他的目光，扬扬眉毛，没有说话。邱风完全没有意识到两人的暗地交锋。她冻得满脸通红，小心地捂住肚子，一边赞叹着："这儿真美！这儿能闻到海洋的气息呢，水寒你说是不是？"邓飞仍娓娓而述：

"孙先生对李前辈的理论做了全面深入的延伸研究。比如说李先生提出的生命场理论或活体约束——您了解这些概念吗？请问你的职业？"

萧水寒正小心地扶妻子走下一阶台阶，他在回答前先朝妻子使个眼色：

"不，我不了解。我是搞实业的，一个在科学殿堂门外大声叫卖的铜臭熏天的商人。"

邓飞煞有介事地说："那我就继续吹牛，我怕万一碰到行家，就是班门弄斧了。活体约束是说，每个生物体在一生中，由于新陈代谢的缘故，其生物体的砖石即各种原子会更换几十轮，今日之我非昨日之我。但频繁更换的砖石仍精确保持着原有的缔合模式，因而这个生物体仍能严格地保持原来的特定属性。这种唯有活体约束中才能存在的精确稳固的量子信息传递对量子力学的不确定性原理提出了挑战。"

这正是萧水寒28年前那篇文章中的观点。他有意紧盯着萧水寒，但对方神色不变。

"活体约束中还隐藏着一条上帝的密令。你知道，对于单细胞生物来说，它的分裂生殖可以无限进行，因此，仅对于细胞而言，它实际是永生不死的，从五亿年前一直延续到现在，它本身也是一种活体约束。但当一个细胞从属于更高级的活体约束时，它的分裂就要受到限制。比如人体中的细胞，被人体约束，只能分裂50代左右，然后就衰老死亡，这便是人会衰老的本质原因，它造成了人的衰亡和生死交替。这种生物钟极其精确可靠，在人体内只有癌细胞和生殖细胞不受其约束。生殖细胞会自动把生物钟拨回零点；癌细胞可以无限增值。所以，这两种细胞实际上是恢复了单细胞生物'无限分裂'的本性，或者说，它们以上帝更古老的密令代替了晚近的密令。"

萧水寒喃喃道："上帝的意旨。"

"对，这是上帝的意旨。但孙先生常援引李元龙先生的一句话：科学家在对上帝顶礼膜拜的同时，也在努力探讨能使上帝意旨得以贯彻的'技术措施'。上帝的技术措施！这个词说得多好，因为上帝在生物世界中的所有魔法，都要通过某种生物学的机理而实现。喂，爬上前面那块高地，就能看到大海了，这是孙先生生前最爱来的地方。你们上去吗？太太怎么样？"

萧水寒轻声问妻子，邱风说："我也要上去看看，没事的，我能上去。"

现在，他们面前是无垠的大海，白色的水鸟在天上飞翔，海风带着潮湿的腥味儿。水天连接处是一艘白色的游船，隐隐能听到乐声。太远，听不清音乐的旋律，它只是像水漂一样，断断续续地从水面上浮过来。这个情景使邱风觉得似曾相识，她想起是在青岛见过。那时她发现丈夫很喜欢这种景色，又会由此生出怅然的思绪。她偷偷看看丈夫，发现这种怅然又浮现在他的眸子深处了。

邓飞赞道："多美。你看这块石头，我们常称它为孙先生的抱膝石，他在这儿常常一坐几个小时，思考宇宙和生命之大道。他的思想已经达到天人合一的境界。你们喜欢这个地方吗？"

他喜欢，萧水寒想。一个老人总是怀旧的，尤其是在他决心割断人生羁绊时。这正是他此行的目的。他想探访旧日的踪迹，想让妻子和未出世的后代抚摸这些踪迹，永远记住它们。

他们让邱风在抱膝石上休息，两人心照不宣地离开邱风，再攀上一道高坎。邓飞瞥一眼被留在高坎下的邱风，深吸一口气，慨然道：

"看见了吗？那边的建筑是望越楼，是越王勾践迁都到这儿后修建的。这边是徐福启航处，他从这儿入海东渡，为秦始皇寻找长生不老的仙丹。当然他没有成功。后来还有不少皇帝去重复秦始皇的愚蠢，像唐玄宗啦，唐武宗啦，宋真宗啦，宋徽宗啦，他们或炼丹，或访道，甚至因服用仙丹而丧命。但这些失败并不能阻止后人追寻长生的努力，因为，长生不老这个诱惑对所有人都太强烈了。直到多少次失败后，人类才被迫认识到，生死交替是无可逃避的——这是一个科学的观点，但也被演化成新的迷信。按照否定之否定的规律，现在我们该把种迷信打破了。你说对吗？"

他们心照不宣地互相对视，知道两人之间已经没有秘密了。忽然石坎下传来一声压抑的低呼，打断他们的谈话。

　　如果说邱风昧于抽象思维的话，那么她大脑额叶的"面孔认知功能"要比男人强大。从邓飞这个人一出现，她就发现这个老人似曾相识。在邓飞滔滔地讲着生命学的知识时，她一直在努力思索着。她终于想起来，在旅行途中，此人曾驾着一辆红色奥迪多次出现在他们附近，有时夹在熙熙攘攘的人群中，似不经意地投过来一瞥。所以，这个人的再次出现恐怕不是偶然。

　　对这位邓先生有了警觉后，她发现他的话似乎是含沙射影。奇怪的是，丈夫似乎已经洞悉他的身份，两个人的对话似乎一直在打哑谜。她在抱膝石上坐着，瞥见丈夫和邓先生互相使一个眼色，离开她到石坎上去，他们分明是想密谈什么。

　　没错，他们正在密谈什么，从他们的形体语言上就能看出来。对丈夫的关心使她坐不住了，她悄悄站起身，艰难地向石坎上攀登。蒙着薄雪的石坎很滑，她忽然脚下一滑，跌倒在地上，失声喊了一下。两个人闻声急忙赶来，邱风半蹲在地上捂着肚子，表情十分痛楚。萧水寒忙扶起她，急急地问：

　　"怎么啦？是不是摔着了？都怪我，不该留你一个人在这儿。"

　　邓飞也关心地说："送太太到医院检查一下吧，离这儿很近的。"

　　邱风笑着摇头："没关系，只是滑了一下。没关系。"她扶着丈夫站起来，"真的，你看我好好的。水寒，咱们离开这儿吧，我想休息一会儿。"她祈求地望着丈夫，想避开自己心中模模糊糊的不安。萧水寒答应了。邓飞当然不能放萧水寒就这么离去，热情地说：

　　"已经快中午了，今天我做东，请二位吃蒙古烤肉。这是孙先生生前最爱吃的，请二位务必赏光。"

　　邱风偷偷示意丈夫拒绝，但萧水寒似乎毫无城府地接受了邀请。他们坐进萧水寒的汽车，开出研究所。成吉思汗烤肉苑离这儿不太远，在一座山坡下，隔着窗玻璃能看到室内熊熊的烈火，衬着外边的皑皑白雪，别有一番风味。屋内，一块桌面大的铁板被烧成暗红，一个蒙古大汉光着膀子在铁板上翻炒着，刺刺啦啦的响声与逗人馋涎的香味弥漫于室内。

这儿是自助餐厅。邱风坐在桌边，看着两人在几十个食品盘中挑选菜肴，再排队去炒熟，一边悠闲地交谈着。但这种表面的悠闲驱不走邱风内心的不安，她已经嗅到两人之中有什么隐秘。不过邱风天生是个乐天派，等到香气扑鼻的菜肴端来，她就把烦恼抛到一边了。"啊呀，真香，单是看着这些菜就能生出美感！"她大声地赞叹着。邓飞高兴地说：

"我没说错吧，这是孙先生最爱来的地方。等一下还有好节目哪。"

他朝领班捻一下响指，领班点点头。接着，一个70多岁的老人摸索着走到餐厅中央。他双目失明，穿一件镶边的蒙古长袍，刻满风霜的脸庞犹如风干的核桃。面部较宽平，鼻梁稍塌，明显带着蒙古人的特征。他在圆凳上坐下，操起马头琴，先低首沉思几分钟，似是回味人生的沧桑。邱风偷偷看看丈夫和邓飞，她发觉两人的眼中都闪着奇异的光。

邓飞低声介绍道，孙先生极爱听这位蒙古歌手的歌，那时这位盲人歌手才30多岁。孙先生一直是独身，几乎每星期都要光顾这儿。这个餐馆的兴旺多半靠他的推介和慷慨赠与。不过他没告诉萧水寒，这位老人已经有近十年不唱歌了，是他打听到这些情况，特意把老人请来的。他只比萧水寒早到一天，一天内马不停蹄地干了这许多事，够忙乎的。

静场片刻之后，老人便伴着琴声唱起一首苍凉的歌。他先用蒙语唱一遍，再用汉语唱一遍。他的汉语不太地道，不容易听懂，邓飞低声为邱风讲解着，说这是一首有名的蒙古民歌，由于孙先生的喜爱和推介，它成了这座餐馆的保留节目。歌的大意是：

一个老人问南来的大雁：
你为什么不愿留在温暖的南方，
每年春天，都要急急飞回这里？
大雁说：
春天来了，草原弥漫着醉人的花香，
冥冥中的召唤不可抗拒。
大雁问老人：

拉格朗日墓场

你曾是那样英俊的少年，

为什么变得这样老迈？

老人长叹道：

不是我愿意老，

是无情的时光催我老去呀。

老人的声音高亢苍劲，伴着苍凉的马头琴声，征服了所有的听众。听众的感动并不单为他的演唱技巧，更为这首歌内在的苍凉。它像雪山上冰凉彻骨的融水，悄悄渗入人的内心。歌声和琴声都在高音区戛然收住，听众们沉浸在秋风萧瑟的氛围中，忘记了鼓掌。邱风听得泪流满面，看看丈夫，他的眼中也闪着水光，而那位邓先生此刻正紧紧盯着丈夫，目光中有很多难以言说的东西。萧水寒没有在意邓飞的盯视，掏出支票簿，写上一个数目颇大的数字，撕下来，走过去交给老人：

"谢谢你的歌声，老人家。"

蒙古老人握到熟悉的手掌，听到熟悉的话语，全身一震。他昨天已听邓飞说过一些情况，但那时还不敢相信。他侧过耳，急迫地说：

"真的是你吗，孙先生？你还活着？"

萧水寒点点头，嘎声道："对，我是孙思远，我的好兄弟。咱们已经30年没见面了，真没想到还能听到你的这首歌。"

老人的泪水溢出来，高兴得语无伦次了："孙先生，你没死，我太高兴了。这辈子能再见到你，我太高兴了。"

邓飞悄悄地跟在他身后，听着两人的对话，心情复杂地看着萧水寒朝气蓬勃的身体。当他说出自己深思熟虑的结论时，仍不免有临事而惧的踌躇：

"真的是你吗，170岁的李元龙先生？"

萧水寒回过头，他的身体生气勃勃，但目光中分明是百岁老人的睿智和沧桑。他平静地说："对，我是李元龙，也是刘世雄、库平、孙思远和萧水寒。"

邓飞低声道："李先生，你让我猜得好苦啊。"

正在这时，他们听到邱风发出一声压抑的呻吟。她捂着肚子，脸色雪白，头上是豆大的汗珠。萧水寒急忙奔过去，邓飞在他身后喊道：

"太太肯定是刚才摔跤动了胎气，快送医院！我去把车倒出来！"

他要过萧水寒的汽车钥匙，把车开到门口。一个侍者帮萧水寒小心地搀扶着邱风上车。萧水寒匆忙同蒙古老歌手道了别，汽车迅即向妇产医院开去。

老歌手久久立在饭店门口，直到汽车远去。

医生说邱风要早产，把她送入分娩室，两扇门随之关闭。门外不时听到撕裂般的呻吟。萧水寒面色焦灼，在屋内来回踱步。他的步伐急迫轻灵。邓飞用过来人的口吻劝他：

"别担心，出生前的阵痛，哪个女人也得过这一关。"萧水寒感激地点点头。邓飞解嘲地说，"嗨，我几乎脱口喊你是年轻人。真的，看着你的容貌和步伐，很难承认你是170岁的老人。"

萧水寒已恢复老人的平和，微笑道："实际上我自己也很难适应这个反差：身体的青春勃勃和心理上的老迈，它们常造成错位。你怎么猜到我的秘密？"

邓飞笑道："喏，就是这张纸片。"他把笔记本上那一页递过来，"我发现与你有关的五个人，其生活区段恰恰首尾相连，中间只有两三年的空白，而这正是一次彻底的整容术所需的时间。"他端详着萧水寒的面容，"萧先生，你的整容术很成功，保密也做得不错。不过，G国能做这种高水平整容术的医生并不多，所以警方很容易找到他们，比如何塞·马蒂医生、波塞略医生等。警方也查到，从李元龙开始的这五个人，血型都是AB型。当然这可能是巧合，但也是一个有力的旁证。还有，你的声音并未改变，当我听到库平的录音时就觉得似曾相识。我又尽力找到李元龙先生一些原始录音做了对比。为了百分之百的把握，我还安排了烤肉苑的相认，因为盲人的听觉是最灵敏的。"

他心情复杂地再次端详着萧水寒。他头发乌亮，皮肤光滑润泽，动作富有弹性，绝对不像170岁的老人，甚至不像50岁的中年人。他的身体一直保持着35岁的状态。邓飞不满地说：

"李先生，恕我冒昧问一句——我不会不识趣地问你长生之秘的具体内容。你隐名埋姓地活着，自然是为了牢牢保守这桩无价之宝。但你能否告诉我，你为什么不把它公布于众，与全人类共享呢？"

萧水寒在他面前立定，用170岁老人的目光居高临下地看他。他在35岁时发现了长生之秘并施之于自身。为此，他数度易名，数度易容，反复扮演着20～50岁的人生角色。为了保密，他不得不多次斩断熟悉的人际关系。在结发妻子因车祸去世后，他一直没有再婚，因为没有经过长生术的女人无法永远伴他同行。他独自荷受这个秘密已太久了，谁能理解他的百年孤独？他平静地问邓飞：

"年轻人，这真是一个好礼物吗？"

"那当然！"邓飞脑海中立即浮现出父亲缠绵床榻的痛苦晚年，那时他真的愿意以世上的一切换取父亲恢复青春。"谁不愿意逃避衰老呢。这是每个人从灵智开启时就具有的愿望，是人类千万年来的渴求。而且在现代，长生的必要性是越来越大了。科学飞速发展，知识爆炸，人类在学习上花费的时间越来越多，终有一天会达到这样的临界平衡：人们学完最起码的知识后就得迎接死亡，那时科学就从此停滞了，不会再发展了。所以人类的短寿已成了制约人类发展的瓶颈。"

萧水寒摇摇头："你说得很对，但你把长寿和长生混为一谈了。不过，这不是一时片刻能说清的话题，咱们以后再说吧。"他补充道，"我的真实身份请暂不要告诉我的妻子，等孩子满月后我会慢慢告诉她。"

病房内又传出撕裂般的呻吟，这是一段平静后的又一次阵痛。一个护士匆匆走出来，惶惑地对萧水寒说："你太太是横生，医生正在努力转位。萧太太坚持要你在身边，医生也同意了，请进吧。"

萧水寒来到产床前。邱凤支着双腿，平卧在产床上，几个医生正在忙碌。长时间的阵痛后邱凤已十分虚弱，她闭着眼，头发被虚汗浸透。她忽然摸到丈夫的手，身体起了一波震颤，眼睛睁开了：

"水寒，是你吗？"

"凤儿，是我。我在陪你。"

"不要离开我,我怕……"

阵痛使她的精神变得恍惚,使她的心理变得脆弱。丈夫背负的那个毒誓已在她心中深深扎根,邓飞今日的神秘举止又加重了她的恐惧。孩子马上就要出生,"天谴"会不会真的落到丈夫身上?她怕丈夫会抛下她和孩子而去。萧水寒知道她的心理,爽朗地大笑起来:

"怕什么?是不是我曾说过的誓言?告诉你吧,那是骗你的,我一直都在骗你。人怎么可能有前生呢?当然,这里有一个曲折的故事,等把孩子生下来我再慢慢告诉你。"

"真的吗?"

萧水寒笑着点头,吻她一下,邱风慢慢安静下来。

两个小时后,一个女孩呱呱坠地。邱风松了劲儿,很快呼呼入睡。护士为孩子按了指模,抱过来让萧水寒看一眼。嗨,真是个丑东西,猁猁似的小脸,皮肤皱皱巴巴,闭着眼,额头上还有皱纹呢。不过,一种与生俱来的亲切感从心中油然升起,他觉得喉咙中发哽,胸中涌出一股暖流。这种暖流在他的头生儿子出生时曾经尝过,不过差不多已经淡忘,毕竟是 130 多年前的事了。

邓飞也进来了。看着这位幸福得发晕的父亲,邓飞又几乎忘了他的真实年龄。他拍拍这位"年轻父亲"的肩膀,以爷爷的心态向他祝福。萧水寒向他点头致谢。

第二天邓飞来到产房,婴儿在育婴室里,萧水寒坐在邱风的床前,正握着她的手在说着什么。他从窗户里看到邓飞,知道邓飞有话要说,便主动走出来。邓飞没有绕圈子:

"你的秘密恐怕难以保守了。"他心情复杂地说,"我不得不向上级汇报,先向你打个招呼吧。"

萧水寒微笑道:"邓先生请便。实际上,从我决定要孩子的那一天起,我已决定把这一切来一个了断。那个秘密已经没有价值了,你不过是把那个时间提前几天而已。"

邓飞迟疑地说:"恕我冒昧,你对今后是什么打算?如果需要我帮忙,我会尽力的。"

"衷心感谢。等内人满月后再说吧,到那时,我会把自己的决定通知你。"

晚上,邓飞向龙波清通报了本案的结论。龙波清吃惊地说:"什么?你不是开玩笑?"

邓飞忍不住微微一笑,他猜想这发炮弹一定把局长大人从他的转椅上轰起来了。不过,这件事的沉重分量使他无法保持幽默的心境,"不是,我既不是开玩笑,也不是说昏话。"

电话那边沉默了很久,然后果断地说:"不要在电话中说了,我马上派一架直升机接你。"

几个小时后,邓飞坐在龙局长的办公室里。黑色的丁字型办公桌把龙波清包在里面,平添了居高临下的威严。龙局长唤秘书为邓飞斟上绿茶,秘书退出后,他把沉重的办公室大门仔细关好,坐到邓飞面前。

"老邓,我自然相信你,根据不足的结论你不会出口的。但鉴于此事的分量,我还要再问一遍:这是真的吗?你凭什么相信这件看来十分荒谬的事?"

"我也是逐步信服的,在这个过程中我的心理惯性比较小,恐怕要得益于我看过不少李元龙先生的早期著作。在那里面,生物可以长生的结论几乎呼之欲出。只是,在那层窗户纸捅破之前,我想不到这上面去。"

邓飞又把思路捋一遍,说:

"李先生说,上帝是一个非常开明的统治者,完全采用无为而治。他把亿万种生物洒在世界上,任其自生自灭,让它们各自进化出最有效的生存和繁衍模式。单细胞生物靠分裂方法繁衍,从细胞本身来讲,可以说是长生不老的。当它发展成多细胞生物时,如果仍保持每个细胞的无限分裂能力,并仍用分裂方法繁衍后代,才是最正常、最容易达到的路径。科学家在研究癌症时早就发现,人体细胞中有一种致癌基因——RAS基因。它在胚胎期参与组织的发育和分化,婴儿出生后即受到抑制。但在致癌物质的作用下,它会恢复功能,始终向细胞发出生长和增殖信号,这就形成癌组织。其实,这种所谓的致病基因,恰恰是生命早期的正常基因,它的无限分裂是正常的功能,被抑制才是不正常的，是活体约束的结果。癌症之所以难以攻克，正是因为科学家要对付的恰恰是细胞的原始本性，虽然这种本性在进化过程中被压抑了几亿年，但它仍顽强地不时复活。这些内容太专业，你能听懂吗？"

龙局长苦笑道："我硬着头皮听，继续说吧。"

"所以，我们之所以觉得生物的长生不可思议，只是因为我们的思维被加上无形的枷锁，是数十亿年生命方式对我们思想的潜移默化。还是接着刚才的说吧。我们完全可以假定那种长生的多细胞生物确实存在过，后来被大自然无情地淘汰了，而原因是这种生命形式不利于物种的变异进化——记住，它的不存在是因为它不利于物种进化而被淘汰，并非它不可能存在。造物主并没有禁止细胞乃至生物体的长生，没有任何物理定律限制它。"

龙波清听得十分专心，喃喃地说："真是全新的视角。"

邓飞笑道："其实，科学探索和我们的破案很相似，有时候某个案件错综复杂，一片混沌，但只要跳出圈子，换一个视角，往往有新的发现。"他继续说道：

"刚才是从宏观上、从哲学高度讲。如果从微观、从纯技术角度来看，也是可以达到的。人类之所以会死亡，是因为人体细胞只能分裂约50代就会衰老。人体中刚受精的胚细胞中，其染色体顶端有大约1000个无编码意义的碱基对，它们就像鞋带端头的金属箍，对染色体长链起保护作用。但在活体约束中，一种细胞凋亡酶CPP-32向所有细胞发出密令，使它们在每次分裂时失去一些碱基对，染色体因而逐渐失去保护，细胞就开始衰老死亡。再问一次，你能听懂吗？这是很抽象的知识，不懂就问，不要爱面子，你别让我对牛弹琴。"邓飞开玩笑地说。

龙波清已听得入迷，没有回击他的调侃："请继续。"

"癌细胞与此不同，它有一种端粒酶PARP可以克制凋亡酶的作用。所以它是长生不死的。100年前，李先生治疗了千百年令医学界束手的绝症，并因此扬名于世，他用的正是克制端粒酶的办法。"

他有意停顿一会才说：

"然后，李先生就想到事情的另一面，如果使所有人体细胞都能像癌细胞一样无限分裂（当然分裂速度不能失控），实际上也就是使 RAS 基因回复到原始状态。那会是什么结果？那就是千百年来人们孜孜追求的长生不老。说起来简单，实行起来难度极大，但李先生终于成功了，并把这种手术施之于自身。于是他成了第一个长生不老者，直到现在还保持着 35 岁的身体。"

邓飞介绍完了，龙波清久久与他对视，屋里安静极了。邓飞问：

"你听懂了吗？"

"听——懂——了。"龙波清慢吞吞地说，"你说的道理我都听懂了，很有说服力，但我还是不敢相信。人怎么可能长生不死呢，连宇宙还会灭亡呢，连物质世界的砖石——质子——还会湮灭呢。"

"噢对了，我忘了为你辨清这一点。萧先生说过，严格说来，他的技术不能称作'长生术'，而只能称作'准长生术'。你刚才说得很对，绝对的长生确实是不可能的。但也不能把他的准长生术与'长寿'混为一谈，两者不属于一个数量级。这么说吧，如果我们用修修补补的医学手段让人类的寿命以算术级数增加，达到 120 岁，200 岁，甚至 500 岁，这属于'长寿'的范畴；但如果彻底取消基因中关于寿命的指令，使人类寿命以几何级数增长，达到 1000 岁，5000 岁，甚至 10 万岁，那就是'准长生'的范畴了。理论上说准长生是没有上限的，它能达到一个极大的但小于无限的数字。当然，实际能达到什么高度要受技术水平的制约。"

龙波清思索着，点点头："这么说比较容易理解了。我也能信服。"

邓飞皱着眉头说："老实说，我过去把萧水寒当作潜在罪犯时，倒对他一直怀着敬意。知道了真相，我反而鄙视他可怜他。他像个土财主似的抱着这个秘密，土拨鼠似的东躲西藏，为的什么呀。纯粹的恋宝癖！他为什么不把这个秘密公布于众呢。"

公安局局长似乎没有听到这段话，从这会儿开始他走上了自己的思路。也许他与邓飞毕竟身份不同了。作为侦察员的邓飞，关心的是破案的进程和准长生术的技术细节；而他作为公安局局长，关心的是它的社会影响。如果它是真的，如果它被泄露，会造成什么样的轩然大波？会有多少世界巨富用倾国之资来购买这项技术？有多少黑道枭雄来强取暗盗？这还不是最重要的。

重要的是，社会秩序将被完全推翻，要在长生术的基础上重新构建了。

中学时他遇见过一位很善于煽情的历史老师。在讲猿人时代时，那位老师绘声绘色地说：当一只大胆聪明的猿猴第一次学会从林火中取下火种时，这个种族的命运就发生了突变。那是人类获取的第一把科学之火，它把耶和华为人类设置的桎梏烧毁了。现在，这种长生术或者准长生术无疑是有同等意义的第二把科学之火。与它相比，什么核能、电脑、激光都只是上不了台盘的小玩意儿。

他多少带点怜悯地看着邓飞，这位老朋友在侦破过程中仍然保持着锐利的思维，令人佩服。除了他，谁能把这桩谜案归结到长生术上去？但他在大局观方面未免迟钝。不过这会儿他不想把话说透。他想了想，果断地说：

"我们也暂时为他保密。你先回家见老嫂子一面，然后立即赶回去，死死地守着萧水寒。我还要向上面汇报。我想，这个足以影响全人类的无价之宝，如果仍然归私人收藏，恐怕不合适。太可惜，也太危险，对他本人或对社会来说都太危险。"

"好的，我马上回去。不过，那两个跟踪者的情况怎么样？我这两天一直没有注意到他们。"

局长懊恼地拍拍脑袋："噢，该死，我真该死。只顾听你讲天书，这么重要的事忘记说了。那两人在两天前——就是你们在宝天曼山中时——突然取消跟踪，向广州那边去了。刚刚我得到通知，他们已经出国。因为没有犯罪事实，不好拘捕他们。放长线钓大鱼吧，他们肯定还会再来的。"

邓飞警告他："你可要小心对付，这种突然的撤退恐怕预示着更凶狠的进攻。"

"我会小心的。快回去吧。"

邓飞走后，公安局局长沉思很久，最后下决心直接拨通北京的电话。他要求国务院办公厅立即为他安排一次破格的晋见，他有极端机密的事情向上层汇报。那边问清他的姓名和职务，请他稍候。不久电话又打过来，告诉他约见已经安排，请他即刻来京。

第八章 真 相

萧水寒在琅琊台海滨的高级住宅区租了一套房子，邱风出院后他们搬进去了。他原准备国内旅行结束后送邱风到澳大利亚去生孩子的，按她的预产期来说这个日程安排没问题，但邱风的早产打乱了他的计划。

邓飞也在附近安排了住处，成了他家的常客，也是唯一的客人。因为除了那位蒙古族盲人歌手外，萧水寒没有对生命研究所还健在的同事们泄露真情，所以他在这儿仍是世外之人。倒是邓飞对女主人亮明了自己的身份，当然他说得很有分寸。他说，警方曾怀疑萧水寒与几位科学家的离奇失踪有关，所以派他来跟踪侦察，这些怀疑现在已经完全排除了。至于萧水寒的真实身份他没有提及，萧水寒已经说过，他将在婴儿满月后亲自告诉妻子。

邓飞自嘲道："我就像《80天环游地球》中的侦探费克斯，满世界追踪罪犯，却发觉追的是一位绅士。"听了这句话，邱风一下子放心了。

他非常热情，替邱风请保姆，买奶粉和婴儿衣服，为羼羼照满月照，每天跑里跑外。不久，邱风就觉得再称他邓先生未免太见外了，应该换一个亲切的称呼。她没想到一句"邓叔叔"把邓飞着实吓了一跳——他怎么敢当170岁李元龙的妻子的叔叔呢。他忙说：

"别别，千万别这样称呼。"他看看萧水寒，"就称我邓大哥吧。"

邱风看看丈夫，丈夫微笑着默认了。邱风高兴地说："那好，就依邓大哥的意。"

邱风的奶水很足。"看来我体内的黄体酮就是多，特别适合做母亲。"邱风半开玩笑半是自豪地说。每天羼羼被保姆抱过来，把头扎在母亲怀里，咕咕嘟嘟咽着乳汁。吃饱了，自动放开奶头，依偎在妈妈怀里，漾着模模糊糊的笑容，眼珠乌溜溜地乱转。邱风对自己的女儿简直是百看不厌。

她把心思全放在毳毳身上，甚至没注意到丈夫又恢复了周期性的抑郁。当母亲咿咿呀呀逗女儿说话时，萧水寒常走到凉台上，眉峰紧蹙，肃穆地遥望苍穹，去倾听星星亿万年的叹息。这时，170年的岁月就像溪水一样，静静地从他的脑海中淌过去。

35岁那年，他窃得了造物主最大的秘密。在狂喜之后，他马上感到了沉重。这项秘密太重大了，与它相比，什么"克隆人""器官移植"等技术不过是小儿游戏。世界要为此而颠覆了。人类社会的秩序要崩溃了。谁不想长生不老？什么样的人才有资格得到这个特权？如果全人类都长生不死，后来者怎么办？一个在组成成员上恒定不变的文明会不会从此停滞？

……

这只是他能设想到的前景，还有多少他不能预料到而可能出现的悖乱？

他的成功把自己推到上帝的位置上，但他远没有做好必要的心理准备。现在，他非常理解和同情上帝，那位老人家的责任实在是太重了啊。

他很快做出决断：要一人荷受这个重担，保守秘密，直到他觉得已经考虑周全，可以把它公之于世为止。这个决定既沉重又冷酷——他有妻儿、亲戚、朋友，但他只能吝啬地藏着这个秘密，不敢与他们分享。这对他挚爱的妻儿来说，几乎是犯罪了。古人的传说中还有"一人得道，鸡犬升天"的博爱观呢。但他无权把这个天赐之物随意施舍，因为——它是福是祸还说不定。他还决定，从现在开始，他自愿放弃生育后代的权利。这代人的长生和后代的繁衍是水火不相容的。所以，如果他决定再生育后代，他就要同时结束自己的生命。

现在是他履行诺言的时候了。

他对履行诺言从未动摇过，不过真去实施它时，真要自愿放弃他的不世之遇时，难免有生之恋恋。如果不算无限分裂的单细胞生物，生物中的长寿者都是植物，澳大利亚的灌木有超过一万年的。动物则普遍短寿，从没有寿命超过200岁的种群。如果他能活一万年，十万年，像上帝那样去看人世的变迁，那该是什么样的心境？他是唯一有这种幸运的人，但他现在要主动放弃了。

还有混沌未开的毳毳，无时无刻不笑卧在他的思绪里。他没有像邱风那样爱形于色，但他的刻骨爱恋绝不逊色于邱风。可是他要与毳毳永别了，因为爱她，所以要离开她，世事竟是如此的悖谬。他曾认为，如果长生更有利于人类种族的延续，那么扼杀后代的生存权利并不是罪恶——这种观点理论上并不错，可是在毳毳面前，你能再坚持它吗？

邱风浴罢走过来，依偎在他的身旁，晚风吹拂着她的白色浴衣和漆黑的长发。他问："毳毳睡着了？"

"嗯，这孩子真乖，从没闹过瞌睡。你看这孩子最像谁？"

"当然是像妈妈啦。"

"不，我看她最像你，特别是眼睛和额头。"

萧水寒想起毳毳才生下来时满脸皱纹的样子，不由笑起来："她刚生来时可是丑得很呢，你看才一个月，她已经长漂亮了。"他收住笑声，沉沉地望着妻子，"风儿，今晚我想和你谈一件事，好吗？你分娩前我答应告诉你的。"

邱风忽然想起丈夫的恶誓，想起他近期的抑郁。她很内疚，这些天只顾疼女儿，忘了关心丈夫。她忙说："好的，你快说吧——不过我已经不怕了，一点儿都不怕了。"

"风儿，这两个多月的旅途中，你是否发现过什么异常？"

"有啊，邓飞一直在偷偷监视着我们。他原以为你与几位科学家的失踪有关，后来才知道是一场误会。邓大哥已经向我解释了。"邱风天真地说。

"傻姑娘啊。"萧水寒叹息着，又沉默很久，不知如何开口。"我先给你讲个故事吧。"

他扶邱风在凉台的吊椅上坐下，自己拉把椅子坐在旁边，娓娓讲述了李元龙的故事。他讲少年李元龙如何艰苦求学，一只木棍挑着一个馍馍包裹步行到校，这就是一星期的口粮；青年时代的李元龙如何才华横溢，用基因疗法征服了癌症；后来，他发现了长生之秘并施之于自身，后来便悄然离开社会；他化名刘世雄隐居30年，彻底完善了长生医术。刘世雄消失后，库平又出现了，这次他特意选择另一种职业，以便验证长生之人在智力上能否保持活力。这次实验他失败了。虽然库平一直保持着35岁的巅峰智力，但他作为工程师的一生显然比较平庸，因为他的思维已形成固定的河床，难以改道了。于是他不得不回到生物学领域，在琅琊台组建了孙思远生命研究所，在这个领域他仍然如鱼得水。但可叹的是，他终于未能超越李元龙。

因为他已经失去了那种新鲜感和激情，失去了青年的幼稚莽撞和胆大妄为，失去了天马行空般的思想驰骋。

邱风兴奋地叫起来，一迭声地追问："原来你一直在追寻李先生的下落啊，怪不得警方说你与他们的失踪有关呢。他真的发现了长生之秘？孙思远就是李元龙吗？他现在在哪儿？"

萧水寒不易觉察地苦笑一声，发出170岁老人才会有的苍凉叹息："傻姑娘，你不久就会知道的。"

看着邱风的天真，他实在没有勇气把真相撕破。

邓飞的秘密监视点离萧水寒的新居不远，琅琊台公安局遵照总部命令，派了精明干练的何明和马运非来配合邓飞监视萧水寒。这两人整天守着窃听器和高倍望远镜，监督着那幢住宅的动静。邓飞这几天有些反常。他似乎也传染上萧水寒的低度抑郁，常常独自默默地凭窗眺望。

窃听器里萧水寒正在向妻子讲述李元龙的几段人生。监听的何明忽然抬起头来，吃惊地问：

"真的吗？老邓，这是真的？真有一个长生不老的李元龙？"

邓飞暂时不想向他们深入介绍案情，不置可否地说："甭管真假，继续听下去吧。"

何马二人很兴奋，局里对他们下达的命令是：保护萧氏夫妇，同时记录好他们的所有谈话。想不到自己参与的竟是世界级的秘密！他们聚精会神地听下去。夫妻间的谈话已经结束了，听见有热吻声，邱风情意绵绵地邀丈夫今晚同床，她说她的身体已经完全恢复了，渴盼着丈夫的爱抚。接着，窃听器中传来窸窸窣窣的脱衣声。小马笑着说：

"两人已上床了，再听下去是不是有点儿缺德？把窃听器关了吧。"

邓飞闷声说："听下去。上边下的是24小时监听的死命令。"他警告说，

"你们已经知道，萧水寒的手里可是握着一个世界级的秘密，不知道有多少人盯着呢，对他们的监护一秒钟也不能放松。"两人看到老邓的情绪不好，偷偷吐吐舌头，安静下来。

这两位侦察员毕竟比邱风敏锐，已经猜到年轻的萧水寒就是170岁的李元龙。

凌晨，萧水寒悄悄下床穿衣。邱风睡得正香，白色毛巾被裹着她生育后丰满起来的身躯。她口唇湿润，乌发散落在雪白的被单上。萧水寒悄悄俯下身，轻轻吻她一下。他强忍心中的苦楚离开邱风，又到保姆屋里看了毳毳。保姆熟睡未醒，毳毳睡得更香甜，小嘴呷呷着，小手小脚时而弹动一下。李元龙在婴儿床前久久伫立，最后俯身吻吻孩子，决然转身，脚步滞重地走出去。

他步行约十千米。东边，海天相接处开始微现曦光。他来到海边的一个小港湾，一艘游艇泊在岸边。听见脚步声，岸边一个中年人迎过来：

"是萧先生吗？你好，按你的吩咐，游艇已检修过，加足了柴油。"

萧水寒笑着点头，掏出一张支票递过去。那人看看数字，感激地说："萧先生太慷慨了，这种柴油动力的游艇等于已淘汰了，你却付这么高的价。"

萧水寒笑着挥挥手，跳上船去。中年人为他解开缆绳，扔到船上，交代道："萧先生，这艘船已破旧，最好不要开得太远。对了，你没有交代要干粮和淡水，我还是备了一星期的用量，就在船舱里。"

"好的，谢谢你，再见。"

游艇笔直地朝外海开去，船尾犁出一道白色的水沟。晨光曦微，浑浊的海水逐渐变成清澈的深蓝色，海鸟拍翅在船后追飞。这时一个人从船舱里钻出来，走进驾驶室。正在仪表盘旁操纵的萧水寒没有露出惊异，朝邓飞点点头：

"我知道你要来的。"又回身继续驾驶游艇。

邓飞沉默着，很久才问："你要把生命交给大海？"

萧水寒点头。

邓飞低声道:"这到底是为什么呀,你肯轻易抛弃长生,却不愿把长生之秘与人类共享?"

萧水寒看看他,又回过头直视着前方:"年轻人,"他这样称呼着66岁的邓飞,"那真是一件好礼物吗?我说过,一代人的长生势必扼杀后代的生存权利,否则地球很快就要撑破了。但我们对后代的义务已刻印在遗传密码中,我们难以逃脱冥冥中的约束。所以,当我从造物主那儿窃得长生之秘时,同时也对造物主作出许诺:我的亲子出生之时,我一定结束自己的生命。现在是我履行诺言的时候了。"他看看邓飞,苦涩地说:"昨晚我想把真相告诉邱风,但到底不忍心。只好有劳你了,邓先生。"

邓飞犹豫着,慢慢掏出手枪:"请原谅,我不能做你的信使。你必须跟我回去,我不得不执行最高层亲自下达的命令。"

萧水寒淡淡一笑:"那玩意儿对求死者无用。"

邓飞摇摇头:"不,这里不是子弹,是麻醉弹。李先生,跟我回去吧,你非要逼我开枪吗?"

萧水寒平静地说:"你也不要逼我,我不想与你同归于尽。等我投海后你就开着游艇回去吧,你没有死的理由。年轻人,把那玩意儿放下吧。"

邓飞苦笑着摇头,手指慢慢扣下扳机。萧水寒警觉地斜睨着,正要用一个猛烈的动作把游艇弄翻。恰恰在这个当口儿,邓飞的手机响了。他右手平端着手枪,左手掏出手机:"喂,我是邓飞。什么?"他的脸色变了,"好,我马上劝萧先生返回。他会同意的。"他关掉手机,脸色苍白,"萧先生,你的妻女被绑架!是那两个跟踪者干的,他们又返回国内了!"

萧水寒不动声色地看着他。邓飞苦笑道:"萧先生,不要用这样的眼神看我。我说的是真话,不是警方设的骗局。我们好歹是朋友了,你该对我有这点儿信任。"

他坦然直视着萧水寒锐利的目光。萧水寒默然回过头,搬动舵轮,快艇疾速地侧身转了一个大圈,向来路驶去。他想,邓飞很可能说的是实话,那两个味道儿不正的跟踪者当然不会轻易放过他。这些天他们忽然销声匿迹,本应该引起自己的警觉,他太大意了。不过他并不担心。那些人当然是冲着长生术来的，那么，在没有得到这件宝贝之前，他们绝不敢动邱风和毳毳半根毫毛。

但他履行诺言的时刻不得不向后推迟了。

公寓里还是走前的样子，并未显得凌乱。只是少了女主人和可爱的小毳毳，陡然冷清了许多。何明和马运非在查看绑票者留下的痕迹。小保姆吓傻了，缩在角落里哀哀地啜泣着。看见两人进屋，何明迎上来，对邓飞歉然说："绑票者是三个人，乘一辆奥迪，没进公寓我们就发现了。但他们这次是有备而来，肯定知道这座房子是在警方的监视之下，事先摸透了萧先生的个人情况。他们在叫门时自称是西安诚信公司的人，是李树甲派他们来这儿送礼物的。我们一直监听着他们的对话，听萧太太的口气和李树甲很熟，很热情地请他们进屋，我们就大意了，没有及时采取防范措施。他们进屋后立即控制了人质，然后以人质做掩护，撤到汽车上。考虑到萧太太和女儿的安全，我们没有采取行动。因为我们考虑到，为了得到……"他打了一个顿，"那件东西，他们不会加害母女两人的。"

"你们采取的措施很对。上面知道了吧。"

"都汇报了。武汉的龙局长乘专机马上到，我们的陈局长已经去机场迎接。他们请萧先生放心，警方一定很快把绑匪控制住。"

小保姆哭着过来，把一封信和一部手机交给他："萧伯伯，这是坏人留下的，说一定要亲手交给你，要你按信上写的办，要不邱阿姨和毳毳就没命了。萧伯伯，快想办法救她们啊。"

萧水寒和颜悦色地安慰她："别急，没事的。别哭了。"他展开信，信上只有几句话：

萧先生：

　　首先请你放心，夫人和令爱安全无恙。请你单独带着那件宝贝来见我，我们会送还夫人和令爱。有一点其实不用我们说的：绝不能让警方掺在里面。具体见面方式用这个手机通知你。

他把信默默地递给邓飞。邓飞看后说:"你不能单独去,太危险。龙局长和陈局长马上到,我们一块商量个妥当的办法。"

"不,我自己去,我能处理这件事。不要忘了,我有170岁的经验和35岁的体力呢。"他微笑道。

"萧先生,这不是开玩笑的事。绑票者一定是高水平的专业杀手,心狠手辣,你不能去冒这个风险。"

萧水寒不再说话,但他的表情显示出,这个决定是不容更改的。绑匪送的那个手机突然响了,所有人的神经都猛一抖颤,盯着萧水寒手中的手机。萧水寒平静地按下通话键,里边响起带中国台湾口音的普通话:

"是萧水寒先生吗?或者说,是李元龙先生吗?"

"对,是我。"

"萧先生,我们对你非常敬重,希望这次迫不得已的绑架有一个愉快的结局。请先生带着必要的技术资料来见我们,我们会马上把夫人及令爱礼送回家。"

萧水寒傲然说:"我不用带任何资料,所有东西都在我的脑子里装着呢。说吧,我们如何见面?"

"你确认不用带书面资料、磁盘等物品吗?我不想冒犯先生,但请你慎重考虑。"

他的口吻十分客气,但客气后透着冷酷,透着寒意。萧水寒说:"不要浪费时间了,我不会拿妻女的生死开玩笑的。"

"那好吧,请你即刻乘你自己的汽车向济南方向出发,我们会随时与你保持联络。再说一遍,我们不希望看到警方的尾巴。"

"可以。但我也有个条件。在你们得到想要的东西之前,我一定要亲眼看到我的妻女。"

"她们都很安全……"

萧水寒厉声说:"按我的要求做准备吧,在这点上没有可讨价的余地!我现在就出发。"他摁断电话,起身向外走。邓飞知道劝不动他,还是做了最后一次努力："萧先生，你……"

萧水寒微笑着挥挥手，截断了他的劝说。他坐进自己的 H300 中，向车外的邓飞扬手作别。汽车飞快地开出停车场。邓飞随即也发动了自己的汽车，急迫地对何明说：

"我跟着他去，有什么情况车上再联络。"

他尾随萧水寒飞驰而去。

片刻后，去机场接客的车到了，龙局长和陈局长从车上急匆匆地下来。刚才，何明已经用电话扼要介绍了这一段的变故。何明和马运非把他们迎进屋，龙局长恼怒地说：

"怎么搞的，你们为什么不拦住萧先生！如果他有什么意外，你们负得起这个责任吗？"

何明委屈地说："老邓竭力劝阻他，但劝不住。我们又没权拘捕他。"

"你们都知道他身上带有多么重要的秘密！即使采取一点非常规的手段也不为过。快点和老邓联系上，快！"

何明拨通了邓飞的手机，龙波清问："你这会儿在哪儿？"

"在通往济南的路上。我不敢太靠近，在几千米之后跟着他。"

龙波清压住火气说："怎么可以放萧水寒去见绑匪呢，他身上带有国宝级的秘密。"

邓飞听出他的不满，没好气地说："他掌握的秘密当然非常重要，不过对他而言最重要的是妻女的安全。我尽力劝了，但没能劝住他。我正想问呢，对那些绑架者是如何监控的？在他们重新入境后为什么没有纳入控制，让他们闯到这里来？"

龙波清看看陈局长，没有辩解。这帮人第二次入境时采取了化名和化装，但如果把工作做细一点，的确可以早点发现和制止他们。他说："工作中的失误咱们以后再讨论吧，当务之急是把这伙人纳入控制，保证萧先生及妻女的安全。"

"萧先生的车上有我早先安装的信号发生器，我想暂时还能跟得住他。但据我估计，绑匪们一定会料到这一点，他们会很快切断这个联系。"

"不管怎样,你还是紧跟着,有情况及时反馈。我们再想别的办法。"

"好的。"

邓飞车上的屏幕显示出,萧水寒的车仍在通往济南的路上行驶。邓飞仍跟在后边,同时警惕地注视着公路周围的动静。

高速公路上车流滚滚,萧水寒不慌不忙地开着车,听凭一辆又一辆车按着喇叭超越他。那个手机放在驾驶台上,一直保持沉默。邱风这会怎么样了?她是个冰花般纯洁脆弱的女人,不知道能否经受住这次打击。不过他估计邱风应该能承受,再脆弱的女人成为母亲后也会成为最勇敢的人。羴羴这会儿吃饱了没有?哺乳期的母亲在受惊后常常要回奶,如果是这样,羴羴这两天就要受罪了,这会儿一定在扯着嗓子哭呢。他一直在宽慰自己,说绑匪们绝不敢动她们一根汗毛,这是对的,但担心也同样难免。这都是些心狠手辣的家伙,谁能保证此后同他们的周旋中不出现什么意外?

他轻扶着方向盘,虽然生死关头就在前边等着他,但他的思绪仍不免滑走。他想起自己的结发妻子段玉清,妻子是47岁那年因车祸去世的,与他对"长生术"的保密并无关系。也就是说,即使他已把长生术施于妻子身上,也不能避免她的意外死亡。但不管怎样,在为妻子送葬时,他无法克服自己的内疚,那时,看着妻子已显苍老的遗容,他几乎要精神崩溃了……50年后,在他作为库平而生活时,他曾悄悄回家乡看望自己的儿子。他只看了一次,以后就不再去了,因为,那时儿子已经是腰背佝偻的衰朽老人,而自己仍是朝气蓬勃,两相对比,他难以克服自己的负罪感。唯一可以自我慰劝的是,他的"吝啬"不是缘于自私,而是更深层次的博爱……他想起自己不久前的攀岩,想起自己同邱风酣畅淋漓的性生活。想起这些他不免有胜利感,一种对上帝的胜利感,因为他已粉碎了上帝定下的关于衰老死亡的律条,在170岁还保持着年轻人的体魄。但同时他不得不承认,科学并没有战胜上帝,他至今不敢把这项恩惠普洒人间,就是承认上帝的法则更为合理……

手机响了,仍是那个带中国台湾口音的人:"萧先生,我们很欣赏你的守约。我们一直掌握着你的行踪,没有发现尾巴。现在你往前看,应该能看见一座立交桥。能看到吗？"

萧水寒想，绑匪们肯定在他车上装有信号发生器，从而掌握着他的行踪。他看到了那座立交桥，淡淡地说："看到了。"

"好，在那儿停下，有人会告诉你后面的行程。"

这是座高大的立交桥，粗大的水泥柱子旁边站着一个人，正在向他挥手。车停下，那人命令："下车往右边去，快！"他粗暴地把萧水寒拉下车，随即上了萧水寒的汽车，快速启动，疾驶而去。萧水寒知道，这一手是为了防备可能的卫星监视，卫星只能看到一辆汽车从立交桥下开进又开出，却不知道司机已经更换了。他按那人吩咐朝右边走了20多步，一辆黑色的桑塔纳在路边等着他。车上有两个人，其中一人40多岁，中等个子，面貌较熟，他认出这人是跟踪过自己的两人之一，邓飞说他是中国台湾黑社会的，叫蔡永文。蔡永文温和地说：

"请萧先生把所有衣服脱光。这是不得已的预防措施，请萧先生谅解。"

萧水寒知道他们是怕他夹带信号发生器，他没有言语，很快把衣服脱光，连鞋袜都脱了。这儿离主干道不远，干道上经过的驾车者都瞥到路边有一个肌肉强健的裸体男人，他们的汽车大都有一个下意识的短暂减速，不过没人停下。姓蔡的捧出一叠衣服，请萧水寒更衣。他艳羡地看着这具强健的体魄，轻轻摇着头说："不是亲眼所见，我真不相信170岁的人竟然有这样的体魄！好，请先生上车吧。"

萧水寒钻进车里，坐在后排。蔡永文歉然说："我还得把你的眼睛蒙住，实在对不起。请先生务必谅解。"

萧水寒冷冷地横他一眼，仍没有说话，让他蒙上眼睛。汽车迅速开走了。

此后的十数个小时里，汽车不停地行驶。他们换过两次车，也曾短暂地停下，让萧水寒吃了两顿饭，吃饭时蒙布也没有取下。萧水寒凭感觉知道，他们大半时间是在高速公路上疾驶，有时也降低速度，在显然状况很差的道路上晃悠。终于到了，两人搀扶着他走了一段坎坷不平的山路，然后为他取下蒙布。等他的眼睛逐渐适应了光线，他看见是在一座房屋内。屋内摆设很简单，窗户都蒙着黑布。屋内有五六个人，那个姓蔡的站在桌旁。桌后是一个肤色黝黑的中年人，也是黑发，黑眼珠，个子不高，手指上带着硕大的钻戒，大概就是邓飞曾通报过的G国来的马丹诺了。马丹诺微笑着向他点头，蔡永文说：

"萧先生，以这种方式把你请来，实在是冒犯了。希望我们很快会忘掉这点不愉快。请坐，喝点什么饮料？"

萧水寒在一个圈椅上坐下，冷淡地说："我的妻子和女儿呢？你们不会忘了我的条件吧。"

"不会不会，她们顶多十分钟后就会抵达。我们还是趁这点时间谈谈今后的合作吧。"

萧水寒没有理他，对方便自顾说下去："萧先生，不，还是称你李先生吧，那样更顺口一些。我们已确切知道你掌握了长生术，这是多么珍贵的宝物，是人类千万年来梦寐以求的东西。如果一直归你一人使用，未免暴殄天物，也太自私了吧。所以，我们……"

萧水寒打断他的话："也许你们想从我这儿榨出长生的秘密，然后向天下公布，与全人类共享？"

蔡永文面不改色地说："不，不，我们达不到这样的境界。我们会把它搞成一个大产业，每年至少10万亿美元的收入。而你，作为技术的持有人，会尝到'富可敌国'是什么滋味。其实，'富可敌国'都显得分量不足，你会变得'富可敌球'，我们会把地球切下一瓣给你。而且这些钱是很干净的，不是卖毒品，不是卖杀人武器，而是让顾客永远拥有宝贵的生命。别说是长生不老了，即使只是把寿命延长100年，1000年，也会有多少顾客啊。我们……"

萧水寒挥挥手，截断他滔滔不绝的劝诱，然后闭上眼睛。那位G国人这时才第一次开口，说的是英语："李先生累了，先送李先生回卧室休息。等太太和令爱到达后咱们再谈吧。"

萧水寒却睁开眼，默默地打量着这个人。那人微笑着与他对视，言谈举止显示出他的威势。萧水寒突然开口了，是用西班牙语说的：

"我有一个问题能否请教？"

那人也改为西班牙语说:"请讲。"

"我对某一点细节比较感兴趣。你们如何能知道我掌握了长生术?这是个藏得很好的秘密。"

那人微微一笑:"我对李先生愿意竭诚相待。说穿了其实一点不神秘,这只是我们一次行动的副产品。五年前,我们组织内出了一个很可恶的叛徒,他为了逃避追杀,请人做了彻底的整容。为了找到他,我们不得不把 G 国所有著名的整容专家都打扰了一遍,当然啦,那些记忆力不好的医生免不了吃点苦头。很快,他们就把顾客整容前后的照片全交出来了。"他咧嘴笑了,"可不能相信整容师关于保守秘密的保证,他们都信誓旦旦地说决不会保存顾客的照片。不,他们肯定要保存一份,以应付像这次的意外事件,这在 G 国是这个行当的秘规。我们根据这些照片抓到那个叛徒,按规矩把他做掉了。但很偶然地,我们在其他照片中发现一个大秘密。"

他得意地看着萧水寒,说下去:"你肯定猜到了,是你整容前后的照片,即萧水寒和孙思远的照片。单是这一点算不了什么,一个中国人的整容与我们毫无关系。但我们又发现了孙思远 30 年前的照片,那时他是从一个叫库平的中年人变过来的。这么说,孙思远在第二次整容时至少 60 岁了,但那个何塞·马蒂医生却赌咒发誓说孙思远只有 35 岁,最多不过 40 岁。这桩事实在让我们迷惑不解,于是把调查范围又扩大一些。结果你是知道的,我们发现一个整容的接力赛,从李元龙、刘世雄、库平、孙思远到萧水寒。面容一直在改,但整容者的年龄却很奇怪地保持不变。这样,我们便意外地发现一个长生不老的中国人。他像候鸟一样,每隔 30 年到 G 国整容并更换身份,然后再返回中国。当然啦,这件事引起我们极大的兴趣,之后我们确认了这件事。就是这样,"他结束了介绍,"只能说是我们运气不错罢了。"

萧水寒沉默了。良久他喃喃地说:"没有能永远保守的秘密。"又闭上眼睛。马丹诺和他的手下也不再说话,静静地等待着。少顷,门外有汽车声,然后一个年轻女人抱着一个婴儿走进屋里。

邱风眨眨眼,让眼睛适应屋里的光线。屋里灯光明亮,七八个人分布在屋内各处，他们都是黑衣黑裤，像一群邪恶的幽灵。屋子中间的圈椅中坐着……她喊一声："水寒！"向丈夫扑过去。萧水寒立即起身，把妻子揽在怀里。一天之间，邱风变多了，目光中多了几许苦楚，几许寒意。小毳毳还在熟睡，小脸蛋上漫溢着幸福的柔光，小嘴还在轻轻地咂着呢。萧水寒把妻子扶到圈椅上坐好，让她把孩子抱好，抚着她的后背，柔声安慰：

"风儿，不要怕。我已经来了，事情很快就会过去的。"

邱风苦恼地说："这都是些什么人？他们为什么要绑架我和毳毳？他们说不是为了钱，至于究竟是为什么，他们说你会亲口告诉我的。"

萧水寒叹息着："风儿，请原谅我，我并不想瞒你啊，只是不忍心告诉你。你记得毳毳满月后咱俩的一次长谈吗？那次我就要告诉你，但最终失去了勇气。风儿，我就是那位 170 岁的、长生不老的李元龙啊。"

邱风瞪大眼睛，张大嘴巴，但没有声音。她就这么无声地盯着丈夫，盯了很久。丈夫低头看着她，目光中是慈爱和怜悯，也有深深的愧疚。霎时，很多东西被一下子串起来：丈夫经常说的前生的前生的前生；丈夫向自己求婚时说他"足以做你的长辈"；丈夫从来不向自己的奶奶喊奶奶；丈夫性格中那种超越生死的平静恬淡；丈夫在李树甲家里时那种无言的威势……当然还有最近的那次长谈。在那次谈话中，丈夫几乎把这个答案摆在面前了，只怪自己太迟钝，没有能领会到仅仅一层窗纸后的秘密。

那么，这伙人绑架自己和女儿，当然是为了从丈夫嘴里榨出长生不老的秘密。

刚才在路上那些人还鬼头怪脑地撺掇她："去，问问你丈夫，他有一件天下最珍贵的宝物，为什么一直瞒着你，不让你和毳毳共享。快求你丈夫把这个秘密交出来，你和女儿就可以平安回家啦。"她真想开口问丈夫……六七双狼眼在周围窥伺着，不，她不会质问丈夫的，丈夫这样做，肯定有他的理由。她嫣然一笑：

"水寒，不管你是谁，我都爱你。你认为该怎么做就怎么做好了，我听你的。"

蔡永文称赞着："真是一位好妻子，既漂亮又贤惠。萧先生，你难道不希望让妻子永葆青春,恩爱万载吗?"

萧水寒凝视着妻子娇美的面容,叹息一声,说:"让她们休息去吧,我们可以进行正式的谈判了。去吧,风儿,带孩子去休息吧。"

邱风听话地抱起孩子。她扫视一下屋内,忽然说:"水寒,这是白先生的房子!"

萧水寒点点头。他早就认出来了,他曾作为刘世雄在这儿住过近 30 年呢。这伙绑匪的确狡猾,他们把窝点设在这儿,料定警方想不到。不过风儿太没经验,这句话她不该说出来的。他沉声问:

"我正要问呢,你们把白先生弄哪儿啦?"

蔡永文厚颜地笑着,没有回答。马丹诺忽然说话了:"带萧太太去看看白先生。"

他是用英语说的。一个喽啰带邱风出去了。少顷,邱风脸色苍白地回来,愤恨地说:"水寒,他们杀死了白先生,照白先生眉心开的枪,这伙畜生!"

马丹诺平静地说:"你丈夫的秘密是我们志在必得的东西。为了它,杀死几百几千人算不了什么,必要时我们甚至会偷一颗氢弹撂到哪个城市。所以,劝劝你丈夫,最好不要太固执。从内心讲,我们实在不愿对一位母亲和婴儿下手。"

蔡永文把他的话翻成汉语,邱风踉跄一下,萧水寒急忙把她扶住。他回过头对蔡永文说:"行了,够了,不要在女人身上耍威风了。送她们去休息,我们单独谈吧。"

屋里的话声惊醒了毳毳,她睁开眼睛,好奇地打量着周围的环境,开始轻声哭着,向妈妈索要乳汁。邱风看看四周狼一样的眼睛,一咬牙,还是迅速撩开衣服,把乳头塞到孩子嘴里。不过她心里在忐忑——乳房软瘪瘪的,不像往常那样饱胀,看来,今天所受的惊吓让她回奶了。果然,毳毳吸不到乳汁,生气地顶出乳头,以一种理直气壮的愤怒大声哭起来。邱风的泪水一下子涌出来。

孩子的哭声在静夜中显得十分响亮。蔡永文说:"萧太太不要急,我们已经准备了奶粉。"他让喽啰拿来奶粉、奶瓶和热水瓶。邱风擦擦眼泪,把毳毳

交给丈夫。蔡永文不想让他们夫妻之间有接触,示意一个喽啰来接孩子,邱风愤恨地说:

"不许你们的脏手碰孩子!"

那个喽啰停下,询问地看着头头。马丹诺轻轻摇头,那人怒冲冲地退下了。萧水寒接过孩子,邱风去冲奶,她还没有干过这事——在此之前,她的奶水总是足够矗矗的肚量——做得笨手笨脚。矗矗在萧水寒的怀里仍大声哭着,声音开始有些嘶哑了。当爸爸的隔着襁褓能感受到女儿的体温,感受到她的柔软。他真想永远把矗矗贴在怀里啊。

奶粉冲好了,试过温凉,邱风急急地把奶瓶塞到矗矗嘴里。她立刻停止哭声,香甜地吧唧着。邱风长出一口气。但片刻之后,矗矗辨别出这不是她平常吃惯的乳房,把奶嘴顶出来,哭得更加凶猛。邱风的泪水又唰地涌出来,泪眼模糊地看着丈夫,但萧水寒对此也无能为力。邱风接过孩子,晃悠着,喃喃地劝慰着。矗矗的哭声已变成干号,绑匪们也都显得烦躁不安。蔡永文看看马丹诺,无奈地苦笑着。他们预先准备了奶粉,自以为准备已经十分周密了,但他们没料到这一节。

矗矗在肆威时,一伙绑匪只能耐着性子等待。他们都是杀人不眨眼的家伙,但这会儿没人敢得罪萧水寒和萧太太。萧水寒柔声安慰着妻子:"不要紧,别着急,多喂她几次,等她饿急了就吃了。"邱风不时把奶瓶送到孩子嘴里,但她一次又一次坚决顶出来。一直到她哭乏了,哭声慢慢低下来,眼睛也合上了。睡梦里她仍不时地啜泣。

萧水寒把妻子送入里间,嘱咐她抓紧时间休息一会儿,千万不能先把自己累垮了,尽量让奶水恢复,矗矗在指望着她呢。邱风听话地坐到沙发上,把怀里的孩子放好,倚在靠背上闭上眼睛。

萧水寒轻步退出来,对马丹诺说:"来吧,现在咱们谈正事吧。"

"现在咱们谈正事吧。"萧水寒说,"我之所以一直保守着长生术的秘密,是因为把它推向社会后会颠覆人类社会,造成巨大的痛苦。我的良心无法认同。不过你们插了这一杠子,倒使我容易做出决定了。好吧,我把长生术的秘密给你们。哪个科学家不愿扬名于世呢，何况还有'富可敌球'的财富？说到底，这对我个人只有好处，没有任何坏处。"

马丹诺和蔡永文互相看了一眼，蔡永文说："萧先生非常明智。我们可以向你保证，绝不会亏待你的，你将在我们的长生公司中持有30%的股权。"

"我如果想发财早就发了，那不是主要因素。我想，你们一定会带我和妻女离开中国去G国去，对吧。"

"是这样的。"

"但这件事有一个特殊的困难。我可以把长生术的秘密告诉你，可是——怎么验证它是真的？这至少要有十年时间。在没有验证前，你大概不会给我自由之身吧。"

马丹诺立即说："我们会为你和妻女安排富比王侯的生活……"

萧水寒厌恶地说："莫要提它。我的妻子和女儿是两朵娇嫩的鲜花，如果在你们的圈子里生活十年，那里的臭气早把她们熏枯萎了。"

周围的喽啰们怒视着萧水寒。马丹诺倒没有动气，平静地问："依萧先生的意见呢？"

"很简单，放她们回去。我不会同意让妻女生活在你们的毒窟中。再说，中国的警察并没有睡觉，你带着她们很难全身而退。可她们如果有任何意外，咱们的交易就算到头了。放她们走，我则自愿跟你们到G国去。你们不要担心我会毁约。请你们记住一点：开天辟地以来唯一有福气拥有长生的这个人，绝不会轻易把生命抛弃的。有了这点认识，你们就有了控制这个人的手段。"他微笑着，"我的分析对不对？"

马丹诺沉思一会儿，又和蔡永文低声交换了意见。刚才，孩子的哭闹确实让他们心中发怵。如果在秘密行动比如偷越国境线时再上演这一幕，那时麻烦就大了。说到底，在萧先生掌握着那件天下至宝时，没人敢对他的妻女动一指头。而且他们此时并不知道萧水寒曾自杀过，对于他们来说，一个拥有长生的人却要断然抛弃它，简直是不可思议的事。他想了想，断然说：

"好！萧先生是个爽快人，我们答应你的条件！"

"那好，尽快施行吧。放她们走。我可以给你一个承诺：从此我会斩断同她们的所有关系，就像是我在前几个人生中做的那样。"他叹息一声，"我已经有了五个人生，现在恐怕要开始第六个人生了，一个完全不一样的人生。行啊，换换新鲜也不错。"

邓飞一直跟着萧水寒的汽车。当萧水寒下了汽车，在立交桥下脱掉全身衣服时，邓飞正全速从桥下冲过去。他的眼睛余光扫视到路边一具强健的躯体，十分耀眼。他在心中嘀咕一声，哪儿来的裸体主义者或者暴露狂，跑到高速公路旁来展示裸体。不过那具人体确实健美，就像古罗马的雕塑。他的汽车已经开过去了，忽然一道电光划进他的脑海。他根本来不及做任何推理，已下意识地猛打方向盘，把汽车拐到右转弯的弯道。信号显示萧水寒的汽车还在前边四五千米之外，但他宁肯忽略这条信息而遵从自己的直觉。他急急地在立交桥上盘旋，直到回到原来那条路上。立交桥边，一辆黑色的桑塔纳刚刚开走，刚才站着裸体男人的地方扔着一堆衣服。他下车看看，是萧水寒的衣服。那么他没猜错，萧水寒已经不在那辆H300上了，刚才是绑匪逼萧水寒换衣服，以确保他身上是"干净"的。

他急忙上车，把油门踩到底，追上那辆黑色桑塔纳，又向龙波清做了汇报。他仍然不敢跟得太紧，以免绑匪们发现尾巴。但那辆车不比萧水寒的车，没有信号发生器可供他追踪，所以，在绑匪们第二次换车后，他被甩掉了。

不过，这时卫星上的镜头已经罩住这片区域，并判断出萧水寒最终乘坐的那辆汽车是奔宝天曼方向去了。邓飞知道这点情况后，马上想到那座依山坡而建的独立院子。他和两位跟踪者当时都尾随萧水寒到过那里。他估计，狡猾的绑匪是想在这儿建立他们的秘密窝点，这是一种巧妙的"弹坑"战术——在头一发炮弹炸出的弹坑里，一般不会再落入第二发炮弹。警方既然掌握了这儿的情况，所以在一般情况下，他们不会返回这儿。

不过，这回他们失算了。晚上，几百名武警调集完毕，悄悄向这儿集中。

"不，我不走，我要跟你在一块儿。"
"风儿……"

"你不用再劝了，我不走。"

"胡说！"萧水寒真的生气了，"看看毳毳！要是没有毳毳的话，你可以这样任性；有了毳毳，你就不能这样做。你抱着她跟着我们颠簸，万一有什么好歹，你不后悔吗？"

邱风低头看看怀里的孩子，泪水涌出来。孩子还没有醒，梦中还在委屈地抽泣。邱风的心已经撕成两半，一半在毳毳身上，一半在丈夫身上。丈夫说的有道理，他们首先要保护弱小的孩子，可是，一想到要离开丈夫……萧水寒轻声安慰着：

"孩子的安全是最重要的。我这儿不用担心。这些人要的是我脑中的技术秘密，为了得到它，他们一定会把我当成上帝供养起来。当然，可能十年八年内咱们不能见面了，你耐心等着，总有一天我会回来找你们的。来，让咱们告别，你带上孩子走吧。"

马丹诺、蔡永文他们环列四周，面无表情地看着他们。邱风把孩子轻轻放到沙发上，转过头扑到丈夫怀里，用力搂着他的脖项，疯狂地吻着他的脸、他的眼睛。她又低下头，用力咬着丈夫的肩头，泪水无声地润湿了肩头的衣服。萧水寒抚摸着她的脸颊，轻声说：

"好啦，走吧，走吧。记着，等你觉得确实安全后，给我来个电话。"他冷冷地看看马丹诺，"我只有在得到你的安全信号后，才会开始与这些先生的合作。风儿，再见。"

他把妻子从怀中轻轻地、坚决地推出去。他帮妻子穿好外衣，把孩子牢牢裹在她怀里。他低头吻吻孩子的额头，毳毳恰在这时醒来，嘴角一咧，向他笑了。这波笑意在他心里很深地割了一刀，但他没有让内心感情流露出来。他再次吻了孩子，然后向蔡永文示意可以走了。两个喽啰领邱风出门，汽车已经备好，停在100米外的河滩地上。大灯亮着，传来汽车暖机的轻微轰鸣声。邱风在门口停下，最后看丈夫一眼，把他的音容深深刻在心中，然后哽咽着扭头走了。萧水寒背手立在门口，虽然心中波涛翻滚，但外表却如岩石一样平静和冷漠。马丹诺一直观察着他，对他的自制力感到敬畏。

风儿：

很遗憾我们得在这种情况下告别，我只能在心里为你写这封信。可惜那晚上咱俩没能把谈话进行到底，失去的机会永远不会再回来了。

135年前，我发现了长生之秘并把它用之于自身。那是在一时冲动下做的，但自此后我就非常吝啬地守着这个秘密，未施惠于任何人，包括我的结发妻子，我那时的儿子，也包括你，还有我们的毳毳。风儿你怪我吗？怪我的自私和狠心？你不会怪我的，但你也不一定理解此中的深意和无奈。我发现了上帝的最大秘密，但同时悟到上帝的法则毕竟最合理。一代人的长生与后代的繁衍是水火不相容的，所以，在我取得长生时就庄重地许诺：我不会再生育后代；或者当我决定生育后代时，我就要亲手结束自己的生命。这是个残忍的决定，悖于人之情理，它把取得长生特权变成了残酷的惩罚。所以，我没有勇气把长生术再施于我的任何亲人，尤其是做母亲的人。

风儿，我们要永别了。我当然不会把长生术交给这些禽兽，他们不配得到这种恩惠。为了无辜的白先生，我会让他们付出相应的代价。我马上要亲手抛弃自己的长生了，此刻我最不能丢下的倒不是这个人间至宝，而是我的女儿，我的女人。我很高兴自己能有这样的心态，它表明我已经从神的地位又回复到凡人了，而这正是我应该扮演的角色。永别了，我的风儿，我的毳毳。

邱风走后不久，屋里的这伙人就要动身了。这是情理之中的事，被放走的邱风已经知道这是白先生的家，他们当然不会在这儿坐等警察到来。萧水寒以平和的态度服从他们的所有安排，仅在出发前突然平静地吩咐：

"把白先生的遗体妥善埋葬，埋好我们再走。"

正要带他出门的喽啰愣住了，抬头看两个首领。蔡永文犹豫片刻，挥挥手，让手下按萧先生说的去办。然后他用英语向马丹诺解释着，后者也没有表示异议。几个手下在山坡的软地上很快挖好坑,把尸体抬过来。萧水寒也跟过来,向白先生告别。死者的身体已经僵硬了,脸上蒙着死亡的惨白。眉心有一个很小的孔,几乎没有血迹。凝结在他脸上的表情不是恐惧或愤怒,而是惊讶。萧水寒想,当热情真诚的白先生喜悦地迎接新客人时,这伙畜生一定是不加分说就给了他一枪。白先生死不瞑目啊,他不理解人类中竟然有这样的野兽。萧水寒回到屋里拿出一床毛巾被,盖在白先生的身上,盖住他的脸。新挖的土坑带着腥气,雪层上露出的野草在寒风中瑟缩。死者被放进坑里,土一锹一锹地扔下去,墓坑很快填平了,又堆上枯枝败叶。萧水寒在墓前肃立着,向死者致哀。那伙人急着出发,但没人敢催逼他。十几分钟后他终于转过身,向汽车走去,脸色看来很平和。蔡永文一直悄悄观察着他,这会儿暗暗松了一口气。

萧水寒、马丹诺和蔡永文坐在前边的车上,一个喽啰开车,蔡永文坐在前排右位,后排上马丹诺和另一个喽啰夹着萧水寒。其余五六个喽啰坐在第二辆车上。两辆车相跟着开出山区。他们不知道,此刻龙波清、邓飞离这儿只有几十里了,而先期赶到的侦察员已经隐身在房子周围,两具望远镜正罩着这儿。龙波清在车上接到报告,说绑匪们已经开始撤退,先是出来一辆车,萧太太抱着孩子上了这辆车;现在又有两辆出来了,马上要开出林区,萧先生在头一辆车上。那边的人请示要不要拦截?龙波清看看邓飞,咬着牙说:

"放他们走!萧先生在车上呢。不要暴露,继续保持监视。"

绑匪的两辆汽车日夜兼程向西南开去。他们不敢走海关出境,要把萧水寒从云南一个秘密路径带出国。上车后萧水寒一直在睡觉。后排座位上有三个人,他只能斜靠在座椅上睡。但他睡得很沉,鼻息绵绵细细,舒缓均匀。马丹诺不时侧脸看他,心里佩服他的定力。

他睡得很放松,还做了一连串的梦。他梦见自己是一个八岁的少年,在放学的路上,仰着脸,惊喜地看着天上的彩虹。彩虹有多大?大概有山那么大吧。彩虹的下半个圆藏在山那边吧?那么爬到山顶应该能看到下半个圆。他爬到山顶,仍然没看到下半个圆。那天,他失望地看着彩虹在夕阳中慢慢融化。也许,这件事的象征意义他在162年后才懂得:上帝憎恶完美。世界永远是残缺的,不会有绝对的完满。他发明了长生术,但也面临着新的残缺,新的无奈。

不过,只要母女安全,他就可以心无牵挂地了结这一生了。

手机铃声。蔡永文推醒他,把手机递给他:"是萧太太的。"他态度温和地警告道:"我想你知道,不要说不该说的话。"

萧水寒没有理他,接过手机。邱风的声音很清晰,不像是另一个世界传来的:"水寒,我已经安全了,已经到家了,现在邓大哥就在我身边。水寒,你好吗?"

萧水寒平静地问:"风儿,告诉我,前年夏天,咱们在青岛海滨发生过什么事情?"

那边的邱风愣了一下,旋即明白丈夫是用这种方法确认她的安全和自由。她很快答道:"有一个小男孩扯脱我的乳罩,咬住我的乳头,我哭了。就是从那时开始,你改变了'不要后代'的决定。"

"有一次在天元公司的楼顶你看到了什么?那天就我们两人。"

那边稍稍停顿了一下:"再次看到了彩虹,是非常罕见的双虹。水寒……"邱风哽咽了,她想到了那个非常特殊的时刻。

萧水寒笑了:"很好,我放心了。我这儿很好。风儿,不要记挂我,好好活下去。"

邱风急急地说:"水寒,你一定要回来!邓大哥要跟你说句话……"

身边的马丹诺迅速把手机抢走,把手机抛向窗外,又向他做了个歉然的手势。萧水寒没有生气,伸展双臂,美美地打一个哈欠,扭头看看车外:"哟,已经下午了!这是什么地方?风景这么漂亮。"

车上的人沉默着,不回答他的问题。外面是山区,显然已经是南方景色了。山上是高大的榕树、樟树和粗大的野藤,道路在山坡上蜿蜒,车的右侧是深陡的山谷。山谷里水量非常充沛,水流的咆哮伴着他们的行程。夕阳的余晖洒在山顶。路上车辆很少,偶然相遇的汽车的车窗上跳动着金光。几十只鸟儿在他们的下方盘旋升腾,忽高忽低,忽聚忽散,保持着一定的队形,

就像是一组节奏欢快的音符。萧水寒啧啧称赞着,又旁若无人地伸臂打一个哈欠:

"这儿真漂亮,做我的栖身之地倒也不错!"

他闪电般从座位上弹起,向前扑去,用强有力的双臂抱住司机的脑袋,喊一声:"为了白先生!"咔嚓一声,司机的脑袋软绵绵地垂下来。但司机的手还在方向盘上,拉得汽车陡然转身,狠狠撞向山崖又陡然弹回,向坡下窜过去。车上几个人的反应非常迅速,前排右侧的蔡永文立即扶住方向盘,马丹诺同时出手,意欲制止萧水寒,但他们到底晚了一步。汽车已经窜过路牙,在陡峭的山坡上碰撞着,翻滚着,直向沟底落去。它终于停下了,随之被狂暴的大火包围。

后边那辆车吱吱地刹住,半个轮子悬在路外。几个喽啰惊慌地跳下车,跑到路边向下看。在深深的谷底,一团火焰正在涧水边熊熊燃烧,车上的人无疑已经没救了。后边山路转弯处又来了两辆车,他们远远看见了这儿的事故,开始减慢速度准备停下。那几个人匆匆聚在一起商量了一会儿,很快钻进车里,匆匆逃离了现场。

邱风打电话时离丈夫并不远。她是在一架直升机上,龙波清和邓飞在她身边。直升机在那两辆汽车的上空盘旋,另外还有五辆车远远地跟在后边。现在要想消灭或逮捕绑匪很容易,但萧水寒在车上,连同他大脑中那无价的珍宝,所以龙波清不敢轻易下令拦截,他们在等待机会。

毳毳也在直升机上。她可能是饿狠了,不再挑剔,就着奶瓶咕嘟咕嘟地咽着。吃饱了,她又恢复了好脾气,盯着妈妈的脸,嘴角时时扯动着微笑。邱风把她贴在自己的脸上,焦灼地看着机翼下的大地。为了避免绑匪发现,直升机飞得很高,在这个高度她无法分清哪辆车是丈夫乘坐的,只能看见一辆辆小小的汽车披着夕阳在路上流淌,就像是一群闪着金光的金龟子。她在心中喃喃地祈祷,希望丈夫能平安归来。

但不久就传来了噩耗。下边报告说:绑匪们的两辆汽车中的一辆摔到山沟里了,就是萧先生乘坐的那一辆。剩下一辆现在正继续向前方逃窜。机上的人霎时间变得脸色惨白。直升机迅速降低高度,看到了山谷底部那团大火。邱风的神经崩溃了,邓飞心如刀割,简直不忍心看邱风的眼睛。龙波清的脸色阴得能拧下水,恶狠狠地咒骂着,下了命令:

"第一小组去拦截第二辆车!其余人向出事地点靠拢,尽量组织抢救!"

但他心里清楚,萧水寒在这种情况下不可能生还了,连同他大脑中无价的秘密。那辆车恐怕不会无缘无故掉到沟里,一定是萧水寒干的。他疏忽了萧水寒赴死的决心,早知如此,刚才他就应该冒险下令拦截。

萧水寒并没有死。这会儿他静静地躺在离火堆有百十米的地方。汽车落崖后,第一次碰撞就把他弹出门外了。山坡上密密麻麻的枝条扯破他的衣服,挂得他遍体是伤,但也有效地减缓了他的冲劲儿。他的意识深深地沉在黑暗中,但不久黑暗的渊面上划过第一道亮光。在比死亡还要深的地方,一个声音轻轻呼唤着,把他的意识聚拢。

他慢慢睁开眼睛。

暮色笼罩着山谷,不远处汽车残骸冒着余光,传来人肉焚烧所特有的怪味儿,带点甜梢,令人作呕。他浑身上下尽是尖锐的刺痛,但他小心地活动活动头部、双臂和双腿,没有发现骨折的迹象。他知道自己逃过了这一难,不免摇头苦笑:上帝真是个脾气乖戾的老人哪,你看他是如何安排人的命运的:渴求长生、妄图"富可敌球"的几个黑道枭雄都死了,这会儿正在那个火堆里焚烧,而一心求死的人倒结结实实地活着。

他坐起来,发现自己几乎是全身赤裸,衣服只剩片片缕缕挂在身上。那是在山坡上滚动时被扯碎的。他用几分钟的时间思考自己该怎么办。他决不会改变自己对造物主的许诺,仍然准备结束自己的生命——但不是这时候。此刻,当外人把死亡强加给他时,他应该像一个普通人那样去求生,去降伏死神。何况他与妻女的分别太仓促了,他还要再看一眼邱风和毳毳呢。

抬头向上看,暮色已经很重了。衬着暗蓝色的天幕,还勉强能看清路径。从这儿到坡顶很远,坡度也很陡,大约有70度,但这儿总比不上宝天曼的扫帚峭壁吧。他站起来,慢慢活动活动手脚,觉得力气回到身上了。他拐到汽车残骸边看了看,轮胎上还冒着小火苗,有三个人被卡在变形的汽车里,其中蔡永文的半个身体垂挂在外面,三具尸体都已经烧得面目全非。另一个喽啰也找到了,他被抛在50米外,脖子被摔断,也早就没气了。他怜悯地看着他们,默默地为他们追悼。虽然这是些该死的家伙,而且他们的死亡正是自己造成的,但这会儿仇恨已经淡化,只余下叹息。为人类本性中的贪欲叹息。

他开始向坡顶攀登。开始时浑身酸疼,肌肉也显得僵硬,但攀了一会儿,气力和技巧都回来了,动作也恢复了敏捷从容。不久他发现了坡顶的动静,坡顶上开始聚来一大堆人,几只手电在向下面照耀,还有两双汽车大灯的灯光从头顶射向对岸。他原以为是本地的交警闻讯赶来了,没料到邱风、邓飞和龙波清都已赶到这儿。

悬崖上边,几十个武警在绑绳索,架探照灯,然后两个扎好安全带的武警开始往下缒。就在这时,他们听到下面窸窸窣窣的声音,手电筒的光圈中,看到一个白白的身躯向上边攀来,动作十分轻灵。武警们喝道:"什么人?"有人端平枪支,也有人扔过去绳索,让下边人拉住绳头。少顷,一个赤身裸体的人借助绳索轻捷地跃到崖上,立在手电和汽车大灯的光圈中。虽然浑身血痕,但仍如玉树临风,嘴角挂着恬淡的笑意。邱风尖声喊着:

"水寒,水寒!"

她抱着女儿扑了过去。萧水寒用强健的臂膊搂住她,吻吻她的额头,又吻吻熟睡的孩子。"风儿,我说过我会回来的,现在不是回来了吗?"他笑着说。

邱风喜极而泣,邓飞也高兴得热泪横流,而龙波清简直是大喜欲狂了。他立即下令:"快,快送萧先生去医院检查,快!"他走过来亲手拉开邱风,"萧太太,以后再叙谈吧,当务之急是让萧先生去医院检查。他从这么高的地方摔下去,难保没有内伤。请让开,好吗?"

邱风泪流满面,真想就这么贴在丈夫怀里,直到地老天荒。但她知道龙波清说得有道理。她哭着,笑着,恋恋不舍地离开丈夫,看着一群人把他簇拥到车里。她没想到此后就见不到丈夫了,等她终于见到丈夫时,却是最后的诀别。

第九章　死亡与永生

何一兵来到邱凤奶奶那幢独立小楼时，邱凤奶奶正在门厅内哄毳毳。一个月前，凤儿突然返回，怀里多了一个小心肝，小把戏，小天使，把她乐疯了，疼疯了。从此她就把自己的余生化成浓浓的爱意，全部浇灌到这个惹人爱怜的重孙女身上。这会儿她轻轻摇着摇篮，唱着儿歌：

> 小猫叫咪咪，
> 两眼眯眯细。
> 老鼠叫唧唧，
> 胡子尖兮兮。

毳毳用两手捧着奶瓶，奶已经喝空了，但她仍不时吧唧两下。她肯定听不懂老人的歌，但每当老奶奶拖长声音念到"胡子尖兮兮"时，她就要咯咯地傻笑一阵。她的笑声让老奶奶乐得不知高低："这小人精，她听懂了，肯定听懂了！"何一兵站在门外，笑看着一老一小的天伦之乐。邱凤回来后，何一兵马上为她找了小保姆。但不久邱奶奶就坚决地把保姆辞掉了，她说那小丫头哪能照顾好毳毳？不行，她要自己来。现在孩子发育得很好，白白胖胖的，脸色红润，像她妈一样漂亮。

邱奶奶看见客人，招手让他进去，小声说："凤儿在睡觉，昨晚她没睡好。要不要喊醒她？"何一兵说："不用不用，我没什么事。就是来看看孩子。今天谢玲有事，本来她也要来的。"邱奶奶问：

"水寒呢？你见到他了吗？凤儿已经一个月没见他了。"

"我也没有。我知道他就在武汉，特意为他封闭了一个医院，保护得非常严密。"

"水寒是不是伤势很重？"

"不，听说都是皮肉外伤，早就痊愈了。我想，"他迟疑地说，"警方轻易不会放他出来的。他身上藏着的那个秘密太重大了，这会儿世界上只怕有十万个人正在打他的主意呢。上边正努力劝他交出那个秘密。北京来的特使也一直在这儿。"

昨天特使先生把他唤去了，是个瘦小的老头，面相和蔼。他慢声细语地和何一兵谈了很久，谈他的公司，谈他和萧水寒的友情，谈萧水寒的神秘。最后归结到一点：萧水寒是不是曾向他透露过什么信息，关于那个长生术或准长生术他是否了解一点东西。何一兵苦笑着说：确实没有。在此之前，他们只是感觉到萧水寒不是凡人，但根本不知道他就是170岁的李元龙。特使说：这个秘密太重大，无论是放在李元龙手里还是放在天元公司都不合适。如果知道这个秘密，应该赶紧把它交出来，那才是负责的做法。他说，何先生是个明智的人，对这件事的后果不会不清楚。已经有黑社会派来了绑架者，下一次来的恐怕就是某个国家的顶级特工了。再说，一项能造福苍生的伟大发明，如果被一个性情固执的老人带到坟墓中，那未免太遗憾了。

他的语调非常平和，但平和里暗含着巨大的压力。何一兵断然说他确实不知道，确实无可奉告。他不解地问：

"你对我说的道理都对萧先生讲清了吗？我想你们当然讲清了。但据我跟他15年的交往，萧先生绝不是不通情理的、有恋宝癖的人啊。"

特使苦笑道："当然，萧先生是一个品德高洁的人。我想，他的错误恰恰在于：他的意境是过于高远了。"

何一兵从特使这儿知道了萧水寒15年来一直对同事深藏着的内心世界：他对造物主的庄严许诺，对长生术的深层次的担心。特使说："他的担心是完全正确的，但未免太过极端。人类的哪一项发明没有副作用？但人类有足够的理智来控制它。人类文明的发展能证明这一点的，至少核大战、世界范围的细菌战、基因技术的滥用都没有在人类史上出现。如果出于对魔鬼的担心而完全放弃核技术和生物技术，那就是因噎废食了。"

特使娓娓而谈，话语中浸透着睿智。何一兵非常惶惑，从逻辑上他对特使的话相当信服，但从内心讲他更愿信服萧水寒的睿智，那是以两人15年的

友谊为基础的。那么,两个智者的两种截然相反的意见,究竟哪个对呢?谈话结束了,何一兵忽然莽撞地问了一句:

"特使先生,你是不是也期盼着长生?"

特使看看他,微笑着说:"当然,这是人类自古就有的愿望。在中国的福、禄、寿三星中,最受百姓欢迎的是那位大脑门的寿星佬啊。但坦白地说,我肯定是赶不上了。即使萧先生最终交出长生之秘,但把它推向社会之前还有异常繁复的法律和技术准备工作,要对各种副作用事先做出防范,这些工作半个世纪内是无法完成的。所以,"他开玩笑地说,"我将属于和平来临前战场上最后一批死者,这真是一件非常遗憾的事。而你和邱风呢,如果赶得紧的话,也许能赶上这趟巴士,更不用说小毳毳了。"

特使看看对话者的眼神,知道他已经被基本说服了,便平和地说:"回去请好好想想我的话吧。另外,请尽量回忆一下,萧先生是否给你留过什么东西,比如磁介质啦,什么实物啦。有什么结果请告诉我。"

特使微笑着送他出门。何一兵在走下台阶时忽然如遭电击,陡然收住脚步。他想起来了,萧先生确实给他留过某件东西,而且几乎肯定,他的技术秘密就藏在其中!他在台阶上愣了很久,门口的卫兵奇怪地看着他,但他最终步履迟慢地走了。可惜的是,特使先生这会儿已经转身回去,没有看到何一兵此时的表情,否则不会轻易把他放走的。

何一兵不想把这些情况告诉邱奶奶,不想让她无谓地操心。这会儿他逗着小毳毳,不禁又想起特使的话:如果萧先生交出长生之秘,小毳毳是肯定能赶上受益的。那么,她的年龄将会固定在哪一个年龄段上?如果让她永远都是小囡囡,显然不合适。也许,在长生世界里,所有人都会选择最好的年华,世上全都成了15~30岁的青年人……他摇摇头,拂去自己的冥思。长生术是一个太大的剧变,那时的社会是今天无法准确描绘的,就像南方古猿无法想象今天的人类社会。邱奶奶的喊声把他从冥思中惊醒:

"何先生,何先生,你在想什么?"

他赶紧回过神,笑着说,没什么,我在想毳毳的将来呢。邱奶奶神秘地说:

"我那孙女婿真的有长生不老药吗?他真是170岁的李元龙?不过我信这事。"她肯定地说,"我信。你知道不,打第一次见到他,我就觉得他不像我的孙女婿,倒像是我的长辈。他虽然对我恭恭敬敬,但他眼里、骨头里的气度是藏不住的。你看,我的眼力不差吧。"

"您老好眼力。其实,我们也一直觉得他不是凡人。"

里屋的邱风醒了,问:"奶奶,你在和谁说话?"奶奶说是何先生。"何先生,我马上就过来。"

一会儿邱风过来了,看来她昨晚确实没睡好,眼泡有些虚肿,白色的家居服裹着丰满的身躯,长发略有些散乱。她抱起孩子,很自然地撩起衣襟给孩子喂奶。生活安定后,她的奶水又恢复了。她问:

"水寒还是没有消息?一个多月了,一直不让我见他。"她苦恼地问,"一兵,水寒真的要自杀吗?邓大哥说,从决定要孩子那天起,他就决定自杀,兑现对造物主的承诺。到底是怎么回事啊。"

何一兵想,这是个非常难以回答的问题啊。邱风的思想就像一道浅浅的清泉,她恐怕一时难以理解丈夫深层次的担忧。这时他听到了外面的汽车声。不一会儿,一辆汽车傍着他的汽车停下,一个老人下车向这边走来。邱风高兴地喊:"邓大哥!是邓大哥来了!"她抱着孩子去迎接,埋怨着:"邓大哥,你可好久没来了呀。"

邓飞讪讪地走进屋,他确实有好一阵子没来了,不是不愿来,而是没法向邱风交代。他一直在代邱风催促警方安排夫妻的见面,但直到今天才如愿。邱风和奶奶对他的到来很高兴,张罗着让座、沏茶、留饭。但何一兵对他很不感冒,冷冷地盯着他,忽然问:

"你们要把萧先生软禁到什么时候?"

邓飞看看他,直率地说:"不是我们,是他们,是警方。我并没有插手对萧先生的'保护'。在我开始对他追踪时有完全正当的理由,那时他被怀疑与某位科学家的失踪有牵连。我并没有想到这样的结局。"

何一兵放缓了口气:"我不是埋怨你,但总不能就这么不明不白地'保护'下去吧。"

邓飞叹息着："不过，警方的保护措施也是可以理解的。谁让他拥有这一个上帝级的秘密呢。匹夫无罪，怀璧其罪。他这一辈子注定不能安生了。"他转回头对邱风说，"风儿，警方通知你，可以去见萧先生了。"

"真的？太好了，谢谢你！"

"你去吧，带上小毳毳。上边的意思是让你去劝他，劝他放弃自杀的打算，劝他把长生之秘交出来。至于……你自己决定吧。"

他叹息着。他不满警方对萧水寒的软禁，尤其不满他们不让邱风与丈夫见面。但他不知道该怎么做。如果把萧先生放出来，他极可能会兑现他"对造物主的承诺"，抛下邱风和毳毳，还要带走那个宝贵的秘密。究竟怎样才能扯破这个怪圈？他真的毫无办法。

邱风没有这样深沉的心机，她已经被眼前的好消息陶醉了。她欢叫着，频频地亲着孩子："毳毳，咱们要见到你爸爸了！你爸不知道该多想你呢。奶奶，我要去见水寒了！"她抱着孩子冲出屋门，又折回头，把孩子交给奶奶，自己到妆台前去梳妆。她不能让丈夫看到一个衣冠不整的女人啊。邱风奶奶抱着毳毳，也是喜得合不拢嘴。少顷，邱风从洗脸间出来，娇艳婀娜，与何一兵才见到的那个邱风简直不是一个人了。出门时，她想起何一兵，回头向邓飞央求："何一兵能去吗？也让他去吧，他是水寒最好的好朋友啊。"

邓飞略为犹豫。警方并没有让何一兵同去。但他最终说："行啊，让他也去吧。我跟龙局长说一说，应该没问题。何先生，你愿意去吗？"

"当然啦。衷心地谢谢你。"

"那好，走吧。"

邱风抱着孩子坐到邓飞的车上，何一兵开着自己的车跟在后边。

李元龙被软禁在一间心理实验室里。透过巨大的全景观察窗，可以看到室内只有一把固定在地上的软椅，墙壁上敷有厚厚的泡沫塑料贴层，那是防止他自杀用的。各种仪表对他的脉搏和血压等进行着遥测。

对他的软禁已经整一个月了，这件事让龙波清他们感到理屈。这明显是违犯法律的，而且对李元龙这种身份的人也有失恭敬，在人们心目中他差不多是肉身的上帝了。不过,你总不能眼看着一个优秀的科学家去自杀吧,再说他还握有那样重大的秘密呢。所以,这不是软禁,只是对一位一心自杀的精神不正常者的防范措施。

窗外的环形座位上有十几个人,这是特使先生和他带来的特别小组。李元龙正平心静气地与他们对话,这种对话已经进行十几天了。李先生的声音仍然平和邈远,就像深山传出来的古寺钟声,不带一点烟火气:

"你们问我为什么不向世人公布长生之秘,很简单,我不能把一种未经考验的技术贸然推向社会。我隐姓埋名,用135年的时间对长生这种生命形态做了严格的验证。很遗憾,我发现尽管我的体力和'本底智力'在170岁时仍能保持巅峰状态,但大脑的创造力却萎缩了,难以进行创造性思维。而创造性思维正是人类得以发展的原动力。也许,"他苦笑着说,"上帝为我们选定的生死交替仍是最佳方式。"

外面的于亚航教授已经白发苍苍,他是一位极负盛名的生物科学家。但在对"年轻的萧水寒"说话时,仍感到年龄加权威的压力。他毕恭毕敬地说:

"李前辈,我是读着你的书进入这个科学领域的,我真没想到竟然有幸瞻仰你的容颜。但是,恕我不能同意你的观点。长生可以无限延长人的有效寿命,对人类的继续发展太重要啦。至于那些枝节问题是很容易解决的。只要人类掌握了寿命上的自由,它所带来的副作用总归能解决。"

李元龙微笑道:"如果伟大的牛顿活到20世纪并保持巅峰智力,那么,以他的权威,他能容许爱因斯坦的相对论吗?"

于教授说:"人类完全可以采用一些校正的办法呀。比如,生物为了适应残酷的生存竞争,都进化出了过剩的繁殖能力,包括人类。但是,当人类因生活环境改善而大大降低了婴儿死亡率之后,人类就采用自觉或强制避孕的办法来降低出生率,使它仍保持在一个合适的水平上。所以在现代社会中,'过剩的繁殖能力'并没让天下大乱。对于长生术所导致的'过剩的寿命',同样可以采用类似的办法嘛,比如,所有人在200岁后退出科学研究,至少退出科学研究的决策层。"

"既然这样,怎么'无限'延长人的有效寿命?如果具有无效寿命的'年轻人'充斥地球,怎么容纳有创造精神的后来者?不,这并不是枝节问题,是一个无法克服的固有矛盾。"他停顿一会儿说,"造物主选择生死交替,是因为它更有利于生物体的变异进化;我暂时冻结长生术,则是因为社会还没有做好必要的准备。这可能是个好的圣诞礼物,但最好我们耐心一点,还是等到圣诞节再拿出来吧。否则,在一个充满贪欲的世界上,这个人人垂涎的礼物也许能让社会崩溃。"

外面的人一时间噤声了。特使坐在后排,表情很平静,但心中已经烦躁不安。这样的谈话进行了十几次,萧水寒,或者说是李元龙没有一点儿松动。他拒不交出长生之秘,也不放弃自杀的决定。特使估计,李元龙之所以还没有自杀,也许是想再见妻女一面。所以他一直不敢放邱风来探望丈夫。但现在已经没有别的办法了,他只好同意邱风前来。但愿妻子的劝说能让萧水寒改变主意,这已经是最后的机会了。

有人走进来低声通报,说萧太太和孩子已经来了。龙波清点点头,让她们进来。邱风一进屋就愣了,她没有料到丈夫被关在玻璃球内,就像电影中对待凶恶的外星人那样。特使和龙波清过来迎接,邱风瞪着他们,眼中冒着怒火。特使理解她的愤怒,苦笑道:

"萧太太,你以为我们愿意把他关押起来?实在是不得已之举啊,李先生执意要自杀,要履行'对造物主的承诺'。我们只好采取严密的防范措施。"他叹息一声,"去吧,好好劝劝他,我想,只有你和女儿能说服他活下去。"

邱风扑到玻璃屏障上,把毳毳举过头顶,嘶声喊道:

"水寒,不要抛弃我们!难道你舍得毳毳吗?"毳毳被惊得大哭起来,小手小脚使劲舞动着。"水寒,我不求你长生,我也不求长生,我只要你和我度过正常的人生,然后我们一块儿去死,好吗?"

液晶屏上显示,李元龙心跳加快,血压升高,显然处于一波情绪激荡中。但不管内心如何痛苦,表面上他有效地克制了。他平静地说:"风儿,好好活下去,请你谅解我,我不得不履行对上帝的允诺。很高兴又能见到你和毳毳,现在,我可以心无旁骛地走了。风儿,再见。可惜我不能再吻一下小毳毳。"他看见了邱风身后的何一兵,笑着说:

"一兵，很高兴能再见你这一面。替我照顾好风儿，照顾好咱们的天元公司。"

毳毳仍在哭叫，邱风顾不上哄她，泪水横流而下。这会儿，她已经意识到，丈夫真的要离开他了，连她和毳毳也挡不住了。何一兵比她撑得住，强忍悲痛说：

"李先生，我的水寒大哥，我会记住你的嘱托。风儿，有什么话抓紧说吧。"

特使对李元龙的固执已经忍无可忍，要过话筒严厉地说："李先生，请原谅我的坦率，我想你无权把人类渴盼的长生之秘带到另一个世界，那是全人类的财产，并不属于你个人。我们不会让你自杀的，我们的医疗小组会使用一切手段维持你的生命。"

李元龙微微一笑："你不必担心，一个人的死亡不会永远垄断长生之秘。"他隔着玻璃吻吻邱风，吻吻孩子的小手，喃喃地说，"别了，风儿。别了，我的毳毳。"然后他回到座位上，闭上眼，一种奇怪的笑容在他的脸上漾开。他自语道：

"人类不需要不死的权威。"

液晶屏上显示他的血压陡降，呼吸忽然停止，心电曲线随即拉成一条直线。几名医生急急地冲进室内，围着李元龙忙乱地抢救。几分钟后，一名医生抬起头惊慌地报告：

"他已经死了！竟然坐化了！真不可思议。"

邱风的身体缓缓晃动一下，慢慢顺着玻璃滑下去。邓飞和何一兵手疾眼快，一把扶住她，从她手中接过孩子，把邱风平放在地板上。特使下意识地站起来，目瞪口呆。他曾担心邱风及女儿的探望就是李元龙的毕命之日，结果他不幸而言中了。这会儿他心中打翻了五味瓶：失败的沮丧，对邱风母女的怜悯，对李元龙的固执的恼怒，对他的节操的敬仰，全都混杂在一起。他看看龙波清，那人也是一脸沮丧。他们走近玻璃屏，一个医生正在掐邱风的人中，她已经开始清醒了。但室内的医生已经停止对李元龙的抢救，含愧地看着特使，看来已经没有任何希望。

毳毳在邓飞怀里。这会儿她倒不哭了,一双黑亮的眼睛滴溜溜地看着周围。特使摸摸她的小脸,叹息着交代一声:"开始咱们的备用方案,对李先生的遗体进行永久保存。另外,你们照顾好李太太。"说完就离开了。他不忍心看见清醒后的邱风。随从人员鱼贯而出,龙波清想和邓飞说什么,但他最终只是苦笑一下,耸耸肩膀,低头走出去。

大厅里,邱风哇的一声哭出声来。

尾 声

夏天的傍晚，阵雨刚过，东边天空挂着一弯绚丽的彩虹。一辆出租车开到天元生物工程公司的大楼下，一个老人下来，踏着雨水走近那座象牙质的斯芬克斯雕像，默然仰视着。狮身人面像刚经过雨水的沐浴，晶莹洁白，光滑圆润，造型灵动，昂首啸着如血残阳。老人沉思着，从头到尾轻轻抚摸它。

在董事长办公室里，何一兵从监视屏幕上看到老人，立即下了楼，来到办公楼前的广场："邓先生，你好。"

"你好，何董事长。"

"萧太太和孩子安排好了吗？"

"嗯，在澳大利亚的基思岛上。李先生生前在那儿置办的别墅。那个岛漂亮极了。"

"她的心境怎么样？"

"她当然很难过，我想——还有些怨恨。她怪李先生非要履行这种过于残忍的'对造物主的许诺'，摧残了此生的幸福，不能同她和女儿白头到老。不过她现在已经想通了，你不必为她担心。做了母亲的女人，心理再生能力是很强的，李先生的估计没有错。再说，还有她奶奶在旁边慰劝呢。老人家很硬朗，我想，为了孤独的孙女和重外孙，她一定能活到100岁。"

"李先生的骨灰呢？"

"没有骨灰。特使早就决定对他的遗体永久保存。也许后人能……只把他的衣服火化了，在长江上撒了一部分，在邱风住的小岛周围撒了一部分。"

何一兵叹道："我曾自认是萧水寒的知交。当我知道他就是170岁的李元龙先生时，我不敢以朋友自居了。他是一个伟人，一个遗世而独立的伟人。可惜他的长生之秘未能留到人世上。"

邓飞微笑道:"是很可惜,不过我们还是相信李先生的安排吧,我们谁都比不上他的远见卓识。"

何一兵邀他上楼,他说:"晚上我做东,为你接风,宴席上咱们可以好好聊聊李元龙先生。"邓飞笑着辞谢了:"不行,我这是从澳大利亚刚刚回来,还没回家呢。还有些琐事要办,比如向库平的同事袁工程师通报库平的下落,我答应过的。也想向青岛的纪作宾老人通报孙思远的下落,以慰解老人的牵挂。做东的事以后再说吧,以后我会是这儿的常客。"

他们寒暄后告别,并约好星期天一块去钓鱼。出租车溅着水花开走了,何一兵回到狮身人面像旁,静静伫立着。

这是李先生留下的人生之谜,是人生之交替,大道之循环。他猜想到,很可能有关长生术的高密度磁盘就藏在狮身人面像的体内,是在用基因技术造出它之前就埋下的,藏在那个百分之一比例的小斯芬克斯像中。但他愿终其一生为李先生保存这个秘密。李先生临去世前托他照顾好邱凤和"天元公司",他知道,李先生那时所说的天元公司实际是暗指这座雕像。所以,李先生去世后他一直在精心守护着它,对任何来人都睁着第三只眼睛。

特使先生前天还来了武汉,约他闲聊了一会儿。只是礼节性的见面,没有再问及李先生留下的长生之秘。当然他知道,特使仍对他抱着期望。但他什么也没有透露,这是他在十几天的思考中作出的决定。守着这个天下至宝,连他自己也难免有动心的时候。谁不想获取长生?谁不想让可爱的儿女永葆青春?但想想李先生,想想这位已经成就不死之身却毅然抛却生命的哲人,何一兵很快就心静如水了。

不过有一点是他没有想到的:邓飞其实也猜到了这个秘密,并像他一样默默守护着。